AF644210

Kontaktadresse nach EU-Produktsicherheitsverordnung:
produktsicherheit@fischerverlage.de

Palermo, 1184: Eigentlich ist Konstanze de Hauteville längst zu alt, um noch zu heiraten. Aber der Tod ihres Onkels macht sie mit einem Schlag zur einzigen Erbin des prachtvollen, exotischen Königreichs Sizilien. Und damit ist sie plötzlich eine brillante Partie für den jungen Stauferkönig Heinrich VI. Doch schon rebellieren Siziliens Barone: sie wollen keine Frau auf dem Thron. Konstanze kämpft um die Krone – und um ihre Position an der Seite Heinrichs, der Sizilien wie das Reich allein regieren will. Wem schuldet sie wirklich Treue: ihrem Land oder ihrem ungeliebten Mann? Wie soll sie, die als unfruchtbar Verschriene, einen Stauferenerben gebären? Der junge Chronist Gottfried ist von Konstanze fasziniert – und er zeichnet heimlich ihre Taten auf. Noch kann er nicht ahnen, welche gefährliche Wendung Konstanze bevorsteht – und sie auf immer berühmt machen wird …

»Gut recherchiert und fesselnd erzählt.« dpa
»Allein schon die Details der Alltagsgeschichte oder Buchmalkunst sind anregend genug und lohnen es, diesen Roman zu verschlingen.« Evangelisches Sonntagsblatt
»Eine spannende, unterhaltsame Darstellung vom Glanz und vom Elend des Hochmittelalters.« Bernd Zachow, Nürnberger Nachrichten

www.sabine-weigand.de

Sabine Weigand stammt aus Franken. Sie ist Historikerin und arbeitete als Ausstellungsplanerin für Museen. Dokumente aus Nürnberg waren der Ausgangspunkt ihres Romans ›Das Perlenmedaillon‹, das wahre Schicksal einer Osmanin am Hof August des Starken liegt dem Roman ›Die Königsdame‹ zugrunde. In ›Die Seelen im Feuer‹ bilden die Hexenakten von Bamberg die historische Romanvorlage, bei ihrem ersten Roman ›Die Markgräfin‹ war es die reale Geschichte der Plassenburg bei Kulmbach, bei ›Die silberne Burg‹ die Bestallungsurkunde einer jüdischen Ärztin, in ›Die Tore des Himmels‹ das Leben der Hl. Elisabeth. ›Ich, Eleonore, Königin zweier Reiche‹ ist ihr neuer Roman.

Weitere Informationen, auch zu E-Book-Ausgaben, finden Sie bei www.fischerverlage.de

Sabine Weigand

Das Buch der Königin

Historischer Roman

FISCHER Taschenbuch

3. Auflage

Landkarte: Thomas Vogelmann, Mannheim
Die Abbildungen vor den vier Büchern stammen aus dem ›Liber ad honorem Augusti sive de rebus Siculis‹ von Petrus von Eboli (Burgerbibliothek Bern)

Printed in Germany
ISBN 978-3-596-19701-9

Erstes Buch

Prolog: Kathedrale von Palermo, Pfingstsonntag, 17. Mai 1198

Tausend kostbare Bienenwachskerzen, armdick und zwei Fuß hoch, tauchen den mächtigen Dom der Hauptstadt in goldglühendes Licht. Die Schwere der Mauern scheint sich im zuckenden Spiel der Flammen aufzulösen, ihre Konturen zerfließen zu sanften Wellen, als seien die Steine zu Wasser geworden. Die Figuren auf den bunten Mosaiken bewegen sich, taumeln und tanzen; das Flackern hat sie zum Leben erweckt. Da ist ein Leuchten, ein strahlender Glanz, der einen beinahe schwindeln macht. So unglaublich hell ist es im Inneren der riesigen Kirche! Die Edelsteine auf dem Bild der Einsiedlerin Rosalia funkeln wie ein Sternenhimmel im Sommer. La Santuzza, wie die Palermitaner ihre Beschützerin liebevoll nennen, wacht mit mildem Lächeln über das Geschehen in ihrer Kirche.

Das Kind, das nun unter den feierlichen Gesängen der Mönche die Kirche betritt, blinzelt und bleibt stehen. Schwer lastet das Gewicht des goldbestickten Mantels auf seinen Schultern; Löwenkrallen aus gelber Seide schlagen sich in seinen Rücken. Allein die silberne Schließe des Tasselbands vor der kindlichen Brust mag bald ein halbes Pfund wiegen. Der Junge zögert, wankt leicht, da stupst ihn der Erbzischof von Salerno aufmunternd von hinten an, flüstert ihm etwas ins Ohr und zeigt zum Altar. Es sieht so aus, als ob der Junge aufseufzt, dann setzt er gehorsam einen Fuß vor den anderen. Mit energischen Trippelschritten durchmisst er die Gasse, die sich vor ihm öffnet. Die Menschenmenge im Dom weicht ehrfürchtig zurück, lässt ihn durch, den zukünftigen König, der einmal – noch ahnt es niemand – das Staunen der Welt sein wird. Doch im Augenblick verspürt der Kleine Lust am Spiel, er tritt absichtlich nur auf die weißen Steine des bunten Cosmatenfußbodens, dazu muss er ein bisschen im Zickzack gehen wie das Häschen, das ihm seine Mutter zum Willkomm geschenkt hat. Wieder erinnert ihn der Erzbischof von Salerno sanft an seine Pflichten. Er rückt ihm die blausamtene Mütze zurecht und stupst ihn dann wieder geradeaus. Links und rechts von ihm fallen die Leute auf die Knie, wie eine Welle geht es durch das Kirchenschiff. Vorne, hoch über dem Altar, entdeckt er den riesigen, goldglänzenden Christos Pantokrator. Mahnend hebt der Herr der Welt die linke Hand, neigt sich ihm mit ernstem Blick entgegen. Der Junge lächelt. Er hat keine Angst.

Konstanze sitzt auf ihrem Thron links vor der Mittelapsis, auf ihrem Haupt die Krone Siziliens. Auf diesen Tag, diesen Augenblick, hat sie ihr Leben lang gewartet. Es ist der Tag des vollkommenen Triumphs. Alles, was sie sich je gewünscht hat, ist Wirklichkeit geworden. Da kommt ihr Sohn, ihr einziger Sohn, an dessen Geburt vor dreieinhalb Jahren sie längst selber nicht mehr geglaubt hatte. Ihr Schatz, ihr Sieg, ihr Glück. Ein kleines Wesen in Blau und Gold, dessen viel zu großer Umhang auf dem Boden schleift und duftende Rosenblätter mit sich fegt. Ein schmächtiger Junge mit großen blauen Augen unter hellen Brauen und Wimpern. Er kommt nach seinem Großvater, denkt sie. Genau wie Barbarossa hat der Kleine rotblonde Locken und Haut von einer Blässe, die keine Sonne verträgt. Stauferhaut. Und dennoch ist er genauso ein Hauteville, sagt sich Konstanze trotzig. Er trägt die Namen seiner beiden Großväter: Friedrich und Roger. Sie aber nennt ihn, wenn sie allein sind, Konstantin. Nach sich selbst. Denn sie ist es, die ihn geboren hat, die um ihn gekämpft hat, die ihn dahin gebracht hat, wo er jetzt steht: vor den Altar des Doms von Palermo. Noch vor Ablauf einer Stunde wird er König von Sizilien sein.

Der kleine Friedrich hat sie jetzt entdeckt, zieht eine fröhliche Grimasse, als sie ihm zuwinkt. Ein Sonnenstrahl bricht durch eines der Seitenfenster und kitzelt ihn an der Nase. Er niest ganz unköniglich, und Konstanze muss schmunzeln. Dann bringt ihm ein Diener einen gepolsterten Hocker, von dem aus er die Messe verfolgen soll. So langes Stillestehen hält ein Kind nicht aus, das wissen selbst die alten Kirchenoberen. Ungeschickt versucht der kleine Friedrich, seine Kleider zu raffen, dreht sich, stolpert fast über sein langes Untergewand, bis er schließlich mit des Erzbischofs Hilfe auf dem Hocker zu sitzen kommt.

Das Tedeum klingt durch die Kirche, gesungen von hunderten Mönchen aus ganz Sizilien.

Ihr Blick wandert über Gesichter. Da sind die hohen Geistlichen: die Erzbischöfe von Palermo, Messina, Syrakus, der Abt von San Giovanni degli Eremiti … Alle sind sie ihr untertänig, obwohl nicht jeder von ihnen auf ihrer Seite war, damals, als es um ihr Leben ging und die Zukunft des Landes. Vorbei. Die alten Feindschaften ruhen, es ist gut. Ah, dort neben der Säule steht der Legat des Papstes. Luca Valdini, den sie »il Grugno« nennen. Nicht einmal die fehlende Nase kann ihn richtig hässlich machen. Sein Blick ist unruhig, wie immer, er weiß nicht, ob dieser Tag seiner Sache zum Guten oder zum Schlechten gereichen wird. Dabei immerhin hat sie doch den Papst zum Vormund ihres Sohnes bestimmt und seinen Anspruch auf das Reich zurückgezogen, Valdini sollte zufrieden sein. Neben ihm steht ganz in Schwarz der Kanzler, Walter von Pagliara, ein Mann, dem sie zwar nicht traut, der aber zu klug ist, um seine Fähigkeiten nicht für Sizilien zu nutzen. Endlich, an der Spitze der Palastgarde, das Gesicht, nach dem sie die ganze Zeit gesucht hat. Ein samtdunkles Augenpaar, olivfarbene Haut mit einem Schimmer von dichtem Bartwuchs. Aziz. Ihre Blicke treffen sich für einen winzigen Moment, dann schließt sie die Augen. Er weiß, was sie fühlt, er als Einziger unter all diesen Menschen in der Kathedrale. Eine Liebe im Licht der Welt ist ihnen nicht vergönnt, aber die im Dunkeln ist immer noch stark und tief und lebendig wie je. Ein Geschenk Gottes, des seinen und des ihren, das sie nur im Geheimen annehmen dürfen.

Sie öffnet die Augen, und ihr Blick fällt auf den großen Doppelaltar, dann gleitet er die Reihe der antiken Granitsäulen entlang, dorthin, wo die Toten liegen. Ihr Vater, den sie nie kennengelernt hat. Sein Blut, königliches Normannenblut, fließt in ihren Adern.

Endlich habe ich dein Erbe angetreten, denkt sie, und strafft den Rücken. Sie spürt den leichten Druck der Krone, die auf ihrem Haupt sitzt, das Kitzeln der smaragdbesetzten Pendilien an ihrem Hals, wenn sie den Kopf dreht. Wie jetzt, da sie zum nächsten Grab hinübersieht. Heinrich. Der Kaiser, in Porphyr gebettet, über sich einen von sechs schlanken Säulen getragenen Baldachin. Sie schaudert. Dieser Mann hat sie berührt, mit Händen, so tot wie diejenigen, die jetzt knochig unter dem Sargdeckel liegen. Er hat sie erhöht und erniedrigt, untrennbar waren ihre Leben verwoben. Sein Tod hat den Weg frei gemacht. Die Krone, die er trug, wird jetzt gerade seinem Sohn aufgesetzt. Der Erzbischof von Palermo rückt das funkelnde Diadem zurecht, das innen einen Stoffring hat, damit es dem kleinen Friedrich passt. Ihr Sohn wackelt unwillig mit dem Kopf, als sei ihm das goldene Ding zu schwer. Er wird sich an das Gewicht gewöhnen, denkt sie. Und plötzlich ist da unter der Krone ein anderes Gesicht, verzerrt vor unerträglichem Schmerz, den Mund weit offen in lautlosem Schrei. Der sterbende Jordanus, auf seinen Schädel genagelt die glühende Eisenkrone des Verräters.

Sie schließt die Augen. Wer außer Jordanus fehlt noch unter den Gästen? Statt der lebenden Gesichter sieht sie nun die toten. Es gibt so viele. Da, ihr Bruder, wie er die Stirn runzelt, sein schwarzer Bart beginnt schon grau zu werden. Er musste um die Macht kämpfen, Sizilien hat ihn nicht geliebt. Vorbei. Dort sein Sohn Wilhelm, ihr Neffe, die blonden Locken fallen ihm offen auf die Schultern, er war für seine Schönheit berühmt. Sie versucht, ihre Gedanken zusammenzuhalten, doch da kommt noch jemand: Tankred, der Bastard. Sein Tod war gerechtes Schicksal, aber was heißt das schon. Der Papst hat ihn nicht schützen können oder wollen. Sie hat gelernt, dass auch der Glaube Teil der Politik ist.

Die Chöre werden wieder lauter, als sich der kleine Friedrich, nunmehr König von Sizilien, von den Knien erhebt. Nun hat sie ihre Rolle zu spielen. Sie geht gemessenen Schritts zu ihrem Söhnchen, nimmt seine kleine Hand in ihre. Einträchtig schreiten sie zusammen aus der Kirche. Ihr Herz weitet sich, als sie auf den kleinen

Friedrich hinunterblickt, der unverdrossen neben ihr hertrabt, die Krone ein bisschen schief auf der Stirn.

In ihr jubelt es stumm. Sizilien ist gerettet. Die Zukunft wird glänzend sein. Mein einziger Sohn wird mein Erbe antreten, das Erbe der Hauteville. Hier bin ich und habe alles erreicht, was ich mir je gewünscht habe. Oh, ich weiß, ich bin nicht mehr jung. Und ja, ich habe für mein Glück bezahlt. Wer ist noch da von denen, die mir teuer waren? War es dies alles wert?

Sie schaut in das blendende Sonnenlicht, als sie aus der Kirche tritt. Ein letztes Gesicht taucht vor ihr auf, ihr eigenes. Das eines kleinen Mädchens, lachend, ohne Arg, als hätte es das Glück mit der Muttermilch eingesogen. Der Dom, die vielen Menschen, die Herrschaft über Sizilien – weit weg.

1
Konstanze, 1160er Jahre

Meine ersten Erinnerungen sind umweht vom Duft der Mandelblüten. Der Wind trägt die unsichtbare Süße aus den Baumgärten in die Innenhöfe der Paläste. Das Wasser im Brunnen plätschert, und ich tauche meine Hände in das kühle Nass. Tröpfchen sprühen auf mein gelbes Kleid und meine dünnen Samtpantoffeln. Safirah schimpft, aber sie meint es nicht ernst. Sie ist meine Amme, Sarazenin und die Frau eines kleinen Beamten des Diwans. Auf ihrem Schoß sitzt Aziz, mein Milchbruder, widerwillig lässt er sich den Kaftan richten. Und zu ihren Füßen kauert Wilhelm, mein Neffe, er ärgert mit seinem Stöckchen einen schwarzen Skarabäuskäfer. Damals kam es mir nicht merkwürdig vor, dass ein Neffe und seine Tante, nämlich ich, im gleichen Alter waren. Unsere Familie war nun einmal anders, die Familie des Königs. Für sie galten keine gewöhnlichen Gesetze. So fand ich es auch nie verwunderlich, dass ich meinen Vater nie kennengelernt habe. Den berühmten, den großen Roger! Ich bin erst nach seinem Tod geboren, er war schon alt, als er meine Mutter zur dritten Frau nahm. Für mich war mein ältester Halbbruder mein Vater: Wilhelm. Er sah schon ein wenig furchterregend aus, groß und massig, mit kohlschwarzem, ungebändigtem Haar und dichtem Bart. Dazu kam seine dunkle, heisere Stimme, die tief aus seinem Bauch aufzusteigen schien. Die Leute nannten ihn hinter vorgehaltener Hand »Löwenkopf« und hatten Angst vor ihm. Aber mit uns Kindern war er stets gutgelaunt, er ließ uns auf seinem Rücken reiten und warf mich oft hoch in die Luft. Er hatte auch andere Kinder an den Hof geholt, die zeitweise mit uns lebten, Söhne aus dem Adel wie den stillen Richard von Acerra, den wilden Jordanus oder den verwachsenen Tankred, von dem es hieß, er sei ein Bastard, was immer das bedeuten mochte. Die drei hielten sich weniger an uns jüngere Kinder, sondern eher an meinen ein paar Jahre älteren zweiten Neffen, Roger, der einmal den Thron erben sollte. Meine Mutter – was kann ich sagen? Sie hat sich gleich nach meiner Geburt ins Kloster zurückgezogen. Wenn ich sie sehe, und das ist selten genug, ist sie eine stumme Gestalt hinter einem grauen Schleier. Ich weiß nicht, ob sie mich überhaupt wahrnimmt. Es heißt, die schwarze Milch sei ihr zu Kopf gestiegen. Was das Wort Mutter bedeutet, habe ich erst gelernt, als mein Sohn auf die Welt kam.

Die Stadt meiner Kindheit ist Palermo. Sie liegt inmitten der sattgrünen Conca d'Oro, einer weiten Ebene, die von Bergen eingeschlossen ist wie das Innere einer Hand. Im Norden ragt der mächtige Monte Pellegrino auf, dort wohnt der großartige, schützende Hausgott der Stadt, den ich mir immer mit grimmig-grauem Wolkenkopf und grollend wie ein Gewitter vorgestellt habe. Im Osten bildet der Monte Catalfano den Abschluss der langgeschwungenen Bucht.

Palermo hat ein arabisches Gesicht. Kuppeln von zweihundert Moscheen spiegeln die Sonne wie Gold vor dem Hintergrund des grünblauen Ozeans, es ist, als habe der Zauberstab des Orients die Stadt berührt. Vor der Eroberung durch die Normannen regierten die Emire von ihrem Palast aus, unten am Meer im Viertel Al-Khalesa. Sie besaßen auch eine sichere Burg, am höchsten Punkt der Altstadt und ein Stück weiter westlich gelegen. Dort ist es kühler und ruhiger als in der Nähe des Hafens. Deshalb und weil der Ort leichter zu verteidigen war, wählten meine Vorfahren die alte Sarazenenfestung zu ihrem Wohnsitz. Es gibt dort vier mächtige Türme, gekrönt von sarazenischen Zwiebelkuppeln. Wir Kinder sind allerdings nur im Palazzo Reale, wenn Gefahr droht. Es gibt angenehmere Orte als die alte Festung: die Zisa, die Favara, den Parco und die Cuba. Alles Paläste des Königs, aufgereiht auf den Hügeln um die Stadt wie Perlen an einer Kette. Die Zisa ist mein Lieblingsort, erbaut vor der Porta Nuova im Nordwesten der Stadt. Sie ist umgeben von einem Meer von Olivenbäumen, deren schmale, silbrige Blätter wie tanzende Lichter im Wind zittern. Obsthaine und Gärten werden durchzogen von künstlichen Wasserläufen, die eine Vielzahl von Fischteichen speisen. Rund um den Eingangsbogen verläuft eine schnörkelige arabische Inschrift, die Safirah mir übersetzt hat: »Hier sollst du, so oft du es wünschst, das schönste Besitztum dieses Königreiches sehen, das Glanzstück der Welt und des Meeres. Dies ist das irdische Paradies, dieser König ist der Musta'iz, der Ruhmreiche, dieser Palast der Aziz.« Aziz heißt auf Arabisch schön, und mit dem »Ruhmreichen« ist natürlich mein Bruder Wilhelm gemeint, der die Zisa erbauen ließ.

Ich bin gerne in der großen Mittelhalle. Hier gibt es Nischen, die aussehen wie Höhlen mit hängenden Steinzapfen. Und Bilder, die ich jeden Tag bewundere: Medaillons, auf denen zwei Jäger mit dem Bogen nach Vögeln auf einem Baum schießen. Auf denen Pfauen gierig Datteln von Palmen picken. Wo beleidigte Hirsche einander kampfbereit gegenüberstehen. Aus der hinteren Wand entspringt eine Quelle, das Wasser ergießt sich in dickem Strahl in treppenartig gestufte Becken, bis es schließlich nach draußen in den Fischteich fließt. Drinnen ist es immer angenehm kühl, und das unerbittlich gleißende Sonnenlicht des sizilianischen Sommers dringt nur gedämpft herein. Vom Mitteleingang führt ein Brücklein zu einer Pavilloninsel in einem großen Teich. Von hier bin ich eines Winters einmal ins Wasser gefallen, es gab eine ungeheure Aufregung, man zog mich tropfnass heraus, und ich musste zwei Tage im Bett bleiben, weil ich Schüttelfrost bekam.

Die unbeschwerten Zeiten sind selten von Dauer. Immer wieder werden sie unterbrochen von geheimnisvoller Aufregung, wilder Betriebsamkeit, kaum verhüllter Panik. Dann kommen Männer mit Waffen, wir müssen hastig in einen anderen Palast umziehen, die Diener tuscheln ängstlich auf den Treppen, und wir dürfen unsere Zimmer im Harim nicht verlassen. Anfangs ist uns Kindern nicht klar, was geschieht, aber mit der Zeit lernen wir, die Ohren zu spitzen, wenn die Diener reden. Wir wissen nun: Es sind die Barone! Sie führen aufrührerische Reden, zetteln Verschwörungen an, ja, sie versuchen sogar, meinen Bruder mit Gewalt zu stürzen und die Hauteville-Dynastie, unsere Familie, zu vernichten. »Sie sind wie Skorpione«, höre ich einmal meinen Bruder sagen, »man weiß nie, wann sie zustechen.« Ich erinnere mich noch genau, wie ich eines Nachts wieder einmal geweckt und Hals über Kopf in den sicheren Palazzo Reale gebracht wurde, bei Regen und Nebel. Da plötzlich sprang ein Mann auf meine Kutsche zu, sein Dolch blitzte auf, und ich sah sein hassverzerrtes Gesicht. Dann eine schwarze Gestalt auf einem Pferd, ein erhobener Arm, ein Schlag, und der Angreifer war verschwunden. Ich merkte erst, dass ich schrie, als mich meine Amme fest in die Arme nahm und an sich drückte. Von diesem Augenblick an wusste ich, dass mein Leben nicht sicher war. Diese Angst hat mich meine ganze Kindheit hindurch begleitet. Ich hatte gelernt, wie brüchig der Frieden im Land war. Es gab tödliche Schlangen im Paradies.

Zwischendurch, wenn alles sicher ist, durchstreife ich mit Safirah, dem Eunuchen Calogero und den Jungen die Gassen von Palermo. Das sind unsere schönsten Stunden, wenn wir im Hafen mit den anderen Kindern Murmeln spielen und unsere Amme ärgern können, indem wir uns hinter den Fischständen verstecken. Jeder Ausflug in die Stadt ist ein großes Abenteuer. Allein die Düfte: Gewürze, Salz, Weihrauch, Gebratenes, Gesottenes, Süßigkeiten, Balsamöle. Und Fisch, immer wieder Fisch. Das Geschrei der Möwen, das Stimmengesumm der Leute. So viele Menschen! Sarazenen mit bunten Turbanen, langbärtige Juden, Normannen, die man an ihren Lederstiefeln und dem blonden Haar erkennt, Griechen mit Ohrringen und dicken Schriftrollen in der Hand. Man hört ein Gemisch aus Arabisch, Latein, Griechisch und Volgare, und weil wir Kinder alle Sprachen des Königreichs lernen, jede mit einem anderen Lehrer, verstehen wir so manches. Eine ganze Menge Schimpfwörter schnappen wir auf bei diesen Ausflügen, die wir natürlich bei nächster Gelegenheit anwenden, so lange, bis man uns droht, uns nicht mehr in die Stadt zu lassen.

Ich bin sechs Jahre alt. Wieder einmal wütet ein Adelsaufstand, und diesmal ist es noch ernster als sonst. Die ganze Familie hat sich in den Palazzo Reale geflüchtet, tagelang halten wir uns im großen Saal im Pisanischen Turm auf, dem sichersten Ort in ganz Palermo. Da brechen die Feinde durch die Tür, bis an die Zähne bewaffnet, die Palastgarde hat sie nicht aufhalten können. Zwei der Verschwörer stürzen sich mit dem Schwert auf den König, aber jemand wirft sich dazwischen und rettet ihm das Leben. Ich bin schreckensstarr, sehe, wie unsere Eunuchen getötet werden, der Harim gestürmt, die Dienerschaft zusammengetrieben. Schwerter blitzen, Pfeile sirren. Und dann ist da ein schriller, entsetzlicher Schrei, der mir durch Mark und Bein fährt. Es ist die Königin. Ich folge ihrem Blick: Da kniet Roger. Seine Hände umklammern einen verirrten Pfeil, der tief in sein linkes Auge gefahren ist. Blut quillt ihm durch die Finger. Wir laufen zu ihm und halten ihn, er zuckt und röchelt, und dann ist er tot.

Heute noch sehe ich meines Bruders Gesicht, als er seinem ältesten Sohn die Augen schloss, das Gesicht eines uralten Mannes. Er hat die Krone am Ende behalten, aber seinen Erstgeborenen verloren. Und mir ist zum ersten Mal im Leben der Tod begegnet. Es dauert lange, bis meine bösen Träume wieder verschwinden, aber schließlich hilft der dickflüssige Mohnsaft, den mich Safirah abends schlucken lässt. Wir Kinder vermissen Roger schmerzlich. Statt seiner ist nun Wilhelm unser Anführer – und der neue Thronfolger. Sein Leben ändert sich dadurch, und gleichzeitig auch das von mir und Aziz. Wilhelm muss nun viel mehr lernen, muss sich auf die Regierung vorbereiten. Wir anderen beiden teilen sein neues Leben, denn er braucht uns. Auch er hat seit dem Überfall auf den Palazzo Reale Angstträume, noch viel schlimmer als ich. Er ist traurig und still geworden. Die Geschichten über Kaiser und Papst, die unser Lehrer Petrus von Blois erzählt, können ihn nur wenig ablenken. Magister Petrus ist ein großer Gelehrter. Er kann wunderbar die Welt erklären, und ich sauge jedes einzelne seiner Worte in mich auf. Ich lerne, dass die Kunst der Glasherstellung auf die Phönizier zurückgeht. Dass die Araber die Zitronen gebracht haben, die Bitterorangen, den Maulbeerbaum, die Datteln, das

Zuckerrohr! Dass Palermo von den Phöniziern gegründet wurde. Nach ihnen kamen die Römer, dann die Byzantiner, schließlich die Sarazenen und dann wir Normannen, die wir ja unsere Wurzeln in Frankreich haben. Dass die Insel viele Völker und Kulturen beherbergt und wir, die Dynastie der Hauteville, alles zusammenhalten müssen. Ich bin stolz darauf, dass mein Großvater Roger sich ganz Sizilien unterworfen hat und mein glorreicher Vater als erster Herrscher die Königskrone trug. Wir haben das Land zum Königreich erhöht, und ganz Europa beneidet uns seither um unsere Macht und unseren Reichtum!

Das alles macht mich stolz, aber Wilhelm jagt es eher Angst ein. Er vermisst Safirah, die nur noch selten bei uns ist – wir sind inzwischen zu alt für eine Amme. Er tut mir leid. Und die bösen Erlebnisse reißen nicht ab. Diesmal ist es kein Aufstand der Barone, sondern ein Aufbäumen der Natur. Ich weiß es noch wie heute: Wir sind in Messina im Königspalast, es gibt ein großes Festgelage für Gäste aus dem dortigen Adel und die Geistlichkeit. Die Tafeln biegen sich, Zimbeln, Trommeln und Flöten erklingen zur Unterhaltung. Junge Mädchen in blutroten Schleiergewändern lassen ihre Hüften kreisen, die goldenen Schellen an ihren Fußknöcheln bimmeln fröhlich. Wilhelm und ich sitzen unter dem riesigen Süßspeisentisch, verborgen vom bodenlangen Tischtuch. Gierig stopfen wir uns mit Blancomangiare und klebrigem Dattelkonfekt voll und grinsen uns verschwörerisch an. Eigentlich müssten wir längst im Bett sein, aber wir haben uns einfach versteckt. Da plötzlich erzittert der Boden unter uns. Voller Angst kriechen wir unter dem Tisch hervor – doch auch hier ist der Boden nicht fest. Alles läuft durcheinander, die Wände scheinen zu wanken. Wir rennen irgendwohin, »Aiutamicristo!«, schreit jemand, ein anderer »Ya salam!«. Eine Säule stürzt ein, zusammen mit einem Teil der Decke, Mauersteine prasseln auf uns herab. Plötzlich ist Wilhelm nicht mehr da! Ich fahre herum – da liegt er, Brocken von der Säule sind auf ihn heruntergestürzt. Seine Augen sind geschlossen, da ist Blut an seinem Kopf und überall. Ich laufe zu ihm hin und rüttle ihn. Ich muss weinen. Jetzt ist auch er tot wie Roger! Da greifen zwei Hände nach mir – eine Frau aus der Stadt, die ich nicht kenne, hebt mich einfach hoch und trägt mich fort. Ich wehre mich, aber sie sagt nur: »Schscht. Tommasina bringt dich weg, picciridda, keine Angst.«

An diesem Tag hat das Erdbeben Sizilien schwer geprüft. Es hat einen Teil von Messina ins Meer stürzen lassen. Der königliche Palast, der sich »wie eine weiße Taube am Rand des Wassers erhob«, wie der große Ibn Jubair einst schrieb, steht nicht mehr. Catania wurde völlig zerstört. Es gab unzählige Tote und noch mehr Verletzte. Lange war ich davon überzeugt, dass Wilhelm auch tot sei. Safirah sagte, das stimme nicht, aber ich dachte, sie lügt, weil sie mich wochenlang nicht zu ihm ließen. Dann endlich kam er wieder zum Unterricht, bleich und dünn. Als ich ihn sah, glaubte ich an einen Geist und bekam vor lauter Schreck selbst hohes Fieber. Und dann war Tommasina wieder da. Ich hatte im Fieber immer wieder nach ihr gerufen, und man hatte sie geholt. Ich weiß nicht, warum, aber ich fühlte mich bei ihr einfach sicher und geborgen. Sie hatte mich aus dem Chaos errettet! Ich wünschte, dass sie als meine Dienerin bei mir blieb, und der König, glücklich, dass wir Kinder noch am Leben waren, erlaubte es.

Drei Jahre später, am zweiten Samstag nach Ostern, herrscht Totenstille im Palazzo Reale. Räucherwerk erfüllt die Luft, es ist zum Ersticken. Die Hitze ist unerträglich, man könnte glauben, es sei schon August, so schwül ist es. Niemand spricht ein Wort; die Dienerschaft verrichtet ihre Arbeit stumm und bedrückt. Denn alle wissen: Der König, mein Bruder, liegt im Sterben. Die Ruhr und das Fieber haben seinen Körper geschwächt, nichts mehr kann er bei sich behalten. Die Augäpfel eingetrocknet, die Haut gelb und dünn wie Pergament, das schwarze Haar strähnig und schweißnass, so liegt er da, als uns Erzbischof Romuald von Salerno zum Abschiednehmen in die Schlafkammer holt. Der Atem des Königs geht schwer. Er sieht geschrumpft aus und greisenhaft, ein Fremder. Ich bin ganz zittrig, als man mich an sein Lager schiebt. Er kann nichts sagen, aber er versucht ein Lächeln und macht eine segnende Handbewegung. Dann bin ich weg, und Wilhelm ist an der Reihe. Mit einem Aufschrei wirft er sich über seinen Vater.

»Du sollst nicht sterben«, schluchzt er. Der König legt seinem Sohn die kraftlose Hand auf den Kopf. »Du … wirst … mir … Ehre … machen«, röchelt er. Jemand zieht Wilhelm fort, und wir müssen aus dem Zimmer. Noch hat sich die Türe nicht hinter uns geschlossen, als ein Aufseufzen wie ein Windstoß durch den Raum geht. Am Nachmittag des 7. Mai 1166, um drei Uhr, ist der König von Sizilien tot.

»Jetzt bist du König«, flüstere ich Wilhelm zu.

Er ist blass. »Das will ich gar nicht sein«, sagt er und reibt sich dabei die Augen mit beiden Fäusten. »Und was ist, wenn ich auch sterbe? So wie Roger?«

Ich stehe da und überlege. Ja, was ist dann? Und auf einmal trifft es mich wie ein Schlag. Kein einziges Mal habe ich ernsthaft daran gedacht, aber: »Dann werde ich Königin«, sage ich und lausche voller Staunen dem Nachklang meiner eigenen Worte. Plötzlich bekomme ich Angst. Dann schüttele ich den Gedanken unwillig ab. Das wird nicht geschehen, sage ich mir. Nie.

2
Palermo, Frühjahr 1169 und 1172

Ich lasse den Kerl vierteilen!« Wilhelm wirft den geätzten Silberpokal, aus dem er gerade trinken wollte, gegen die Wand. Roter Wein spritzt über die glasierten Kacheln und läuft in Rinnsalen zu Boden. »Behim! Halluf! Schakat!«

Konstanze hebt den Pokal auf. »Du sollst nicht auf Arabisch fluchen. Das versteht die ganze Dienerschaft.«

»Je m'en fiche!« Der junge König wechselt wieder zum Französischen. Gerade hat er erfahren, dass der Kanzler Stephan de Perche den Umsturz plant. Er selbst, Wilhelm, soll umgebracht werden, dann will de Perche seine Mutter, die Königinwitwe, heiraten und die Herrschaft übernehmen.

Wilhelm ist außer sich. Er packt Konstanze an beiden Schultern. »Du reitest mit zwanzig Mann von der Palastwache sofort zu Jordanus nach Castrogiovanni, und da bleibst du, bis es wieder sicher ist.«

»Und du?« Sie hat es jetzt mit der Angst bekommen.

»Ich werde mir diesen Schweinekerl vorknöpfen!« Er klingt nicht mehr wie ein Vierzehnjähriger. Seit er die Krone trägt, ist er erwachsen geworden. Bei der Krönung hat er noch ausgesehen wie ein blonder Engel, jetzt haben seine Züge nichts Kindliches mehr.

Auch Konstanze ist reifer als ihre Jahre. Sie verliert keine Worte mehr, sie weiß, dass es jetzt auf jede Sekunde ankommt. Mit wehenden Gewändern läuft sie in die Frauengemächer. »Tommá! Schnell, pack das Wichtigste ein, wir müssen weg! Tommá? Tommasina?«

Ein Mann verstellt ihr den Weg, ihr verschlägt es den Atem. Sie dreht sich um, rennt los – geradewegs in die Arme des nächsten Bewaffneten. Er hebt sie hoch, sie kreischt, schlägt um sich, strampelt. Umsonst. Der Mann wirft ihr eine Decke über den Kopf und trägt sie einfach fort.

Man steckt sie in eine Kiste. Sie hat Angst, zu ersticken. Verzweifelt ringt sie nach Luft, aber dann merkt sie, dass sie genug bekommt, wenn sie ruhig liegenbleibt und gleichmäßig atmet. Ich will nicht sterben, denkt sie, Gott, lass mich nicht sterben. Die Zeit scheint endlos lang, es holpert und schüttelt. Dann wird die Kiste getragen, schräg, wohl eine Treppe hinauf. Jemand öffnet den Deckel, und sie müht sich heraus. Alle Glieder tun ihr weh.

Da steht Stephan de Perche. Sie kennt ihn gut, den Günstling ihrer Schwägerin, der Königinwitwe. Er ist jung für sein Amt, aber die Machtgier macht seine mangelnde Lebenserfahrung wett. »Gott sei Dank, Princesse Constance, Ihr seid in Sicherheit«, sagt er jetzt.

Sie richtet sich auf, funkelt ihn an. »Ich war in Sicherheit, Monsieur! Ihr habt mich entführen lassen!«

»Oh, nicht doch, ma chère. Ich ließ Euch wegbringen, damit Ihr nicht das Schicksal Eures Neffen und Königs teilt. Er dürfte inzwischen tot sein.«

Sie schließt die Augen, schwankt. Assassino, denkt sie, Mörderschwein. Du wirst mich nicht weinen sehen. »Und warum wollt Ihr ausgerechnet mich verschonen?«, fragt sie.

De Perche breitet die Arme aus. »Ich bin kein Schlächter, Constance. Ich lasse Euch die Wahl: In Kürze wird mein Bruder aus Frankreich hier ankommen. Er ist ein angenehmer Junge, nicht besonders hübsch vielleicht, aber seine Herkunft und sein Ruf sind tadellos. Heiratet ihn, und Ihr werdet von mir keinen Ärger mehr bekommen.«

»Und Ihr nehmt die Königinwitwe.« Es war keine Frage, sondern eine Feststellung. »Aber das genügt nicht. Sie ist keine Hauteville. Ihr braucht jemanden aus der Blutlinie der sizilianischen Könige, der sich mit Euch und Eurer Familie verbindet.«

»Touché!« De Perche schiebt die Unterlippe vor und nickt anerkennend. »Ihr seid ein kluges Mädchen. Dann wisst Ihr ja auch, was gut für Euch ist.«

»Nein.«

»Wie?«

»Nein. Ich werde niemanden heiraten, schon gar nicht Euren Bruder. Ich mache mich nicht gemein mit Thronräubern.« Sie zittert, vor Angst oder vor Wut?

De Perche zuckt mit den Schultern. »Nun, dann dürft Ihr gerne noch ein wenig meine Gastfreundschaft genießen, Princesse. Lasst es mich wissen, wenn Ihr Eure Meinung geändert habt.« Er wendet sich zum Gehen. »Und lasst Euch nicht zu lange Zeit. Ihr solltet Euren Wert nicht überschätzen.«

Dann ist er fort. Zwei Männer ergreifen sie und bringen sie in einen fensterlosen Raum. Die Tür fällt hinter ihr ins Schloss. Es ist dunkel. Sie ist allein.

Daran denkt sie jetzt, vier Jahre später, als sie mit Wilhelm unter den Arkaden der Favara spazierengeht. Ihr Neffe hat die Verschwörung überlebt, damals. Das Volk und die Barone haben sich auf seine Seite gestellt und Stephan de Perche mitsamt seiner Mörderbande vertrieben. De Perche ist inzwischen tot, die Königinwitwe in allen Ehren kaltgestellt. Sie hat den Verräter geliebt, das war ihre einzige Entschuldigung. Als ob Liebe genug sei, um ein Land zu regieren. Wilhelm hat es nicht übers Herz gebracht, seine Mutter zu bestrafen. Er ist ein guter Mensch. Schließlich hätte sie seinen Tod in Kauf genommen.

Jetzt schmiedet er selber seit einiger Zeit Heiratspläne. Es gab verschiedene Verhandlungen, unter anderem mit dem englischen Königshof, die allerdings zu keinem Ergebnis führten. Danach hat er um die Hand einer byzantinischen Prinzessin angehalten, und Kaiser Manuel Komnenos hat sie ihm zugesagt. Vor zwei Wochen ist die Braut in See gestochen, und heute wird ihre Ankunft mit Freude erwartet. Alles ist herrlich herausgeputzt, die Paläste sind geschmückt, die Häuser von Palermo mit Blumen bekränzt.

»Bist du aufgeregt?«, fragt sie Wilhelm, der sichtlich blass ist.

Er nickt. »Es wird ein großer Augenblick sein. Mit dieser Hochzeit steigt unsere Familie endgültig in die Reihe der gekrönten Häupter Europas auf. Wir sind keine Herrscher zweiter Klasse mehr, keine dahergelaufenen Emporkömmlinge aus dem Cotentin. Jetzt kommt die Anerkennung durch die alten Dynastien, die unser Vater sich immer gewünscht hat. Sizilien ist als Königreich endgültig angenommen.«

»Ich wäre eher aufgeregt, weil ich gleich meine Ehefrau zum ersten Mal sehen würde«, meint Konstanze.

»Maria?« Er zuckt die Schultern, aber sie spürt, wie sich sein Körper verkrampft. »Es wird schon gehen mit ihr.«

Man weiß, dass die byzantinische Braut unglücklich ist. Angeblich ist sie in einen anderen Mann verliebt. Sie soll damit gedroht haben, sich umzubringen.

»Du musst sehr freundlich zu ihr sein«, bittet sie. »Sie kommt ganz allein hierher in die Fremde. Bestimmt fürchtet sie sich vor dir und allem anderen.«

»Vor mir?« Wilhelm lacht gezwungen. »Vor mir muss sie keine Angst haben.«

Konstanze runzelt die Stirn. Er ist so merkwürdig heute. Was hat dieses seltsame Gerede zu bedeuten? »Willst du mir nicht sagen, was dich bedrückt?«, fragt sie.

Er atmet tief durch. »Weißt du, Constance – eigentlich will ich gar nicht heiraten. Vor allem nicht ein Mädchen, das ich noch nie gesehen habe und das mir womöglich überhaupt nicht gefällt. Ich tue das nur für mein Land.«

Sie streicht ihm liebevoll übers Haar. »Sie ist bestimmt hübsch und verliebt sich sofort in dich. Wie sollte sie nicht? Alle lieben dich!«

In diesem Augenblick kommt ein Bote, zitternd vor Aufregung. Er wirft sich vor Wilhelm auf die Knie. »Mon roi, verzeiht. Das Schiff aus Byzanz hat eben im Hafen angelegt, aber die Prinzessin ist nicht an Bord.«

Der junge König zuckt zusammen. »Bist du sicher, Omar?«

»Ja, Vergebung. Der Kanzler wird bald nachkommen und Euch die Nachricht bestätigen.«

»Geh.« Wilhelm winkt den Mann fort.

Sie sind beide wie vor den Kopf geschlagen. Konstanze folgt ihrem Neffen in die oberen Räume, wo etliche Diwane und Sitzgelegenheiten zum Verweilen einladen. Wilhelm wirft sich auf eines der Sofas, wütend. »Das ist eine Beleidigung!«, zischt er. »Wie kann dieser aufgeblasene Pfau von Komnenos mir das antun!« Er heult fast vor Zorn und Enttäuschung. »Das wird ihm noch leid tun!«

Konstanze weiß nicht, wie sie ihn trösten soll. Es ist ein Fluch mit diesen Ehen. Jeder Bauer kann heiraten, wen er will. Aber wir, denkt sie, wir sind Spielbälle für höhere Ziele von Macht und Ehre. »Für Menschen wie uns ist es schwer, eine glückliche Verbindung zu finden«, beginnt sie leise und setzt sich zu Wilhelm. »Du kannst dir keine Frau suchen, die du liebst, und ich kann auch nicht über mein Leben bestimmen. Damals, als man mich in den Kerker geworfen hat, tagelang, um meine Zustimmung zu dieser Perche-Heirat zu erzwingen, damals habe ich mir eins geschworen: Ich werde keinen Mann nehmen, den ich nicht will. Ich bin kein Mittel zum Zweck, kein Ding, das man hin- und herschiebt wie eine Dame beim Schachspiel. Über mich soll sich niemand Ansehen verschaffen oder Einfluss. Ich will selber über mich bestimmen.« Sie beugt sich ganz nah zu Wilhelm hin. »Kannst du das verstehen?«

Er wischt sich die Tränen der Wut aus den Augen. »Warum gehst du dann nicht in ein Kloster?«

Sie schüttelt so wild den Kopf, dass der Schleier fliegt. »Weil ich kein Gespenst werden will, so wie meine Mutter. Ich will leben.«

Wilhelm steht auf und geht zum Fenster. Drunten im Hof, vor den Arkaden, stehen zwei Zehnerreihen schwerbewaffneter Männer. Sie haben orientalische Kampfhelme auf, tragen Krummsäbel, auf ihren Rücken hängen Köcher mit Pfeil und Bogen. Die Palastgarde, die seit jeher aus Sarazenen besteht. Einer davon ist ihm und Konstanze vertraut wie ein Bruder. Wilhelm deutet hinunter. »Und du meinst nicht, dass es eher an ihm hier liegt?«

Sie kommt zum Fenster, wendet aber sofort den Blick ab wie ein ertappter Dieb. Aziz. Ihr Herz klopft. Sie hätte nicht geglaubt, dass Wilhelm sie so gut kennt – oder dass sie sich irgendwie verraten hat. Aber er hat recht. Nie hat sie einen anderen geliebt. Vielleicht ist es wirklich so, wie die alten Weiber munkeln – wer dieselbe Milch trinkt, wird einst Tränen schlucken. Als er vor Jahren die Kinderstube verlassen musste, weil seine Mutter als Amme nicht mehr gebraucht wurde und es sich für einen Jungen seines Standes nicht mehr schickte, zusammen mit dem König erzogen zu werden, ist sie wochenlang krank gewesen. Aber es war unumgänglich, dass ihre Wege sich trennten, sie hat das begriffen. Ihrer führte sie immer tiefer in den Prunk der herrschaftlichen Gemächer, seiner zog ihn zur Palastgarde. Er wollte ein Kämpfer werden, einer dieser gut ausgebildeten Elitesoldaten, die Verantwortung für das Leben der königlichen Familie trugen. Vielleicht war das seine Art, weiter für sie da zu sein, wenn auch nur von fern.

Sie verlor ihn nie aus den Augen. Oft sah sie ihn vom Fenster aus, wenn er auf dem Turnierplatz seine Pfeile zielgenau in das Herz einer Strohpuppe schoss. Oder sie beobachtete ihn, während er in seinem gepanzerten Wams wie versteinert Wache stand, den spitzen Sarazenenhelm auf dem Kopf, das Krummschwert an der Seite. Sie bemerkte, wie sein Körper sich veränderte, wie seine Muskeln sich durch die täglichen Übungen strafften, seine Züge härter wurden. Und manchmal, nur manchmal, trafen sich ihre Blicke.

»Ja«, sagt sie leise, »es liegt auch an ihm. Seit wann weißt du es?«

»Aziz, der Schöne«, lächelt er. »Er war schon immer dein Liebling. Seit wir klein waren, hast du nie einen anderen angesehen. Aber du kennst auch deinen Platz. Da geht es dir so wie mir. Du bist die Tochter des großen Roger, und ich bin sein Enkel. Für uns kommen nur Königskinder infrage. Ich und eine Prinzessin aus England, Spanien oder Byzanz – Letzteres ist nun wohl hinfällig. Und du, du wirst einmal Braut eines gekrönten Hauptes sein, Frankreich, England ... wer weiß, vielleicht fragt sogar einmal der Kaiser an, es wäre im Interesse des Reichs.«

Schroff wendet sie sich ab. »Lieber bleibe ich allein.«

Er legt ihr versöhnlich den Arm um die Schultern. »Keine Angst, Constance, noch ist es ja nicht so weit. Auch bei mir nicht, wie du siehst. Aber irgendwann werde ich mir eine fremde Braut nehmen müssen, auch wenn mir vielleicht eine kleine Seidenspinnerin aus dem Tiraz lieber wäre. Schau, du hast wenigstens jemanden, den du liebst.«

»Amuri é amaru – die Liebe ist ein bitterer Trank, sagt Tommasina.« Konstanze wendet sich um. »Wilhelm, du warst mir immer wie ein Bruder, ich vertraue dir, und ich liebe dich. Und wenn du mich auch liebst, dann versprich mir, dass du mich nicht verschachern wirst wie ein Stück Vieh. Bevor ich einen Fremden nehme, den ich vorher nie gesehen habe und für den ich keine Gefühle hege, bleibe ich lieber allein. Ich bitte dich, Wilhelm, zwing mich später einmal zu nichts!« Sie hat seine Hand genommen und hält sie.

Warum verschließt sich sein Gesicht? Sein Kiefer verspannt sich, und er sieht ihr nicht in die Augen. »Ich will deine Wünsche so gut es geht berücksichtigen«, sagt er lau. »Aber du weißt, dass auch ich nicht immer nach freiem Willen entscheiden kann. Manchmal gibt es keine Wahl, und man muss tun, was nötig ist. Aber sei versichert: Das Letzte, was ich will, ist dein Unglück.«

Sie lässt seine Hand fallen. Warum ist er so kühl?

»Ich weiß«, sagt sie und geht.

Er hat ihr sein Wort nicht gegeben.

3
Palermo, Pfingsten 1175
Konstanze

Ich versuche, Aziz zu vergessen. Ich zwinge mich, nicht aus dem Fenster zu sehen, wenn die Garde im Hof exerziert. Ich lenke mich ab, so gut es geht, und meist gelingt es mir auch. Seit längerem schon sitze ich mit dem König im Staatsrat und beschäftige mich mit Steuereinkünften, Rechtstiteln, Privilegien und Schenkungen. Der Kronrat ist nicht besonders erfreut über meine Gegenwart, aber Wilhelm findet sie angenehm. »Du warst schon immer die Klügere von uns beiden«, sagt er, »und ich bin froh über deine Ratschläge und deine Hilfe. Den Familiaren kann ich nicht immer trauen, dir jedoch bedingungslos.« Also teile ich mit ihm die Sorgen und Geschäfte der Krone.

Dafür hat Wilhelm meine Bitte erfüllt: Er hat mich bisher zu keiner Ehe gezwungen. Obwohl in den letzten Jahren aus aller Herren Länder Anträge für mich eingegangen sind. Man ist auf mich als Heiratskandidatin aufmerksam geworden. Doch alle Anfragen hat der König für mich abgelehnt. Daraufhin glaubten die sizilianischen Barone, er würde mich lieber einem von ihnen geben. Richard von Acerra hat um meine Hand angehalten, der Gute. Dann der Graf von Andria. Viele haben um mich geworben. Sogar Tankred von Lecce, der Bastard, glaubte, gut genug für mich zu sein. Keinen von ihnen habe ich gewollt.

Jetzt bin ich einundzwanzig, und alle Welt fragt sich, warum ich immer noch nicht verheiratet bin. Schließlich bin ich eine der besten Partien Europas. Was hält den König nur davon ab, mich zu vergeben? Gerüchte schießen aus dem Boden wie Pilze. Dass ich so hässlich sei, dass man mich verstecken müsse. Dass ich seit meiner Kindheit an einer abstoßenden Krankheit der weiblichen Organe litte. In Spanien heißt es, ich habe längst den Schleier genommen, um bei meiner Mutter im Kloster zu leben. Die Deutschen mutmaßen, ich sei der Schande erlegen, und man könne mich nicht verheiraten, weil dies in der Hochzeitsnacht entdeckt würde und man mich dann zurückschicken müsste. Frankreich glaubt, ich sei die Konkubine des Königs und er wolle mich aus lauter Liebe nicht hergeben. In Byzanz dagegen munkelt man, ich sei ein Hermaphrodit, und dieses Geheimnis würde ich wohl mit ins Grab nehmen. Manchmal sitze ich mit Wilhelm zusammen, und wir müssen darüber lachen!

Warum kommen sie alle nicht auf den ganz einfachen Grund: Ich will nicht heiraten.

Eigentlich ist mein Leben doch glücklich so, denke ich. Ich regiere Sizilien und lerne mein Land jeden Tag besser kennen und lieben. Es ist unter meinem Vater und Großvater für ganz Europa ein Vorbild geworden. Unsere Regierung ist gerecht, friedlich und gesetzestreu. Wir sind ein Reich mit vielen Völkern, und keines fühlt sich benachteiligt. Die Finanzverwaltung liegt in arabischen Händen. Die Seestreitkräfte werden von griechischen Admirälen befehligt. Arabische Kaufleute bringen wirtschaftliche Blüte, Juden Gelehrsamkeit. Die heimischen Sizilianer lassen Handwerk und Landwirtschaft gedeihen. Und das Lehnswesen, eingeführt von meinen normannischen Vorfahren, hält alles zusammen. So wächst der Ruhm Siziliens von Tag zu Tag, und allenthalben beneidet man uns um unser Glück. »Das Reich in der Sonne«, so nennt man meine Insel. Und ich habe daran teil, dass dieses Reich wächst und blüht. Ja, ich bin stolz auf Sizilien, und ich liebe seine Menschen.

Aber ich liebe auch Aziz.

Es ist schwül. Der Garten der Zisa steht in seiner größten Pracht. Die Rosen sind in voller Blüte, die Bäume tragen schwer. Duftend blüht der weiße Jasmin in den Kübeln, die mit dem Schiff aus Ifriqia gekommen sind. Talwärts, unterhalb der Terrasse, wachsen an windgeschützter Stelle Johannisbrotbäume. Ich liege auf einem Diwan unter dem seidenen Sonnensegel und kann mich kaum ruhig halten. Ich habe es gewagt. Heute morgen, als der Wachwechsel der Garde vorüber war und Aziz in sein Quartier ging, bin ich ihm zufällig begegnet. Ich weiß nicht, was mir den Mut dazu gab, aber ich streifte im Vorbeigehen seinen Arm. Er drehte sich um und sah mich an, in seinen Augen stand ungläubige Hoffnung, und ich murmelte: »Heute Nacht vor der alten Steinfrau.«

Natürlich hat er sofort gewusst, welchen Platz ich meine. Als Kinder haben wir oft zu Füßen der marmorgeäderten griechischen Venus bunte Steine gesammelt. Ob er kommen wird? Ich trinke mir Mut an, mit dem schweren, süßen Wein von den Hängen des Feuerbergs. Eines der Tiraz-Mädchen bemalt mir die Hände mit Henna, hübsche Blumenranken und Sternchen lassen meine Finger schmaler erscheinen. Der Saft von Purpurschnecken auf meinen Lippen, Ambratropfen auf meinem Hals. Ich habe meine gute Tommasina als Wächterin bestellt. »Donna senza amuri é rosa senza oduri«, hat sie gelächelt. Eine Frau ohne Liebe ist wie eine Rose ohne Duft. Und dann endlich kommt die Stunde des Sonnenuntergangs. Lange Schatten zeichnen sich auf der Terrasse ab, der Himmel ist azurblau. Die Sonne hat sich zu einem glühenden Feuerball aufgebläht, so wie mein Herz, lautlos versinkt sie in einem purpurnen Schimmer, der sich am Firmament ausdehnt. Die ersten Lichter der Sterne blitzen auf. Die Luft ist erfüllt vom Duft der Wunderblumen. Er kommt nicht. Er kommt doch. Er kommt.

Mit drei Schritten ist er bei mir. Presst mich mit dem Rücken an die Steinvenus. Hält mich. Küsst mich. Einen winzigen Augenblick lang denke ich: Wie kann er es wagen? Dann spüre ich seine Lippen, seine Hände, und ich bin selig, dass er keine Angst hatte. Er duftet nach Salz und Sandel. Ich schlinge meine Arme um ihn, mein Schleier fällt zu Boden, geht es noch näher? Meine Hände fahren durch sein schwarzes, lockiges Haar, erkunden zum ersten Mal seine Schultern, tasten sich über seinen Rücken. So fühlt sich also ein Mann an, so gut, so fest, so warm. Allah, flüstert er, habibi, wo warst du so lange? Immer bei dir, sage ich.

Ein Zischen von Tommasina. Drüben beim Pavillon flackern Lichter. Aziz nimmt mich bei der Hand, und wir laufen atemlos ins Gebüsch, dorthin, wo uns niemand sehen kann.

»Hier gibt es Taranteln«, raune ich.

»Wenn sie uns beißen, müssen wir tanzen bis in den Tod«, antwortet er.

»Oder bis das Gift aus unseren Körpern geschwitzt ist.« Ich lasse mich ins Gras sinken und ziehe ihn zu mir herunter.

»Du bist mein schlimmstes Gift«, flüstert er. »Und ohne Gegenmittel.«

Ich streichle im Dunkeln sein Gesicht, ertaste den Flaum über seiner Oberlippe. »Erinnerst du dich? Einmal haben wir hier Eidechsen gefangen, und du hast ihnen die Schwänze abgerissen … ich war dir so böse. Bis mir deine Mutter erklärt hat, dass sie wieder nachwachsen.«

Er küsst meine Hände. »Ich habe nichts vergessen, Costanza. Und ich habe die ganze Zeit über gehofft, dass es dir genauso geht.«

»Mein Löwe, mein Soldat, wie konntest du zweifeln?«

»Es war nicht an mir, auf dich zuzugehen.«

Ich lege den Kopf an seine Brust. »Du hast recht«, seufze ich, »ich musste es tun.«

»Warum jetzt? Warum hast du so lange gewartet?«

Mir wird das Herz schwer. »Weil … du und ich … es geht nicht. Ich habe lange gehofft, ich würde mich daran gewöhnen.«

Himmel, ich fühle mich so geborgen in seinen Armen. Ich will nicht mehr reden. Aber er, er hört nicht auf. »Du und ich«, sagt er, »das ist keine Laune des Schicksals. Wir gehören zusammen.«

Aber ich weiß besser als er, dass es hoffnungslos ist. Wir werden niemals mehr haben als diese gestohlene Nacht. Ich will ihn nicht belügen. »Wir sind Kinder zweier Welten, Liebster. Gott ist mein Zeuge, ich würde alles dafür geben, wenn es anders wäre.«

Er küsst mich atemlos, wild, ungestüm. »Und wenn ich einen Weg finde?«, flüstert er heiser.

»Wie soll das gehen?« Meine Brust hebt und senkt sich. O Gott, denke ich, ich will ihn spüren, will ganz nah bei ihm sein, nur dies eine Mal. Nur jetzt nicht nachdenken.

»Wir könnten Wilhelm um Hilfe bitten.«

Ich schüttle den Kopf. »Ich kenne Wilhelm wie mich selbst. Er liebt uns beide, aber eine Verbindung würde er nie erlauben.«

»Dann müssen wir eben fortgehen, du und ich.« Er nestelt an meinem Kleid. »Nach Byzanz oder nach Ifriqia. Ich habe Geld geerbt von meinem Vater. Es würde für das Nötigste reichen. Ich könnte mich als Offizier verdingen.« Er beißt mich zärtlich in die Halsbeuge, knabbert an meinem Ohrläppchen. »Willst du nicht?«

Er kommt mir vor wie ein trotziges Kind. Ernüchterung packt mich. »Aziz, das ist unmöglich. Das würde Wilhelm uns nie verzeihen. Er würde uns verfolgen lassen. Es wäre vielleicht dein Tod. Vergiss nicht, ich bin eine Hauteville. Und du …«

»… der Sohn eines sarazenischen Palastbeamten, ich weiß.« Seine Finger gleiten unter mein Gewand, er streichelt mich, bedeckt mein Gesicht mit Küssen.

Ich schmiege mich an seine Brust. »Und das ist es nicht allein.«

Er hört auf, mich zu liebkosen, schweigt, eine ganze Zeit. Ich will nicht, dass es zu Ende ist, kaum dass es begonnen hat. Ich will nicht, dass der Zauber dieser Nacht vergeht. Ich will ihn lieben, will bei ihm sein. Es muss doch einen Weg geben. Vielleicht …

»Du müsstest zum Christentum übertreten«, denke ich laut. »Das wäre die Grundbedingung dafür, dass Wilhelm uns beisteht.«

Er richtet sich auf. »Ich soll meinen Glauben aufgeben? Aber … das kann ich nicht.«

Enttäuschung krallt sich in meinen Magen. »Wenn du mich wirklich liebst, warum denn nicht? Allah, Gott, welchen Unterschied macht das schon?«

»Für dich vielleicht keinen, Costanza.« Er grollt jetzt.

»Du willst, dass ich alles für dich aufgebe und mit dir fortgehe. Ich soll meine Ehre vergessen und meine Stellung. Du verlangst von der Tochter Rogers, Sizilien zu verlassen. Aber du willst nichts aufgeben?« Auch ich bin jetzt zornig.

Er lässt mich los. »Ich will, dass du auf Dinge der Welt verzichtest – du aber verlangst von mir, dass ich meine Seele verleugne! Das ist ein gewaltiger Unterschied.«

Ich möchte weinen. Alles ist verdorben. Und doch ist da immer noch mein Stolz. Ich bin die Tochter des großen Roger! Und er ein Niemand. Wer gibt denn für wen mehr auf? Und wer gewinnt mehr?

Auf einmal schäme ich mich für meinen Hochmut. Und ich spüre, dass es doch unmöglich ist. »Lass uns nicht streiten, Aziz«, bitte ich ihn und schlucke die Tränen hinunter. »Wir haben es wenigstens versucht. Aber manchmal hilft träumen und wünschen nicht.«

»Nein«, sagt er, und mir zerreißt es das Herz. »Das ist es nicht. Du willst nur nicht.«

»Aziz …«

Er schüttelt meine Hand ab und steht auf. »Ich weiß jetzt, wo mein Platz ist, Costanza.« Seine Stimme klingt kalt. »Allah schenke dir Schatten auf deinen Wegen.«

»Aziz, nicht so …« Ich will ihn umarmen, aber er stößt mich zurück.

Und dann ist er fort.

Eine Woche später steckt mir ein kleiner Mohrenknabe einen Zettel zu. Darauf steht in arabischer Schrift: »Morgen bei Sonnenaufgang legt das Schiff ab, das mich nach al Andaluz bringt. Wenn du deine Meinung geändert hast, dann komm mit mir.«

Ich packe Sachen zusammen. Packe sie wieder aus. Schreibe Briefe und werfe sie ins Feuer. Der Tag vergeht. Ich weiß gar nichts mehr. Die Nacht kommt, ich kann nicht schlafen, stehe am Fenster. Gleich wird der Tag anbrechen. Ich kann nicht. Ich kann nicht. Die Sonne steigt als roter Ball über den Monte Catalfano. Ein Schiff setzt Segel und gleitet langsam durch die schimmernde Bucht von Palermo.

Ich habe meine Wahl getroffen.

4
Burg Streitberg, Winter 1175

Schläfrig döst die kleine Burg im Winternebel hoch über dem Tal der Wiesent. Unterhalb, dort, wo der Fels aufhört, liegt der befestigte Fronhof, dazu ein kleines steinernes Kirchlein. Ein paar Bauernhäuser ducken sich am Hang in die

Rodung, ihre Strohdächer sind reifbedeckt, aus Löchern im First quillt schwarzgrau der Rauch der Herdfeuer. Die Hofreiten sind von Palisaden und Flechtzäunen umgeben, bis hierhin kommen die Wölfe, wenn die Winter hart sind.

Es ist frühmorgens, die Hunde bellen, und die Menschen beginnen ihr Tagwerk. Eine Fronfuhre rollt über den Weg, sie hat vermutlich einen Teil des Kraut- und Rübenzehnts geladen, der nun auf die Burg soll. Die Ladung ist unter einer Plane verborgen. Hinter der Karre reiten gemächlich drei Bauern in dicken Umhängen. Die Rösser sehen ungewöhnlich gut aus, denkt sich der Wächter, das ist seltsam. Er öffnet das Burgtor weit, um die Fuhre einzulassen. Das Letzte, was er spürt, ist ein Schwerthieb, der ihm den Rücken spaltet.

Die Hölle bricht los. Unter der Plane springen Bewaffnete hervor, die Reiter haben ihre Umhänge abgeworfen und blankgezogen. Die kampffähige Besatzung der Burg besteht nur aus dem Torwart, einem Türmer und zwei Reisigen, dazu der Burgherr, der Schmied und sein jüngerer Bruder. Man war arglos; in Friedenszeiten sind nie mehr als ein paar Verteidiger in dem kleinen Felsennest. Jetzt stürmt der Edelfreie Konrad von Streitberg die Treppe zum Bergfried hinunter, das Schwert in der Hand. Er hat sich nicht die Zeit genommen, das Kettenhemd anzulegen, außerdem hätte es ihm wohl nicht mehr gepasst, er hat es seit fünfzehn Jahren nicht mehr getragen. »Albrecht von Neideck«, brüllt er, »du elender Schweinearsch, meine Burg kriegst du nicht!«

Ein mächtig gerüsteter Ritter stellt sich ihm in den Weg, breit und vierschrötig, er schwingt seinen schweren Bihänder mit erschreckender Leichtigkeit. Ein Kampf auf Leben und Tod beginnt.

Da: zwei helle Stimmen aus dem Fenster hoch über den Kämpfern. Es sind die Kinder des Burgherrn, der elfjährige Gottfried und die fünfjährige Hemma. Sie schreien vor Angst. Konrad von Streitberg zuckt zusammen, ist kurz unsicher geworden. In diesem Augenblick rauscht die zweischneidige Klinge mit Wucht heran und trennt ihm den Kopf vom Rumpf. Während der Körper erst auf die Knie und dann wie ein Sack in sich zusammenfällt, trudelt der blutige Schädel über den Burghof und bleibt schließlich in einer Pfütze liegen, die Zähne gebleckt.

Dann ist alles schnell vorbei. Die Burgmannen sind tot bis auf den alten Pferdeknecht, der sich im Heu versteckt hat, und die Dienstmägde. Und bis auf die Kinder.

»Du wirst mein geliebter kleiner Schwiegersohn werden«, sagt Albrecht von Neideck. Spritzer vom Blut des Vaters sprenkeln immer noch sein Gesicht. Eilig hat er es, der gierige Lump, sich das Territorium seines Nachbarn endgültig zu sichern. Gottfried versteht, worum es geht. Wenn der Neidecker einfach die Herrschaft an sich reißt, erklärt ihm womöglich der Bischof von Bamberg als Streitberger Lehnsherr die Fehde. Wenn aber der Sohn des rechtmäßigen Herrn die Tochter des Neideckers heiratet, ist es eine ganz einfache Sache der Familienpolitik. Und er, Gottfried, wird sich nicht gegen den übermächtigen Schwiegervater wehren können. Er ist ja schon froh, wenn er sich das Weinen verbeißen kann.

Er sieht zu Cuniza hinüber, seiner erklärten Braut. Sie ist ein paar Jahre älter und anderthalb Kopf größer als er, eigentlich ganz hübsch. Lange rotbraune Zöpfe fallen ihr bis auf die Hüften. Er will keine Frau. Er will seinen Vater zurück. Und seine kleine Schwester, die verschwunden ist, bestimmt auch tot. Aber da ist schon Vater Udalrich von der Dorfkirche. Die Spitze eines langen Spießes bohrt sich spürbar durch die Kutte in seinen Rücken. Der Neidecker legt seine Finger wie ein Schraubstock um Gottfrieds Nacken und zwingt ihn, sich neben Cuniza zu stellen. Dann geht alles ganz schnell. Der Priester vermählt das Paar, die anwesenden Ritter, alles Gefolgsleute des Neideckers, fungieren als Zeugen. Man rafft Brot, Geräuchertes, Sülzen und Würste aus der Küche zusammen, holt das einzige Fass Wein aus dem Keller, und dann feiern die Eroberer ihren Sieg, bis der Neidecker schließlich besoffen von der Bank kippt. Gottfried hat keinen Bissen hinuntergebracht, er hat die ganze Zeit über zu Vater Udalrich hinübergeschaut, der mit angewiderten Blicken das Gelage verfolgt hat. Schließlich geleitet man die Brautleute über die Wendeltreppe in eines der herrschaftlichen Schlafgemächer im ersten Stock.

Das Zimmer ist schon lange nicht mehr benutzt worden, allerlei Krempel steht herum, Kisten, lederne Eimer, ein Nachtscherben. Gottfried wird schmerzlich bewusst, dass es die Kemenate seiner Mutter ist. Niemand hat hier mehr geschlafen, seit die junge Burgherrin bei der Geburt ihrer kleinen Tochter gestorben ist. Der Junge fühlt sich nur noch sterbenselend. Er sieht seine Mutter weiß und kalt auf dem Totenlager liegen, zu ihren Häupten brennen zwei riesige Kerzen, drei Ellen hoch und dick wie Männerarme. Auf dem Fußboden stehen noch die aus Lindenholz gedrechselten Ständer mit den langen Eisendornen. Die Kerzen sind fort, stattdessen brennen Kienspäne an den Wänden, und das Bett ist leer. Gottfried wehrt sich nicht, als sie ihn ausziehen. Seine Nacktheit ist ihm peinlich, er flüchtet unter die kalten Laken, ein magerer, blasser Bub mit dünnen Armen und Beinen. Cuniza legt ihre Kleider hinter einem pergamentenen Wandschirm ab, wirft ein langes Hemd über und begibt sich ebenfalls zu Bett. Die Zeugen grölen besoffen und lassen das Paar hochleben. Dann fällt hinter ihnen die Tür ins Schloss. Ein Schlüssel dreht sich zweimal.

Cuniza weiß, was zu tun ist. Das Bürschlein ist alt genug, hat ihr Vater geraunzt, mach ihn geil. Je schneller ein Kind kommt, desto besser. Wir müssen Tatsachen schaffen, bevor der Bischof sich überlegt, was er tun will. Ja, Vater. Cuniza ist das Gehorchen gewohnt. Sie hat schon einmal heimlich zugesehen, beim Stallknecht mit seinem Mädchen, im Heu. Sie weiß, dass sie ihre Brüste zeigen muss und die dunkel behaarte Scham. Also setzt sie sich jetzt auf und zieht sich das Hemd über den Kopf. Gottfried liegt stocksteif neben ihr und presst die Arme an die Seiten. Keinen Blick tut er hinüber. »He«, sagt sie, »du!« Sie versucht, das Laken von ihm wegzuziehen, aber jetzt regt er sich und hält es mit aller Kraft fest. »Sieh mal!« Sie beugt sich über ihn. Ihre schweren Brüste hängen über seinem Gesicht wie Euter, dunkle Brustwarzen mit großen Höfen. Er will das nicht sehen. »Geh weg«, ruft er. Sie ist enttäuscht. »Magst du mich denn gar nicht?«, fragt sie. Er zieht sich das Laken übers Gesicht, sie zerrt es wieder fort. »Wenn wir's nicht miteinander tun, wird mein Vater böse«, sagt sie. Sie weiß nicht, was sie machen soll, schließlich ist es auch ihr erstes Mal. In ihrer

Verzweiflung spreizt sie die Beine, so hat sie es bei dem Mädchen im Heu gesehen. Gottfried findet den Anblick abstoßend. »Du bist eklig«, zischt er und kneift die Augen ganz fest zu. Aber sie muss ihn unbedingt dazu kriegen, sonst bekommt sie am Morgen Prügel. Sie kniet sich hin, und sie wagt es tatsächlich: Sie fasst ihn vorsichtig an, da, wo, wie sie glaubt, seine Männlichkeit sitzt.

Gottfried fährt hoch, als hätte sie ihn mit einer Nadel gestochen. »Lass mich, du Kuh!«, schreit er und stößt sie fort. Sie gibt nicht auf, die beiden ringen miteinander, zwei verzweifelte Kinder. Vor lauter Abscheu erwachsen dem Jungen Bärenkräfte, er drängt Cuniza zum Rand, sie wehrt sich, richtet sich auf. Und dann versetzt er ihr einen zweiten Stoß vor die Brust. Sie fällt aus dem Bett, rappelt sich auf, verheddert sich mit beiden Füßen im Laken. Hilfesuchend streckt sie die Arme aus, aber Gottfried schubst sie noch einmal weg, er will einfach nur, dass sie aufhört mit allem. Schreckensstarr sieht er, wie sie rückwärts taumelt und mit voller Wucht zu Boden stürzt. Und dann liegt sie da, nackt und weiß und still und stumm, die Füße auf der Treppenstufe des Bettpodests, den Kopf unten, und rührt sich nicht mehr.

Jesus, denkt er, ihm wird ganz kalt. Er kniet sich neben sie. Unter ihrem Hals sickert ein kleines rotes Rinnsal hervor. Er rüttelt sie, hebt ihren Kopf, und da sieht er es: Sie ist auf den Bodenständer der Totenkerze gefallen, und der lange Dorn hat sich von schräg unten in ihr Genick gebohrt, dort, wo die weichste Stelle ist. Das spitze Eisen ist tief in den Schädel gedrungen. Entsetzt lässt er ihren Kopf wieder fallen.

Und plötzlich hört er ein Geräusch, ein Quietschen und Knarzen. Atemlos greift er nach dem nächsten Ding, mit dem er sich verteidigen kann – dem rostigen Feuerhaken vor dem Kamin. Er steht bereit, als sich der Deckel der alten Schranktruhe langsam öffnet, und heraus klettert – Hemma. Sie rennt zu ihm und wirft sich in seine Arme. »Du«, krächzt er erleichtert und lässt den Feuerhaken fallen. »Gott sei Dank.«

»Ich hab mich versteckt, die ganze Zeit«, piepst die Kleine, »Goggi, ich hab solche Angst gehabt.«

Gottfried drückt sie fest an sich. Dabei schaut er auf die leblose Cuniza. »Die ist tot«, sagt er, »o lieber Gott, was machen wir bloß?« Seine Gedanken rasen, während er seine Kleider zusammensucht und sich hastig anzieht.

»Wir laufen einfach weg«, schlägt Hemma vor.

»Und wie?« Er weiß, dass die Kammer zugesperrt ist. Vor dem einzigen Fenster befindet sich ein Gitter, das Angreifer mit Sturmleitern abhalten soll. Fieberhaft überlegt er.

»Wir schlüpfen durchs Kackloch!« Hemma kichert.

Die Schlafkammer hat ein Privet, ein »heimliches Gemach«. Das ist ein kleiner Anbau auf zwei auskragenden Außenbalken. Hinter dem Türchen befindet sich eine hölzerne Sitzkonstruktion mit einem runden Loch. Der einzige Luxus auf Streitberg. Gottfried überlegt. »Es ist zu hoch. Wir bräuchten ein langes Seil.« Oder Bettlaken. Jedenfalls wird ihm schnell klar, dass Hemmas Vorschlag tatsächlich die einzige Lösung ist. Sein muss. Denn wenn der Neidecker in der Frühe seine tote Tochter findet, ist sein Leben keinen Pfifferling mehr wert. Der glaubt mir nie, dass es ein Unfall war. Der bringt mich um, denkt er, und zwar ohne vorher nachzufragen. Schon reißt er die Bettlaken in Streifen, verknotet sie miteinander. Zum Glück steht auch noch die Aussteuertruhe seiner Mutter an der Wand. Die ist voller Leinenzeug. Er schlitzt und knotet, schlitzt und knotet. Schließlich sind sie im ersten Stockwerk des Bergfrieds, darunter kommt ein kleines Stück Mauer und danach der anstehende Fels.

Kurz vor Morgengrauen ist er fertig. Zuerst steckt Gottfried das Silberzeug seiner Mutter, das mit in der Truhe war, in einen Kissenbezug, knotet ihn zu und wirft ihn durch den Abort. Sie müssen gar nicht durch das Loch, das Brett war ohnehin lose und hat sich abheben lassen. Er bindet seine kleine Schwester fest, so gut es geht, und lässt sie durch die quadratische Öffnung hinunter. Erst traut sie sich nicht, aber er duldet keine Widerrede. Zum Schluss befestigt er das Laken am Riegel der Abtrittstür, steigt über den Sitzkasten und klettert an den Knoten hinunter bis an den Fuß des Felsens. Gerade geht im Osten über den Hügeln die Sonne auf. Aus den Wassern der Wiesent steigt Nebel. Raben kreisen über der Burg. Die Kinder stehen unterhalb der Mauer, schauen nach oben und können kaum glauben, dass sie es da herunter geschafft haben. Dann nehmen sie sich bei der Hand und laufen los.

Vater Udalrich ist wie jeden Tag mit den Hühnern aufgestanden. Er reckt und streckt sich im Türstock seines Fachwerkhäuschens, einer besseren Hütte, die immerhin einen gemauerten Kamin als Rauchabzug besitzt. Dann will er mit seinem Schaff zum Brunnen, um Wasser zu holen, als er vom Burgberg her zwei kleine Gestalten kommen sieht. Die Kinder des toten Herrn!

»Vater Udo, Vater Udo«, ruft Hemma aufgeregt und rennt in seine Arme. »Es ist was Schreckliches geschehen! Du musst uns helfen! Die dumme Cuniza ist hingefallen und gestorben, und jetzt müssen wir schnell weg, sonst bringt ihr böser Vater uns alle um!«

Der Priester begreift schnell. Er hat gesehen, was am Tag zuvor geschehen ist, und er kennt den Neideck. Die Kinder sind in höchster Gefahr. »Kommt mit«, sagt er und geht durch den umfriedeten Gottesacker zum Kirchlein. Im selben Augenblick hört er schon Hufe donnern. Von droben preschen Reiter auf das Dorf zu. »Schnell!« Er schiebt Hemma und Gottfried im letzten Augenblick durch die Kirchenpforte. Draußen stieben unter lautem Gackern die Hühner zur Seite, während die Schergen des neuen Burgherrn ins Dorf einreiten und sich auf die paar Gebäude verteilen. Mit gezogenen Schwertern durchkämmen sie alle Hütten, brüllen und schlagen auf die verängstigten Bauern ein, stochern mit Saufedern in jeden Misthaufen.

Vater Udalrich hastet voraus zum Altar. Es ist ein einfacher Block aus vier aufrecht stehenden und einer darübergelegten Steinplatte. Zwar sieht er massiv aus, aber es ist nur billiger Tuffstein aus dem nahen Steinbruch, leicht und porös. Unter dem Altar ist das Reliquiengrab im Boden eingelassen, darin liegt in einem schön geschnitzten Holzkästlein des Priesters ganzer Stolz: ein Splitter vom Nasenbein des Heiligen Jakobus. Alle Jahre einmal muss das Heiltum herausgeholt werden, um der ganzen Gemeinde feierlich gezeigt und bei der Prozession vorangetragen zu werden. Deshalb lässt sich die linke Seitenplatte des Altars mit einer kleinen Anstrengung wegschieben. Vater Udalrich kniet sich hin und drückt kräftig mit der Schulter gegen den Stein, es knirscht, er bewegt sich. »Los, da hinein«, keucht er. »Und ihr bleibt da drin, bis ich euch wieder hole, verstanden!«

Da fliegt auch schon die Kirchentür auf, kaum dass der Priester sich noch geflissentlich das fleckige Altartuch greifen und ausschütteln kann. Es ist Albrecht von Neideck selber, der jetzt brüllt: »Wo ist er?«

Udalrich wendet sich ruhig an den Eindringling. »Wenn Ihr dieses ehrwürdige kleine Kirchlein betreten wollt, Herr, so seid so gut und legt vorher die Waffen ab. Es mag nicht viel scheinen, aber es ist doch das Haus Gottes. Und wen sucht Ihr?«

Der Neidecker lehnt tatsächlich sein Schwert an die Wand und bedeutet seinen Gefolgsleuten, dasselbe zu tun. »Den Jungen«, knurrt er. »Gottfried.«

»Hat er die Burg verlassen? Wie das? Nun, hier ist er jedenfalls nicht.« Vater Udalrich breitet die Fransendecke ungerührt wieder auf dem Altar aus und streicht die Falten glatt. Die Männer sehen sich im Kirchenschiff um, einer wirft einen Blick in den roh zusammengezimmerten Beichtstuhl, der andere schaut in das Sakristeizimmer. Der Neidecker wirkt misstrauisch, aber er kann sich Gott sei Dank nicht vorstellen, dass Udalrich ihn anlügen würde. Mit schweren Schritten geht er zum Altar, stellt den Fuß auf den Sockel und fixiert den Priester mit zusammengekniffenen Augen. »Wenn er auftaucht, haltet ihn fest, wenn es sein muss mit Gewalt, und schickt nach mir.« Dann stapft er grußlos hinaus, seine Häscher folgen ihm.

Erst als die Hufschläge längst verklungen sind, holt Udalrich die zitternden Kinder aus ihrem Versteck. »O du lieber Heiland, was mache ich bloß mit euch?«, murmelt er mehr zu sich selbst. »Hier könnt ihr nicht bleiben.«

Er bringt seine Schützlinge zunächst einmal ins Pfarrhäuschen und geht die Ziege melken. Hemma stürzt sich hungrig auf den Holznapf mit der noch dampfenden Milch, aber Gottfried bringt keinen Schluck hinunter. Wie soll es nur weitergehen? »Habt ihr jemanden, zu dem ihr hin könnt?«, fragt Udalrich. Gottfried schüttelt den Kopf. Da ist niemand. Eine Weile sitzen sie zu dritt und schweigen. Aber dann fällt dem Priester etwas ein. »Doch«, sagt er, »da ist wer. Jetzt weiß ich es wieder.« Er legt den Kindern die Arme um die Schultern. »Hört zu: Als eure Mutter starb, damals vor fünf Jahren, da kam zur Grablege ihr Bruder aus Bamberg. Es muss ein viel älterer Bruder gewesen sein, ich erinnere mich, dass er grauhaarig war und schwer zu Fuß. Meines Wissens lebte er als Cellerar im Kloster Michelberg. Er hielt damals eine schöne Leichenpredigt. Wie hieß er noch gleich …«

»Ist Bamberg weit?«, fragt Hemma.

»Nun, ein paar Tagesmärsche schon. Aber leicht zu finden. Ihr müsst nur die Wiesent flussabwärts bis Forchheim und dann weiter die Regnitz entlang. Ah, ja, jetzt hab ich's. Igilbert oder Igilolf, das war sein Name.«

Gottfried schöpft Hoffnung. »Meint Ihr, er würde uns aufnehmen?«

Der Priester zuckt mit den Schultern. »Wenn es ihn noch gibt, hilft er euch bestimmt. Schließlich ist er euer Onkel.«

»Dann gehen wir da hin.« Gottfried erschrickt vor seinen eigenen Worten. Ihm wird beängstigend klar, dass ab jetzt nichts mehr so sein wird wie vorher. Er und Hemma werden keine Heimat mehr haben, Streitberg vielleicht nie wieder sehen. Am liebsten würde er heulen. »Vielleicht kann ich alles vor den Bischof bringen«, überlegt er. »Ich bin doch unschuldig.«

»Oder vor den Herrn Kaiser!« Hemma ist stolz, dass sie weiß, dass es einen Kaiser gibt.

Udalrich lächelt. »Nun, ich fürchte, unser guter Kaiser Friedrich, den sie den Rotbart nennen, hat andere Dinge im Kopf. Wisst ihr, er herrscht über ein sehr großes Reich, und vermutlich ist er ohnehin gerade in einem fernen Land, das man Italien nennt, da ist er meistens. Da muss er alle, die sich gegen ihn auflehnen, mit Krieg überziehen und besiegen – ich erinnere mich, dass er vor ein paar Jahren eine große Stadt namens Mailand dem Erdboden gleichgemacht hat. Nun, gleichwie, das Dumme ist, dass ihr keinen Beweis dafür habt, dass Cunizas Tod ein Unfall war. Und keine

Zeugen. Das Beste ist, ihr redet mit niemandem über die Sache. Überlasst alles eurem Onkel, der wird wissen, was zu tun ist.« Hoffentlich, denkt Udalrich.

Am nächsten Tag, noch bevor der Morgen graut, bringt der Priester die Kinder zur Wiesent hinunter, wo die Fernstraße Richtung Westen entlangführt. Er hat ihnen Proviant für eine Woche mitgegeben und fürs Erste ein paar Münzen vom Silberzeug ihrer Mutter. Der Rest liegt sicher aufbewahrt im Reliquiengrab. Man weiß ja nie, unterwegs gibt es Räuber und schlechte Leute. »Wenn euch jemand begegnet, versteckt euch«, gibt Udalrich den beiden zum Abschied mit. »Und verratet um Gottes willen niemandem, wer ihr seid. Wenn man euch fragt, stellt euch dumm. Und jetzt geht mit Gott.«

Udalrich betet ein Vaterunser nach dem anderen, während er zusieht, wie die beiden Gestalten immer kleiner werden. Dann wendet er sich kopfschüttelnd um und stapft zu seinem Kirchlein zurück.

5
Bamberg 1177

»Ein Kloster ohne Bücher ist wie ein Staatswesen ohne Habe, eine Festung ohne Waffen, ein Tisch ohne Speisen, ein Garten ohne Pflanzen, eine Wiese ohne Blumen, ein Baum ohne Blätter …« Onkel Egilolf gerät schon wieder ins Dozieren. Liebevoll sieht er seinen Neffen an, der gerade mit riesengroßen Augen die Schätze der Bamberger Dombibliothek bewundert. Zum ersten Mal hat er ihn dorthin mitgenommen, seit er vor zwei Jahren urplötzlich mit seiner Schwester Hemma aus dem Nichts aufgetaucht ist und sein, Egilolfs Leben gewaltig durcheinandergebracht hat. Um die beiden zu schützen, ist Egilolf nichts Besseres eingefallen, als den Jungen in der Domschule unterzubringen, deren Leiter er ist. Für das Mädchen hat sich Gott sei Dank schnell ein Platz bei den Zisterzienserinnen im Frauenkloster St. Maria und St. Theodor am Kaulberg gefunden. Die beiden waren zwar untröstlich, weil er sie getrennt hatte, aber er hielt es für sicherer so, und schließlich konnten sie sich regelmäßig besuchen. Tatsächlich hatte bald darauf Albrecht von Neideck beim Bischof als dem Streitberger Lehns- und Gerichtsherrn vorgesprochen und die Verfolgung des vermeintlichen Mörders seiner Tochter verlangt. Egilolf hat Blut und Wasser geschwitzt, bis der Neidecker endlich unverrichteter Dinge wieder abreiten musste. Seitdem ist zum Glück alles ruhig geblieben.

Jetzt sieht Egilolf seinen Neffen von der Seite her an. Die Ähnlichkeit mit seiner Mutter wird immer größer, denkt er und kratzt sich vor Rührung die Tonsur. Die feingezeichnete Nase, die großen grauen Augen mit den dunklen Sprenkeln in der Iris, das Grübchen am Kinn. Und klug ist das Bürschlein, das muss man ihm lassen. Innerhalb eines Jahres hat er so viel Latein gelernt wie andere Schüler in dreien. Griechisch kann er auch schon recht ordentlich. Außerdem hat er auf dem Wachstäfelchen mit dem Stilus eine derart klare und exakte Schrift entwickelt, dass sich Egilolf mit ihm heute etwas Besonderes vorgenommen hat.

Er drückt Gottfried den Gänsekiel in die Hand. »Du nimmst die Feder mit drei ausgestreckten Fingern, genauso wie den Stilus«, erklärt er. »Weil du Rechtshänder bist, brauchst du immer eine Feder vom linken Flügel der Gans, sie schmiegt sich besser in die Hand.«

Gottfried tunkt die Feder in das Tintenhörnchen, das vor ihm in einer Vertiefung des Tischchens steckt. Dann setzt er auf dem Pergament an, es kratzt, die Spitze spleißt sich auf, ein kleiner Regen brauner Tröpfchen ergießt sich auf die Schreibfläche.

»Oh, oh, nicht zu stark aufdrücken, Junge!« Egilolf grinst. Das passiert allen am Anfang.

»Jetzt hab ich das Pergament verdorben.« Gottfried hat ein schlechtes Gewissen, er weiß, wie teuer die gegerbte Tierhaut ist.

»Nicht so schlimm«, beschwichtigt sein Onkel. »Das ist nur ein Palimpsest. So nennt man ein Stück Pergament, das schon einmal beschrieben war. Der alte Text wurde mit dem Messerchen oder mit Bims abgeschabt, und so kann man das Blatt ohne Reue zum Üben verwenden.«

Gottfried klemmt die Zunge zwischen die Zähne und versucht es noch einmal. Es geht schon besser. Egilolf nickt zufrieden. »Bis ich wiederkomme«, sagt er, »schreibst du sämtliche Buchstaben des Alphabets in Groß und Klein, so, wie du es gelernt hast. Wenn du etwas brauchst, wende dich an Bruder Anno dort drüben, er ist Leiter des Skriptoriums und Vorsteher der bischöflichen Kanzlei. Und merk dir: Die Hand niemals aufsetzen, den Unterarm niemals aufstützen – geschrieben wird frei.«

Gottfried macht sich fleißig ans Werk. Noch vor Mittag hat er eine Seite mit Buchstaben voll, schön gemalt, rund und regelmäßig, mit ordentlich gezogenen Unter- und Oberlängen. Bruder Anno ist nirgends zu sehen. Aber auf seinem Platz liegen etliche Bücher und Codices. Der Junge geht hinüber und blättert darin. Rote und schwarze Schrift entdeckt er, herrlich verzierte Initialen, Randmalereien. Noch nie hat er solch wunderschön ausgestaltete Textseiten gesehen. Wie sich die einzelnen Buchstaben zu Wörtern, die Wörter zu Zeilen aneinanderfügen. Wie perfekt die Zeilen untereinandersitzen. Und alle Buchstaben sind völlig gleich: An jedem a hängt unten das kleine Schwänzchen, jede Linie des m ist parallel zur anderen, jedes s hat die gleiche Verdickung am Schaft. Das ist eine wunderbare Kunst! So möchte er es auch machen! Er nimmt sich einen der Codices, setzt sich wieder an seinen Platz am Fenster, dreht seinen vollgeschriebenen Palimpsest um und fängt an zu arbeiten.

Als Egilolf später am Nachmittag zurückkommt, traut er seinen Augen nicht. Gottfried sitzt mit glühenden Wangen da, die Finger braun von Tinte. Links vor ihm liegen drei von Annos Codices. Und sauber stehen auf dem Pergament Sätze wie: »Dieses Buch und seinen Schreiber selbst nimm, Gott, als ein angenehmes Geschenk, das er dir gegeben hat.« – »Sage du, mein Buchstabe, wer ich bin. Ich bin der Erste unter den Schreibern, und weder mein Lob noch mein Ruhm werden danach untergehen. Meine Kunst zeigt den Schmuck dieses Buches an.« – »Durch liebevolles Bitten des Kölner Domherrn Hillinus fühlten wir uns nicht nur im Geiste, sondern auch im Fleische geschwisterlich verwandt, und sahen uns eingeladen, das vorliegende Buch zu schreiben und es in gläubiger Verehrung auf den Altar des Heiligen Petrus niederzulegen.« Darunter prangt ein A als Initial, um dessen Aufstrich sich filigran eine Blätterranke schlingt.

Egilolfs Augenbrauen sind so weit hochgeschnellt, dass sie fast den Haaransatz erreichen. Dieser Prachtjunge hat soeben bei seiner ersten Übung mit der Feder die Anfangsseiten dreier Handschriften kopiert, und zwar mit einer Kunstfertigkeit, um die ihn jeder Schreiberlehrling im zweiten Jahr beneiden würde! »Und das hast wirklich du selber geschrieben?«, erkundigt sich Egilolf noch einmal.

Gottfried nickt. Heiliger Strohsack, und aus dir wäre um ein Haar einer dieser nichtsnutzigen Schwertfuchtler und Pferdetreter geworden, wie sie zuhauf auf ihren schäbigen kleinen Ansitzen im Bamberger Hinterland hocken, denkt Egilolf. Danke, Herr!

Er macht sich auf die Suche nach Bruder Anno. Noch vor dem Abend ist Gottfried Lehrling in der Domschreiberei.

Kaum ein halbes Jahr später bekommt Bamberg einen neuen Bischof. Als Grenzbistum zu den unchristlichen Slawen ist es von besonderer Bedeutung für das Reich, also braucht man einen Mann an der Spitze, dem man viel zutraut. Die Wahl des Kaisers ist auf den jungen Otto von Andechs gefallen, einen Sprössling aus höchstem baierischen Adel, ehrgeizig und machtbewusst. Natürlich wollen alle am Hof dem neuen Herrn gefallen und mühen sich um seine Aufmerksamkeit. Egilolf hat seinem Neffen empfohlen, doch einen schönen kleinen Text zu Ehren des hohen Herrn zu verfassen, oder etwas Hübsches, das vom Papst oder dem Herrn Jesus handelt. Er will den Jungen voranbringen, und das geht am besten, wenn er dem Bischof gefällig ist. »Gib dir Mühe, Söhnchen«, hat er gesagt, »das ist wichtig für deine Zukunft!«

Und jetzt steht Gottfried vor dem Bischof, im Kaminzimmer der Hofhaltung gleich neben dem Dom. Otto von Andechs trägt volles Ornat, denn er kommt gerade vom Festgottesdienst. Das purpurne

Pluviale mit den goldgestickten Rosen darauf fällt ihm in schweren Falten von den Schultern bis zum Boden. Er ist groß gewachsen, ein ehrfurchtgebietender Mann mit wachen, unsteten Augen und der hohen Stirn der Andechser. Sein Blick ruht eine ganze Weile auf dem quadratischen Stück Pergament, das Gottfried beschrieben hat. Besonders feine, fast weiße Ziegenhaut, die so gut mit dem Schabeisen behandelt worden ist, dass sie nicht die kleinste Unebenheit aufweist. Darauf wunderschöne, regelmäßige Minuskeln in schwarzer Rußtinte. Die Initialen sind rubriziert. Auf Lateinisch steht da ein kurzer Psalm und darunter der Zusatz: »Erbarme dich, Herr Bischof, deines armen Schreibers. Dieses Blatt sei ein Geschenk, Gnädiger, an dich zur Erbauung deines Geistes und zum Genuß des Gebets. Jesus Maria Amen.« Um das Ganze hat Gottfried einen roten Rahmen gezogen, auf dessen linker oberer Ecke ein putziger kleiner Drache hockt und seine gezackten Flügel auf den Text herabhängen lässt.

Der Bischof hat schon viele Handschriften gesehen; er weiß, welches Talent hier vor ihm steht. Dieser Junge hat nicht nur eine außergewöhnlich klare und regelmäßige Schrift, er kann offensichtlich auch zeichnen. So jemand ist ein Schatz für jedes Kloster, das etwas auf sich hält. Er kann einen herrlichen Psalter fertigen, schön gestaltete Mess- oder Chorbücher, dekorierte Schriften der Kirchenväter. Codices, die zum Wertvollsten gehören, was ein Orden, ein Konvent, eine Abtei besitzt. Bücher, die mit der dreifachen Menge an Gold aufgewogen werden. Prunkbände, Chroniken. Otto von Andechs hat Ambitionen. Nicht nur im Politischen, im Hier und Jetzt. Nein, er will auch der Nachwelt im Gedächtnis bleiben, will noch in Jahrhunderten seinen Namen unvergesslich wissen. Und als Auftraggeber eines prächtigen Codex, das ist sicher, hat man ein Stück Unsterblichkeit errungen. Also, denkt der Bischof, werde ich diesen jungen Schreiber fördern. »Wie wäre es«, fragt er den errötenden Gottfried, »wenn ich dich zum Buchmaler ausbilden ließe? Würde dir das Freude machen?«

Der Junge hat einen Kloß im Hals. Er kann vor lauter Glück gar nichts sagen, nur heftig nicken.

Otto von Andechs schmunzelt. Aber er muss natürlich sicherstellen, dass der Knabe nicht zu einem anderen Auftraggeber überläuft, später, wenn er richtig gut geworden ist. Nach Köln oder Mainz womöglich, oder Lüttich, Gott bewahre! »Komm her«, sagt er zu Gottfried und hält ihm die rechte Hand mit dem Bischofsring hin, einem riesigen rundgemuggelten Hyazinth in schwerer Goldfassung. »Schwörst du mir Gehorsam, mir als Bischof von Bamberg, und auch dem Herrn Papst Alexander, der im heiligen Rom regiert? Schwörst du, nur mir und ihm zu dienen immerfort dein Leben lang?«

Gottfried ist vor Ehrfucht in die Knie gesunken. Kaum wagt er, die hingehaltene Hand zu ergreifen und einen Kuss auf den Ring zu drücken. »Ich schwöre es, Herr«, flüstert er fast unhörbar, dann noch einmal, lauter: »Ich schwöre es.«

Der Bischof ist es zufrieden. »Erheb dich«, lächelt er. »Und als ersten Auftrag sollst du mir ein kleines Bild malen. Ein Bild, auf dem der Heilige Vater auf seinem Thron sitzt und mir den Bischofshut aufs Haupt drückt. Geh zum Leiter des Skriptoriums und lass dir eine schöne Hundshaut dafür geben. Und sag, ich gebe Erlaubnis, die besten Farben zu benutzen.«

Auf dem Weg zurück in die Schreiberei ist Gottfried noch ganz erfüllt von der Begegnung mit dem Bischof, er läuft wie auf Wolken. Noch vor zwei Jahren hat er nicht gewusst, wie alles weitergehen soll, und jetzt sieht er plötzlich seine Zukunft klar und deutlich vor sich: Er wird irgendwann einmal das schönste Buch schreiben, das es je gegeben hat! Ein paar Klosterbrüder, die in aller Stille im Kreuzgang lustwandeln, wundern sich, als vor ihnen ein Junge plötzlich die Arme hochreißt, einen wilden Hüpfer macht, laut auflacht und dann mit hochgerafftem Unterkleid in Richtung Skriptorium rennt, als sei er urplötzlich verrückt geworden.

6
Kloster Reichenau 1179

»Der, der nicht zu schreiben versteht, glaubt nicht, dass dies eine Arbeit sei. O wie schwer ist das Schreiben: Es trübt die Augen, quetscht die Nieren und bringt zugleich allen Gliedern Qual. Drei Finger schreiben, der ganze Körper leidet …« Dies sind die Lieblingssätze von Meister Wendelin, die er bei jeder Gelegenheit seinen Lehrlingen vorbetet. Sie stammen aus einem alten Buch, Gottfried hat vergessen, aus welchem, aber wie wahr sind sie! Das Lernen ist kein Zuckerschlecken. Jede Stunde Tageslicht ist eine Arbeitsstunde. Ein Höchstmaß an Disziplin, Konzentration und Übung sind nötig, um Meister Wendelin auch nur das winzigste Lob abzutrotzen. Er hat Schüler aus dem ganzen Reich, man schickt ihm nur die Besten. Denn hier, in der Reichenau, auf einer kleinen Insel im Bodensee und nur über einen Damm zu erreichen, befindet sich das Zentrum der Buchmalerei nördlich der Alpen. Während andere Klöster meist nur ein einfaches Skriptorium mit einer kleinen Buchbinderei besitzen, gibt es hier einen riesigen Betrieb, in dem alles ineinandergreift, was zur Herstellung eines Buches nötig ist, bis hin zu einer eigenen Goldschmiede für die Prachteinbände.

Gottfried war zunächst in der Pergamentfertigung. Er hat stinkende Häute in gekalktes Wasser gelegt, damit alles Rohe weggefressen wird. Mit dem großen runden Schabmesser hat er schwitzend Fleisch und Haare entfernt, hat dann die gereinigten Häute in Rahmen gespannt und in die Sonne gestellt. Er hat die Bogen gefaltet und geschnitten, mit dem Bimsstein geglättet und Kreide aufgetragen, damit die Tinte später nicht verläuft. Er weiß jetzt, das Kalbshäute für einfache Schriftstücke genügen, dass aber die vom Schaf viel besser sind. Für kleine Bücher verwendet man gerne Hundshäute, denn weil der Hund nicht durch die Haut schwitzt, hat sie auch keine Poren. Ganz kostbar ist die Haut ungeborener Lämmer, man erkennt auf ihr sogar noch bläuliche Äderchen, das sorgt für schöne marmorierte Effekte. »Für die

Herstellung eines einzigen Buches braucht man an die fünfhundert Schafhäute«, doziert Meister Wendelin. »Also eine ganze Herde. Allein dies macht einen Codex schon so wertvoll.«

»Und die Tinte, Meister?«, fragt Gottfried. »Ist sie auch so kostbar?«

Der alte Wendelin wackelt mit dem ringelgelockten Kopf. »Bei der Tinte kommt es darauf an, dass sie sich gut verschreiben lässt, nicht ausbleicht und eine schöne dunkle Farbe hat. Sie darf nicht feuchtigkeitsempfindlich sein, und klumpen darf sie erst recht nicht. Nota bene: Die beste Tinte ist die braune Dornentinte. Komm, ich zeige dir, wie's geht.«

Er nimmt seinen Lehrling mit in die Farbstube, wo etliche Mönche emsig in Mörsern stampfen und in Schüsselchen rühren. Auf einer Kochstelle blubbert und dampft es aus kleinen Kesseln. Es riecht streng, säuerlich, mineralisch. In einer Ecke liegt, was Gottfried für Gestrüpp hält. »Schlehenzweige«, meint Wendelin. »Im April kurz vor dem Ausschlagen geschnitten, da sind sie voller Saft. Godehard, mein Bester, erzähl unserem jungen Bürschlein hier, wie du deine unvergleichliche Dornentinte machst.«

Bruder Godehard, ein schwerbeleibter junger Mann mit Hamsterbacken und blondem Haar, stellt sich hin und berichtet: »Ich lasse die Zweige erst ein paar Tage zum Trocknen liegen. Dann klopfe ich die Rinde mit dem Hammer ab, zerschlage sie zu kleinen Stücken und setze diese in Wasser an. Nach drei Tagen wird das erste Mal aufgekocht und abgegossen, das Wasser verfärbt sich dabei rotbraun. Dann noch drei- bis viermal Wasser zuschütten, aufkochen und abgießen, bis die Rinde ausgelaugt ist. Ein Quantum guten Rheinwein dazu, und das Ganze dann einkochen. Am Schluss gieße ich die Flüssigkeit in Pergamentsäckchen, darin trocknet der dicke Sirup zu einer festen Substanz. Will man damit schreiben, muss man davon nur noch die benötigte Menge abbrechen und mit einem Tröpfchen Wein auflösen. Dann hat man eine hervorragende Tinte, dunkel- oder rotbraun, gut wasserfest und leicht zu verschreiben.« Er wendet sich direkt an Gottfried. »Von diesem Haufen Zweige hier bekommt man gerade mal zwei Tintenhörnchen voll.«

Gottfried ist beeindruckt. »Und wenn man schwarze Tinte haben will?«

Meister Wendelin zeigt ihm den Inhalt eines Leinensäckchens: merkwürdige runde Gebilde, bräunlich grün und trocken. »Galläpfel«, erklärt er. »Du kennst sie von der Unterseite von Eichenblättern. Aus ihnen und ein paar weiteren Zutaten macht man eine etwas dunklere Tinte, die aber gerne Feuchtigkeit zieht und andere schlechte Eigenschaften hat. Ganz schwarz ist nur Rußtinte, aber sie ist wasserlöslich. Deshalb benutzen wir sie selten.«

»Werde ich auch lernen, wie man die herrlichen bunten Farben für die Malereien macht?«, fragt Gottfried.

Wendelin wedelt mit der Hand. »Gemach, gemach, junger Freund, das kommt schon noch. Bis dahin merke dir: Geduld ist die Schwester der Klugheit.«

In der Reichenau verliebt sich Gottfried zum ersten Mal unsterblich – nicht etwa in ein Mädchen, o nein, sondern in ein Buch. Er ist jetzt so weit, dass man ihn in die Buchmalerei aufnimmt, und damit hat er Zugang zu den gesicherten Räumen der Bibliothek, wo die besonders wertvollen Prachtbände liegen. Überhaupt ist die Reichenauer Bibliothek ein Wunder! Die größte der Welt und das Gedächtnis der Menschheit soll sie sein, nachdem Caesar die berühmte große Bibliothek von Alexandria abgebrannt hat! Und Gottfried glaubt das gerne, denn hier lagern Bücher über Bücher, auch antike Rotuli und Papyri, Hunderte, ja, Tausende müssen es sein. Er weiß gar nicht, welches er sich zuerst anschauen soll; sein ganzes Leben wird nicht ausreichen, um alles hier zu lesen. Aber das Schönste, das hat er jetzt gesehen: das Evangeliar, das die Reichenauer Buchkünstler für Kaiser Otto III. angefertigt haben. Fast zweihundert Jahre ist es nun schon alt, aber die Farben leuchten noch wie am ersten Tag. Die Bilder sind so lebensecht, dass Gottfried glaubt, die Figuren würden ihm im nächsten Augenblick entgegenspringen, würden sich aus der planen Fläche des Pergaments lösen, um ihre Szenen als lebendige Wesen weiterzuspielen. Immer wenn er den Codex aufschlägt – und das tut er fast jeden Tag –, wenn er den edelsteinbesetzten Einband mit der Elfenbeinschnitzerei öffnet, macht er sich innerlich gefasst auf dieses Miraculum. Er stellt sich vor, dass winzige Männlein die Seiten hochstemmen, um sich nach draußen zu quetschen, dass Hündchen anfangen, zwischen den Buchstaben herumzuschnüffeln, Vögel aus der Randbordüre in die Freiheit des Skriptoriums flattern und kleine Eselchen auskeilen und über das Lesepult galoppieren. Wenn er jemals so malen könnte …

Jedes bisschen seiner Freizeit verbringt er in der Bibliothek. Was sonst im Kloster vor sich geht, nimmt er kaum wahr. Nicht einmal die Tatsache, dass der Kaiser zu Besuch gekommen ist, interessiert ihn sonderlich. Während die ganze Reichenau in heller Aufregung durcheinanderrennt, um Friedrich Barbarossa und seinem Gefolge den Aufenthalt angenehm zu machen, bleibt Gottfried von all dem Trubel unberührt. Er hat den hohen Herrn einmal kurz von Ferne gesehen, als er zusammen mit dem Abt durch den Kräutergarten spaziert ist. Einen dunklen Haarschopf hat er erkennen können und, tatsächlich, einen roten Vollbart. Ansonsten ist der mächtige Herrscher von eher unauffälligem Äußeren, und beim Laufen zieht er das linke Bein ein bisschen nach – bestimmt eine alte Kampfverletzung, denkt Gottfried und ist ein bisschen enttäuscht von der wenig beeindruckenden Gesamterscheinung. Aber mit Krone sieht der Kaiser bestimmt ehrfurchtgebietend aus.

Gottfried sitzt auf seinem festen Platz, ganz hinten an einem der Westfenster, wo die Sonnenstrahlen lange Licht bieten. Wie immer liegt vor ihm ein Übungspalimpsest, und er versucht sich an neuen Herausforderungen. Gerade beschäftigt er sich mit der Maltechnik für Gewänder, seine Vorlage ist ein Evangeliar, das im 9. Jahrhundert im Kloster Niederaltaich gefertigt wurde. Er hat vor sich ein Bildnis des Heiligen Johannes, wie er auf einem Scherenhocker sitzend einen Papyrus beschriftet. Die Kutte ist taubenblau, mit dunklen Fältelungen. Gewänder, so memoriert er vor sich hin, bestehen aus einer Grundfarbe, mindestens einer Höhung für den Lichteinfall und einer Schattenfarbe für die Fältelung und den äußeren Rand. So versucht er es nachzumalen. Während er arbeitet, tut sich die Tür auf, und Bruder Adelolf, der Leiter der Bibliothek, kommt herein, einen dunkelhaarigen Jungen im Schlepptau.

Er führt ihn herum, zeigt ihm dies und das und weist ihm schließlich ehrerbietig den Platz am besten Fenster an, der sonst nur ihm selbst zusteht. Nachdem er noch einen Stapel der schönsten Codices herbeigeschleppt hat, verbeugt er sich ein paarmal und zieht sich dann zurück. Der Junge muss ein vornehmer Adeliger aus des Kaisers Gefolge sein, denkt Gottfried und mustert ihn, wie er so schräg vor ihm sitzt. Im Alter dürfte er ungefähr mit ihm gleich sein. Er ist gut gekleidet, trägt eine himmelblaue Seidentunika mit Überwurf, weiche Ledersandalen und gegen die Kälte – in der Bibliothek mit ihren dicken Mauern ist es immer kühl – einen fehverbrämten Mantel. Blass ist er, mit schmalen Lippen und hellgrauen Augen, und er hat das Gesicht voller Pusteln. Wenn er schluckt, hüpft der Adamsapfel an seinem dünnen, langen Hals auf und ab. Gottfried wendet sich wieder seiner Aufgabe zu und kopiert den Faltenwurf des Johannesgewandes auf sein Arbeitsblatt.

Der Junge indes, nachdem er eine ganze Zeitlang sich mit den Codices gelangweilt hat, steht auf und macht sich auf die Suche nach Interessanterem. Er schlendert an den hohen Regalen entlang, holt hier einen Band hervor und dort, sucht in der einen Truhe und dann in der anderen nach etwas, das ihm gefallen könnte. Schließlich entdeckt er in einem Nebenraum etwas ganz Unerhörtes. Er klemmt sich das Buch unter den Arm und nimmt es mit an seinen Studierplatz.

Gottfried fragt sich, was der andere da wohl entdeckt hat, denn der vertieft sich mit Feuereifer in der Schrift. Schließlich übermannt ihn die Neugier, er steht von seinem Platz auf, reckt und streckt sich und schlendert wie zufällig am Tisch des Jungen vorbei. Da plötzlich wird die Tür zum Skriptorium mit Schwung aufgestoßen, und eine ganze Menge Leute strömt herein, allen voran – der Kaiser! Hinter ihm der Abt, danach alle möglichen Würdenträger des Reiches. Unter ihnen – Gottfrieds Herz schlägt ein bisschen höher – der Bischof Otto von Bamberg, sein Gönner. Ganz unbeeindruckt von der Würde des Ortes durchmisst der Kaiser mit raschen Schritten das Skriptorium. Keinen Blick verschwendet er an die vielen Prachtbände, die Codices, die Meisterwerke der Buchkunst, die überall in den Regalen stehen. »Ah, da bist du ja, mein Sohn!«, ruft er und steuert stracks den Platz an, von dem der dunkelhaarige Junge gerade aufgesprungen ist. Du meine Güte, denkt Gottfried, das ist Heinrich, der Sohn des Kaisers und gewählte König des Reiches! Die ganze Zeit über hat der Erbe des großen Barbarossa schräg vor ihm auf der Lesebank gesessen!

»Äh, Vater ...« Heinrich ist sichtlich erschrocken. Er erhebt sich und macht eine kleine Verbeugung.

»Das ist mein Sohn!«, lächelt stolz der Kaiser. »Immer strebsam nach Wissen! Seht, wie viele Bücher er neben sich angesammelt hat!«

Neugierig langt er nach dem aufgeschlagenen Codex, der neben Heinrich als Nächstes auf dem Lesepult liegt. Und prallt zurück.

Heinrich läuft dunkelrot an. Und als Gottfried über die Schulter des jungen Königs schielt, versteht er auch, warum.

Heinrich hat sich eine etwas außergewöhnliche Abschrift des Alten Testaments aus der Hofschule Karls des Großen vorgenommen. Die Abschrift ist, wie soll man sagen, ein eher weltlich ausgerichtetes Werk, denn der Künstler hat viel Wert auf die wirklichkeitsgetreue Darstellung gelegt. Und er hat sich nicht davor gescheut, auch, nun ja, gewisse fleischliche Dinge redlich mit dem Pinsel zu verewigen. Unter den Reichenauer Lehrlingen und Novizen ist das Buch bekannt wie ein bunter Hund und Gegenstand stetiger Witzeleien. Und genau wie alle jungen Männer war der halbwüchsige Prinz ganz offenbar hingerissen von der, gelinde gesagt, Offenheit der künstlerischen Sichtweise. Ausgerechnet als der Kaiser zugreift, liegt da die Seite aufgeschlagen, die die Geschichte von Sodom und Gomorrha illustriert. Eine kopulative Ansammlung von weiblichen und männlichen Körpern, Arme und Beine ineinander verschlungen, Brüste an Lippen, Zungen auf Haut, männliche Glieder hochaufgerichtet, im Begriff, einzufahren in weit geöffnete weibliche Schlünder. Hier bleibt nicht viel der Phantasie überlassen. Man sieht lustverzerrte Gesichter, Dirnen in schlangengleicher Vereinigung mit Dirnen, hitzige Männer in widernatürlicher Kopulation mit Hunden und Schafen. Eine von

Meisterhand gezeichnete Orgie menschlicher und tierischer Lust, bei der Himmel und Hölle sich vermischen zum tiefsten Strudel fleischlicher Leidenschaften. Gottfried spürt, wie sich sein Geschlecht hebt und hart wird allein im Gedanken an die sündigen Bilder. Und gleichzeitig wird ihm die Peinlichkeit der Situation klar. Nicht nur, dass der Junge, der offensichtlich der König ist, am liebsten vor seinem Vater in den Boden versinken würde. Auch die Scham des Kaisers über seinen Sohn, der statt zu lernen sich an Unanständigkeiten ergötzt. Und über des Kaisers Schulter sehen mindestens zehn weitere Augenpaare, womit sich der Erbe des Reiches soeben beschäftigt hat. Ein unterdrücktes Prusten ist zu hören. Der Kaiser ringt um Fassung.

In diesem Augenblick, Gottfried hätte hinterher nicht erklären können, warum, richtet er das Wort an den jungen König und sagt: »Ich danke Euch, Herr, dass Ihr für die Zeit meiner Abwesenheit meine Bücher hier gehütet habt.« Mit den Augen gibt er Heinrich ein Zeichen – der begreift und wendet sich Gottfrieds Arbeitsplatz am hinteren Fenster zu.

»Ah, dies ist deine Lektüre, junger Mann?« Abt Diethelm atmet auf und tätschelt Gottfried die Schulter. Er hat die Situation sofort begriffen und spielt mit.

»Ja, Ehrwürden. Ich studiere die bestmögliche Zusammensetzung der Hautfarbe. Hier zum Beispiel«, er deutet auf eine Szene, in der ein Mann ein Mädchen auf verbotene Weise von hinten nimmt, »wird eine Mischung aus Bleiweiß und Zinnober verwendet, die man Inkarnat nennt. Da das Bleiweiß im Laufe der Zeit manchmal nachdunkelt, sieht man in den Flächen schon Schatten. Wir versuchen inzwischen diesen schädlichen Effekt zu vermeiden, indem wir dem Bleiweiß ein Quantum Ziegenurin beimischen.«

Der Abt unterdrückt ein Grinsen. Mit ernster Miene wendet er sich an den Kaiser: »Unsere Buchmaler sind die besten im ganzen Reich, Herr. Sie beziehen ihr Wissen aus Werken, die seit Jahrhunderten in unserem Besitz und für niemandes Augen bestimmt sind als allein für ihre.«

Barbarossa ist es zufrieden. Er winkt seinen Sohn näher, dessen Gesicht inzwischen wieder Farbe angenommen hat. »Merke dir, Heinrich, ein Reich lebt nicht nur von Macht und Krieg, von Steuern und Privilegien, sondern es existiert auch aus seiner Geschichte heraus. Und es braucht Kunst und schöne Dinge, um sich über die einfachen Notwendigkeiten des Daseins zu erheben. Was Menschen wie unser junger Freund hier«, und dabei deutet er auf Gottfried, »einmal zuwege bringen, wird noch in vielen Generationen an uns und unsere Taten erinnern.«

Heinrich ist so erleichtert, dass er gar nicht weiß, was er sagen soll. Er sieht Gottfried an, seine Lider senken sich zu einem stummen Dank. Dann zieht ihn sein Vater weiter.

Bischof Otto von Bamberg hat die Szene genau beobachtet. Und natürlich hat er sofort begriffen. Während er nun im Gefolge des Kaisers weiter durch die Bibliothek wandert, überlegt er, welchen Honig er aus dieser kleinen Begebenheit saugen kann. Fröhlich summt er eine kleine Melodie vor sich hin. Denn eines ist jedenfalls klar: Gottfried hat sich soeben die Dankbarkeit des jungen Königs gesichert. Heinrich steht ab jetzt in der Schuld seines, Ottos, Schützlings, der ihm ewigen Gehorsam geschworen hat. Das kann nur gut sein.

Am nächsten Tag lässt der Bischof Gottfried ein Federmesser schicken. Ein hübsches, scharfes, fein verziertes Messerchen mit Elfenbeingriff zum Zuschneiden von Gänsekielen. Er weiß, dass jeder Schreiber ein solches Utensil wie seinen Augapfel hütet.

Und noch jemand macht Gottfried ein Geschenk. Ein Knappe, auf dessen Wams das königliche Wappen prangt, bringt ihm ein längliches Stoffpäckchen in die Schreiberei. »Vom Herrn König«, vermeldet er und ist schon wieder fort. Vorsichtig wickelt Gottfried den Inhalt aus – es ist die schimmernde, graubraun gesprenkelte Feder eines Gerfalken, vorne fachmännisch angespitzt und eingeschnitten. Gottfried wagt kaum, die Kostbarkeit anzufassen, zum Schreiben ist sie natürlich viel zu schade. Stolz und glücklich trägt er sie in seine Kammer und legt sie in das kleine Kästchen, das seine wenigen Besitztümer enthält: Ein paar Geldstücke, eine kupferne Fibel, die ihm Onkel Egilolf geschenkt hat, ein Lederbändchen, um beim Schreiben das Haar zurückzuhalten. Die Falkenfeder findet ihren Platz gleich neben Gottfrieds kostbarstem

Schatz, einer feuerroten Locke, die ihm seine Schwester Hemma beim Abschied von Bamberg geschenkt hat.

Als er das Kästchen wieder verschließt, hat er das merkwürdige Gefühl, als habe etwas Bedeutsames, etwas Schicksalhaftes, seinen Anfang genommen.

7
Bamberg 1181

Für das Gesicht würde Gottfried ein bläuliches Grau nehmen, Veneda genannt. Die Höhungen für den Nasenrücken und die Schädelkalotte könnten mit einem weißlastigen Inkarnat gehen, die Schatten bräuchten eine Zumischung von Grüner Erde und gebranntem Ocker. Aus den Lippen ist sämtliche Farbe gewichen, Veneda mit einer winzigen Beigabe von Eisengallus, denkt Gottfried. Sie entblößen eine lückenhafte Reihe gelblicher Zähne, ganz wenig Safran mit Bleiweiß und braunem Zinnober. Der Tod hat seine eigenen Farben. Es sind die Rottöne, die fehlen, erkennt Gottfried, Rot steht für Blut, für die Liebe, für das Leben. Dies alles geht ihm durch den Kopf, während er am Fußende des Totenlagers steht. Er spürt, wie die Traurigkeit in alle Fasern seines Körpers kriecht, ihn stumm macht und lähmt. Onkel Egilolf ist gestorben, am Schlagfluss, sagt der Bischof. Es hat ihn vor drei Wochen getroffen, mitten bei den Vorbereitungen für Michaeli. Man hat gehofft, es sei noch Zeit genug, auf Bitten des Sterbenden seinen Neffen aus der Reichenau herbeizuholen, aber Gottfried ist zu spät gekommen. Jetzt kann er nicht mehr Abschied nehmen, aber wenigstens einen stillen Dank sagen dafür, dass Egilolf ihn aufgenommen hat, damals, als er mit Hemma auf der Flucht war. Sein neues Leben, seine Arbeit als Buchmaler, alles verdankt er ihm. Und jetzt ist der liebenswerte alte Herr tot, sein letzter erwachsener Verwandter. Es bleibt ihm nur noch Hemma.

Groß ist sie geworden, du liebe Güte! Mit einem Juchzer fliegt sie in seine ausgebreiteten Arme und lässt sich herumschwenken. Ihre roten Locken fliegen.

»Goggi!« Immer noch nennt sie ihn so, obwohl er doch inzwischen siebzehn ist, ein richtiger Mann! »Bleibst du jetzt wieder hier in Bamberg?«

»Nur kurz«, antwortet er, »es gibt noch viel zu lernen in der Reichenau. Aber dann komm ich zurück, und wir bleiben für immer zusammen. Oder willst du etwa Nonne werden?«

Sie schüttelt den Kopf, ihre Augen blitzen. Grün wie heller Malachit, denkt Gottfried. »Aber wo«, sagt sie und wird plötzlich ernst. »Ich werde einmal den schönsten Prinzen im ganzen Reich heiraten. Und dann lebe ich mit ihm glücklich und zufrieden in unserem weißen Schloss auf dem hohen Felsen.«

Streitberg. Ich weiß, denkt Gottfried. Auch er träumt manchmal davon, auf die Burg seiner Kindheit zurückzukehren. Wie mag es dort inzwischen aussehen? Onkel Egilolf kann er nun nicht mehr fragen. Hemma errät seine Gedanken. »Meinst du, wir können jemals wieder nach Hause?«

Sein Blick verdunkelt sich. »Ich weiß es nicht, Kleine.«

Hemmas Frohsinn ist plötzlich verschwunden. »Stell dir vor, ich hab den Kaiser gesehen!«, lenkt Gottfried sie ab.

»Nein!«, ruft sie ungläubig und reißt die Augen auf. »Erzähl!«

»Er ist tatsächlich ein Rotbart. Groß ist er nicht, aber seine Haltung ist edel, und er hat Sommersprossen auf der Nase, so wie du. Sein Sohn, König Heinrich, sieht ihm sehr ähnlich …«

»Den hast du auch getroffen?« Hemma ist überwältigt.

»O ja, und er hat mir eine Schreibfeder geschenkt, von einem Jagdfalken.«

Hemma überlegt. »Wenn du ihn so gut kennst, hilft er uns ja vielleicht.«

»Ach, Kleine.« Er will nicht mehr darüber reden. »Erzähl mir lieber von dir.« Einmal mehr ist ihm schmerzhaft bewusst geworden, dass er, Gottfried von Streitberg, in den Augen der Welt immer noch als Mörder gilt. Und dass niemand wissen darf, wer er wirklich ist.

Am nächsten Tag schlendert er durch Bamberg. Es ist Michaelimarkt, und die ganze Stadt ist auf den Beinen. Am Tag des heiligen Michael steht es allen Knechten und Mägden frei, ihre Stellung zu wechseln, und so sind die Straßen voll von Menschen, die ihre Habseligkeiten als Bündel auf dem Rücken tragen und einen neuen Herrn suchen. Von weit her sind Händler gekommen, um ihre Waren anzupreisen, ein Stand, eine Bude steht neben der anderen. Auf dem Grünen Markt wimmelt es nur so von Bauern, die Kräuter, Salat und Gemüse feilbieten, Körbe mit Eiern, Weidenkäfige mit Hühnern und Enten, frisch geschlachtete, noch ungehäutete Lämmer, Hasen, Zicklein und Eichhörnchen. Da stehen Tonnen mit zappelnden Karpfen, die großmäulig zuschnappen, wenn man die Fingerspitze ins Wasser hält. Ein altes Weiblein preist mit krächzender Stimme ihre fetten Schnecken an, die in einer Kiste mit Sägespänen durcheinanderkriechen. Kinder tragen Körbe mit Pilzen aus dem Hauptsmoorwald – Rotkappen, Birkenpilze, Bärentatzen, Pfifferlinge. »Honig!«, schreit jemand, »süße Waben aus dem schönen Wiesenttal! Kommt und seht!«

Gottfried hält inne und schaut sich suchend nach dem Rufer um. Schließlich entdeckt er ihn neben einem Rübenstand und gesellt sich zu ihm.

»Mögt ihr?« Der Mann, ein blonder Hüne mit einem von rotgeschwollenen Stichen übersäten Gesicht, hält ihm ein Stückchen abgebrochener Wabe zum Probieren hin. »Frisch aus der Baumhöhle geschnitten.«

Gottfried saugt daran und leckt sich die klebrigen Lippen. »Woher kommt Ihr im Wiesenttal?«, fragt er.

»Waischenfeld«, antwortet der Zeidler. »Kennt Ihr Euch dort aus?«

»Ich bin in der Nähe von Streitberg geboren«, antwortet Gottfried ausweichend.

»Streitberg? Da könnt Ihr froh sein, wenn Ihr nicht mehr dort seid, Herr. Es ist kein guter Ort.«

»Wie meint Ihr das?«

Er zuckt die Schultern. »Unter einem bösen Herrn ist nicht gut leben. Streitberg gehört seit etlichen Jahren dem von Neideck, und von dem raunen die Leute, er sei der Teufel persönlich. Angst und Schrecken verbreitet er, so heißt es. Prügelt die Bauern, schändet ihre Töchter, zündet die Häuser der armen Teufel an, die ihre Abgaben nicht leisten können.«

Gottfried versetzt es einen Stich.

»Außerdem«, der Zeidler neigt sein verstochenes Gesicht vertraulich zu Gottfried, »außerdem soll es in der Burg umgehen.«

»Umgehen?«

»Ja, bei meiner Seel! Die Tochter vom Neideck, heißt es, hat dort droben durch meuchlerische Hand ihr Ende gefunden. Und nun kommt ihr Geist jede Nacht zurück, heult und klagt, dass man es bis ins Dorf hören kann. Die Leute sagen, sie findet keine Ruhe, bis ihren Mörder die gerechte Strafe ereilt hat.«

Heilige Muttergottes! Gottfried läuft es eiskalt den Rücken hinunter. Er will weg, nur weg von diesem Mann, der so schreckliche Dinge erzählt. Blindlings wendet er sich um, rempelt dabei eine dicke Frau an und stolpert davon.

»He, und was ist jetzt mit meinem Honig?«, ruft ihm der Zeidler hinterher. Dann spuckt er einen grünlichen Priem auf den Boden. »Schisser!«

Der Bischof räkelt sich in seinem gepolsterten Sessel vor dem Kamin. Abends ist es jetzt schon empfindlich kalt, und sein Besucher aus Rom soll auf keinen Fall frieren. Hoch hat er das Feuer aufschüren lassen, im Raum hat sich mollige Wärme ausgebreitet. Auf dem Beistelltisch stehen ein Obstkörbchen und ein Krug vom besten Wein, den die Bamberger Häcker im letzten Jahr zustande gebracht haben, ein wunderbarer Tropfen, schön mit Knochenmehl geklärt und mit feinem Alant versetzt.

»Mein lieber Valdini, es ist eine Freude, mit Euch zu plaudern«, sagt Otto. »Euer Vorgänger war ja leider nur des Lateinischen mächtig, aber Ihr seid, mit Verlaub, ein hervorragender Kenner des Deutschen.«

Luca Valdini fühlt sich geschmeichelt. Trotz seiner Jugend – gerade erst hat er die Dreißig überschritten – ist er vor kurzem von der Kurie mit der delikaten Aufgabe betraut worden, die Einstellung der deutschen Bischöfe zur staufischen Herrschaft und vor allem ihre Treue zum neu gewählten Papst zu erkunden. Es ist eine geheime Mission, denn man möchte nach der Wahl des Luccaners Ubaldo Allucingoli zum neuen Heiligen Vater zwar Verbündete suchen, aber den Frieden mit Kaiser Friedrich nicht gefährden. Noch nicht. Denn natürlich hat sich an der prinzipiellen Gegnerschaft zwischen Kaiser und Papst nichts geändert.

»Seine Heiligkeit Papst Lucius wird hoch erfreut sein, zu hören, dass Eminenz ein treuer Parteigänger der päpstlichen Sache sind«, bemerkt Valdini. Er nimmt einen Schluck aus seinem Silberpokal und rümpft angewidert die Nase, aber so, dass es der Bischof nicht sieht. Die Weine nördlich der Alpen sind eine Geißel des Herrn.

»Nun, als hoher Würdenträger sowohl des Reichs als auch der Mutter Kirche sind wir genötigt, unsere Haltung wohl zu bedenken«, entgegnet Otto und nascht eine Traube. »Darf ich ehrlich sein? Papst Alexander, Gott sei seiner Seele gnädig, war eine Besetzung, die der Kaiser nicht akzeptieren konnte, und damit auch ein Ärgernis für uns deutsche Bischöfe. Aber dass er nacheinander vier Gegenpäpste hatte, alle unterstützt von Barbarossa, war schon eine traurige Entwicklung.«

Valdini neigte sich zu seinem Gesprächspartner. »Ganz im Vertrauen, Eminenz, ich möchte behaupten, dass die Installation der Gegenpäpste durch den Kaiser nicht hilfreich war.«

Otto murmelte seine Zustimmung. Dem rechtmäßigen Papst Alexander hatten über viele Jahre hinweg mehrere vom Kaiser eingesetzte Gegenpäpste gegenübergestanden. Aber nun war Alexander tot. Das Ende des Schismas war gekommen. Und damit auch eine neue, stärkere Machtstellung des nunmehr einzigen Papstes Lucius III.

»Um ganz offen zu reden«, fährt Valdini fort, »ich glaube nicht, dass Lucius es sich gefallen lassen wird, wenn der Kaiser weiterhin eine papstfeindliche Politik betreibt. Schließlich ist die ›Zwei-Reiche-Theorie‹ des Kirchenvaters Augustinus, auf die er sich beruft, längst hinfällig.«

Otto von Andechs weiß, wovon Valdini spricht. Nach Augustin sind Kaisertum und Papsttum die beiden gleichberechtigten Säulen, auf denen das Christentum ruht. Aber spätestens seit Canossa ist die Rivalität zwischen Kirche und Kaiser offen ausgebrochen. Das Papsttum strebt die Suprematie über die weltliche Herrschaft an; der Satz »Ja von wem hat denn der Kaiser die Krone, wenn nicht vom Herrn Papst?« formuliert den Standpunkt der Kirche klar und deutlich. Der Kaiser seinerseits will sich nicht in die Besetzung der deutschen Bischofsstühle hineinreden lassen, und er will sich nicht als Lehnsempfänger des Papstes verstehen, ganz im Gegenteil. Er versucht nicht nur, den Einfluss Roms auf das Reich zu unterbinden, sondern strebt überdies danach, dem Patrimonium Petri durch territoriale Umklammerung die Luft zum Atmen zu nehmen.

»Ihr wollt also wissen«, kommt der Bischof zum Punkt, »auf wessen Seite ich in diesem Konflikt stehe.«

»Der neue Papst will das wissen, ja«, entgegnet Valdini. »Er fürchtet, dass Barbarossa Pläne hat, Süditalien, ja, womöglich Sizilien zu erobern. Damit wäre der Kirchenstaat der kaiserlichen Willkür ausgeliefert und politisch nicht mehr handlungsfähig. Der Papst wäre nur noch ein Spielball kaiserlicher Interessen.«

Otto schließt die Augen. Er ist nicht nur ein Kirchenmann und Politiker, er ist auch ein tief gläubiger Mensch. Eine Niederlage des Papsttums – das darf nicht sein. Gott und der Heilige Vater kommen vor dem Kaiser und vor den Interessen des Reiches. »Ihr dürft Herrn Lucius meiner höchsten Zuneigung und meiner absoluten Loyalität versichern«, sagt er. »Umso mehr, als in den letzten Jahren eine bedauerliche Entwicklung eingetreten ist. Der Kaiser fördert nicht mehr die großen alten Dynastien wie die meine, sondern neue Familien, entweder aus dem Ministerialenstand oder nur von niederem Adel, die auf seine Unterstützung angewiesen und ihm unbedingt ergeben sind. Unfreie und Emporkömmlinge, eine Schande ist das! Erst kürzlich hat er das Herzogtum Bayern den Wittelsbachern verliehen. Dabei hätten wir es verdient gehabt! Das Haus Andechs hat dem Kaiser stets treu gedient, und so hat er es uns vergolten!« Der Bischof ist so wütend, dass er beim Gestikulieren seinen Wein verschüttet.

»Das ist auch Rom schon aufgefallen, Eminenz.« Valdini nickt vielsagend. »Eine, gelinde gesagt, unkluge Politik. Ein anderes Geschlecht als die Staufer auf dem Thron würde diesen Fehler sicherlich nicht machen.«

Oho, daher weht also der Wind! Valdini spielt auf den Welfen an, Heinrich, den alle den Löwen nennen. Liebend gern würde der Sachsenherzog über das Reich herrschen, hat es aber trotz einer bedenklich großen Anhängerschar bisher nicht geschafft, seinen Vetter vom Thron zu stoßen. Im Augenblick hält er sich im englischen Exil auf, aber das kann sich schnell wieder ändern. Mit Unterstützung des Papstes vielleicht noch schneller …

Der Bischof setzt seine rotsamtene Kalotte ab und fährt sich nachdenklich durchs Haar. »Nun, mein lieber Valdini, ich glaube, Ihr habt recht. Der Staufer ist anmaßend geworden. Wir sollten uns darauf vorbereiten, zur rechten Zeit die richtigen Dinge zu tun.«

»Dann sind wir uns also darüber einig, dass ein Machtzuwachs des Kaisers unbedingt zu verhindern ist, vor allem in Italien«, fasst Valdini zufrieden zusammen. »Leider hat die Kurie derzeit niemanden in der Nähe des Kaisers, der etwaige Pläne und Vorhaben, sagen wir, weitergeben könnte. Barbarossa ist sehr vorsichtig.«

Der Bischof kratzt sich am Kinn. »Es ist zwar keine schnelle Lösung, aber ich hätte da einen Gedanken.« Er läutet nach einem Diener. »Geh in die Domschule, Bertram, und hol mir den jungen Gottfried. Er soll ein paar seiner Bilder mitbringen. Eil dich.«

»Sehr schön«, lächelt Valdini beim Anblick des Martyriums des Heiligen Sebastian. Und »Bravissimo!« bei der Betrachtung der Heiligen Anna selbdritt. Er meint es ehrlich.

»Ja, der junge Mann hier zeichnet vortreffliche Miniaturen«, bekräftigt der Bischof und klopft Gottfried auf die Schulter. »Und er ist ein überaus akkurater Schreiber. Mein lieber Sohn, nachdem unserem Gast, Padre Valdini, der ein Gesandter der Kurie ist, deine Bilder gefallen haben, befehle ich dir also, ein Bildnis des Papstes auf dem Weltenthron zu zeichnen, das er mit sich nach Rom nehmen kann.«

Gottfried läuft rot an vor Freude. Eines seiner Werke soll in die weite Welt reisen! Dann fällt ihm etwas ein, und er wendet sich an Valdini. »Padre, darf ich etwas fragen?«

Valdini breitet die Hände aus. »Natürlich.«

»Dann würde ich gerne wissen, wie der neue Herr Papst aussieht, damit ich ihn besser zeichnen kann.«

Valdini gibt ihm gerne die nötigen Auskünfte.

»Danke, Herr. Und ich danke Euch, Eminenz«, ruft Gottfried beim Hinausgehen fast ein bisschen zu laut vor lauter Freude.

Nachdem Gottfried fort ist, erläutert Otto von Andechs seinen Plan.

8
Mainz, Pfingsten 1184

Das weite Feld vor den Toren der Stadt ist übersät mit bunten Zelten. Wimpel und Standarten flattern im Wind, die Wappen aller großen Familien im Reich sind vertreten. Und nicht nur das – man sieht auch Banner aus Spanien, England, Frankreich. Um den vornehmen Gästen aus aller Herren Länder einen angenehmen Aufenthalt zu ermöglichen, hat der Kaiser sich etwas ganz Besonderes ausgedacht: Er hat eine hölzerne Feststadt auf der weiten Ebene zwischen Main und Rhein errichten lassen, eine imposante Ansammlung von Bauwerken, zu denen Unterkünfte, Ställe und Wirtshäuser gehören, aber auch ein riesiger Festsaal, in den angeblich mehr als tausend Zecher passen. In der Mitte stehen der Kaiserpalast und eine Kirche. An die zehntausend Menschen halten sich hier und in der Stadt Mainz auf, es ist ein einziges Gewimmel. Allein der Herzog von Böhmen soll mit zweitausend Rittern gekommen sein, der Herzog von Österreich mit fünfhundert. Alle sind sie für drei Tage die Gäste Barbarossas. Schon vor einem Jahr ist die Einladung zu diesem Hoftag ergangen, an dem gleichzeitig die Schwertleite der beiden ältesten Kaisersöhne stattfinden soll, des zwanzigjährigen Königs Heinrich und des zwei Jahre jüngeren Herzogs Friedrich von Schwaben. Das Fest ist nicht nur im Leben der jungen Fürsten ein wichtiges Ereignis, sondern es ist zugleich eine stolze Zurschaustellung staufischer Macht und Größe, eine deutliche Botschaft des Kaisergeschlechts an alle Größen des Reichs und an den ausländischen Adel.

Auch das Andechser Wappen, ein silberner Löwe über einem gleichfarbigen Adler auf blauem Grund, weht vor einem der weißen Rundzelte: Bischof Otto darf bei diesem Jahrhundertereignis nicht fehlen. Und er hat seinen persönlichen Schreiber mitgebracht – den erst vor kurzem von der Reichenau zurückgekehrten Gottfried. Zwar ist der inzwischen Zwanzigjährige nicht mit dabei, als am Pfingstsonntag der Kaiser und seine Frau Beatrix unter der Krone zum feierlichen Hochamt schreiten, und er fehlt auch beim exquisiten Festessen, das nach der Messe im großen Saal stattfindet. Aber am aufregenden Ereignis des nächsten Tages darf er teilhaben: an der Schwertleite der Kaisersöhne, einem Fest des Rittertums, das über alle Standesgrenzen hinausreicht. Auch die einfachen Leute, also die Mainzer Bürger und die Dienstleute des Adels, sind eingeladen, sich unter die Zuschauer zu mischen.

Gottfried hat einen Platz ganz oben auf einer der drei Holztribünen ergattert, die für den niederen Adel reserviert sind, und beobachtet nun, wie der Kaiser und seine beiden Söhne nach dem Gottesdienst die Kirche verlassen. Unter ohrenbetäubenden Hochrufen reicht Barbarossa erst seinem älteren Sohn das Schwert, dann dem jüngeren. Die Zeremonie ist kurz, aber bewegend, und Gottfried lässt sich von der Begeisterung der Menge zu tosendem Applaus mitreißen. Am liebsten würde er überall herumerzählen, dass er den Kaiser und den König persönlich kennt! Doch dann ist der feierliche Akt auch schon vorüber; jetzt geht es auf zum Waffenspiel! Hunderte von Rittern zeigen im Turnierviereck gleichzeitig ihre Reit- und Fechtkünste; sie lenken ihre Streitrösser nur mit den Schenkeln, beweisen ihre Gewandtheit mit Schilden, geschwungenen Lanzen und Bannern – Ernst wird nicht gemacht, es ist ein reiner Schaukampf. Barbarossa braucht seine Ritter noch.

Gottfried ertappt sich wieder einmal dabei, dass er dem Geschehen selbst eigentlich kaum folgt, sondern vielmehr auf die Farben achtet. Da – ein bräunliches Mennigerot, hier – ein leuchtendes Lapislazuliblau, dort – ein blasses Auripigmentgelb. Es ist ein Rausch an Buntem, der dort unten auf dem Turnieranger hin und her wogt, herrlich anzusehen, ein Fest für die Augen. Gottfried schwelgt in seinen Betrachtungen, denkt sich hier eine passende Farbmischung aus und dort die richtige Abtönung. Als der Buhurt vorbei ist, hat er sich kaum gemerkt, wer überhaupt dabei war, wer sich gut oder schlecht präsentiert hat. Nein, einen hat er doch beobachtet: König Heinrich. Es stimmt schon, was die Leute munkeln: Der junge König ist kein begnadeter Kämpfer. Ohnehin ist er ja von eher schmächtiger Statur, was erst recht auffällt, weil er einen Riesen von Streithengst reitet. Auch fehlt ihm die Geschmeidigkeit im Umgang mit Schwert und Schild, und ganz überhaupt hat man ihm anmerken können, dass ihm das Waffenspiel wenig Spaß macht. Kampf und Krieg sind nicht sein liebstes Geschäft, er ist eher ein Denker und Planer. Und er hat eine geheime Leidenschaft: das Dichten! Zumindest hat das Bischof Otto erzählt, der ihn ja schon öfter getroffen hat. Recht zierliche Verse soll er machen.

Während Gottfried noch beim Turnier zusieht, speisen Otto von Andechs und der päpstliche Gesandte Valdini gemeinsam im bischöflichen Zelt. Der Andechser lässt sich nicht lumpen, er hat befohlen, kurz vor dem Auftragen des Ochsenbratens und der Hechtpastete noch jeweils eine Handvoll Zucker über Fleisch und Fisch zu werfen, bekanntlich mögen es die Italiener süß, und er kann sich das leisten! Teure Gewürze hat er verwenden lassen – Macis, Zibebenpfeffer, Muskat und Zimt. Das ist ihm das gute Einvernehmen mit Papst Lucius schon wert.

Valdini und der Bischof wollen beim Abendessen ihre Allianz, die letztlich den Sturz der Staufer zum Ziel hat, festigen. Auch ist nun endlich die Zeit gekommen für den Plan, den Otto von Andechs vor fast drei Jahren ins Auge gefasst hat.

»Das Verhältnis zwischen Kaiser und Papst hat sich in den letzten Jahren spürbar verschlechtert«, bemerkt Valdini und nimmt sich einen Löffel von der Eierspeise. »Barbarossa verweigert sich einem Kreuzzug. Er stellt regelrecht maßlose Herrschaftsansprüche in Oberitalien. Und es gibt ständig Misshelligkeiten bei der Besetzung von Kirchenämtern – Ihr erinnert Euch sicherlich an seine eigensinnige Neuvergabe des Bistums Trier, die der Heilige Vater unmöglich hat anerkennen können.«

Otto seufzt: »Eine Schande, jaja. Dafür hat der Papst sich bisher standhaft geweigert, König Heinrich zum Mitkaiser zu krönen.«

Valdini schmunzelt und streicht sich das rabenschwarze Haar aus der Stirn. »Man erzählt sich, Barbarossa habe vor lauter Wut darüber mit der Faust gegen einen Truhenschrank geschlagen und sich dabei den Daumen gebrochen.«

»Den kleinen Finger, lieber Valdini, es war der kleine Finger.« Otto grinst spitzbübisch und schenkt dem Gesandten großzügig nach. »Dennoch muss man leider sagen, dass es uns in den letzten drei Jahren nicht gelungen ist, die Staufer spürbar zu schwächen. Eher das Gegenteil ist der Fall. Heinrich der Löwe, der einzige ernstzunehmende Konkurrent um die Krone, sitzt immer noch in der Verbannung in England. Mit der Bitte, ihn wenigstens zur Schwertleite für kurze Zeit zurückkehren zu lassen, haben seine Anhänger sich nicht durchsetzen können.«

»Ihr habt schon recht, Eminenz.« Valdini macht eine säuerliche Miene. »Und uns sind zu Rom Gerüchte zu Ohren gekommen, die auch wenig Anlass zur Freude geben. Es geht um etwaige Heiratspläne für den jungen König.«

»Ah«, winkt der Bischof ab, »da wird vieles gemunkelt. Eine Verbindung mit Frankreich, eine mit England, sogar an Byzanz hat man gedacht. Aber es gibt auch Stimmen, die sich für eine Hochzeit mit einem der führenden Geschlechter des Reichs einsetzen. Da fängt natürlich so manche vornehme Jungfer an, im Geiste den Brautkranz zu winden …«

Valdini beugt sich vor und berührt die bischöfliche Schulter. »Was, wenn der Kaiser Sizilien im Sinn hat?«

Otto hebt erstaunt die Augenbrauen. »Sizilien? Ich dachte, König Wilhelm der Zweite hat noch gar keine Kinder!«

»Aber er hat eine Tante«, entgegnet Valdini. »Konstanze.«

»Die?« Der Bischof bläst die Backen auf. »Ei, die ist doch viel zu alt für Heinrich. Und außerdem, welche Vorteile sollte eine solche Ehe bringen?«

»Eine Allianz mit Sizilien natürlich.«

»Nein, nein, darüber habe ich bei Hofe noch nie reden hören. Das halte ich für ausgeschlossen.« Otto wirkt sehr sicher. »Aber nun zu etwas Erfreulicherem, lieber Valdini. Ihr erinnert Euch an den jungen Schreiber, den ich Euch einmal zu Bamberg vorgestellt habe.«

Valdini runzelt die Stirn, dann fällt es ihm wieder ein. »Der mir eine Zeichnung von Seiner Heiligkeit angefertigt hat?«

»Genau der.« Otto lächelt zufrieden. »Seine Zeit in der Reichenau ist um, er ist nun fertig ausgebildeter Schreiber und Buchmaler, und zwar einer der Besten, wenn ich mir ein Urteil erlauben darf. Der Augenblick ist gekommen, ihn in der Hofkapelle unterzubringen.«

»Wie wollt Ihr das anstellen?«

Der Bischof macht eine gebührende Pause und nimmt sich angelegentlich ein Stück Käse. »Ganz einfach. Ich schenke ihn dem König zur Schwertleite!«

Valdini runzelt ein wenig skeptisch die Stirn. Viele Adelige machen heute den frischgebackenen jungen Rittern Geschenke – ein Wehrgehenk, ein paar schöne Steigbügel, Stoff für eine Schabracke. Man will sich schließlich gut stellen mit der Herrscherfamilie. Aber einen Schreiber schenken?

Otto errät Valdinis Gedanken. »Macht Euch keine Sorgen. Der Junge wird mitspielen, und Heinrich auch. Ihr werdet schon sehen. Im Übrigen kommt der wackere Gottfried gleich hierher, ich werde ihn dann mit seiner zukünftigen Aufgabe vertraut machen.«

»Dann werde ich mich mit Eurer gütigen Erlaubnis entfernen, Eminenz.« Valdini erhebt sich. »Viel Glück bei Eurer Mission.«

Ja, der Bischof hat sich etwas dabei gedacht, seinen jungen Schreiber nach Mainz mitzunehmen. Gottfried hat sich schon gewundert, auch darüber, dass er nun, bei Turnierende, zu seinem Gönner gerufen worden ist. Als er das Zelt betreten will, stößt er beinahe mit

Padre Valdini zusammen. »Attenzione, mi amico«, ruft der, »nicht so stürmisch!«

Gottfried entschuldigt sich und tritt dann ins Innere. »Ihr habt mich rufen lassen, Eminenz?« Er verbeugt sich tief.

»Mein lieber Sohn, komm näher.« Der Bischof winkt ihn mit freundlicher Miene heran und weist auf den Platz, auf dem gerade noch Valdini gesessen hat. »Setz dich, setz dich. Wir müssen reden.«

Gottfried spürt ein mulmiges Gefühl in sich hochsteigen. Er, ein kleiner Schreiber, soll wie ein Gleichberechtigter neben dem Bischof Platz nehmen? Da stimmt doch etwas nicht. Aber was soll er schon machen, folgsam setzt er sich auf die vorderste Kante des Sessels.

Der Bischof nimmt einen Schluck aus seinem Becher, bevor er wieder zu sprechen anhebt. »Du hast nun also deine Lehrzeit abgeschlossen, mein Junge, das ist recht. Ich erinnere mich noch genau, als du vor Jahren in die Bamberger Domschule gekommen bist. Der gute Egilolf, Gott hab ihn selig, hat dich damals empfohlen.«

»Ja, Herr.« Gottfried rutscht unruhig auf seinem Stuhl herum.

»Und du hast mir damals Gehorsam geschworen, war's nicht so, hm? Mir und dem Herrn Papst.«

»Ja, Herr.« Worauf will der Bischof nur hinaus?

»Nun, du weißt es also noch. Das ist gut.« Otto faltet zufrieden die Hände über dem Bauch. »Du wirst dich schon gefragt haben, warum ich dich hierher mitgenommen habe, nicht wahr?«

Gottfried nickt, während der Bischof fortfährt. »Nun, ganz einfach, weil ich dich noch weiter fördern möchte. Ich habe mich entschlossen, dir einen Platz in der Schreiberei der staufischen Hofkapelle zu verschaffen. Was sagst du nun?«

Gottfried ist völlig überrascht. »Aber, Eminenz, ich dachte …«

»Denk nicht, denk nicht, mein Sohn.« Der Bischof tätschelt Gottfried die Schulter. »Es genügt, wenn du meinen Anordnungen Folge leistest.«

»Aber das würde bedeuten, dass ich weit fort von Bamberg müsste. Von meiner Schwester Hemma …«

Otto wird ungehalten. »Hör zu, Junge. Das ist für dich eine

einmalige Gelegenheit. Höher kann ein Mann deiner Profession nicht aufsteigen. Und außerdem … nun ja, brauche ich dich in der Umgebung des Kaisers.«

»Ihr – braucht mich?« Gottfried kann es gar nicht fassen!

Der Bischof nickt ernst. »Ich und Padre Valdini müssen wissen, was bei Hof vorgeht. Wir müssen Aufschluss darüber bekommen, welche Politik Kaiser und König betreiben, was sie vorhaben, was sie planen – sofern es die Belange der Heiligen Mutter Kirche betrifft. Ja, wir brauchen dich. Der Heilige Vater selbst braucht dich, mein Sohn.«

»Der Heilige Vater selbst?«

Der Bischof nickt. »Ja, du kannst es ruhig glauben.«

»Aber, Eminenz, ich bin doch nur ein ganz einfacher Schreiber!« Gottfried ist immer noch fassungslos. »Warum ich, und nicht einer von den anderen?«

»Weil du der Beste bist, Junge.« Otto klopft Gottfried auf die Schulter. »Und nur die Besten kommen in die Hofkanzlei. Und in die unmittelbare Nähe des Kaisers und seines Sohnes.«

Gottfried ist wie vor den Kopf geschlagen. »Ihr verlangt von mir, dass ich für Euch – für Euch den Spitzel mache?«

»Ts, ts, so wollen wir es doch nicht nennen. Eher – Dinge von Wichtigkeit an diejenigen weitergeben, die es betrifft.«

»Aber das ist unehrenhaft, Eminenz!«

Die Augen des Bischofs werden hart. »Unehrenhaft ist es, einen Treueschwur zu brechen. Und«, fügt er lauernd hinzu, »ein wehrloses Mädchen umzubringen.«

Er weiß es. Er weiß es! Alles, was Gottfried in den letzten Jahren versucht hat zu vergessen, bricht in diesem Augenblick wieder über ihn herein. Sein Magen krampft sich zu einem harten, schmerzenden Klumpen zusammen. Er empfindet dieselbe Todesangst wie damals. Sein Leben ist keinen Pfifferling mehr wert, wenn der Bischof sein Geheimnis nicht bewahrt.

Otto sieht, wie sein kleiner Schreiber bleich wird. »Jaja, mein Junge«, sagt er besänftigend, »Ich habe es schon lange gewusst. Dein Onkel Egilolf hat mich ins Vertrauen gezogen, kurz vor seinem Tod. Und ich habe dich geschützt. Denn dein Schwiegervater – so muss man ihn wohl nennen, nicht? – hat nie aufgegeben, nach dir zu suchen.«

Gottfried bringt immer noch kein Wort heraus. Sein Herz hämmert.

»Bei jedem bischöflichen Gerichtstag ist er vorstellig geworden, seit jenem schrecklichen Unglück – oder muss ich doch Mord sagen?« Otto wirft seinem Gegenüber einen forschenden Blick zu.

»Nein«, fährt Gottfried hoch. »Nein! Es war ein Unfall, ich schwöre es.«

»Nun, wenn du schwörst, glaube ich dir, mein Sohn. Und ich bin mir auch sicher, dass du weißt, was ein Schwur bedeutet. Nämlich eine unbedingte Verpflichtung vor Gott zu Treue und Wahrheit. Du wirst also tun, was ich dir sage, nicht wahr?«

»Habe ich eine Wahl?« Gottfried erwartet gar keine Antwort. Sein Leben – und vielleicht auch das von Hemma – hängt vom Bischof ab.

Otto breitet lächelnd die Arme aus. »Sieh es als Gottes Wille an, dass du ihm auf diese Weise dienen darfst.«

»Und Ihr kümmert Euch weiter um meine Schwester?«

»Mach dir keine Sorgen, Junge. Das verspreche ich dir, und auch ich halte mein Wort. Und nun komm, es ist schon spät, wir müssen in den Festsaal.«

Beim Hinausgehen legt der Bischof wohlwollend den Arm um die Schultern seines frischgebackenen Spions. »Gottfried von Streitberg – diesen Namen wollen wir nun für immer vergessen. Von nun an wirst du Gottfried der Schreiber sein.«

Wenig später knien beide vor dem jungen König Heinrich. Schon den ganzen Abend hat er zusammen mit seinem Bruder Geschenke und Glückwünsche entgegengenommen. »Hoheit«, sagt Bischof Otto, »wie wohl das ganze Reich, ja die christliche Welt, bin ich stolz und glücklich an diesem heutigen Ehrentag. Möge Eure Ritterschaft unter Gottes Schirm und Segen stehen.«

Heinrich ist längst von dem endlosen Austausch von Höflichkeiten gelangweilt. »Erhebt Euch«, entgegnet er matt. »Meinen Dank, Herr Bischof und, äh …«

»Gottfried der Schreiber«, ergänzt Otto beflissen.

Heinrich kneift die Augen zusammen. »Kenn ich dich, Schreiber? Mir scheint, ich habe dein Gesicht schon einmal gesehen.«

»In der Reichenau, vor ein paar Jahren«, Gottfried errötet leicht. »In der Bibliothek …«

Im Gesicht des Königs leuchtet Erkennen auf. Er lacht. »Bei Gott, jetzt weiß ich es wieder! Mein Retter in der Not!«

Der Bischof mischt sich ein. Mit ausladender Geste deutet er auf die Ecke des Saales, in der die Geschenke für die beiden jungen Ritter aufgebaut sind. »Majestät, ich sehe, dass Ihr heute von vielen Gästen großzügig bedacht worden seid. Hier bringe ich Euch nun meine Gabe zur Schwertleite: den besten Schreiber und Buchmaler der Bamberger Domschule. Denn als König werdet Ihr nicht nur das Schwert brauchen, sondern auch die Feder.«

Heinrich ist amüsiert. »Meinen Dank, Herr Otto. Welch außergewöhnlicher Einfall! Euer ›Geschenk‹ zeugt von guter Überlegung und besonderer Klugheit.« Er grinst Gottfried an. »Nun, Gottfried der Schreiber, ich will davon absehen, dich den anderen guten Gaben dort drüben beizufügen, sondern erlaube dir, am Festschmaus teilzunehmen. Melde dich morgen früh in der Hofkapelle. Und Ihr, Bischof, seid mein Gast am Fürstentisch!«

Otto verbeugt sich tief und lächelt dabei in sich hinein. Der erste Schritt ist getan!

Gottfried hat weder Hunger noch Durst. Er fühlt sich einfach nur hundeelend. Mit langsamen Schritten verlässt er den hölzernen Palast.

Draußen trifft ihn ein eiskalter Windstoß.

Keine Stunde später ist er wieder auf den Beinen, er hat ohnehin nicht schlafen können. Diese Nacht ist verflucht. Kurz nach Mitternacht zieht ein verheerendes Unwetter auf. Es trifft die hölzerne Stadt mit unvorstellbarer Wucht. Sturmböen peitschen faustgroße Hagelkörner fast waagrecht über den Boden. Holz splittert, Stoff reißt. Menschen schreien in Panik, alles ist ein einziges Durcheinander. Ganze Zelte fliegen durch die Luft, gefolgt von Brettern und Balken, Ziegeln und Eisenstangen. An etlichen Stellen brennt es, Funken stieben, es riecht nach verkohltem Fleisch. Verzweifelt versuchen sich die Gäste zu retten, Mainz öffnet die Stadttore. Über der Ebene tost und braust es, gelbe Blitze fahren nieder und beleuchten das Chaos, ohrenbetäubender Donner hallt über dem Rhein. Es ist die Hölle. Und wer noch einen Beweis dafür gebraucht hat, dass der Teufel seine Hand im Spiel hat: Als Allererstes hat der Wind die hölzerne Kirche wie ein Spielzeug hochgehoben, um sie gleich anschließend wie ein Kartenhaus zu Boden zu schleudern, wo sie krachend zerbarst.

Gottfried hat Glück gehabt. In dem Durcheinander ist er über die ausgestreckten Beine eines toten Pferds gestolpert und hat sich, einer Eingebung folgend, eng an den noch warmen Bauch des Tieres gedrückt, ist so gut es ging unter den leblosen Körper gekrochen. Erst bei Morgengrauen, als der Sturm abflaut, wagt er sich wieder hervor. Er sieht die Toten, sieht das, was von der herrlichen Feststadt übrig geblieben ist. Und er fragt sich: Ist dieses schreckliche Unglück ein Zeichen des Himmels? Lastet ein Fluch auf des Königs Ritterschaft? Oder zürnt Gott den Verschwörern, denen, die in seinem Namen Böses planen? Den Verschwörern, zu denen er, Gottfried, gehört? Er zittert, er ist völlig durchnässt. In seinem Kopf schwirrt es. Einen Augenblick lang denkt er an Flucht, jetzt wäre die Gelegenheit. Aber dann verwirft er die Idee wieder. Er hat dem Bischof Gehorsam geschworen, und einen Schwur darf man nicht brechen. Aber vor allem: Was würde dann aus Hemma? Würde Otto von Andechs sie dann noch schützen? Nicht auszudenken, wenn ihr seinetwegen etwas zustoßen würde! Nein, er kann nicht verschwinden. Er muss sein Schicksal annehmen.

9
Bamberg, zur selben Zeit

Klatsch! Der nasse Lumpen landet im Bottich mit der Seifenlauge; Schaum schwappt auf ihr Kleid, und Hemma stößt einen Schrei aus. »Na warte!« Sie taucht die Hand in ihren Eimer, schöpft Wasser und spritzt lachend die junge Nonne an, die neben ihr den Fußboden des Refektoriums schrubbt. Die kichert los und schüttelt aus den Borsten ihrer Wurzelbürste einen Tröpfchenregen in Hemmas Richtung. Schon ist die Wasserschlacht in vollem Gange. Hemma springt auf und flüchtet quer durch den Saal, gefolgt von Schwester Lukardis, die kreischend ihren Lappen schwingt. Am Schluss landen beide auf dem Boden, atemlos und lachend.

»Wenn jetzt die ehrwürdige Mutter käme!«, prustet Hemma. Ihr langes Haar hat sich gelöst und fällt ihr in nassen Strähnen über die Schultern.

»Was willst du, Nonnen baden immer in ihren Kleidern!« Lukardis rappelt sich auf und wringt den Saum ihres weißen Ärmels aus. Dann hilft sie Hemma hoch. Einen kurzen Augenblick stehen die beiden ganz nah aneinander und sehen sich an. Lukardis hebt die Hand und tupft mit dem Zeigefinger einen Wassertropfen von Hemmas Wange. Langsam, ganz langsam neigt sie sich vor und küsst Hemma mitten auf den Mund.

Die Verlegenheit macht beide stumm. Dann beeilen sie sich, die Spuren ihres Übermuts zu beseitigen.

Die Gestalt, die von Anfang an hinter einer Säule stand und alles beobachtet hat, haben sie nicht bemerkt.

Schwester Mechthild, die Beschließerin des Klosters, läuft tränenblind durch die düsteren Gänge. Ganz egal wohin, nur gehen, nur in Bewegung bleiben. Längst hat sie es geahnt, aber nun hat sie Gewissheit, und die zerreißt ihr das Herz. Lukardis und Hemma! Sie kann es ja verstehen; Hemma ist so jung und so schön! Und sie, Mechthild, hat ihre besten Jahre hinter sich. Ihre Brüste beginnen zu hängen, die Schenkel werden schlaff, auf ihrer Stirn zeigen sich die ersten tiefen Falten. Und eine Schönheit war sie ohnehin nie. Nur für Lukardis. Lukardis, die ihr gezeigt hat, wie Liebe sein kann. Die sie gelehrt hat, dass Lust und Begehren einen Menschen erst lebendig machen. Lukardis, die ihr mehr bedeutet als die ganze Welt. Irgendwann findet sich Mechthild in der Pförtnerkammer wieder. Sie lehnt sich an die Wand und schluchzt ihren ganzen Schmerz hinaus. Diese Liebe ist doch alles, was sie hat. Wie soll sie ohne sie leben? Langsam rutscht sie an der Wand entlang nach unten, kauert sich hin und verbirgt das Gesicht in den Händen. Lieber Gott, bittet sie, mach mit mir, was du willst, straf mich für all meine Sünden, aber nimm mir nicht meine Lukardis. Aber sie weiß, sie hat sie schon verloren.

In dieser Nacht liegt Hemma lange wach. Der Kuss hat sie verstört. Nicht, dass es so ungewöhnlich wäre, dass sich Nonnen küssen. Auch die ehrwürdige Mutter hat sie schon auf den Mund geküsst. Aber das an diesem Nachmittag war anders, sie hat es deutlich gespürt. Das war kein Friedenskuss und kein Gutenachtkuss. Und Lukardis hat sie so merkwürdig angesehen, so begehrlich, so wie manche der Novizinnen das Jesusbild in der Seitenkapelle ansehen, mit leuchtenden Augen und verklärtem Blick. Irgendwie war es ihr unangenehm, aber dann auch wieder nicht. Schon länger ist ihr aufgefallen, dass die eine oder andere Nonne ihr nachschaut. Und natürlich hat sie bemerkt, dass es unter den Ordensfrauen welche gibt, die offenbar besonders eng befreundet sind, sich öfter berühren oder näher beisammenstehen als andere. Aber dabei hat sie sich nie etwas gedacht. Sie ist so unschuldig, wie eine Vierzehnjährige, die im Kloster aufgewachsen ist, nur sein kann. Nicht einmal die eigene Schönheit kann sie abschätzen. Aber es hat schon seinen Grund, dass die Äbtissin sie seit einiger Zeit nicht mehr auf den Markt zu Besorgungen schickt. Mutter Hedwig hat mitbekommen, dass die Männer nach ihr die Köpfe drehen, das ist nicht gut. Das Mädchen soll schließlich im nächsten Jahr Novizin werden, auf ausdrücklichen Wunsch des Bischofs. Da wird das schöne rote Haar dann fallen müssen für den dunklen Schleier.

Hemma wirft sich unruhig hin und her. Außer diesem unseligen Kuss zwischen Sext und Non geht ihr noch mehr im Kopf herum. Zum einen hat sie an Ostern das erste Mal ihre Rosen bekommen. Seitdem geht alles so schnell: Ihre Brüste wachsen, ihr ganzer Körper verändert sich, wird weicher, runder, fraulicher. Manchmal hat sie Sehnsucht und weiß nicht wonach. Es gibt Tage, an denen fühlt sie sich ständig den Tränen nah und ist empfindlich wie ein Gänseblümchen, dann wieder ist sie frech und aufsässig. Dann der Wunsch der Äbtissin, sie solle sich auf das Noviziat vorbereiten. Dabei wollte sie nie ihr ganzes Leben im Kloster verbringen. Sie fühlt sich einfach nicht berufen. Immer noch wartet sie darauf, dass ihr Bruder kommt und sie holt, dahin, wo das richtige Leben stattfindet. Und am Ende die Nachricht, er sei in die Hofkapelle aufgenommen worden. *Ich kann itzo noch nit komen, swesterlein*, hat er ihr geschrieben in seiner klaren, rundlichen Schrift. *Aber balt, so es gehet, hol ich dich. Hab gedulth.* Und er hat ihr ein kleines Bildchen mitgeschickt, das sie selber zeigt: Ein hübsches Mädchen mit blaugrünen Augen, einem Rosenmund und einer ungebändigten Flut roter Haare. *Hemma* steht in schwarzen Majuskeln darunter. Sie trägt das Bild stets bei sich, versteckt es in der Tasche ihrer grauen Laienschwesterntracht. Und sie ist traurig, dass es so lange dauert. Erst als Hemma das Glöckchen zur Vigil läuten hört und lauscht, wie die Nonnen zum Gebet gehen, wird sie ruhiger und kann endlich einschlafen.

Noch jemand ist in dieser Nacht wach im Kloster St. Katharina und St. Theodor. Nach der Vigil gehen alle Nonnen wieder zu Bett, die meisten haben sich nur mit Mühe zum Nachtgebet wachhalten können. Die Ordensfrauen schlafen alle bis auf die Äbtissin und die Priorin in einem großen Dormitorium. Zweiundzwanzig schmale Betten stehen hier in zwei Reihen an den Wänden entlang. Die Nonnen sind die Unterbrechung der Nachtruhe gewohnt, sie schlafen von der Komplet nach Sonnenuntergang bis zur Vigil zwei Stunden nach Mitternacht und von da bis zur Prim bei Morgengrauen.

Mechthild hat beim Abendmahl Lukardis das gewohnte Zeichen gegeben. Ein stummes Zupfen am Ohrläppchen, das bedeutet: Triff mich um Mitternacht am üblichen Ort. Mechthild hat gewartet, aber niemand ist gekommen. Nur der steinerne Engel am Eingang zum Klostergarten hat, vom bleichen Mondlicht übergossen, auf sie herabgesehen, beinahe hat sie geglaubt, er bewege die Lippen – als wolle er flüstern: »Sie liebt dich nicht mehr.« Bei der Vigil dann war keine Gelegenheit, mit Lukardis zu reden. Also ist Mechthild wieder zu Bett gegangen, verzweifelt, enttäuscht. Aber es hält sie nicht auf ihrem Lager, sie muss mit Lukardis reden. Als alles wieder still ist, steht sie auf. Auf nackten Zehenspitzen geht sie durch die Reihen. Links und rechts von ihr liegen ihre Mitschwestern im vollen Habit auf den Strohsäcken, sie schlafen tief und fest. Das milchige Licht des Vollmonds fließt durch das Maßwerk der Spitzbogenfenster und legt sich wie eine Decke über die Schläferinnen. Keine der Schwestern wacht auf – schließlich sind sie die Schlafgeräusche der anderen gewohnt, und irgendeine von ihnen muss immer den Nachtscherben benutzen oder zu Exerzitien gehen. Darüber schläft man weg. Schwester Ansgard murmelt im Traum, die alte Kunigunda stöhnt, weil sie wieder Blähungen hat, und die Cellerarin schnarcht wie immer so laut, dass man es bis zum Dom hören kann. Mechthild tappt auf das erste Bett links neben der Pforte zu, in dem sie Lukardis weiß. Es ist zwar dunkel dort vorn bei der Tür, aber im Dormitorium brennen immer drei Kerzen, das ist die Vorschrift. Und im schwachen Schein dieser Kerzen sieht Mechthild, dass Lukardis nicht schläft. Sie liegt auf der Seite, den Kopf zur Tür gewandt, die Beine gespreizt. Ihre Hände sind unter dem Laken verschwunden. Mechthild sieht, was sie nicht sehen will. Sie hört, wie der Atem ihrer Geliebten schneller geht, muss zuschauen, wie Lukardis' Körper sich anspannt, ihr Becken macht kleine Bewegungen. Oh, sie weiß genau, was jetzt kommt: der unterdrückte Seufzer, den niemand hören darf, das leichte Erschauern, das letzte Zucken der Schenkel. Wenn sie das gewollt hat, denkt Mechthild, warum ist sie vorhin nicht zu mir gekommen? Aber sie kennt die Antwort. Sie weiß, an wen Lukardis gedacht hat, als sie sich selber Lust verschafft hat. Ihr Magen krampft sich zusammen. Und plötzlich packt Mechthild ein solch unbändiger Hass auf Hemma, dass es ihr den Atem nimmt. Am liebsten würde sie einen Mord begehen. Diese Hexe hat ihr Lukardis weggenommen!

Langsam schleicht sie zu ihrem Bett zurück, verzweifelt und voller Zorn. Was in aller Welt kann sie nur tun, um Lukardis zurückzubekommen? Die beiden bei der Äbtissin zu melden ist sinnlos; Beziehungen zwischen den Nonnen sind eine Alltäglichkeit – man sieht sie nicht gern, lässt sie aber gewähren, solange alles unauffällig bleibt und es keinen Ärger gibt. Es ist nun einmal nicht jede Klosterfrau gegen die Anfechtungen des Fleisches gefeit. Außerdem, wenn Mechthild bei der ehrwürdigen Mutter Bericht erstattete, würde sie Lukardis verraten, und das will sie nicht. Mechthild wälzt schwarze Gedanken hin und her.

Und im Morgengrauen, als das Glöckchen zur Prim läutet, fasst sie einen Entschluss.

Am folgenden Sonntag hört man aus der Sakristei einen empörten Aufschrei. Die Priorin stürmt aus der Kammer, in der Hand das riesige goldene Kreuz, das stets bei Prozessionen der Katharinenreliquie vorangetragen wird. Mit wehenden Röcken hastet sie durch den Kreuzgang und platzt ohne anzuklopfen in das Zimmer der Äbtissin.

»Da!«, keucht sie atemlos und reckt Mutter Hedwig das Tragkreuz entgegen. An der Stelle, wo sonst ein kunstvoll geschliffener, blutroter Rubin funkelt, genau in der Mitte, dort wo die Balken sich überschneiden, klafft ein schwarzes Loch! Die goldenen Krallen der Fassung zeigen nach außen wie die Finger einer geöffneten Faust.

Keine Stunde später sind alle Nonnen, sämtliche Klosterschülerinnen und die Laienschwestern im Refektorium versammelt. Mutter Hedwig zittert vor Aufregung, als sie den Diebstahl verkündet: »Geliebte Schwestern in Christo, heute müssen wir erfahren, dass die Schlechtigkeit der Welt auch vor einem heiligen Ort wie dem unseren nicht haltmacht.« Sie hält das Tragkreuz hoch über ihren Kopf, und ein fassungsloses Raunen geht durch den Saal. »Ja, meine Schwestern, seht her! Der Rubin, der schönste Schmuck unseres Kreuzes, ist fort. Gestohlen.«

Entsetzen und Ratlosigkeit machen sich breit. Ein Dieb im Kloster? Welcher Unselige würde es wagen, sich einer solchen Sünde schuldig zu machen?

Die Äbtissin lässt das Kreuz wieder sinken. »Ich weiß, meine Kinder, dass keine von euch zu einer solchen Tat fähig wäre. Es muss jemand von draußen gewesen sein.«

»Vielleicht einer der Schreiner, die letzte Woche den neuen Tisch für den Speisesaal gebracht haben«, mutmaßt Schwester Gerswind.

»Oder die Marktweiber, die uns immer Eier und Milch in die Küche bringen?«, ruft eine Novizin.

»Oder der Kesselflicker von neulich?«

»Die Steinmetzen, die an der zerbrochenen Fensterbank gearbeitet haben?« Alle rufen durcheinander.

Mutter Hedwig hebt die Hand. »Ich möchte, dass jede von euch darüber nachdenkt, ob ihr etwas Verdächtiges aufgefallen ist!«

Doch alle Überlegungen führen zu nichts. Am Ende gehen die Klosterfrauen enttäuscht in die Kirche, es ist Zeit für die Sext. Man betet, dass der Rubin wieder auftauchen möge.

Nach der Sext aber, während die Nonnen wieder ihrem gewohnten Tagwerk nachgehen, meldet sich Schwester Mechthild bei der Äbtissin. »Mutter«, sagt sie schüchtern, »ich weiß nicht, ob ich recht tue. Vorhin, vor all den anderen wollte ich nichts sagen. Aber nun glaube ich, dass Schweigen Sünde wäre.«

»Sprich weiter, Kind«, entgegnet die Äbtissin. Sie ahnt, was kommt.

»Am Freitag nach der Vesper bin ich noch einmal in die Kirche gegangen. Ich hatte die Nadel verloren, mit der ich immer den Schleier feststecke. Also bin ich zu meinem Platz im Chorgestühl und habe auf Knien den Boden abgesucht. Da höre ich plötzlich eine quietschende Tür. Ich schaue auf, und aus der Sakristei schlüpft eine unserer Laienschwestern …«

»Wer?«, fragt die Äbtissin mit geschlossenen Augen.

»Die kleine Hemma.« Jetzt ist es heraus. »Ich habe mich noch gewundert, aber dann dachte ich, vielleicht hat sie da drin saubergemacht, oder sie sollte etwas holen. Jedenfalls habe ich die Sache einfach wieder vergessen.«

Mutter Hedwig seufzt. Dann schickt sie nach der Priorin.

»Warst du in letzter Zeit in der Sakristei?« Die Frage der Äbtissin trifft Hemma völlig unerwartet. »Nein«, antwortet sie, und in diesem Augenblick wird ihr der Sinn der Frage klar. Mutter Hedwig und die Priorin stehen ihr gegenüber in der kleinen Schlafkammer, die sie mit einer weiteren Laienschwester teilt, und sehen sie mit ernsten Mienen an. »Man hat dich gesehen«, sagt mit kalter Stimme die Priorin.

»Das kann nicht sein«, sagt Hemma. »Ehrwürdige Schwestern, ich habe mit dem Diebstahl des Rubins nichts zu tun. Ich war überhaupt noch nie in der Sakristei.«

»Welches ist dein Bett?«, fragt die Äbtissin.

Hemma deutet auf die rechte Seite der Kammer. Neben der Bettstatt steht eine kleine Truhe, in der die wenigen Dinge aufbewahrt sind, die eine Klosterinsassin braucht: ein Kamm, Tücher für die Rosen, ein paar Haarnadeln, eine Kerze, Schlagring, Zunder, Feuerstein. Mutter Hedwig öffnet den Deckel und durchsucht alles. Dann wendet sie sich dem Bett zu. Sie schüttelt die Laken aus, hebt den Strohsack hoch. Nichts. Jetzt nestelt sie den Strohsack auf, er ist unten nur zusammengebunden, damit man die Füllung einmal im Jahr austauschen kann. Sie fährt mit der Hand ins Stroh, tastet darin herum. Hemma beobachtet alles. Sie weiß ja, dass die ehrwürdige Mutter nichts finden wird. Doch dann auf einmal dreht sich die Äbtissin um und hält ihr die ausgestreckte Faust entgegen. Ihr sonst so gütiges Gesicht ist zur Maske erstarrt. Das kann doch nicht sein! Langsam öffnet sich die Faust, und darin liegt ein kleines Päckchen aus Stoff. Die Priorin nimmt es vorsichtig und schlägt den Stoff auseinander. Hemma schreit auf. Da ist der Rubin! Wortlos starrt die Äbtissin sie an.

Hemma würde am liebsten im Boden versinken. Sie versteht nicht, was da vor sich geht. »Ich war das nicht«, protestiert sie, als die Priorin sie am Arm ergreift und hinausführt. »Ich schwöre es bei allen Heiligen, ich bin unschuldig!«

»Sei vorsichtig mit dem Schwören, mein Kind, ein Meineid ist eine Todsünde.«

Hemma steigen Tränen in die Augen. »Jemand muss den Stein in mein Bett gesteckt haben«, schluchzt sie. »Ehrwürdige Mutter, so glaubt mir doch.«

»Was wolltest du mit dem Rubin, sag?« Der Blick der Priorin ist eisig.

»Nichts, ich …«

»Du wolltest nicht etwa das Kloster verlassen?«

»Nein!« Hemma schüttelt den Kopf.

»Warum sagt dann Schwester Kunigunde, du hättest ihr erzählt, du wollest keine Nonne werden, eher würdest du weglaufen?«

Hemma fängt an zu zittern. »Das habe ich damals so dahingesagt, nachdem die ehrwürdige Mutter mir die Nachricht gebracht hat, der Bischof wünsche meine baldige Einkleidung. Ich war einfach aufgeregt. Ich wollte doch immer mit meinem Bruder …«

»Du gibst es also zu!« Die Priorin schneidet ihr das Wort ab. »Das genügt. Komm.«

Stumm folgt Hemma den beiden Nonnen durch die Gänge. Ihre Füße bewegen sich wie von selbst. Sie weiß nicht, wie ihr geschieht, es ist wie in einem bösen Traum. Bitte, lieber Gott, lass mich aufwachen! Wie konnte so etwas geschehen? Was soll ich machen? Wer kann mir so etwas antun? Und: Wer glaubt mir denn jetzt noch?

Man bringt sie zu Schwester Mechthild, die die Schlüsselgewalt im Kloster hat. »Schließ Hemma in der Krankenstube ein, meine Liebe«, sag die Äbtissin müde. »Sie hat den Rubin gestohlen. Die Gemeinschaft der Schwestern wird nach der Vesper darüber beraten, was mit ihr werden soll.«

Die Angst kriecht ihr in den Magen wie ein kleiner Wurm. Ihr ist schlecht. In ihrem Kopf hämmert es. Sie versteht es einfach nicht. Irgendjemand will ihr Böses. Aber wer um Himmels willen hat Grund, sie so zu hassen? Hemma setzt sich auf das leere Krankenbett und presst die Hände gegen die Schläfen. Die anderen sitzen jetzt zusammen und entscheiden über ihr Schicksal. Vielleicht soll sie der Obrigkeit übergeben werden oder dem Vogt, der die weltlichen Dinge des Klosters regelt. Und Diebstahl ist ein weltliches Verbrechen. Wird ihr dann die Hand abgehackt? Oder wird sie nur mit Ruten gestrichen? Stellt man sie an den Pranger? Die Schande, denkt Hemma. Ich bin doch unschuldig! Gottfried, schießt es ihr durch den Kopf. Jetzt geht es mir genauso wie meinem Bruder. Ich habe nichts verbrochen, und doch glaubt mir niemand.

Draußen wird es langsam Abend. Hemma sieht aus dem Fensterchen, wie die untergehende Sonne die Dächer der Stadt rosig färbt. In den Straßen wird es ruhig, der lange, helle Trompetenstoß ertönt, der den Bauern auf dem Feld anzeigt, dass sie sich auf den Heimweg machen sollen, weil in Kürze die Tore geschlossen werden. Hemma weint.

Irgendwann öffnet sich die Tür, eine der Nonnen stellt wortlos einen Krug Wasser und einen Napf Weizengrütze auf den Tisch. Aber sie kann jetzt nichts essen. Sobald es dunkel wird, legt sie sich ins Bett und fällt in einen bleiernen Schlaf.

»Wir haben gestern über dich beraten, Hemma.« Die Äbtissin steht vor ihr wie ein Racheengel. »Die meisten Mitschwestern wollten dich schwer bestrafen. Was du getan hast, ist ja nicht nur gewöhnlicher Diebstahl. Es grenzt an Gotteslästerung.«

»Ehrwürdige Mutter, ich schwöre …«

Mutter Hedwig winkt ab. »Lass. Füge deiner Sünde nicht auch noch die Lüge hinzu. Was ich sagen wollte ist: Beinahe hätte dir das Gericht vor dem Vogt gedroht, und du weißt, was die Strafe für Diebe ist. Aber eine der Nonnen hat für dich gesprochen, ihr verdankst du, dass ich am Ende anders entschieden habe: Schwester Mechthild hat uns an deine Jugend und dein bisher tadelloses Verhalten erinnert. Und sie hat uns daran gemahnt, dass gerade wir als Bräute Christi verzeihen und vergeben müssen.«

Die Äbtissin nimmt ein Stoffpäckchen und drückt es Hemma in die Hand. »Das hier sind einfache Frauenkleider. Du wirst sofort das Kloster verlassen. Dem Bischof, dem du seine Güte mit Undank vergolten hast, werde ich berichten, du wärst aus freien Stücken und ohne meine Erlaubnis gegangen.«

Hemma zieht langsam das Obergewand und die Kotte der Laienschwestern aus und schlüpft in ein braunes Kleid mit dunklem Kittel.

Es hat keinen Sinn mehr, ihre Unschuld zu beteuern. Sie kniet sich vor die Äbtissin und bittet sie um ihren Segen.

»Du hast mich enttäuscht.« Mutter Hedwig macht das Zeichen des Kreuzes über Hemmas Stirn. »Geh mit Gott.«

Augenblicke später steht Hemma vor der Pforte des Klosters. Die Löwen vor dem Portal an der Westseite der Kirche fletschen bösartig die Zähne, sie scheinen nur darauf zu lauern, solch gottlose Sünder wie sie anzuspringen und sie zu verschlingen. Unsicher sieht sie sich um.

Dann läuft sie einfach los.

10
Erfurt, 25. Juli 1184

Gottfried schlendert durch die Stadt auf der Suche nach einem Waidhändler. Er soll ein paar Brocken der getrockneten Pflanze kaufen, denn das Thüringer Waid ist angeblich das beste nördlich der Alpen. Man möchte in der Kanzlei ausprobieren, ob sich damit nicht Pergament blau einfärben lässt. Mit Purpur geht das schließlich auch, und es kommen herrliche Urkunden dabei heraus. Die Schönste hat Gottfried schon gesehen, es ist die Heiratsurkunde des berühmten Kaisers Otto II. mit der Byzantinerin Theophanu, ein großartiges Kunstwerk, zierliche goldene Schrift auf Purpurgrund! Mit Tinte aus pulverisiertem Silber hat er selber schon gearbeitet, hat den Metallstaub zum Schreiben mit Knochenleim und Gummi aus Kirschbaumrinde vermischt. Aber Goldtinte, die hat er noch nicht verwenden dürfen. In der Hofkapelle gibt es auch nur ganz wenig Muschelgold, wie man es nennt, weil das kostbare gemahlene Gold in Muscheln zum Kauf angeboten und aufbewahrt wird.

Erfurt besteht immer noch zur Hauptsache aus Holzhäusern

und Hütten aus Lehm und Weidengeflecht. Die ungepflasterten Gassen sind matschig, denn in der Nacht hat es geregnet, in der Mitte fließen Bächlein, in denen Unflat schwimmt. Schweine wühlen mit ihren gierigen Rüsseln in den Abfällen, die man aus den Fenstern kippt. Gottfried hat sich Trippen unter die Schuhe geschnallt, aber es hilft nichts, manchmal ist der Schlamm tiefer, und er sinkt bis über die Knöchel ein. Endlich wird er fündig und ersteht ein Körbchen mit Waid, und zwar in einem Geschäft, das gleichsam über den Wassern schwebt. Ja, tatsächlich, es ist kaum zu glauben: Zu Erfurt gibt es eine hölzerne Brücke über die Gera, und diese Brücke ist so stabil, dass sie sogar kleine Häuser tragen kann! Nirgendwo sonst auf der Welt findet man so etwas – außer natürlich in Italien, dem fortschrittlichsten Land Europas. Der alte Goffredo von Viterbo hat es erzählt. Zu Florenz führt eine Brücke über den Fluss Arno, und auf dieser stehen links und rechts so viele Häuser, dass man das Wasser gar nicht mehr sehen kann und glaubt, durch eine ganz gewöhnliche Gasse zu gehen. Goffredo ist einer seiner Lehrmeister, ein Mann, der im Ruf allerhöchster Weisheit steht. Schon dem König hat er vor Jahren, als dieser noch ein Kind war, alles Wissen beigebracht. Und weil man in der Hofkapelle schnell erkannt hat, dass der neue Schreiber eine gute Begabung für Sprachen besitzt, hat sich Goffredo erboten, ihm das Volgare beizubringen, wie man es in Italien spricht. Außerdem arbeitet in der Kanzlei noch der dicke Pierrot, ein Übersetzer aus Lüttich, der mit Gottfried Französisch übt. Sein Latein hat er ohnehin längst vervollkommnet – in der Kanzlei werden alle Urkunden ausschließlich auf Lateinisch verfasst. So hat er sich gut eingelebt am Hof und ist zufrieden. Das Einzige, was ihm fehlt, ist die Malerei. Denn Gottfried wird hier ausschließlich als Schreiber eingesetzt. Allerdings ist schon aufgefallen, dass ihn häufig der König selbst holen lässt, und man rätselt, woher diese hohe Gunst kommt.

Auch an diesem Nachmittag wird er zu den Gesprächen des Adels zitiert. Es ist Hoftag, wie immer gibt es viel zu bereden, und manches davon muss mitnotiert werden. Gottfried nimmt sich seinen

Lieblingsgriffel, ein schön verziertes Stück aus Elfenbein mit feiner Metallspitze und abgeflachtem Ende zum Glätten des Wachses für Korrekturen. Dann steckt er in seine Mappe noch vier handliche Diptychen, zusammenklappbare Holztäfelchen, die mit Lederstreifen verbunden, bis auf einen flachen Rand ausgetieft und mit gefärbtem und gehärtetem Wachs gefüllt sind. So lässt sich schneller mitschreiben als mit Feder und Tinte.

Mit diesem Schreibzeug bewaffnet begibt sich Gottfried also ins Haus des Propstes von Sankt Marien, wo sich der vornehmste Adel um König und Kaiser versammelt hat. Sechs weitere Schreiber begleiten ihn.

Das Mittagsläuten erklingt, als sie die steile Treppe bis zum zweiten Stockwerk hinaufsteigen. Hier befindet sich der große Saal, in den unter normalen Umständen vielleicht hundert Gäste passen. An diesem Tag aber hält sich dort mindestens die doppelte Menge Menschen auf. Gottfried quetscht sich hinein und tritt dabei aus Versehen einem der Hunde auf den Schwanz, die sich um die Knochen vom Festmahl balgen. Die Tafel wird gerade aufgehoben, eifrige Dienstleute fassen die Tischtücher an allen vier Enden, heben sie mitsamt allem Tischgerät und allen Essensresten hoch und raffen sie zu riesigen Säcken zusammen, die hinausgeschleppt werden. Derweil bilden sich unter den adeligen Herren Grüppchen, die bei einem Pokal Wein beieinanderstehen. Gottfried kennt nur wenige von ihnen, darunter den Landgrafen von Thüringen, der eine lustige Mundart näselt, einige Grafen und Herren aus der Umgebung des Kaisers und den massigen Askanier, den alle wegen seiner Statur den Bären nennen. Die Bischöfe und Erzbischöfe erkennt man an ihrer Kleidung und den protzigen Ringen; Otto von Andechs ist nicht dabei.

Die sieben Schreiber warten auf ein Zeichen, zu wem sie sich gesellen sollen. Der erste Wink kommt auch bald, und zwar vom Erzbischof von Trier: Gottfried zückt Griffel und Wachsstäfelchen, geht hinüber und setzt sich auf einen dreibeinigen Schemel, der für ihn bereitsteht. Zunächst bespricht man die Lage des Herzogtums Baiern unter der Herrschaft der Wittelsbacher, einige Schreiben werden diktiert, die an die Wittelsbacher Kanzlei gehen sollen, dann schweift das Gespräch ab. Gottfried langweilt sich. Endlich ist die Unterredung zu Ende, die Herren schicken ihn weg, und er schlendert lustlos durch den Saal. Unter seinen Füßen knarzt es bei jedem Schritt – die Bodenbretter scheinen ihm ein wenig uneben. Nun ja, das Haus des Propstes ist schon ziemlich alt, da senkt sich schon einmal eine Decke, oder eine Mauer bekommt Risse. Ah, dort drüben am Fenster stehen Kaiser Barbarossa, König Heinrich und der Erzbischof von Lüttich, dazu noch Kuno von Münzenberg und der Reichskanzler Konrad. Gottfried nimmt sich einen Becher Wein, stellt sich in die Nähe des Grüppchens und wartet, bis er wieder gebraucht wird. König und Kaiser scheinen sich zu zanken, jedenfalls reden sie auf einmal so laut, dass Gottfried gar nicht umhin kann, zuzuhören.

»Du solltest mir dankbar sein, Heinrich«, grollt Barbarossa, »es hat mich verdammt viel Mühe gekostet, die Sache einzufädeln.«

Der junge König bläst geräuschvoll Luft durch die Nase aus. »Verbindlichsten Dank, Vater.«

»Woanders war ohnehin nichts zu machen.« Barbarossa breitet die Arme aus. »Frankreich hat keine Verbindung angeboten, die angemessen gewesen wäre. In England weigere ich mich anzufragen, solange sie den Welfen unterstützen. Byzanz ist zu vernachlässigen. Und Ungarn? Nur über meine Leiche!«

»Aber Sizilien, was?«, empört sich Heinrich. »Ich sag dir was, Vater: Ich will diese uralte Ziege nicht. Sie könnte ja beinah meine Mutter sein.«

»Die Frau ist knapp dreißig Jahre alt, was willst du? Sie ist noch in gebärfähigem Alter, mehr braucht's nicht.«

»Und warum hat sie bis jetzt keiner genommen, he?« Heinrich wird immer wütender.

»Weil offenbar niemand weiß, was wir wissen, mein Sohn.«

»Ach, und das wäre?«

Barbarossa nimmt einen Schluck aus seinem Pokal, wischt sich einen Tropfen Rotwein aus dem Bart und grinst triumphierend. »Sie ist die Tante des Königs Wilhelm, einzige Tochter des alten Roger. Bisher haben alle geglaubt, ihre Erbaussichten seien miserabel. Wilhelm ist jung, und er hat eine junge, gesunde Frau.

Aber es kommen keine Kinder. Wieso nicht, fragt man sich da. Vor kurzem ist es uns endlich gelungen, einen der Hofschranzen in Palermo für uns zu gewinnen. Hat uns ein stolzes Sümmchen gekostet. Aber der Mann wusste Bescheid. Es gibt da nämlich ein Geheimnis am sizilianischen Hof, das besser gehütet wird als der Staatsschatz.«

»Jetzt bin ich aber neugierig.«

»Darfst du auch sein, Junge. Pass auf: König Wilhelm ist nicht in der Lage, Kinder zu zeugen. Es wird keine Nachkommen geben. Ei, und wer ist wohl die Erbin der Krone, wenn Wilhelm stirbt? Na? Konstanze natürlich als einzige legitime Trägerin der Blutlinie.«

Heinrich runzelt die Stirn. »Überzeugt bin ich noch lange nicht. Wilhelm ist noch jung. Der lebt ewig, wenn's dumm kommt.«

»Er soll seit Jahren nicht recht gesund sein. Wer weiß, wie lange das noch geht. Und wichtig ist doch eines: Wenn du Konstanze heiratest, bekommst du durch sie den Anspruch auf die sizilianische Krone. Und wenn wir Sizilien haben, mein Sohn, dann haben wir den Papst im Sack. Schon unser Anspruch auf die Insel wird diesen hochnäsigen Pfaffenzipfel dazu bringen, ganz anders mit uns zu verhandeln. Das allein ist eine Ehe wert. Und, Heinrich – seit wann können sich Könige ihre Frauen nach persönlicher Vorliebe aussuchen? Hier geht es um weit mehr. Nimm dir ein Mädchen nebenher, wenn du mit Konstanze nichts anfangen kannst. Das haben wir alle so gemacht. Also, was sagst du?«

Heinrich überlegt. Dann seufzt er tief auf. »Hat sie wenigstens gute Zähne?«

Der Kaiser lacht schallend und schlägt seinem Sohn gutmütig auf die Schulter. »Das ist mein Junge! Ich schicke also den Boten los, ja?«

Heinrich atmet tief durch. »Wenn's denn sein muss. Aber er soll sich Zeit lassen. Bei Gott, ich hab's nicht eilig.«

Gottfried hat während der Unterhaltung ein paarmal nach Luft geschnappt. Was er eben gehört hat, ist eine Sensation. Und ihm ist sofort klar, dass dies hier der Augenblick ist, den er gefürchtet hat. Zum ersten Mal wird er das Vertrauen des Königs enttäuschen und eine Nachricht nach Bamberg schicken müssen. Denn eine sizilianische Heirat, das kann sich jeder denken, ist für den Papst von höchster Brisanz. Vielleicht will er sie ja im letzten Augenblick noch verhindern. Gottfried kämpft mit sich. Wenn er jetzt den Willen des Bischofs erfüllt, hat er sich endgültig auf einen Weg begeben, den er gar nicht gehen will. Aber er hat einen Schwur geleistet, damals, und den kann er nicht brechen. Ein Wink des Königs reißt ihn aus seinen Gedanken.

»Schreib ein paar Dinge für mich auf, Gottfried«, bittet Heinrich.

Gottfried lehnt sich an die Wand neben dem Fenster und zückt den Griffel. Irgendwo knackt es laut. Es ist der mächtige Balken in der Mitte des Saalfußbodens, der so knirscht und ächzt. Vor über hundert Jahren war er mit der Axt aus einer einzigen Eiche gehauen worden, genau wie die sieben anderen Träger, die an ihren beiden Enden ins Mauerwerk eingelassen sind. Man bestrich ihn mit Ochsenblut und zog ihn dann mit Seilen hoch, um ihn an seinen Platz zu setzen. Just als man das eine Ende in die Aussparung aus der Mauer einpassen wollte, riss eines der Seile, und der Balken fiel aus zwanzig Fuß Höhe krachend zu Boden. Einer der Arbeiter hatte mehr Glück als Verstand, er wurde nur um ein paar Spannen verfehlt. Als man den Balken ein zweites Mal hochhievte, bemerkte keiner der Zimmerleute, dass er in der Mitte einen Riss bekommen hatte.

Dann tat die Zeit das Ihrige. Das Holz wurde brüchig und morsch, der Holzwurm fraß und der Holzbock bohrte. Irgendwann deckte ein Gewittersturm das Dach ab, Regenwasser drang ins Holz. Der gelbe Schwamm nistete sich ein und ließ das Holz weich werden wie Butter. Und jetzt tritt gerade ein Diener, der ein Fässlein Rheinwein trägt, auf die Stelle des alten Risses. Ein lautes Knacken, der Mann wankt und lässt das Fass fallen. Dann geht alles ganz schnell. Ein ohrenbetäubendes Bersten ertönt, als der alte Balken bricht, die Dielenbretter geben nach. Menschen stürzen in die Tiefe, erst nur an der einen Stelle, aber dann gibt plötzlich die ganze Decke nach. Schreie ertönen, die Leute versuchen zu flüchten, sich festzuhalten, vergeblich. Gottfried sieht den Kaiser stürzen, den Erzbischof von Mainz, den Bürgermeister. Dann wankt es auch unter seinen Füßen. Er lässt Griffel und Diptychon fallen und greift mit beiden Händen nach einem der kleinen Säulchen, die das dreifache Spitzbogenfenster tragen. Mit den Füßen findet er Halt am vorstehenden Rest eines der Trägerbalken. Im selben Augenblick versucht auch Heinrich, das Fensterbrett zu erreichen, rutscht aber weg. Er hängt zu Gottfrieds Füßen, kann sich gerade noch an einem verkeilten Brett festhalten, das sich gefährlich neigt.

»Hier!«, ruft Gottfried dem König zu, bückt sich und streckt ihm die Hand hin. Keinen Augenblick zu spät – das Brett bricht ab, Heinrich kann gerade noch die rettende Hand fassen. Gottfried zieht ihn hoch, wo Heinrich sich an das zweite Säulchen klammern und mit den Fußspitzen auf ein kleines Steinsims zu stehen kommen kann. Schwer atmend hängen beide vor dem Fenster und müssen zusehen, wie fast der gesamte Hofstaat in die Tiefe stürzt. Es ist ein riesiges Durcheinander, die Schreie der Verletzten und Sterbenden klingen in Gottfrieds Ohren, Helfer versuchen, Balken zu heben und Menschen hervorzuziehen. »Rettet den König!«, schreit Gottfried und winkt mit der freien Hand. »Hier oben! Er kann sich nicht mehr lang halten!«

Man hört ihn, drunten kommen Leute angerannt. Sie schleppen eine lange Leiter herbei und lehnen sie an die Wand. Als Erster klettert Heinrich hinunter und wird von vielen Händen gestützt und empfangen. Dann ist Gottfried an der Reihe. Zitternd klimmt er Sprosse um Sprosse abwärts, bis er endlich festen Boden unter den Füßen hat. Hustend vom vielen Staub lässt er sich auf einen Schutthaufen sinken, neben ihm kauert Heinrich und wischt sich mit einem Zipfel seines Ärmels den Schmutz aus dem Gesicht. Mit einem leichten Kopfschütteln sieht er seinen Schreiber an. »Das ist jetzt schon das zweite Mal, dass ich dir zu Dank verpflichtet bin. Erinnere mich daran, wenn die Zeit gekommen ist.« Dann steht er auf und geht hinüber zu seinem Vater, der die Rettungsarbeiten beaufsichtigt.

An diesem Tag sterben in der Erfurter Propstei sechsundsechzig Männer. Und alle reden darüber, dass Gottfried der Schreiber dem König das Leben gerettet hat. Noch am selben Abend jedoch verrät er ihn, indem er einen Eilboten nach Bamberg schickt. Er schämt sich zu Tode, als er dem Reiter einen Denar in die Hand drückt.

11
Nachricht Gottfrieds an den Bischof zu Bamberg

Gots Grusz zuvor und allzeyt Glück und Segen Euer Eminenz. Item so vermeldt ich, daß der Kayser für seyn Sohn Heinricus ein Verlöbniß eingehn will, unnd zwarn mit Frau Constantze von Sicilien. Es wurdt, so scheint's, schon lenger verhandelt. Herr Friedrich will heut noch ein Bothen abreithen laßen, der die Verbindungk endgülthig machen soll.

Dieß hab ich geschriben mit eygner Hanndt am heyligen Jacobs Tag ao. 1184

Gottfried.

12
Palermo, Juli 1184

Der Himmel über der Bucht leuchtet erst dunkelblau, verliert dann seine Farbe und wird weißglühend. Die Sonne steht im Zenit und versengt gnadenlos alles, was wächst. Die Vögel flüchten sich müde und geblendet vom gleißenden Licht in die Bäume, die Kapernsträuche an der Mauer dürsten und lassen in der Gluthitze die Blätter hängen. Von der Ameisenkolonie, die sich in dem ausgehöhlten Stein eingenistet hat, wo der tönerne Wasserkrug stand, ist nichts zu sehen. Die angriffslustigen roten Tierchen mit den dicken Leibern haben sich in Gänge und

Ritzen zurückgezogen. Käfer, Schlangen und anderes Getier sind unter Steine und Wurzeln gekrochen. Erst die ersten Schatten des Abends, langgezogen und dunkel, wecken Insekten, Vögel und den Duft der Rosen. Langsam versinkt der Sonnenball in einem Farbenspiel aus Rot, Gelb und Violett. In der Dunkelheit leuchten zaghaft die letzten Glühwürmchen des Jahres auf.

Konstanze sitzt auf der Terrasse der Zisa, die Steinplatten strahlen die Hitze des Tages ab. Tommasina bringt ihr kühlen Zitronensherbet aus dem Keller, mit Granatapfelkernen und Minze, ihr Lieblingsgetränk. »Dein Neffe, der König, ist gerade aus der Stadt angekommen. Er will dich heute Abend noch sprechen.«

»Dann führ ihn gleich zu mir, Tommá!« Konstanze freut sich über den Besuch. Seit vier Wochen hat sie Wilhelm nicht mehr gesehen, weil er auf Umritt in Festlandssizilien war. Sie hat in der Zwischenzeit die Regierungsgeschäfte geführt, wenn es etwas Dringendes gab, das keinen Aufschub duldete. Das geht schon seit langem so. Wilhelms Frau, die kleine englische Johanna, hat keine Ahnung von Politik und hält sich aus allem heraus. Sie betet ihren Gatten an, und die beiden sind, so scheint es jedenfalls, glücklich miteinander. Nur dass eben noch die Kinder fehlen, auf die Sizilien sehnlichst wartet.

»Wilhelm! Wie schön, du bist wieder zurück!« Konstanze erhebt sich und umarmt ihren Neffen voll Freude. »Hast du schon gegessen? Ich lasse dir gleich etwas bringen.«

Er wehrt ab. »Ich bin nicht hungrig, Constance. Höchstens ein paar Taralli und vielleicht noch ein Marzipantörtchen. Und dieses wunderbare Zeug aus Mandelteig mit Pistazien gefüllt, das außen knusprig ist und innen so schön weich und feucht.« Wilhelm liebt Süßes, was man ihm inzwischen auch ansieht. Er ist längst nicht mehr so rank und schlank wie früher.

»Wie war es auf dem Festland?«

Er nickt zufrieden. »Ich bin zufrieden. Die Barone haben ihre Lehnsleute im Griff und kommen gut miteinander aus. Ich weiß auch nicht, warum das auf der Insel nicht genau so sein kann. Manchmal beschleicht mich das Gefühl, dass hier alle machen, was sie wollen.«

»Du hast schon recht. Viele der Barone hier sind hochfahrend und selbstsüchtig. Und unzuverlässig. Man kann sie auf keinen verantwortlichen Posten setzen. Und deshalb müssen sie zusehen, wie Sarazenen, Griechen und einheimische Sizilianer hochkommen. Ich warte bei manchen schon lange darauf, dass sie den Aufstand proben, genau so wie früher. Sie sind nur mit Gewalt und Druck zurückzuhalten.«

Konstanze winkt den Diener heran, der die Süßigkeiten bringt, und Wilhelm macht sich sogleich über die Taralli her. »Ja. Und das ist unsere Aufgabe. Das Königshaus bietet die einzige Garantie für den Ausgleich der Kräfte. Wir halten alles zusammen, Constance.«

»Das hat dein Vater auch immer gesagt. Sizilien ohne Hauteville würde im Chaos versinken. Das ist unsere große Verantwortung.«

»Ganz recht, so ist es.« Wilhelm zögert.

»Was ist?«, fragt sie. »Du hast doch irgendetwas?

Er lässt sich auf den Diwan sinken und klopft auf den Platz an seiner Seite. »Setz dich, ma chère. Da gibt es etwas, das wir bereden müssen.«

Sie lacht. »Das klingt aber sehr ernst.« Genüsslich beißt sie in ein Mandelplätzchen.

Er sucht nach Worten, weiß nicht, wie er anfangen soll. Es ist ein heikles Thema. Und dann sagt er es einfach geradeheraus: »Du musst heiraten, Constance.«

Der Bissen bleibt ihr im Halse stecken. »Aber Wilhelm, das haben wir doch alles schon besprochen. Es ist gut so, wie es ist. Ich brauche keinen Mann. Und du hast damals versprochen …«

»Damals wusste ich nicht, was ich heute weiß.« Wilhelm sieht plötzlich müde aus. »Du hast es eben selber gesagt, Constance. Sizilien braucht uns, sonst zerfällt das Königreich.«

»Worauf willst du hinaus?« Konstanze ahnt, dass etwas Schlimmes kommt.

Er sucht nach den richtigen Worten. »Es geht um meine Nachfolge. Johanna und ich – wir werden keine Kinder haben.«

»Aber … dann nimm dir eine andere Frau! So etwas ist schon öfter vorgekommen.«

»Du verstehst nicht, Constance. Es … es liegt nicht an ihr.«

»Woher willst du das wissen?«

Er steht auf, geht zur Brüstung der Terrasse und sieht in die Dunkelheit hinaus. Ein großer Nachtfalter kommt angeflogen. Vom gelblichen Licht der Wandfackel angezogen, fliegt er, immer tiefer kommend, um das Feuer, bis die Flamme seine Flügel erfasst. Im Todeskampf kreist er in wilder Raserei um die Fackel, die versengten Flügel tragen ihn kaum mehr. Dann ein Knistern, ein brenzliger Geruch, Rauch steigt auf. Wilhelm dreht sich um. »Erinnerst du dich an das Erdbeben damals in Messina?«

Konstanze runzelt die Stirn. »Natürlich. Wir saßen unterm Tisch, du und ich, und uns war ganz schlecht von den vielen Zuckerschleckereien. Du wurdest verletzt, ein schwerer Stein lag auf deinem Leib. Man hat dich weggebracht.«

»Erinnerst du dich auch daran, dass ich damals wochenlang krank war? Constance, das war kein einfacher Stein, sondern es war das Stück einer Säule mit Eisenbeschlag für einen Fackelhalter, in dem ein Kienspan steckte. Ein Holzsplitter hat sich damals in mein Gemächt gebohrt, die Wunde hat sich entzündet. Man rechnete mit dem Schlimmsten. Dann habe ich mich wieder erholt, aber die Ärzte haben damals schon befürchtet, dass ich keine Nachkommen mehr zeugen kann.«

Sie legt die Hand auf seinen Arm. »Das wusste ich nicht, Wilhelm.«

»Keiner hat es gewusst. Meine Mutter und der Kronrat haben die Sache geheimgehalten, sonst wäre meine Thronfolge in Gefahr gewesen, und was dann? Außerdem waren wir nicht sicher. Jetzt sind wir es. Ich bin seit sieben Jahren verheiratet, und Johanna wird nicht schwanger. Du, Constance, wirst nach meinem Tod die Krone tragen.«

Sie spürt, wie eine kalte Hand ihre Schulter packt. »Aber … du wirst lange leben. Wir haben noch viel Zeit.«

Er tut einen tiefen Atemzug, dann sagt er mit belegter Stimme: »Constance, du erfährst es noch vor allen anderen. Ich war nicht nur zum Umritt auf dem Festland. Ich bin nach Salerno gereist, um die Doctores der Universität zu konsultieren. Sie haben die Befürchtungen meiner Leibärzte bestätigt. Ich habe die Zuckerkrankheit. Sie geben mir höchstens noch ein paar Jahre.«

Sie kann gar nichts erwidern, so sehr schnürt es ihr die Kehle zu. Sie nimmt Wilhelm einfach in die Arme. Er weint.

»… und deshalb musst du heiraten«, sagt er später. »Das Haus Hauteville muss weiterregieren. Aber – du bist nur eine Frau. Die Barone werden eine Alleinherrschaft nicht dulden.«

»Du willst mich einem der Barone geben?«

»Nein. In diesem Fall gäbe es blutigen Krieg und Kämpfe um meine Nachfolge. Ich kann keinen der Barone bevorzugen. Es muss jemand von außen sein. Du brauchst Schutz, um das Land als Ganzes zu erhalten.«

»Und wer könnte mir diesen Schutz bieten?«

Er wagt es kaum auszusprechen. »Die Staufer.«

Konstanze prallt erst zurück, aber dann nickt sie langsam. »Ich verstehe. Du willst mich mit dem gefährlichsten Gegner Siziliens verheiraten und ihn damit unschädlich machen.«

»Kluges Mädchen.« Wilhelm steht auf und läuft unruhig auf der Terrasse hin und her. »Der Kaiser erhebt ohnehin Anspruch auf ganz Italien als formellen Teil des Reichs. Sizilien fehlt ihm noch. Sollten unter deiner Alleinherrschaft Unruhen unter den Baronen ausbrechen, und das ist so sicher wie das Amen in der Kirche, wird ein deutsches Heer schneller in Messina landen, als du eine Orange schälen kannst. Dann ist alles verloren.«

»Während einer der Kaisersöhne als mein Mann Sizilien friedlich als Beigabe bekäme?« Sie schnaubt durch die Nase.

»Aber dann wärst immer noch du die einzig legitime Erbin der Krone. Du hast Einfluss auf deinen Mann. Und wenn du es geschickt anstellst, wird er dir in Sizilien freie Hand lassen und sich ums Reich kümmern. Nur so ist dir später einmal der Thron sicher, denn hinter dir steht dann die ganze Autorität der Staufer. Die Barone werden es nicht wagen aufzubegehren.«

»Und wenn ich alleine herrsche und dem Kaiser für Sizilien den Lehnseid leiste?«

»Ach, Constance, du weißt selbst, dass das nicht geht. Seit der Erhebung zum Königreich unter deinem Großvater ist Sizilien rechtmäßig ein Lehen des Papstes an die Hauteville. Das vergessen wir nur meist, weil sich die Kurie nie einmischt. In diesem Fall allerdings würde Lucius dich mit Sicherheit exkommunizieren. Und dann hätten wir wieder die gleiche Lage: Die Barone würden rebellieren und die Staufer einen Eroberungsfeldzug beginnen. Ich sehe, du nickst. Du weißt, dass ich recht habe.«

»Wen von den Söhnen des Kaisers hast du denn für mich vorgesehen?« Ihre Stimme klingt belegt.

»Heinrich, den Ältesten. Wenn du Glück hast, wirst du mit ihm sogar Kaiserin!«

Constance hält es jetzt auch nicht mehr auf dem Diwan. Sie geht die Treppe zum Rosengarten hinunter und holt ein paarmal Luft. Der süßliche Duft dringt tief in ihre Lungen, als ob er ihr die Entscheidung angenehmer machen wollte. »Immer habe ich geglaubt, ich könne mein Leben für mich haben«, sagt sie in die Dunkelheit hinein. »Aber es geht nicht. Bisher war es gut so, wie es war. Ich will das nicht verlieren. Ich kann mir einfach nicht vorstellen, mit diesem Staufer … Außerdem bin ich doch viel zu alt für ihn. Er kann nicht älter als zwanzig sein, oder?«

Sie schaut hinaus in die Dunkelheit, hört die Pinienzapfen aus dem nahen Wäldchen knacken. Aus den zitternden Blättern der Steineichen, die im Mondlicht silbern schimmern, formt sich das vage Schattenbild eines Gesichts. Ihr kommen die Tränen.

Sie spürt Wilhelms Hand auf ihrer Schulter. »Denkst du immer noch an Aziz? Nach all den Jahren?«

Er kennt sie viel zu gut. Trotzdem lügt sie. »Nur hin und wieder. Wer weiß, wo er jetzt sein mag – al Andaluz, Ifriquia, Jerusalem? Vermutlich hat er längst Weib und Kind …«

»Vermutlich.« Wilhelm seufzt. »Er wird nicht wiederkommen, Constance, und selbst wenn, dann ist eine Verbindung trotzdem unmöglich. Das ist dir so klar wie mir.«

Aziz. Sie nickt und schluckt die Tränen hinunter. Der Schemen seines Gesichts löst sich auf, verschwimmt und verschwindet. »Lass mir eine Bedenkzeit«, bittet sie. »Es fällt mir so schwer …«

»Gut.« Wilhelm tätschelt ihr die Schulter. »Dann gehe ich jetzt zu Bett. Es war ein anstrengender Tag.«

In dieser Nacht kann sie lange nicht schlafen. Sie denkt an Wilhelms Krankheit und kann sich nicht vorstellen, wie es ohne ihn werden soll. Er ist doch noch so jung, und die Zuckerkrankheit trifft doch immer nur die Alten. Aber wenn es die Ärzte in Salerno sagen … Dann ist Sizilien ihre Verantwortung. Tommasina kommt, leise flüstern sie miteinander in der Kühle der Nacht. »Was soll ich nur machen, Tommá? Ich will nicht heiraten. Schon gar nicht einen dieser Barbaren aus dem Norden.«

Tommasina denkt lange nach, bis ihr, wie immer, wieder eines ihrer lebensklugen sizilianischen Sprichwörter einfällt. »Cu avi terra avi guerra – wer Land hat, hat auch den Krieg. Du hast bald Sizilien, und wenn du diese Insel und ihre Menschen liebst, vermeidest du den Krieg. Er ist das Schlimmste für alle.« Sie bekreuzigt sich. »Wir sind Sizilianer. Wir dienen der heiligen Mutter Kirche und unserem Land. So ist das.«

»Aber dann muss ich fort von hier. Dorthin, wo es immer kalt ist und weißer Schnee fällt. Wo keine Rosen blühen und wo es kein blaues Meer gibt.«

»Du musst erst einmal schlafen und dann gut nachdenken, Kindchen. Und zum Einschlafen braucht man was im Magen. Ich hole dir was Ordentliches aus der Küche, du wirst ja sonst dünn wie eine Sardine.«

Kurze Zeit später taucht Tommasina wieder auf, in der Hand einen Teller mit Ricotta, frischem Brot und Sardellen. Konstanze isst folgsam, und nach einem Becher süßem Wein aus Tarent fällt sie schließlich doch in einen unruhigen Schlaf.

Sie küsst die Hostie voll Ehrfurcht, legt sie unter die Zunge, wie sie es als Kind gelernt hat. Aber schon bei der ersten Berührung mit ihren Lippen beginnt der Leib Christi zu bluten. Blut füllt ihren Mund, läuft ihr über das Kinn, tropft auf ihre Brüste, gleitet über ihren Körper und sammelt sich schließlich zu ihren Füßen in einer hellroten Pfütze. Es schmeckt metallisch. Immer mehr

Blut quillt aus ihrem Mund, sie fängt es auf mit ihren Händen, aus denen sie einen Becher geformt hat, hält es dem Gekreuzigten hin, der ihr vorwurfsvoll zusieht mit seinen großen, dunklen Augen. Sie will schreien, aber es geht nicht. Sie flüchtet hinaus in die gleißende Sonne, hinter sich eine Spur, einen ganzen Regen aus roten Tropfen. Da ist niemand. Nur eine Krone, mitten in der glühenden Sommerdürre. Mit ihren blutigen Fingern greift sie nach dem Diadem, zitternd vor Furcht. Sie sieht ihren Vater kommen, in seinem herrlichen Krönungsmantel, der so rot ist wie das Blut, das an ihr haftet. Hinter ihm ihr Großvater, in voller Rüstung. Die beiden großen Roger. In ihren Ohren rauscht es. Da setzt sie sich die Krone auf den Kopf. Stille. Es blutet nicht mehr. Sie wacht auf, schweißgebadet, die Laken nass und zerknittert.

Am nächsten Morgen willigt sie in die staufische Ehe ein.

13
Streitberg, Juli 1184

Alles sieht ganz friedlich aus, es ist ein gleißendheller Sommertag. Auf den Felsen am Hang sonnen sich Eidechsen und Blindschleichen, das Gras steht hoch, dicke Hummeln summen um die Taubnesseln beim Froschtümpel. Es fällt Hemma schwer, hinter ihrem Wacholderbusch ruhig liegenzubleiben, bis es dunkel wird. Sie beobachtet, wie die Bauern schwitzend unter ihren Sonnenhüten auf den Feldern arbeiten, wie die Kinder mit den Dorfhunden zur Wiesent laufen und an der seichtesten Stelle hineinspringen. Auf der Burg oben regt sich nicht viel; vielleicht ist der Herr gerade nicht da, sondern auf der Neideck, die vom Hügel auf der anderen Seite des Flusses ihren Turm gen Himmel reckt.

Die Reise ist ihr diesmal kürzer vorgekommen als damals zu

ihrer Kinderzeit. Zu Bamberg hat sie ein freundlicher Schiffer mitgenommen, der Weinfässer nach Nürnberg treideln wollte. In Forchheim hat sie dann einen Wandermönch getroffen, der sie bis Ebermannstadt begleitet hat. Dort sind ihr seine Blicke zu gierig geworden, und sie ist allein weitergezogen bis in ihre alte Heimat. Besseres, als hierher zurückzukommen, ist ihr nicht eingefallen. Denn um zu überleben, braucht sie entweder eine Arbeit oder Geld, und beides hat sie nicht. Was sie sich aber holen kann, sind die Sachen aus dem Brautschatz ihrer Mutter, die immer noch unter dem Altar im Streitberger Kirchlein versteckt liegen. Vielleicht kann sie zu Forchheim oder Nürnberg das Silberzeug beim jüdischen Pfandleiher versetzen und mit dem Geld dann ihren Bruder suchen gehen. Aber zunächst einmal muss sie Geduld haben und die Dunkelheit abwarten. Sonst erkennt sie vielleicht jemand.

Pfarrer Udalrich sieht noch einmal nach seinen Kaninchen. Erst letzte Woche ist wieder einmal ein Fuchs in den Verschlag eingebrochen; diesmal hat er den schönen schwarzweißen Rammler geholt, dessen Stallgitter nicht richtig verschlossen war. Verzeih, Herr Jesus, aber könntest du nicht dafür sorgen, dass dieser Fuchs tot umfällt? Oder überhaupt alle Füchse? Wer braucht überhaupt Füchse? Udalrich tappt mit seinem Kienspan über den Hof, scheucht zwei empört gackernde Hühner für die Nacht zurück in ihren Schlag und legt sorgsam den Riegel vor. Bei den Kaninchen ist auch alles in Ordnung, er kann also beruhigt schlafen in dieser Nacht. Aber nein! Da! Da war doch eine Bewegung hinter dem Flechtwerkzaun, der den kleinen Gemüsegarten vor den Rehen und Hasen schützen soll. Jetzt wieder! Der Priester greift nach dem Rechen, der am Hackstock lehnt. »Dir werd ich's zeigen, du vermaledeites Vieh!«, ruft er, während er auf den Zaun zurennt. »Die Karnickel des Herrn zu wildern!«

Und dann bleibt er abrupt stehen. Ei, dort hinter der Johannisbeerhecke kauert – kein Fuchs, sondern ein Mensch! Ein Mädchen, um genauer zu sein, und es zittert vor Furcht.

»Was hast du da zu schaffen?«, brummt Udalrich. »Komm

heraus da!« Bestimmt ist es eine aus dem Dorf, die heimlich bei ihm beichten will, na was wohl, Unzucht natürlich. Wäre nicht das erste Mal, o Herr, gib mir Geduld!

Aber das Mädchen, das nun aufsteht und ihn so flehentlich ansieht, ist keine vom Dorf. »Bitte Vater Udalrich, verratet mich nicht«, flüstert sie und nimmt das Kopftuch ab. Und da erkennt er, wen er vor sich hat. Solches Haar hat außer ihr niemand hier! Und inzwischen sieht sie auch noch genauso aus wie ihre Mutter, die selige Herrin. »Jesusmariaundjosef, Hemma! Was machst du denn hier? Komm, schnell herein mit dir, komm.«

Drinnen glüht noch der Rest des Kochfeuers, auf dem Udalrich sich seinen Haferbrei gewärmt hat. »Hast du Hunger?«

Hemma nickt.

»Hier!« Er hält ihr einen Kanten Brot und ein Stück Geräuchertes hin. Hungrig fängt sie an zu essen und erzählt zwischen den Bissen ihre Geschichte. Udalrich bringt ihr noch ein Schüsselchen Sauermilch. Als sie satt ist, schüttelt er den Kopf und sagt: »Deiner Mutter Silberschatz liegt noch da, wo ihr ihn gelassen habt. Du kannst ihn jederzeit haben. Und heute Nacht bleibst du hier, Kind. Du schläfst ja schon im Sitzen ein. Morgen überlegen wir, wie's weitergeht.«

Der nächste Tag ist ein Sonntag. Pfarrer Udalrich hält wie immer die Frühmesse, aber diesmal ist er nicht richtig bei der Sache. Dauernd muss er darüber nachdenken, was jetzt mit Hemma geschehen soll. Er kann doch das junge Ding nicht einfach mit einem Sack voll Silberzeug in die Welt schicken, ganz allein, und so hübsch. Überall lauern Wegelagerer und böse Menschen, falsche Mönche, Räuber, gewissenlose Herumtreiber, die sich nehmen, was sie wollen. Und wo soll sie denn mit der Suche nach ihrem Bruder anfangen? Kein Mensch weiß, wo sich der Hof gerade aufhält. Kann sein in Ingelheim, kann sein in Eger, kann sein in Nimwegen – es gibt so viele Kaiserpfalzen! Und selbst wenn man wüsste, wo sich der König gerade befindet – bis man endlich dorthin kommt, ist der Hof längst wieder weitergezogen. Und der König mit seinem berittenen Gefolge ist viel schneller als ein junges Mädchen zu Fuß – sie würde ihn nie einholen können, ihren Bruder nie erreichen. Es wäre ein Hinterherlaufen bis zum Sankt Nimmerleinstag. Nein, denkt Vater Udalrich, so geht es nicht.

Später tappt er hinüber in sein Häuschen, wo Hemma ungeduldig wartet. Er hat noch schnell die Ziege gemolken, Ziegenmilch mit eingebrocktem Brot ist das allerbeste Frühstück, gesund und kräftig. Hemma langt mit ordentlichem Appetit zu, das Mädchen gefällt ihm. Und sie tut ihm leid. So viel Pech. Mutter tot, Vater tot, Erbe weg, Bruder irgendwo. Keine Seele hat sie, das arme Ding. »Hör zu«, sagt er, »ich habe nachgedacht. Deinen Bruder einfach so zu suchen ist sinnlos. Und wenn du alleine unterwegs bist, bleibst du nicht ungeschoren. Wenn sie dir nur dein Silber stehlen und nicht deine Jungfernschaft, kannst du noch froh sein. Die Welt ist voller schlimmer Menschen.«

Hemma senkt den Kopf. Daran hat sie auch schon gedacht. »Aber was soll ich dann tun?« Es war ja schon schwer genug, überhaupt bis hierher zu kommen.

»Ja, was nur?« Udalrich kratzt sich das schüttere Haarkränzchen. »Ich habe eine Base zu Bamberg«, denkt er laut, »Walburga heißt sie. Sie hat einen Häcker geheiratet und einen ganzen Sack voll Kinder mit ihm. Ich könnte ihr einen Besuch abstatten, hab sie seit Zeit und Ewigkeit nicht mehr gesehen.«

»Und dann?«

»Schau, Kindchen: Der Hof wird irgendwann wieder einmal zu Bamberg sein, früher oder später. Vielleicht nicht mehr dieses Jahr, aber sicher irgendwann im nächsten. Sobald der König und seine Schreiberei mitsamt deinem Bruder dort eintreffen, könnte mir die gute Burgel einen ihrer Söhne schicken. Und der nimmt dich dann mit zurück nach Bamberg. Du musst also nur hierbleiben und schön warten, es ist eine Frage der Zeit.« Udalrich ist mit seinem Plan zufrieden.

»Aber wie soll ich denn hierbleiben? Was ist, wenn der von Neideck davon erfährt? Ich kann mich ja nicht ständig bei Euch verstecken.«

»Oh, nein, nein, das kannst du nicht. Aber ich weiß was!« Udalrich grinst verschmitzt, die Sache beginnt ihm Spaß zu machen.

»Kannst du dich noch an die alte Oda erinnern, hm? Sie hat dich auf die Welt geholt.«

Hemma schüttelt den Kopf. »Ich war noch zu klein, als ich fortging.«

»Aber ich wette, sie erinnert sich an dich!«

Bei Einbruch der Dämmerung nimmt Vater Udalrich Hemma bei der Hand und führt sie hinter dem Kirchhof vorbei in den Wald. »Die alte Oda ist ein bisschen eigen«, erzählt er leise, damit niemand sie hört. »Sie lebt unterhalb der Schäferhöhle auf einer kleinen Lichtung beim Zeubach, wie ihre Mutter und Großmutter vor ihr. Die Väter kennt kein Mensch, aber der liebe Gott wird schon wissen, warum er es so eingerichtet hat. Oda ist Wehmutter, und sie kennt jedes Kräutlein. Sie heilt die Krankheiten von Mensch und Vieh. In der ganzen Gegend gibt es kein Kindchen, das sie nicht geholt hat. Aber sie ist gern allein und manchmal ein bisschen merkwürdig, deshalb haben die Leute manchmal Angst vor ihr. Also lebt sie hier draußen, in der Nähe des Dorfs. Bei ihr bist du sicher.«

Hemma findet es unheimlich, aber sie folgt Vater Udalrich ohne Widerspruch durch den immer schwärzer werdenden Wald. Nicht lange, dann erreichen sie eine hübsche Lichtung vor einer schroffen Felswand. Eine Hütte steht da, aus deren Fensterchen ein schwaches Licht dringt. Ein Hund schlägt an. »Oda«, ruft Udalrich, »keine Angst, ich bin's nur!«

Die Tür geht knarrend auf, und ein kleines, dürres Weiblein erscheint. »Hab euch schon kommen hören«, brummt eine raue Stimme. »Ihr macht ja einen Lärm, schlimmer als die Wilde Jagd! Ruhig, Kaspar, ist ja schon gut. Herein mit euch, bevor ihr da draußen Moos ansetzt!«

Hemma tritt zögernd ein und sieht sich drinnen ängstlich um. Überall hängen Kräutersträuße und kleine Säckchen von der Decke, zwei Hühner scharren in einer Ecke in der festgetretenen Erde, ein großer grauer Hund rollt sich beim Herdfeuer zusammen, nachdem er die Besucher ausgiebig beschnuppert hat. Neben ihm räkelt sich eine bunte Katze und gähnt. Alles ist sauber und heimelig, es duftet nach allen möglichen Heilpflanzen, nach Kamille, Pfefferminze, nach wildem Fenchel und Kümmel.

»Wen bringst du mir da?«, fragt die Alte geradeheraus. Sie geht Udalrich kaum bis zur Schulter. In ihrem faltigen Gesicht glänzen zwei wache runde Äuglein, sie zwinkert ein paarmal. Ihre Wangen sind von winzigen roten Äderchen durchzogen. Zwei dünne graue Zöpfe hängen ihr über die Schultern.

Anstatt einer Antwort zieht Udalrich das dunkle Tuch von Hemmas Kopf. Oda starrt das Mädchen erst ungläubig an, dann verzieht sich ihr schmaler Mund zu einem breiten, zahnlosen Grinsen. »Heiliger Strohsack, Mädchen, du bist deiner Mutter wie aus dem Gesicht geschnitten. Und dieses Haar! Alle Streitbergerinnen haben rotes Haar, das war schon immer so! War allerdings nichts davon zu sehen, als ich dich damals geholt hab. Hihi, aus den garstigsten Kindlein werden die hübschesten jungen Dinger, hab ich schon immer gesagt. Und deine Mutter, ach, Gott hab sie selig …«

Vater Udalrich unterbricht den Gesprächsfluss der Alten. »Kann sie eine Zeitlang bei dir bleiben?«

Oda wackelt mit dem Kopf. »Gradwegs unter den Augen des Neideckers? Hm.«

Stille tritt ein. Hemma würde am liebsten wieder gehen, wenn sie wüsste, wohin.

»Ich weiß, es ist verwegen«, sagt der Priester. »Aber ich weiß auch, dass du noch nie jemanden im Stich gelassen hast, Oda.«

Die Alte schürzt die Lippen. »Es geht nicht nur um mich. Sie ist eine Gefahr für das ganze Dorf, das weißt du.«

Er senkt den Kopf.

»Bitte«, sagt Hemma leise. »Ich habe sonst niemanden.«

Der große Hund erhebt sich träge, tappt zu Hemma und stößt ihr die Schnauze in die Hand. Sie krault ihn hinter den struppigen Ohren.

»Ei«, meint Oda und zuckt mit den Schultern. »Kaspar hast du ja schon auf deiner Seite.« Dann fixiert sie Hemma mit ihren dunklen Knopfaugen. »Aber wir müssen vorsichtig sein, vorsichtig!«

So vergeht der Hochsommer, und die ersten Herbstnebel tanzen über der Wiesent. Hemma hat sich schnell eingewöhnt im Häuschen auf der Lichtung. Oda hat ihr das Haar mit einer Paste aus Walnussrinde braun gefärbt. Im Dorf erzählt man sich, sie sei eine von den Fahrenden, die vor kurzem auf ihrem Weg nach Nürnberg durchgekommen sind, und habe ihre Leute verlassen. Kaum einer von den Bauern fragt nach mehr, wenn er die beiden wie Großmutter und Enkelin beim Pilzesammeln oder auf Krankenbesuchen sieht. Hemma kommt gut mit den Tieren zurecht, die Oda in ihrer kleinen Einöde um sich versammelt hat: mit Kaspar, dem Hund, dem launischen Kater Melchior, dem braven Eselchen Balthasar, das Oda für längere Wege braucht, seit sie nicht mehr so gut zu Fuß ist. Sie kümmert sich auch um die Hühner, die Hasen, den kleinen Taubenschlag und die Ziegen. Und sie lernt schnell, was mit den Kräutern, an denen sie früher achtlos vorübergegangen ist, anzufangen ist. Dass Hirtentäschel – Oda nennt es Blutkraut – blutstillend wirkt, dass Bitterklee bei Magenkrämpfen hilft, dass Frauenmantel vorzeitiges Gebären verhindert. Und Hemma lernt auch, wie eine Geburt vor sich geht. Die alte Oda sagt zwar nichts, aber sie ist froh um die Hilfe ihrer jungen Begleiterin. »Gott erbarm's, langsam wird man alt«, grummelt sie, wenn Hemma ihr auf das Eselchen hilft oder ihr den Rucksack mit allen Utensilien für einen Krankenbesuch trägt. Hemma fühlt sich jeden Tag mehr zu Hause in ihrer alten Heimat. Sie erkennt die Düfte ihrer Kindheit wieder, erinnert sich an so vieles. Und sie genießt die neue Freiheit. Keine festen Klosterregeln mehr, keine Gebete in der Nacht, keine stillen Stunden zur Versenkung. Aber inmitten des neuen Glücks ist auch die Ungewissheit: Wann wird Gottfried kommen? Wird der Neidecker sie finden?

Doch einer der Krankenbesuche bereitet der schönen Zeit ein jähes Ende. An Lamberti wird Oda zur alten Marga gerufen, die wieder einmal schlimm das Gliederreißen hat. Wie selbstverständlich nimmt sie Hemma auch dieses Mal mit.

Marga hält ihr die knotigen Finger hin: »Nicht mehr zum Aushalten ist's«, jammert sie. »Ich kann kaum noch den Kochlöffel halten, geschweige denn einen Besen. Das Kopftuch muss mir meine Schwieger binden. Ach, es hat mich schon arg am Wickel.«

Oda kramt aus ihrem Mantelsack ein paar getrocknete Kräuter heraus und gibt sie Margas Schwiegertochter Friedel, die stumm ist wie ein Fisch, seit ihr als Kind der große Bruder einen Stein an den Kopf geworfen hat. »Schau her, da sind Mädesüß, Tüpfelfarn, Brennessel und Silberweide. Nimm von jedem Kräutlein einen Fingerhut voll, gieß es mit heißem Wasser auf und lass es zehn Vaterunser lang ziehen. Dann gib den Absud zu trinken. Jeden Tag drei Becher, früh, mittags und abends. Und hier, die Hängebirkenblätter, die tust du der Marga ins Kopfkissen, und in den Strohsack steckst du noch Holunderblätter, die zupf ich morgen frisch und bring sie dir.«

Unter Odas Anleitung zermörsert Hemma eine Zwiebel, mischt getrocknete Arnika und Johanniskraut dazu und vermengt alles mit einer guten Handvoll Gänsefett. Dann soll sie davon etwas auf Margas Finger streichen und mit Leinenstreifen umwickeln. Mit steigendem Unbehagen hat sie gemerkt, dass Marga sie die ganze Zeit über so merkwürdig anstarrt, aber vielleicht täuscht sie sich ja. Aber dann, als sie die Salbe am Herdfeuer erwärmen will, bleibt sie mit ihrer Haube am Feuerhaken hängen, der an einem Reck von der Decke baumelt. Es reißt ihr das Kopftuch weg, ihre Zöpfe fallen herunter, und da steht sie nun, starr vor Schreck. Zu allem Unglück ist ihr Haar ein Stück nachgewachsen, am Scheitel kann man deutlich einen Streifen flammenden Rots sehen.

Die alte Marga schaut sie mit weit aufgerissenen Augen an, zuerst staunend, ja beinahe erfreut, dann wandelt sich ihre Miene zu Abwehr und schließlich zu Angst. »Ich hab's gewusst«, keucht sie entsetzt. »Gleich als sie hereingekommen ist, hab ich's gewusst. Sehen tu ich nämlich noch wie ein Habicht. Und ein Gesicht hab ich noch nie vergessen.«

Hemma ist zurückgeprallt und sieht hilflos zu Oda hinüber. Und da fällt es der alten Oda ein: Marga hat früher auf der Burg als Waschmagd gearbeitet. Auch sie kennt noch die junge Herrin, die damals im Kindbett gestorben ist.

Marga richtet sich auf ihrem Lager auf, das Gesicht voller Hass.

»Das kann nicht sein, dass die hier ist«, keift sie und deutet mit ihrer knochigen Hand auf Hemma. »Wo kommt die überhaupt her? Was will die bei uns? Herrgott, wenn der Neidecker das herausfindet, bestraft er das ganze Dorf! Der kommt mit seinem Mörderhaufen und lässt keinen leben! Du bringst uns alle in Teufels Küche, Oda!«

Oda ringt die Hände; sie weiß ja, dass die Alte recht hat. Was soll sie sagen? »Die Kleine hat doch niemanden mehr. Unrecht ist ihr getan worden. Ich bitt dich, Marga, sag nichts den anderen!«

»Das kannst du nicht verlangen!« Marga reißt Hemma den Topf mit der Salbe aus der Hand und schmiert sich selber die geschwollenen Gelenke damit ein. »Ich geh damit zum Pfarrer.«

»Dann bitt ich dich wenigstens, vorher mit niemandem zu reden.« Oda schaut der Alten in die Augen. »Das bist du deiner alten Herrschaft schon schuldig, Marga.«

Tags darauf hat sich im Kirchlein von Streitberg das ganze Dorf eingefunden. Draußen hat es gerade ein Gewitter gegeben, immer noch ziehen schwarze Wolken über den Himmel. Vater Udalrich ist nervös. Er hat sich nicht anders zu helfen gewusst, als die Versammlung einzuberufen, sonst wäre die alte Marga stracks zum Neideck gegangen. Jetzt erzählt er, in der Apsis stehend, den Leuten Hemmas Geschichte. »Hier«, sagt er und deutet auf den Altar hinter sich, »haben sich die beiden Kinder eures alten Herrn versteckt vor ihren Häschern. Und jetzt sucht eines davon für eine Zeitlang Zuflucht bei uns. Entscheidet ihr, was geschehen soll!«

Poler, der Wiesentfischer, spricht als Erster. »Wir wissen alle, was der Neidecker für einer ist«, sagt er. »Wenn er von dem Mädchen erfährt, holt er sie sich. Und bringt sie womöglich um.«

»Und uns gleich mit!« Das war die Grete vom Stempferhof. »Die muss weg hier, und zwar heute noch! Und Oda, dass du die aufgenommen und uns nichts gesagt hast, das nehm ich dir übel!«

»Auch ich habe von Hemma gewusst«, mischt sich Vater Udalrich ein. »›Hilf denen, die in Not sind‹, das sagt der Herr.«

Jetzt meldet sich Meinolf, den alle wegen seiner Hasenscharte nur ›das Maul‹ nennen. »Die Kleine dauert mich ja«, lispelt er, »aber wir müssen an uns und an unsere Familien denken. Ich bin auch dafür, dass sie weggeht.«

Beifälliges Gemurmel unter den Leuten. Udalrich und Oda senken die Köpfe. Es sieht nicht gut aus für Hemma.

Da drängt sich die Knauersbäuerin nach vorn, ein resolutes Weib mit elf erwachsenen Kindern und einer unübersehbaren Enkelschar. Sie schaut die versammelten Streitberger verächtlich an. »Was seid ihr bloß für ein feiges Pack, ihr alle! Wisst ihr noch, wie gut wir's unter dem alten Herrn hatten? Du, Hans – dir hat er die Pacht erlassen, als du wochenlang krank lagst. Und du, Grete – damals, als dir das ganze Vieh weggestorben ist am Gescheiß, da hat er dir zwei junge Kühe schicken lassen. Euch allen hat er nur Gutes getan, bis ihn der Unmensch dort drüben«, sie deutet in Richtung der Burg Neideck, »gemeuchelt hat. Und jetzt braucht uns seine Tochter, das arme Ding. Ich sage, wir helfen ihr.«

Raunen geht durch das Kirchlein. Schließlich spricht der Farenbacher, der einzige Freibauer von Streitberg, reichster Mann im Dorf und Besitzer des größten Stiers im ganzen Wiesenttal. Alle respektieren ihn, weil er mit seinem Deckbullen überall herumkommt, sogar bis nach Ebermannstadt und Forchheim. »Ruhe, ihr«, beginnt der Farenbacher. »Ich sag euch was: Der Neidecker macht uns seit Jahren das Leben zur Hölle. Den Adam hat er aufhängen lassen, bloß weil er einen Hasen gewildert hat, erinnert ihr euch? Die zwei Knauerbrüder sind aus dem Dorf geflohen, weil er sie bezichtigt hat, ein Schaf gestohlen zu haben. Die Wildsäue lässt er immer mehr werden, obwohl sie unsere Felder verwüsten, dabei wäre es seine Pflicht als Grundherr, das Schadwild zu jagen. Stattdessen holt er uns jedes Jahr genau dann zum Fronen, wenn unsere Ähren erntereif stehen. Und wer dann zu wenig Abgaben liefert, weil's ihm das Korn verhagelt hat, wird verprügelt und ins Loch auf der Burg droben geworfen, weißt du noch, Johann?«

Der Angesprochene nickt finster. »Meine Kinder sind auch in die Höhlen geflohen, bevor er sie hat holen lassen. Nur weil sie ein paar Karpfen aus seinem Weiher gekäschert haben. Wir haben doch alle Hunger gehabt …«

»Das wissen wir doch«, beschwichtigt der Farenbacher. »Jeder von uns hat schon leiden müssen. Und bis jetzt haben wir uns alle geduckt. Aber wir haben auch Rechte, auch wenn wir nur Bauern sind. Unser Leben ist auch was wert. Und ich frag euch: Wenn wir alle zusammenhalten und keiner was sagt, wie soll der Neidecker dann erfahren, dass das Mädchen hier ist? Es liegt nur an uns. Ich wär bereit, sie bleiben zu lassen.«

Vater Udalrich erkennt den Stimmungsumschwung bei den Dörflern. Er schlägt in die gleiche Kerbe: »Und ich gebe euch noch Folgendes zu bedenken, meine Kinder: Falls dem Neidecker etwas zustößt – schließlich sind wir alle sterblich –, wer wird dann die Herrschaft übernehmen? Niemand anderer als Hemmas Bruder, falls er sich vom Vorwurf des Mordes reinigen kann. Oder am Ende gar Hemma selbst. Der Neideck hat schließlich keine Nachkommen mehr, sie kann ihr Erbrecht also einfordern. Und wenn Gottfried oder Hemma unsere Grundherren sind, soll sich das Mädchen dann daran erinnern, dass ihr sie hinausgeworfen habt, als sie eure Hilfe am meisten gebraucht hat?«

Die Bauern sehen sich an, viele von ihnen nicken stumm.

»Also, ich sag nichts«, beginnt die alte Gunda vom Höllerhof.

»Ich hab schon immer schweigen können wie ein Grab«, grinst Veit, der Schäfer.

»Ich und mein Simon, wir wissen von gar nichts«, ruft die dicke Berta vom Schauertal.

»Wird mir ein Heidenspaß sein, dem da droben eins auszuwischen«, schreit die alte Spießin, deren Sohn im letzten Winter wegen Aufsässigkeit vier Wochen im Loch war.

»Der kann uns mal am Arsch, der Lump von Neideck!« Das Maul reckt die Faust hoch. Alle schreien jetzt durcheinander.

»Ruhe, seid ruhig, Leute!« Vater Udalrich hebt beide Hände. »Ist jemand unter euch, der Hemma immer noch wegschicken will?«

Die Bauern stehen stumm. Keiner rührt sich.

»Ich bin stolz auf euch, meine Kinder«, sagt Udalrich und stößt einen Seufzer der Erleichterung aus.

Oda ist nach Hause gehastet, so schnell sie ihre Beine durch den Wald trugen. Mit beinahe jugendlichem Schwung reißt sie die Tür zu ihrer Hütte auf, wo Hemma seit dem Morgen bang wartet. »Du darfst dableiben!«, ruft sie. »Jesusmariaamen.«

Hemma umarmt Oda stürmisch. Zum ersten Mal im Leben hat sie das Gefühl, wieder irgendwohin zu gehören. Hierher, in dieses Dorf, zu diesen Menschen.

14
Von Palermo nach Pavia, Sommer/Herbst 1186
Konstanze

Ich muss Abschied nehmen von Sizilien. Ein Jahr hat es noch gedauert, bis die Verhandlungen mit den Staufern beendet waren. Dreimal haben wir unseren Gesandten, Kanzler Matthäus von Ajello, über die Alpen zum Kaiser geschickt. Jetzt steht der Tag der Hochzeit fest, und meine Reise muss beginnen. Wie es der Brauch ist, kann ich nur wenige Vertraute mitnehmen, denn meine Dienerschaft soll später ja aus dem Land meines Ehemanns stammen. Ich habe mich für Tommasina entschieden, die mir angedroht hat, wenn ich sie nicht mitließe, würde sie mich erstens mit einem alten sikulischen Fluch belegen und mir zweitens durch den Golf von Messina nachschwimmen. Dann die hübsche Laila, eine meiner jungen arabischen Dienerinnen. Und den kleinen Mohren Mimmo, einen Waisenknaben, der mir ans Herz gewachsen ist. Er wird mich anfangs bedienen und später dann als Wache vor meinen Gemächern stehen. Das sind die Menschen, die mir bleiben.

In den letzten Wochen und Monaten habe ich so oft Lebwohl gesagt, dass es für ein ganzes Leben reicht. Habe dabei geweint und gelacht, Geschenke verteilt und Versprechen gegeben. Einer der letzten Wege führte mich zu meiner Mutter ins Kloster San Giovanni degli Eremiti. Die Priorin empfing mich mit allen Zeichen der Ehrerbietigkeit. »Voscenza benadica«, sagte sie, »Eure Mutter haben wir für das Treffen in den Kreuzgang gebracht. Es geht ihr nicht gut. Wenn Ihr erlaubt, führe ich Euch selber hin.«

Ich folgte der freundlichen Nonne durch lichte Räume und lange Gänge, bis wir in die Südostecke des Innenhofs gelangten. Schön schattig und angenehm war es dort, und man konnte das Wasser des Brünnleins plätschern hören. Sie hatten meine Mutter in eine Art Liegestuhl gesetzt, ihre Hände strichen ruhelos über ein leichtes Leintuch, das ihren Körper bis zur Brust bedeckte. Ihr Gesicht war wächsern, das Weiße der Augäpfel hatte einen gelblichen Schimmer angenommen. Das ehemals hellblonde Haar war fahlfarben und dünn geworden, die Nonnen hatten es sorgfältig geflochten und als Kränze um ihre Ohren gelegt. Sie hielt die Lider geschlossen, als ich kam und zu ihr sprach, als sei es eine zu große Anstrengung, sie für mich zu öffnen. Nun, sie hatte mich eigentlich nie gesehen. »Maman«, sagte ich zu ihr und kniete nieder, »ich verlasse das Land, gebt mir Euren Segen.« Ich spürte ihre Hand auf meiner Stirn, kalt war sie und leicht wie ein Vögelchen. »Adieu, ma fille«, flüsterten ihre bleichen Lippen, kaum hörbar. Ich verharrte noch eine ganze Zeit auf den Knien und versuchte mich an Augenblicke in meiner Kindheit zu erinnern, in denen ich mit meiner Mutter glücklich war. Es gelang mir nicht. Sie hatte mich nach dem Tod meines Vaters in die Welt gesetzt, damit war ihre Aufgabe beendet. Seither hatte sie nur ihrer Trauer gelebt. Ich war ihr genauso gleichgültig wie das Land, dessen Königin sie gewesen war. In meinem Inneren forschte ich nach einem Gefühl, einer Regung – irgendetwas musste ich doch für sie empfinden. Doch da war nichts. Nicht einmal jetzt, da sie im Sterben lag.

»Die Ärzte geben ihr noch ein paar Monate«, sagte die Priorin beim Hinausgehen. »Soll ich Euch einen Boten schicken, wenn sie …«

Ich schüttelte den Kopf. »Das wird nicht nötig sein, ehrwürdige Mutter.«

Schließlich war alles reisefertig. Wir schickten den Tross von Palermo aus auf kürzestem Weg nach Messina, während ich mit einer kleinen Gruppe sarazenischer Wachen noch einen Umweg machte. Einmal noch wollte ich an meinen Lieblingsort auf der Insel, nach Castrogiovanni.

Es herrschte die übliche lange, glühende Sommerdürre. Wir ritten über ausgetrocknete Wege und zogen eine lange rötliche Staubwolke hinter uns her. In den Dörfern schien das Leben stillzustehen, Mensch und Tier warteten sehnsüchtig auf Regen. Das Land dürstete. Die längst abgeernteten Äcker und Felder, auf denen der berühmte goldene Weizen Siziliens zwei Ernten im Jahr brachte, boten sich nackt und bloß dem heißen Wind dar. Trotz der leichtesten Reisekleidung schwitzten wir, schon beim schnellen Schritt schäumten die Pferde. Aber der Weg hatte sich wie immer gelohnt. In der Ferne sah ich schon Castrogiovanni, die höchstgelegene Burg Siziliens. Seit jeher galt dieser Ort als der Nabel der Insel. Vor tausend Jahren oder mehr gab es hier ein Heiligtum der Fruchtbarkeitsgöttin, und der Sage nach entführte Hades, der griechische Gott der Unterwelt, seine geliebte Persephone von hier aus ins Totenreich. Hier hatten schon die alten Sikuler eine Festung gebaut, danach lebten auf dem Berg Griechen, Römer und Araber. Nirgendwo offenbarte sich die Vergangenheit Siziliens deutlicher. Und dann stand ich endlich, nachdem ich den Herrn der Festung, meinen Kinderfreund Jordanus, zur Begrüßung umarmt hatte, auf den Zinnen des höchsten Turmes und sah hinweg über das Land, das ich liebte. Der Blick von hier oben war überwältigend, Hügel und Flüsse, Felder und Wälder, Landgüter und Dörfer lagen zu meinen Füßen. Im Westen lag drohend unter einer grauen Wolkenkappe der Feuerberg, ein riesiger, dunkler Kegel, dessen Abhänge schwarz vor Asche waren. Von Castrogiovanni aus hat man wie nirgends sonst das Gefühl, über ganz Sizilien schauen zu können.

Lange stand ich da in der prallen Sonne, Tränen in den Augen. Ich merkte gar nicht, wie sich der Himmel langsam bezog und dass mir der lange weiße Schleier, den ich trug, plötzlich um den Körper flatterte. Eine Wetterwand rollte von Westen heran. Wind war aufgekommen, trieb regenpralle Wolken, und drüben über den Bergen, da ballte er sie schon, jagte sie umher, presste sie aus wie gefügige schwarze Schafe mit wasserschwangeren Leibern.

Die ersten dicken Tropfen fielen. Ich hielt mein Gesicht in den Regen, breitete die Arme weit aus, als wollte ich das ganze Land umarmen, und blieb, bis ich bis auf die Haut durchnässt war.

Am nächsten Morgen ritten wir ab nach Messina.

Die Überfahrt verlief ohne Zwischenfälle, und ich hing meinen Gedanken nach. Mir graute vor diesem Land im Norden. Man hörte alles Mögliche. Dort gäbe es nur finsteren Wald, in dem noch sagenhafte Drachen aus Urzeiten hausten. Es sei fast das ganze Jahr Winter, und so kalt, dass Wasser zu hartem Eis gefriert, was ich mir beim besten Willen nicht vorstellen konnte. Die Menschen äßen nur fettes Schweinefleisch, das Brot sei schwarz und voller Steine, und es wüchsen keine Feigen. Der Wein sei ungenießbar. Irgendjemand auf dem Schiff erzählte mir, die Barbaren hinter den hohen Bergen im Norden wüschen sich niemals, schmierten sich Fett und Asche ins Haar, söffen Tag und Nacht und seien überhaupt von riesiger Gestalt. Den König Heinrich hingegen lobte man allenthalben in den höchsten Tönen. Jung sei er und klug, er spräche sogar Latein und sei freigebig und mildtätig. Aber ich hatte auch schon andere Dinge von ihm gehört: Er sei hart, kalt und ehrgeizig, außerdem hässlichen Angesichts und mager. Und er trüge in sich den Hochmut aller »Transalpini«. Wilhelm, der es sich nicht nehmen ließ, mich noch bis Rieti zu begleiten, versuchte unentwegt, mich aufzumuntern, aber je näher die Gestade des Festlandes kamen, desto flauer wurde das Gefühl in meinem Magen.

Die Reise ging von Calabria aus weiter nach Troia, wo Wilhelm einen Hoftag einberufen hatte. Ein letztes Mal sah ich die Blüte des sizilianischen Adels versammelt. Und alle, bis auf den letzten Mann, hoben die Hand zum Schwur auf meine Erbfolge. Dann beugten sie einer nach dem anderen vor mir das Knie. Es zerriss mich fast, als am Ende auch noch Wilhelm vor mir stand und mir feierlich einen Ring überreichte, den schon mein Großvater Roger, der erste Beherrscher Siziliens, getragen hatte. Vor lauter Rührung konnte ich nichts sagen, es schnürte mir die Kehle zu.

Drei Tage später brach mein ganzer Tross in Richtung Norden auf. Wie eine endlose träge Schlange reihten sich unzählige Wagen und Karren aneinander, dazu hundertfünfzig Esel und Maultiere, bewacht von vier Mannschaften bis an die Zähne bewaffneter Sarazenen. Denn sie trugen meinen Brautschatz. Wilhelm hatte mir Kostbarkeiten im Wert von unglaublichen vierzigtausend Mark Silber als Mitgift zugestanden, das ist beinahe unvorstellbar. Ja, die Staufer sind offenbar gut im Verhandeln; die Erbaussicht auf Sizilien war ihnen längst nicht genug.

So erreichten wir schließlich Salerno, wo ich mich, so hatte es sich meine zukünftige Familie ausbedungen, von den Ärzten der Universität auf meine Gesundheit untersuchen lassen musste. Wobei mit Gesundheit natürlich Gebärfähigkeit gemeint war. Schließlich war ich keine junge Braut mehr. Also besuchte mich eine fünfköpfige Abordnung von Ärzten unter Führung der berühmten Frauenheilkundlerin Trotula im Palast. Sie führten mich hinter einen Wandschirm, wo ich mich entkleiden musste. Frau Trotula schob zwei Finger in mich hinein, tastete meinen Unterleib und meine Brüste ab, stellt mir einige Fragen zur Art und Häufigkeit meiner weiblichen Blutung und befand dann, ich sei kerngesund und in der Lage, mehr als ein Kind zu gebären. Das wäre dann wohl erledigt, dachte ich und befahl den Doctores, ihren Befund schriftlich niederzulegen, um dem Kaiser Genüge zu tun.

Von Salerno aus führte uns der Weg nach Capua, wo sich mein alter Freund Richard von Acerra von mir verabschiedete. »Ich hätte es mir anders gewünscht«, lächelte er bedrückt. »Aber jetzt muss ich dich dem Staufer überlassen.« Ich küsste ihn auf beide Wangen. Dann ritten wir weiter nach Montecassino. In der altehrwürdigen, seit jeher kaisertreuen Abtei wurden wir mit großer Herzlichkeit aufgenommen und blieben länger als geplant, weil Wilhelm an starken Schmerzen in den Beinen litt. Ich bat ihn, doch hier schon umzukehren, aber er weigerte sich. »Ich werde dich persönlich dem kaiserlichen Geleit übergeben, das habe ich mir geschworen.« Ich gab nach, auch weil mir vor dem Abschied graute.

Aber schließlich war es dann doch so weit. Wir erreichten Rieti, das drei Tagesreisen nordöstlich von Rom liegt – die Papststadt hatten wir aus gutem Grund vermieden. Ich konnte mir jedenfalls gut vorstellen, dass mich der neue Papst Urban III., der im letzten Herbst auf Lucius III. gefolgt war, ob meiner Verbindung mit den Staufern in die Hölle wünschte. Urban war ein noch erbitterterer Gegner des Kaisers als sein Vorgänger.

Hier nun, zu Rieti, kam der Augenblick, den Wilhelm und ich gefürchtet hatten. Wir machten ganz alleine einen Spaziergang am Ufer des Flusses Velino. Beide weinten wir wie die Kinder. Es war nicht nur der Abschied, ich trauerte auch um Wilhelm. Mein ganzes Leben lang hatte ich ihn an meiner Seite gewusst, er war mir viel mehr Bruder als Neffe gewesen. Und das Schlimmste war: Ich wusste, dass ich ihn nicht lebend wiedersehen würde. Die Beinschmerzen, die ihn in Montecassino geplagt hatten, waren sicheres Anzeichen einer fortgeschrittenen Zuckerkrankheit. Er würde sterben. Es brach mir fast das Herz.

Dann nahm mich die deutsche Gesandtschaft in Empfang. Fünfzig Berittene hatte der Kaiser geschickt, um mir Ehre zu erweisen, und einen der höchsten Geistlichen seines Reiches, den Patriarchen Gottfried von Aquileja. Anführer der Truppe war ein blutjunger Ritter namens Diepold von Schweinspeunt. Er strafte alle Gerüchte über die Deutschen Lügen: Er war klein und stämmig, hatte weder Schmutz im Haar, noch war er ständig betrunken. Allerdings redete er in einer merkwürdig gutturalen Sprache, mit Lauten, die tief in der Kehle gebildet werden. Herr Gottfried hingegen sprach ein schönes Volgare, in einem Dialekt, der ganz anders und viel eleganter klang als bei den Sizilianern. Es gelang ihm tatsächlich einige Male, mich zum Lachen zu bringen, aber im Grunde war mir die ganze Zeit zum Weinen.

Und jetzt ist es so weit. Wir sind in Foligno.

Der Kaiser und ich, wir mögen uns sofort. Mit ausgebreiteten

Armen kommt er mir entgegen, hilft mir mit festem Griff vom Pferd und drückt mich dann ganz ohne Scheu herzlich an sich. Er ist mittelgroß und von kräftiger Statur; der ehemals rote Bart, nach dem man ihn Barbarossa nennt, ist inzwischen so grau geworden wie sein Haupthaar. Er muss einiges über sechzig Jahre alt sein, aber man merkt ihm das nicht an. Er wirkt tatkräftig und beinahe jugendlich. »Filia mia, gaudeo!«, sagt er in holprigem Latein, und ich erwidere: »Salve, pater, filia tua te salutat.«

Der freundliche Patriarch von Aquileja übersetzt zwischen uns hin und her, während wir beim Essen zusammensitzen. Ich teile meinen Teller mit dem Kaiser, er schneidet mir das Fleisch mundgerecht zu und steckt mir die schönsten Stücke vom Wildschwein in den Mund. Lauter freundliche Worte richtet er an mich, und ich spüre, dass er meine Lage gut versteht. »Ich weiß von meinem geliebten Weib Beatrix, wie schwer es ist, allein seinem Gatten in ein fremdes Land zu folgen. Aber ich verspreche dir, meine liebe Tochter, du wirst dich bald recht wohlfühlen. Mein Sohn ist ein edler Mensch und wird dir viel Gutes tun. Und wenn dann erst Kinder da sind …« Der Patriarch tätschelt mir beim Übersetzen die Hand.

»Ich hoffe, Majestät, in allem Euren Erwartungen und Wünschen entsprechen zu können«, erwidere ich und trinke von dem süffigen weißen Wein, dessen Trauben im Latium wachsen. Mein Kopf wird schwer, und ich gehe, begleitet von den Gutenachtwünschen meines zukünftigen Schwiegervaters, bald zu Bett.

Gleich am nächsten Morgen brechen wir auf. Das Wetter soll schlecht werden, und wir wollen doch bis Weihnachten in Pavia sein. Also reiten wir eilig dem Tross voraus nach Piacenza, das inmitten einer weiten Ebene am Po, dem größten Fluss Italiens, liegt. Wir halten uns dort nur eine Nacht auf, und am Weihnachtstag erreichen wir tatsächlich Pavia, wo wir in strömendem Regen einreiten. Der Kaiser begibt sich gleich weiter, um die Hochzeit in Mailand mit vorzubereiten, und so feiere ich hier, im unwirtlichen Norden Italiens, ein trauriges Weihnachten. Nicht einmal Tommasinas Geschichten und Mimmos Späße können mich wirklich aufheitern. Laila ist krank, sie hustet, und ihr Hals schmerzt. So besuchen wir zu dritt die Weihnachtsmesse in der schönen Basilika San Michele. »Herr im Himmel«, bete ich, »gib, dass alles gut wird. Ich will meinem Gatten auch eine gute Frau sein und alles tun, damit er mich liebgewinnt. Hilf, dass es mir gelingt.«

Da bewegt sich jemand neben der vordersten Säule. Ein pavesischer Adeliger offenbar; er bückt sich nach seiner Mütze, die er verloren hat. Dunkle Locken umspielen sein Gesicht. Einen Augenblick lang habe ich tatsächlich geglaubt …

»… Und hilf, o bitte, dass ich Aziz endlich vergesse«, beende ich mein Gebet.

Zweites Buch

15
Brief Gottfrieds an Hemma ins Kloster St. Katharina und St. Theodor

Gots grusz zuvor, liebs Swesterlein. Ich schreib dir, du magst's ruhig glauben, auß dem fernen Welschland! Mit Königk Heinrich bin ich über die groszen Berge getzogen, auff dem Paß Sanct Bernhardt. Wir litten unter groszer Mühsal und Nöthen, aber wir haben die Reis gut ueberstanden. Es hat Stein schlagk gegeben, Nebel, Eiß Regen und Sturm, die Pfade warn kaum manns breyt. Beeiln mußten wir unß auch, denn es sollt baldt der grosze Schnee komen. Die Berg ragten mit ihrn Gipfeln faßt bis in die Wolcken und starrten vor ungeheurn Schnee Massen und Eiß. Der Königk hat umb Lohn einigk Rodleut genomen, die unß den Wegk zeigten. Sie führten unß sicher auff den Gipffel, aber dann schneitt es, und der Weg wurdt gefehrlich. Da versuchten wir Männer, alle Gefahrn durch Körper Krafft zu überwinden, bald krochen wir auf Hendt und Füßen vorwerts, bald stützten wir unß auf die Schulthern unßrer Führer. Manch mal, wenn unsre Füß auff dem glatten Boden außglitten, fieln wir hin und rutschten ein gantz Stück hinunter. Schließlich aber gelangten wir unter groszer Lebensgefahr endtlich in die Ebene.

Ich hab den Königk unterwegs jeden Tagk gesehn, und er hat mich stets freundtlich und voll Achtungk behandelt. Ich schreib viel für ihn, und beynah ist er mir in den letzten Monaten zum Freundt geworden. Die andern Schreiber sindt manchs Mal eyffersüchthig, aber ich glaub, es ligt daran, daß Herr Heinrich und ich im selben Alter sindt. Und, daß ich einer der wenigen Laien in der Hoff Schreiberey bin, die andern sind all geistlich Herren. Den König muß ein jedermann bewundern. So viels muß er entscheyden, so vil liegt alleyn an ihme, sein Wortt gült über Leben und Todt. Dabey ist er klugk und gerecht und freundtlich zu jedermann. Manch Mal muß er auch das ein oder ander hartte Urteyl fälln, das steht eym Königk wohl zu. Er saget often zu mir: Ich muß hartt seyn können, Gottfried, sonsten bin ich nit wertt, die Kron zu tragen.

Nun alßo hab ich zum erstten Mal welschen Boden betrethen. Es sol ja ein heiszes Landt seyn, aber bishero hab ich darvon nit vil spürn können. Es ist ja auch Winther. Manch Mal, lib Hemma, denck ich daran, daß ich, wär mein Schicksal anderß verlauffen, jetzt villeicht alß Knappe oder gar Ritter im Kreys der Adligen reitten würdt. Aber der Herr im Himmel hat anderß entschieden. Vielleicht soll es so seyn. Ich bin meins Lebens zufrieden als Schreyber und lieb nunmehro die Feder und eben nit das Schwertt.

Itzo sindt wir zu Mailandt, wo mein Königk Heinrich auff seine Brauth warttet. Ja, er will freien, eine Prinzeßin auß dem fernen Landt Sicilien weitt im Süden. Er siehet zwar darob wenig glücklich auß, aber vielleicht ißt es nur seyn zuweiln melancholisch Temperamentt oder er machet sich einfach Sorgen ob er der Brautt auch gut seyn kann. Mit Frauen ißt er manchs Mal ungeschickt, aber du, mein hertz libes Schwesterleyn, würdest ihme bestimbt gefalln.

Dißen Brieff schick ich mit einem der königklichen Bothen, die alle Wochen nach Norden abgehn. Ich versprech Dir, libe Schweßter, daß ich dich holn komm, wenn wir widrum heimb komen im nechsten Jar.

Dieß schreibet dir mit eygner Handt dein liber Bruder Gotfried zu Mailandt am Heyligen Sanckt Thomastagk vor Weihnachtten ao. 1186

16
Mailand, Januar 1186

Sant'Ambrogio ist immer noch die einzige unverwüstete Kirche nach der Zerstörung Mailands durch Barbarossa vor 23 Jahren. Das deutsche Heer hat damals ganze Arbeit geleistet. Die Bürger der ehemals glanzvollen Hauptstadt des Lombardischen Bundes nehmen es als Provokation, dass der Sohn des Mordbrenners ausgerechnet in ihrer Stadt heiraten soll, dabei ist es vom Kaiser als Geste der Versöhnung gedacht. Und ganz nebenbei auch als Zeichen dafür, dass er in Norditalien tun und lassen kann, was er will. Eben auch Hochzeit halten in Mailand, das früher sein Erzfeind war und das er dem Erdboden hat gleichmachen lassen. Gottfried schaut sich während der Festvorbereitungen die kleine Kirche an, die außerhalb der Stadt vor der Porta Vercellina liegt. Es ist eine dreischiffige Basilika mit zwei quadratischen Türmen – mehr kann er kaum sehen, weil drinnen und draußen an Podesten und Tribünen für das Publikum gebaut wird. Stattdessen schlendert er ein bisschen durch die Gassen, was allerdings kein großes Vergnügen ist, denn überall finden sich noch die Spuren der Zerstörung wie Löcher, die sich in einen Zahn gefressen haben. Aber man kann sich vorstellen, wie großartig die Stadt einmal gewesen ist – und irgendwann einmal wieder sein wird. Dann beginnt es zu nieseln, im Freien halten sich nur noch die Bettler, die Schweine und die Straßenköter auf. Es ist ein tristes Weihnachten, denkt Gottfried und kehrt in sein Quartier in der Nähe des Marktplatzes zurück.

»Ah, gut dass du kommst, Junge«, empfängt ihn sein alter Lehrer Goffredo von Viterbo. »Du kannst deinen Mantel gleich anlassen. Gerade ist ein Bote mit einer Nachricht vom Papst in der Kanzlei eingetroffen. Sie muss sofort zum Kaiser.«

Gottfried seufzt; er hatte sich schon auf einen Becher warmen Würzweins gefreut. Aber pflichtergeben greift er nach der Pergamentrolle und macht sich auf zum nahegelegenen Stadtpalast, wo die gekrönten Häupter residieren.

Er wird sofort vorgelassen; im Kaminzimmer trifft er auf Barbarossa und seinen Sohn, wie sie gerade über einem bunt gezeichneten Plan die Köpfe zusammenstecken. Mit einer Verbeugung hält er dem Kaiser die Nachricht des Papstes hin. Barbarossa erbricht hastig das Siegel. »Latein«, sagt er leicht angewidert. »Natürlich, was sonst. Lies und übersetze!«

Gottfried leiert die gespreizte Anrede, die sämtliche Titel des Papstes aufzählt, gelangweilt herunter, bis der Text zum Punkt kommt. »… und deshalb haben Wir Uns nach sorgfältigen Überlegungen und mehrmaliger Anrufung der Heiligen Dreifaltigkeit entschieden, nicht an den Festlichkeiten teilzunehmen.«

Ein Wutschrei. Der Kaiser fegt mit einer ausladenden Armbewegung das Pergament aus Gottfrieds Händen und reißt es dabei in zwei Teile. »Verdammter Pfaffe. Das wirst du mir büßen!«, zischt er. »Ich lasse mich und die Meinen nicht ungestraft beleidigen!«

Heinrich bleibt ganz ruhig. Er hat ohnehin nicht mit dem Papst gerechnet. »Was willst du, Vater? Du stößt ihn mit meiner sizilianischen Ehe vor den Kopf und treibst den Kirchenstaat in die Enge. Und zu allem Übel war Urban III. auch noch Bischof von Mailand, bevor er zum Papst gewählt wurde. Der Stadt, die du vor noch nicht allzu langer Zeit zerstören hast lassen. Was erwartest du von dem Mann? Noch ist er schließlich kein Heiliger.«

Gottfried steht daneben und fühlt sich unwohl als Zeuge des kaiserlichen Zorns. Und er spürt sein schlechtes Gewissen. Er denkt daran, dass der Papst von den kaiserlich-königlichen Eheplänen vermutlich erstmals durch ihn erfahren hat, und er weiß auch – schließlich ist er in ständigem Briefkontakt mit dem Bischof von Bamberg –, dass der Heilige Stuhl im vergangenen Jahr nichts unversucht gelassen hat, die Verbindung zu hintertreiben. Vergeblich.

»Wir werden auch ohne den Papst eine glanzvolle Hochzeit feiern«, sagt Heinrich zu seinem Vater, der immer noch hochrot im Gesicht ist. »Und danach beschäftige ich mich mit den oberitalienischen Städten, die Urban in den letzten Monaten gegen uns aufgewiegelt hat. Der Mann wird noch bereuen, sich mit uns angelegt zu haben.«

Gottfried sieht etwas in Heinrichs Augen aufblitzen, das er bisher noch nicht gekannt hat: Rachsucht? Bösartigkeit? Eiskalte Lust auf Blut und Zerstörung? »Braucht Ihr mich noch, Majestät?«, fragt er vorsichtig.

Heinrich hat gar nicht wahrgenommen, dass er noch da ist. »Nein, Gottfried, geh du nur. Morgen ist ein langer Tag, du musst die Gästeliste noch vervollständigen, wir brauchen sie spätestens am Mittag. Und übermorgen …« Er beendet den Satz nicht, aber von Vorfreude auf die Hochzeit ist ihm wenig anzumerken.

Gottfried jedenfalls ist gespannt auf das große Ereignis.

Zwei Tage später ist es endlich so weit. Sogar das Wetter spielt mit, es ist wolkig, und manchmal bricht die Sonne durch und spendet den Zuschauern ein bisschen Wärme. Gottfried steht in der Menge auf dem Vorplatz von Sant'Ambrogio, er hat ein Plätzchen ziemlich weit vorne ergattert. Fröhlich stimmt er in die Hochrufe ein, die beim Einreiten des Kaisers und seines Sohnes erschallen. Es ist aber auch ein Anblick, wie die beiden auf ihren herrlichen Schimmeln herantraben, gefolgt von der hohen Geistlichkeit, der deutschen Ritterschaft in voller Prunkausrüstung und den Stadtherren Mailands, die wohl oder übel gute Miene zum bösen Spiel machen. Der Kaiser springt ein wenig steif vom Pferd, noch bevor ihm Heinrich herunterhelfen kann. Dann stehen die beiden nebeneinander, ein schönes Bild von Vater und Sohn in bester Eintracht, und warten auf die Braut.

Und schließlich, gerade als die Leute anfangen, ungeduldig zu werden, kommt sie. Erst ist nur Getümmel zu sehen, aber dann teilt sich die Menge, und Gottfried kann sie erspähen. Stolz hält sie sich auf einem zierlichen, isabellfarbenen Zelter, dessen Schabracke ganz in Blau, Rot und Weiß gehalten ist, den Farben der Hauteville. Sie lächelt und winkt in die jubelnde Menschenmenge, nickt nach allen Seiten. Hinter ihr lässt sich der fette Patriarch von Aquileja in einer Sänfte tragen, dann folgt ein ganzer Rattenschwanz an Bediensteten und eine große Menge Mailänder Bürger, die ganz offenbar lieber hinter der Sizilianerin herziehen als hinter den Staufern.

Prächtig ist sie geschmückt, die Braut aus dem Süden. Ihr Kleid ist so übersät von Perlen und Edelsteinen, dass man kaum die purpurne Farbe des Stoffs darunter erkennen kann. Gottfried bemerkt, dass der Schnitt ihres Gewands ungewöhnlich ist, gar nicht wie bei den Kleidern der Damen, die er bisher kennengelernt hat. »Sie trägt byzantinische Tracht«, erklärt ihm sein Nebenmann, der zufällig einer der Leibdiener des Patriarchen ist und sich in allen

Dingen auszukennen scheint. »Das ist ein Hinweis auf die Hauteville'sche Auffassung des Königtums im Süden – es ist absolut und beinahe gottgleich. Seht, auch ihr Kopfputz mit den Pendilien – das sind die Goldketten, die auf beiden Seiten herunterhängen – ist an die byzantinische Kaiserkrone angelehnt.«

Ei, ob das Barbarossa gefällt?, fragt sich Gottfried stumm, während er die zukünftige Königin beobachtet. Er weiß, dass sie und Heinrich sich noch nie gesehen haben, aber die Spannung ist ihr nicht anzumerken. Eine auffällige Erscheinung ist sie, diese Konstanze, aber gar nicht so, wie sich Gottfried eine Sizilianerin vorgestellt hat. Sie hat dichtes, dunkelblondes Haar, das ihr offen über die Schultern fällt, und helle Augen, soweit man das aus der Entfernung erkennen kann. Nun tritt der Kaiser vor und hilft ihr vom Pferd; geübt lässt sie sich aus dem Damensattel in seine Arme gleiten. Es heißt, Barbarossa sei von seiner Schwiegertochter sehr angetan. Zu Pavia hätten die beiden sogar miteinander Mühle und Schach gespielt. Er bietet Konstanze seinen Arm und führt sie, deren Hand ganz leicht zittert, zu seinem Sohn. Einen Augenblick lang scheint die Braut zu schwanken, aber schon hat sie sich wieder in der Gewalt. Der Kaiser legt ihre Hand in die seines Sohnes, und da hebt Konstanze zum ersten Mal den Kopf und sieht ihren Bräutigam an. Ihr Lächeln zerbricht für einen winzigen Moment, aber da ist es schon wieder. Heinrich führt ihre Hand an seine Lippen, Gottfried kann sein Gesicht nicht sehen, weil er mit dem Rücken zu ihm steht. »Diese Konstanze sieht gar nicht aus wie eine aus dem Süden«, raunt er seinem Nachbarn zu. »Ich hab sie mir dunkel und klein vorgestellt, und jetzt ist sie sogar eine Handbreit größer als Herr Heinrich.«

Der Alte schüttelt den Kopf. »Sie ist ja auch Normannin, junger Freund. Ihre Vorfahren stammen aus dem äußersten Nordwesten Frankreichs. Erst vor hundert Jahren haben sie Sizilien erobert; ihr Vater, der berühmte Roger der Zweite, hat dort das Königtum als Lehen vom Papst bekommen. Ihre Mutter hat er als dritte Frau geradewegs aus der Normandie geholt, und dort sind die Damen, wie man hört, groß und hellhaarig.«

Die Zeremonie, mit der Heinrich und Konstanze vor der Pforte von Sant'Ambrogio zusammengegeben werden, ist kurz, und Gottfried kann nichts sehen, weil sich der ganze Adel dicht um sie herum versammelt hat. Dann verschwinden alle wichtigen Gäste in der Basilika, um der Messe beizuwohnen. »Jetzt gibt es einen Gottesdienst, und anschließend drei Schaukrönungen: Mein Herr, der Patriarch von Aquileja, krönt Herrn Heinrich, der Erzbischof von Vienne krönt den Kaiser, und der Erzbischof von Mainz krönt Konstanze. Unter der Krone werden sie dann aus der Kirche schreiten.« Gottfrieds Nachbar ist von seinem Herrn gut informiert worden. »Wollen wir warten, bis sie wiederkommen?« Gottfried nickt. Irgendetwas an dieser Sizilianerin hat ihn in den Bann geschlagen.

Vielleicht ist es ihre Haltung, denkt Gottfried, als das frischvermählte Paar wieder in den Sonnenschein hinaustritt. Oder es ist etwas in ihrem Blick. Eine Mischung aus Freude und Angst, aber vor allem Stolz. Ja, aus ihren Augen spricht unbändiger, selbstbewusster, nicht zu brechender Stolz. Das ist es, was sie so bemerkenswert macht. Sie ist hübsch, aber keine Schönheit. Schlank, großgewachsen, mit ordentlichen Rundungen, wie sein Nachbar grinsend feststellt. Heinrich sieht neben ihr fast unscheinbar aus. Aber das liegt vielleicht auch am Altersunterschied. »Sie ist ganze zehn Jahre älter als er«, flüstert der Diener des Patriarchen. Aber es liegt auch daran, dass Heinrich wie alle Staufer eine fast kränklich blasse Gesichtsfarbe hat, während Konstanzes Haut von der Sonne des Südens getönt ist. Er presst die Lippen aufeinander und wirkt angespannt. »Der freut sich wohl aufs Beilager«, grinst Gottfrieds Nachbar anzüglich. Gottfried selber hat gerade genau das Gleiche gedacht. Er stellt sich vor, wie wohl die Liebe mit dieser stolzen Frau sein mag. Wobei ihm da seine eigenen Erfahrungen nicht groß weiterhelfen. Ja, einmal hat er einem Mädchen beigelegen, zu Gelnhausen, es war im letzten Sommer gewesen. Ungeschickt hat er sich angestellt, sie hat ihm helfen müssen. Die ganze Sache war ihm peinlich, danach hat sich sein Verlangen nach der Weiblichkeit in Grenzen gehalten. Nun allerdings, da er die sizilianische Braut gesehen hat, spürt er, wie dieses Verlangen ganz unvermutet wieder in ihm aufsteigt. Er schüttelt das Gefühl ab wie eine lästige Fliege. Lächerlich, denkt er. Was bilde ich mir überhaupt ein?

Aber der Gedanke an Konstanze lässt ihn längst nicht los, hat sich in seinen Kopf gebohrt wie ein kleiner Wurm. In der Nacht, während sich im Stadtpalast das junge Paar zum ersten Mal fleischlich begegnet, wie es der Bischof von Bamberg ausdrücken würde, wälzt sich Gottfried mit wirren Träumen auf seinem Lager.

Zumindest ein junger Mann am Kaiserhof hat sich an ihrem Hochzeitstag unsterblich in Konstanze verliebt.

17
Mailand, am Tag nach der Hochzeit, 28. 1. 1187
Konstanze

Ich sehe mich heute noch vor ihm stehen, am Kirchenportal, als wir uns zum ersten Mal trafen. So schön habe ich mich machen lassen! Mein Kleid ist die größte Kostbarkeit, die je die Räume des Tiraz, der königlichen Hofwerkstatt, verlassen hat. Es ist ein Entwurf des kunstfertigen Fityan ben Yaha, dessen Vater schon die Gewänder meines Vaters geschneidert hat. Für die aufwendigen Perlenstickereien habe ich vor meiner Abreise meinen drei Stickern Marzuq, Ali und Mahmud je einen silbernen Dukaten im Wert von einem Schifato oder sechs Tarenen sizilianischen Geldes geschenkt. Ich habe gebadet, mich gründlich enthaaren und mit Rosenöl salben lassen. Tommasina hat es geschafft, mit Hilfe von Eiweiß mein glattes Haar in Locken zu verwandeln, und Laila hat mir mit schwarzer Hennapaste wunderschöne arabische Muster auf die Hände gemalt. Jeder Sizilianer, ob Sarazene oder Sikuler, ob Grieche, Normanne oder Jude, wäre vor mir in die Knie gesunken. Aber mein Bräutigam sieht mich mit so kühlem Blick an, so unbeteiligt, dass mich friert. Ich bemühe mich, trotzdem weiterzulächeln, aber ich fürchte schon von diesem ersten Augenblick an, dass er mich nicht lieben wird.

Jetzt warte ich im Bett auf ihn. Die adeligen Gäste, die uns bis in die Schlafkammer begleitet und das Beilager bezeugt haben, sind fort. Meine Dienerinnen haben mich ausgezogen, mir das Haar gebürstet und mich frisch parfümiert. »Tommá, ich habe Angst«, sage ich mit dünner Stimme. »Was ist, wenn er mich nicht schön findet?«

»Affenköpfchen«, erwidert Tommasina liebevoll – sie nennt mich immer so, wenn ich Unsinn rede –, »was machst du dir nur für Gedanken! Du bist die schönste Blume von Palermo! Soll er sich lieber fragen, ob er dir gefällt!«

»Aber ich bin zu alt für ihn. Schau mich an, Tommá, ich bin keine blühende Braut. Ein paar Jahre mehr, und ich könnte seine Mutter sein.«

»Die Liebe kennt keine Jahre«, erwidert Tommasina lächelnd, bevor sie mit Laila hinausgeht und mich meinem Schicksal überlässt. Wieder einer ihrer Sprüche! Ich glaube ihr nicht. Sie richtet noch schnell mein Haar, zwinkert mir zu und sagt: »Auguri, e figli maschi!« – viel Glück und viele Söhne! Bitte, denke ich, mit Gottes Hilfe.

Und jetzt sitze ich nackt in dem riesigen Prunkbett und fühle mich ganz allein. Ich lasse meine Hände über meine Brüste gleiten, den Nabel, die Schenkel. Meine Haut fühlt sich fest an, aber wird das den Vorstellungen des Königs genügen? Ich weiß ja ungefähr, was jetzt kommt, dafür hat Tommasina schon gesorgt, und dennoch bin ich aufgeregt wie ein Kind. Mein Mund ist trocken, und ich habe feuchte Hände. Rieche ich auch wirklich gut? Was sage ich zu ihm, wenn er jetzt hereinkommt? Ich schließe die Augen und lasse mich in die weichen Kissen sinken, versuche, nicht mehr zu überlegen. Aber es geht nicht. Und dann geschieht doch, was ich den ganzen Tag krampfhaft versucht habe zu vermeiden: Ich muss an Aziz denken. An diese Nacht im Garten der Cuba, in der ich beinahe zugelassen hätte, was nicht sein durfte. Ich denke an das wundersame Flattern in meinem Bauch, das köstliche Ziehen zwischen meinen Schenkeln, die Leidenschaft, die mich überwältigt hat. An das Glück, das mich damals erfasste wie eine Flutwelle, die alles mit sich reißt. Ich würde so gerne das Gleiche empfinden, hier, in diesem Bett. Aber, o Gott, wenn jetzt nur Aziz durch die Tür käme und nicht dieser kühle, gleichgültige Deutsche, der mich gemustert hat wie eine Ware. Ich muss mich zwingen, nicht an meine alte Liebe zu denken, darf nicht zulassen, dass die Erinnerung sich in die Gegenwart schleicht und alles verdirbt. Mit aller Kraft konzentriere ich mich auf den jungen König, der mich in die Kirche geführt hat. Seine rehfarbenen Locken mit dem leichten Stich ins Rote, sein blonder, sorgfältig gestutzter Bart, seine schlanken, zarten Hände. Seine blauen Augen, die ihn so kalt wirken lassen. Seine hohe, klare Stimme. Der schmächtige Körperbau, die bemüht aufrechte Haltung. Ich versuche, ihn anziehend zu finden, versuche, ein Gefühl herbeizuzwingen. Es geht nicht.

Jetzt klopft es, er öffnet die Tür und tritt ein. Vielleicht fühlt er ähnlich wie ich und hat deshalb so lange gebraucht. Seine Pantoffeln klatschen auf den Steinboden, als er sich dem Bett nähert. Er hat eine Art Seidenmantel an, weiß, über der Hüfte gegürtet. Dadurch wirkt er noch farbloser, noch bleicher. Seine Augen sind auf den Boden gerichtet, er vermeidet es, mich anzusehen. Und er bleibt stumm wie ein Fisch. Kein Gruß, kein Lächeln, das die Anspannung mildern würde, nichts. Mir fällt auch nichts ein. Zögerlich löst er den Gürtel, und der Mantel gleitet zu Boden. Auch da unten, wo sein männliches Glied weich und schlaff herunterhängt, ist er blond. Seine Brust ist fast unbehaart, ein paar große, rot entzündete Pickel erinnern mich daran, dass er kaum zwanzig ist. Er gleitet zu mir unter das Laken, fast gleichzeitig zucken wir zurück, als unsere Haut sich berührt. Die Scham, die Unsicherheit sind schwer zu überwinden. Aber ich habe mir vorgenommen, alles zu tun, damit diese Ehe gut wird. Also lächle ich ihn an und berühre mit meiner Hand vorsichtig seine Schulter. Da legt er die seine auf meine rechte Brust.

Wir bemühen uns beide. Er ist beinahe so unerfahren wie ich,

ich kann mir nicht vorstellen, dass er vor mir viele Frauen gehabt hat. Dazu sind seine Versuche, Leidenschaft in mir zu wecken, zu ungeschickt. Oder ich bin ihm einfach zu alt und zu hässlich. Er knetet meine Brüste, fasst an mein Hinterteil. Seine Finger scheinen zwischen meinen Schenkeln etwas zu suchen, es kratzt und fühlt sich grob an. Ich weiß, dass ich jetzt eigentlich etwas empfinden sollte, aber es ist mir nur unangenehm. Dann spreizt er meine Beine, ich öffne sie bereitwillig. Ich spüre, dass er in mich eindringen will, möchte ja gerne nachgeben, möchte ihn gewähren lassen, aber es geht nicht. Er drückt und drückt, atmet schwer, gibt auf und versucht es wieder. Ich merke, dass er wütend wird. Er murmelt etwas auf Deutsch, das ich nicht verstehe. Heilige Mutter Maria, hilf. Bestimmt bin ich schuld, ich kann das einfach nicht. Ich versuche ja, ihm zu helfen, aber irgendwie bin ich verschlossen wie eine Muschel. »Es tut mir so leid«, flüstere ich, erst auf Französisch und dann auf Latein. Er verstärkt nur seine Bemühungen. Da endlich, ein Schmerz, und dann ist er in mir, Gott sei Dank. Er bewegt sich, erst langsam, dann schneller, und kaum hat bei mir der Schmerz nachgelassen, stößt er einen tiefen Seufzer aus. Das muss der Augenblick sein, in dem seine Säfte in mich fließen, denke ich und schließe vor Erleichterung die Augen. Nach einer Weile zieht er sich aus mir zurück und rollt sich auf den Rücken. Stumm liegen wir nebeneinander. Dann steht er auf, zieht seinen Mantel an und schlüpft in die Pantoffeln. »Merci, Madame«, sagt er mit einem etwas schiefen Lächeln auf Französisch, und noch etwas auf Deutsch, das ich nicht verstehe.

Ich drehe mich auf die Seite. Die Ernüchterung lässt mich frieren. Am anderen Morgen bringt mir der Patriarch von Aquileia mit einem breiten Lächeln Heinrichs Morgengabe: einen Gürtel aus lauter gehämmerten Goldplättchen und eine Decke aus weichem roten Fuchsfell. »Die werdet Ihr noch brauchen, Majestät, wenn Ihr in den eisigen Norden reist«, prophezeit er. Ich lasse mir von ihm den letzten Satz meines Gatten übersetzen, so gut es ging, habe ich mir den Wortlaut gemerkt. »Das wird schon noch werden«, hat er gesagt. Offenbar ist er mir nicht böse. Auch Tommasina, die mir sofort angesehen hat, dass die Nacht ein Misserfolg war, tröstet mich und sagt: »Das erste Mal erfüllt meistens nicht alle Erwartungen. Aber es wird besser, ganz bestimmt.«

»Meinst du wirklich?« Ich kann es mir kaum vorstellen.

»Ma certo, fanciullina, credimi!« Sie lacht und kneift mich liebevoll, aber schmerzhaft in die Wange; das hat sie schon immer so gemacht, seit ich ein Kind bin.

Aber wenn ich nur daran denke, dass Heinrich heute Abend vielleicht wieder in mein Bett kommt, möchte ich am liebsten davonlaufen. Stattdessen beschließe ich, der Kirche Sant'Ambrogio ein Altartuch zu stiften. Vielleicht hilft uns ja Ambrosius, der Heilige der Bienen. Die haben auch eine Königin – nur dass die Bienenmännchen sterben, wenn der Liebesakt vorbei ist.

»Es wird alles gut, glaube mir!«, sagt Tommasina noch einmal. Gebe Gott, dass sie recht hat.

18
Norditalien, Frühjahr bis Herbst 1187

Kaum sind die Hochzeitsfeierlichkeiten vorbei, macht sich Heinrich auf und zieht mit seinem Heer nach Süden in die Toskana. Er hat nicht vergessen, dass die Städte hier ihm schon lange die Gefolgschaft verweigern, keine Steuern zahlen und hinterrücks gemeinsame Sache mit dem Papst machen. Ein für alle Mal will er dem jetzt ein Ende bereiten. Also zieht er mit seinem Heer mordend und raubend durchs Land. Bitter straft er die Städte, die sich im Bund mit dem Papst seiner Autorität verweigert haben. Er duldet keine Widersetzlichkeiten mehr.

Konstanze ist entsetzt über seine Grausamkeit. »Du bist ein Weib, das verstehst du nicht«, sagt er – inzwischen hat sie ein bisschen Deutsch gelernt und er mehr Latein, sie können sich ganz gut verständigen. »Vastare, destruere, abtulere, das ist der Krieg: Verwüsten, Zerstören, Plündern. Wen solcher Zorn trifft, der wird es sich merken und sich nie mehr gegen mich auflehnen.«

Konstanze will nicht mit ihm streiten, sie will das dünne Band der Verständigung, das zwischen ihnen gewachsen ist, nicht strapazieren. Also schweigt sie und sieht mit an, wie der König Siena blutig unterwirft, dann Orvieto mit Feuer und Schwert erobert. Wie Perlen an einer Kette reiht Heinrich die unterworfenen Städte Ober- und Mittelitaliens an eisernem Faden aneinander, einzig Guarcino und Ferentino entgehen seinem Wüten. Er kennt keine Gnade, schont nicht Weib noch Kind. Er lässt die Saaten verbrennen, die Kulturen vernichten. Hinter seiner Jugend und seinem blassen Gesicht verbergen sich gnadenlose Härte und eine eiskalte Intelligenz, die kein Mitleid kennt. Und zwischen den Schlachten und Kriegshandlungen, wenn er das Blut von seinen Händen gewaschen hat, kommt er regelmäßig in Konstanzes Bett. Tommasina hatte recht, denkt sie, es ist nicht mehr so schlimm wie am Anfang. Sie genießt seine kurzen Besuche zwar nicht, aber sie hat gelernt, die Augen zu schließen und so gut es geht mitzumachen. Sie ist stets freundlich, stets bereit, verweigert sich ihm nie, aber sie hat aufgegeben, es schön finden zu wollen. Eheliche Pflicht, so heißt es doch, nicht eheliches Vergnügen. Das liegt wohl allein beim Mann. Wobei sie sich bei Heinrich gar nicht so sicher ist. Jedenfalls beschwert er sich nicht.

Gottfried ist inzwischen zum vertrautesten Schreiber Heinrichs aufgestiegen. Er fühlt sich abgestoßen von der Grausamkeit des Königs, aber wie kann er es überhaupt wagen, ein Urteil zu fällen? Schließlich ist Heinrich Herrscher von Gottes Gnaden. Und doch kann er kaum verstehen, dass derselbe Mann, der noch eine Stunde vorher befohlen hat, die Stadtväter von Alatri zu ermorden, weil sie erst nach sieben Tagen kapituliert haben, leutselig und liebenswürdig sein kann. Gleich nach der Hinrichtung, nachdem der König mit seinen Getreuen gespeist hat, lässt er seinen Schreiber zu sich rufen. Als Gottfried sein mit allen Annehmlichkeiten ausgestattetes Quartier im Stadtpalast von Lodi betritt, sitzt Heinrich alleine auf einem Scherenstuhl, die Laute in der Hand. »Ah, mein

Guter, das ist recht, komm herein und gesell dich zu mir. Ich hatte gerade ein paar wunderbare Einfälle für ein Liebeslied, die musst du für mich aufschreiben!« Er schlägt ein paar Akkorde an.

Gottfried steckt sein Tintenhörnchen in das dafür vorgesehene Loch in demselben Schreibtisch, an dem Heinrich mit seinen Rittern die Strategie für seine Eroberungen schmiedet. Er glättet ein Stück rasiertes Pergament – neues wäre für eine erste Mitschrift viel zu kostbar. Mit dem kleinen Federmesser, das ihm Bischof Otto geschenkt hat, schnitzt er die Spitze seines Gänsekiels zurecht, taucht ein und wartet. Heinrich singt.

Ich grüße mit Gesang die Süße,
die ich nit meiden will noch mag.
Daß ich sie richtig selber konnte grüßen,
ach leider, seither ist es mancher Tag.
Wer immer dieses Lied nun singen wird
vor ihr, die ich so hart entbehr,
sei's Weib oder Mann, er soll sie grüßen sehr.

Mir sind die Reiche und die Länder untertan,
so oft ich bei der Liebenswerten bin.
So oft ich aber Abschied nehme,
sind all mein Macht und Reichtümer dahin.
Sehnsüchtig Kummer ist dann mein Besitz.
So kann ich aufsteigen an Freude und wieder sinken ab,
und setze diesen Wechsel, ahn ich, so fort bis an mein
dunkles Grab.

Da ich sie nun so von Herzen liebe
und sie ohn Wanken immer trage
im Herzen und im Geist,
bisweilen unter mancher Klage –
was gibt mir die Geliebte wohl zum Lohn?
Sie vergilt mir's oh so wohl und schön,
eh ich sie aufgäb, gäb ich eher auf die Kron.

Der tut nicht recht, der glaubt,
ich könnt nit leben manchen schönen Tag,
auch wenn die Krone nie auf mich gekommen wär.
Ohn sie könnt ich mich dessen nit erfreuen.
Verlör ich sie, was hätt ich dann?
Da würd ich weder Weib noch Mann erfreuen,
und wär mein bester Trost in Acht und Bann.

Dank sei dir, du Geliebte, gute, daß ich je bei dir lag.
Du wohnst mir in dem Mute Nacht und Tag.
Du zierest mir die Sinne und bist mir darzu hold.
Nun sehet, wie ich's meine:
Wie Edelstein der reine, gefasst in rotes Gold.

Gottfried seufzt leise. Wie muss der König seine Frau lieben, wenn er ihr solche Verse schenken kann! »Das sind wunderbare Worte, Majestät«, sagt er. »Die Welt muss Euch beneiden um diese Liebe zu Eurer Königin.«

Heinrich runzelt die Stirn, es dauert einen Augenblick, bis er begreift. Dann lacht er schallend. »Das ist gut, das ist wirklich gut! Glaubst du wirklich, mir liegt etwas an ihr? Wenn sie wenigstens heißblütig wäre, wie man es den Südländerinnen immer nachsagt! Aber so? Gott sei Dank werde ich meine Bemühungen wenigstens nur so oft wiederholen müssen, bis sie endlich schwanger ist.«

Gottfried ist bestürzt. »Verzeihung, Herr«, erwidert er. »Ich wollte Euch nicht zu nahe treten.« Er kann nicht begreifen, dass Heinrich so schlecht über die Königin spricht, und nimmt es ihm fast ein wenig übel.

»Du willst wissen, um welche Frau es in dem Lied geht?« Heinrich schmunzelt. »Nun, um gar keine. Es ist nur eine Übung. Wenn ich den ganzen Tag im Kampfgetümmel gesteckt habe, ist ein Liebesgedicht für mich die beste Entspannung. Das war schon immer so. Meistens schreibe ich sie selber auf. Ich habe eine ganze Sammlung davon.«

Gottfried kehrt nachdenklich in die Räume zurück, die von der Hofkanzlei belegt werden. Die Stadtherren von Lodi haben ihre

Schreiberei räumen lassen, damit die Verwaltung des Königs für die nächsten Wochen dort einziehen kann. Gottfried hat sich seinen Platz am zweiten Pult eingerichtet, gleich bei einem der doppelten Spitzbogenfenster, die nach Süden hinausgehen. Aber jetzt, als er das Lied des Königs ins Reine schreiben und außenherum mit einer Blumenbordüre verzieren will, ist dieser Platz belegt. Ein klein gewachsener, schmächtiger junger Mann steht dort und kopiert konzentriert eine Schenkungsurkunde an das Kloster Monte Oliveto Maggiore. An seiner Kleidung sieht man, dass er, anders als Gottfried, ein Geistlicher mit niederen Weihen ist wie die meisten Kanzlisten. Und dem Äußeren nach – rabenschwarzes Haar und dunkle Augen – dürfte er Italiener sein. »Verzeiht, Signore, aber dies ist mein Platz«, spricht Gottfried ihn an.

Der Mann sieht auf und mustert seinen Kollegen mit einer gewissen Arroganz im Blick. »Nun, so ist es jetzt wohl der meine«, entgegnet er in ausgezeichnetem Deutsch. »Er wurde mir zugewiesen.«

Noch bevor Gottfried etwas erwidern kann, hat sich Magister Heinrich von Utrecht zu ihnen gesellt, Protonotar, Bischof von Worms und Vorsteher der Hofkanzlei. »Da hat sich wohl ein kleines Missverständnis eingeschlichen, Meister Petrus«, sagt er zu Gottfrieds Gegenüber. »Ihr solltet das zweite Pult auf der linken Seite nehmen. Dies hier ist tatsächlich schon belegt.« Er wendet sich an beide gemeinsam. »Darf ich bekannt machen: Magister Petrus von Eboli, ehemals Schreiber des Patriarchen von Aquileja und nun in Diensten der königlichen Kanzlei als Kopist für italienische Sachen – Herr Gottfried, Leibschreiber seiner Majestät.«

»Piacere«, murmelt Magister Petrus. Es kling nicht sehr erfreut.

»Willkommen«, lächelt Gottfried, während Petrus verärgert seine Sachen zusammenrafft. »Was führt Euch in die Hofkanzlei?«

Der andere zuckt die Schultern. »Ich habe mich in Aquileja gelangweilt. Und ich möchte gern weiterkommen.«

Gottfried grinst. »Ei, für Langeweile wird Euch hier keine Zeit bleiben.«

»Außerdem war es mein Wunsch, für den König oder den Kaiser zu arbeiten. Hier sind schließlich nur die Besten.«

»Na dann, viel Vergnügen.« Ah, einer mit viel Ehrgeiz, denkt Gottfried. Er hilft ihm noch, ein paar Rollen Pergament zu seinem Arbeitsplatz zu tragen. Als er danach geht, spürt er den Blick des neuen Schreibers wie eine Messerspitze in seinem Rücken.

Petrus von Eboli sieht seinem Kollegen voller Neid nach. Da müsste man hinkommen, denkt er, und da werde ich hinkommen! Leibschreiber des Königs! Mit scharfem Blick beobachtet er, wie Gottfried erst mit dem kleinen Schaber das Pergament glättet und Unebenheiten ausgleicht, dann das Blatt faltet, so dass vier Lagen übereinanderliegen. Wie er mit Lineal und Stichel gleichmäßig Löchlein in die Haut und durch alle vier Lagen sticht, um Satzspiegel und Zeilenabstand festzulegen. Wie er geübt die Löchlein mit ganz dünnen Linien verbindet, auf die später exakt die Buchstaben gesetzt werden. Und wie er zum Pinsel greift und mit leichter Hand ein wunderschönes Initial zaubert: ein großes ziegelrotes »C« aus Mennige mit doppelter Vertikale, das von einer Rosenranke umschlungen wird. Der kann was, denkt Petrus. Seine Lippen werden schmal. Wenn ich erster Schreiber des Königs werden will, muss ich von ihm lernen. In der Buchmalerei bin ich kaum geübt. Aber wenn ich erst so weit bin, werde ich ihn überflügeln. Petrus lächelt dünn. Geduld, denkt er, Geduld.

19
Streitberg, Frühjahr 1188

Fast vier Jahre lebt Hemma nun schon in der kleinen Hütte auf der Waldlichtung. Jahre, in denen sie so viel gelernt hat, viel mehr als in ihrer Zeit im Kloster. Siebzehn ist sie inzwischen, und eine Schönheit wie ihre Mutter. Nur noch selten denkt sie an ihren Bruder; in Bamberg war der Königshof jedenfalls seither nicht mehr. Von fahrenden Mönchen hat man gehört, der König sei in Reichsitalien – Gottfried wird wohl dabei sein. Hemmas altes Leben ist weit weg, und ihre Zukunft scheint die Nachfolge der alten Oda zu sein. Ihr ganzes Wissen hat die Greisin an das Mädchen weitergegeben, ihre Kenntnisse in der Kräuterheilkunde und im Kinderholen. Und die ganz einfachen Dinge: wie man von und aus der Natur lebt. Dass sich aus Bärentatzen, Giersch, jungen Brennnesseln und Knoblauchrauke ein wohlschmeckendes Gemüse zubereiten lässt. Dass im Frühling Löwenzahnknospen, durch Ei gezogen, in Brotbröseln gewälzt und in Schmalz ausgebacken, eine herrliche Leckerei sind. Dass Blutreizker jeder Suppe einen ganz eigenen Geschmack verleihen. Überhaupt, Pilze! Die Gelberlinge, die mit Ei gut schmecken. Braun- und Rotkappen, Schopfschwärzlinge, die man nur jung genießen kann. Steinpilze, die getrocknet im Winter alles zum Festessen machen. Und selbst die Giftigen sind zu etwas nutze: Brocken vom Fliegenpilz, in etwas Milch eingelegt, bringen jede Mücke um, die in der Hütte herumschwirrt.

Hemma liebt ihr neues Leben. Besonders die Gänge zu den Kranken haben es ihr angetan; wenn Oda sich schwach fühlt, schickt sie ihr Ziehkind sogar inzwischen alleine. Diesmal allerdings nicht, als sie zur Wiesmüllerin gerufen wird. Sie lässt sich von Oda aufs Eselchen helfen, und dann ziehen sie gemeinsam los.

Die Wiesmühle an einem abgezweigten Mühlbach der Wiesent ist die einzige Kornmühle weit und breit. Alle Bauern im Tal, und natürlich auch die Grundherren, lassen ihr Getreide dort mahlen und bezahlen diesen Dienst mit einem Teil des Mehls. Und das wiederum verkauft der Müller an die Bäcker in den umliegenden Dörfern, sogar bis Ebermannstadt fährt sein Karren. Für die Bauern ist er ein reicher Mann, was sich allein daran bemessen lässt, dass er zwei Pferde besitzt! Von den Mahlabfällen kann er sich eine Handvoll Schweine sogar bis über den Winter halten; jeden Tag kommt Fleisch oder Fisch auf den Tisch. Er tut morgens Honig in seinen Brei! Und sein Weib, man stelle sich vor, hat er aus Forchheim geholt, »die Hochwohlgeborne« nennen sie die Streitberger. Stracks von einer Kirchweih hat er sie eines Tages mitgebracht. Ei, mit der hat er kein Glück gehabt. Elf Kinder hat sie ihm geboren – alles Mädchen, bis auf das fünfte, den Christian. Und von den elf sind neun weggestorben, gleich nach der Geburt oder an Krankheiten; eines ist im Mühlbach ertrunken, in dem vermaledeiten Jahr, als die Wiesent Hochwasser führte. Aber der Christian, der ist ein Prachtkerl geworden. Viel älter sieht er aus als seine sechzehn Jahre, groß und kräftig, mit weizenblondem Haar und blauen Augen. Die Mädchen im Dorf drehen sich alle nach ihm um, aber er ist seit einiger Zeit der Tochter des Fronhofverwalters versprochen – wohl für beide eine gute Partie.

Als Hemma und Oda zur Mühle kommen, wartet schon die Hausmagd an der Tür, ein vielleicht vierzehnjähriges Ding, das die beiden ganz aufgeregt in die Stube zieht. In dem kleinen, mit Brettern abgetrennten Alkoven liegt die Hochwohlgeborne, ganz käsigweis, neben sich auf dem Boden einen Korb mit blutigen Lappen und Hadern. »Der Muttergottes sei Dank, dass du kommst, Oda«, sagt sie schwach. »Mit mir ist's wohl bald dahin. Das Blut rinnt nur so aus mir heraus. Wenn ich aufstehe, läuft's mir die Beine hinunter, ich hab gar nicht so viel Lumpen, wie ich zum Einlegen bräucht! Und die Magd kommt mit Waschen und Trocknen nicht nach. Das geht schon so seit dem Winter und wird immer schlimmer.«

Die Oda deckt ihre Patientin auf und betastet vorsichtig ihren Unterleib. Dann begutachtet sie ihr Zahnfleisch und die Innenseite ihrer Augenlider – kaum mehr hellrosa. »Hätt'st mich eher holen lassen sollen, Müllerin. Aber ich kann dir schon helfen, keine Angst. Es ist halt die Zeit, die wir Frauen alle durchmachen, die eine mit mehr Anfechtungen, die anderen mit weniger. Das geht vorbei.« Sie wendet sich an Hemma. »Die Müllerin ist in die Jahre gekommen, in denen sich im Unterleib aller Frauen etwas verändert. Die Blutung wird bei den meisten dann unregelmäßig und immer schwächer, es kommt einen die fliegende Hitze an, manche werden sogar trübsinnig und gemütskrank darüber. Das ist so, weil der Körper nicht mehr gebären will. Irgendwann bleibt die Blutung ganz aus. Dann hat sich alles wieder eingerichtet, und man wird halt alt. Bei der Müllerin allerdings ist es andersherum, das kann vorkommen. Sie verliert zu viel Blut. Da hilft ein Aufguss aus Hirtentäschel, Blutweiderich, Frauenmantel und Schwarznessel. Auch Sauerdorn, wenn man welchen hat. Und vor allem: Schafgarbe. Garbe kommt aus der Sprache unserer Vorfahren, es bedeutet so viel wie heilen. Merk dir den Spruch: Schafgarb im Leib hilft jedem Weib.«

»Du meinst also, es wird wieder mit mir?« Die Müllerin ist erleichtert.

»Wenn du dazu auch noch jeden Tag ein Stück rohe Leber isst, dann bestimmt.« Oda tätschelt der Hochwohlgebornen die Hand. »Und du«, sagt sie zu Hemma, »läufst dahin, wo der Zeubach in die Wiesent fließt. Dort wächst alles, was wir brauchen. Hast du's dir gemerkt?«

Hemma nickt und greift nach ihrem Weidenkörbchen.

Draußen ist herrlichster Frühling; es ist warm, die Wiesen stehen im vollen Saft, und was blühen kann, blüht. Der Löwenzahn und das fette Schöllkraut gelb, die haarigen Taubnesseln am Bach rosa, Klee und Gänseblümchen weiß. Beim kleinen Wehr, das den Wasserstand für das große Mühlrad regelt, kniet ein junger Mann und setzt ein neues Brett ein. Als er Hemmas Füße im Gras rascheln hört, richtet er sich auf und lächelt. »Nanu, wer kommt?«

»Du bist der Christian, nicht?« Hemma beschattet die Augen mit ihrer Hand.

»Und du das Mädchen von der alten Oda.« Christians Miene verdüstert sich. »Könnt ihr meiner Mutter noch helfen?«

»Aber ja. Ich hol ihr die rechten Kräuter von der Wiese drüben.«

Ein hübsches Ding ist das, denkt Christian, wie Hemma so dasteht, mitten im Grün. Ihr Lächeln lässt zwei hübsche Grübchen entstehen. Die Sonne bringt ihre grünen Augen zum Leuchten, und ihre Nase ist mit lauter lustigen Sommersprossen betüpfelt.

»Ich bin grad fertig geworden. Komm, ich begleite dich.« Er weiß gar nicht, was ihn reitet, das Brett wackelt noch wie ein Lämmerschwanz, aber das ist jetzt ganz gleich. Anmutig ist ihr Gang, mit schwingenden Hüften. Er genießt es, hinter ihr zu laufen. Als sie die Zeubachwiese erreicht haben, springt sie wie ein Kind hierhin und dorthin, um die richtigen Kräuter zu finden. »Hier«, sagt sie, »kennst du das Hirtentäschel? Schau nur, wie die kleinen Täschchen am Stiel sitzen. Du kannst sie essen.« Bevor er noch abwehren kann, hat sie ein paar der winzigen Dinger abgepflückt und gibt sie ihm in die Hand. »Na los!«

Er kaut. »Hab schon was Besseres gegessen.«

»Aber nichts Gesünderes! Und da, der Frauenmantel! Er heißt auch Marienträne, weil am Morgen in der Mitte der Blätter ein Tautropfen steht.«

Er lässt sich gerne von ihr durchs Gras führen, zupft ein Blatt und zeigt ihr, wie man es zwischen die Daumen einklemmt und darauf pfeift. »Jetzt du!«

Sie bläst und bläst, und dann lässt sie vor Lachen das Blatt fallen. »Ei, du hast dich geschnitten!« Sie nimmt seine Hand, am Zeigefinger blutet es. »Das haben wir gleich.« Sie sucht ein bisschen, bis sie einen schönen Spitzwegerich gefunden hat. Ein Blatt zwischen den Händen weichgerebelt, ist der beste Verband und wirkt blutstillend obendrein. Sorgsam wickelt sie das saftende Grün um seinen Finger, während er sie stumm dabei beobachtet. »Ich würd dich gern mal ohne Kopftuch sehen«, sagt er plötzlich. »Es heißt ja, du hast feuerrotes Haar.« Frauen mit roten Haaren, das weiß jeder, sind leidenschaftlich und verführen jeden Mann. Das liegt daran, dass sie während der Menstruation ihrer Mutter gezeugt wurden. Ein Weib, das einen Mann in diesen Tagen in ihr Bett nimmt, ist unersättlich und zügellos, sagt der Pfarrer. So etwas vererbt sich. Christian überlegt, ob das bei Hemma wohl auch so ist, und er spürt, wie sich seine Männlichkeit unter der engen Hose aufrichtet.

Hemmas Blick verdunkelt sich, sie wendet sich ab. Bis jetzt haben die Streitberger geschwiegen wie ein Mann. Oft schon hat sie Albrecht von Neideck durchs Dorf reiten sehen, wenn er für einige Zeit auf die Streitburg kam oder den Fronhof inspizierte. Und mancher Bauer hat sich bei seinem Anblick ins Fäustchen gelacht. Das Geheimnis um Hemma war etwas, das ihnen der gefürchtete Grundherr nicht nehmen konnte. Sie schlugen ihm ein Schnippchen, hei, das war doch was! Hemma hatte im Lauf der Zeit an Sicherheit gewonnen und dachte nur noch selten darüber nach, dass ihr Leben hier gefährdet war. Trotzdem steckte sie ihr Haar jeden Tag mit beinernen Nadeln hoch und verhüllte es dann sorgfältig mit einem Kopftuch, das sie im Nacken band. Es war ihr zur festen Gewohnheit geworden, auch, dass sie nie mit ihrem Namen angesprochen wurde. Die Leute nannten sie einfach nur »Mädchen«, nur Oda und der gute Pfarrer riefen sie Hemma, wenn sie alleine waren.

Christians Hand auf ihrem Arm reißt sie aus ihren Gedanken. »Sei mir nicht böse, ich wollte nicht unverschämt sein.«

Sie dreht sich zu ihm um und sieht in seine besorgten Augen. »Ich bin dir nicht böse«, lächelt sie. Dann reißt sie sich von ihm los, läuft ein Stück weit weg und bückt sich nach einer dicken Spitzwegerichblüte. Sie schlingt den Stengel geschickt zum Knoten, steckte die Blüte durch, zielt und schießt. Das runde Ding trifft Christian am Ohr. »Na wart nur!«, ruft er, »dich krieg ich!«, und läuft ihr nach, während sie kichernd zum Ufer rennt. Sie gleitet aus, rudert mit den Armen, beinah fällt sie ins Wasser. Aber da hat er sie schon an der Hand gepackt. Atemlos stehen sie da, verlegen, die Finger ineinander verschlungen. Es ist, als hörten die Wasser der Wiesent für einen Augenblick auf zu fließen.

»O du lieber Gott, die Kräuter! Ich muss zurück!« Sie packt ihr Körbchen und läuft mitten über die Wiese davon, mit wehenden Röcken.

Christian steht noch lange da und sieht ihr nach.

20
Mainz, Hoftag, 26. März 1188

Konstanze befindet sich seit Weihnachten zum ersten Mal nördlich der Alpen, zuerst in Trier, dann in Koblenz, später in Mainz. Der deutsche Winter macht ihr zu schaffen, nicht nur körperlich, sondern er beißt sich mit seiner Kälte auch in ihre Seele. Deutschland ist ein Land des ewigen Frostes im Ozean der

Finsternis, das hat sie früher einmal in einem arabischen Buch gelesen. Und es ist genauso, wie sie befürchtet hat. Sie friert ständig, sie ist unglücklich. Manchmal steht sie stundenlang am Fenster, sieht in den Regen hinaus oder in den verwirbelnden Schnee, den Fuchspelz fest um sich geschlungen. Dann kommt irgendwann Laila und zieht sie fort, oder Tommasina versucht, sie mit ihren Sprüchen aufzuheitern. Mimmo, der süße kleine Mimmo, ist vor zwei Wochen gestorben, am Lungenhusten. Konstanze macht sich bittere Vorwürfe, den Kleinen der harten Reise ausgesetzt zu haben. Sie hätte wissen müssen, dass er zu zart war, um Eis und Schnee zu trotzen.

Die Kaiserpfalzen sind mächtig und imposant, ja, aber ihnen fehlt schon von der Bauweise her jene Anmut und Heiterkeit, die sie von den Palästen im Süden gewohnt ist. Kein Kamin der Welt kann diese kalten Mauern wirklich erwärmen, denkt sie. Aber vielleicht ist es auch ihre Ehe, die sie so traurig macht. Im vergangenen Jahr ist sie ihrem Gatten kaum nähergekommen. Sie hat nur seine Grausamkeit erlebt, im Krieg. Jetzt ist es besser, sie muss nicht mehr mit ansehen, wie er Städte erobert, Menschen umbringen lässt und Schlachten plant. Frieden in einem kalten Land ist immer noch erträglicher als Krieg im warmen Süden.

Heinrich kommt regelmäßig in ihr Bett. Keiner von beiden freut sich auf diese Stunden. Immer noch geben sie sich Mühe miteinander, versuchen, ein wenig zu reden, versuchen, Gemeinsamkeiten zu finden, Dinge, die sie verbinden. Aber es ist mühsam. Deutsch ist eine schwere Sprache, sie kommt nicht recht voran. Wie zu Anfang unterhalten sie sich meist noch auf Lateinisch miteinander, und da wiederum reichen Heinrichs Kenntnisse nicht sehr weit. Aber man muss ja gar nicht so viel reden, bei seinen Besuchen geht es schließlich nur um eines: endlich einen Sohn zeugen.

Es ist kaum besser geworden als beim ersten Mal. Er versucht ja, nicht so gleichgültig und kalt zu wirken, so weit er es eben kann. Aber Einfühlsamkeit und Zärtlichkeit sind nicht seine Stärken. Sie kann seine Berührungen einfach nicht genießen. Immerhin hat sie eine Möglichkeit gefunden, die ihr die Vereinigung mit ihm erträglich macht: Sie schließt die Augen und erinnert sich an alte Kinderverse, denkt an die Sommer in Palermo, an die frisch geschlüpften Schildkröten im Garten, an Ameisenkolonnen, die ihr über die Zehen krabbeln, an die winzigen roten Skorpione, die unbeweglich in der prallen Sonne liegen. An die sprudelnden Brunnen, den Gesang der Zikaden. Daran, wie der Monte Pellegrino seine Farben wechselt, wenn die Sonne untergeht. Bis es eben vorbei ist, er sie benutzt hat und sich anschließend höflich verabschiedet. Danach bleibt sie jedes Mal ganz lange mit angezogenen Beinen auf dem Rücken liegen und hofft, dass sein Samen diesmal Früchte trägt.

Seit einiger Zeit sind ihre Nachmittage kurzweiliger geworden. Denn Heinrich hat vorgeschlagen, ihr jemanden beizugeben, mit dem sie endlich die Sprache des Landes lernt, dessen Königin sie jetzt ist. Seine Wahl ist auf Gottfried den Schreiber gefallen, und es war eine gute Wahl. Sie mag den Jungen gern. Er dürfte ungefähr im selben Alter sein wie ihr Gatte, aber er hat glücklicherweise so gar nichts von seinem Herrn. Liebenswürdig ist er und freundlich, geduldig und einfühlsam. Ein schlaksiger Bursche mit dunklen Locken und der zartesten weißen Haut, die sie je gesehen hat. Oft lachen sie gemeinsam über die Fehler, die sie macht. »Nein, Herrin, so muss es heißen«, sagt er dann fröhlich und wiederholt unermüdlich einen Satz oder ein Wort. Wie gut ihr dieses Lachen tut! Sie merkt bald, dass er in sie verliebt ist, die Blicke, die er ihr von der Seite zuwirft, sind deutlicher als alle Worte. Und sie genießt es: wenigstens einer, dem sie nicht gleichgültig ist, der sie daran erinnert, dass sie ja doch eine begehrenswerte Frau ist und nicht nur eine Zuchtstute. Auch wenn es nur ein kleiner Schreiber ist.

Für Gottfried sind die Stunden mit seiner hohen Schülerin die schönsten des ganzen Tages. Sehnsüchtig wartet er darauf, dass er gerufen wird, und jedes Mal, wenn er dann vor ihr steht, kommt die Verlegenheit. Aber dann reden sie, schreiben und üben, und alle Scheu fällt von ihm ab. Er freut sich über ihre schnellen Fortschritte und bewundert ihre Klugheit. Und bald sind sie so weit, dass sie sich auf Deutsch recht gut über die verschiedensten Dinge unterhalten können. Er fragt sie aus über Sizilien, über ihr Leben. Und sie erzählt voller Begeisterung, mit leuchtenden Augen. Sie erzählt von ihrer Kindheit, von ihrer Herkunft, ihrer Familie. Über die Geschichte der Insel, die so viele Kulturen in sich vereinigt. Von schwülen, heißen Sommernächten, in denen man nicht einmal dann schlafen kann, wenn einem kleine Mohrenknaben Luft zufächeln. Gottfried könnte jedes Mal bis zum Abend zuhören, aber natürlich ist ihre Zeit begrenzt. »Über dies alles müsste man ein Buch schreiben«, ruft er eines Tages voller Überschwang aus. »Mit Bildern darin.«

»Würde dir das gefallen?«, fragt Konstanze verwundert. »So viel Arbeit?«

»Ei freilich!« Gottfried ist ganz aufgeregt. »Früher, in der Reichenau, habe ich Bücher geschrieben und gezeichnet. Das war meine liebste Beschäftigung, sie fehlt mir heute. In der Hofkanzlei bin ich nur Notar oder Kopist, muss Dinge aufschreiben, die mir gesagt oder vorgelegt werden. Und zum Malen komme ich gar nicht mehr. Aber ein Text, der selbstgemacht ist – das ist etwas ganz anderes. Und Zeichnungen dazu, die den Inhalt erläutern und abbilden könnten! Das wäre großartig!«

Konstanze nickt nachdenklich. Sie weiß, es gibt noch keine Chronik über Sizilien unter der Herrschaft der Normannen. Und ihr Leben – ob es wert ist, darüber zu schreiben? »Ich will darüber nachdenken«, sagt sie.

Beim Hoftag trifft das junge Königspaar nach langer Trennung wieder auf den Kaiser. Auch das ist für Konstanze ein Grund zur Freude, denn sie und ihr Schwiegervater haben sich immer gemocht. Mit den Brüdern ihres Mannes kommt sie weniger gut zurecht: Friedrich ist still und in sich gekehrt, Konrad von Rothenburg ein derber, ungeschliffener junger Kerl mit einem Hang zur Bösartigkeit. Der achtzehnjährige Otto hat nichts im Hirn und treibt sich nur mit den Mägden herum. Nur der blondlockige Philipp ist mit seinen zwölf Jahren ein liebenswerter, herzensguter Knabe, das Nesthäkchen der Familie, von allen verhätschelt und verwöhnt. Die Mutter all dieser Söhne hat sie nie kennenlernen können, Kaiserin Beatrix ist schon seit vier Jahren tot und begraben.

»Wie versteht ihr euch inzwischen, mein Junge und du?«, fragt

Barbarossa, als sie eines Abends zu zweit vor dem flackernden Kaminfeuer sitzen. »Ich mache mir Gedanken, weißt du.«

Konstanze überlegt, ob sie ehrlich sein soll. Sie will den Kaiser nicht belügen. »Vater, ich will offen mit dir reden«, sagt sie leise. »Ich glaube, Heinrich ist nicht glücklich mit mir. Er ist so kühl. Er redet kaum mit mir. Wir bemühen uns, es gibt auch keinen Streit, aber zwischen Mann und Frau sollte doch Liebe sein oder zumindest Zuneigung.« Sie sucht nach den rechten Worten. »Keiner von uns hat schuld. Wir tun uns einfach schwer. Aber ich weiß auch nicht, wie ich das ändern kann.«

Der Kaiser nickt nachdenklich. »Den Eindruck habe ich auch, meine Liebe. Ich habe euch beobachtet in den letzten Tagen, und ich glaube, ich bin ein ganz guter Menschenkenner. Ihr habt euch nicht viel zu sagen.«

Ihr steigen die Tränen in die Augen. »Ach, Vater, ich möchte so gern, dass alles gut ist. Dass wenigstens Freundschaft sein könnte zwischen mir und Heinrich. Aber er lässt mich nicht teilhaben an seinem Leben. Auch nicht jetzt, wo ich eure Sprache besser spreche. Ich bin ganz allein. Manchmal fühle ich mich so verlassen hier in diesem fremden Land.«

»Es braucht vielleicht einfach noch Zeit, Konstanze. Du musst Geduld haben. Als meine Beatrix, Gott hab sie selig, damals für mich Burgund verlassen hat, war sie auch erst unglücklich. Und so jung …« Er schließt die Augen und lächelt. »Aber dann hat sich alles zum Guten gewandelt. Ein Kind nach dem anderen ist gekommen, sie war die beste Ehefrau und Mutter, die man sich vorstellen kann.« Er öffnet die Augen wieder und sieht seine Schwiegertochter mit durchdringendem Blick an. »Wie steht es damit bei euch, hm? Kommt Heinrich oft genug in dein Bett?«

Es ist ihr peinlich, darüber zu reden. »Wir erfüllen unsere eheliche Pflicht oft und regelmäßig, Vater. Daran kann es nicht liegen, dass ich noch nicht schwanger bin. Dabei wünsche ich es mir so sehr. Vielleicht würden wir uns dann auch besser verstehen, Heinrich und ich.«

»Du hast recht, ein Kind würde vieles verändern. Und natürlich wäre endlich die Blutlinie gewahrt. Das ist mir das Wichtigste, weißt du. Meine anderen Söhne sind noch nicht so weit. Und in einer Verbindung wie der euren muss einfach Nachwuchs kommen. Die Staufer müssen weiterleben. Und ich hätte gerne noch auf meine alten Tage einen Enkel auf dem Schoß.« Er lächelt ihr ein wenig traurig zu. »Vielleicht habe ich ja nicht mehr so viel Zeit.«

»Das liegt in Gottes Hand, Vater«, erwidert sie. »Aber robust und kräftig wie Ihr seid, sind Euch sicherlich noch viele Jahre geschenkt.«

»Wer weiß, Kind, wer weiß.«

»Macht Ihr Euch Gedanken um den Tod?«

»Ich will dir etwas verraten, Tochter.« Der Kaiser atmet tief durch. »Ich habe mich entschlossen, ins Gelobte Land zu ziehen. Morgen wird mir der Bischof von Würzburg im Dom das Kreuz an den Mantel heften. Jerusalem muss endlich befreit sein, und ich bin der Kaiser. Es ist meine Pflicht und Schuldigkeit als Beschützer der Christenheit. König Philipp von Frankreich und Richard Löwenherz, der Engländer, werden mit mir ziehen. Es ist die letzte Aufgabe, der ich mich in meinem Leben stelle. Und wer weiß, ob ich zurückkomme …«

Konstanze ist überrascht. »Wann werdet Ihr aufbrechen?«

»Oh, das wird noch dauern.« Barbarossa kneift die Augen zusammen und überschlägt die Zeit. »Es braucht noch viele Vorbereitungen. Und Geld. So einen Kreuzzug kann man nicht übers Knie brechen. Ich schätze, zwei Jahre. Und bis dahin«, er tätschelt Konstanzes Hand, »wünsche ich mir ein Enkelkind.«

Sie legt ihre Hand auf seine. »Ich will mir Mühe geben, Euch diesen Wunsch zu erfüllen, der ja auch der meine ist. Das verspreche ich.«

»Sei nachsichtig mit meinem Sohn, Konstanze. Er mag hart und ehrgeizig sein, manchmal kalt und spröde, aber er hat das Zeug zu einem besseren Herrscher, als ich es je war. Er ist kein schlechter Mensch, glaub mir. Er hat nur keinen Sinn für den Umgang mit Frauen.«

»Das habt Ihr ihm nicht vererbt«, lächelt Konstanze.

»Du musst es ihn lehren. Hab Geduld, darum bitt ich dich. Sei langmütig mit ihm, er ist ja noch so jung. Und versprich mir, ihn zu unterstützen. Ich glaube, er braucht den mäßigenden Einfluss einer klugen Frau.« Barbarossa steht auf, streckt sich und küsst Konstanze auf beide Wangen. »Ich wünsche dir eine gute Nacht, meine Tochter.«

Am nächsten Tag lässt Konstanze Gottfried schon nach der Frühsuppe zu sich rufen. »Ich habe einen Auftrag für dich«, sagt sie. »Das Buch über Sizilien muss noch warten. Erst einmal möchte ich, dass du ein Stundenbüchlein malst, mit allen schönen Gebeten und Psalmen darin. Und mit Bildern. Bilder vom heiligen Jerusalem, von Georg dem Drachentöter, von Sieg und Rittertum. Es soll ein Geschenk sein, das der Kaiser mit auf den Kreuzzug nehmen kann.«

Ahnt sie, dass es ihr letztes Geschenk an Barbarossa sein wird?

21
Streitberg, Sommer 1188

Seit Odas und Hemmas Krankenbesuch in der Wiesmühle sind kaum zwei Monate vergangen. Der Frühling ist in einen leuchtendblauen, sonnenwarmen Sommer übergegangen; nicht einmal die Eisheiligen haben Frost gebracht, an der Kalten Sophie haben die Apfel- und Kirschbäume so üppig geblüht wie nie. Jetzt ist auch die Schafskälte vorbei, und die Bauern rechnen mit einer Ernte von so vielen Sümmern Korn, dass sich die Alten noch in vielen Jahren daran erinnern werden.

Hemma hat gerade die Ziege mit Brot- und Gemüseresten gefüttert, es ist früh am Morgen. Oda hat den kurzen Schlaf der alten Leute, sie krautert schon längst irgendwo im Wald herum, jetzt steht viel Grün im besten Saft. Gemütlich zusammengerollt liegt der Kater auf dem kleinen Holzbänkchen vor der Hütte und lässt sich die Sonne aufs getigerte Fell scheinen, die Hühner picken zufrieden gackernd im Gras nach Käfern und Würmern. Eine Gestalt kommt über die Lichtung auf Odas Häuschen zu, und Hemma prüft sofort, ob ihr Kopftuch richtig sitzt. Als sie erkennt, wer der Besucher ist, huscht ein Lächeln über ihr Gesicht, und sie streicht ihren Rock glatt. Christian kämpft sich durchs hohe Gras, er hat etwas unter dem Arm, das zappelt und quiekt.

»Meine Mutter lässt schön grüßen«, sagt er mit einem breiten Grinsen, als er vor Hemma steht, und streckt ihr das kleine Schweinchen entgegen, das er mitgebracht hat. »Sie dankt auch schön, weil es ihr schon viel besser geht. Da, nimm. Wir haben heuer zu viele.«

Hemma reißt die Augen auf. Ein Schwein! So ein Reichtum! Vorsichtig nimmt sie das braundrahtige Ferkel, drückt es an sich und lässt es dann laufen.

Christian tappt ein wenig verlegen von einem Fuß auf den anderen. »Wenn ihr wollt, bau ich euch einen Kobel«, bietet er an. »Und über den Winter könnt ihr euch Kleie zum Füttern holen. Übernächstes Jahr ist's dann reif zum Schlachten.«

»Gott sei's gedankt, dass deine Mutter wieder wohlauf ist«, sagt Hemma. »Die Oda wird sich freuen.«

Sie stehen da, wissen nicht recht, was sie sagen sollen, und schauen dem Ferkel zu, wie es vor der Hütte nach Fressbarem sucht. Schließlich fragt Christian: »Was machst du grad so?«

»Ach, nichts Besonderes.«

»Soll ich dir was zeigen?«

Sie nickt. »Was denn?«

»Wart's ab!«

Gemeinsam wandern sie am Dorf vorbei den Hügel hinauf, ein Stück die Hochebene entlang und dann durch den lichten Wald zu den Felsen. Plötzlich tut sich vor ihnen ein Loch auf. Christian steigt hinunter und hilft Hemma, ihm nachzukommen. Und dann stehen sie in einer riesigen Höhle! »Die kenn nur ich!«, sagt Christian stolz. »Mir ist im letzten Jahr eins von den Lämmern ausgerissen, und ich hab's gesucht und von hier unten heraufblöken hören. Jetzt komm ich manchmal her, wenn ich meine Ruhe haben will, und weil es so schön kühl ist. Pass auf, jetzt kommt das Beste!«

Er zündet mit Schlagring und Feuerstein einen dicken Bienenwachsstumpen an, der in einer Felsnische steht, und zieht Hemma mit sich durch ein weiteres Loch in der hinteren Höhlenwand. »Schau!«

Hemma schreit vor Überraschung laut auf. In der zweiten Höhle hängen Fledermäuse an den Felswänden, es müssen Tausende sein. Ein Zirpen und Fiepen überall. Der Schrei hat die Tiere aufgestört, sie flattern herum und zucken und zittern aufgeregt. Christian pflückt eines der Jungen wie eine reife Frucht vom Fels und hält es Hemma hin: ein felliges Ding fast wie ein Mäuschen, mit schwarzen Knopfaugen, großen Ohren, winzigen Pfötchen und zarten Flügeln. Ängstlich schmiegt es sich in seine Hand, als Hemma es vorsichtig mit dem Finger berührt. »Wo kommen die bloß alle her? Und so viele!«

»Tagsüber bleiben sie hier drin, aber am Abend, wenn man draußen wartet, kann man sehen, wie sie alle miteinander ausfliegen – ein riesiger Schwarm, der Himmel wird fast schwarz davon. Und vor Sonnenaufgang kommen sie allesamt zurück.« Er lässt das Tierchen wieder frei.

Dann machen sie sich auf den Heimweg. »Du darfst aber niemandem etwas verraten«, sagt Christian. »Das ist jetzt unser Geheimnis.«

Hemma nickt. »Mit Geheimnissen kenn ich mich aus«, erwidert sie.

Stumm wandern sie nebeneinanderher auf Streitberg zu. Die Burg kommt in Sicht, trutzig und bedrohlich wirkt sie trotz des hellen Sonnenscheins auf ihren Mauern. Um den Bergfried kreisen unermüdlich die Raben.

»Glaubst du wirklich, dass es dort umgeht?«, fragt Hemma plötzlich.

»Natürlich. Ich hab's doch selber gehört, das Heulen und Greinen. Das ist die Tochter vom Neidecker, die sie dort umgebracht haben. Sie findet keine Ruhe und klagt um ihr junges Leben, sagen die Leute, und …« Er bricht ab. Ihm ist gerade klargeworden, dass ja Hemmas Bruder das Mädchen ermordet hat und sie deshalb die Rache des Neideckers fürchten muss.

»So war's nicht«, sagt sie leise. »Er hat sie nicht umgebracht. Es war ein Unfall. Sie haben miteinander gerungen, weil sie ihn nicht in Ruhe lassen wollte, und dann ist sie mit dem Nacken in den Dorn des Kerzenhalters gefallen.«

»Ach du lieber Gott! Wirklich?« Christian schaut Hemma ungläubig an.

»Glaubst du, ich lüge dich an?« Hemma senkt traurig den Kopf. »Aber ich war doch dabei.«

Er nimmt ihre Hand. »Ich wollte dich nicht kränken. Natürlich glaube ich dir.«

Sie blickt zu ihm auf. »Ich hatte mich in der großen Eichentruhe versteckt, weil die Männer alle umgebracht haben, damals. Ich hatte solche Angst. Und dann bin ich herausgeklettert, und sie lag da, tot und bleich. Da mussten wir weg, mein Bruder und ich.« Sie atmet tief durch. »Jetzt kennst du mein Geheimnis. Und nun bin ich wieder hier und dürfte es gar nicht sein. Wenn der Neideck mich findet … Ich bringe euch alle in Gefahr. Eigentlich müsste ich fortgehen …«

Er bleibt wie angewurzelt stehen. »Ich will nicht, dass du fortgehst, Hemma.« Zum ersten Mal hat er ihren Namen ausgesprochen.

Bis zu Odas Hütte lässt er ihre Hand nicht mehr los.

Hemma ist verwirrt. Sie weiß doch auch, was alle anderen wissen: Der Christian von der Mühle ist seit letztem Jahr Bertrada versprochen, der Tochter des Fronhofverwalters. Sie ist ein reizloses Ding und etliche Jahre älter als er, aber sie hat es sich in den Kopf gesetzt, ihn zu heiraten. Er gefällt ihr eben so gut wie keiner sonst. Eigentlich hätte sie in ihrer Stellung einen von den einfacheren Lehnsmännern des Neideckers heiraten und auf einem steinernen Ansitz leben können, mit Hintersassen, die das Land für sie bestellen. Oder sie hätte einen von der Burg nehmen können. Aber der Blondschopf, die blitzenden Augen, die kräftigen Schultern des Müllersohns haben es ihr angetan, und schließlich ist Christian der Erbe der Mühle und wird einmal ein wohlhabender Mann sein. So hat sie also ihren Vater, den die Bauern hassen, weil er unbarmherzig die Abgaben eintreibt, zum Müller geschickt. Und die beiden haben das Geschäft abgeschlossen und mit einem Krug ungespundeten Dunkelbiers begossen.

Und jetzt, denkt Hemma, was wird jetzt? Aber sie will nicht darüber nachgrübeln, denn es ist längst zu spät – auch sie hat sich verliebt. Und so kommt es, dass an Maria Himmelfahrt, als die Heuschober gefüllt sind und das Korn golden auf den Feldern wogt, ein junges Paar barfuß hinunter zur Wiesent wandert, dahin, wo das Gras am höchsten steht. Und hier endlich, sie hat es versprochen, löst Hemma vor Christian das Kopftuch und lässt das helle Stück Stoff zu Boden fallen. Rote Locken ergießen sich wie ein Feuerregen über ihre Schultern, ihr ist, als ob alle Ängste, alle Befürchtungen mit dem Tuch davonflattern wie Löwenzahnschirmchen im Wind. Christian kann sich nicht sattsehen an dieser Schönheit. Er will sie nur noch küssen und küssen und vergräbt die Finger in ihrem Haar und streichelt ihre Haut und riecht ihren Duft, und sie küssen sich und küssen, und dann sinken sie ins Gras und lieben sich zwischen Schöllkraut und Schafgarbe und Sauerklee.

Am nächsten Tag geht Christian zu Bertrada. »Ich kann dich nicht heiraten«, sagt er. »Es geht nicht.«

Sie steht da wie vom Donner gerührt; die Wurzelbürste, mit der sie gerade ein Schaff ausgeschrubbt hat, ruht in ihrer Hand. »Warum?«, fragt sie. »Bist du ganz und gar närrisch geworden?«

Er schüttelt den Kopf. »Ich bin einer anderen gut, Bertrada. Wir … wir wollen zusammensein. Es tut mir so leid.«

»Es tut dir leid?«

»Ja. Bertrada, bitte versteh doch …«

»Gar nichts versteh ich! Da kommst du einfach so daher und kündigst mir auf? Dass lass ich mir nicht gefallen, hörst du?«

Er steht stumm da.

»Wer ist es?«, will Bertrada wissen. Welche im Dorf kann es wagen, ihr den Mann wegzunehmen?

»Ist doch ganz gleich.«

»Wer ist es?« Drohend hebt sie die Bürste. »Sag's!«

Christian seufzt. »Das Mädchen von der alten Oda.«

»Die?«, kreischt Bertrada fassungslos. »Das dahergelaufene Weibstück von den Zigeunern? Die hat doch nichts und ist nichts! Das kann nicht dein Ernst sein!«

»Doch. Ich bitt dich, Bertrada, es war keine Absicht. Ich wollte dich ja heiraten. Aber jetzt ist einfach alles anders. Sei mir nicht böse.«

»Nicht böse?« Sie wirft ihm die Bürste an den Kopf und das Schaff gleich hinterher. »Nicht böse? Du machst mich vor dem ganzen Dorf lächerlich, du brichst dein Wort, und ich soll euch wohl noch Blumen streuen? Verschwinde, bevor ich den Knecht hole und dich aus dem Fronhof peitschen lass! Und das eine sag ich dir, das letzte Wort ist noch nicht gesprochen. Dafür werd ich sorgen, verlass dich drauf!«

Wie ein geprügelter Hund schleicht sich Christian davon. Aber er hat es wenigstens hinter sich gebracht. Bertrada wird sich schon wieder beruhigen.

Bertrada beruhigt sich aber nicht. Nachdem sie in ihre Kammer gestürzt ist und eine Stunde lang vor Wut und Enttäuschung geheult hat, beschließt sie, so schnell nicht aufzugeben. Jetzt erst recht, gerade jetzt will sie den Christian um jeden Preis haben. Am Sonntag nach der Frühmesse, als sie mit ein paar anderen jungen Mädchen unter der schattigen Linde zusammensteht, fängt sie an, Erkundigungen einzuziehen über Hemma. Denn irgendetwas stimmt nicht mit diesem Mädchen, das hat sie schon immer gewusst. Nicht einmal ihren Namen kennt man, so eine ist das! Irgendwann war sie einfach da, hat dazugehört, und manchmal scheint es sogar, als ob die vom Dorf sie mit einem gewissen Respekt ansehen. Merkwürdig.

»Was ist das eigentlich mit der?«, fragt sie die anderen. Und sie spürt, wie sich die Frauen und Mädchen vor ihr zurückziehen, sich gegenseitig ansehen, sich verschließen. Da ist etwas, was die Dörfler wissen und sie nicht. Und weil Bertrada nicht dumm ist, redet sie schließlich mit der Liese.

Die Liese stammt aus dem kleinsten Hof ganz am Ende des hohen Rangers und ist ein bisschen zurückgeblieben. Einen Mann hat sie auch nicht. Sie ist bloß zum Gänsehüten zu gebrauchen. Und sie freut sich, wenn man ihr schön tut. Bertrada besucht sie am nächsten Morgen, als sie ihre kleine Herde auf die Wiese treibt. »Du, Liese«, sagt sie, »du kennst bestimmt die Namen von allen Gänsen im Dorf?«

Die Liese macht große Augen. »Die Wusch, und die Graue, und die Schnäblin, und die …«

»Und die von den Kühen?«

Liese überlegt.

»Aber wie alle Leute heißen, das weißt du!«

»Alle?« Liese wird unsicher. »Warum?«

»Na, weil ich zum Beispiel den Namen von dem Mädchen bei der alten Oda nicht kenne.«

»Ich auch nicht«, sagt Liese. »Aber sie heißt irgendwie. Ich hab's mal gehört, aber dann hab ich's wieder vergessen.«

»Und was weißt du sonst noch über die?« Bertrada lächelt zuckersüß, aber die Liese schaut sich vorsichtig um und schüttelt den Kopf. »Nix.«

»Doch, du weißt was!«

»Ich darf nicht drüber reden«, greint die Liese. »Ich hab's ganz fest versprechen müssen.«

»Aber mir kannst du's doch erzählen.«

Die Liese windet sich. »Zu Anfang hat mir sowieso keiner was gesagt, mir sagt ja nie einer was, aber ich hab's doch mitbekommen.«

»Na was denn?«

»Ei, dass die gar keine Fahrende ist, sondern …« Sie stockt und schlägt die Hand vor den Mund.

»Sondern?« Bertrada lässt nicht locker. »Du bist ganz schön klug, dass du das herausgekriegt hast.«

»Findest du?« Die Liese reckt stolz das Kinn hoch. »Das war doch gar nicht schwer. Die war nämlich früher schon hier bei uns, als Kind. Aber da hab ich sie nicht gekannt, weil sie auf der Burg gelebt hat.«

»Auf der Streitburg?« Bertrada dämmert etwas. Sie kann sich noch an das Schlimme erinnern, was vor Jahren geschehen ist.

Liese nickt. »Ja. Wegen der geht's da droben doch um. Und der Neidecker, sagen die Leute, der wird sie meucheln, wenn er sie findet. Und wir helfen ihr und verraten nichts, weil der Neidecker so bös ist. Und vielleicht wird sie einmal Herrin, weil die Burg doch eigentlich ihr gehört und ihrem Bruder. Aber der ist weg.«

Bertradas Augen verengen sich zu Schlitzen. So ist das also. Die Dörfler haben sich zusammengetan. Und ihrem Vater und dem Gesinde vom Fronhof hat man natürlich nichts gesagt, die sind ja Leute Albrechts von Neideck. Die Tochter des alten Burgherrn lebt also unbemerkt genau unter den Augen ihres größten Feindes! Bertrada lächelt. Mehr muss sie gar nicht wissen.

»Willst du jetzt noch die Namen von den anderen Gänsen hören?«, fragt Liese.

»Nein«, ruft Bertrada und rafft schon die Röcke. »Ich muss weg.«

22
Kaiserpfalz Ingelheim, Februar 1189
Konstanze

Dieses Land lässt mich langsam dahinsiechen wie eine Pflanze ohne Licht. Der zweite Winter ist nun vergangen, wie immer sind wir von Pfalz zu Pfalz gezogen und haben schließlich ein freudloses Weihnachten in Worms verbracht. Die Hälfte der Zeit war ich krank und saß frierend beim Feuer, mit dem Fuchspelz als ständigem Begleiter. Obwohl ich dank des guten Gottfried die Sprache inzwischen leidlich beherrsche, sind mir die Menschen hier fremd geblieben. Sie sind so kalt und grob und eisig wie das Wetter. Ihr Temperament, verglichen mit dem lebhaften Gemüt der Sizilianer, ist wie das eines Ackergauls im Vergleich zu einem arabischen Berberhengst. Sie sind schwerfällig. Kein Frohsinn, kein Tanz, keine Lieder. Kein Scherzen, keine Geschichten, keine Herzlichkeiten. Keine Blumen, keine Sonne.

Ich vermisse das Licht, die Wärme, das bunte Treiben am Hafen, das Leben im Freien, das Meer. Mir fehlen die Rufe der Muezzin bei Sonnenuntergang, das laute Feilschen der Händler auf dem Markt, der Duft der Rosen und Zitronenblüten. Die Frauen hier sind plump, groß und ungeschlacht, die Männer laut, derb und vulgär. Sie lachen über Witze, die so zotig sind, dass es einem catanischen Bordellbesitzer peinlich wäre. Es gibt keine Wohlgerüche, keine feinen Öle für das Haar, keine schönen Stoffe, die der Haut schmeicheln. Laila hat mir im Herbst wieder einmal aus Übermut die Hände mit Henna bemalt – Heinrich bekam einen Wutausbruch. »Bei der Hochzeit konntest du das noch tun«, zischte er, »aber jetzt bist du Königin im deutschen Reich, keine palermitanische Hure!« Er hat tatsächlich zu mir gesagt, wir seien hier schließlich nicht im Land der Barbaren! Himmel, dachte ich da, du weißt nicht, wovon du redest, König!

Was mir am meisten fehlt, sind die Gärten! Mein Leben in Sizilien hat sich in Gärten abgespielt, aber hier gibt es kein Grün zum Lustwandeln. Sie haben nur streng angelegte Kräutergärten für die Medizin oder dichte, finstere Wälder, in denen man Angst hat. Hier fassen die Bäume den Himmel an, knorrige Rieseneichen und Buchen, Tannen und Fichten. Man pflanzt keine Rosen, und die wenigen, die ich hier gesehen habe, sind stockig vor Nässe oder Kälte, oder sie haben Läuse.

Jeden Tag verliere ich mich in Gedanken an die Orte meiner Kindheit. So wie die Cuba, die ich geliebt und wo ich mich stets zu Hause gefühlt habe. Der kleine Palast liegt außerhalb der Stadtmauern von Palermo inmitten eines weitläufigen Parks, der einen Schildkrötengarten hat. Hunderte waren es damals, sie rutschten gemächlich über die Wiesen und Wege, ließen sich mit Obst und Salat füttern und krochen uns Kindern nach, wenn wir rückwärts gingen. Abends, wenn wir länger aufbleiben durften, zündete unsere Amme dicke Kerzenstummel an und klebte sie mit Wachs auf die buckligharten Rücken der Tiere. Im Dunkeln bewegten sich die Lichter wie von Geisterhand aufeinander zu, bildeten Knäuel und Linien, Strudel und Kreise und strebten schließlich wieder voneinander fort.

Dann kommt mir die Favara in den Sinn, die an einem See liegt und ein wahres Labyrinth von Arkaden besitzt. Oder der Parco, aber der war eher etwas für Roger, Wilhelm und Aziz. Hier lebten Hirsche und Wildschweine, mein Bruder, der König, jagte manchmal im schattigen Wald. Die Buben durften mit Pfeil und Bogen auf Vögel schießen, und es gab einen staubigen Platz, auf dem sie mit Holzschwertern verbissene Kämpfe ausfochten, während ich ihre Dame spielte und mir mit eingebildeter Miene Luft zufächelte. Meistens gewann Aziz, nicht weil er stärker gewesen wäre, sondern weil er klüger und schneller war als die anderen. Dann überreichte ich ihm eine Blume oder ein Seidentüchlein, und er durfte meine Wange küssen. Wenn ich heute daran denke, überfällt mich solche Traurigkeit, dass es im Herzen weh tut.

Mein Magen gewöhnt sich zwar langsam an das Essen, aber eine Raffiniertheit der Speisen kennt man nördlich der Alpen kaum. Es gibt viel Hammel und fettes Schwein, auch Rind, Hühner und allerlei Vögel. An Fisch verzehrt man meist wässrige Karpfen, wohl auch Hecht und Aal oder einmal ein Neunauge. Sehnsüchtig denke ich an wohlschmeckenden Seefisch, zarten Pulpo, roten Thunfisch oder die geflügelten Angeli, die ich so liebe. Die Pfalzen, in denen wir Quartier nehmen, sind weit weg vom Meer; nur manchmal bekommen wir von der nördlichen Küste in Tonnen eingelegte gesalzene Heringe – ein minderwertiger, grätenreicher Fisch, aber gut haltbar zu machen. Man benutzt hier kaum Gewürze, sie sind zu teuer, und wenn, dann sind sie ohne das rechte Maß eingesetzt oder in Unkenntnis zusammengestellt. Die Süßspeisen sind nicht wirklich süß, statt Mandeln nimmt man hier entweder Hasel- oder bittere Walnüsse. Der Wein ist saurer als unreife Zitronen – sie mischen ihm Knochenmehl oder Kalk bei, auch Senfsaat oder Alant, um ihn zu klären, zu würzen und milder zu machen.

Aber was beklage ich mich, es hilft ja doch nichts. Dies ist jetzt mein Leben, und ich muss damit zurechtkommen. Wenn ich wenigstens eine Aufgabe hätte, irgendetwas zu tun! Aber mein Mann will nicht, dass ich mich in Herrschaftsdinge einmische. Er weist mir nicht einmal die üblichen Pflichten einer Königin zu – sich als Bittstellerin für Klöster oder die Anliegen adeliger Familien zu verwenden, bei persönlichen Streitfällen zu vermitteln, hie und da eine Schenkung zu machen, wohltätige Dinge zu tun. In Palermo habe ich zusammen mit Wilhelm ein Land regiert – hier sterbe ich vor Langeweile. Wie soll man denn seine Tage verbringen ohne Aufgabe – und ohne Freunde? Kaum jemand besucht mich, kaum jemand lädt mich ein. Man begegnet mir höflich und zuvorkommend, aber ohne Zuneigung. Doch vielleicht liegt es ja auch an mir. Ich bin verschlossen geworden und einsam.

Aber es stimmt ja gar nicht: Ich habe doch einen Freund. Es ist der junge Schreiber und Buchmaler, der mir Unterricht im Deutschen gibt. Einmal in der Woche kommt er zu mir, wenn er nicht zu sehr von der Arbeit in der Hofkapelle in Anspruch genommen wird. Und dann berichtet er von den Fortschritten, die das wunderschöne Stundenbuch macht, mit dem ich meinen lieben Schwiegervater erfreuen will. Zwölf Seiten hat er mir neulich schon gebracht, und sogar vor meinen Augen ein wenig gemalt und geschrieben, es ist eine Freude, zuzusehen. Das Buch wird einmal ein wahres Kleinod werden! Und weil es mir gefällt, und ich auch nichts anderes zu tun habe, lasse ich mir seit neuestem von dem jungen Gottfried sein Handwerk erklären. »In einer großen Schreibwerkstatt wie der Reichenau, wo ich gelernt habe«, erzählt er, »hat jeder seine eigene Aufgabe. Es gibt den Leiter der Werkstatt, er korrigiert Texte und überprüft Abschriften auf ihre Genauigkeit. Die Schreiber und Kopisten tun die eigentliche Arbeit, unterstützt von ihren Lehrlingen. Wenn es darum geht, einen Text schnell und oft zu vervielfältigen, wird er vielen von ihnen gleichzeitig diktiert, was im Gegensatz zum direkten Kopieren zu vielen Hör- und Flüchtigkeitsfehlern führt. Man braucht, wenn man gut sein will, ein Höchstmaß an Disziplin, Konzentration und Übung. Dann gibt es noch den Rubrikator; er setzt Überschriften und Initialen mit roter Farbe ein, ein Brauch, der aus dem alten Ägypten stammt …«

Ich lasse mir seine Utensilien zeigen: Feder, Stichel, Spatel, ein Zirkel, das Federmesser, das Radiermesser, ein Bimsstein, Griffel, Tintenhörnchen und Schwamm. Natürlich kann ich auch schreiben, aber noch nie habe ich mir viel Gedanken darum gemacht. Dass man eine ganze Herde Schafe braucht, um ein Buch aus ihren Häuten zu machen. Dass für einen Codex das Pergament immer so geheftet werden muss, dass jeweils die dunkleren Haarseiten zusammenkommen und dann die helleren Fleischseiten. Auch dass erst feingemahlene Kreide aufgetragen wird, damit das Geschriebene nicht verläuft, habe ich vorher nicht gewusst. Dafür konnte ich meinem jungen Lehrer erzählen, wie man die Farbe Purpur herstellt. »Es wird aus den Körpern von Schnecken gewonnen«, erzähle ich. »Sie haben eine Farbdrüse, die herausgelöst werden muss.« Ich frage ihn, mit welcher Rotfarbe er denn arbeitet. »Entweder mit Zinnober, das findet man in der Natur, oder man gewinnt es aus Quecksilber und Schwefel.« Stolz ist er auf sein Wissen. »Oder mit Karmin, das gewinnt man aus den Schalen einer Laus. Wenn man es mit Alaun vermischt, gibt das ein schönes dunkles Rot. Fügt man Essig hinzu, dann verfärbt es sich heller, das nennt man dann Vermiculum. Rötliche Töne bekommt man auch aus Ochsen- und Kälbergalle, gemischt mit Safran, Schwefel oder Kreide.«

»Und Grün?«, will ich wissen und deute auf den schuppig glänzenden Zackenschwanz des Georgsdrachen, den er auf der ersten Seite gemalt hat.

Er steckt sich die Feder hinters Ohr, was lustig aussieht. »Da gibt es viele Möglichkeiten. Grünspan zum Beispiel: Man nehme dünne Kupfertafeln, schabe sie fleißig auf jeder Seite, übergieße sie mit warmem Essig und bringe sie an einen Platz, wo man sie mit Mist bedecken kann. Nach zwei Wochen kann man den Grünspan abschaben, bis man genug Farbe hat.«

»Das ist aber mühselig!«

»Darum habe ich hier auch Berggrün verwendet, das als Gestein vorkommt. Allerdings gibt es, wie Ihr sehen könnt, vermalt ein eher blaustichiges Grün. Man kann aber auch aus Lauch, Petersilie oder Schwertlilie grüne Farbe bekommen.«

»Und Blau?« Ich zeige auf den Mantel des Heiligen Georg, der den hübschen Drachen gerade mit der Lanze durchbohrt.

Es macht ihm sichtlich Spaß, mich zu unterweisen. »Das edelste Blau kommt vom Stein Lapislazuli. Davor muss man allerdings die dunklen Adern aus dem Stein entfernen, sonst wird die Farbe schmutziggrau. Dann gibt es noch Azurit, das ist auch ein Stein. Und Färberwaid.«

»Und wie ist es mit Gelb?« Ich denke an Zitronen, an die Sonne Siziliens, die abgeernteten Kornfelder um Castrogiovanni.

»Dafür nehmen wir ein Pulver mit Namen Auripigment. Es ist aber sehr giftig und verträgt sich nicht mit Grün, Mennige und Bleiweiß. Wenn man es aber mit Azurit mischt, kommt ein schönes warmes Dunkelgrün heraus.«

Ich lerne außerdem noch, dass man Bleiweiß erhält, wenn man Bleiplatten mit Essig in Erde eingräbt, und dass Mennigerot herauskommt, wenn man dieses Bleiweiß erhitzt. Und dass sich von der Farbe Mennige wiederum die Bezeichnung »Miniatur« ableitet. »Seht, mit Mennige male ich die Lippen und Wangen in den menschlichen Gesichtern«, erklärt Gottfried.

»Aber wie macht man die Farbpulver dann flüssig, und wie hält später die Farbe auf dem Pergament?«, will ich noch wissen.

»Ei, als Bindemittel verwendet man am besten Fischleim aus der Fischblase des Hausen, das ist der haltbarste und teuerste Leim. Damit vermalte Farben sehen auf dem Pergament schön glänzend aus. Auch Eiklar macht noch einen ordentlichen Glanz. Das Harz von Obstbäumen hingegen lässt die Farben eher samtig aussehen.«

»Und wenn man dann gemalt hat, wie wird der Pinsel wieder sauber?«

Gottfried windet sich ein bisschen, bis er schließlich sagt: »Nun ja, äh, man wäscht ihn – in Urin. Also genauer gesagt, wir pinkeln drüber.«

Ich muss loslachen, und auch er prustet mit.

Das sind meine kurzweiligsten Stunden. Ich kann es gar nicht erwarten, bis das Buch fertig ist und ich es meinem Schwiegervater überreichen kann. Hoffentlich lässt er sich mit dem Aufbruch ins Heilige Land noch ein bisschen Zeit. Er wird mir fehlen, wenn er nicht mehr da ist.

Morgen reiten wir ab zur Pfalz nach Hagenau, ganz im Westen des Reiches. Sie soll eine der schönsten im Land sein, sagt man, und dort herrsche ein angenehm mildes Klima. Vielleicht tut das meinem Körper gut, und ich werde endlich schwanger. Alle sehen mich schon schief an. Ich kann doch nichts dafür. Niemand wünscht sich ein Kind mehr als ich. Es ist schrecklich, immer die Blicke der anderen auf meinem Bauch zu spüren. Der ganze Hof lauert förmlich auf Anzeichen einer Schwangerschaft. Ist der Gürtel der Königin etwa weiter geschnallt? Sind ihre Brüste gewachsen? Hat sich ihr Gang verändert, sind ihre Bewegungen weicher geworden? Ist da nicht plötzlich etwas Mütterliches in ihrem Blick? Und dann die Damen aus dem Adel: »Wie fühlt Ihr Euch, Majestät?« – »Habt Ihr es schon mit einen Aufguss aus Andorn und Bibernell versucht?« – »Bei meiner Tochter hat ein Amulett mit Milch aus den Brüsten der Muttergottes geholfen!« – »Hier, Liebden, ich bringe Euch meinen eigenen Geburtsgürtel, da ist ein Knöchelchen aus dem Sprunggelenk einer Häsin eingewoben. Das erleichtert die Empfängnis und die Niederkunft.« Manchmal möchte ich schreien.

Und dann wieder packt mich die Verzweiflung. Was ist mit mir los? Was ist falsch an mir, dass ich nicht schwanger werde? Ich habe Brüste, ich habe einen Schoß, meine Rosen kommen regelmäßig. Mein Mann wohnt mir bei, so oft es geht. Neulich habe ich Tommasina gefragt, ob es daran liegen könnte, dass ich ihn nicht liebe und es nicht genießen kann, wenn er mich berührt. Sie hat gelacht. »Affenköpfchen«, hat sie zu mir gesagt, »wenn alle Frauen, die kein Vergnügen an ihren ehelichen Pflichten haben, nicht schwanger würden, wäre die Menschheit längst ausgestorben. Sei nicht dumm. Was kommen soll, wird kommen.«

Und dann sagt Laila etwas, dass hier niemand auch nur zu denken wagt: »Vielleicht liegt es ja am König?«

Selbst wenn das so sein sollte – keiner wird jemals ihm die Schuld geben, wenn sich keine Schwangerschaft einstellt. Denn an solcherlei Übel sind natürlich immer die Frauen schuld, die Trägerinnen der Erbsünde. Und ich sowieso, die Fremde! Ich habe Angst, dass Heinrich mich eines Tages verstoßen könnte, wenn keine Kinder kommen. Das wäre nicht der erste Fall, in dem eine königliche Ehe so ihr Ende findet. Und niemand hier würde mir auch nur eine einzige Träne nachweinen. Die Schadenfreude an den Höfen in England, Frankreich und Spanien kann ich mir unschwer vorstellen, und der Papst würde vermutlich eine Dankesmesse im Lateran abhalten lassen. Ich weiß nicht, wie ich diese öffentliche Schande je ertragen sollte. Nein, zurück nach Sizilien – unvorstellbar. Dabei, und das ist das Verrückte, ist Sizilien doch meine größte Sehnsucht.

Was soll ich nur tun? Manchmal würde ich am liebsten meine Flügel ausbreiten wie ein Vogel und wegfliegen, ganz weit weg, dorthin, wo mich keiner kennt und wo niemand etwas von mir erwartet.

23
Regensburg, Mai 1189

»Also, wie gehen wir vor beim Malen von Gesichtern?« Gottfried und Petrus von Eboli stehen am Schreibpult, ein Übungsblatt und eine Palette mit Farben vor sich. Petrus hat seinen Kollegen gebeten, ihm seine Kenntnisse in Buchmalerei zu vermitteln, und Gottfried hat gerne ja gesagt. Er mag den wissbegierigen kleinen Italiener, wenn er ihm auch ein wenig zu ehrgeizig scheint. »Erstens: für die Hautfarbe nehmen wir eine Mischung aus Bleiweiß und Zinnober. Das nennt man Inkarnat.« Sorgsam mischt Petrus die beiden Pulver in einer Muschelschale, setzt Eiweiß zu und rührt. Mit einem dünnen Dachshaarpinsel füllt er die schwarze Kontur eines Gesichts, die er schon auf dem Palimpsest gezeichnet hat, mit Hautfarbe.

»Jetzt müsst Ihr die Schatten herausarbeiten«, weist Gottfried ihn an. »Die dunklen Stellen wirken zurückgesetzt, die hellen hervorgehoben. Dazu nehmt Ihr eine Mischung aus Inkarnat mit ein klein wenig grüner Erde, Ocker und noch weniger Zinnober. So.

Nun brauchen wir eine Mischung aus Inkarnat, Zinnober und rotem Blei; sie wird verwendet für die Rötung der Wangen, unterm Kinn, und auch die Stirnfalten kann man damit zeichnen.«

Eifrig arbeitet der kleine Italiener, Gottfried findet, er stellt sich sehr gut an. »So«, meint er zufrieden, »schon können wir die erste Höhung auftragen: Inkarnat gemischt mit Bleiweiß für den Nasenrücken und die Schädelkalotte. Danach arbeiten wir die Konturen noch mit dunkler Schattenfarbe, einem abgetönten Rosa und einer zweiten, noch helleren Höhung heraus. Diese Schichten müssen mit immer feineren Pinselstrichen aufgetragen werden, bis jede Rundung des Gesichts plastisch durchgebildet ist.« Petrus strengt sich an, auf dem Pergament sieht man jetzt eine mehrfach schattierte Fläche. Gottfried zeichnet mit zwei, drei schnellen Strichen die Brauen und die Umrisse der Augen in Schwarz hinein. »Für die Pupillen nimmt man Veneda, das ist ein bläuliches Grau. Dann noch ein wenig reines Zinnober für die Lippen – fertig! Das habt Ihr gut gemacht.«

Petrus ist noch nicht zufrieden. »Und malen wir jetzt die ganze Figur?«

»Natürlich. Jetzt kommt das Gewand. Gewänder bestehen immer aus einer Grundfarbe, einer Farbe für die Vorzeichnung, mindestens einer Höhung und einer Schattenfarbe am äußeren Rand und für den Faltenwurf. Mögliche Farbzusammensetzungen sind zum Beispiel Viridian und Ocker, Ocker und Menesc, Zinnober und Menesc, Ocker und Folium und Viridian und Folium.«

»Das kann sich doch nie einer merken«, stöhnt Petrus.

Gottfried lacht. »Dafür gibt es Lehr- oder Musterbücher – oder Ihr schreibt Euer eigenes, in dem am Ende alles steht, was Ihr braucht. Ich hab selber eines, und wenn Ihr wollt, könnt Ihr es gern kopieren.«

Das ist genau, was Petrus braucht. »Das ist sehr freundlich von Euch, ich nehme Euer Angebot gerne an.« Wie gut, dass Gottfried so ein treuherziger Dummkopf ist, denkt Petrus. Niemand anders würde so arglos sein Musterbuch hergeben. Der wird sich noch wundern!

Jetzt aber muss Gottfried noch letzte Hand an das kleine Stundenbuch legen, das für den Kaiser bestimmt ist. Er näht die gefalteten Blätter mit Kettenstichen zusammen, heftet die Seiten auf Lederriemen. Zusammen mit einem der Buchbinder aus der Hofschreiberei klebt und befestigt er die erste und letzte Seite auf Holzdeckel. Sie beziehen die Deckel mit Leder. Dann kommt etwas, wofür man den Prägemeister braucht. Der drückt mit im Feuer erhitzten Sticheisen, Fileten, Stempeln und Rollen Verzierungen auf die Überzüge; so entsteht eine Schmuckprägung. Am Schluss nagelt er Beschläge aus Silber auf die Ecken, und eine Silberschließe dazu. In der Schreiberei gibt es eine ganze Auswahl davon, die man sich aus der Reichenau hat schicken lassen. Herrliche Stücke, die von Gold- und Silberschmieden in Treib- und Graviertechnik hergestellt worden sind. Jetzt ist der Buchblock fertig – und das keinen Tag zu früh. Denn für den Mittwoch nach Cantate, den 10. Mai, ist der Aufbruch ins Heilige Land geplant.

»Du wirst mir fehlen, Vater.« Konstanze kniet vor Barbarossa, um seinen Segen zu empfangen. Der Kaiser trägt schon den weißen Umhang mit dem aufgenähten roten Kreuz. Sanft legt er ihr die Hand auf den Kopf, dann hebt er mit dem Zeigefinger ihr Kinn und bedeutet ihr, aufzustehen. Sie hat ein schlechtes Gewissen. Seinen Wunsch nach einem Enkel hat sie ihm nicht erfüllen können. Jetzt muss er fortziehen, ohne die Gewissheit zu haben, dass die Staufer weiterbestehen werden. Und ohne die Sicherheit, Sizilien zu besitzen. Ja, es ist ihr wohl bewusst, dass sie bei aller Freundschaft auch für ihren Schwiegervater nur ein Faustpfand für das Reich in der Sonne ist.

»Hier«, sagt sie und hält ihm das kleine Stundenbuch hin, an dem Gottfried mit so viel Hingabe gearbeitet hat. »Das soll dich an mich erinnern, wenn du weit fort im Heiligen Land bist. Auf eine gesunde Wiederkehr.«

Der Kaiser nimmt das Büchlein ganz gerührt entgegen und blättert darin. »Das ist wunderschön, Tochter, ich danke dir.«

Heinrich, der danebensteht, verzieht ein wenig säuerlich das Gesicht. An ein Abschiedsgeschenk hat er nicht gedacht.

Kurz darauf tritt Barbarossa aus dem Regensburger Dom, wo er sich den bischöflichen Segen geholt hat, in den strömenden Regen hinaus. Hochrufe empfangen ihn, das deutsche Ritterheer hat sich versammelt. Er besteigt seinen Schimmel, setzt sich an die Spitze seiner Kämpfer und trabt über die steinerne Brücke davon.

Konstanze sieht ihrem Schwiegervater nach, wie er die Donau überquert. Ihr Mann hat jetzt im Reich die alleinige Herrschaft, und sie weiß nicht, wie er ohne den mäßigenden Einfluss seines Vaters regieren wird. »Lass uns hoffen, dass er bald wiederkommt«, sagt sie zu Heinrich, der ruhig neben ihr steht, offenbar ungerührt vom Abschied. »Lass uns hoffen, dass er Jerusalem erobert«, erwidert er.

Später besucht sie Gottfried in der Hofkanzlei. »Der Kaiser hat großen Gefallen an deinem Büchlein gefunden«, lächelt sie. »Ich will dir noch einmal danken für deinen Fleiß und deine Kunstfertigkeit.« Dann zaubert sie einen schmalen silbernen Ring aus ihrem Ärmel, auf den oben das Hauteville'sche Wappen eingeprägt ist. »Nimm dies als Zeichen meiner Wertschätzung. Du bist ein wahrer Meister deines Faches.«

Gottfried sinkt auf die Knie und nimmt das Geschenk voller Freude und Demut an. »Ich will Euer Majestät in allem gerne dienen«, sagt er, »jetzt und in der Zukunft.«

Von seinem Arbeitstisch aus beobachtet Petrus von Eboli die Szene. Sein Gesicht ist zu Stein geworden. Wenigstens hättest du erwähnen können, denkt er voller Wut, dass ich dir in den letzten Wochen bei allen Zeichnungen geholfen habe. Ohne mich hättest du es nie geschafft. Aber jetzt streichst du ganz alleine alles Lob ein. Petrus merkt gar nicht, dass er mit den Zähnen knirscht: Der Tag wird kommen, an dem ich so vor dem König stehe, oder der Königin, so wie du heute. Der Tag wird kommen.

24
Streitberg, Herbst 1189

Unsicher, stockend setzt Hemma Fuß vor Fuß. Man hat Oda in die Mühle gerufen, das Kleinste dort ist krank. Aber Oda kann den Weg nicht machen, sie liegt selber darnieder. Schon seit langem plagen sie die Gebresten des Alters: Gicht, Kreuzweh, Schwindel und ein schwaches Herz. Heute hat sie wieder so arg die Wassersucht in den Beinen, dass sie keinen Schritt laufen kann. Deshalb muss Hemma gehen, da hilft nichts. Voller Beklemmung nähert sie sich dem einzigen Haus im Dorf, das sie nie betreten wollte. Denn hier lebt Christian mit seiner Frau Bertrada. Seit einem Jahr sind sie verheiratet, und im August ist das Kind gekommen, ein Mädchen. Christian hat die Tochter des Fronhofverwalters damals nicht freiwillig genommen. Gezwungen hat sie ihn, die Bertrada. Hat gesagt, andernfalls würde sie zum Neidecker laufen und ihm gradwegs erzählen, wer da bei der alten Oda im Wald hause. Da ist ihm und Hemma nichts anderes übriggeblieben, als sich zu fügen. Hin und her haben sie überlegt, sich das Hirn zermartert, aber keine Lösung gefunden. Wären sie miteinander fortgegangen, hätte Bertrada erst recht alles verraten, so hatte sie es jedenfalls angekündigt, und was hätte der Burgherr dann den Dörflern angetan? So haben sie unter bitteren Tränen beschlossen, voneinander zu lassen. Seitdem hat Hemma es peinlich vermieden, auf Christian zu treffen, einfach weil sie beide es nicht ausgehalten hätten.

Aber nun ist es nicht mehr zu ändern. Das Kind, Christians Töchterlein, liegt auf den Tod. Einer muss helfen. Und so betritt Hemma den engen Flur des Müllerhauses, ihren Beutel mit Heilmitteln in der Hand und das Herz schwer wie Blei.

»Du?«, keift Bertrada zur Begrüßung. »Wo ist die Oda?«

»Krank, wie dein Kind«, entgegnet Hemma. »Soll ich wieder gehen?«

Bertradas Lippen sind dünn wie ein Strich, als ihre Schwiegermutter aus der Stube kommt und Hemma wortlos hineinführt.

»Zwei Monate ist sie jetzt alt, das arme Wurm«, greint die Müllerin, »und von Anfang an kümmert sie. Trinkt kaum, schreit kaum, wächst nicht. Und seit gestern ist sie so schwach, dass sie das Köpfchen nicht mehr heben kann, den Herrn im Himmel erbarm's.«

Hemma tritt in den Alkoven, wo neben einem großen Kastenbett die Wiege steht. Ihr erster Blick gilt dem Kindlein, das fest eingewickelt blass und mit geschlossenen Augen daliegt. Ihr zweiter Blick fällt auf Christian, ihren Christian. Die Brust schnürt sich ihr zusammen. Wie er da auf dem Bett sitzt, ganz gekrümmt vor Schmerz, das Gesicht in den Händen vergraben. Und dann sieht auch er sie an, mit Augen, dunkel vor Leid und Kummer. »Sie stirbt uns, Hemma«, sagt er verzweifelt, »sie stirbt uns.«

Hemma muss sich zusammenreißen, um ihre Pflicht zu tun. Vorsichtig wickelt sie das Kindchen aus. Und sieht sofort, dass sie nicht mehr helfen kann. Die Windel ist voller Kot, in dem es vor Maden und Würmern nur so wimmelt. Und als sie am Mund des Säuglings schnuppert, bemerkt sie auch dort den Geruch von Fäulnis. Es ist zu spät. »Warum habt ihr erst jetzt nach Oda gerufen?«, fragt sie traurig.

»Die Bertrada …« Christian kann gar nichts mehr sagen.

»Die Bertrada hat das nicht gewollt. Die Hexe kommt mir nicht ins Haus, war ihre Rede.« Die Müllerin schluchzt auf. »Ist es denn so schlimm?«

Hemma wischt die teilnahmslose Kleine mit der Windel ab. »Hol mir eine große Schüssel warmes Wasser und ein Tuch.«

Später liegt das Kind sauber in seiner Wiege, mit Essig und Kamille gewaschen. Tröpfchenweise hat Hemma ihm Kräuterabsud eingeflößt, den es gleich wieder erbrochen hat. »Seit wann hat eure Kleine den starken Wurmbefall?«, fragt sie Christian, der all ihre Bewegungen mit großen Augen beobachtet hat.

»Ich weiß nicht, frag Bertrada.«

Doch die Mutter der Kleinen bleibt stumm. Sie muss das seit Wochen beim Wickeln gesehen haben, denkt Hemma. »Ei, du willst unser Kind doch bloß sterben lassen, weil du eifersüchtig auf unser Glück bist! Scher dich fort!«, zischt Bertrada. Da packt Hemma ihre Sachen zusammen. »Gebt dem armen Ding alle Vaterunser lang ein Tröpfchen vom Aufguss. Und betet«, sagt sie zum Abschied. »Mehr kann ich nicht tun.«

Noch in der selben Nacht geht das arme, unschuldige Kindlein in die Schar der Engel ein, wie Vater Udalrich es später in seiner Totenpredigt formuliert. Kinder sterben oft in diesen Zeitläuften, jeder weiß, dass die Hälfte der Neugeborenen das erste Jahr nicht erreicht, aber dennoch trifft ein solcher Verlust immer schwer. Das ganze Dorf steht um die winzige Grabstelle an der Westmauer des Kirchhofs, dort, wo die Sonne morgens als Erstes hinscheint. Auch Hemma ist gekommen. Eigentlich will sie nicht mit zum Leichenschmaus in die Mühle, aber die Müllerin lässt sie nicht fort. »Du hast der armen kleinen Seele in ihren letzten Stunden mehr Gutes getan als die eigene Mutter«, sagt sie, dass alle Leute es hören können. »Ich bitt dich, sei dabei.«

Also muss Hemma es aushalten, gemeinsam am Tisch mit Christian die Suppe zu löffeln. Immer wieder sehen sie sich an, verstohlen, heimlich, aber sie können nicht anders. Hemma schämt sich der Leidenschaft, die immer noch in ihr wühlt, auch jetzt, in diesem Augenblick, obwohl drüben auf dem Friedhof Christians totes Mädchen liegt. Und Christian weiß nicht, was ihn mehr Kraft kostet, die Trauer um sein Kind oder das Ankämpfen gegen die wahnsinnige Sehnsucht, jetzt einfach zu Hemma hinüberzugehen, den Kopf an ihre Schulter zu legen, sie zu spüren, die Hände in ihrem Haar zu vergraben. Und neben ihm sitzt, hart und kalt, wie ein böser schwarzer Vogel, seine Frau, die ihr Leid, wenn sie es denn empfindet, nicht zeigen kann, genauso wenig wie in den letzten zwölf Monaten ihre Liebe zu ihm.

Als es Abend wird, schleicht sich Hemma davon, so früh es der Anstand erlaubt. Doch dann, im Flur noch, greift jemand nach ihrer Hand. Christian ist ihr nachgekommen. »Ich halt's nicht mehr aus ohne dich«, sagt er, »weiß Gott, ich hab's versucht.«

»Christian, ich bitt dich, lass.« Sie will sich ihm entziehen, doch seine Finger schließen sich um ihre. »Bitte«, flüstert er, »bitte. Ich brauch dich. Komm am Sonntag nach der Kirche zur Höhle.« Er sieht sie flehentlich an, in seinem Blick liegen Liebe und Trauer und Elend.

Hemmas Herz krampft sich zusammen vor Mitleid, und gleichzeitig spürt sie wieder das alte Begehren. Heilige Muttergottes, hilf. »Ich kann nicht«, stöhnt sie. »Ich kann doch nicht.« Dann reißt sie sich los und läuft zur Tür.

»Ich wart auf dich«, ruft er ihr nach.

Er wartet lange. Bis Mittag ringt Hemma mit sich und ihrem letzten bisschen Vernunft. Dann rennt sie wie von Furien gejagt aus Odas Hütte. Als sie zum Höhleneingang aufsteigt, kommt ihr Christian schon entgegen. All die zurückgehaltene Leidenschaft bricht sich Bahn, die lange Zeit der Entbehrung, es ist wie ein Rausch. Sie lassen sich gleich dort ins Laub fallen, wo sie aufeinandertreffen. »Wir sind verrückt«, flüstert Hemma und stöhnt auf, als er ihre Röcke hochschiebt und dabei ihre Schenkel berührt. Er nimmt sich nicht die Zeit, das Mieder aufzunesteln, mit zitternden Fingern zerreißt er die Bänder, vergräbt das Gesicht zwischen ihren Brüsten. »Wir waren verrückt, voneinander zu lassen«, keucht er. Und dann ist er schon auf ihr und in ihr, und nichts ist mehr wichtig außer dem Rhythmus, den ihre Körper finden. Wild und verzweifelt lieben sie sich, und würde der Himmel in diesem Augenblick einstürzen über ihnen, es wäre ihnen doch ganz gleich. Hinterher liegen sie erschöpft und eng umschlungen auf ihrem Bett aus Blättern.

Drei Wochen geht es gut. Dann entdeckt Bertrada rote Haare auf Christians Hemd. Und sie tut, was sie damals geschworen hat. In aller Herrgottsfrühe stiehlt sie sich aus dem Ehebett und macht sich auf den Weg zu Albrecht von Neideck.

Das Strafgericht Gottes bricht über das kleine Dorf und seine ahnungslosen Bewohner herein, so unvermutet wie ein Sommergewitter. Es ist der Gallustag, der 16. Oktober. Christian wacht auf und findet das Bett neben sich leer. Der Schreck fährt ihm in alle Glieder. Er weiß, was das zu bedeuten hat. Und als er aus dem

Fenster blickt, sieht er schon den Trupp Reiter, der von der Burg Neideck her auf die kleine Furt in der Wiesent zugaloppiert. Die Bluthunde des Lehnsherrn! Ohne auch nur einen Augenblick Zeit zu verlieren, stürmt er barfuß und nur mit seinem Hemd bekleidet zur Hütte im Wald. »Hemma!«, schreit er, seine Stimme überschlägt sich. »Versteck dich! Lauf zur Höhle, schnell!«

Dann ist er schon wieder fort. Er muss gar nicht erklären, was los ist, Hemma weiß es auch so. »Oda«, ruft sie und rüttelt die Alte aus dem Schlaf. »Oda, steh auf, wir müssen weg!«

Oda versucht, aus dem Bett zu kommen, aber es gelingt ihr nicht. »Lass mich, Kind«, wehrt sie ab. »Ich schaff's nicht.«

»Ich geh nicht ohne dich!«, schreit Hemma.

Oda nimmt ihre Hand. »Du musst. Mit mir kommst du nirgends hin. Ich bin alt, der Tod wartet schon zu lang vor meiner Bettstatt. Aber du, du sollst leben. Geh.«

Die Tränen laufen über Hemmas Wangen. Aber sie hört schon die Rufe der Schergen. Da reißt sie sich los und flüchtet durch den Wald.

Den ganzen Tag harrt sie in der Höhle aus, horcht auf die Geräusche von draußen, gepackt von der blanken Angst, der Neidecker könnte sie finden. Erst eine Stunde vor Sonnenuntergang wagt sie sich wieder ins Freie. Die Angst um Christian, Oda und die anderen hat sie fast umgebracht. Nun nähert sie sich vorsichtig der kleinen Hütte, die ihr so lang eine Heimat war.

Vor der Tür findet sie in einer Blutlache Kaspar, den Hund. Er ist tot, ein Messer hat ihm den Bauch aufgerissen, schwarzblaues Gedärm quillt aus der Wunde. Und drinnen, o Heiland – auf dem gestampften Lehmboden liegt reglos und mit zerfetztem Gewand Oda. Ihr graues Haar ist wirr und blutverkrustet, die Glieder merkwürdig verkrümmt, die Augen blind und trüb. Sie haben die Greisin aus ihrem Bett gerissen und erschlagen wie ein Tier.

Hemma kann nicht weinen. Noch nicht. Sie nimmt sich nicht die Zeit, Odas Leiche herzurichten. Sie muss wissen, was in Streitberg geschehen ist.

Schon von weitem sieht sie den Feuerschein. Das halbe Dorf

brennt. Es riecht nach Rauch und nach Tod. Kinder wimmern, Frauen weinen. Ein paar Männer tragen verstümmelte Leichen vor die Kirche, Verletzte kauern stöhnend vor ihren zerstörten Hütten. Manche versuchen noch, aus den Flammen zu retten, was zu retten ist. Hühner flattern verstört herum, einer der Dorfköter leckt gierig das Blut seines Herrn auf. Unter der großen Linde liegt, entsetzlich, eine blutige Masse. Vater Udalrich breitet ein Laken über den Körper. »Der Farenbacher«, sagt er tonlos. »Er hat sich ihm entgegengestellt. Da hat er ihn von seinen Jagdhunden zerfleischen lassen, dieser Teufel.« Dann schluchzt er auf und hebt die Hände zum Himmel. »Gott, wo warst du?«

Hemma sinkt neben dem Leichnam auf die Knie. Ihr ist, als ob alle Kraft aus ihrem Körper gewichen sei. Und sie weiß, dass dies alles ihre Schuld ist. Sie ist der Grund für das furchtbare Strafgericht des Neideckers, für Tod und Verderben. Alles, alles hat sie falsch gemacht. Sie will nicht mehr. Am liebsten möchte sie auch tot sein.

Da spürt sie einen stechenden Schmerz an ihrer Schulter. Ein Stein hat sie getroffen. Hinter ihr steht wie ein Racheengel die Tochter des Farenbachers, den Arm noch erhoben. »Du«, schreit sie heiser, »du bist an allem schuld! Ich hab's immer gewusst, dass das ein böses Ende nimmt! Ja, schau dich nur um, verfluchtes Weib! Schau, was du auf dein Gewissen geladen hast!«

Ein zweiter Stein fliegt. Die Grete vom Stempferhof hat ihn geworfen. Ein dritter Stein, ein vierter. Die Frauen des Dorfs haben sich gegen sie zusammengerottet. Hass treibt sie an, und Hemma kann sie verstehen. Sie rappelt sich auf. Hände zerren an ihren Kleidern, an ihren Haaren. Sie reißt sich los, taumelt fort von der wütenden Menge. Verzweiflung packt sie. Nur eines muss sie noch wissen: Was ist mit Christian?

Auch die Wiesmühle ist von den Schergen des Neideckers nicht verschont worden, obwohl Bertrada sich ausbedungen hat, dass sie unversehrt bleibt. Hemma sieht, dass die Überreste der großen Scheune noch glimmen, ein paar Knechte haben eine Kette zum Flussufer gebildet und schütten eimerweise Wiesentwasser auf die

Brandstatt. Wenigstens haben sie die Mühle selber retten können. Mitten auf dem Hof sitzt die Müllerin mit ihrem Mann, sie können ihr Unglück nicht fassen. Bertrada steht am Schweinestall und ringt stumm die Hände. Und da endlich, beim Mühlrad, ist Christian, dem Herrn sei Dank!

Auch er sieht sie, und ihm fällt ein Stein vom Herzen. Sie lebt! Er gibt ihr ein heimliches Zeichen, zum Fluss hinunterzugehen.

»Jetzt ist alles aus«, sagt sie später zu ihm, als sie am Ufer sitzen und zusehen, wie die Sonne über den Felsen untergeht.

Er nickt, ringt um Worte. Denn eines ist klar: Nach allem, was geschehen ist, kann Hemma nicht mehr bleiben. »Der Neidecker hat angekündigt, dass er morgen wiederkommt«, sagt er schließlich. »Der Mensch ist wahnsinnig. Du musst sofort los. Wir haben fast Vollmond, du findest deinen Weg auch in der Nacht.«

»Ich habe keine Kraft mehr«, flüstert Hemma. »Soll mich der Mörder doch holen. Ich verdien es nicht, am Leben zu sein, nach allem, was geschehen ist.«

»Wenn du stirbst, hilft das niemandem«, entgegnet Christian in beschwörendem Tonfall. »Aber wenn du deinen Bruder findest und er seine Unschuld beweist und dem Neidecker die Herrschaft abnimmt, kannst du alles wieder gutmachen. Und vielleicht gibt es dann auch eine Zukunft für uns, irgendwann.«

Sie ist so müde. Und dennoch. Er hat recht, denkt Hemma. Das bin ich den Streitbergern schuldig.

Plötzlich raschelt es im Gras, beide fahren hoch. Aber es ist nur Vater Udalrich, dem Himmel sein Dank. »Ich dachte mir, dass ich euch hier finden würde«, sagt er und hält Hemma einen verschnürten Lederbeutel hin. »Die Münzen aus dem Silberschatz deiner Mutter, ich hab sie herausgeholt. Du wirst das Geld nötig haben.« Offensichtlich ist er zum gleichen Schluss gekommen wie Christian. »Beeil dich, Kind, und sei vorsichtig. Dort hinten hab ich das Ross vom Farenbacher angebunden, er braucht's wohl nicht mehr.«

Hemma atmet tief durch. Sie streicht Christian über die Wange, zu mehr hat sie nicht die Kraft. Dann steigt sie auf die braune Stute des Toten und reitet los. Wohin, weiß sie nicht, und sie weiß auch nicht, ob sie weit kommen wird. Aber sie muss es wenigstens versuchen.

Christian bleibt und leidet. Er kann Bertrada nicht verstoßen, denn sie steht unter dem Schutz Albrechts von Neideck. Sie ekelt ihn an. Ihre Versuche, ihn zu versöhnen und die Ehe weiterzuführen, sind widerlich. Er zieht aus der gemeinsamen Schlafkammer aus und schläft in einem Stübchen unterm Dach. Mechanisch tut er seine Arbeit, fängt an, die Scheune wiederaufzubauen. Er schleppt Mehlsäcke, scheffelt Korn, repariert das Mühlrad. Nichts macht ihm mehr Freude; mit Hemma ist alles Schöne aus seinem Leben verschwunden. Und dann steht, kaum zwei Wochen sind nach dem Überfall auf das Dorf vergangen, der Sohn des Neideckers vor ihm. Der junge Bernhard ist ein Nachzügler, kaum sechzehn Jahre alt. Ein braver Kerl, er hat so gar nichts von seinem Vater. Vor ein paar Monaten hat er den Ritterschlag erhalten, und er fiebert seinem ersten richtigen Kampf entgegen. Der Neidecker wollte ihn nicht mit dem Kaiser ins Heilige Land ziehen lassen, aber nach einem schlimmen Streit hat der Knabe im Zorn beschlossen, dem Ritterheer nachzureiten, auch ohne den väterlichen Segen. Heimlich hat er den Neideck'schen Streithengst gesattelt, Brustpanzer, Kettenhemd, Schwert und Schild auf ein Maultier gepackt und sich in aller Frühe aus der Burg gestohlen. Christian kennt Bernhard ganz gut, er hat ja früher auf der Streitburg oft im Stall ausgeholfen, und Bernhard hat sich als Kind ständig bei den Gäulen herumgetrieben.

»Ich ziehe nach Jerusalem«, sagt der Junge mit geschwellter Brust. »Und dafür brauch ich dein Pferd. Du bist der Einzige im Dorf, der noch eins hat. Ich geb dir meinen Goldring dafür.«

»Wieso braucht Ihr noch ein Pferd, junger Herr?«

»Für meinen Knappen.«

»Und wer ist Euer Knappe?«

Bernhard zuckt mit der Schulter. »Der Nächstbeste, den ich unterwegs anwerben kann.«

»Wie meint ihr das? Einfach irgendeiner?«

Der junge Neideck nickt. »Ein Ritter kann schließlich nicht alleine in den Krieg ziehen.«

Christian hört sein eigenes Blut in den Ohren rauschen. Hier tut sich vor ihm plötzlich eine Möglichkeit auf. Eine Möglichkeit zur Flucht aus seinem elenden Dasein. »Nehmt mich«, hört er sich sagen. Von diesem Augenblick an ist ihm alles andere gleichgültig. Er hat sich entschieden. Und wenn er im Krieg stirbt – er will fort, nur fort. Hier in der Mühle geht er doch nur vor die Hunde.

Der Sohn des Neideckers schaut ihn ungläubig an. »Du? Aber du hast Besitz, und Weib und Eltern!«

»Mich hält hier nichts«, entgegnet Christian, und das ist die reine Wahrheit. »Ich kann reiten und Pferde versorgen. Und eine Rüstung putzen werd ich wohl auch können.«

Bernhard überlegt nicht lang. Er grinst über beide Ohren. »Schlag ein«, sagt er und streckt Christian vom Sattel aus die Hand entgegen. »Und dann beeil dich. Mein Vater kommt morgen Abend von der Jagd aus Nankendorf zurück. Dann sollten wir besser schön weit weg sein.«

Keine Stunde später traben die beiden einträchtig nach Westen davon. Christian spürt immer noch die Verzweiflung in sich, die Düsternis. Er kann sich nur an die Hoffnung klammern, dass doch noch alles gut wird. Vielleicht hat sich alles verändert, wenn er irgendwann zurückkommt. Vielleicht wartet dann Hemma auf ihn. Vielleicht.

25
Goslar, Oktober 1189
Konstanze

Ich bin schwanger. Seit zwei Wochen hoffe ich es, jetzt bin ich sicher. Noch habe ich es niemandem erzählt, nur Tommasina und Laila wissen Bescheid. Und Gottfried, der Schreiber. Er hat letzten Sonntag nach der Morgenmesse gesehen, wie ich unwillkürlich die Hand auf meinen Bauch legte, als ich vor einer Spinne erschrak. Im selben Augenblick ist er vor mir auf die Knie gefallen und hat den Saum meines Gewandes geküsst. Ich habe ihn beschworen, nichts zu verraten, weil ich es Heinrich unbedingt selber erzählen wollte. Es sollte ihm Mut machen, denn er muss in den Krieg gegen die Welfen ziehen, die ihm seit jeher den Thron streitig machen, jetzt, da der Kaiser fort ist. Gestern, am Abend vor seinem Abritt, habe ich ihm die gute Nachricht überbracht, und er war überglücklich. Noch nie war er so freundlich zu mir. Er hat mich in die Arme genommen, mir die Stirn geküsst und mich so vorsichtig zu Bett gebracht, als sei ich aus Glas. Er ist kein schlechter Mensch. Vielleicht wendet sich doch noch alles zum Guten. Ein Kind kann so viel verändern …

Zunächst aber verändert es mich. Ich habe das Gefühl, alles an mir wird weicher. Meine Haut fühlt sich anders an. Mein Gang ist sanfter, meine Bewegungen sind behutsamer. Ich habe Zahnfleischbluten. Ich denke über die merkwürdigsten Dinge nach. Ich muss über vieles lachen und könnte doch im selben Augenblick in Tränen ausbrechen. Oft bin ich auch reizbar wie ein Skorpion. Und ich verspüre Gelüste nach Saurem und Süßem. Sogar der eingestampfte Weißkohl, den die Deutschen essen, erweckt meine Gier. Tommasina und Laila haben die reinste Freude an meinen seltsamen Anfällen, Speisen zu verschlingen, die ich vorher nie angerührt hätte. Sie sagen, ich werde dick wie ein Fass, wenn ich so weitermache. Alles was ich tue, bewachen sie mit Argusaugen. Gestern schließlich hat Tommá im Brustton der Überzeugung verkündet, es würde bestimmt ein Sohn, weil sie nachts von einer Schlange geträumt habe. Gott möge es gefallen, ihren Worten Wahrheit zu schenken.

Wenn es wirklich ein Sohn wird, soll er nicht so kalt und hart werden wie sein Vater. Ich werde ihm Philosophen als Lehrer holen, so wie ich es aus meiner Heimat kenne, weise Männer und Gelehrte. Er soll lernen, Menschen zu achten und andere Kulturen zu schätzen. Er soll lernen, gerecht zu sein und streng, nachsichtig und vorausschauend. In ihm soll sich das Gute der Hauteville und der Staufer vereinen, er soll ein König werden, den die Welt bewundert. Wird es aber ein Mädchen, werde ich ihr die Erziehung zukommen lassen, die auch mir zuteil wurde. Sie soll Sprachen lernen und Sternenkunde, Wissenschaften und Kunst. Ich werde sie lehren, wie man ein Land regiert. Und ich werde ihr zeigen, wie sich die arabischen Frauen kleiden, wie sie sich schminken und schön machen für ihre Liebsten. Verwöhnen werde ich sie wie eine Puppe.

Gott gib, dass dieses Kind in meinem Leib wächst und gedeiht.

26
Eger, Weihnachten 1190

»Wie geht es dir?« Schmutzig und durchfroren von dem langen Heimritt steht Heinrich vor ihr, Schneeflocken im Haar. Er hat sich nicht einmal die Zeit genommen, sich umzuziehen, er ist sofort zu ihr geeilt.

Sie umarmt ihn, auch wenn er die Welfen nicht endgültig besiegen konnte, ist sie doch glücklich über seine gesunde Rückkehr. »Uns geht es gut«, lacht sie.

Er dreht sie einmal um die eigene Achse. »Man sieht ja noch gar nichts.«

»Chianu chianu maturanu i sorvi, heißt es in meiner Heimat. Alles braucht seine Zeit. Wenn der Winter vorbei ist, werde ich einen Bauch haben wie eine Melone.«

Er grinst. »Ich werde meinem Vater Nachricht schicken. Er soll in Jerusalem am Heiligen Grab eine Kerze anzünden für seinen Enkel.«

»Nimm zuerst ein Bad, mein Ritter.« Scherzhaft zupft sie ihn am Bart. Schon will er die Kemenate verlassen, als die Tür aufgerissen wird und ein Mann in schwerem Umhang aus Wolfsfell in den Raum stürmt. Als er die Kapuze abstreift, erkennt das Königspaar Konrad von Urslingen, den Herzog von Spoleto. Er ist völlig erschöpft und durchgefroren. »Verzeiht meinen Aufzug und mein unangekündigtes Eintreten, Majestät«, wendet er sich an Heinrich,

»aber die Botschaft, die ich bringe, duldet keinen Aufschub. Ich bin selber gekommen, um Euch und Eure Gattin vom Tod König Wilhelms von Sizilien zu unterrichten.«

Ein kleiner Schrei dringt aus Konstanzes Kehle. Sie sinkt auf einen Scherenstuhl und verbirgt das Gesicht in den Händen. Heinrich dagegen lacht triumphierend auf und klopft dem Urslinger auf die Schulter. »Darauf hab ich gewartet, mein Freund. Jetzt gehört Sizilien mir!«

Ungläubig blickt Konstanze zu ihm hoch. Sie hat Wilhelm geliebt wie einen Bruder. Kann Heinrich in diesem Augenblick nicht wenigstens ihre Trauer achten? Und dann regt sich trotz allen Kummers auch ihr Stolz. »Ich bin die Erbin Siziliens«, braust sie auf, »nicht du. Du redest, als gehörte mein Land dir.« Wütend ballt sie die Fäuste.

Schon will Heinrich etwas erwidern, aber Konrad von Urslingen beugt sich vor und legt ihm die Hand auf den Arm. »Ich muss noch mehr berichten, Herr, leider. Die sizilianischen Großen haben Tankred von Lecce zum König gewählt. Er sitzt längst im Palast von Palermo; es heißt, der Papst sei einverstanden mit seiner Krönung im Januar.«

Heinrich stößt einen Wutschrei aus. Konstanze spürt blankes Entsetzen. Die Barone haben ihr Treue geschworen – wie konnten sie ihr Wort brechen!

»Wer ist dieser Hund, Tankred?«, fragt Heinrich sie.

Sie muss sich erst eine Weile sammeln, bevor sie antworten kann. »Er ist ein Bastard meines verstorbenen älteren Bruders. Mein illegitimer Neffe also. Ich kenne ihn gut. Ein ehrgeiziger Mensch, der stets unter dem Makel seiner unehelichen Geburt gelitten hat. Hinter seinem hässlichen Äußeren – er ist verwachsen und beinah ein Zwerg – verbirgt sich ein kluger Kopf. Mein Gott! Der Kopf eines Verräters! Auch er hat mich damals als Erbin der Krone anerkannt. Immer habe ich ihm vertraut.« Konstanze möchte am liebsten schreien vor Wut. Es ist ihr Land! Ihre Krone! Ihr Volk!

Heinrich schleudert den Becher Wein, den er in der Hand gehalten hat, zornig zu Boden. Dann schickt er den Herzog von

Spoleto hinaus. »Holt mir den Reichskanzler und die Ritter zusammen, Herr Konrad«, presst er zwischen den Zähnen hervor. »Das gibt Krieg. Diese Missgeburt aus Lecce wird noch den Tag verfluchen, an dem sie geboren wurde.«

Konstanze ist schockiert, wütend, todtraurig und durcheinander. Ein Krieg, das ist ihr eine zu schnelle Entscheidung. Sie will ihre Heimat nicht verwüstet sehen. »Lass mich zuerst an Tankred schreiben, bevor du den Heerbann einberufst. Vielleicht kann ich ihn überzeugen, ihn mit Land oder Geld abfinden.«

Heinrich lächelt milde. »Du kümmere dich um dein Kind, meine Liebe. Überlass solche Dinge uns Männern, wir wissen damit umzugehen. Du wirst sehen, ich hole mir die Krone Siziliens im Handumdrehen zurück.«

Konstanze versteift sich. »Noch einmal, Heinrich: Es ist meine Krone, nicht deine. Vergiss das nie.«

Ihm liegt eine böse Erwiderung auf der Zunge, dann überlegt er es sich anders. »Wir wollen uns nicht streiten, Konstanze. Jetzt geht es erst einmal darum, Tankred die Herrschaft zu entreißen. Das willst du doch auch, nicht wahr?«

»Du hast recht.« Sie nickt. »Trotzdem werde ich den Brief schreiben, jetzt gleich.«

Eine Stunde später sitzt Gottfried bei der Königin vor dem Kaminfeuer auf dem Boden, das Schreibzeug auf einem niedrigen Tischchen vor sich. Langsam und überlegt diktiert sie, was sie Tankred zu sagen hat.

Costanza d'Altavilla, Königin von Sicilien und des Heyligen Römischen Reiches teutscher Nation, beginnt der Brief, *an den ehrloßen Menschen, der gegen sein Versprechen und alls Herkomen die Krone geraubt und beyde Sicilien ohne Recht und Anspruch an sich gerißen hat.*

Du hast geschworn, lässt sie ihm schreiben, *du hast geschworn, mir alß zukünftige Erbin des Reiches die Treu zu haltten, so wie es seyn soll. Seit jeher zählet die Geburt im Purpur mehr als illegitime Herkunfft. Ich bin die rechttmäßige Tochter Rogers, sein Fleysch und Blut. Alleyn ich hab als lezte Hauteville das Anrecht, zu herr-*

schen, vor den Augen Gotts und der Menschen. Du aber, Sproß aus unrechttem Beylager, bist durch das Fürstenthum Lecce über die Maßen großzügigk abgefunden worden, hast mehr Ehrn genoßen, als dir zustand. Dieß ist nun dein Danck! Nun aber nimb dich in Achtt, denn solchen Raub werden wir nimmer dulden. Das Heer deß Königks stehet bereitt, dir zu entreißen, was dir nit gehört. Bedencke wohl, Tancredi, was dann dein Schicksal seyn wirdt. Ich, deine Königin, sage dir: Laß ab von deinem schedlichen Thun, gib die Krone zurück! Gib mein Reich nit preiß an Zerstörungk und Todt. Siciliens Erde soll nit geträncket werden mit dem Bluthe Unschuldiger. Meiner Nachsichtt sollstu gewiß seyn, auch deyn Weib und die Kinder, deßgleichen die Barone, die dir anhengen. Lecce soll dir in Gots Namen erhaltten pleiben. Lenckest du aber nit ein, so soll meine Rache furchtbar seyn.

Der Brief endet mit: *Gegeben am Tagk Nativitate domini anno 1190. Konstanze.*

Gottfried soll alles bis zum nächsten Morgen ins Reine schreiben, auf das helle Lammpergament, das für königliche Urkunden und Briefe benutzt wird. Als er gegangen ist, fühlt sie sich schwach und erschöpft. Sie lässt sich von Laila mit der Kohlenpfanne die Laken anwärmen und geht zu Bett. Trotz ihrer Müdigkeit kann sie lange nicht einschlafen, sie denkt an Wilhelm, der jetzt tot und kalt in seinem Sarkophag liegt inmitten der überschäumenden Pracht von Monreale, des Doms, den er selber hat bauen lassen. Konstanze weiß, dass er noch vor ihrem Weggang im Bewusstsein des sicheren Todes ein lateinisches Klagelied komponiert hat, das man zur Feier seiner Bestattung einst in allen Kirchen der Stadt singen sollte; nur bruchstückhaft erinnert sie den Text: »Ihr edlen Matronen und löblichen Jungfrauen, seid nun in Tränen … Verödet liegt das Königreich … König Wilhelm ist fortgegangen, nicht gestorben, jener glanzvolle Herrscher, der Friedensbringer, dessen Leben lieb war Gott und den Menschen …«

Sie weint. Sie stellt sich vor, wie Tankred, der Bastard, triumphierend in Palermo einzieht, wie er den Thron entweiht, indem er dort Platz nimmt, wo nun sie sitzen sollte. Sie hat Angst um

Sizilien, Angst vor dem Krieg, denn sie weiß: Tankred wird nicht nachgeben. Tommasina bringt ihr einen Becher verdünnten Mohnsaft, und schließlich fällt sie in einen unruhigen Schlaf.

Sie erwacht mitten in den dunkelsten Stunden der Nacht. Ein Talglicht brennt auf dem Fenstersims, um die Finsternis zu brechen. In ihrem Unterleib sticht und wühlt es. Panik befällt sie wie ein Tier. Zwischen ihren Schenkeln ist es nass, auf dem Laken hat sich ein Blutfleck gebildet. »Tommá, o Gott, Tommá!« Ihre Stimme überschlägt sich, als sie blind vor Schmerz und Verzweiflung aus dem Bett flüchtet. Das Blut läuft ihr die Beine hinunter, sie schreit und schreit, krümmt sich zusammen, fällt auf die Knie. Tommasina ist da, wiegt sie in den Armen, ruft »Santamaria!«. Konstanze schluchzt. Sie weiß, dass es vorbei ist.

Stumm und leichenblass sitzt sie am Morgen im Lehnstuhl, den Fuchspelz über den Knien, und setzt mit großen, schrägen Buchstaben ihren Namen unter den Brief, den Gottfried ihr hinhält. Das Schreiben muss schnellstens in den Süden, damit Tankred noch Gelegenheit hat einzulenken, bevor sich das Heer in Bewegung setzt. Der Schmerz um ein verlorenes Kind darf eine Königin nicht von ihren Pflichten abhalten. Kaum ist Gottfried gegangen, stürmt Heinrich zu ihr ins Zimmer. »Ist es wahr?«, fragt er.

Sie nickt, Tränen in den Augen. »Es tut mir so leid.«

Heinrichs Kiefer mahlen, er presst die Lippen zu einem dünnen Strich zusammen, ballt die Fäuste. Dann wendet er sich abrupt zum Gehen. Vor der Tür dreht er sich noch einmal um; sein kalter Blick lässt sie frieren. »Auf euch Sizilianer ist einfach kein Verlass«, sagt er.

Dann ist er fort.

Sie schließt die Augen. Ihr Kind ist tot. Wie soll sie weiterleben?

27
Auf dem Weg ins Heilige Land, Herbst 1189 bis Juni 1190

Schon in den ersten Tagen wird Christian klar, warum der Neidecker seinen Sohn nicht gehen lassen wollte. Der Junge ist ein Kindskopf. Nichts nimmt er ernst, für ihn ist die Welt ein herrlicher Witz und das Leben ein Spiel, an dem er Spaß haben will. Er macht sich keine Gedanken, plant nichts im Voraus, es wird schon gutgehen, und morgen ist immer auch noch ein Tag. So einer taugt nicht für den Krieg. Wie unüberlegt er handelt, sieht man allein schon daran, dass er zwar Harnisch, Schwert und Schild mitgenommen, den Helm aber daheim vergessen hat. Also müssen sie zuallererst nach Nürnberg, um bei den dortigen Waffenschmieden – den besten im ganzen Reich – einen Kopfschutz zu kaufen. Nur wovon? Bernhard hat zwar ein paar Münzen dabei, aber davon geht schon ein guter Teil drauf, um für Christian zu Forchheim einen Sattel zu kaufen, er kann die weite Reise unmöglich ohne ordentliche Reitausrüstung machen. Der breitärschige braune Wallach, der bisher nur unter dem Kummet oder dem Packgestell gegangen ist, behält Gott sei Dank die Nerven, und Christian kommt sich vor wie ein Herr, als er, die Füße bis zum Knöchel in den Steigbügeln, hinter seinem Ritter auf Nürnberg zutrabt.

Beide reiten staunend durch die Gassen der großen Stadt. Ein Häusermeer, so weit das Auge reicht! Und die mächtige Burg! »Dagegen sind ja Streitberg und die Neideck wie Spielzeug«, meint Christian beeindruckt. »Ei, die gehören ja auch bloß meinem Alten und nicht dem Kaiser«, erwidert Bernhard und grinst.

Sie suchen Meister Emicho auf, den Waffenschmied, der schon vor einem Jahr Bernhards Rüstung gearbeitet hat, und der junge Neidecker lässt sich auf die Schnelle einen Helm anpassen. Er beschwatzt den gutgläubigen alten Mann, ihm das Teil ohne Bezahlung zu überlassen, sein Vater käme in zwei Tagen mit einem weiteren Auftrag nach und würde dann die Rechnung begleichen. Dann beeilen sie sich, aus der Stadt zu kommen, bevor ihnen der

Meister auf die Schliche kommt. Angst vor einer Verfolgung durch den Neidecker haben sie da längst nicht mehr. Wenn er sie bis jetzt nicht eingeholt hat, dann kommt er auch nicht.

Bis Regensburg zieht sich die Reise unschön dahin, weil es eine Woche fast ununterbrochen regnet und die Straße nichts als eine breite Matschtrasse ist. Die Pferde versinken oft bis über die Knöchel, man kommt kaum vorwärts. Wenigstens ist es nicht kalt, denn an Decken oder gar ein Zelt hat Bernhard natürlich nicht gedacht. Nachts schlafen sie in irgendwelchen Scheunen oder Schuppen. Christian ist alles recht. Er verschwendet keinen Gedanken an daheim, nur Hemma geht ihm nicht aus dem Kopf. Wo sie wohl jetzt sein mag? Bestimmt sucht sie ihren Bruder, der in der Hofkanzlei arbeitet. Nur wo ist der Hof? Christian hat Sehnsucht. Vielleicht treffen wir ja nach dem Kreuzzug wieder zusammen, wenn der Kaiser mit seinen Rittern siegreich zurückkehrt und mit seinem Sohn Hof hält, denkt er. An diese Hoffnung klammert er sich, und er lässt auch zu, das ihn das viele Neue auf seinem Weg ablenkt. Dass er nun die Welt zu sehen bekommt – hätte das je einer gedacht? Wer von seiner Familie oder seinen Freunden ist denn schon jemals über das Wiesenttal hinausgekommen? Hat solch eine unglaubliche Brücke aus Stein gesehen wie die, die zu Regensburg über die Donau führt? In der uralten Römerstadt kaufen sie weißes Tuch, und Bernhard mit seinem unwiderstehlichen Lächeln überredet eine junge Schankmagd, ihnen daraus ein weißes Kreuz auf ihre Umhänge zu heften.

Ab diesem Augenblick wird die Reise leichter. Kreuzfahrern gibt jeder gern eine Unterkunft oder ein warmes Essen umsonst. Bis Klosterneuburg schlafen sie jede Nacht im Trockenen, meist bei Bauern, die sich dafür nichts als ein Gebet am Heiligen Grab wünschen, für die tote Mutter oder das kranke Kind. Abends unterhält Bernhard die ganze Familie mit fröhlichen Geschichten, und so manches Mal liegt er nachts nicht alleine im Stroh. Ja, er hat die Mädchen entdeckt, unterwegs, und er nimmt sie sich genauso gedankenlos und unbedacht wie alles andere. Kurz vor Mesenburg wird er von einem Wirt überrascht, mit dessen jüngster Tochter er sich in der Vorratskammer vergnügt. Daraufhin flüchten sie mit knapper Not aus der Wirtschaft, und sie müssen die Beine in die Hand nehmen, um ohne Prügel aus der Stadt zu kommen. Hinterher liegen sie irgendwo im Gras und lachen. Trotz all dieser Dummheiten – Christian gewinnt den stürmischen jungen Rittersspross immer lieber, er fühlt sich längst wie ein älterer Bruder und wacht über ihn, so gut es denn geht.

Schließlich erreichen sie Gran im Ungarland. Eine seltsame, weiche Sprache redet man dort, mit vielen ö's und ü's. Das Glück ist ihnen hold: Am Donaukai treffen sie zufällig auf einen Schiffer aus Regensburg, der seine Ware – Drahtrollen und Eisenplatten – donauabwärts bringt. Zwei Kreuzfahrer sind ihm als Gäste immer willkommen; erstens tut er mit ihrer Beförderung ein gottgefälliges Werk, und zweitens geben sie ihm und seiner Ladung Schutz. Also geht es gemütlich auf dem Fluss bis nach Branitschewo; nur einmal, bei den Stromschnellen oberhalb von Belgrad, wird es gefährlich, aber der erfahrene Schiffer überwindet die Schwierigkeiten sicher.

Und dann, endlich, nach Monaten, erreichen die beiden Adrianopel. Eine Zeltstadt erstreckt sich vor den Mauern der Stadt, wie sie die Welt noch nicht gesehen hat. Die Mönche, die sich unter den kaiserlichen Schreibern befinden, halten fest, dass es Hunderttausend sind, die ins Heilige Land ziehen. Eine Übertreibung; in Wahrheit sind es weniger. Wohl zwanzigtausend Mann haben sich Barbarossa angeschlossen, Ritter mit Knappen und Dienern, Fußvolk, Räuber, Sünder und Verbrecher, die sich Absolution erhoffen, dazu Wäscherinnen, Huren, Marketender. Der Kaiser wird außerdem begleitet vom Reichskanzler, neun Bischöfen, drei Markgrafen, an die dreißig Grafen. Ohne größere Schwierigkeiten sind sie bis Konstantinopel gekommen, wo man erfährt, dass Kaiser Isaak dem Kreuzzugsheer entgegen seiner früheren Zusage den Durchzug verweigern will. Notgedrungen hat Barbarossa angeordnet, bei Adrianopel zu überwintern – zum Glück für die beiden Nachzügler, die hier endlich im Dezember des Jahres 1189 ihr Ziel erreichen. Mit großen Augen stehen sie vor des Kaisers Unterkunft, einem riesigen runden Prunkzelt in Scharlachrot mit goldenen Fransen und Posamenten, das ihm die Königin von Ungarn auf seiner Durchreise geschenkt hat. Und noch mehr Glück: Sie sehen ihn tatsächlich, den legendären Rotbart, als er gerade sein Zelt verlässt, um die kaiserliche Privatlatrine aufzusuchen. Selbst auf dem Weg dorthin macht der alte Barbarossa eine solch glorreiche Figur, wirkt so erhaben, dass die beiden von ihren Rössern springen und im Matsch auf die Knie sinken. Er bemerkt sie gar nicht, aber allein sein Anblick ist ihnen Lohn genug für die lange Reise.

Sie werden dem Kontingent Konrads von Lützelburg zugeordnet, weil es dort ein paar Ausfälle gegeben hat. Zäh vergeht der Winter. Die beiden Kaiser verhandeln, und schließlich gelingt es dem Rotbart unter Einsatz militärischer Drohungen, Isaak zum Einlenken zu bewegen. Im Februar 1190 kann er endlich sein Heer über den Hellespont führen. Ab jetzt bewegen sie sich im Feindesland.

Bernhard und Christian reiten immer in der Nähe des Kaisers, denn ihr Befehlshaber, der Lützelhart, ist einer der wichtigsten Heerführer und immer ganz vorne mit dabei. So erleben sie zumindest von Ferne den Zornesausbruch des Kaisers mit, als dieser erfährt, dass Kilidj Arslan, der Sultan von Konya, Oberster aller Seldschuken, eine Armee aufgestellt hat, entgegen den Friedensbeteuerungen und Versprechungen, die er im Vorfeld gemacht hat. »Jetzt geht's endlich los«, freut sich Bernhard, der seinem ersten wirklichen Kampf entgegenfiebert. »Freu dich bloß nicht zu früh«, sagt Christian und runzelt die Stirn. Er kann auf das Fechten gern verzichten. Eigentlich wollte er bloß fort von daheim, das hat er ja nun. »Feigling«, lacht Bernhard, »wirst schon sehen, wie viel Spaß es macht, den Heiden eins aufs Haupt zu geben!« Heiliger Bimbam, denkt Christian, der Kleine wird einfach nicht gescheiter.

Aber die gute Laune verliert der Kleine schon bald. Man marschiert nun also auf die Hauptstadt der Seldschuken zu. Da sind weder Dörfer noch Felder, weder Mensch noch Tier. Der vereinbarte Proviant liegt nirgends bereit. Also kommt der Hunger, quälend und bohrend. Das Wasser wird knapp. Die Kreuzfahrer trinken aus Schlammtümpeln, mancher schlürft seinen eigenen Urin. Sie essen Gras und Baumrinde, Schlangen und Ratten, schließlich die eigenen Pferde. Auch Bernhards Zweitross ereilt dieses traurige Schicksal; es sichert ihm und seiner Einheit für ein paar weitere Tage das Überleben, aber trotz des bitteren Hungers bringen Bernhard und Christian das Fleisch kaum hinunter. »Man gewöhnt sich so an die Viecher«, seufzt Bernhard.

Jetzt muss Christian zu Fuß gehen, die Rüstung und das inzwischen erworbene Zelt wird auf seinen Braunen gepackt. Sie schleppen sich durch die Hitze des inzwischen hereingebrochenen Frühsommers, immer wieder angegriffen von Einheiten der Seldschuken. So viele sterben. Als sie endlich die Stadt Philomelium erreichen, ist diese menschenleer und ohne Essbares. Sie feiern ein trostloses Pfingsten; der Bischof von Würzburg zelebriert die Messe, und hinterher gibt es für alle eine Suppe aus gekochter Pferdehaut. Um diese Zeit sind noch sechshundert Ritter übrig.

Und diese sechshundert erreichen endlich Konya. Hinter seinen Mauern verbirgt sich nicht nur der verräterische Sultan, sondern auch der Proviant, den man braucht, um am Leben zu bleiben.

Das Wunder geschieht. Bernhard und Christian können sich hinterher kaum erinnern, wie es dem Kreuzfahrerheer gelungen ist, die Stadt zu erobern, es kann nur der Mut der Verzweiflung gewesen sein oder das Eingreifen des Allmächtigen. Christian kämpft mit Knüppel und Messer, irgendwann entwindet er der Hand eines Toten ein türkisches Krummschwert, mit dem er unter den Feinden wütet. Und Bernhard bekommt nun endlich seinen ersten wirklichen Kampf. Weil sie der Nachhut zugeordnet sind, kommen sie erst spät zum Eingreifen, das ist gut, viele der Gegner sind schon erschöpft. So auch der Heidenkerl im Lederwams und Spitzhelm, der nun gegen Bernhard anreitet. Der junge Neidecker galoppiert unter Schlachtgeheul auf den Seldschuken zu, schwingt wie verrückt das Schwert und erwischt ihn gleich beim ersten Anreiten am Hals. Ein Blutschwall schießt hervor, der Gegner stürzt. Und Bernhard, der stolze Sieger, ist wieder glücklicher Besitzer eines Zweitpferdes. Der Sieg ist perfekt.

Danach ist alles ganz einfach. Man frisst sich eine Woche lang voll, feiert und genießt den Triumph. Der feindliche Sultan wird großzügig begnadigt, muss aber Geiseln stellen. Der Proviant reicht jetzt mindestens bis nach Jerusalem, der Pferdebestand ist wieder so hoch wie beim Aufbruch. Wer soll das christliche Heer nun noch aufhalten? Zwischen Barbarossa und dem Heiligen Land liegen nur noch das kilikische Klein-Armenien, das den Kaiser freundlich empfängt, und dann ein paar Städte im Libanon, die allerdings schon in der Hand der Kreuzfahrer sind.

Und ein völlig unbekanntes Flüsschen namens Saleph.

Bernhard und Christian reiten einträchtig nebeneinanderher. Die Armee hat sich geteilt; die größere Hälfte kämpft sich auf Saumpfaden durch das Gebirge, ein schwierigerer, aber kürzerer Weg. Der Rest, geführt vom Kaiser selbst, zieht am Fluss entlang. Der von Lützelhart hat die Vorhut bereits ans andere Ufer geführt, nun warten sie auf den Haupttrupp mit dem Kaiser. Und dort kommen sie auch schon, Barbarossa auf seinem weißen Hengst weithin sichtbar voraus. Er galoppiert ans Ufer, winkt nach drüben und treibt sein Ross in die Fluten. Das Pferd muss schwimmen, aber die beiden gelangen sicher hinüber.

Die Vorhut hat bereits Feuer entfacht und ein Mittagsmahl vorbereitet: fetten Hammel, ein Geschenk des armenischen Königs Leon II., dazu ein Fass besten armenischen Weins. Der Kaiser setzt sich unter ein Sonnensegel, Bernhard als jüngster der Lützelhartschen Ritter genießt das Privileg, ihn und seine engsten Vertrauten zu bedienen.

»Reingehauen hat er wie verrückt«, erzählt er Christian später. »Die schönsten Stücke hab ich ihm vorgelegt, aus der Keule und dem Rücken. Und dazu Becher um Becher Wein, dazwischen eiskaltes Flusswasser. Und Melonen. Gescherzt hat er und gelacht, na ja, betrunken war er schon ein bisschen, aber da denkt doch niemand was Schlimmes! Dann steht er plötzlich auf und sagt, er schwitze wie ein Pferd. Er will jetzt ins Wasser. Majestät, sagt unser Herr Lützelhart, der Saleph ist saukalt, und fließt außerdem ganz schön schnell. Ha, sagt der Kaiser, kalt ist gut, ich brauch jetzt Abkühlung. Und schon stapft er ans Ufer, zieht das Hemd aus und springt ins Wasser. Alle sehen zu, wie er schwimmt, meiner Seel, ein paar machen Witzchen, und dann ist er auf einmal weg. Der taucht, denk ich. Wie wir Kinder in der Wiesent. Aber er kommt und kommt nicht mehr hoch. Bloß seine Hände sind noch einmal kurz über der Oberfläche, und dann nichts mehr. Wer kann schwimmen, brüllt der Erzbischof von Würzburg. Ich, ich, ich, ertönt es, und wir springen hinein in die Fluten. Ein Stück abwärts finden wir ihn und ziehen ihn ans Ufer. An den Beinen heben wir ihn hoch, damit das Wasser aus ihm herauslaufen kann, aber es kommt keins. Ich glaub, er war schon tot, bevor er untergegangen ist. Das war der Schlag, der Schlag hat ihn getroffen«, raunt einer. Alle sind wir entsetzt, keiner mag es glauben. Der Münzenberger hat angefangen zu heulen wie ein Hund.

Auch Christian ist erschüttert. »Da hat er nun so viel Hindernisse überwunden, so viele Schlachten geschlagen, das Heilige Land liegt frei vor ihm, und dann stirbt er so …« Er kämpft wie so viele andere mit den Tränen. Sie beobachten, wie sich abends am Feuer die bedeutendsten Anführer beraten, vor sich den mit einem Tuch abgedeckten Leichnam des Kaisers. Die Kunde dringt zu ihnen, dass man den Körper in Essig einlegen will, um ihn später in Jerusalem beizusetzen. Eine würdige Grabstätte fürwahr. Aber die viel wichtigere Frage ist doch die, die nun Christian stellt: »Herrgott im Himmel, Bernhard, wie soll es denn jetzt nur weitergehen?«

28
Lucca, Winter 1191

Das Städtchen liegt im Nebel, der vom Serchio aus über das ganze Flusstal gekrochen ist. König Heinrich hat Lucca, die Stadt der Seidenweber, als Zwischenstation für seinen Sizilienfeldzug gewählt, er kennt den Ort und seine Bürgerschaft gut und ist auch diesmal freundlich aufgenommen worden. Mit ihm ist Konstanze gezogen, still und unglücklich; die Fehlgeburt hat beide noch weiter auseinandergetrieben. Das Heer lagert außerhalb und wird bestens versorgt, der bisher milde Winter ist der Stimmung insgesamt zuträglich gewesen. Eigentlich hat der König viel früher aufbrechen wollen, aber der ständig schwelende Krieg mit den Welfen hat alles verzögert, und dann kam auch noch die Nachricht vom Tod Barbarossas, die für einige Unruhe im Reich sorgte. Jetzt endlich sind die Deutschen in Italien, und man ist sich des Erfolges sicher. Heinrich hat inzwischen neben der Eroberung Siziliens ein zweites, mindestens ebenso wichtiges Ziel: die Kaiserkrönung in Rom. Beide Vorhaben sind für den Papst wenig Anlass zur Freude.

Nicht zuletzt aus diesem Grund gehen am Morgen des Marcellitags zwei Männer außerhalb der Stadt am Ufer des Serchio spazieren.

»Seine Heiligkeit ist Euch für Eure zuletzt gesandten Nachrichten zu großem Dank verpflichtet, mein lieber Gottfried«, näselt Luca Valdini, der gerade unter einem üblen Schnupfen leidet. »Vor allem die Botschaften von der königlichen Fehlgeburt und die vom Aufbruch des staufischen Heeres nach Italien kamen äußerst gelegen.«

Gottfried nickt. Er hat ein schlechtes Gewissen wegen seiner Spähertätigkeiten am Hof, aber er hat sich auch noch nicht durchringen können, seinen einst geleisteten Schwur zu brechen. Dass er von Konstanzes Schwangerschaft und schließlich dem Abortus berichten musste, ist ihm wie Verrat an ihrer Freundschaft vorgekommen, aber natürlich war dies für den Papst und seine Sizilienpolitik von hoher Bedeutung. Seitdem hat er der Königin kaum in die Augen schauen können.

Valdini ist es durchaus nicht entgangen, dass sich die Miene seines Gegenübers verfinstert hat, aber er spricht ungerührt weiter. »Dem Herrn Papst ist überaus daran gelegen, dass der Staufer keine Erben hat«, meint er und tupft sich ein Tröpfchen von der Nase. »Er hat doch tatsächlich, was sonst gar nicht seine Art ist, ein Glas sizilianischen Malvasier auf die Enttäuschung des Königs getrunken.«

Gottfried schüttelt angewidert den Kopf. »Die Abneigung des

Heilgen Vaters muss groß sein, wenn er sich so am Unglück des Gegners weidet. Was ist es eigentlich, Padre Valdini, das die heutige Feindschaft zwischen dem Papst und dem deutschen Kaiser oder König so unversöhnlich macht?«

Valdini lächelt. »Das ist eine lange Geschichte, mein Freund. Zum einen ist da das Ziel eines universellen, weltbeherrschenden Kaisertums, das die Staufer sich gesetzt haben. Der Papst hat in diesem Plan nur einen untergeordneten Platz, das kann er nicht hinnehmen. Zum anderen ist der Streit darüber, wer nun in der Rangordnung über wem steht, nie wirklich gelöst worden. Dabei ist es doch ganz einfach: Der Heilige Vater als Stellvertreter Gottes steht naturgemäß über jedem weltlichen Herrscher. Wir sehen es so: Das Kaisertum ist ein göttliches Lehen, das der Papst vergibt. Denn von wem hat denn der Kaiser die Krone, wenn nicht vom Papst? Und dann kommen dazu noch jüngere Geschehnisse.« Valdini gerät ins Erzählen, es bereitet ihm sichtlich Vergnügen. »Gehen wir zurück ins Jahr 1159. Es ist Papstwahl, Hadrian IV. ist gestorben. Anfang September tritt das Konklave hinter dem Hauptaltar der Basilika Sankt Peter zusammen. Kurze Zeit später haben alle Kardinäle bis auf drei ihre Stimme Herrn Roland von Siena gegeben. Man bringt den Papstumhang, und Roland beugt, nachdem er, wie es die Sitte verlangt, erst kurz abgewehrt hat, den Kopf, um hineinzuschlüpfen. In diesem Augenblick springt Kardinal Oktavian dazwischen, reißt das Gewand an sich und versucht es anzuziehen. In der folgenden Rauferei verliert er es wieder, doch sein Kaplan – der Schachzug ist also schon vorbereitet worden – bringt sofort ein neues zum Vorschein. Oktavian zieht es hastig an, unglücklicherweise mit der Rückseite nach vorn. Ein kaum glaubliches Durcheinander folgt. Oktavian entwindet sich den Anhängern des rechtmäßig gewählten Roland, die ihm den Umhang entreißen wollen, die Fransen wickeln sich beim Versuch, ihn richtig herum zu drehen, um seinen Hals. Er springt nach dem päpstlichen Thron und erklärt sich zum Papst Victor IV. Dann stürmt er durch die Peterskirche, bis er eine Schar niederer Geistlicher trifft, die er auffordert, ihm ihre Zustimmung zu geben, was sie auch eiligst tun, nachdem gleichzeitig die Türen aufspringen und eine Bande bewaffneter Halsabschneider hereinströmt. Der rechtmäßige Papst und seine Anhänger sehen sich gezwungen, vor der Gewalt in den Turm von Sankt Peter zu flüchten. Unterdessen wird Oktavian, mit den Banditen als Zuschauern, inthronisiert und im Triumph zum Lateran geleitet, nachdem er vorher seine Kleider in Ordnung gebracht hat.«

Gottfried ist entsetzt. »Mein Gott. Das ist würdelos.«

»Ganz recht«, erwidert Valdini. »Und all dies hat stattgefunden mit Unterstützung des Kaisers Barbarossa! Der nämlich erkennt Oktavian sofort an. Allerdings hat er die Rechnung ohne die Römer gemacht, die nun den rechtmäßig gewählten Roland unterstützen. Dieser empfängt ebenfalls die Weihen und nennt sich fortan Papst Alexander III. Daraufhin stellen sich alle Herren Europas auf dessen Seite. Der englische König Heinrich zum Beispiel fasst Briefe des sogenannten Papstes Victor nicht an, sondern nimmt sie mit einem Stück Holz und wirft sie so weit er kann hinter sich. So wie er denken alle gottgefälligen Monarchen der Christenheit. Nur der Kaiser bleibt verstockt. Als Victor IV. fünf Jahre später stirbt, lässt Barbarossa sofort einen weiteren Gegenpapst wählen, Paschalis III., und danach noch einen, der Herr möge sie alle in der Hölle schmoren lassen. Erst als ihm das Wasser in Italien bis zum Hals steht und er den Krieg gegen den Lombardischen Bund verloren hat, lenkt der Kaiser ein und erkennt Alexander an. Seitdem gilt der Staufer allen rechtmäßigen Päpsten als Feind. Gott hat nicht einmal gewollt, dass er sich durch die Eroberung des Heiligen Grabes von seiner Schuld und seiner Hoffahrt reinigt, denn er hat ihn vorher im Saleph ertrinken lassen.«

»Aber kann es denn keine Versöhnung geben?«, fragt Gottfried. »Barbarossa ist schließlich, wie Ihr richtig erwähntet, inzwischen tot.«

»Aber sein Sohn Heinrich betreibt, genau wie er, eine Politik, die dem Papst schadet, ja, den Kirchenstaat zerstören will.«

»Zerstören? Ist das nicht übertrieben?«

»Wie wollt Ihr das sonst nennen, wenn der Staufer sich nun Sizilien erobern will? Sizilien reicht im Süden bis an das Patrimonium Petri heran, das staufische Reichsitalien im Norden. Eine solche

Umklammerung würde dem Staat Christi jede Lebensfähigkeit rauben. Kein Papst hätte angesichts dieser Bedrohung – die ja auch militärischer Natur sein kann, wenn der Staufer will – noch Handlungsfreiheit. Der Stellvertreter Gottes auf Erden wäre eine Gliederpuppe, an deren Strängen der König oder Kaiser zieht. Das muss verhindert werden, um jeden Preis.«

»Und dafür braucht Ihr mich«, schlussfolgert Gottfried.

Valdini schlägt ihm auf die Schulter. »Und zwar dringender denn je, mein Freund.«

»Wie wollt Ihr Euch später halten in den Verhandlungen mit dem König?« Gottfried weiß von dem geplanten Zusammentreffen, er soll Protokoll führen.

Valdini lacht. »Ich habe den Auftrag, eine harte Gangart einzuschlagen, was ich mit Freuden tun werde. Der König soll ruhig wissen, woran er ist.«

Gottfried gefällt das nicht. Nachdenklich verabschiedet er sich von Valdini, und beide begeben sich auf getrennten Wegen zurück nach Lucca.

Noch am selben Tag sitzt Gottfried mit seinem Schreibzeug auf den Knien im Palazzo des Gonfalionere, in dem sich das Königspaar einquartiert hat. Das Empfangszimmer wird von einem Kaminfeuer und etlichen Kohlebecken notdürftig erwärmt. Heinrich sitzt auf einer Art Thron, hinter sich an der Wand das Bild des Schutzpatrons von Lucca, San Paolino. Neben ihm stehen der Kanzler und einige wichtige Adelige. Gleich wird es zu einem bedeutsamen Gespräch kommen – es geht um die Kaiserkrönung. Die zweiflügelige Tür öffnet sich, und herein kommt die Gesandtschaft des Papstes, angeführt von Luca Valdini.

Der Padre ist ganz in Schwarz gekleidet, was ihm ausnehmend gut steht. Es unterstreicht seine vornehme Blässe und lässt ihn größer und schlanker erscheinen, als er ohnehin schon ist. Sein Haar ist frisch gestutzt, die Hände, mit denen er gerne gestikuliert, sauber manikürt. Er bewegt sich selbstsicher und ohne Scheu, als er auf den König zugeht und zwei Schritte vor ihm eine tiefe Verbeugung macht, die kein bisschen demütig wirkt. »Majestät, ich bringe die Grüße seiner Heiligkeit, verbunden mit dem aufrichtigen Wunsch, das heutige Gespräch möge zur beiderseitigen Zufriedenheit verlaufen.« Er tupft sich mit einem Tüchlein die Nase.

Heinrich lässt sich von der blendenden Erscheinung Valdinis nicht beeindrucken. »Der Erfolg unserer Verhandlungen hängt ganz von Euch ab«, entgegnet er. »Ihr kennt mein Begehr.«

Valdini betupft sich erneut die Nase. »Nur allzu gut, Majestät. Ihr bittet den Heiligen Vater darum, Euch und Eurer Gattin die Krone der Christenheit aufzusetzen.«

Die Wortwahl gefällt Heinrich überhaupt nicht. Er bittet nicht um die Kaiserkrone, sie steht ihm zu! Aber er bleibt ruhig. Gottfried bemerkt das Pulsieren eines kleinen Äderchens an seiner Schläfe.

»Es würde dem Heiligen Vater ein Vergnügen und eine Ehre sein, dieser Bitte entsprechen zu können«, fährt Valdini fort. »Nun aber stehen diesem Vergnügen einige Hindernisse entgegen, die, wenn es Eurer Majestät gefällt, sicherlich heute noch aus dem Wege geräumt werden könnten ...«

»Oh«, meint Heinrich, »das ist mir neu. Um welche Hindernisse könnte es sich da handeln?«

Valdini schnäuzt sich dezent in sein Fazenettlein. Der Schnupfen macht ihm zu schaffen. »Eines dieser Hindernisse heißt, Euer Majestät werden es schon gedacht haben, Sizilien. Es ist aller Welt bekannt, dass das Königreich beider Sizilien seit seiner Existenz ein Lehen des Papstes ist. Dieses Lehen ist nun nach dem Tode König Wilhelms heimgefallen, und es wurde neu vergeben an König Tankred. Ihr, Majestät, habt nun das Bestreben geäußert, Sizilien mit Waffengewalt zu erobern. Dies muss vom Heiligen Stuhl als Missachtung seiner Autorität angesehen werden.« Das Tüchlein wandert wieder unter die Nase.

Heinrichs Augen werden schmal. »Ihr meint also, ich solle auf Sizilien verzichten? Valdini, ich wundere mich. Denn es müsste doch inzwischen auch bis zum Heiligen Stuhl vorgedrungen sein, dass ich mit Konstanze von Hauteville verheiratet bin, der einzigen legitimen Erbin des Königreichs.«

Valdini schüttelt nachsichtig den Kopf. »Erben kann in diesem

Fall nur, wer auch belehnt wird. Soviel ich weiß, Herr, ist das auch nördlich der Alpen so der Brauch. Und … Ehen haben nur Sinn, wenn auch Kinder kommen. Dies scheint nun bei der Euren nicht der Fall zu sein …« Valdini tupft und tupft.

Heinrich ist langsam irritiert vom exzessiven Gebrauch des Taschentüchleins. »Was geht Euch und den Papst meine Ehe an?«, braust er auf.

Valdini bleibt ganz ruhig. »Ei, vielleicht insofern als der Papst einen Dispens aussprechen kann, wenn eine Verbindung kinderlos bleibt. Man hört, dass Ihr und Eure Gattin, nun ja, einander nicht im rechten Maß zugetan seid. Vielleicht wäre ja eine Scheidung in Eurem Interesse. Es gibt viele königliche Bräute in Europa, die über eine Werbung Eurerseits nur allzu glücklich wären …« Er schnieft.

Das Äderchen auf Heinrichs Schläfe schwillt zur Ader. Der Kanzler legt ihm den Arm auf die Schulter. Er schüttelt ihn ab. »Ich fasse also zusammen, Herr Gesandter: Ich soll mich von meiner Gattin lossagen und damit Sizilien verlieren, und dafür krönt mich der Papst zum Kaiser?«

Valdini macht eine kleine Verbeugung. »Eure Klugheit wird im Abendland nicht umsonst gerühmt, Majestät.«

Jetzt ist es um Heinrichs Selbstbeherrschung geschehen. Er brüllt. »Das ist eine Unverschämtheit, Valdini! Euer ganzes Auftreten ist eine Unverschämtheit! Ihr kommt hierher, beleidigt mich mit lächerlichen Angeboten, erzählt Lügen über meine königliche Ehe und lasst mir den widerlichen Inhalt Eurer Nase vor die Füße tropfen.«

»Majestät, für meine Nase kann ich nichts.«

Die Kirchenmänner um Valdini kichern leise. Da plötzlich hat Heinrich seinen kleinen Silberdolch in der Hand und fuchtelt damit vor Valdinis Gesicht herum. Der hebt abwehrend den Arm und will Heinrich von sich wegstoßen, es kommt zu einem kleinen Gerangel. »Ihr werdet handgreiflich?«, brüllt der König, nun außer sich. Im nächsten Augenblick stößt Valdini einen Schrei aus, taumelt und fasst sich ins Gesicht. Zwischen seinen Fingern sickert Blut hervor. Auf dem Boden liegt ein Stückchen blutiges Fleisch.

»Früher«, zischt Heinrich, »hätte ich Euch aufhängen lassen. Seid froh, dass ihr nur die Nase verloren habt und nicht das Leben. Lauft zurück zu seiner Heiligkeit und verkündet, ich danke für sein Angebot. Ich käme demnächst, um mir zu holen, was mir gebührt.«

29
Rom, April 1191

»Das kann nicht wahr sein«, stöhnt Heinrich. Gerade hat ihm der Kanzler etwas ins Ohr geflüstert. Konstanze, die ausnahmsweise mit ihm zu Abend speist, hebt überrascht den Blick. »Was gibt es?«

Heinrich funkelt sie an, als ob es ihre Schuld wäre. »Der Papst ist gestorben«, knurrt er. »Gerade jetzt, wo ich ihn fast so weit hatte. Verdammt, jetzt gehen die Verhandlungen wieder von vorne los.«

»Ist schon ein Nachfolger gewählt?«

»Bis jetzt noch nicht.« Heinrich winkt den Diener mit dem Aquamanile herbei, wäscht sich die Hände und steht auf. Ihm ist der Appetit vergangen.

Tatsächlich haben die Kardinäle zu diesem Zeitpunkt doch schon gewählt, und zwar aus unerfindlichen Gründen den ältesten und am wenigsten geeigneten Kandidaten, den sie finden konnten: den fast neunzigjährigen Hyazinth Bobone, einen Römer aus altem Adelsgeschlecht. Er ist lediglich Kardinaldiakon und muss erst noch die Priesterweihe erhalten, bevor er überhaupt konsekriert und gekrönt werden kann.

Und auch dieser Papst, der sich Coelestin III. nennt, ziert sich. Er taktiert, er verhandelt, er stellt Bedingungen. Heinrich kommt keinen Schritt vorwärts. Die Bürger von Rom bieten scheinheilig ihre Vermittlung an, ein geschickter Schachzug, denn eigentlich sind sie auf Coelestins Seite. Da endlich kommt Heinrich der rettende Gedanke. Tusculum! Zwischen der kleinen Stadt in den Albanerbergen und der benachbarten Metropole Rom herrscht seit jeher bittere Feindschaft. Schon immer war es Rom ein Dorn im Auge, dass Tusculum unverbrüchlich treu zum Kaisertum stand und als Militärstützpunkt diente, der den Kaisern eine Belagerung Roms ermöglichte.

»Schreib auf, Gottfried«, sagt er. »An Seine Heiligkeit, Papst Coelestin III., etc. etc. und die Bürgerschaft von Rom …«

Und Gottfried notiert.

Kurze Zeit später macht er sich auf den Weg ins Zelt der Hofkanzlei, das unmittelbar am Ufer des Lago Bracciano liegt, am Rande des Zeltlagers. Er soll den Text ins Lateinische übersetzen und dann ins Reine schreiben, dabei fühlt er sich wie vor den Kopf geschlagen. Lange hat er sich geweigert, den Leuten zu glauben, die Heinrich als einen Menschen beschreiben, der über Leichen geht. Jetzt weiß er es besser. Gerade als er das große Zelt betreten will, winkt ihm vom nahen Ufer eine Frau zu – es ist Konstanze, die mit ihren Dienerinnen auf ein paar runden Steinen am Wasser sitzt. Zögernd nähert er sich den dreien. »Gott grüß Euch, Majestät«, sagt er. »Ihr genießt die Aussicht auf den See?«

»Und du, Gottfried, siehst aus, als ob du Magengrimmen hättest«, gibt Konstanze zurück. Sie kann gut in Gesichtern lesen. »Was hat dir die Laune so verdorben?«

»Ich weiß nicht, ob ich darüber reden darf«, erwidert er.

Sie gibt Tommasina und Laila ein Zeichen, worauf die beiden sich unterhaken und ein paar Schritte am See entlanggehen. »Sprich«, sagt sie.

»Das kann nicht dein Ernst sein!« Konstanze steht mit rotfleckigen Wangen vor ihrem Ehemann, der gerade im Begriff ist, sich zwischen zwei Kettenhemden zu entscheiden, die ihm sein Waffenmeister gebracht hat. Prüfend rollt er die Glieder zwischen den Fingern. »Du kommst unangemeldet«, stellt er fest. »Und was kann nicht mein Ernst sein?«

»Tusculum«, sagt sie. Nicht mehr.

»Ah!« Er hat begriffen. Fachmännisch nimmt er beide Kettenhemden in die Hand und wiegt sie, um das Gewicht zu vergleichen. »Hast du gewusst, meine Liebe, dass ein Kettenhemd den Gegenwert von sieben Ochsen hat?«

»Und welchen Gegenwert hat das Leben der Bewohner von Tusculum? Eine Kaiserkrone?«

Er wirft die Kettenhemden hin. »Das geht dich nichts an, Konstanze.«

Doch, es geht sie sehr wohl etwas an. Schließlich wird auch ihr diese Krone aufs Haupt gesetzt. Und sie kennt Tusculum. Auf dem Weg zu ihrer Hochzeit nach Mailand hat sie in der kleinen Stadt südöstlich von Rom zwei Tage verbracht. Sie erinnert sich, dass der Ort in den Albanerbergen liegt. In antiken Zeiten haben sich hier die Villen der vornehmen Römer befunden, unter anderem die des berühmten Cicero. Dann war die Stadt in Gegensatz zu Rom geraten. Seit Jahrhunderten suchte Tusculum deshalb immer wieder die kaiserliche Nähe, um Rückhalt gegen die benachbarte Metropole zu gewinnen. Es war für die deutschen Kaiser stets ein treuer und wichtiger Verbündeter gewesen, stets hatte man dort auf Unterstützung rechnen können. Auch diesmal, so weiß Konstanze, hat man wieder eine Besatzung in die Stadt gelegt, um notfalls von Süden aus angreifen zu können. »Schämst du dich nicht? Du lieferst deine Freunde ans Messer«, sagt sie wütend. »Freunde, die die deutschen Kaiser immer gebraucht haben, wenn sie vor Rom lagen. Die Römer werden Tusculum zerstören, wenn du es preisgibst.«

Er zuckt die Schultern. »Keine Freundschaft hält ewig.«

Sie spürt, wie ihre Hände vor Zorn zittern. »Du handelst ehrlos, Heinrich. Was du tust, ist eines Königs nicht würdig, und eines Kaisers noch weniger.«

Mit einem Wutschrei holt er aus, schlägt sie ins Gesicht. »Geh zurück zu deinem Spinnrocken, Weib«, brüllt er. »Es steht dir nicht zu, eine Meinung über den König zu haben.«

Konstanze ist zurückgetaumelt. Ihre Wange brennt, seine Hand hat rote Spuren auf ihrer Haut hinterlassen. Noch nie hat er sie geschlagen. In diesem Augenblick spürt sie, dass etwas zerbrochen ist zwischen ihnen. Sie strafft den Rücken und wendet sich zum Gehen; er soll sie nicht weinen sehen. Bevor sie das Zelt verlässt, dreht sie sich noch einmal um. »Dein Vater«, sagt sie leise, »dein Vater hätte solchen Verrat nie begangen.«

Eine Woche später erhält Heinrich aus Rom die Botschaft, einer Krönung stünde nichts mehr im Wege.

30
Geheimbefehl des Königs an den Kommandanten der deutschen Besatzung in Tusculum vom 14. April 1191

Gott zum Gruß zuvor, Grave Robert von Thüren, und unßer Gunst darnach. Wisse denn, daß es unßer ernstlich Wunsch und Befelch sey, daß du am Tagk nach Ostermontagk, sobaldt der Bothe eines römischen Heers vor der Stadt Tusculum erscheinet, die Thore öffnen lässest und dich darnach mit deinen Ritthern ins königkliche Lager am See Braciano begibst. Item die Stadt und ihre Bewohner sollstu den Römern preiß geben.

Gegeben am Sonntag Paschalis ao 91
Heinrich

31
Rom, Ostermontag, 15. April 1191

Konstanze steht im Ankleidezimmer des Palazzo Bobone in Rom, ihre Dienerinnen legen letzte Hand an den Faltenwurf ihres Hermelinmantels. So schön gemacht wurde sie das letzte Mal vor ihrer Vermählung in Mailand, aber damals hat sie sich besser gefühlt. Vorsichtig, um ihr Gewand nicht durcheinanderzubringen, nimmt sie die breite Steintreppe nach unten, wo schon der Tross ihrer Begleiter wartet, angeführt von ihrem alten Freund, dem Patriarchen von Aquileia. Ob er wohl weiß, womit sich Heinrich den Triumph dieses Tages erkauft hat?

Sie lässt sich auf ihren Apfelschimmel helfen, und dann geht es durch die Straßen Roms auf die Petersbasilika zu. Das Volk jubelt ihr zu, sie winkt, aber freuen kann sie sich nicht.

Schon am frühen Morgen hat der Papst den Lateranpalast verlassen und sich nach Sankt Peter begeben. Die altehrwürdige Kirche liegt in einem weitläufigen Komplex von Baulichkeiten. Es gibt einen Vorplatz, von dem aus eine breite Freitreppe zu einer Kapelle und einem Glockenturm führt, danach eröffnen drei Tore den Zugang zum säulenumschlossenen Vorhof. In dessen Mitte steht ein überdachter Brunnen, an dem man vorbei muss, um endlich durch die Porta Argentaria, die Silberne Pforte, die dahinterliegende Kirche zu betreten.

Der Papst wartet auf einem hölzernen Thron am oberen Absatz der Freitreppe auf das Eintreffen des Königspaares. Der Kreis seiner Kardinäle, ganz in festliches Rot gekleidet, umgibt ihn wie eine Mauer. Heinrich und Konstanze haben sich derweil bei der Kirche Santa Maria Transpadina, in der Nähe der Engelsburg, getroffen und formieren sich mit ihren Anhängern und dem Klerus der Stadt zu einem feierlichen Zug. Unter den Gesängen der Geistlichen, eingehüllt in den Duft von Weihrauch und anderen Wohlgerüchen, erreicht man die Stufen der Freitreppe. Heinrich steigt hinauf, beugt das Knie und küsst Coelestin den rechten seidenen Schuh. Der Kniefall wird ihn viel Beherrschung gekostet haben, aber er gehört zum Ritual, und keine Überredungskünste der Welt haben den Papst dazu gebracht, auf die traditionelle Demutsgeste zu verzichten. Diese vollziehen nun auch Konstanze und andere weltliche Große. Heinrich verspricht daraufhin öffentlich, Kirche und Papst mit all ihren Rechten schützen zu wollen, wer nahe dabeisteht, kann auch hören, wie er leise die Auslieferung Tusculums noch einmal bestätigt.

Nachdem anschließend der König in den Stand der Geistlichen

aufgenommen worden ist – von nun an ist er Kanoniker von Sankt Peter –, geht es weiter durch die Silberne Pforte. König und Königin schreiten gemeinsam zum Hauptaltar, unter dem sich das Grab des Apostels Petrus befindet, werfen sich dort nieder und nehmen dann auf einer Art Throntribüne Platz. Die Messe beginnt.

Es folgt die Salbung. Vor dem Mauritiusaltar im südlichen Querschiff betupft der Bischof von Ostia Heinrichs rechten Arm und eine Stelle zwischen seinen Schulterblättern mit heiligem Öl; dann schreitet er zur Segnung Konstanzes. Sie beobachtet mit ernster Miene, wie Coelestin nun ihren Gatten zum Petersaltar geleitet, ihm dort den Ring überreicht, das Symbol für Treue und Glauben, Festigkeit und Macht. Er umgürtet Heinrich mit dem Schwert, dem Zeichen der weltlichen Herrschaft und des Schutzes der Kirche. Und dann, endlich, setzt er dem König eine Mitra aufs Haupt und zwischen ihre Hörner die Krone.

Nach Beendigung der heiligen Handlung verlassen alle die Basilika. Draußen warten die Pferde, und der frischgekrönte Kaiser zelebriert zähneknirschend das letzte Ritual, den Stratordienst, ebenfalls ein symbolischer Akt der Unterwerfung: Er hält dem Papst den Steigbügel, während dieser unter großen Mühen sein Ross besteigt. Der alte Mann ist erschöpft. Langsam reitet er voraus zum Lateranpalast, wo ein Festmahl den Abschluss der Feierlichkeiten bilden soll.

Konstanze lässt sich entschuldigen. Sie kann jetzt weder essen noch feiern. Sie weiß, es ist der Vorabend des Schreckens für Tusculum.

Zwei Tage später zieht das deutsche Ritterheer aus Rom ab. Konstanze hat darum gebeten, mit ihrem Tross eine Nacht länger in Rom bleiben zu dürfen, sie fühle sich unwohl. In Wirklichkeit will sie mit eigenen Augen sehen, was in Tusculum geschehen ist. Sie muss es wissen. Am Morgen des 18. April reitet sie los und befiehlt den Umweg nach Süden. Gegen Mittag haben sie ihr Ziel erreicht.

Die Stadt, oder das, was von ihr übrig ist, liegt im gleißenden, unbarmherzigen Sonnenlicht. Die Römer haben keinen Stein auf dem anderen gelassen. Mauern und Türme sind niedergerissen worden, die Häuser hat man dem Feuer preisgegeben. Ein solches Bild der Verwüstung hat Konstanze noch nie gesehen, nicht einmal damals, als Heinrich Ober- und Mittelitalien unterworfen hat. Die Toten liegen in den Gassen, ihr Blut hat den Staub rot gefärbt. Da sind Männer, Frauen, Greise, Kinder, erschlagen, zerstückelt, aufgeschlitzt, missbraucht. Der Geruch der verwesenden Körper verursacht Konstanze Übelkeit, ihr Anblick ist entsetzlich. Und dennoch kann sie den Blick nicht abwenden. Denn mit dem Blut dieser Menschen ist ihre Kaiserkrone erkauft. Es hält sie nicht mehr auf ihrem Zelter, sie steigt ab, geht ziellos herum, vorbei an mückenumsummten Leichen, an rauchenden Trümmern. Ist denn keiner da, die Toten zu begraben? Sie gibt Befehl, dass ein Teil ihrer Begleitmannschaft diesen traurigen Dienst übernimmt. Irgendwann lässt sie sich von Tommasina am Ärmel zurück zu ihrem Pferd ziehen. Sie schließt die Augen, ihr ist schlecht.

Nach einiger Zeit, als die Welle der Übelkeit abgeflaut ist, gibt Konstanze Befehl zum Abmarsch. Sie hat genug gesehen.

32
Montecassino, Ende April 1191

Hoch über dem Tal, auf einem steilen Hügel, der in uralten Zeiten einmal einen Apollotempel trug, thront das berühmte Reichskloster, krallt sich mit steinernen Fingern in den Fels. Benedikt von Nursia, der große Ordensgründer, hat es vor mehr als einem halben Jahrtausend bauen lassen.

Die Pilgergruppe, die unten am Fluss entlangzieht, bricht beim Anblick der Klosterbauten in viele staunende Ah's und Oh's aus. So riesig und in solch imposanter Lage hat man sich Montecassino nicht vorgestellt. Einige fallen auf die Knie und beten. Hemma bleibt stehen, beschattet die Augen mit der Hand. Ganz oben auf einem der Gebäude sieht sie eine Fahne wehen. Da schließt auch sie die Augen und schickt ein Stoßgebet zum Himmel. Denn es ist das Banner der Staufer, das immer dann gehisst wird, wenn die Gegenwart des Kaisers weithin sichtbar angezeigt werden soll. Und wo der Kaiser ist, so hofft sie, wird auch ihr Bruder sich aufhalten.

In der Tat befindet sich Gottfried auf Montecassino, und zwar just in diesem Augenblick in der Bibliothek. Abt Roffried hat ihm und Petrus von Eboli die Erlaubnis erteilt, dort die wertvollen Handschriften der Mönche Amalus und Petrus Diaconus zu studieren. Gottfried hat sich schon seit Rom darauf gefreut.

»Seht nur«, sagt er zu Petrus, »der Goldgrund dieser Miniatur vom Heiligen Sebastian strahlt noch wie am ersten Tag.«

»Wie kann man mit Gold malen?«, fragt Petrus wissbegierig.

»Ganz einfach. Man zermahlt es und mischt es mit Pflanzengummi oder Fischblasenleim. Hier aber ist es anders, das Gold ist ja flächig aufgetragen. Dazu braucht man ein Blättchen Blattgold, dünner ausgeschlagen als ein Haar. Man nimmt es mit einem Pinsel auf und klebt es dann gewissermaßen mit Hilfe von Eiweiß oder Leinöl aufs Pergament. Vorher hat man den Untergrund mit einem farbigen Poliment aus Ocker oder Bolus eingefärbt. Am Ende poliert man das Gold mit einem Eber- oder Wolfszahn. Ich allerdings habe die Erfahrung gemacht, dass sich ein Achatstein am besten eignet. Das gibt den schönsten Glanz, so wie hier.«

Petrus notiert sich Gottfrieds Worte gewissenhaft in sein kleines Diptychon. Später wird er alles in sein Musterbuch übertragen, das schon recht voll ist von den Dingen, die er bei Gottfried gelernt hat. Er hütet es wie seinen Augapfel. Jedes Mal, wenn er sein Buch studiert, denkt er darüber nach, dass er bald nichts mehr zu lernen haben wird. Dass Gottfried ihm dann sein gesamtes Wissen offenbart haben wird. Und dass er danach nur noch ein bisschen Übung braucht, um so gut zu sein wie sein argloser Lehrmeister.

Ein Klosterschüler tritt ein und ruft Gottfried zum Kaiserpaar. Er soll eine Schenkung an Montecassino diktiert bekommen, es sei wichtig und dulde keinen Aufschub. Also reißt sich Gottfried von den wunderschönen Zeichnungen, den Email- und Goldarbeiten der Prachteinbände los und begibt sich zur Abtswohnung, die der Kaiser für die Dauer seines Aufenthalts als Arbeitsstube benutzt.

Noch bevor er an die Tür klopfen kann, hört er drinnen laute Stimmen. »Wann willst du nach Sizilien aufbrechen?«, fragt Konstanze.

»Wenn die Boten aus Pisa und Genua eingetroffen sind.« Das ist Heinrich. »Sie werden Meldung machen, sobald ihre Flotten Stellung bezogen haben.«

»Vor Palermo oder Messina?«

»Weder noch.« Das muss Heinrich von Kalden sein, der Marschall. Gottfried erkennt ihn an seiner etwas abgehackten Sprechweise. »Vor Neapel.«

»Neapel?« Konstanze klingt überrascht.

»Das hättest du dir nicht gedacht, meine Liebe, was?« Man hört, dass Heinrich lächelt. »Genauso wenig wie der Heilige Stuhl oder deine sizilianischen Barone. Ich beginne den Krieg mit der Eroberung Neapels. Hast du dich nicht gewundert, dass wir so lange in Lucca geblieben sind? Von dort aus habe ich mit Pisa und Genua verhandelt und ihre Handelsflotten für den Seekrieg angeworben. Sie werden Neapel vom Nachschub übers Meer abschneiden, dann ist es nur noch eine Frage der Zeit, wie lange es einer Belagerung standhält.«

»Neapel ist wichtigster Vorposten Siziliens auf Festlanditalien«, erklärt Heinrich von Kalden etwas von oben herab.

»Danke, Herr Marschall, das ist mir seit meiner Kindheit bekannt.« Konstanze klingt pikiert. Der Mann hält sie beharrlich für dumm, das ärgert sie.

»Verzeiht, Majestät, ich vergaß.« Es ist offensichtlich, dass sich die beiden nicht leiden können.

Gottfried hat sich einen Schritt von der Tür zurückgezogen. Die Ankündigung, Neapel zuerst anzugreifen, ist eine Neuigkeit von unschätzbarem Wert für seine Auftraggeber. Er nimmt ein Stück abgeschabtes Pergament, hockt sich in eine Fensternische und notiert hastig die wichtige Botschaft. Später wird er sie einem der Männer zustecken, die Valdini im Umfeld des Kaisers eingeschleust hat, der wird die Nachricht dann draußen weitergeben.

Irgendwo in der Nähe des Hofs wartet immer einer von Valdinis schnellen Reitern.

Dann betritt Gottfried die Schreibstube. Der Marschall verabschiedet sich, beim Aufsetzen des Schenkungstextes ist er nicht vonnöten.

Nachdem die Urkunde fertig diktiert ist, begibt sich Gottfried unverzüglich in die Hofkanzlei, um sie ins Reine zu schreiben, das Kaiserpaar will heute noch seine Unterschrift daruntersetzen. Die Schreiberei ist in einem leeren Dormitorium im Seitenflügel des Haupthauses untergebracht, und er hält über den Hof auf den Eingang zu, als er auf einem Mäuerchen eine weibliche Gestalt sitzen sieht. Erst will er vorbeigehen, aber irgendetwas kommt ihm seltsam vor. Er hält inne. Die Frau steht auf. »Gottfried?«

Und dann liegen sie sich auch schon in den Armen. Hemma lacht und weint vor Glück, und auch er ist den Freudentränen nahe. Wie unendlich lange waren sie getrennt! »Warum hast du auf meine Briefe nie geantwortet?«, fragt er. »Ich habe dir immer wieder nach Bamberg geschrieben.«

Und sie erzählt ihre Geschichte.

Am Ende ist Gottfried trotz der Freude über ihr Wiedersehen niedergeschlagen. So lange hat er nicht mehr an das Unglück von damals gedacht, hat sich in Sicherheit gewiegt und sich in seinem Leben eingerichtet. Jetzt holt ihn die alte Geschichte wieder ein. Und er weiß nun auch, dass der unversöhnliche Albrecht von Neideck immer noch nicht vergessen hat. »Wenn ich mir vorstelle, in welcher Gefahr du geschwebt hast, die ganzen Jahre«, seufzt er. »Und ich habe nie etwas davon erfahren.«

»Es ist ja gut«, lächelt sie. Aber sie denkt dabei an Christian, und dann ist doch nichts gut. Sie hat solche Sehnsucht, dass es weh tut. »Glaubst du denn«, fragt sie, »dass es möglich wäre, Streitberg zurückzubekommen? Du bist doch nah am Kaiser. Wenn du ihm alles gestehst …«

Er atmet tief durch. Ob es möglich wäre? Er weiß es nicht. Er hat Angst. In den Augen der Welt, denkt er, bin ich immer noch ein Mörder.

33
Vor Neapel, Mitte Mai 1191
Konstanze

Gestern Nacht ist er wieder in mein Bett gekommen. Wie immer habe ich mich nicht verweigert, aber es fällt mir schwerer und schwerer, ihn zu ertragen. Das Gewicht seines Körpers auf meinem zu spüren, seinen Geruch auszuhalten, sein Atmen, seine Bewegungen, sein Aufstöhnen, wenn er endlich fertig ist. Die Zeit, in der er noch versucht hat, mich zufriedenzustellen, ist spätestens seit meiner Fehlgeburt vorbei. Es ist ihm ganz gleich, ob es mir gefällt, er möchte nur möglichst schnell zum Ende kommen. Das kommt mir entgegen. Denn wenn ich mich anfangs noch mit Kinderversen und anderen Denkübungen ablenken konnte, so gelingt mir das inzwischen nur noch selten. Wie sehr ich seine Berührungen verabscheue, ist mir erst letzte Woche, in Montecassino, klargeworden. Er wollte mich beim Liebesspiel küssen, da habe ich ihn ganz plötzlich in die Zunge gebissen. Es war kein Vorsatz, meine Zähne haben es einfach getan, ich bin selbst darüber erschrocken. Mein Körper hat sich dagegen gewehrt, etwas zu tun, das ihm ein Greuel ist. »Mon Dieu, verzeih«, flüsterte ich Heinrich zu, »das wollte ich nicht.« Ich glaube, er hat verstanden, was geschehen ist. Aber wir sind beide in dieser Verbindung gefangen.

Seit der Preisgabe Tusculums ist mir nicht nur sein Körper zuwider, sondern auch sein Geist. Das ist das Schlimmste, dass wir inzwischen nicht einmal mehr Freunde sein können. Dass er mich geschlagen hat, macht mir wenig aus, die Kirche lehrt ja, dass die Frau gezüchtigt werden soll. Und körperlicher Schmerz vergeht. Aber dass er, und das gibt er ganz offen zu, Sizilien nicht für mich, sondern für sich erobern will, verzeihe ich ihm nicht. Er hat keine Achtung vor meiner Heimat. Er sieht Sizilien wie einen Sack voll Gold, aus dem er sich bedienen will. Ich habe gehört, wie er zu Heinrich von Kalden gesagt hat, er brauche das Königreich lediglich, um den Papst in die Knie zu zwingen und um seine Reichtümer zu nutzen. Er versteht nicht, dass der wahre Reichtum Siziliens in der Verschiedenartigkeit seiner Kulturen liegt, im Zusammenspiel von Orient und Okzident, im Verständnis seiner Völker füreinander. Dies alles haben meine Väter begriffen und damit den Nutzen des Landes gemehrt. Sie waren die Nabe des Wagenrads Sizilien, in der alle Speichen zusammenlaufen. Heinrich wird dies niemals sein, er will es gar nicht. Und wenn sich die Speichen nicht in der Mitte treffen, dann kann das Rad nicht rollen. Der Kaiser wird mein Land nehmen und vernichten.

Immer öfter denke ich unterwegs an Barbarossa, dessen Gebeine auf dem Weg nach Jerusalem sind. Er fehlt mir, aber noch mehr macht mir sein Tod deutlich, dass wir alle endlich sind. So wie auch mein Neffe Wilhelm, den ich immer noch vor mir sehe, jung und schlank und gesund. Er war so alt wie ich und liegt doch schon im Grab. Was, wenn ich jetzt sterbe, noch bevor ich einen Erben geboren habe? Es gibt Krankheiten genug, Unfälle, Meuchelmord. Niemand mehr wird dann da sein von den Hauteville, denn Tankred wird einen Krieg nicht überleben. Niemand mehr, der die Geschichte unseres Hauses erzählen kann, oder die meine. Der Gedanke ist mir schwer. Ich grüble nächtelang.

»Tritt ein, Gottfried«, grüße ich ihn, als er ins Damenzelt kommt. Ich habe ihn eingeladen, mir beim Mittagsmahl Gesellschaft zu leisten. »Setz dich zu mir und nimm von der Mangoldpastete, sie ist köstlich.«

In letzter Zeit ist mir mein Schreiber seltsam betrübt vorgekommen, er hat einmal froh und gleich darauf bedrückt gewirkt. Er ist fahrig, irgendetwas raubt ihm die Ruhe. Vielleicht kann ich ihn aufheitern mit dem, was ich vorhabe. »Mir ist nach langer Zeit wieder eingefallen, dass wir einmal über ein Buch gesprochen haben, das sich zu schreiben lohnte«, beginne ich.

Er erinnert sich sofort. »Das Buch über Sizilien, über Euch und das Haus Hauteville?«

»Ich möchte, dass du es schreibst.«

»Es ist mir eine große Ehre, Majestät«, sagt er. Warum nur habe ich das Gefühl, er sei nur mit halbem Herzen dabei?

»Kosten spielen keine Rolle«, rede ich weiter. »Du sollst beste Lammhaut nehmen, die teuersten Farben, alles, was du brauchst. Ich will, dass dieses Buch ein Schmuckstück wird.«

Er beißt zaghaft von der Pastete ab, kaut nachdenklich, nickt. Eigentlich hatte ich Begeisterung erwartet. »Ich habe mir überlegt, etwas ganz Neues zu machen«, rede ich weiter. Es kommt mir vor, als priese ich Sauerbier an. »Auf der linken Seite sollte der Text stehen, und auf der rechten die Bilder, die ihn erläutern.«

Er hebt kurz die Augenbrauen. »So etwas war noch nie da!«

»Ich weiß. Ein neuer Gedanke. Findest du ihn schlecht?«

Er schüttelt heftig den Kopf. »Nein, um Himmels willen, nein!«

Ich lege die Hand auf seinen Arm. »Gottfried, was ist los? Du bist mit deinem Kopf gar nicht bei der Sache. Ich merke dir doch an, dass etwas nicht stimmt.«

Er schweigt, sieht mich nur traurig an. Schließlich sagt er: »Es hat nichts mit Euch zu tun, Herrin.«

»Und womit dann? Willst du es mir nicht sagen?«

Er druckst herum, windet sich. Und dann plötzlich fällt er vor mir auf die Knie. »Herrin, ich bin nicht der, den Ihr zu kennen glaubt. Es gibt da ein Geheimnis, das ich seit vielen Jahren hüte. Zu Montecassino hat mich meine Vergangenheit eingeholt.«

»Und ich dachte, du hast Liebeskummer.«

Er lacht auf. »Das wäre einfach.«

»Erzähl mir, was so schwierig ist.« Ich klopfe mit der Hand auf den Platz neben mir auf dem Diwan.

Und er beginnt. »Ich bin kein Findelkind des Michelsklosters in Bamberg, wie alle meinen. Ich bin Gottfried, aus dem Geschlecht derer von Streitberg. Und ich bin ein Mörder …«

Ich höre ihm stumm zu, bis er zum Ende kommt. »Und jetzt ist meine kleine Schwester Hemma hier. Sie hat mich gesucht, ist dem Hof nachgezogen bis Rom und schließlich bis Montecassino. Albrecht von Neideck hat ein Strafgericht in Streitberg abgehalten. Er ist wahnsinnig in seinem Hass. Viele Unschuldige sind gestorben, meinetwegen. So kann es nicht weitergehen. Ich muss mich dieser alten Schuld stellen, muss dem Neidecker Genüge tun. Alles andere wäre nicht recht.«

Ich zögere. Soll ich ihm diese wilde Geschichte glauben? Würde er mein Vertrauen missbrauchen? Nein, denke ich, seine Treue zu mir hat er oft bewiesen. Ich sehe ihm in die Augen und suche nach einem Zeichen der Falschheit, aber ich finde keines. »Ich glaube dir, Gottfried«, sage ich schließlich. »Also hast du dich vorhin deshalb nicht freuen können über den Vorschlag, das Buch zu schreiben. Du willst fort. Aber Gottfried, wenn du meinen Rat hören willst: Der Zeitpunkt, zurückzukehren, ist jetzt nicht günstig. Wenn du deinen Fall daheim verhandeln und von deiner Schuld losgesprochen werden willst, brauchst du dazu die Hilfe des Kaisers. Denn dir fehlen die Beweise, die dich nach Recht und Gesetz freisprechen könnten. Es kann nur auf dem Wege einer Einigung mit dem Herrn von Neideck oder einer Begnadigung gehen.«

Er nickt unglücklich.

»Hier und jetzt können wir nichts tun«, rede ich weiter. »Der Kaiser hat andere Sorgen. Aber warte, bis der Feldzug vorbei ist und wir ins Reich zurückgekehrt sind. Dann will ich mit meinem Gatten sprechen und mich für dich verwenden. Er hat dich gern, ich glaube nicht, dass er seine Hilfe verweigern wird.«

»Meint Ihr?« Gottfried schöpft Hoffnung. »Aber ich habe Angst, dass jemand Hemma erkennt. Jeden Tag treffe ich auf Gefolgsleute des Bamberger Bischofs, die sich noch an die Sache von damals erinnern könnten. Vor allem, wenn sie meine Schwester sehen – sie ist das Ebenbild unserer Mutter.«

»Bring deine Schwester zu mir, damit ich sie unter meine Dienerschaft aufnehmen kann. Hier ist sie sicher. Keiner wird sie mit dir in Verbindung bringen.«

Bevor ich es verhindern kann, küsst mir Gottfried die Hand. »Ich stehe tief in Eurer Schuld, Herrin.«

»Dann, mein Freund, gib dir Mühe mit dem Buch. Es wird mein Vermächtnis sein.«

Er grinst, endlich kenne ich ihn wieder. »Es wird der schönste Codex werden, den die Welt je gesehen hat!«

34
Akkon, Juni/Juli 1191

Die Sonne ist ein Mörder. Unbarmherzig brennt sie vom Himmel in dieser unseligen Wüste, die doch eigentlich das Gelobte Land sein sollte. Lässt Felder verdorren, Flüsse versiegen, Mensch und Tier verschmachten. Die Luft flirrt und ist kaum zu atmen, das Licht ist gleißend, die Hitze sengend wie flüssiges Metall. Christian verflucht sich zum wer-weiß-wievielten Mal selber, dass er nach dem Tod des alten Kaisers nicht umgekehrt ist wie die meisten. Aber Bernhard und er haben sich entschieden, unter dem Befehl des Herzogs Leopold von Österreich weiterzumarschieren bis Jerusalem. Nun, bis vor Akkon sind sie immerhin gekommen, aber hier ist Schluss. Seit zwei Jahren wird die Stadt von Guido von Lusignan belagert, dem König von Jerusalem. König von Jerusalem, ha, ein Witz! Wie kann man König von etwas sein, was einem nicht gehört? »Indem man es sich erobert«, sagt Bernhard. Aber zuerst muss Akkon eingenommen werden; ohne die wichtigste Hafenstadt des Heiligen Landes sind weder Nachschub noch Rückweg gesichert. Während die Kreuzfahrer die ins Meer ragende Festung von der Landseite her belagern, sind sie ihrerseits vom Heer des Sultans Saladin umzingelt, das die umliegenden Hügel besetzt hält. Die unvermeidlichen Seuchen beginnen um sich zu greifen. Man wartet auf den Einzigen, der noch das Blatt wenden kann: auf Richard Löwenherz, den König von England.

Christian begreift nicht, was den christlichen Adel umtreibt. Was so erstrebenswert sein soll in diesem unwirtlichen Land. Wenn es nach Christian ginge, hätte man mit dem Sultan einen schönen Vertrag geschlossen, mit freiem Zugang für Christen nach Jerusalem, und dann nichts wie weg aus diesem vermaledeiten Gelobten Land. Aber schließlich ist er bloß ein kleiner Müllerssohn aus dem Wiesenttal, und solche wie er sind dazu da, Befehlen zu gehorchen.

Der heutige Befehl lautet, Lebensmittel im Umland zu requirieren. Proviant ist knapp, es hat im Heerlager schon Diebstähle und Prügeleien um das tägliche Brot gegeben. Also versucht man, Vorräte von den Bauern zu holen, Getreide, Vieh, Gemüse, Datteln. Bei solchen Raubzügen, anders kann man sie kaum nennen, verzichten die Ritter meist auf schwere Rüstung, es ist in der Hitze nicht auszuhalten. Auch Bernhard trägt nur ein ärmelloses Kettenhemd und den leichten Helm, und damit ist es schon schlimm genug. Erst gestern ist wieder einer am Hitzschlag gestorben.

Als sie in das Dorf einreiten, sind sie völlig ausgedörrt. Die würfelförmigen Häuser aus Ziegelsteinen haben die gleiche Farbe wie der Staub und die Steine, sie heben sich kaum von ihrer Umgebung ab. Im Schatten eines dornigen Gestrüpps sind zwei magere Ziegen angepflockt. Kein Mensch ist zu sehen, nur ein blinder Alter, der mit einem langen Stab vor seiner Hütte sitzt.

Am Brunnen steigen sie ab, stürzen sich gierig auf die lauwarme Brühe, die einer der Knappen mit dem Eimer hochzieht. Und dann geht alles ganz schnell. Sarazenische Reiter brechen zwischen den Häusern hervor, ihr schrilles Kriegsgeheul lässt Christian das Blut in den Adern gefrieren. »Ein Hinterhalt!«, brüllt Bernhard. Er stürzt zu seinem Pferd, denn er hat in seiner Gedankenlosigkeit einen unverzeihlichen Fehler gemacht: Er hat das Wehrgehenk mit dem Langschwert am Sattel hängen lassen.

Die muselmanischen Kämpfer sind schnell und gründlich. Ihre Pfeile treffen gut. Und sie können mit dem Krummschwert umgehen. Der Trupp christlicher Ritter ist so überrumpelt, dass er sich nicht mehr formieren kann. Einer nach dem anderen werden sie niedergemetzelt.

Bernhard hat sein Schwert nicht mehr erreicht. Ein Pfeil hat ihn seitlich in den Hals getroffen, und er ist mitten auf dem Dorfplatz zusammengebrochen. Christian rennt zu ihm, reißt das Schwert aus der Scheide, will ihn verteidigen. Breitbeinig steht er über seinem jungen Herrn, schwingt die schwere Waffe mit dem Mut der Verzweiflung. Schließlich trifft ihn einer seiner Gegner mit der blanken Klinge am Kopf. Merkwürdigerweise fühlt er keinen Schmerz. Vor seinen Augen flirrt es, er taumelt und fällt. Er spürt auch nicht, wie ihm die Sieger das Schwert entwinden, ihm Stiefel und Lederwams ausziehen. Die Leichen werden gefleddert, Waffen, Panzer, Ringe, Kettenhemden, Helme, nichts bleibt ihnen außer Hemd und Bruoche. Dann reiten die Sarazenen ab, im Schlepp die wertvollen Streithengste und Packpferde.

Christian kommt zu sich, als zwei Männer ihn an Händen und Füßen packen und zu den anderen Leichen tragen wollen. Sein Kopf fühlt sich an wie eine pochende, wummernde, berstende Masse, er weiß nicht, wo er ist, wer er ist.

»He, der lebt ja noch«, hört er eine Stimme. Jemand lässt ihn Wasser trinken, fächelt ihm Luft zu. Was ist nur geschehen? Wieder wird er ohnmächtig.

Beim nächsten Erwachen liegt er auf einer Bahre, die zwischen zwei Eseln hängt. Der Suchtrupp, den man nach ihnen ausgeschickt hatte, bringt ihn als einzigen Überlebenden zurück ins Lager vor Akkon. Ein Feldscher behandelt seine Kopfwunde, verbindet ihn mit leidlich sauberen Leinenstreifen. Da erinnert er sich wieder. Das Dorf. Der Überfall. »Bernhard«, murmelt er im Fieber immer wieder, »Bernhard.« Er will wissen, ob der Junge noch lebt. Der Feldscher, der ihm regelmäßig die Verbände wechselt, meldet den Namen seines Patienten. »War ein Bernhard bei der Einheit, die da draußen überfallen wurde?«

Man erkundigt sich. »Ja«, sagt einer von der Lützelhartschen Truppe, »Bernhard von Neideck.«

Bernhard von Neideck trägt der Arzt in die Liste der Verwundeten ein.

Eine Woche schwebt Christian zwischen Leben und Tod, dann geht das Fieber zurück. Er wundert sich, warum der Feldscher ihn mit Herr Bernhard anredet, bis ihm klar wird, warum. Bernhard ist tot, und man hält ihn für seinen Herrn. Er weint stumm um den armen Jungen, der sein Glück finden wollte und stattdessen dem Tod geradewegs in die Arme gelaufen ist. Eigentlich wäre es besser gewesen, er, Christian, wäre gestorben. Schließlich ist doch er derjenige gewesen, der nichts mehr zu verlieren hatte. Dennoch, während langsam seine Kräfte wiederkehren, regt sich auch sein

Lebenswille. Und als er so daliegt und auf seine Genesung wartet, kommt ihm eine tollkühne Idee.

Am Morgen, an dem er endlich wieder aufstehen kann, hat sich das Blatt für die Kreuzfahrer längst gewendet. Denn inzwischen ist der Retter der Christenheit, Richard Löwenherz, angekommen, mit fünfundzwanzig Galeeren voller Ritter und Waffen. Durch die angevinische Flotte kann Akkon jetzt endlich auch von der Seeseite her eingekesselt werden. Und als nun Christian das Krankenzelt verlässt, erfährt er als Erstes, dass die Stadt soeben kapituliert hat. Das christliche Lager gleicht einem Tollhaus, man tanzt, singt, lacht, betet. Freudenfeuer werden abgebrannt. Keiner achtet auf den jungen Mann mit dem Kopfverband, der zu dem kleinen Zelt geht, in dem er mit Bernhard von Neideck gehaust hat. Er sucht sich ein paar Sachen zusammen, geht hinüber zur Pferdekoppel. Bernhards Zweitpferd, die Araberstute, die er in seinem ersten Kampf gewonnen hat, kommt schnaubend angetrabt, sie kennt ihren Versorger. Er sattelt das Tier, steigt auf und trabt langsam auf Akkon zu.

Es ist ein seltsames Gefühl, durch die eroberte Stadt zu reiten. In den Gassen treiben sich fast nur Kreuzritter oder christliches Fußvolk herum, die Einwohner wagen sich nicht aus ihren Häusern. Eigenmächtiges Plündern ist verboten, was die Sieger allerdings nicht davon abhält, sich zu nehmen, was sich gerade so anbietet. Wertsachen, Teppiche, Lebensmittel. Und natürlich Frauen, im Suff. Einträchtig teilen sich da Franzosen und Engländer gemeinsam ein Mädchen, leeren zusammen einen Schlauch Wein. Siegen verbindet.

Christian streift planlos durch die Stadt, sein Ross am Zügel führend. Er weiß, dass er, falls er Bernhard von Neideck bleiben will, nicht mehr zu seiner eigenen Truppe zurückkann, man würde ihn erkennen. Aber wo soll er dann hin? Zunächst einmal gerät er mitten in eine Menge französischer Ritter, die ihn mit sich fortziehen. Er landet auf einem großen Platz, in dessen Mitte ein rotseidener Sonnenschutz aufgeschlagen ist. In seinem Schatten stehen vornehme Männer – das sieht man an der Kleidung – und verhandeln. Einer von ihnen überragt alle. Und nicht nur das, er ist der schönste Mann, den Christian je gesehen hat. Lange, dichte rotblonde Locken, ein blonder Bart. Ein Körper wie ein Ringkämpfer, schlank, mit breiten Schultern und schmalen Hüften. Er trägt einen dunkelblauen Umhang, auf den goldene Löwen aufgestickt sind. Seine Bewegungen sind geschmeidig und von verhaltener Kraft. Der andere, mit dem sich der Schöne unterhält, ist, wenn auch ähnlich kostbar gekleidet, das blanke Gegenteil: klein, dunkel, blässlich, unscheinbar.

»Wer sind die beiden Vornehmen, die da ganz vorne stehen und reden?«, fragt Christian seinen Nebenmann, einen hochgewachsenen alten Kämpfer mit einer zackigen Narbe am Kinn. Der lacht. »Na, errätst du das nicht, Junge? Der Große mit der Löwenmähne, das ist eben der Löwe: Richard Cœur de Lion, das Löwenherz, König von England. Und der andere, mickrige, das ist König Philipp von Frankreich.«

Christian ist beeindruckt. »Zwei unterschiedliche Freunde fürwahr. Seht, jetzt pflanzen sie beide ihr Banner auf, jeder auf einer Seite des Sonnensegels.«

»Sie teilen die Stadt«, deutet der alte Ritter die Handlung. »Und damit auch die Beute.«

»Aber was ist mit dem deutschen Ritterheer? Wir waren schließlich auch dabei!«

Der Ritter lacht geradeheraus. »Was wollt ihr denn? Von dem Heerbann, den der alte Barbarossa angeführt hat, ist doch nach seinem Tod nur ein kleiner Teil weitergezogen. Unter Führung des Herzogs von Österreich – wer kennt den schon? Deshalb ist ja auch mit euch nichts vorwärtsgegangen, bis die Engländer kamen.«

»Aber wir haben genauso die Köpfe hingehalten wie ihr!«, beharrt Christian beleidigt.

Dieser Meinung ist offensichtlich auch Leopold von Österreich, der sich gerade zu den beiden Königen gesellt hat. Er gestikuliert wild; offenbar ist man sich uneinig. König Richard redet erst gelangweilt, dann zornig auf ihn ein, auf Französisch.

Der Ritter mit der Narbe beugt sich zu Christian hinunter.

»Herzog Leopold hat offenbar ein Drittel der Beute gefordert. Der Löwenherz erklärt ihm nun, dass es ihm nicht zusteht, den selben Anteil zu bekommen wie er und Philipp. Schließlich seien sie Könige und er bloß ein unwichtiger kleiner Herzog, der außerdem nur ein paar Mann befehligt hat.« Er grinst. »Was ich gesagt habe.«

»Wieso versteht Ihr so gut Französisch?«, will Christian wissen.

»Ich komme aus dem Lothringischen. Da reden viele Deutsch und Französisch. Aber gekämpft wird natürlich nur für Frankreich.«

Christian beobachtet, wie Leopold von Österreich sich immer heftiger ereifert. Ganz rot ist er schon im Gesicht. Es geht hin und her zwischen ihm und Richard Löwenherz, Philipp steht daneben und hält sich klugerweise heraus. Schließlich stapft der Herzog wutentbrannt hinüber zum Banner des Engländers, reißt seinem Fahnenträger, der ihm hinterhergetrabt ist, das österreichische Banner aus den Händen und pflanzt es direkt neben der Löwenherz-Flagge auf.

Der König von England flucht etwas auf Französisch, der Österreicher brüllt auf Deutsch zurück. Christian kann nur den letzten Satz verstehen: »Ich verhandle nicht mit Arschfickern!«

Der Lothringer bläst die Backen auf. »Au! Hoffentlich übersetzt das keiner für Richard, sonst geschieht noch was Übles.«

»Wieso?«

»Ei, redet man im Heerbann der Deutschen denn nicht? Ihr wisst wohl gar nichts?«

»Ja, was denn?«

»Na, dass Richard, dieses Bild von einem Kerl, eben keiner ist. Das weiß doch spätestens seit seiner Ankunft jeder, dass er sich hübsche kleine Araberjungen ins Zelt bringen lässt.« Der Ritter macht eine obszöne Geste. »Mon Dieu, welch ein Verlust für die Frauenwelt!«

Christian ist erschüttert. Der König, dieser herrliche Mann, ein Widernatürlicher! Und tatsächlich, jemand hat ihm gerade die letzten Worte des Herzogs übersetzt und ins Ohr geflüstert. Richard richtet sich zu voller Größe auf, an seinem Hals treten zwei Adern wie dicke Stränge hervor. Drei Mann halten ihn an Armen und Schultern zurück, damit er nicht auf Leopold losgehen kann. Er brüllt: »Meine Ritter, zu mir! Wer unter euch tritt ein für die Ehre seines Königs?«

Die Engländer missverstehen ihn. Sie denken, ihn stört das Banner des Österreichers neben dem seinen. Also reißen sie die herzogliche Flagge wieder heraus, werfen sie zu Boden, trampeln darauf herum. Einer stellt sich hin und pinkelt auf den bunten Stoff, der Nächste will sich zum Kacken hinhocken.

»Österreich, her zu mir!«, kreischt Leopold in den höchsten Tönen der Empörung. »Das Banner ist entweiht! Frevel, Frevel!«

Doch entweder sind keine Österreicher da, oder sie halten sich vornehm zurück. Der Herzog muss wohl oder übel zusehen, wie Richards Anhänger sich grölend die Fahne schnappen, zum Rand des Platzes hinübergehen, wo sich eine öffentliche Bedürfnisanstalt befindet, und das edle Teil bis zum letzten Zipfel in der Latrine versenken.

Herzog Leopold dreht sich auf dem Absatz um und stürmt davon.

»Hm, was willst du jetzt machen, Jüngelchen«, fragt der Lothringer amüsiert. »Der deutsche Heerbann wird nach diesem Vorfall nicht mehr weiter mit nach Jerusalem ziehen, dafür verwette ich meinen Gaul und einen Haarschnitt.«

Christian zuckt mit den Schultern. Jetzt weiß er erst recht nicht mehr, was er tun soll. »Eigentlich hätte ich schon gern das Heilige Grab befreit …«, murmelt er.

Der Narbige schlägt ihm mit seiner Riesenpranke aufmunternd auf die Schultern. »Dann geh doch zum Löwenherz und lass dich in sein Gefolge aufnehmen. Hör hin: Gerade lässt er verkünden, er würde jeden deutschen Ritter, der sich dafür entscheidet, mit ihm nach Jerusalem zu ziehen, mit Freuden aufnehmen und ihn dazu auch noch großzügig belohnen.«

Das ist die Gelegenheit! Christian denkt nicht lange nach. Er drängt sich nach vorne, fällt vor dem englischen König – widernatürlich oder nicht – auf die Knie und bittet darum, unter seiner Flagge kämpfen zu dürfen.

Der Löwenherz grinst übers ganze Gesicht. Er hat gerade einen Heidenspaß gehabt. Außerdem kniet hier vor ihm ein besonders hübscher blonder Kerl. Gutgelaunt gibt er Anweisung, den jungen deutschen Ritter neu einzukleiden, ihm eine ordentliche Ausrüstung zu geben und ihn dann seiner Leibtruppe zuzuordnen.

Als man Christian nach seinem Namen fragt, antwortet er mit klopfendem Herzen: »Ritter Bernhard, Edelfreier von Neideck.«

35
Salerno, Kastell Terracina, Anfang August 1191

Salerno ist eine Berühmtheit. Hier befindet sich die erste abendländische Universität für Heilkunde. Ihr Ruf reicht weit über Italien hinaus, Ärzte aus aller Herren Länder erhalten hier die modernste Ausbildung ihrer Zeit. Nicht zuletzt deshalb hält sich Konstanze seit über zwei Monaten hier auf, im königlichen Stadtpalast Terracina, der schon ihren Vater und ihren Neffen Wilhelm beherbergt hat. Sie will etwas für ihre Gesundheit tun, hat sie ihrem Gatten vor Neapel gesagt, eine Kur machen. Damit, und genau so hat sie es ihm gegenüber formuliert, die für beide Seiten wenig erbaulichen Bemühungen um eine Schwangerschaft vielleicht doch noch von Erfolg gekrönt werden. Sie hat auch Heinrich gebeten, er möge die Ärzte konsultieren, jetzt, wo er gerade in der Nähe ist. Er hat wütend abgelehnt. Natürlich kann es nicht an ihm liegen. Konstanzes Hinweis, er habe nicht nur mit ihr keine Kinder, sondern ihr sei auch nichts von etwaigem Nachwuchs mit seinen Beischläferinnen bekannt, fruchtet nichts. Zugegeben, er hat nicht viele Abenteuer mit Frauen, dazu ist ihm das Ganze zu unwichtig, aber sie weiß von jeder Einzelnen, man redet schließlich bei Hofe.

Jetzt sitzt sie in Salerno, dessen Bürgerschaft sie sogar freundlichst eingeladen und für ihre Sicherheit garantiert hat, während

Heinrich und sein Heer Woche um Woche vor Neapel liegen. Irgendwie muss die Nachricht vom kaiserlichen Beschluss, Neapel anzugreifen, viel zu früh nach außen gedrungen sein. Als sie in der Campania ankamen, war die Stadt bereit und gerüstet, das Umland bereits geräumt, die Felder entweder abgeerntet oder verbrannt. Konstanze hat kein gutes Gefühl. Die Neapolitaner sind schon seit jeher für ihr Durchhaltevermögen bekannt.

Während die Kaiserin nun Kräuterwickel bekommt und Trotulas Tränke einnimmt, besucht Gottfried sie jeden Tag. Sie hat ihren Mann gebeten, ihr den Schreiber mitzugeben, und er hat es gestattet. Was bringt ihm auch ein Kanzleimensch mehr oder weniger, solange er Neapel belagert?

Zuerst erzählt Konstanze Gottfried, was sie aufgeschrieben haben möchte. Da wäre zuallererst ihr Vater, Roger II., der aus Sizilien ein Königreich machte. Dann kommen seine Ehen und seine Kinder, einschließlich ihrer selbst. Gottfried, der gerne in Versen schreibt, aber so selten dazu kommt, hat große Freude daran, aus den Erzählungen der Kaiserin einen lateinischen Text im Versmaß des Distychons zu formulieren, den er ihr dann vorliest.

»*Dux ubi Roggerius, Guiscardi clara propago,*
Iam fastidiret nomen habere ducis,
altius aspirat. Qui, delegante Calisto,
ungitur in regem …« So rezitiert er.

»Ich verstehe«, lächelt Konstanze und übersetzt: »*Als Roger, der berühmte Spross des Guiscard, es schon verschmähte, den Herzogstitel zu führen, sann er auf Höheres. Auf das Angebot des Papstes Calixt wurde er zum König gesalbt.* Sehr schön. Und weiter?«

Er liest weiter und kommt zur Stelle, die sie selber betrifft. Schwärmerisch deklamiert er: »*So hatte das Schicksal beschlossen, dass eine dritte Gemahlin Roger heiratete, durch die die Ehre des Reiches wachsen sollte. Von bedeutenden Eltern abstammend, ging Beatrix hervor; sie empfängt von der Sonne, ein Licht, das den Tag gebiert. Tugend gebar Tugend, eine Erziehbare die Sittsame, die Keusche eine Züchtige, die Schöne eine Anmutige, die Selige eine Fromme. Ans Licht geboren wird eine Selige aus seligem Leibe, vom Namen Konstantins hat sie ihren Namen.*«

»Ist das nicht ein bisschen übertrieben?«, fragt Konstanze. Aber sie fühlt sich doch geschmeichelt.

»Aber nein, Herrin! Genau so ist es doch!«, antwortet Gottfried. »Ich schreibe nur die reine Wahrheit! Ich schlage außerdem vor, dass wir zu diesem Text auf der anderen Seite eine Abbildung des Königs setzen, die ihn auf galoppierendem Pferd zeigt, mit wehender Fahne in den Hauteville'schen Farben. Dann ein Bild von der Heirat mit Eurer Mutter Beatrix. Und danach – ich weiß, es ist gewagt – vielleicht eines, das Eure Mutter zeigt, wie sie Euch als Säugling stillt. Wie diese Marienbilder, die man manchmal sieht.«

»Dann muss daneben, oder noch vorher, eine Abbildung meines Vaters auf dem Totenbett kommen, denn ich bin ja postum geboren.«

Die Arbeit ist beiden eine Freude, und so kommen sie mit den ersten Seiten auch gut vorwärts. Zumindes mit dem Text; die Bilder skizziert Gottfried nur an und will sie vervollständigen, wenn er wieder in der Hofkanzlei ist.

Und noch jemand ist zufrieden bei der Arbeit: Hemma. Sie ist von Konstanzes Dienerinnen mit Herzlichkeit aufgenommen worden, und auch die Königin ist stets freundlich zu ihr. Und weil sie Erfahrung im Heilen hat, darf sie nach Frau Trotulas Anleitung Tränke mischen und Packungen auflegen. Abends trifft sie Gottfried; bei langen Gesprächen holen die Geschwister auf, was sie in den Jahren der Trennung entbehren mussten. Es ist eine Zeit der Ruhe und Erholung, die jeder genießt. Alles scheint gut zu sein.

Dann kommt die Nachricht aus dem Heerlager vor Neapel: Unter den Belagerern ist eine Seuche ausgebrochen. Nach glühender Hitze hat es ein schweres Unwetter mit heftigen Regengüssen gegeben; die Latrinen wurden überschwemmt und so das Trinkwasser verpestet. Jetzt fordern Fieber und blutige Durchfälle einen täglich steigenden Tribut auch unter den Rittern und Amtsträgern. Bischof Philipp von Köln, so heißt es, sei schon elend am Ausfluss des Bauches gestorben, ebenso der Kanzler, der Herzog von Böhmen und weitere hohe Herren. Auch der Kaiser habe sich bereits angesteckt, man befürchte das Schlimmste. Gottfried kann nicht mehr schlafen, er macht sich bitterste Vorwürfe. »Wenn ich nicht an Valdini die Botschaft vom Angriff auf Neapel geschickt hätte«, gesteht er Hemma, »dann wäre die Stadt nicht gerüstet gewesen, wir hätten sie schnell eingenommen. Es hätte keine Belagerung gegeben und keine Seuche. Alles ist meine Schuld.«

Hemma versucht ihn zu trösten. »Alles was geschieht, ist Gottes Wille. Wenn er Heinrichs Heer eine Krankheit schicken will, braucht er dazu nicht deine Hilfe.«

Er nickt. »Vielleicht. Aber dort vor Neapel sterben meine Freunde. Und der Kaiser.« Dann fällt ihm etwas ein. »Hier in Salerno gibt es doch die besten Ärzte der Welt. Warum gehen sie nicht dorthin und helfen?«

»Ich will Frau Trotula fragen«, verspricht Hemma. »Und vielleicht kann auch die Kaiserin darum bitten.«

Am übernächsten Morgen bricht eine Abordnung der Universität in Richtung Norden auf, Hemma ist auf Wunsch der Kaiserin dabei.

Über dem Feldlager liegt der faulige Gestank von Exkrementen und Verwesung. Man kann es nicht betreten, ohne sich Mund und Nase mit einem feuchten Tuch zu umwickeln, es ist unerträglich. In Zelten oder im Freien, in der prallen, mörderischen Augusthitze, liegen die Kranken. Die einen haben Darmkrämpfe, die anderen schreien im Fieberwahn. Leichenhaufen überall; in einiger Entfernung vom Lager werden immer neue Massengräber ausgehoben.

Natürlich kümmern sich die Ärzte aus Salerno nicht um das Fußvolk. Sie besuchen die Zelte des Adels, räuchern sie aus, verabreichen bittere Tränke. Doch in den allermeisten Fällen können auch sie nicht helfen; und die Ansteckung ist sowieso nicht zu verhindern. Gegen den Blutfluss ist nun einmal kein Kraut gewachsen.

Hemma geht den Ärzten zur Hand, wo immer es möglich ist. Eine Katastrophe von solchem Ausmaß hat sie noch nie gesehen, aber sie hat gar keine Zeit, die schrecklichen Bilder auf sich wirken zu lassen. Jeden Tag gibt es neue Kranke. Sie hat das Gefühl, es wird erst vorbei sein, wenn der letzte Soldat tot daliegt.

Der wichtigste Patient ist jedoch der Kaiser. Man hat ihn etwas abseits in ein eigenes Krankenzelt gebracht, das auf einer kleinen Anhöhe liegt. Hier ist die Luft besser, schließlich weiß man, dass Seuchen wie diese von einem bösen Miasma verursacht werden, einem giftigen und stinkenden Nebel. Oder von der Konstellation der Sterne. Oder vom Genuss schlechten Schweinefleisches. Oder, oder, oder. Hemma ist das ganz egal, hier gilt es einfach nur, Leiden zu lindern. Nachdem sie in den ersten zwei Tagen überall im Lager unterwegs war, hat man sie endlich ans kaiserliche Krankenlager geschickt. Aufgeregt ist sie, denn dies ist schließlich eine ganz besondere Verantwortung.

Als sie ins Zelt tritt, hat man Heinrich gerade eine Bettschüssel untergeschoben, in die er sich zum zehnten Mal an diesem Tag entleert. Er sieht zum Fürchten aus, beinahe grün im Gesicht, die Wangen eingefallen, die Augen tief in den Höhlen. »Majestät«, sagt Hemma, als er fertig ist und sie die Schüssel draußen geleert hat, »ich bringe Euch Grüße von der Kaiserin. Sie hat mich hergeschickt, um Euch zu pflegen und Euch zu sagen, dass sie in großer Sorge um Eure Gesundheit ist.«

Er lächelt schwach. »Ich fürchte«, flüstert er, »die Kaiserin … wäre ohne mich … glücklicher.« Das Sprechen fällt ihm schwer.

Hemma tupft ihm mit einem sauberen Leintuch den Schweiß von der Stirn. »Ihr müsst viel trinken, Herr, das ist wichtig.« Sie kennt das von kleinen Kindern, die Durchfall haben. Was unten ausläuft, muss oben wieder hinein, das hat die alte Oda immer gesagt.

Aber der Kaiser behält seit Tagen nicht einmal mehr Wasser, geschweige denn die Suppe, die ihm die Ärzte verordnet haben. Hemma sitzt Tag und Nacht an seinem Bett, sieht zu, wie er immer schwächer wird. Bedrückt und ratlos stehen die Ärzte um sein Lager. Der eine plädiert für Schröpfen, der andere für Sitzbäder. Dann kommt das Fieber. Und schließlich, am zwölften Tag seiner Krankheit, als Hemma die Bettpfanne leeren will, ist sie voller Blut. Hemmas Hände zittern, als sie die Schüssel aus dem Zelt trägt. Denn sie weiß von den Ärzten, dass sich dann die inneren Organe des Menschen auflösen. Wenn dieses Stadium der Abweiche erreicht ist, muss man mit dem Schlimmsten rechnen.

Der Bischof von Mainz eilt mit den Utensilien für die Letzte Ölung herbei.

Man betet. Und hofft.

36
Salerno, Ende August 1191
Konstanze

Ich kann nichts tun. Nur warten. Warten, warten, warten. Seit drei Tagen kommen keine Nachrichten mehr. Ich habe Angst um Heinrich. Ich will nicht, dass er leidet. Schließlich ist er mein Mann, unsere Ehe wurde vor Gott geschlossen. Wenn er stirbt, was wird dann aus mir? Und aus Sizilien? Und aus Heinrichs Seele? Wenn er vors Jüngste Gericht tritt, erwartet ihn dort die Bürgerschaft von Tusculum? Ich habe ihn einmal im Scherz Kuno von Münzenberg fragen hören: »Was willst du denn einmal im Himmel? Da kennst du doch keinen!« – »So leichtfertig spricht man nicht über das Jenseits, Majestät«, hat der Münzenberger geantwortet. Und jetzt steht der Kaiser vielleicht schon vor dem ewigen Richter! Ich schicke Laila zum dritten Mal heute auf den Turm des Palastes, um nach Boten Ausschau zu halten.

Gottfried besucht mich, um mir weitere Proben seiner Kunstfertigkeit zu zeigen. Auch er ist unruhig, er macht sich Sorgen um Hemma. Wir arbeiten nicht am Buch, sondern reden über den Feldzug. »Eins ist klar«, sagt er. »Dieser Krieg ist zu Ende.«

Er hat natürlich recht. Heinrich kann froh sein, dass Tankred ihn in dieser Lage nicht angreift. Weiß der Himmel, warum er es nicht tut. »Er spart sich den Einsatz«, meint Gottfried. »Er weiß, dass sich das, was vom kaiserlichen Heerbann noch übrig ist, ohnehin bald über die Alpen zurückziehen wird. Sobald die Toten begraben sind und sich die Kranken so weit erholt haben, dass sie ziehen können. Der Feldzug ist gescheitert, da braucht es keinen Kampf mehr.«

Ich denke darüber nach, alles für einen baldigen Aufbruch richten zu lassen. Lange werde ich wohl nicht mehr hier bleiben. Außerdem ist es auffällig, dass sich seit Tagen keine Abordnung der Bürgerschaft von Salerno mehr hat blicken lassen. Anfangs haben sie mich umschwänzelt und mir jeden Wunsch von den Augen abgelesen. Täglich bekam ich Besuche oder Einladungen. Jetzt verhalten sie sich seltsam still. Ich habe ein ungutes Gefühl. Was hat das zu bedeuten? Irgendetwas tut sich da, was mir verborgen bleibt. Ich habe die deutsche Besatzung des Kastells in Bereitschaft versetzen lassen.

Im Buch sind wir inzwischen beim Tod Wilhelms angelangt. Ich bin so traurig, als ich Gottfrieds Worte lese: *»Die Sonne der Menschen stirbt, die Himmlischen erleiden Finsternis. Der Mond Englands beweint verwaist das Tageslicht Siziliens. Gen Westen verfinstert sich der Erdkreis erschüttert. Die Götter weinen, die Sterne trauern, es weint das Meer, es klagt die Erde …«* Auch ich weine.

Und dann kommt endlich Nachricht aus dem Feldlager. Der Kaiser hat den Blutfluss glücklich überstanden, erholt sich aber nur langsam. Der Befehl zum Abbruch der Belagerung ist gegeben.

Ich schließe die Augen. Er lebt! Sizilien aber bleibt verloren. So nah war ich dem Land, das ich liebe, und nun muss ich wieder zurückkehren in den Norden. Die Waage hat sich auf Tankreds Seite geneigt. »Tommasina«, rufe ich. »Wir packen.«

Noch bevor sie mir antworten kann, höre ich draußen Lärm. Dann stürzt auch schon Tommasina herein, gefolgt von Meinhold von Thurn, dem Befehlshaber meiner Palastgarde. »Das Kastell wird angegriffen, Majestät«, berichtet er; die Sorge steht ihm ins Gesicht geschrieben. »Die Salernitaner haben uns verraten.«

Ich wusste es. Die Bürgerschaft dreht ihr Fähnlein nach dem Wind. Erst stand sie aufseiten des Kaisers, jetzt muss sie befürchten, dafür von Tankred gestraft zu werden. »Sie wollen sich freikaufen, indem sie mich opfern«, sage ich, und ich kann sie sogar verstehen. Sie wollen nicht enden wie Tusculum.

»Gebt Befehl, das Kastell bis zum Letzten zu verteidigen«, weise ich Herrn Meinhold an. »Und versucht, einen Boten an den Kaiser zu schicken.«

»Das ist unmöglich, Herrin. Sie haben den Palast umzingelt und abgeriegelt. Hier kommt keiner hinaus. Wir sind auf uns allein gestellt.«

Was soll ich nur tun?

Zwei Tage lang verteidigen meine tapferen Ritter verzweifelt das Kastell. Der Bote, den wir in höchster Not doch noch versucht haben hinauszuschicken, ist vor meinen Augen niedergemetzelt worden. Und gerade sagt man mir, Herr Meinhold sei von einem Pleidenwurf getroffen und läge im Sterben.

Ich gebe auf. Es hat keinen Sinn mehr. Niemand wird uns zu Hilfe kommen.

Elia de Gisualdo lässt sich melden, einer der Stadtadeligen. Ich habe um Verhandlungen gebeten. Er ist ein spindeldürres Männchen, winzig und grau. Vor Gicht kann er nicht gehen, er lässt sich von zwei Dienern tragen. Bei meiner Ankunft hat er mich noch umschmeichelt und mir schön getan. Heuchler. Nun sagt er mit Leichenbittermiene, was ich schon weiß: »Lasst den Kampf einstellen, Majestät. Die Stadt hat sich für König Tankred erklärt. Ihr seid ab sofort unsere Gefangene. Ergebt Euch, bevor es zu noch mehr Blutvergießen kommt.«

Am liebsten würde ich schreien. »Ich will Eurer Bitte Folge leisten«, antworte ich und zwinge mich zur Ruhe, »aber nur unter der Bedingung, dass meine Männer freies Geleit bekommen. Danach werde ich mich in Eure Hand begeben.«

Er nickt. »Das ist ein würdiger Vorschlag, Herrin. Allerdings kann ich das nicht alleine entscheiden. Darf ich mit Eurer Erlaubnis noch jemanden dazubitten?«

»Wie Ihr wünscht, Signor.«

Er schickt einen Diener hinaus, und kurz darauf geht die Tür auf. Herein kommt – Richard von Acerra. Mit drei Schritten ist er bei mir und fällt auf die Knie. Ich wehre ihn ab, trete einen Schritt zurück. Wut kocht in mir hoch. Auch er hat mich verraten.

»Du?«, frage ich, »ausgerechnet du? Du wagst es, mir unter die

Augen zu treten? Ich habe dir vertraut, Richard. Auch du hast mir Treue geschworen, damals. Du warst immer mein Freund. Und jetzt?«

Er senkt den Kopf. »Costanza«, sagt er, »vergebt mir, wenn Ihr könnt.« Er sieht müde aus; die Jahre haben ihre Spuren in seinem Gesicht hinterlassen.

Bitterkeit steigt in mir auf. »Kommt Ihr als mein Mörder?«

»Niemals«, antwortet er und richtet sich auf. »Ich komme als Abgesandter König Tankreds. Er will Euch …«

»… als Gefangene? Als Geisel? O Richard, warum habt Ihr mich alle verraten?«

Trotzig erwidert er: »Wir wollen einen Hauteville als König, keinen Staufer. Sizilien muss von einem Sizilianer regiert werden.«

»Ich bin Sizilianerin!«, brause ich auf.

»Ihr seid die Ehefrau des Deutschen.«

»Das habt Ihr alle gewusst, als Ihr mir Treue geschworen habt!«

»Costanza …«

»Und sag nicht Costanza zu mir!«

»Verzeiht, voscenza benadica.« Er will nicht weiterstreiten. Es ist ja ohnehin sinnlos. »Macht Euch abreisefertig«, sagt er. »Ich habe Befehl, Euch nach Sizilien zu bringen. Morgen früh wollen wir absegeln.«

»Ich werde bereit sein.«

Es ist eine Ironie des Schicksals. So werde ich doch noch meine Heimat sehen. Als Gefangene. Noch am Abend entlasse ich meine Verteidiger, mit ihnen reiten alle meine Dienerinnen außer Tommá und Laila. Und Gottfried. Er hat versprochen, das Buch wie seinen Augapfel zu hüten. »Bis wir uns wiedersehen«, hat er gesagt. Ob es dieses Wiedersehen geben wird? Ich weiß es nicht. Ich habe Angst. Was wird Tankred mit mir tun? Wird er mich am Leben lassen? Wenn ich tot bin, ist er alle Sorgen los. Aber das wird er nicht wagen. Auch in ihm fließt schließlich Hauteville-Blut.

Am nächsten Morgen ziehe ich meine kostbarsten Kleider an, lasse mich von Tommasina und Laila sorgfältig zurechtmachen und trete in die leere Halle. Ich werde mich als Königin in ihre Hände geben, nicht als Besiegte. Noch sind sie nicht gekommen, um mich zu holen. Ich sehe aus dem Fenster, lasse meinen Blick über die Dächer der Stadt bis zum Meer schweifen. Sieben Schiffe liegen im Hafen, eines davon wird mich nach Sizilien bringen.

Dann höre ich Schritte. Ich wende mich um, und vor mir steht an der Spitze einer Truppe Bewaffneter – Aziz.

37
Messina, Anfang September 1191

Konstanze und ihre Frauen müssen zunächst unter Deck bleiben. Erst gegen Ende der Überfahrt lässt man die Kaiserin nach oben, um frische Luft zu schnappen. Sie steht am Bug, kann es nicht erwarten, bis ihre Insel am Horizont auftaucht. Aziz hat sie die ganze Zeit über nicht mehr gesehen; sie ist immer noch wie betäubt von der Begegnung mit ihm.

In Messina verlässt sie das Schiff und wird sofort in die Residenz gebracht. Unter Bewachung durch die Palastgarde bezieht sie die Frauengemächer. Mit merkwürdigen Gefühlen, ja, beinahe glücklich geht sie durch die Räume, begrüßt jeden Diwan, jedes Tischchen, jedes Wandmosaik wie einen alten Freund. Nichts hat sich verändert, seit sie das letzte Mal hier gewesen ist. Nur sie ist nicht mehr die selbe. Sie ist hier als Gefangene.

Gleich am nächsten Tag lässt Tankred sie holen. Zwei sarazenische Wächter bringen sie in den großen Saal, es ist derselbe, in dem sie damals das Erdbeben überrascht hat.

Tankred steht ganz am Ende des Raumes neben dem porphyrnen Thronsessel. Er hat sich formell gekleidet und trägt sogar die Pendilienkrone. Lächerlich sieht er damit aus; der obere Rundteil der Krone ist für seinen winzigen, unförmigen Schädel viel zu groß. Dennoch: Seine Aufmachung ist ein eindeutiges Zeichen für Konstanze – und eine Beleidigung. Mit ein paar raschen Schritten ist sie bei ihm. Die Begrüßung spart sie sich.

»Was du da auf dem Kopf trägst, ist meine Krone!«, fährt sie ihn an.

Seine Miene verfinstert sich; er zischt zurück: »Ich bin genauso ein Hauteville wie du!«

Sie lacht laut auf. »Das stimmt nicht, Tancredi, du bist nur ein Hauteville-Bastard, und das weißt du genau.«

»Nun, dieser Hauteville-Bastard, wie du es nennst, Costanza, ist jetzt gewählter König von Sizilien.«

Sie zittert vor Wut. »Gewählt von wem? Einem Haufen wortbrüchiger Schurken, die einen Eid auf mich geschworen haben.« Ganz nah tritt sie an ihn heran, ihre blauen Augen funkeln. »Sieh mich an, Tancredi: Ich bin die Tochter Rogers. Die einzige rechtmäßige Herrscherin. Ich bin Sizilien!«

Tankred muss zu ihr aufschauen, wenn sie so nah vor ihm steht, er reicht ihr nur knapp bis zur Schulter. »Du wirst deinen Hochmut schon noch verlieren, Costanza.« Er rafft seinen Mantel und setzt sich demonstrativ auf den Thron.

»Was willst du nun mit mir tun?«, fragt sie ruhig.

»Oh, das Einfachste wäre, dich umbringen zu lassen. Du kannst aber auch öffentlich auf die Krone verzichten und mich als Herrscher anerkennen. Ehrlich gesagt, wäre mir das am liebsten. Ich mache mir nicht gerne die Hände schmutzig, und immerhin bist du meine Tante.«

»Weder das eine noch das andere würde den Kaiser davon abhalten, sich Sizilien zu holen.«

Er breitet die Arme aus. »Der Kaiser ist geschlagen!«

»Ja, fürs Erste.« Konstanze weiß es besser. »Du kennst ihn nicht, Tancredi. Er wird nicht aufgeben. Du kannst nicht gewinnen. Aber wenn du mich anständig behandelst, werde ich ihn bitten, dich am Leben zu lassen.«

Tankred stößt einen Wutschrei aus. Sein hässliches Gesicht ist rot angelaufen. »Soll er doch kommen und mich holen! Gott ist auf meiner Seite, Costanza. Er hat dem Kaiser die Seuche geschickt vor Neapel und dich in meine Hände gegeben. Er wird mich auch in Zukunft nicht im Stich lassen.«

»Wenn Gott auf deiner Seite wäre, hätte er dich im Purpur zur Welt kommen lassen, so wie mich. Gott, Tancredi, macht sich nicht gemein mit Wortbrüchigen und Thronräubern.«

Er deutet mit spitzem Finger auf ihre Brust. »Nimm dich in Acht, Costanza. Meine Gutmütigkeit hat Grenzen. Denk über meinen Vorschlag nach: Beuge öffentlich das Knie vor mir, und ich schicke dich am nächsten Tag zu deinem Mann zurück. Wenn nicht …« Er zuckt die Schultern. »Wache!«

Die Tür geht auf, und Tankred lässt Konstanze abführen.

An der Spitze der vier Wachleute geht Aziz.

Als sie in den Frauengemächern angelangt sind, gibt er den Wächtern Befehl, draußen zu bleiben. Konstanze hat ihn unterwegs mit keinem Blick gewürdigt, und nur Gott weiß, wie schwer ihr das gefallen ist. Jetzt geht sie voraus in ihre Zimmer. Als sie hört, dass er ihr folgt, dreht sie sich um.

»Das also ist aus dir geworden«, sagt sie leise, »nach all den Jahren.«

»Ja, ich bin Kommandant der Palastwache«, gibt er zurück. Seine Stimme klingt anders als früher, tiefer, ein bisschen rau und doch sanft.

»Mein Kerkermeister also.« Sie schließt kurz die Augen. »Dass von allen Menschen ausgerechnet du zu meinen Feinden übergelaufen bist …«

»Nein!« Er schüttelt heftig den Kopf, macht einen Schritt auf sie zu. »Du täuschst dich, Costanza. Ich bin hier, um die Königin von Sizilien zu schützen. Mit meinem Leben.«

Sie schaut ihn an, kann es nicht glauben. Jede seiner Bewegungen, jede seiner Gesten ist ihr vertraut.

»Ist das wahr?«, fragt sie. Ein Gefühl steigt in ihr hoch, das sie längst verloren geglaubt hat.

»Costanza«, flüstert er, »Ja, bei allem was mir heilig ist.«

Noch nie in ihrem Leben war sie innerlich so aufgewühlt. Kein Wort bringt sie über die Lippen, sie kann ihn nur stumm ansehen.

Er ist älter geworden, aber immer noch schön, so schön! Seine mandelförmigen dunklen Augen, die schmale Nase, der sinnliche Mund. Er trägt jetzt einen Bart, schmal und scharf ausrasiert. Das Haar ist länger als früher, es fällt ihm bis auf die Schultern. Seine Hände sind erhoben, fast wie zum Gebet. Und mit einem Herzschlag ist alles wieder da. All die Liebe, all die Sehnsucht. Das, worauf sie ihr ganzes Leben gewartet hat. Denn sie hat nichts vergessen. Nein, diesmal wird sie ihn nicht fortschicken. Sie geht zu ihm, stumm lässt sie die Finger über sein Gesicht gleiten. Ihre Lippen finden sich zu einem Kuss, erst vorsichtig, fast schüchtern, dann hungrig und leidenschaftlich. Jetzt endlich sind sie nicht mehr der kleine Sarazene und die Prinzessen, sie sind nur noch zwei Liebende, die sich wiedergefunden haben. Er geht in die Knie, zieht sie mit sich auf die weichen Teppiche. Mit zitternden Fingern nestelt sie an seinem Lederwams, während er den Gürtel ihres Kleides löst. Er riecht nach Sandel und Ambra, nach Schweiß und Männlichkeit. Tief atmet sie seinen Duft, betörend wirkt er und lockend. »Habibi«, flüstert sie, als seine Hände endlich auf ihren Brüsten liegen. Wie kann es sein, dass sie plötzlich fühlt, spürt, begehrt? Dass sie es nicht erwarten kann, bis er endlich ihre Schenkel streichelt? Sich ihm entgegenwölbt, damit er endlich, endlich in sie eindringt? So kann es also sein! Überwältigt von so viel Lust, die sie nie gekannt hat, gibt sie sich ihm hin, schlingt die Beine um ihn, wimmert und fleht, komm doch, komm, hör nicht auf, bitte bitte hör nicht auf, o Gott hör nicht auf!

Er hält sie in seinen Armen, ganz fest, bewegt sich in ihr, nimmt sie, bis sie endlich seinen Namen ruft.

Tommasina schaut besorgt herein, lächelnd hebt sie die Augenbrauen. Dann schließt sie leise von außen die Tür und setzt sich dahinter auf einen Hocker. Sie wird über die beiden wachen, wenn es sein muss, bis zum nächsten Morgen.

38
Montecassino, Mitte September 1191

Der Weg von Salerno nach Norden ist anstrengend, zu Fuß in der prallen Sonne. Und es müssen ja auch noch die Kranken und Verletzten mitgeschleppt werden. Erschöpft kommen Gottfried und Hemma im Reichskloster an, zusammen mit der tapferen Wachmannschaft des Kastells Terracina. Der Kaiser ist noch da, um sich ein paar Tage auszuruhen; die Reste des Heerbanns schleppen sich müde und niedergeschlagen Richtung Toskana und Lombardei voraus. Dass nur so wenige heimkehren, ist schlimm. Noch schlimmer, dass so viele jämmerlich sterben mussten. Ein Ritter wünscht sich einen ehrenhaften Tod in der Schlacht, aber nicht ein elendes Verrecken im eigenen Unflat. Gott sei Dank, denkt Gottfried, ist dies Heinrich erspart geblieben. Allerdings nur knapp, das sieht er dem Kaiser an, als er erstmals wieder zu ihm gerufen wird.

Heinrich ist erschreckend mager, seine Bewegungen sind fahrig und schwach. Nur in seinen Augen erkennt man schon wieder das alte unruhige Flackern.

»Was werdet Ihr tun, Majestät, um die Kaiserin zu befreien?«, fragt Gottfried, nachdem er den Text für ein Schriftstück aufgenommen hat. Er weiß, dass er hier eine Grenze überschreitet, es steht ihm nicht zu, so mit dem Kaiser zu reden. Aber er quält sich seit Salerno unaufhörlich mit der Frage, was nun mit Konstanze werden soll.

Heinrich blickt ein wenig irritiert auf. »Nun, äh, im Augenblick nichts.«

»Aber … wenn sie ihr etwas antun?«

»Was machst du dir Gedanken?« Heinrich runzelt die Stirn. »Es wird ihr schon nichts geschehen. Und wenn Tankred sie umbringen lässt, wird es wohl Gottes Wille sein. Dann bin ich eben Erbe der Krone Siziliens.« Er zuckt mit den Schultern. »Jedenfalls muss ich zuerst notgedrungen ins Reich zurück. Ich muss Geld und Leute für einen zweiten Kriegszug zusammenkratzen, verdammt.«

Gottfried öffnet schon den Mund, um etwas zu erwidern, aber er wagt nicht, dem Kaiser zu widersprechen. Ist Euch die Kaiserin denn völlig gleichgültig?, will er fragen. Aber die Antwort ist ohnehin klar: Ja. Heinrich verspürt offenbar keinerlei Regung beim Gedanken daran, dass seine Frau von Tankred als Faustpfand benutzt wird. Ihm geht es nur um Sizilien. Gottfried kann es nicht begreifen. Anscheinend bin ich der Einzige hier, dem das Leben der Kaiserin etwas bedeutet, denkt er, als ihn sein Weg in die Kanzlei zurückführt. Und er überlegt verzweifelt, wie man ihr helfen könnte.

»Was ist denn das für eine Missgeburt?« Petrus von Eboli beugt sich neben Gottfried über das Skizzenblatt. Darauf erkennt man ein kleines Männchen mit merkwürdig affenähnlichem Kopf und viel zu langen Armen.

»Das ist Tankred von Lecce, der Thronräuber! Die Kaiserin hat mir sein Aussehen genau beschrieben.«

»Ah!« Petrus besieht sich die Blätter, die schon fertig auf einem Tischchen neben Gottfrieds Arbeitsplatz liegen. »Was wird denn dies alles?«

»Ich habe Auftrag von der Herrin Konstanze, die Geschichte ihrer Familie und Siziliens in einem Codex zusammenzufassen, vor allem auch die Ereignisse der letzten Jahre, Wochen und Monate. Seht her: Da ist Palermo, wie es um den toten König Wilhelm trauert. Hier der Einzug Tankreds in die Stadt. Die Texte dazu habe ich schon geschrieben, sie liegen dort drüben.«

Petrus packt der blanke Neid. Wieder hat Gottfried einen Auftrag von der Kaiserin bekommen. Und was für einen! Er bemerkt, wie fein die Figuren gezeichnet sind, liest die Verse in klarem, verständlichem Latein. »Wenn Ihr einen Helfer braucht«, sagt er, »dann stehe ich Euch liebend gern zur Verfügung.«

»Oh, vielen Dank, Petrus«, sagt Gottfried erfreut. »Wenn Ihr wollt, könntet Ihr Euch über die Initialen machen; ich habe sie bisher im Text ausgelassen.« Er steckt sich die Feder hinters rechte Ohr und breitet ein paar Blätter vor Petrus aus. »Ihr wisst ja, man schreibt sie immer rot. Meist nimmt man dafür eine ziegelrote Tinte aus Bleimennige. Zinnober geht auch. Wir aber nehmen diesmal rotes Folium!«

»Ah!« Petrus will beweisen, dass er etwas gelernt hat: »Rotes Folium ist ein Saft, der purpurfarben wird, wenn man ihn mit erhitzter Kohle anrührt. Gibt man beim Mischen stattdessen Kalk dazu, wird es blau.«

»Sehr gut! Und merkt Euch: Für Folium braucht Ihr eine tief geschlitzte Feder, so wie diese hier.«

Petrus sucht sich ein frisches Tintenhörnchen. Erst gestern hat einer der Kanzleilehrlinge etliche Rinderhörner gekocht, damit sich die Hornummantelung vom Knochen löst. Ein anderer hat die Hörner anschließend auf die gewünschte Größe zugeschnitten und die Oberfläche poliert. Die Kanzlei hat immer einen größeren Vorrat davon. Auch Federn – mit Rechts- und Linkskrümmung, große und kleine – sind stets in großer Zahl vorhanden. In der Farbkammer stapeln sich große und kleine Behälter aus Horn, Muscheln, Kupfer und Ton mit den wichtigsten Grundfarben. Petrus macht sich ans Werk.

Gottfried überlegt sich derweil Textzeilen zu Tankreds Missgestalt: *»Du lebst von hinten betrachtet als Knabe und von vorne als Greis … Damit ein Knabe entsteht, müssen beide Elternteile Flüssigkeit ausscheiden, aus der ein vollkommener Knabe auf die Welt kommt … Aber bei Tankred war ein Elternteil aus königlicher Abstammung, der andere aus einem Geschlecht von mittlerem Rang. Die eine Natur meidet die andere, vor des Ofens Schlacke schreckt der Edelstein zurück, Boden vereinigt sich nicht mit Edlem. Das billige Gefäß stößt den männlichen Samen aus, der Mensch wird nur aus weiblichem Samen gezeugt. Soviel die ärmliche Materie der Mutter eben vermochte, steuerte sie bei und brachte ein geringes Werk zustande.«*

Immer mehr steigert sich Gottfried in seine Wut auf Tankred hinein, diesen Bösewicht, der es gewagt hat, Hand an seine Hohe Frau zu legen. *»Natur, das ist deine Posse: Ein Affe, ein schimpfliches Wesen, herrscht, ein Mensch gleich einer Missgeburt …«*

Aber so viel er auch über Tankred Böses schreibt, Gottfried kann sich dadurch doch nicht von seiner eigenen Schuld befreien. Denn auch er hat mitgewirkt am Unglück der Kaiserin. Hätte Valdini nicht von ihm erfahren, dass Neapel erstes Ziel des Kaisers sein würde, dann hätte die Belagerung nicht so lange gedauert, dann wäre keine Seuche ausgebrochen, der Feldzug wäre nicht gescheitert. Und Salerno hätte nie die Seiten gewechselt und Konstanze in Tankreds Hände gegeben. Gottfrieds Gewissensbisse lassen ihn nicht ruhen. Er vergräbt das Gesicht in den Händen.

Was, wenn der Kaiserin tatsächlich ein Leids geschieht? Wie soll er mit dieser Schuld weiterleben?

Und schließlich verfasst er eine kurze Nachricht an Valdini:

»Gottfried der Schreiber an Padre Luca Valdini, den Mittwoch nach Lamberti ao. 91.

In groszer Sorg um das Wohl ergehn der Kaiserin ersuch ich Euch inprünstig, Euch bei seiner Heyligkeitt umb das Leben von Frau Constance zu verwenden. Versprech auch darfür, Euch hinforten weitterhin noch beßer zu dienen mit allem, wie bißhero. Nota bene: Der Kaiser ist noch schwach, will aber baldt weitter reisen ins Reich. Er hat Sicilien nit auff geben, vielmehr wird er neue Kräfft sammeln, umb wiedrum gen Sueden zu ziehn.

Ich bitt Euch, thuet was Euch möglich ist für die Kaiserin.«

39
Messina, Dezember 1191
Konstanze

Noch nie in meinem Leben war ich so glücklich. Während zwischen Tancredi und meinem Gatten Boten über meine Freilassung und die Zukunft Siziliens verhandeln, verbringe ich mit Aziz gestohlene Stunden. Wir wissen beide, dass es gefährlich ist, aber die Liebe kennt keine Angst. Es gibt eine Legende bei den alten Griechen – war es Plato? –, die ich als Kind von Herrn Peter von Blois gehört habe. Ich erinnere mich ungefähr so: Ursprünglich schufen die Götter den Menschen als Kugel, doch als sie sahen, dass er sündhaft war, straften sie ihn damit, dass sie ihn in zwei Teile zerbrachen. Seither muss jeder Mensch sein Leben lang verzweifelt nach der Hälfte suchen, die zu ihm gehört.

Mit Aziz habe ich meine andere Hälfte gefunden. Er ist ein Teil meines Körpers und meiner Seele. Ganz gleich, wie das hier einmal endet, ich werde es niemals bereuen. Jede Stunde genieße ich, als ob es meine letzte wäre. Danke, Gott, dass du mich hierhergeführt hast. Und danke, Gott, dass du mir auch mit Aziz nicht gewährst, was du mir mit meinem Gatten schon versagt hast: Fruchtbarkeit. Eine Schwangerschaft wäre mein Ende, und das von Aziz. Ja, wir sind verrückt. Tommasina besorgt mir regelmäßig Granatapfelkerne; in die Scheide gesteckt sollen sie das Zusammenfließen der Säfte verhindern, aus dem ein Kind entsteht. Und Aziz zieht sich auch meist zurück, bevor sein Samen sich ergießt. Jeden Tag bete ich, dass nichts geschieht, aber voneinander lassen können wir dennoch nicht.

Tancredi hat offenbar den Gedanken aufgegeben, mich gleich umzubringen. Er möchte wohl nicht als Mörder dastehen. Außerdem geht das Gerücht, der Papst wolle meinen Tod nicht, und der Heilige Stuhl ist schließlich Tancredis einziger Verbündeter. Ab und zu schickt er seine Frau Sibilla, sie soll sich bei mir einschmeicheln und mich mit freundlichen Worten dazu bringen, dem Thron zu entsagen. Ich entgegne ihr jedes Mal zuckersüß, mein Erbe sei eine Sache von Gottes Gnaden, es stünde mir nicht an, dieses Geschenk zurückzuweisen. Natürlich hasst sie mich dafür, aber sie reißt sich zusammen und bleibt stets höflich. Bis gestern. Da hat sie mir ihre Kinder gezeigt und gesagt: Dies hier sind die Erben der sizilianischen Krone. Wem würdest du das Reich vererben? Du bist wie ein verdorrter Baum ohne Frucht. Nach dir kommt nichts. Gesteh dir endlich ein, dass Tancredi und seine Kinder die einzigen Hauteville sind, die die Blutlinie fortsetzen!

Ich habe sie daraufhin von Tommasina hinausbegleiten lassen.

Heute Morgen habe ich Besuch erhalten vom Vater meines alten Kindheitsfreunds Jordanus, dem edlen Damiano von Caltabellotta.

Ein Greis ist er geworden. Er hat mich gebeten, ihm und seinem Sohn die Parteinahme für Tancredi zu verzeihen. »Wir haben aus Vaterlandsliebe gehandelt«, hat er gesagt. »Wir wollen kein Staufer-Sizilien, das von Heinrich ausgeblutet wird. Es geht nicht gegen Euch, ma reine, aber wir wollen ein normannisches Königtum, kein deutsches.« Und ich verstehe ihn sogar. »Ich verzeihe Euch, Damien«, habe ich ihm geantwortet, »denn auch ich will dasselbe. Ein normannisches Königtum, wie du eben sagtest. Bin ich denn nicht Normannin, Tochter und Enkelin der beiden Roger? Ich bin die Zukunft Siziliens. Eure Zukunft. Ich würde einen Weg finden, von Heinrich unabhängig zu regieren, das weiß ich. Und ich habe nicht verdient, von euch Baronen so behandelt zu werden.« Er hat mir ein Geschenk seines Sohnes dagelassen: eine Vase, auf der ein Paar Schmetterlinge gezeichnet sind, grün-gelb, solche, wie es sie nur in Castrogiovanni gibt. Ich erinnere mich noch gut daran, dass Jordanus und ich sie oft miteinander tanzen sahen, damals, als wir noch Kinder waren. Auch er weiß es offenbar noch.

Die Verhandlungen mit meinem Mann sind ins Stocken geraten. Er lässt sich nicht erpressen. Das habe ich Tancredi gleich zu Anfang gesagt, aber er wollte mir ja nicht glauben. Inzwischen hat er den Papst als Vermittler eingeschaltet. Ein Gesandter der Kurie war hier, Padre Luca Valdini. Ein unangenehmer Mensch, nicht nur deshalb, weil er ohne Nasenspitze einen abstoßenden Anblick bietet. Er machte mir weis, der Kurie läge an nichts auf der Welt mehr als an meiner Freilassung, und er solle sich im Auftrag Seiner Heiligkeit persönlich von meiner Unversehrtheit überzeugen. Er versicherte mir, er wolle sich dafür verwenden, dass Tancredi mich dem Papst übergäbe. Der Mensch ist mir widerlich. Er ist hochmütig und strahlt etwas Böses aus. Ich vertraue ihm nicht.

In Wirklichkeit will ich gar nicht hier weg. Diese Gefangenschaft hat mir die glücklichsten Monate meines Lebens gebracht. Allein der Gedanke, zurückzukehren und das Lager wieder mit dem Kaiser zu teilen statt mit Aziz, verursacht mir Übelkeit. Jetzt, wo ich weiß, wie es sein kann – wie soll ich Heinrichs Berührungen noch ertragen? Ich möchte am liebsten die Welt und die Zeit anhalten.

40
Palermo, Frühling 1192

Der Winter ist für Konstanze vergangen wie im Flug. Sie ist zusammen mit dem Königshof nach Palermo gereist und hat im Palast neue Gemächer bezogen. Man hat ihr nicht die alten Räume zugewiesen, in denen sie jedes Mosaik, jede Wandmalerei kennt, sondern eine ihr unbekannte Zimmerflucht im zweiten Stockwerk. Schwarzweiße Cosmatenfußböden, gezackte Rundbögen als Fenster, die Decken mit filigransten Holzarbeiten verziert. Seidenvorhänge verhüllen die Wände, samtbezogene Diwane mit bunten Kissen stehen bereit. Sie fühlt sich wohl in diesen Räumen, die den orientalischen Lebensstil ihrer Kindheit atmen.

Ihre Anwesenheit im Land lässt sich nicht lange geheim halten. Inzwischen ist beim Volk das Gerücht durchgedrungen, die Tochter Rogers sei in Sizilien als Gefangene. Überall im Land redet man darüber, die Menschen nehmen Anteil und sind empört. Täglich sammeln sich irgendwo vor den Mauern des Palazzo Reale Neugierige, die einen Blick von der Kaiserin erhaschen wollen, eine Bestätigung dafür suchen, dass sie wirklich da ist.

»Du musst dich ihnen zeigen«, meint Tommasina, »sie warten darauf.«

Aber wie soll sie das tun? Ihre Zimmer liegen zum Innenhof hin, und sie kommt ohne Bewachung nicht hinaus.

Schließlich ergibt sich eine Gelegenheit: Sie hat darum gebeten, San Giovanni degli Eremiti aufsuchen zu dürfen, um dort im Kreuzgang zu beten. Das Kloster liegt, nur durch den Fluss getrennt, neben dem Palast; der Weg führt über eine hölzerne Brücke. Aziz kann es einrichten, dass junge, unerfahrene Wachen sie begleiten, und so gelingt es ihr, auf dem Rückweg im ersten Stockwerk des Palastes zu einem Fenster zu laufen und hinauszuschauen. Die Wächter sind unsicher, wissen nicht was sie tun sollen. Unten auf dem Platz haben die Leute Konstanze schon erspäht, Jubel brandet auf. Immer mehr Menschen laufen zusammen. Ist sie es? Ist sie es nicht? »Ja, ich bin's, Costanza!« Sie winkt, lacht, ruft ihnen Grüße zu. Bis die Männer sie endlich vom Fenster wegziehen, haben so viele Leute sie gesehen, dass am Abend ganz Palermo auf den Beinen ist. Das Volk fordert ihre Freilassung.

Die Nachricht, Rogers Tochter sei tatsächlich hier, um die Krone zu fordern, geht wie ein Lauffeuer durchs Land. Eine Woche später laufen nicht nur in Palermo die Menschen auf den Straßen zusammen, sondern in Messina, in Catania, Agrigento, Trapani, in allen größeren Städten der Insel.

»Du musst sie umbringen lassen!« Sibilla von Lecce schreit ihren Gatten fast an. »Diese Aufstände sind unerträglich!«

»Ich habe dem Papst mein Wort gegeben, dass ihr kein Unbill zustoßen wird.« Tankred wandert auf seinen dünnen Beinchen unruhig im Innenhof umher. »Wenn ich das nicht halte, habe ich den letzten Bundesgenossen verloren, der mir noch geblieben ist.«

»Wenn du sie leben lässt, wird sich das Volk erheben!«

»Wenn ich sie töten lasse, erst recht.«

Tankred bleibt stehen. Er wendet sein hässliches, affenartiges Gesicht mit den Wülsten über den Augen, der breiten, aufgeworfenen Nase und dem vorstehenden Unterkiefer Sibilla zu.

»Du stellst dir das zu einfach vor, Weib. So etwas muss genau überlegt sein.«

Sibilla zerrt den kleinen Wilhelm grob am Händchen vor ihren Mann. Das Kind ist verwirrt und fängt an zu weinen. »Pah! Du bist ein Feigling, Tancredi. Hier, sieh dir deinen Sohn an: Wofür habe ich ihn geboren, wenn er nicht die Krone von dir bekommen soll? Die Leute haben wohl doch recht, wenn sie behaupten, in deinem missgestalteten Körper wohne auch kein mutiger Geist.« Die Königin schäumt. Es ist nicht nur ihr Ehrgeiz, es ist auch der Neid auf Konstanze. Sie selbst wird vom Volk nicht geliebt, wohl aber dieses Stauferweib!

Tankred schiebt den Jungen zu seiner Amme hin und schickt beide hinaus. Dann wendet er sich wieder gereizt an seine Frau. »Nun gut. Wie möchtest du denn, dass sie stirbt? Gift? Das Schwert? Das Seil? Soll es ein Unfall sein oder unverbrämter Mord?«

»Das ist mir ganz gleich.«

Tankred winkt einen Diener herbei. »Hol mir den Kommandanten der Palastwache.«

Aziz tritt in den Hof. »Majestät?«

Tankred richtet sich zu voller Größe auf. »Lass den Palast abriegeln, Hauptmann.«

»Zu Befehl.« Aziz versucht, ganz ruhig zu bleiben. Er weiß, was jetzt kommen wird. Jetzt ist eingetreten, was er und Konstanze befürchtet haben. Er hat auch schon für diesen Fall vorgesorgt, einen Plan geschmiedet. Vertrauenswürdige Männer der königlichen Leibgarde stehen bereit, um Konstanze aus dem Palast zu schaffen.

»Und dann«, spricht Tankred weiter, »schick mir deinen besten Mann.«

In diesem Augenblick lässt sich der Gesandte des Heiligen Stuhls melden.

»Warte«, sagt Tankred zu Aziz. »Ich lasse dich später wieder rufen.«

Als Aziz voller Angst um Konstanze vom Innenhof in den Vorraum einbiegt, stößt er fast mit Valdini zusammen.

Tankred eilt ihm mit ausgebreiteten Armen entgegen, während Sibilla misstrauisch abwartet. »Padre«, sagt er, »was bringt Ihr für Neuigkeiten aus Rom?«

Valdini verbeugt sich knapp. »Majestät, seine Heiligkeit, Papst Coelestin, steht in gutem Einvernehmen mit dem Kaiser. Dieser wäre bereit, seine Hand zur Versöhnung auszustrecken, will aber nur unter der Bedingung weiterverhandeln, dass sich seine Gattin auf neutralem Boden in Sicherheit befindet. Deshalb bietet Euch die Kurie an, Eure Gefangene in Rom aufzunehmen und dort fest zu verwahren. Danach können die Dinge hoffentlich zur allseitigen Zufriedenheit geregelt werden.«

Tankred ist erleichtert. So wird er Konstanze los, ohne sie umbringen zu müssen. »Mein lieber Valdini«, lächelt er, »das ist ein Angebot, das ich gerne annehmen will.«

Er wirft einen Seitenblick auf Sibilla, die sich wütend abwendet. Sie hätte ihre Rivalin gerne tot gesehen. Immerhin will sie ihr die Nachricht selber überbringen und begibt sich in die Frauengemächer. »Fang an zu packen«, sagt sie zu Konstanze. »Du wirst in die Engelsburg überstellt.«

41
Irgendwo zwischen Neapel und Montecassino, Juni 1192

Ein Zug von Berittenen, in dessen Mitte eine Sänfte geführt wird, quält sich auf matschigen Wegen durch den Nieselregen. Am Vortag ist man trotz des schlechten Wetters vom napolitanischen Castell d'Ovo aus aufgebrochen, man will bis spätestens an Johanni in Rom sein. Anführer des Trupps, der die Kaiserin zum Papst begleiten soll, ist der junge Graf Guglielmo von Caltabellotta, ein glühender Anhänger Tankreds. Er hat Befehl über zwölf bis an die Zähne bewaffnete Soldaten und zusätzlich weitere acht Elitekämpfer der Palastgarde. An ihrer Spitze reitet Aziz.

Konstanze ist zutiefst niedergeschlagen. Sie hat Sizilien nicht freiwillig verlassen; mit Gewalt musste man sie aufs Schiff bringen. Jetzt sitzt sie mit Tommasina in der vergitterten Sänfte; es schaukelt, fast wird sie schläfrig. Wenn da nicht die Gedanken wären und die Ängste, die sie unaufhörlich plagen. Die letzten Monate waren wie ein Traum, denkt sie, so schön und so flüchtig, trotz aller Gefahr. In Rom werde ich ohne Aziz sein. Noch kann er mich beschützen, hinter mir, am Ende des Begleittrupps, trabt er auf seinem Berberschimmel. Ich will mir den Abschied nicht vorstellen. Jedes Schäfermädchen kann seinen Mann selber aussuchen. Aber Frauen wie ich? Desgleichen habe ich noch nie gehört. Wir sind Sklavinnen unseres Standes. Und jetzt weiß ich erst, wie hoch der Preis ist. Ich bin Spielball der Mächte, und ich hasse es. Als Aziz mich damals gefragt hat, ob ich mit ihm fortgehen würde, habe ich abgelehnt. Wie unendlich dumm ich war! Heute ist es zu spät dafür. Das Schicksal fragt nicht zweimal.

Sie sieht aus dem Fensterchen in den Regen, der sanft die Pinien nässt und das Dornengestrüpp, das den Weg säumt. Die Straße führt geradewegs nach Rom. Ihr ist klar, dass Rom für sie keine Verbesserung ihrer Lage bedeuten wird. Sie mag die Stadt der Städte nicht. Hinter jeder umgestürzen Säule, an jeder stummen Ruine lauern Diebe, die Hure eines Kardinals, der Schwager eines Neffen, der Spion eines Bischofs, Bettler mit ausgestochenen Augen, verkrüppelte Kinder, gedungene Mörder, Beutelschneider. Man kann so schnell tot sein wie sich Brot in den Leib Christi verwandelt. Sobald man aus dem milchigen Dunst des Tiber in den Schatten tritt, spürt man die Kälte, und die Angst kriecht den Rücken hoch wie eine hundertarmige Spinne.

Tommasina hat beobachtet, wie Sibilla in einem verschwiegenen Winkel des Palasts mit Valdini getuschelt hat. Das verspricht nichts Gutes; Konstanze weiß wohl, dass die unrechte Königin sie nicht am Leben lassen will. Was hat der Papst vor? Will er sie in der Engelsburg einkerkern? Dort ist Gift das Mittel der Wahl, oder Erdrosseln. Vielleicht hat Coelestin insgeheim schon das Urteil über sie gefällt. Er kann nur ein Ziel haben: Um jeden Preis zu verhindern, dass Sizilien dem Stauferreich angegliedert wird. Vielleicht ist dieser Preis ihr Leben?

Aziz galoppiert an die Seite der Sänfte. »Sollen wir im nächsten Ort eine kleine Rast machen?«

Sie nickt. Jede Stunde ist ein Zeitgewinn, Zeit mit ihm.

»Du siehst blass aus«, sagt er. »Geht es dir gut?«

»Jede Meile, die wir Rom näher kommen, ist eine Qual.« Ihre Stimme zittert. »Ich habe Angst, Liebster. Schreckliche Angst.«

Aziz beugt sich aus dem Sattel zu ihr hinunter. »Verlier nicht den Mut«, raunt er. »Es ist mir gelungen, von Neapel aus einen schnellen Reiter zum Abt von Montecassino und an den Herzog von Spoleto zu schicken. Ich habe ihnen sagen lassen, dass eine Befreiung der Kaiserin auf dem Weg nach Rom möglich wäre.«

»Weißt du, ob die Nachricht angekommen ist?«

»Nein, dafür war die Zeit zu kurz. Ich weiß auch nicht, ob sie es denn wagen werden. Jedenfalls: Falls in den nächsten Tagen etwas Unvorhergesehenes geschehen sollte, verhalte dich möglichst ruhig. Duck dich oder versteck dich, wenn du kannst. Ich hoffe, sie versuchen einen Überfall.«

Konstanze weiß nicht, ob sie lachen oder weinen soll. »Und wenn dir dabei etwas geschieht?«

Er lächelt traurig. »Habe ich dir nicht gesagt, dass ich dich mit meinem Leben verteidigen würde?«

In dieser Nacht findet Konstanze keinen Schlaf.

Am nächsten Morgen sind die Regenwolken verschwunden. Der Boden dampft, es riecht nach Erde und Gras, nach Pinienharz und Pfefferminze. Man bricht früh auf; Konstanze wird wieder in ihre Sänfte gesperrt.

Die Sonne steht noch nicht im Zenit, als sie Rufe von der Spitze des Trupps hört. Der ganze Tross hält an, die Reiter steigen ab. Sie kann von ihrem Fensterchen aus nichts sehen, aber offensichtlich ist man einer anderen Reisegruppe begegnet; es wird geredet. Schließlich erscheint ein Geistlicher in dunklem Reisehabit vor der Sänfte, begleitet von Guglielmo von Caltabellotta. Konstanze hält den Atem an. Sie erkennt das massige Gesicht Abt Roffrids von Montecassino.

»Hoheit, es schmerzt mich, Euch so zu sehen«, begrüßt er sie.

»Und mich freut es, Vater Roffredo, einen Freund zu treffen. Zufälle wie dieser sind glücklich und selten.«

Er lächelt ihr aufmunternd zu. »Ich bin mit meinen Männern auf dem Heimweg aus dem Reich nach Montecassino, Herrin. Also kann ich Euch die schöne Nachricht überbringen, dass Euer Gatte wohlauf ist, wiewohl in großer Sorge um Euch.«

»Gott sei Lob und Dank, Vater.«

Der Abt verneigt sich. »Hoheit, man hat mir nur eine kurze Unterredung mit Euch gestattet. Ich flehe Gottes Segen für Euch herab und hoffe, Euch das nächste Mal unter angenehmeren Voraussetzungen anzutreffen.«

»Das hoffe ich auch, mein Freund.«

Er wendet sich zum Gehen. Und Konstanze sinkt mit geschlossenen Augen in ihre Kissen zurück. Ihr Herzschlag dröhnt in ihren Ohren. Der Abt wollte sich überzeugen, dass sie wirklich dabei ist. Er wird versuchen, mich zu befreien, denkt sie. Er wird es versuchen.

In dieser Nacht schlagen sie ihr Lager am Ufer eines Flüsschens auf. Es gibt so viele Mücken, dass Konstanze in der verhängten Sänfte schläft, die anderen schlagen notdürftig Zelte auf. Sie weiß, dass immer zwei Mann Wache halten. Stunde um Stunde versucht sie, wach zu bleiben, lauscht den Geräuschen der Finsternis. Nichts ist zu hören, kein Knacken von Ästchen unter Soldatenstiefeln, kein Flüstern, kein verräterisches Niesen oder Husten. Sie kommen doch nicht, denkt sie verzweifelt, es sind zu viele Bewacher, sie wagen es nicht. Im Morgengrauen hält sie es nicht mehr aus, sie schiebt den dünnen Vorhang vom Fensterchen und sieht hinaus.

Drüben lehnt schlafend an einem Baumstamm einer von Caltabellottas Wächtern. Sein linkes Bein ist ausgestreckt, eine Hand hängt herab, die Lanze liegt neben ihm auf der Erde. Erst beim zweiten Hinschauen sieht sie es: Quer über seinem Hals verläuft ein tiefer Schnitt, blutig klafft die Wunde, rot rinnt es über seine Brust. Es muss eben erst geschehen sein.

Und dann bricht die Hölle los. Getrampel, Flüche, das Sirren von Pfeilen. Caltabellottas Männer schrecken aus dem Schlaf, greifen zu den Waffen. Konstanze duckt sich in ihrer Sänfte, wie Aziz es ihr eingeschärft hat. Sie hört deutsche Sätze, Schmerzensschreie, sizilianische Kommandos. Sie betet. Betet, dass Aziz nichts geschieht. »Tommá«, flüstert sie, »bist du da?«

Tommasina, die hinter der Sänfte geschlafen hat, antwortet leise. »Aziz hat die Wächter getötet, ich hab's gesehen. Die anderen sind aus dem Wäldchen gekommen. Bleib ruhig, picciridda, es wird schon alles gut.«

Konstanzes Bewacher kämpfen zuerst todesmutig, aber dann, als der junge Graf Guglielmo von einem Schwerthieb getroffen zu Boden sinkt, stürzen sie in kopfloser Panik davon. Aziz ist der

Letzte. »Bleibt hier, ihr feiges Pack«, brüllt er. Dann läuft er an der Sänfte vorbei, ihnen nach zum Fluss. Als sie den Vorhang hebt, hält er kurz inne. Ihre Blicke treffen sich, sagen stumm Lebwohl.

Dann ist er fort.

42
Ingelheim, September 1192

»Meine Kaiserin!« Heinrich schließt Konstanze in seine Arme. Ein gutes Jahr ist vergangen, seit sie aus Salerno entführt wurde, jetzt sehen sie sich in der Pfalz am Main wieder. Er ist ehrlich gerührt, sie kann das spüren. Sie weiß nicht, was sie sagen soll.

»Hat er dich anständig behandelt, dieser affengesichtige Zwerg?«

»Es ging mir gut, Heinrich.« Sie ist überrascht, wie besorgt er fragt. Jetzt nickt er zufrieden. »Ich habe ihm auch mein Wort darauf geben lassen, dass ich ihm alles, was er dir antut, zehnfach vergelten werde. Das habe ich bei Gott ernst gemeint.«

Sie löst sich aus seiner Umarmung und betrachtet forschend sein schmales Gesicht. Einige Falten haben sich eingegraben, die Augen scheinen tiefer zu liegen als früher, das Weiße hat einen gelblichen Schimmer. Spuren der Krankheit, die ihn nicht mehr verlassen haben.

»Und ich hatte dich schon aufgegeben. Nach Salerno kamen Gerüchte, die besagten, du seist tot, gestorben an dieser schrecklichen Seuche.« Sie nimmt seine Hand. Eigentlich hat sie sich vor dem Wiedersehen gefürchtet, jetzt ist alles ganz einfach. »Ich bin froh, dass du noch lebst.«

Tatsächlich streicht er ihr etwas unbeholfen übers Haar. Es stellt fest, dass sie irgendwie anders aussieht, fraulicher, weicher, nicht so verhärmt, wie er sie in Erinnerung hat. Etwas an ihr hat sich verändert, und es gefällt ihm. »Nun geh, du musst müde sein nach der langen Reise. Ab jetzt kannst du dich wieder ganz sicher fühlen, meine Liebe. Nimm dir Zeit; ich komme später zu dir.«

Konstanze ist tatsächlich erschöpft, sie sind die letzte Etappe bis Ingelheim in scharfem Tempo geritten, um noch vor Einbruch der Dunkelheit anzukommen. Sie freut sich auf ein heißes Bad, noch im Zuber lässt sie sich einen Schluck Wein und ein leichtes Essen bringen. Soll ich jetzt denken: Endlich zu Hause?, fragt sie sich. Oder lieber: So weit weg von daheim? Sie weiß es nicht. Die Räume sind ihr zwar vertraut, aber sie haben so gar nichts von der Leichtigkeit des Südens. Hier gibt es keine orientalische Bequemlichkeit, keinen warmen Wind, der durch die Säle streicht. Die Mauern sind so dick und schwer, die Fenster schmal. Alles ist wuchtig, nichts spielerisch. Es gibt keine Mosaiken, auf denen die Blicke herumwandern können, höchstens ein paar wenig kunstvolle Wandmalereien. Und wenn man durch die Fenster hinausschaut, ist da nicht das Meer, sondern nur der Rhein, über dem sich die Nebel drehen.

Später kommt Heinrich in ihr Schlafzimmer. Sie hat damit gerechnet, und natürlich kann sie sich ihm nicht verweigern. Ob er an ihr eine Veränderung feststellt? Ob er merkt, dass sie inzwischen gelernt hat, was körperliche Liebe bedeutet? Dass ein anderer den Platz eingenommen hat, der ihm zusteht?

Er lässt sie nicht lange nachdenken. Es wirkt beinahe so, als habe er sie tatsächlich vermisst. Mit einer Zärtlichkeit, die sie vorher nicht an ihm gekannt hat, streift er das Laken von ihrem Leib, und ungelenk wie immer beginnt er, ihre Brüste zu liebkosen. Erst ist sie starr, aber dann gelingt es ihr, entspannt zu bleiben und ruhig. Sie schließt die Augen und stellt sich immer wieder vor, es sei Aziz, dessen Hände und Lippen sie spürt. So nimmt ihre Haut Heinrichs Berührungen an, und ohne dass sie es will, erweckt seine Unbeholfenheit Zuneigung in ihr. Anders als früher gibt er sich Mühe, nicht grob zu sein, nicht zu schnell. Sie ist verblüfft über seine neue Sanftheit, gibt sich ihm verwundert hin, spürt sogar einen leichten Anflug von Begierde. Und dann ist es vorüber und war gar nicht so schlimm.

Auch Heinrich ist froh und erstaunt über die neue Art stummer Hingabe, die Konstanze ihm geschenkt hat.

Hinterher verlässt er nicht sofort das gemeinsame Bett, so wie früher, sondern er bleibt noch ein wenig, lässt von Tommasina Malvasier bringen. Sie erzählen sich, was im vergangen Jahr geschehen ist, reden von der Zukunft.

»Ich werde dir Sizilien zu Füßen legen«, sagt er weinlaunig. »Das schwöre ich dir.«

Konstanze ist überrascht. So hat er es also eingesehen: Sie wird die Krone tragen und herrschen. Er hat sich wirklich verändert in diesem Jahr der Trennung. Zum ersten Mal seit langem fühlt sie sich wieder glücklich. »Erst musst du es noch erobern«, sagt sie lächelnd und ergreift seine Hand. »Und du hast gesehen, dass es nicht so leicht ist.«

Er seufzt. »Seit ich wieder hier bin, versuche ich, Geld für einen neuen Feldzug aufzutreiben. Aber die Kreuzfahrt meines Vaters und unser fehlgeschlagener Krieg um Neapel haben eine riesige Lücke hinterlassen, unter den Menschen und in der Kriegskasse. Es dauert einfach noch. Hab Geduld. Und vertrau mir: Ich werde Mittel und Wege finden.«

»Jetzt, wo ich mein Land wiedergesehen habe, kann ich es kaum erwarten. Du glaubst gar nicht, wie schön es dort ist! Wenn du mir diese Krone verschaffst, Heinrich, werde ich die Insel zum Blühen bringen wie keiner meiner Väter zuvor. Sizilien wird unter meiner Herrschaft treu zum Reich stehen.«

Er runzelt kurz die Stirn. Unter ihrer Herrschaft? Wenn, dann wohl unter seiner! Nun gut, er will diesen Augenblick des guten Einvernehmens nicht zerstören, indem er das Missverständnis richtigstellt. »Ich mache dir einen Vorschlag«, sagt er stattdessen gutgelaunt und nimmt noch einen Schluck Wein. »Du schenkst mir einen Erben, und ich schenke dir Sizilien!«

»Schwörst du mir das?«

Er legt seine Hand schwer auf ihren Schenkel. »Ich schwöre es, bei meiner Ehre!«

Zum ersten Mal in ihrer Ehe verlässt Heinrich das Schlafgemach seiner Frau erst am frühen Morgen. Beschwingt und ausgeruht durchquert er das Ankleidezimmer, wo Laila, die mit Gottfried und der Schutztruppe von Salerno zurückgekehrt ist, gerade Flohpelzchen ausbürstet. Ihr schwarzes Haar ist hochgesteckt und enthüllt einen schlanken, zarten Nacken. Unter ihrem Kleid zeichnen sich kleine Brüste ab, und ihre Hüften sind hübsch gerundet. Heinrich bleibt kurz stehen und mustert sie wohlgefällig. Das Mädchen besitzt eine Art lasziver Schönheit, die ihn anzieht. Ah, denkt er, die Schönheit der Sarazeninnen. Er tätschelt ihr die Schulter. Wer hätte das je geglaubt, grinst er in sich hinein, ich finde wahrhaftig noch Geschmack an den Weibern …

Drittes Buch

43
Irgendwo an der Adriaküste vor Aquileja, Oktober 1192

Der Sturm brüllt. Schwarze Wolken türmen sich auf und ballen sich, jagen wild und drohend von Osten her aufs Festland zu. Die windgepeitschten Wellen des Meeres bäumen sich auf wie der Leib eines riesigen Kraken, schäumendweiß brechen sie sich an Klippen und Felsen. Salzwassergischt spritzt hoch und vermischt sich mit Regentropfen und Hagelkörnern. Der kleine halbmondförmige Strand wird bald weggerissen von der Brandung; schäumend spült sie den Sand mit sich fort, als ob die unbarmherzige See alles verschlingen wollte. Gnade Gott all denen, die jetzt noch auf dem Wasser sind.

»Hierher!« Ein Mann klammert sich am Fels fest, zieht sich hoch, seine Finger bluten. Er ist erschöpft und zittert vor Kälte. Taumelnd läuft er am Strand entlang, er hustet von dem Salzwasser, das er geschluckt hat. Verzweifelt versucht er, in den Wellen etwas zu erkennen, den Mann zu finden, der sich eben noch zusammen mit ihm an eine Planke geklammert hat. Da! Das muss er sein! Er versucht, Land zu erreichen, rudert mit den Armen, schreit. Eine Woge bricht sich über ihm, wirbelt ihn nach unten, reißt ihn mit sich. Wieder taucht er auf, kämpft, schnappt nach Luft. Christian watet ins Wasser, greift nach dem Mann; endlich erwischt er einen Hemdzipfel. Er zieht mit aller Kraft, kann den anderen unter der Achsel fassen und an den kleinen Strand zerren. Schwer atmend liegen die beiden Überlebenden nebeneinander, zu Tode erschöpft und doch glücklich, es geschafft zu haben.

»Geht es wieder, Sire?« Christian stützt sich auf den Ellbogen, Wasser rinnt ihm aus den Haaren und übers Gesicht. In den letzten Monaten hat er leidlich Französisch gelernt.

Richard Löwenherz setzt sich auf. »Oui«, keucht er. »Gott war mir mitten im größten Unglück gnädig. Ich danke Euch, Ritter Bernhard, Ihr wart mir wahrlich ein Retter in der Not.«

Es dauert nicht lange, da finden sich mehr Überlebende des Schiffbruchs an dem kleinen, steinigen Strand wieder. Viele sind es nicht, eine Handvoll Männer, die sich in die Arme fallen vor Erleichterung. Vom Schiff sind nur noch ein paar Bretter und Planken übrig, die nun angespült werden, der Rest sinkt gerade auf den Meeresgrund.

Es ist eine lange Reise, die Richard und seine Ritter hinter sich gebracht haben und die nun ein so gewaltsames Ende an der italienischen Ostküste gefunden hat. Der englische König und sein Heer hatten nach dem Abzug der Deutschen und Franzosen sechzehn Monate lang alleine weitergekämpft. Sie galten allüberall als die Helden der Christenheit, nicht zuletzt weil Richard seinem übermächtigen Gegner Saladin am Ende einen Waffenstillstand hatte abtrotzen können, der Jerusalem für christliche Pilger öffnete. Danach hatte er die Heimreise angetreten. Doch die gestaltete sich äußerst schwierig. Wegen der Herbststürme war es unmöglich, um Spanien herum heimzusegeln, zudem gehörten weite Teile der Iberischen Halbinsel zum muselmanischen Machtbereich. Über Frankreich konnte der Weg auch nicht führen; Richard war inzwischen so mit Philipp verfeindet, dass eine Durchreise Krieg bedeutet hätte. Daher entschloss sich der König zu einem gewaltigen Umweg, nämlich durch die Adria zu segeln, Mitteleuropa zu durchqueren und von einem Nordseehafen aus nach England überzusetzen. Er würde, so entschied Löwenherz notgedrungen, über Österreich ins befreundete Ungarn reisen und von dort aus in deutsch-welfisches Gebiet zu seinem Schwager Heinrich dem Löwen, der ihm dann von Lübeck aus zur Überfahrt nach England verhelfen konnte.

Also ließ der englische König zuerst Korfu anlaufen, wechselte dort das Schiff und segelte mit nur wenigen Rittern die Adria hinauf. Alles wäre gutgegangen, wenn nicht zur Unzeit dieser unselige Sturm aufgekommen wäre.

Christian hat es durch reinen Zufall auf das Schiff des Königs verschlagen – er hatte sein Pferd vor dem Einschiffen in Korfu nicht richtig angebunden, und es war von ganz allein einer rossigen Stute nachgelaufen, die man eben in den Laderaum des königlichen Seglers gebracht hatte. Als Christian das Tier wieder holen wollte, war das Ablegemanöver schon in vollem Gang, und so blieb er, einer von dreißig Rittern, im engsten Umfeld des Königs. Als sich herausstellte, dass er nicht zur Truppe gehörte, beschloss man dennoch, ihn in den Kreis der Vertrauten aufzunehmen, ganz einfach, weil er Deutsch sprach und später, auf dem Weg durch Österreich und das Reich, als Übersetzer gute Dienste leisten konnte.

Jetzt sitzt das kleine Häuflein Überlebender zitternd und entkräftet im Schutz eines großen Felsblocks, wartet auf das Ende des Sturms und beratschlagt, was zu tun sei. Als die Rede darauf kommt, in Richtung Österreich zu ziehen, horcht Christian auf. »Verzeiht«, sagt er in seinem unbeholfenen Französisch, »aber das würde ich nicht tun. Herzog Leopold von Österreich hat Rache geschworen, damals in Akkon, ich war dabei. Wenn er Eure Majestät entdeckt, kann es gefährlich werden.«

Richard lacht auf. Man weiß, er ist oft unerschrocken bis zur Leichtfertigkeit. »Den Herzog von Österreich fürchte ich nicht. Er wird es nicht wagen, einen heimkehrenden Kreuzfahrer zu behelligen. Das käme ja Gotteslästerung gleich, und ich glaube nicht, dass ich ihm den Kirchenbann wert bin.«

»Wir sollten dennoch vorsichtig sein«, erwidert einer der englischen Ritter. »Geben wir uns als schiffbrüchige Händler aus, dann reisen wir sicherer.«

Das gefällt Richard zwar gar nicht, es geht gegen seine ritterliche Ehre, und die bedeutet ihm alles. Aber am Ende lässt er sich überzeugen. Am nächsten Morgen ziehen sie los.

Das Incognito ist schnell aufgedeckt, als sie durch das Friaul kommen, sich Pferde kaufen und den nötigen Geleitschutz auf unbekannten Wegen mit einem kostbaren Ring bezahlen wollen. Außerdem ist Löwenherz mit seiner hünenhaften Gestalt und seinem auffälligen roten Haar leicht zu erkennen. Eine regelrechte Treibjagd setzt ein, denn das Friaul ist Herrschaftsgebiet Meinhards von Görtz, eines österreichischen Grafen. Zweimal entgeht Richard nur mit knapper Not einer Gefangennahme, aber er verliert dabei den größten Teil der Ritter, die ihm nach der Havarie noch geblieben sind. Der ruhmreiche Held des Dritten Kreuzzugs hetzt fast völlig auf sich allein gestellt, einem flüchtigen Verbrecher gleich, durch die winterlichen Ostalpen. Nach dem letzten Ergreifungsversuch im kärntischen Friesach gelingt ihm durch ein Ablenkungsmanöver die Flucht; danach bleiben ihm nur noch ein englischer Ritter und – Christian. Er hat sich immer eng an den König gehalten, denn er muss ja sein Sprachrohr sein, um den Weg zu finden, für Vorräte und Unterkunft zu sorgen. Nun jagen sie durch die Täler der Mur und der Mürz nach Nordosten, von Feinden umgeben, in einem fremden Land, Tag und Nacht im Sattel. Schließlich überqueren sie den Semmering und erreichen das Wiener Becken. Durch wildes Schneegestöber reiten sie in das kleine Dorf Erdberg ein, östlich von Wien.

Sie haben kaum noch Geld und nichts mehr zu essen. Die letzten Silberstücke italienischer Währung, die noch vergleichsweise unauffällig sind, geben sie in der Dorfwirtschaft für Unterkunft und Stroh für die Pferde aus. Hungrig sitzen sie vor dem Feuer, erschöpft und ausgelaugt von den Gewaltritten der vorherigen Tage. Dem Wirt hat Christian wieder das Märchen vom schiffbrüchigen Kaufmann erzählt, der in seine Heimat zurück will. Und dann gibt Richard ihm eine byzantinische Münze. »Bezahl den guten Mann, damit er uns ein ordentliches warmes Essen richtet und ein paar Vorräte beschafft.«

Christian gehorcht, aber er hat ein mulmiges Gefühl.

»Was ist das für Geld?«, fragt der Wirt misstrauisch und runzelt die borstigen Augenbrauen.

»Ist doch ganz gleich, Mann, das ist echtes Gold und geht nach Gewicht«, erwidert Christian.

Der Wirt zuckt mit den Schultern. Das ist ihm gar nicht recht. Irgendetwas scheint mit diesen Leuten nicht zu stimmen. Der Kaufmann hat ein herrisches Gebaren, gar nicht wie die Händler, die sonst ab und zu bei ihm absteigen. Und er trägt am kleinen Finger einen Ring, so einen hast du noch nicht gesehen! Der muss ein Vermögen wert sein!

Der Wirt nimmt die Goldmünze und verlässt das Haus. Draußen ruft er seinen Schankknecht, einen jungen Kerl, der gerade den Riegel des Schweinekobels repariert. »Veit, schnapp dir den Gaul, du musst nach Wien. Zeig einem von den Geldwechslern dort das Goldstück und frag, was es wert ist und woher es kommt. Und beeil dich.«

Am nächsten Morgen ist die Wirtschaft von Bewaffneten umstellt. Richard und seine beiden Begleiter werden unsanft aus dem Schlaf gerissen. Man gesteht dem König zu, in der Küche beim warmen Herd zu warten, bis sein Verfolger persönlich eintrifft. Am Mittag endlich kommt Herzog Leopold, in seinem teuersten Pelzmantel, mit hundsledernen Handschuhen und glänzender Zobelmütze. Diesen Triumph will er persönlich genießen.

»Schön, schön, Meister Löwenherz, dass Ihr Euch entschlossen habt, mir mit einem Besuch die Ehre zu geben«, näselt er. »Und dass Ihr Euch gradwegs selber nach Wien bequemt habt, ich muss schon sagen! Da brauche ich Euch nicht erst anderswo einzufangen.«

»Lieber Kampfgenosse in Christo, ich bin ein Kreuzfahrer auf dem Rückweg in die Heimat. Himmel und Erde wissen, dass dies Unantastbarkeit bedeutet. Ihr versündigt Euch, wenn Ihr mich gefangen nehmt.« So übersetzt Christian die Worte Richards.

Leopold lächelt dünn. »Das lasst mich mit meinem Gott ausmachen, Herr Richard. Außerdem, damit Ihr's wisst, handle ich im Auftrag des Kaisers, der zur Zeit in ausgesprochen gutem Einvernehmen mit dem Heiligen Stuhl steht. Nun, wenn ich bitten darf, seid so gut und gebt mir diesen Dolch, den Ihr da im Gürtel stecken habt.«

Man schreibt den 22. Dezember 1192.

Richards Flucht ist zu Ende.

44
Kaiserpfalz Eger, Januar 1193

»Ah, Ritter Bernhard von Neideck, als Bote aus Wien gemeldet.« Heinrich ist vom Abendtisch weggerufen worden, in Anbetracht der wichtigen Nachricht.

Christian ist Tag und Nacht geritten, der Österreicher hat ihn geschickt. Keiner würde die Botschaft wohl so schnell überbringen wie Richards eigener Diener. Denn je schneller der Kaiser vom Erfolg erführe, desto schneller könnte eine Freilassung in die Wege geleitet werden.

»Majestät!« Christian sieht kniend zu Heinrich auf. »Herzog Leopold von Österreich lässt Euch sagen, er habe König Richard von England in seiner Gewalt. Er ist inzwischen auf die Feste Dürnstein an der Donau verbracht, wo er unter strengster Bewachung steht. Der Herzog lässt fragen, was nun Eure Anweisungen sind.«

Heinrichs Freudenschrei ist bis hinüber in den Saal zu hören. Er packt Christian und zieht ihn hoch. »Mein Freund, das ist die beste Botschaft, die mir je einer aus dem Osten gebracht hat!« Er schaut sich nach einem Geschenk um; schließlich drückt er Christian den großen Silberkelch, den er von der Tafel mit hinübergenommen hat, in die Hand. »Nehmt, mein Freund, und meinen Dank dazu. Und kommt morgen mit auf die Jagd als mein Gast.«

Während Christian noch ganz verdutzt dasteht, stürmt er schon davon, zurück in die Hofstube. »Wein!«, ruft er, »Mehr Wein, und vom Guten! Es gibt einen Grund zum Feiern, Ihr Herren! Und jemand lade die Kaiserin dazu!«

Konstanze erscheint prompt, verwundert über die Einladung. Es ist nur bei besonderen Anlässen üblich, dass die Frauen des Hofes mit den Rittern gemeinsam speisen; meist nehmen sie die Mahlzeiten unter sich im Frauenzimmer ein. Sie lässt sich von Tommasina Ohrringe bringen und schnell noch schönere Ärmel annesteln, legt dazu ein schmales Gebende an. So betritt sie den Saal und lässt sich auf dem freien Platz neben ihrem Gatten nieder.

Er hält ihr den weingefüllten Pokal hin. »Trink, meine Liebe, und sei vergnügt!«

Lächelnd nimmt sie einen Schluck, lässt zu, dass er sie mit Stückchen vom Apfelauflauf füttert. Heinrich hebt seinen Becher und lässt seine Ritter hochleben, trinkt auf die edlen Frauen, trinkt auf den nächsten Sieg. Im Saal herrscht Hochstimmung. »Nun sag, was wird heute Abend gefeiert?«, fragt Konstanze und nimmt sich eine gebackene Rosine.

Heinrich wirft einem der Hunde, die unter dem Tisch auf Knochen warten, den Hühnerschenkel zu, von dem er gerade abgebissen hat. Er strahlt Konstanze an. »Freu dich, meine Liebe, denn etwas ist eingetreten, was all unsere Wünsche in Erfüllung gehen lässt!«

»Und das wäre?«, fragt sie neugierig.

Er breitet die Arme aus. »König Richard von England, genannt das Löwenherz, ist auf dem Heimweg aus dem Heiligen Land in Österreich ergriffen worden!«

»Was?«

»Glaub es ruhig«, lacht Heinrich. »Er hockt gefangen auf dem Dürnstein.«

Konstanze bleibt das Lachen im Halse stecken. »Du hast einen heimkehrenden Kreuzfahrer gefangennehmen lassen? Um Gottes willen, Heinrich!«

»Was erregst du dich so? Verstehst du nicht? Das ist unser Weg nach Sizilien! Mit dem Lösegeld, das England zahlen wird, können wir uns den Kriegszug leisten!«

»Aber … du weißt genauso gut wie ich, dass ein Kreuzritter auf dem Heimweg unantastbar ist. Er kehrt von einem göttlichen Auftrag zurück, wer sich an ihm vergreift, ist ohne Ehre. Wie kannst du, der Kaiser, Beschützer der Christenheit, dieses heilige Gesetz nicht achten?«

Heinrich setzt seinen Becher ab, Wein schwappt über. »Und ich Narr dachte, du freust dich.«

»Heinrich, bedenk doch! Das ist ein beispielloses Sakrileg! Noch nie hat jemand Derartiges getan! Du musst ihn sofort freilassen. Versündige dich nicht wegen ein paar Säcken Gold. Ja, ich will Sizilien, aber doch nicht so! Wenn ein König den anderen als Geisel nimmt, woran können wir uns dann noch halten auf dieser Welt?«

Der Kaiser steht auf, er schwankt vom Wein. »Ich hätte es wissen müssen«, sagt er kalt. »Du begreifst nichts! Richards Gefangennahme ist die Gelegenheit meines Lebens. Und ob du es gutheißt oder nicht, ich werde mit dem Geld, das ich für seine Freilassung bekomme, Sizilien erobern.«

»Und deine Seele, Heinrich?« Sie erhebt sich ebenfalls. Im Saal tritt Stille ein. Der Kaiser brüllt: »Auf meine Seele ist geschissen! Geh beten, Weib!«

Sie sieht ihn angewidert an. »Ich schäme mich vor Gott und allen gekrönten Häuptern für dich!«, sagt sie ruhig, rafft ihren Mantel und verlässt die Tafel.

Heinrich schaut sich wütend unter seinen sprachlosen Rittern um. »Was ist?«, schreit er. »Was glotzt ihr wie die Ochsen? Seit wann scheren wir uns um Weibergewäsch? Mundschenk, wo bleibt der Wein, he? Auf Sizilien!«

Die Ritter trinken erleichtert. Aber jeder von ihnen hat ein schales Gefühl in der Kehle. Denn sie wissen: Ihr Kaiser hat weltliches und göttliches Gesetz mit Füßen getreten. Kann daraus Gutes erwachsen?

Am nächsten Tag geht es wegen des Zerwürfnisses zwischen Kaiser und Kaiserin getrennt auf Beizjagd. Hemma begleitet Konstanze auf der Damenpartie; Tommasina hat befunden, sie sei nun endgültig zu alt und zu dick für derartige Unternehmungen. Es ist ein herrlicher Wintertag, mild und klar. Auf dem Fluss schwimmen Bruchstücke von Eisschollen, die unberührte Schneedecke auf den Wiesen und Feldern glitzert in der Sonne. Unter den Hufen der Pferde knirscht es bei jedem Tritt.

Konstanze beherrscht die Jagd mit Falken seit ihrer Kindheit, und dies ist ihr erstes Mal im Winter. Hoch wirft sie ihren kleinen Sakerfalken, er ist ein Geschenk des Königs von Frankreich. Hemma bewundert den Vogel, wie er mit einem Schrei auf seine Beute, eine Wildente, herunterstößt. Sie freut sich über den Ausflug, denn als Hofdame der Königin hat sie nicht viel Gelegenheit, in Wald und Feld zu sein, was sie so liebt. Gleich flattern Wildente und Falke zu Boden. Tief hat der Saker die Fänge in den Rücken seines Opfers gegraben, er lässt nicht los, es gibt ein wirres Flügelschlagen, die Vögel wälzen sich am Boden. Schließlich lässt der Falke los und fliegt auf einen leisen Befehl und das Klopfen auf den Handschuh wieder zu Konstanze zurück. Die Hunde holen die Beute ein.

Konstanze füttert ihrem Sakerweibchen ein Stückchen Fleisch, das es gierig verschlingt. »Bellina«, flüstert sie ihm zu, »bist du müde? Komm, lass uns nach Hause gehen.« Sie stülpt dem Vogel das federbewehrte Häubchen über und reicht ihn an den Falkner weiter. »Wir reiten zurück«, befiehlt sie.

Unterwegs, eine Meile vor der Stadt, treffen sie auf die Jagdgesellschaft der Männer mit Heinrich an der Spitze. Die Begrüßung fällt kühl aus, man unterhält sich über die Ausbeute der Jagd und das Wetter. »Lasst mich den Damen einen neuen Ritter am Hof vorstellen«, meint Heinrich schließlich und winkt Christian zu sich. »Das ist Herr Bernhard von Neideck, eben aus Wien eingetroffen.«

Hemmas Herzschlag setzt für einen Moment aus. Himmel, das muss der Sohn des Neideckers sein! Dann aber legt sich ihre Angst. Der kann sie ja gar nicht kennen! Sie lenkt ihren Rotfuchs ein Stück zur Seite, um einen Blick auf den jungen Mann zu erhaschen. Und tatsächlich sieht sie, wie er sich über die Hand der Kaiserin beugt. Als er wieder hochschaut, lässt sie die Zügel fahren und schlägt die Hände vor den Mund, um nicht laut aufzuschreien. Denn sie kennt dieses Gesicht wie ihr eigenes. O Heiland, kann es wahr sein? Noch einmal sieht sie hin. Doch, er ist es. Er ist es! Christian!

Sie kann es kaum erwarten bis zum Einbruch der Dunkelheit. Dann schickt sie einen der jungen Lakaien, um ihn für Mitternacht zum Marstall zu bestellen. Ungeduldig wartet sie auf seine Schritte, hört, wie die Stalltür knarzend aufgeht. Da zündet sie mit zittrigen Fingern ein Öllämpchen an und tritt in die Stallgasse. Sie hat so viele Fragen: Wie kommt er hierher? Warum nennt er sich

Bernhard von Neideck? Hat er sie vielleicht längst vergessen, nach all der Zeit?

Aber dann braucht es keine Worte. Sie fallen sich in die Arme, lachen und weinen gleichzeitig. Die Rösser schnauben und scharren unruhig im Stroh, so etwas sind sie nicht gewohnt. »Komm«, raunt Christian und nimmt ihre Hand. »Im Heu ist's schön warm.«

Und dann lieben sie sich, im Mondschein auf der Tenne über den Pferden, und da ist wieder diese blinde, wunderbare Vertrautheit zwischen ihnen, so als sei Christian nie fort gewesen.

Petrus von Eboli ist wie immer früh aufgestanden; er ist ein Morgenmensch. Üblicherweise vertritt er sich noch vor der Frühsuppe ein wenig die Füße im Hof, um richtig wach zu werden. Auch diesmal wirft er sich den wollenen Mantel über und geht ins Freie. Es wird gerade hell, nicht lange, dann wird vom Turm der Trompetenstoß zu hören sein, der anzeigt, das die Tore aufgesperrt werden dürfen. Petrus schlägt sein Wasser hinter einem leeren Karren ab, der neben dem Küchentrakt steht, da bemerkt er etwas Ungewöhnliches.

Das Scheunentor des Marstalls öffnet sich leise, und ein Mädchen schlüpft heraus. Ah, ein kleines Abenteuer! Petrus grinst, und er macht große Augen, als er erkennt, wer das Mädchen ist. Diese reizende Rothaarige, die Gottfried ihm als entfernte Verwandte vorgestellt hat! Er duckt sich hinter den Karren und sieht zu, wie Hemma ihre Kleider richtet und im Palas verschwindet. Wer wird wohl der Glückliche sein, fragt er sich und merkt, wie der Neid in ihm hochsteigt. Nach einem kleinen Weilchen öffnet sich das Tor ein zweites Mal, und heraus kommt – ah, dieser neue junge Ritter, wie heißt er doch gleich? Richtig, Neideck. Ei, der hat ja schnell ein Liebchen gefunden! Petrus packt die Eifersucht – aber schließlich gehen ihn Frauen nichts an, er hat ja die geistlichen Weihen. Und doch nagt es an ihm. Ausgerechnet diese Schönheit, nach der sich der halbe Hof die Finger schleckt! Alle hat sie bisher abgewiesen, die sie umworben haben. Auch ihn selber, Petrus, der es natürlich nur spaßeshalber einmal bei ihr versucht hat. Nun ja, ein bisschen ernst hat er es schon gemeint; für diese Frau hätte sich eine Sünde schon gelohnt. Und nimmt sich jetzt ausgerechnet einen ganz unbedeutenden jungen Kerl!

Petrus geht in Richtung Küche, um sich die Frühsuppe abzuholen. Seine gute Morgenlaune ist dahin.

45
Reichsburg Trifels, März 1193
Konstanze

Den Sonntag Letare hat der kaiserliche Hof noch in Speyer verbracht; danach ist mein Gatte mit Gefolge nach Bamberg abgeritten. Ich hingegen habe beschlossen, die ersten Frühlingswochen in der Pfalz Hagenau zu verbringen, wo es am wärmsten ist. Das habe ich ihm so gesagt. Was er nicht weiß, ist, dass ich nicht auf kürzestem Weg nach Südwesten reiten, sondern eine Umweg machen werde. Über Trifels. Denn dorthin hat man vor einigen Wochen denjenigen überstellt, dem so bitteres Unrecht widerfahren ist: Richard Löwenherz von England.

Vor der Abreise des Kaisers habe ich noch kurz mit Gottfried dem Schreiber – halt nein! – Herrn Gottfried von Streitberg, sprechen können. Ich habe ihm befohlen, die unsägliche Geschichte dieser Geiselnahme in unser Buch mit aufzunehmen. Denn die Welt soll die Wahrheit erfahren über diesen schändlichen Handel. Er hat mir erzählt, dass mein Gatte ihm ein Schreiben an König Philipp von Frankreich diktiert hat, mit dem Anfang: *»Dilectus et specialis amicus Philippe de Francia.«* Er teilt seinem »Freund« damit den Triumph über den Reichsfeind Löwenherz mit und bietet ihm an, gemeinsame Sache zu machen. Philipp will schließlich die englisch beherrschte Normandie! Das ist erbärmlich. Ich will nicht, dass jemals ein Mensch glaubt, ich hätte das alles gebilligt. Und ich will nicht, dass der König von England das glaubt. Deshalb reite ich an den Rhein.

Mein Weg führt durch den Pfälzerwald, Gott sei Dank ist das Wetter prächtig und der Boden schon leicht angetaut, so dass die Pferde gut vorwärtskommen. Am Mittwoch nach Ostern haben wir unser Ziel erreicht: die sichere Festung Trifels, hoch droben auf den Felsen des Sonnenbergs, in der Nähe der Stadt Annweiler.

Der Kommandant der Burg empfängt mich überrascht, aber mit allen Ehren. Er geleitet mich persönlich in die Kemenate, lässt anschüren und mir ein Bad bereiten. »Ich möchte heute noch Euren hohen Gefangenen besuchen«, kündige ich an. Er ist verlegen, natürlich hat er Befehl, niemanden zu ihm zu lassen. Aber er wagt nicht, mich abzuweisen. Also kleide ich mich nach dem Bad sorgfältig an; ich wähle ein Kleid in gedeckten Farben und verzichte auf Schmuck, um meinen Kummer um Richards schlimme Lage zum Ausdruck zu bringen.

Er sitzt auf der Fensterbank, die Laute in der Hand. Ich beobachte ihn erst kurz durch das vergitterte Loch in der Tür. Tatsächlich sieht er aus, wie es überall beschrieben ist: groß, schlank, rotblonde, üppige Lockenpracht bis über die Schultern, ein männlich schönes Gesicht. Er singt. Seine Stimme ist klar und samtig. *»Ja nus hons pris ne dira sa reson / adroitement, s'ensi com dolans non / mes par confort puet il fere / chanson …« – »Kein Mann im Kerker kann sich gut die Zeit vertreiben. Es ist, als ob er keinen Schmerz könnt fühlen; doch sich zu trösten schreibt er gern ein Lied …«*

Mein Herz krampft sich zusammen. Schnell lasse ich die Tür öffnen und trete ein; er springt auf. Ich sinke vor ihm auf die Knie.

»Mais non, mais non, lieb frouwe!«, ruft er ganz erschrocken und will mich hochziehen. »Nit op die Knie!«

»Könnt ich auf Knien bewirken, dass Ihr aus der Haft entkommt, ich würd es tun«, antworte ich auf Französisch.

Er lächelt, ist überrascht, hier, mitten im Feindesland seine Muttersprache zu hören. »Wer seid Ihr, hohe Frau?«, fragt er und ahnt es doch schon.

»Ich bin Constance d'Hauteville, Kaiserin, Gattin desjenigen, der Euch in diesem Turm gefangen hält.«

»Dann solltet Ihr vor mir nicht knien.«

Ich sehe zu ihm auf. Blass ist er, Bitterkeit verdunkelt seine Augen. »Sire, ich bin gekommen, Euch um Vergebung zu bitten für das, was Euch der Kaiser antut. Ich möchte, dass Ihr wisst, dass es nicht mit meinem Einverständnis geschah. Ihr seht mich tief beschämt.«

Er zieht mich mit sanfter Gewalt auf die Füße. »Ma sœur, ich danke Euch. Ich schätze Eure Geste hoch; ich weiß, Ihr zieht Euch dadurch den Unmut des Kaisers zu. Ihr könnt nicht ermessen, wie wohl es mir tut, ein freundliches Gesicht zu sehen.«

»Ich hoffe, man behandelt Euch gut?«

Er lacht. »Oh, es mangelt mir an nichts außer an der Freiheit.«

»Ich weiß, wie Euch zumute ist«, erwidere ich, »lang genug saß ich selber gefangen in Sizilien.«

»Schande über Tankred«, sagt er finster. »Sein Handeln an Euch zeigt, wie wenig er die Krone verdient.«

»Ich erkenne in Euch das Ehrgefühl, das ich bei meinem Gatten vermisse«, erwidere ich. Etwas zieht mich zu diesem Mann hin, ich kann es nicht benennen. Ich spüre die verhaltene Kraft dieses Löwen, die Schmach der Niederlage, die ihn peinigt, das Gefühl der Machtlosigkeit, das ihn plagt angesichts des schreienden Unrechts.

»In unser beider Adern fließt normannisches Blut«, lächelt er. »Wir sind uns ähnlich, ma sœur. Ein natürliches Geschlecht von Königen.«

Das wird es sein, denke ich. »Derzeit, Sire, sind wir beide Könige ohne Reich.«

Er hebt die Brauen. »Oh, nach allem, was ich weiß, wird das Lösegeld, das Euer Gatte für mich bekommt, Euch die Krone verschaffen. Da seid Ihr glücklicher als ich.«

»Ihr wisst es also.«

»Hunderttausend Mark Silbers Kölner Gewicht, dazu fünfzig Kriegsschiffe, fünfhundert Schleuderer und zweihundert Ritter auf ein Jahr«, sagt er bitter. »Das müsste für einen erfolgreichen Feldzug reichen, meint Ihr nicht?«

»So viel verlangt er?«

Richard nickt. »Das ist seine Forderung.«

»Und wird England bezahlen?«

Er tappt im Zimmer auf und ab wie ein gefangener Bär. »Das will ich hoffen. Noch aber ist man nicht gewillt, diesen unsäglichen Tribut zu leisten. Ich weiß nicht, ist es Stolz – oder bin ich es den Menschen in meiner Heimat nicht wert?«

Er setzt sich und nimmt die Laute. *»Ce sevent bien mi honme et mi baron / Englois, Normant, Poitevin et Gascon / Que je n'avoie so povre compagnon / cui je laissasse por avoir en prixon …«* – *»Sie wissen wohl Bescheid, die Männer und Barone / in England, Normandie, Poitou und der Gascogne. / Ich hätte keinen Freund, und wär er noch so unbedeutend / den ich verlassen würd und so im Kerker ließe …«*

Richard singt die anrührend traurige Melodie mit geschlossenen Augen. Ich lege ganz leicht die Hand auf seine Schulter. »Ich kann wenig für Euch tun, Richard Cœur de Lion. Aber ich schwöre Euch eines: Erringe ich durch dieses Geld die Krone Siziliens, dann will ich Euch bis auf den letzten Pfennig zurückerstatten, was Ihr meinem Gatten zahltet. Denn mit solcher Münze wollt ich nie den Thron erobern.«

Er legt die Laute weg, küsst meine Hand. »Ma chère Constance, Ihr müsst mir nichts versprechen. Wenn mein Lösegeld Euch zur Krone verhilft, soll mir das zum Trost gereichen. Für niemanden auf der Welt würde ich es lieber geben.«

Es hämmert an der Tür; der Kommandant wird ungeduldig.

»Ich muss gehen, Sire«, sage ich nicht ohne Bedauern. Dieser Mann könnte, wenn er denn wollte, so mancher Frau das Herz brechen. »Ich wünsch Euch Glück und baldige Rückkehr in Eure Heimat.«

Er lächelt und verbeugt sich tief. »Ich werde Eure Freundlichkeit nicht vergessen, ma reine. Auf ein Wiedersehen in Freiheit – und wer weiß, vielleicht tragen wir dann beide die Krone.«

»Gott möge es schenken.«

Der Kommandant geleitet mich zurück in mein Zimmer, wo ein einfaches Abendessen auf mich wartet. Ich bin froh, hierhergekommen zu sein. Es gibt doch noch Männer von Ehre.

46
Bamberg, Juni 1193

»Du musst den Leuten daheim helfen«, sagt Christian eindringlich, »du musst dein Erbe einfordern.«

Sie sitzen in der kleinen Nebenstube der Wirtschaft »Zum Schwarzmann« in Bamberg, Gottfried, Hemma und Christian. Hier ist besser reden als in der Hofhaltung, wo die Wände Ohren haben.

»Wie stellst du dir das vor?« Gottfried tut es jetzt schon leid, dass er mitgekommen ist. Eigentlich wollte er nur in Ruhe einen Schluck trinken. »Soll ich zu Albrecht von Neideck marschieren und rufen: Hier bin ich, und es tut mir ganz herzlich leid? Da kann ich mich gleich am nächsten Baum aufhängen!«

»Aber du bist kein Mörder! Du kannst die Sache vor einem ordentlichen Gericht verhandeln lassen!«

»Oh, natürlich. Ich erzähle einfach die Wahrheit. Ich habe mit der Tochter des Neideckers gerungen, und sie ist in den Dorn des Kerzenhalters gefallen. Das glaubt mir doch kein Mensch! Ich habe keine Zeugen außer Hemma, und sie zählt nicht, weil sie meine Schwester ist. Christian, was du verlangst, kann ich nicht tun. Außer du willst, dass sie mich hinrichten.«

»Das will er nicht!«, protestiert Hemma. »Keiner will das. Aber es muss doch einen Weg geben! Kannst du nicht mit dem Kaiser sprechen?«

»Auch der Kaiser kann sich nicht über Recht und Gesetz stellen, Hemma.«

»Er könnte dich bestimmt begnadigen!«

Gottfried rauft sich die Haare. »Oder er lässt mich gleich verhaften. So eng wie früher ist mein Verhältnis zu Heinrich längst nicht mehr. Er ist hart geworden. Versteht ihr nicht? Ich habe Angst. Ich hab einfach eine Scheißangst.«

Hemma seufzt. »Ich weiß. Ich versteh dich ja.«

Christian dreht seinen Becher in den Händen. »Alles schön und gut«, sagt er. »Aber du solltest eines nicht vergessen: Für dich,

Gottfried von Streitberg, sind Menschen gestorben. Denen bist du was schuldig. Und denen, die ihre Väter, Brüder und Töchter verloren haben durch den Neidecker. Du bist ihre einzige Hoffnung auf ein besseres Leben. Sie haben einen gerechten und guten Herrn verdient. Herrgott, und wenn du dir die Herrschaft Streitberg mit Waffen erobern musst!« Er haut mit der Faust auf den Tisch.

»Du weißt doch, meine Waffe ist die Feder.« Gottfried schüttelt müde den Kopf. »Und wer soll schon mit mir kämpfen gegen den Neideck und seine Männer? Die Bauern aus dem Dorf mit ihren Ochsenziemern und Dreschflegeln?«

»Das mit dem Kämpfen könnte ich übernehmen«, sagt Christian und reckt das Kinn vor. »Das hab ich weiß Gott gelernt im Heiligen Land.«

»Dann wären wir immer noch erst zwei. Hör zu, Christian: Gib mir Zeit. Ich weiß, dass diese alte Geschichte irgendwann aus der Welt geschafft werden muss. Sie hat mich ja längst eingeholt, durch dich und Hemma. Ich will versuchen, mit dem Kaiser zu reden. Aber es muss der rechte Zeitpunkt sein.«

»Das glaube ich auch«, fällt Hemma ein. »Wir dürfen nichts überstürzen. Nur wenn er den Kaiser im richtigen Augenblick anspricht, kann sich die Sache zum Guten wenden. Ich will meinen Bruder nicht verlieren, Christian. Und dich auch nicht.«

Christian tut einen tiefen Atemzug und gibt sich geschlagen. »Nun gut. Ich weiß ja, ich bin manchmal ein Heißsporn. Es tut mir leid. Macht, was ihr für richtig haltet.« Er steht auf und nimmt den Weinkrug. »Ich lass uns nachfüllen.«

Als er hinaus in den Schankraum geht, stößt er hart mit einem Mann zusammen, der neben der Tür zum Nebenzimmer an einem Tischchen gesessen hat und gerade gehen wollte. Fast fällt er hin. »He, du Trottel! Schau, wo du hinrennst!«

Der andere zieht die Kapuze seines Mantels tiefer. »Verzeihung«, nuschelt er, und dann ist er auch schon draußen auf der Gasse.

Gedankenverloren geht Petrus von Eboli über die Rednitzbrücke zum Domberg. Was er eben erlauscht hat, ist allerhand! Seit Wochen schleicht er in seiner freien Zeit Hemma nach, wo es geht. Regelrecht besessen ist er von ihr seit diesem Morgen in Eger. Und heute hat sich die Nachstellerei gelohnt! Diese Neuigkeiten muss er erst einmal verdauen. Langsam schlendert er an den Krämerläden und den Auslagen der Handwerker vorbei, steigt Treppen hoch und erreicht schließlich den Domplatz. Und da schießt ihm ein Gedanke durch den Kopf, vor dem er selber erschrickt: Wenn Gottfried nicht mehr da wäre, würde dann nicht die Kaiserin ihn, Petrus, mit der Fortsetzung des Buches betrauen? Schließlich hat er schon beim Schreiben mitgeholfen, und er ist nach Gottfried der wohl beste Schreiber und Buchmaler in der Kanzlei! Dann wäre er am Ziel seiner Träume!

Den ganzen Nachmittag ist er unruhig und ringt mit sich. Er hat nicht alles verstanden, worum es bei dem Gespräch ging. Aber das Wichtigste schon. Das muss genügen. Andererseits ist Gottfried sein Freund, er vertraut ihm; nie hat er unrecht gegen ihn gehandelt. Petrus windet sich, es fällt ihm nicht leicht, den anderen zu verraten. Aber dann, kurz vor Sonnenuntergang, ist seine Entscheidung gefallen. Er nimmt sich ein Stück Pergament und Schreibzeug, geht in seine Kammer und verschließt sorgfältig die Tür. Dann tunkt er den Gänsekiel in die schwarze Tinte.

Bothschafft an den Herrn Albrechten von Neideck. Ihr suchet den Mörder Eurer Tochtter? Er ist zu Bamberg alß Schreiber bey Hofe, auch seyn Schweßter. Wöllet nun thun was Ihr für guth befindet.

Ein Freundt.

47
Bamberg, eine Woche später

Ein Trupp Männer sprengt in die Hofhaltung des Bischofs. Sie sind scharf geritten, ihre Pferde schäumen und glänzen schweißnass. Der Anführer, ein massiger Ritter mit buschigem grauschwarzen Haar und dichten Brauen, stürmt in den Palast und brüllt: »Albrecht von Neideck. Meldet mich dem Bischof oder dem Kaiser, ganz egal. Sofort!«

Man lässt ihn einfach durch, denn mit diesem fuchswilden Kerl will sich keiner der Bediensteten anlegen. Er nimmt drei Stufen auf einmal auf dem Weg in den ersten Stock, wo sich die bischöflichen Privaträume befinden.

Bischof Otto blickt ungehalten von seinem Evangeliar auf. Wer bei allen Heiligen wagt es, ihn bei der Mittagsruhe zu stören? Unerhört findet er das. Er blafft: »Wer immer Ihr auch seid, kommt später wieder. Und wer hat Euch überhaupt hereingelassen?«

Der Neidecker baut sich vor Otto auf, die Hände in den Hüften. »Ich bin Ritter Albrecht von Neideck, und mein Anliegen duldet keinen Aufschub, Herr Bischof.«

Otto klappt seufzend das Buch zu und steht auf. Er hat sofort begriffen, dass sich dieser Besucher nicht hinauswerfen lässt. »So, Albrecht von Neideck, und was wollt Ihr? Fasst Euch kurz, denn meine Zeit für unangemeldete Besucher ist begrenzt.«

Albrecht lässt sich nicht einschüchtern. »Eminenz, ich fordere Sühne für den Tod meiner Tochter. Der Mörder, so weiß ich aus sicherer Quelle, hält sich an Eurem Hof auf.«

Der Bischof erinnert sich. Natürlich, es geht um Gottfried, den Schreiber! Herrschaftszeiten, das passt mir gar nicht in den Kram, denkt Otto. Ausgerechnet jetzt kommt diese alte Geschichte wieder hoch! Wo Gottfried zum engen Umfeld des Kaiserpaars gehört. Otto hat natürlich von Valdini erfahren, wie ausschlaggebend Gottfrieds Nachrichten für den letzten Sizilienzug waren. Und als Parteigänger der Welfen ist Otto ohnehin aufs Höchste gegen den Kaiser aufgebracht wegen Richards Gefangennahme. Denn Richard ist als Schwager Heinrichs des Löwen die wichtigste Stütze für die welfischen Thronansprüche, deren Durchsetzung nun in weite Ferne gerückt ist. Verdammt, denkt Otto und ärgert sich gleichzeitig darüber, dass er gerade geflucht hat. »Und um wen handelt es sich bei diesem Mörder?«, fragt er kurz angebunden.

»Um Gottfried von Streitberg«, zischt der Neidecker. »Er arbeitet als Schreiber am Hof.«

»Streitberg, Streitberg«, sinniert der Bischof. »Ich kenne keinen

Schreiber dieses Namens. Habt Ihr ihn denn schon ausfindig gemacht?«

»Nein«, knurrt Albrecht. »Aber das werde ich mit Eurer Erlaubnis sofort tun.«

Der Bischof neigt den Kopf und betrachtet angelegentlich den riesigen Hyazinth an seinem Finger. »Nun, wenn es sich um einen Schreiber aus der bischöflichen Kanzlei handelt, habt Ihr meinetwegen freie Hand. Allerdings, wenn er einer der kaiserlichen Schreiber ist ...« Otto weiß, dass er diesen wilden Kerl nicht zurückhalten kann. Er will Zeit gewinnen. Denn eines ist klar: Gerade jetzt, wo um das Lösegeld des englischen Königs verhandelt wird und der nächste Sizilienzug vor der Tür steht, wird Gottfried dringend gebraucht. »Ich schlage Euch vor, Herr Ritter, zu warten, bis ich des Kaisers Genehmigung eingeholt habe. Denn selbstredend muss der Gerechtigkeit Genüge getan werden. Später, in einer öffentlichen Verhandlung. Ich erinnere mich natürlich an diesen Fall, Ihr habt damals auch mehrfach bei mir vorgesprochen, nicht wahr?«

»Und umsonst«, schäumt der Neidecker. »Ich habe das Schwein nicht erwischt. Aber jetzt entkommt er mir nicht mehr, das schwör ich!«

Bischof Otto nickt mitfühlend. »Gott ist mit den Gerechten, mein Sohn.«

Eine Viertelstunde später steht Gottfried vor dem Bischof. »Keine Zeit für viele Worte, mein Sohn«, sagt Otto und drückt ihm ein Schriftstück mit dem bischöflichen Siegel in die Hand. »Albrecht von Neideck war gerade hier. Er weiß von dir und sucht dich. Du musst sofort die Hofhaltung verlassen.«

Gottfrieds Knie werden weich. »Der Neideck? Aber woher ...«

»Keine langen Fragen, Junge. Ich gebe dir ein Schreiben an den Abt von der Reichenau mit, dort bist du sicher.«

»Aber ... der Kaiser?«

»Ich werde Herrn Heinrich bitten, dich in die Reichenau zu schicken, um dort ein Evangeliar zu vervollständigen, das ich gerade in Auftrag gegeben habe. Er wird mir diesen Wunsch nicht verweigern Du kannst dann irgendwann später wieder zum Kaiserhof stoßen, wenn der Neidecker die Suche aufgegeben hat.«

»O Gott …« Gottfried weiß gar nicht, was er sagen soll. Die Angst hat ihn angesprungen wie ein Wolf.

Der Bischof wedelt ungeduldig mit der Hand. »Lass dir im Marstall ein gutes Pferd geben. Du bekommst später Nachricht von mir, wann und wo du den Kaiser wieder treffen kannst. Mit Gott.«

Gottfrieds Puls jagt. Er hastet durch die Gänge, zu den Räumen der Kaiserin. Die Türhüter kreuzen ihre Hellebarden, als er vor den Eingang tritt. »Ich muss dringend die Zofe Hemma sprechen«, sagt er atemlos. »Bitte.«

Einer der Wächter geht hinein, und kurz darauf steht Hemma vor ihm. Er zieht sie an der Hand fort, in einen ruhigen Winkel. »Der Neideck ist hier und sucht mich.«

Sie stößt einen leisen Schrei aus. »Wie kann er auf einmal von dir wissen?«

»Keine Ahnung. Ich muss sofort aufbrechen, der Bischof schickt mich in die Reichenau. Und du, verlass das Frauenzimmer nicht. Sag auch Christian Bescheid. Ich stoße später wieder zu euch. Leb wohl.«

»Gott schütz dich, Bruder«, flüstert sie. Da ist er schon längst wieder davongestürmt.

Im Marstall erwartet ihn schon der Pferdeknecht mit einem kräftigen Braunen. Er nimmt die Zügel, tritt in den Hof – und erstarrt vor Schreck. Keine zehn Fuß entfernt steht Albrecht von Neideck bei seinen Männern und erteilt ihnen Befehle. Himmel, da sieht er auch schon zu ihm herüber. Gottfried fängt an zu zittern. Was soll er tun? Jetzt stehen bleiben? Das würde nur verdächtig wirken. Er bückt sich, tut so, als würde er ein verklemmtes Steinchen aus dem Vorderhuf seines Pferdes kratzen. Der Neidecker schaut immer noch. Da bleibt Gottfried gar nichts anderes übrig, als alles auf eine Karte zu setzen. Langsam führt er sein Pferd mitten über den Hof in Richtung Tor, geradewegs vorbei an seinem Todfeind und dessen Schergen. Keiner sagt ein Wort. Gottfried spürt die Blicke Albrechts wie Pfeilspitzen in seinem Rücken. Er kann nicht wissen, wie ich heute aussehe, sagt er sich. Nur jetzt keinen zu schnellen

Schritt. Langsam und ruhig, langsam und ruhig. Es kommt ihm vor wie eine Ewigkeit, bis er endlich am Tor angelangt ist. Er zeigt das Schreiben mit dem bischöflichen Siegel vor, der Torwart macht einen Scherz. Gottfried zwingt sich zu einem lauten Lachen und klopft dem Mann auf die Schulter. Und dann, endlich, hat er seinen Gaul bestiegen und reitet gemächlich durch das Tor auf den Domplatz hinaus.

Der Schweiß läuft ihm in Bächen über den Rücken. Aber er hat es geschafft!

Der Neideck hält sich nicht mit dem unauffälligen Reiter auf, der gerade die Hofhaltung verlassen hat. Ein Bote wohl, schließlich hat er einen Brief mit großem Siegel hergezeigt. Jetzt gilt es, in der bischöflichen Kanzlei zu suchen. Er betritt die Schreibstube, mustert jeden einzelnen der Männer, die an ihren Pulten stehen. Einer von ihnen diktiert Liedstrophen aus einem Psalter, fünf andere schreiben fleißig mit. Zwei Lehrlinge füllen Tinte ab, ein dicker Schreiber schabt mit einem Messerchen die Schrift von einem Pergamentbogen, die Zunge in den Mundwinkel geklemmt. Drei ältere Männer kopieren Texte aus irgendwelchen Vorlagen. Albrecht geht nach vorne zu dem Mann mit dem Psalter und hebt die Hand.

»Wer unter euch«, fragt er mit drohend erhobener Stimme, »ist Gottfried von Streitberg?«

Keiner antwortet.

Der Neidecker geht an jedem einzelnen Schreiber vorbei, mustert jedes Gesicht lange. Aber entweder sind die Männer zu jung oder zu alt, oder die Züge haben keinerlei Ähnlichkeit mit dem zwölfjährigen Burschen, den er in Erinnerung hat. »Sind das alle Schreiber des Domskriptoriums?«, fragt er wütend.

»Unser jüngster Lehrling fehlt, Edwin, der hat die Abweiche. Und der Erste Schreiber, Vater Jodokus von Langheim«, antwortet ein tintenbefleckter Kopist verdattert.

Albrecht von Neideck geht ganz nahe an den Mann heran. »Und kennt Ihr vielleicht einen Schreiber mit Namen Gottfried aus einer anderen Kanzlei? Zum Beispiel der kaiserlichen?«

»Äh, ja«, meldet sich einer der Lehrlinge. »Einer der Leibschreiber des Kaisers heißt so. Ich habe ihm letzthin Muschelgold bringen müssen.«

Der Neidecker fährt herum. »Wo finde ich die kaiserliche Kanzlei?«

Der Lehrling zuckt zusammen. »D…drüben im anderen Flügel, Herr.«

»Aber er ist nicht da«, meldet sich da der Vorleser. »Grad vorhin habe ich gesehen, dass er aus der Hofhaltung geritten ist.«

Kein Vaterunser später stapft der Neidecker mit hochrotem Kopf über den Hof. »Habt ihr einen hinausgelassen?«, brüllt er seine Leute an.

»Keinen, Herr!«

»Er ist weg, der Hundsfott!«, faucht er, »Jemand muss ihn gewarnt haben.« Und dann schlägt er sich mit der flachen Hand gegen die Stirn. »Der Reiter auf dem braunen Gaul. Verdammt und verflucht!« Wie kann Gottfried schon so schnell von seiner Verfolgung gewusst haben? Wer hat ihn gewarnt? Der Bischof? Albrecht schüttelt den Kopf. Das kann nicht sein! Den Neidecker zerreißt es gleich vor Wut. Er steigt auf sein Pferd, reißt an den Zügeln. »Los, Männer! Vielleicht erwischen wir ihn noch!«

In diesem Augenblick öffnet sich die Tür zum Herrentrakt, und Christian kommt heraus. Er trägt ein Paar nagelneue lederne Beinlinge über dem Arm, die er zum Kürzen dem Schneider bringen will. Pfeifend schlendert er über den Hof, grüßt den Metzler, der gerade im Schweineschaff eine Sau brüht. Mit einem kleinen Sprung weicht er der dickflüssigen Blutpfütze aus, die noch vom Schlachten da ist. Er kommt geradewegs auf den Neidecker zu, ihre Blicke treffen sich.

Albrecht von Neideck erkennt ihn sofort. »Der Müllerbursche!«, brüllt er. »Packt ihn!« Christian lässt im selben Augenblick die Beinlinge fallen, dreht sich um und rennt um sein Leben. Der Neidecker gibt seinem Gaul die Sporen, dass er steigt, und galoppiert mit wahnwitziger Geschwindigkeit hinterher, dicht gefolgt von seinen Männern. Die Hufeisen ihrer Pferde schlagen Funken auf dem Kopfsteinpflaster. Christian ist schon fast eingeholt, keuchend hetzt er auf die rettende Tür zu, da hört er hinter sich ein schrilles Wiehern, Schaben von Metall auf Stein und ein dumpfes, schreckliches Geräusch. Er dreht sich nicht um, läuft weiter bis zur Tür. Hinter ihm ist plötzlich keiner mehr.

Das massige Pferd des Neideckers ist im vollen Galopp auf der Blutpfütze des Schlachters ausgeglitten und hat seinen Reiter unter sich begraben. Wild mit den Hufen schlagend rappelt sich das Tier auf und trabt verwirrt davon. Albrecht von Neideck liegt da, besudelt vom Schlachtblut. Er versucht sich aufzurichten, da wühlt entsetzlicher Schmerz in seinem Unterleib. Er heult und brüllt und stöhnt wie ein verletzter Bär. Seine Männer sind abgesprungen und stehen ratlos um ihn herum. Sie verschwenden keinen Gedanken mehr an Christian, der inzwischen im Herrentrakt verschwunden ist.

Das Burggesinde läuft zusammen, sogar der Kaiser blickt kurz aus dem Fenster. Und Hemma, die nun beobachtet, wie etliche Männer den vor Schmerz halb wahnsinnigen Neidecker auf eine Trage legen und wegbringen.

»Der hat sich Hüfte und Becken gebrochen, alles miteinander«, erfährt sie bald darauf von einem der bischöflichen Leibdiener, der dem Arzt zur Hand gegangen ist. »Laufen tut der nie mehr.«

Hemma atmet auf. Die größte Gefahr ist gebannt.

»Wir bleiben nicht hier!«, sagt Christian. »Es ist zu gefährlich. Der Neidecker weiß jetzt, wo er uns findet. Es kann nicht mehr lang dauern, bis jemand mich hier als falschen Ritter Bernhard entlarvt. Und nach Streitberg können wir auch nicht zurück. Selbst wenn dieser Mensch ein Krüppel ist, er wird sich an uns rächen, sobald er uns hat.«

Hemma nickt niedergeschlagen. »Du hast wohl recht. Nur, was sollen wir tun?«

»Ich habe schon mit Ritter Diepold von Schweinspeunt gesprochen. Er bricht in drei Tagen nach Süden auf und braucht noch Männer.«

»Wofür?«

»Als Vorhut für den Italienzug des Kaisers. Und er will sich in Festlandsizilien eine Herrschaft erobern. Da gibt es zur Zeit Kämpfe zwischen den Baronen, in die er sich einschalten kann.«

»Du willst wieder in den Krieg?« Hemma starrt ihn an. »Freiwillig? Bist du verrückt geworden?«

Er legt den Arm um sie. »Wenn uns das Kriegsglück hold ist, Liebste, werde ich einen Anteil an der Beute bekommen. Damit können wir dann irgendwo ein neues Leben anfangen.«

Sie sieht ihn misstrauisch an. »Glaubst du? Und was mache ich, solange du im Welschland kämpfst?«

»Vielleicht ist es am besten, du verschwindest eine Zeitlang in irgendeinem Kloster.«

Hemma fährt hoch. »Nie wieder gehe ich in ein Kloster, nie wieder!«

»Schon gut«, besänftigt sie Christian. »Vielleicht ist es ohnehin am sichersten, du bleibst bei der Herrin Konstanze. Selbst wenn dich der Neidecker findet – er wird es nicht wagen, eine der Frauen der Kaiserin anzutasten. Sie wird dich schützen, das hat sie bisher ja auch getan.«

»Ich will nicht wieder von dir getrennt sein.« Ihr steigen die Tränen in die Augen. »Und Angst um dich haben müssen.«

Er küsst sie sanft. »Im nächsten Jahr, wenn alles gutgeht, sehen wir uns in Sizilien wieder. Bestimmt.«

Drei Tage später ziehen der Schweinspeuntner und seine fünfzig Ritter von Bamberg aus los. Hemma sieht ihnen vom Tor der Hofhaltung nach, wie sie über den Domplatz reiten. Ganz hinten trabt Christian, bis an die Zähne bewaffnet, für die anderen immer noch Ritter Bernhard von Neideck und im Heiligen Land kampferprobt. Ein letztes Mal dreht er sich zu ihr um und hebt grüßend die Hand. Sie winkt, bis er um die Ecke der nächsten Gasse verschwunden ist. Hemma bewegt lautlos die Lippen. Komm wieder, will sie sagen, und: Gott schütze dich.

Dann geht sie langsam zurück ins Frauenzimmer. Drinnen fällt sie Tommasina weinend um den Hals. »Wer weiß, ob wir uns wiedersehen«, schluchzt sie. »Ich könnt es nicht ertragen, ihn ganz zu verlieren. Er ist fort, mein Bruder ist fort. Was soll nur aus mir werden?«

»Pensa pi'ora ca dumani pensa Diu«, singsangt Tommasina und legt ihre weichen Arme um Hemma.

»Denk an das Heute, denn an Morgen denkt Gott«, übersetzt Konstanze. Leise ist sie herangetreten und streicht Hemma übers Haar. Sie kennt den Schmerz des Abschieds nur allzu gut.

Während Hemma sich kaum trösten lässt, trabt Gottfried am Ufer der Rednitz entlang. Jetzt, wo er sicher ist, dass ihm niemand folgt, beginnt er zu grübeln. Wer in aller Welt hat ihn verraten? Niemand außer Hemma und Christian, der Kaiserin und dem Bischof kennt seine Vergangenheit. Aber Hemma und Christian – niemals. Die Kaiserin? Unmöglich. Der Bischof hat ihm geholfen zu fliehen, er kann es auch nicht gewesen sein. Irgendjemand am Hof muss das Geheimnis kennen. Da muss es einen Feind geben, den er nicht kennt und der sein Verderben will. Der schuld ist, dass weder er noch Hemma noch Christian wissen, wie es weitergehen soll. »Verdammt!«, ruft Gottfried auf einmal so laut, dass sein Gaul einen kleinen Galoppsprung einlegt. »Wer?«

48
Mainz, Februar 1194
Konstanze

Es gibt eine gute Nachricht: Gestern hat Heinrich seinen Gefangenen endlich ziehen lassen. Er hat alles bekommen, was er gefordert hat, und noch mehr: Zermürbt von der langen Haft und dem Wissen, dass in der Zwischenzeit seine Feinde sein Königreich überrannten, hat Löwenherz überdies eingewilligt, seine Krone öffentlich vom Kaiser als Lehen zu nehmen. In einer kurzen Zeremonie, der ich mit Absicht fernblieb, hat Heinrich ihm England als kaiserliches Lehen übertragen. Anschließend hat er zwei Tage lang seinen Triumph gefeiert. Mein Mann ist ein ehrloser Schuft. Aber ich bin froh, dass diese unsägliche Geschichte jetzt zu Ende ist. Der nächste Versuch, Sizilien zu erobern, steht unmittelbar bevor.

Ich fühle mich hier im Norden wieder so fremd wie eh und je. Das Schlimmste ist, dass dazu noch die Sehnsucht kommt. Aziz ist wohl inzwischen längst wieder in Sizilien – wenn alles gutgegangen ist, hat niemand sein doppeltes Spiel bemerkt. Manchmal denke ich so sehr an ihn, dass es weh tut. Wie es ihm wohl geht, was er gerade tut. Ob er mich vermisst. Das regelmäßige Beilager mit Heinrich, das nach meiner Rückkehr anfangs erträglich war, ist mir wieder ein Greuel geworden. Es nützt und nützt ja doch nichts: Ich werde nicht schwanger. Auch die Kräuter, die Hemma mir gibt, helfen nichts. Inzwischen habe ich die Hoffnung aufgegeben, auch wenn ich es niemandem sage. Ich bin fast vierzig Jahre alt, und eine Mutterschaft kann ich mir kaum mehr vorstellen. Gestern, als der Kaiser wieder einmal nach unersprießlichen Bemühungen erschöpft neben mir lag, habe ich ihm ein Angebot gemacht. »Du könntest dich wegen Kinderlosigkeit von mir scheiden lassen«, habe ich zu ihm gesagt. »Es wäre zwar demütigend für mich, aber ich würde dich verstehen.« Ich habe unerwähnt gelassen, dass ich die Ehe mit ihm unerträglich finde.

»Wie kannst du an eine Scheidung denken?« Heinrich hat sich zornig im Bett aufgerichtet. »Ich sage dir eines, Konstanze: Ein Kind ist nicht mein wichtigstes Ziel. Ich brauche dich jetzt erst einmal dafür, Sizilien mit möglichst wenig Verlusten zu erobern. Danach können wir immer noch weitersehen. Bemüh dich nicht zu sehr; die Ärzte sagen, das ist nicht gut.«

»Du willst mich also nur behalten als Mittel zum Zweck. Weil sich Sizilien leichter erobern lässt, wenn eine Hauteville mit Thronanspruch an deiner Seite ist. Ich schätze deine Offenheit, Heinrich.« Mich schaudert vor seiner Kälte.

Er lächelt mich an, aber das Lächeln steht nicht in seinen Augen. »Du bist mein Weib vor Gott und der Welt, und ich werde daran nichts ändern. Lass uns erst Sizilien holen. Und dann – der Himmel wird uns schon noch einen Erben schenken. Ich will jedenfalls mein Bestes dazu tun.«

O ja, ich weiß. Er übt. Seit einiger Zeit nimmt er sich eine blutjunge Magd aus der Wäscherei. Das arme Ding macht keinen glücklichen Eindruck, aber sie kann nichts dagegen tun. Er ist der Kaiser. Dass er sich, wenn überhaupt, nur für sehr junge Mädchen erwärmen kann, weiß ich schon lange. Es berührt mich nicht. Man raunt in seiner Umgebung, dass er die Mädchen zwar in sein Schlafgemach holen lässt, aber es dabei nie zum fleischlichen Verkehr kommt. Ich bin die Einzige, die ihn ganz ertragen muss.

Und gerade eben, der Hof war schon auf dem Weg zur Frühmesse, erreicht uns die Nachricht, dass Tankreds ältester Sohn und Nachfolger einem Fieber erlegen ist. Auch Tankred, so heißt es, liegt auf den Tod krank, vermutlich ist er in der Zeit, die der Bote von Sizilien her gebraucht hat, längst gestorben.

Zur Feier der guten Nachricht kommt Heinrich abends guter Dinge in mein Bett. Zum ersten Mal bitte ich ihn, von seinem Vorhaben abzulassen – es geht mir nicht gut, ich bin niedergeschlagen und müde. Erst mein Bruder, jetzt auch Tankred und sein Sohn. Zu viele Tote auf meinem Weg. Mein Gatte ist ungehalten über die Zurückweisung, lässt sie nicht gelten. »Was ist los mit dir? Willst du wohl deine eheliche Pflicht erfüllen, oder haben sie dir das in Sizilien nicht beigebracht?«

Ich gebe mich geschlagen und lasse ihn gewähren, öffne die Schenkel. Er legt sich auf mich mit den Worten: »Auch wenn ich inzwischen glaube, dass es eine unverzeihliche Verschwendung meines kaiserlichen Samens ist.«

49
Trifels, 11./12. Mai 1194

Tief atmen, picciridda. Hier, trink einen Schluck Wasser.« Tommasina stellt die Schüssel ab, streicht Konstanze übers Haar und hält ihr einen Becher hin. Die Kaiserin trinkt gehorsam und lässt sich dann zurück auf den Diwan fallen. Seit zwei Wochen hat sie diese Übelkeit jeden Morgen. Wenn sie versucht, etwas zu essen, und seien es nur ein paar Löffel Milchbrei oder ein paar trockene Weizentortelli, erbricht sie es sofort wieder.

Der kaiserliche Samen war doch nicht verschwendet.

»Was ist, wenn ich dieses Kind wieder verliere«, klagt Konstanze. Sie wagt nicht, sich zu freuen, schließlich weiß sie ja, wie es enden kann. Und sie ängstigt sich, wie jede Schwangere. »Wenn ich gar nichts mehr bei mir behalten kann, wie soll das werden … ach, vielleicht bin ich doch schon zu alt.«

»Schioccezze!«, schilt Tommasina gutmütig und tätschelt ihrer Herrin die Hand. »Unsinn! Das geht vielen Frauen so, auch den ganz jungen.«

»Keine Angst, es wird mit der Zeit besser«, meint Hemma, die mit einem irdenen Becher ins Zimmer gekommen ist. Sie hat darin ein bitteres Gebräu aus Bibernell, Angelikawurzel und Sauerdorn zusammengerührt. »Das hatten wir oft, die alte Oda und ich. Und jedes Mal ist ein gesundes Kindchen gekommen. Seht, das hier wird helfen.«

»Gott sei Dank, dass ich dich habe, Hemma.«

Hemma lächelt. Sie, Tommasina und Laila sind die Einzigen, die von der neuen Schwangerschaft wissen. Konstanze hat sie schwören lassen, kein Sterbenswörtchen zu verraten. Sie will ihren Zustand geheimhalten, bis die kritischen ersten Monate vorüber sind. Nicht einmal Heinrich darf es erfahren, Konstanze hat ihm nur vage melden lassen, sie sei unpässlich. Denn sonst würde er sie aus Sorge um die Gesundheit des Kindes nicht mit nach Süden nehmen, und das ist das Letzte, was sie will. Es geht um Sizilien, ihr Sizilien. Sie muss dabei sein auf diesem Kriegszug.

Für den nächsten Morgen, den Tag des Ritterheiligen Pankratius, ist der Aufbruch geplant. Die ganze Burg, so still und einsam, als Richard Löwenherz hier gefangen war, hallt wider vom Schwertergeklirr, Pferdesgeschnober und den derben Scherzen der kampfbereiten Ritter. Karren werden mit Vorräten beladen: mit lebenden Hühnern, Speckseiten, Salzfisch. Mehlsäcke werden geschleppt, Salzscheiben gestapelt und Weinfässer gerollt. Der Schmied hämmert seit Tagen, was er kann, um noch letzte Hand an Waffen und Rüstung zu legen. Drunten im Tal lagert derweil eine unübersehbare Menge Kämpfer aus allen Territorien des Reichs, sie ist jeden Tag weiter angewachsen. Ein Kochfeuer lodert neben dem anderen, es wimmelt vor Soldaten, Pferden, Ochsen und Schafen, zwischendrin ragen bunt bewimpelt die Prunkunterkünfte der Anführer und hohen Adeligen auf. Es herrscht hektisches Treiben, alles ruft durcheinander, man packt eifrig zusammen, um am nächsten Morgen bereit für den Abmarsch zu sein. Auf der Burg ist ein ständiges Ein- und Ausreiten. Boten kommen an, Meldungen werden gemacht, kaiserliche Befehle weggeschickt. Die Stimmung im Heer ist ausgezeichnet, man ist siegesgewiss. Denn alle haben es schon gehört: König Tankred ist noch im Februar seinem ältesten Sohn im Tod gefolgt. Die Regierung in Sizilien übt notgedrungen seine Frau Sibilla aus, als Statthalterin für ihren vierjährigen zweiten Sohn, den kleinen Wilhelm. Sizilien ist ohne echte Führung. Einen besseren Zeitpunkt für den Angriff kann es nicht geben. Und mit dem Lösegeld für König Richard hat Heinrich seine Armee so gut ausgerüstet wie nie zuvor. Die Feinde sollen zittern.

Zu denen, die am Tag vor Pancratii gerade noch rechtzeitig auf dem Trifels einreiten, gehört ein junger, dunkellockiger Reiter im grünen Mantel. Er kann sich am Burgtor ausweisen, also lässt man ihn durch. Nachdem er sein Pferd im Marstall hat versorgen lassen, sucht er als Erstes die Gemächer der Kaiserin auf.

Er trifft Hemma schon auf dem langen Gang. Mit einem Aufschrei fällt sie ihm um den Hals. »Dass du wieder da bist!«

Er schwenkt sie herum. »Ich wollte schon früher kommen, aber der Kaiser hat mich erst jetzt herbeordert. Ich soll mit auf den Sizilienzug.«

Hemma löst sich aus seinen Armen. »Komm mit zur Kaiserin, sie wird sich freuen, dich zu sehen.«

»Gottfried!« Konstanze streckt ihm beide Hände entgegen. »Wie schön, dich zu sehen. Wir alle haben dich vermisst. Bleibst du nun wieder bei Hofe?«

Er verneigt sich tief. »Ja, Herrin, so lautet der Befehl des Kaisers. Aber ich wäre auch so gekommen.« Er lächelt. »Schließlich habe ich noch ein Buch zu schreiben.«

Sie führt ihn zu einer kleinen Truhe und öffnet den Deckel. »Hier, seht! Ich habe nach Eurer Flucht aus Bamberg alle fertigen und angefangenen Bögen zu mir bringen lassen. Euer italienischer Freund, der Euch immer geholfen hat, bot mir an, derweil weiterzuschreiben, aber ich habe abgelehnt. Ich war mir sicher, dass Ihr zurückkommt.«

»Das konntet Ihr auch sein, Herrin.«

»Und denk dir, vom Neideck haben wir inzwischen nichts mehr zu befürchten«, erzählt Hemma überschwänglich. »Jedenfalls, solange wir uns von ihm fernhalten. Er ist vom Pferd gestürzt und zum Krüppel geworden. Er kann uns nicht weiterverfolgen.«

Das hört Gottfried mit Erleichterung. »Was ist mit Christian?«

»Ich habe Nachricht von ihm aus Süditalien. Wir wollen uns treffen, sobald der Kaiserhof in Kalabrien ist.«

»Dann wären wir ja dort wieder alle zusammen.«

Konstanze lächelt in sich hinein. Auch sie hofft auf ein Wiedersehen. Mit Aziz. Sie malt sich aus, wie es wäre, wenn sie sein Kind trüge.

In dieser letzten Nacht auf dem Trifels werfen die Sterne ihr Licht auf tausende Schläfer. Jeder hat seine eigenen Träume, Wünsche und Hoffnungen. Der eine träumt vom großartigen Sieg, der andere vom Ritterschlag, der nächste von reicher Beute in Sizilien. Heinrich träumt von der Eroberung Palermos, Konstanze von den Zärtlichkeiten ihres Aziz, der sie in seinen Armen hält und arabische Koseworte flüstert. Gottfried träumt davon, für das Buch ein prächtiges Bild von der Königskrönung in Sizilien zu zeichnen. Und Hemma träumt von einem Wiedersehen mit Christian.

Zwei Stunden nach Sonnenaufgang, gleich im Anschluss an die Frühmesse, sitzen alle Dienerinnen und Zofen, die zum kaiserlichen Frauenzimmer gehören, auf ihren Pferden oder in den Reisewägen. Konstanze reitet auf ihrem Lieblingszelter, einem sanftmütigen Apfelschimmel; sie will das Rütteln und Schütteln in der holprigen Kutsche vermeiden. Tommasina und Laila haben es sich auf einem der Wagen bequem eingerichtet, die mit Kleidern, Bettzeug und allerlei Hausrat beladen sind. Hemma hat sich eine kleine, gescheckte Stute ausgesucht.

Auf den blechernen Klang einer Busine hin setzt sich der Zug in Bewegung, allen voran der Kaiser mit seinen engsten Vertrauten. Da stößt Hemma einen kleinen Schrei aus. »Ich hab meinen Kräuterkorb vergessen.« Sie zügelt ihr Pferd und springt ab. »Reitet ihr schon voraus, ich hole euch dann gleich ein. Es dauert nicht lange.«

Mit gerafften Röcken kämpft sie sich durch die Menge an Mensch und Tier, die sich im Hof dicht an dicht drängt. Sie muss noch einmal in die Frauengemächer, die Treppe hoch und den Gang entlang. Ah, da steht ja der Korb! Sie bückt sich, schließt den Klappdeckel und – spürt, wie starke Arme sie von hinten umfassen. Sie will schreien, aber jemand hält ihr den Mund zu. »Na endlich haben wir dich allein erwischt, du kleines Miststück!«, knurrt jemand. Sie kämpft und strampelt, wehrt sich mit allen Kräften, aber umsonst. Es sind mehrere Männer, die sie überwältigen. Einer stopft ihr einen Lappen in den Mund, ein anderer fesselt ihre Hände. Schließlich stülpt ihr ein Dritter einen schmutzigen, stinkenden Sack über den Kopf. Und dann fühlt sie sich hochgehoben, wird davongetragen, irgendwohin.

Draußen passieren Konstanze und ihre Frauen gerade das Burgtor.

50
Streitberg, Ende Mai 1194

Albrecht von Neideck hockt wie eine fette, hässliche Spinne in ihrem Netz auf seinem Tragstuhl in der Hofstube. Es ist Nacht; zwei Wandfackeln werfen flackernd ihr rötliches Licht auf seine massige Gestalt. Ein Wolfsfell bedeckt Unterleib und Beine, die zu nichts mehr nutze sind. Er ist aufgequollen vom Wein, den er ratzenweise trinkt, seit er kaum mehr gehen kann. Gegen die ständigen Schmerzen, die ihn plagen. Und um den Hass zu nähren, der all seine Gedanken beherrscht.

Als er auf das zitternde, schmutzige Häufchen Elend hinabsieht, das man ihm gerade vor die Füße gestoßen hat, weiß er, dass er seinem Ziel ein ganzes Stück nähergekommen ist.

»Willkommen auf der Burg Eurer Väter!«, sagt er mit tiefer Stimme. »Wir haben uns lang nicht mehr gesehen, Hemma von Streitberg.«

Hemma hebt den Kopf. Sie ist voller Schmutz, das Haar strähnig und verfilzt. Und sie hat Angst, furchtbare Angst. Ihre Kehle ist wie zugeschnürt.

»Ihr habt gedacht, der Neideck vergisst mit der Zeit, hm? Habt geglaubt, ihr kommt davon. Habt ein fröhliches Leben geführt derweil. Und du sogar unter meinen Augen, ha! Aber jetzt ist die Zeit der Abrechnung gekommen.«

Hemma schluckt, schüttelt den Kopf. »Es war … es war ein Unfall«, krächzt sie.

Mit einem Wutschrei schleudert der Neidecker seinen vollen Weinbecher auf sie, er trifft ihre Schulter, die rote Flüssigkeit nässt ihren Ärmel.

»Du lügst!«, brüllt er. »Dein Bruder hat mein Kind auf dem Gewissen!«

Sie schluchzt auf. »Cuniza ist gefallen und in den Kerzenhalter gestürzt, ich schwör's! Und dann war sie tot! Wir konnten nichts mehr tun!«

»Tot?« Der Neideck lacht, es ist ein irres, wahnsinniges Lachen. »Tot? Gelebt hat sie noch, als wir sie gefunden haben.«

»Was?« Hemma ist entsetzt. Das kann doch nicht sein!

»Ja, sie war noch am Leben. Aufgewacht ist sie, als ich sie beim Namen rief. Vater, hat sie gejammert, Vater.«

»O Gott!« Hemma schlägt die Hände vor den Mund.

Der Neidecker beugt sich vor, seine Finger krallen sich in Hemmas Gewand. Er zieht sie zu sich, bis sein Gesicht dem ihren ganz nah ist. »Drei Tage hat ihr Todeskampf gedauert«, flüstert er heiser. »Drei Tage lang hat sie unaufhörlich vor Schmerz geschrien, niemand konnte ihr helfen. Am Ende ist sie unter furchtbarsten Qualen schreiend gestorben. Und genau so, hörst du?, genau so will ich ihren Mörder sterben sehen. Deinen Bruder.« Er lässt sie los, sie fällt zurück auf den Boden.

»Was habt Ihr mit mir vor?«, fragt sie verzweifelt.

Er lehnt sich zurück. »Du bist mein Faustpfand, meine Hübsche. Du darfst so lange meine Gastfreundschaft genießen, bis dein Bruder kommt und sich stellt. Ich werde ihm Nachricht schicken. Dann kannst du meinetwegen gehen, wohin du willst. Dein Tod ist mir nicht wichtig. Aber der Tod deines Bruders, der ist das einzige Ziel, das ich im Leben noch habe. Sieh mich an, Mädchen. Ich bin ein Krüppel, auch das verdanke ich deinem Bruder. Mir liegt nichts mehr an diesem Dasein, ich bin der Dinge überdrüssig. Nur eine Pflicht habe ich noch zu erfüllen: Rache zu nehmen für den Tod meiner Tochter. Und bei Gott, das werde ich tun.«

»Und wenn Gottfried nicht kommt?«

»Dann lass ich dich hier verrotten«, zischt der Neidecker. Blitzschnell zieht er sein Messer, greift in Hemmas Haar und schneidet eine lange Strähne ab, die er um seine Hand wickelt. »Das werde ich deinem Bruder mitschicken«, sagt er mit einem bösartigen Lächeln. »Damit er auch glaubt, dass du hier bist. Und jetzt darfst du dort Aufenthalt nehmen, wo alles angefangen hat – in der herrschaftlichen Schlafkammer.«

Er schnippt mit dem Finger, und zwei Waffenknechte kommen herbei. »Bringt sie weg«, schnappt er kurz. Vier Hände ergreifen Hemma; sie wird hinausgeschleppt.

Die schwere Tür schlägt zu, ein Riegel wird knirschend vorgeschoben. Hemma ist allein in der Dunkelheit der Nacht. Wie eine Woge bricht die Verzweiflung über sie herein, sie kauert auf den Steinfliesen und ist so erschöpft, dass sie nur noch weinen kann. Irgendwann fällt sie in einen tiefen, traumlosen Schlaf.

Sie erwacht, als draußen der Morgen graut. Die ersten Hähne krähen. Erst weiß sie nicht, wo sie ist, aber dann fällt es ihr wieder ein. Langsam richtet sie sich auf, sie hat Hunger und Durst und fühlt sich völlig zerschlagen. Ihre Entführer sind nicht gerade zimperlich mit ihr umgegangen, sie hat überall blaue Flecke, die Handgelenke sind von Fesseln wundgescheuert.

Jetzt sieht sie sich in der alten Schlafkammer um. Sie erinnert sich: Richtig, da drüben steht noch die große Truhe, in der sie sich damals versteckt hat. Und dort, mit zugezogenen Vorhängen, das Himmelbett, in dem Gottfried mit Cuniza die Hochzeitsnacht verbringen sollte. Nichts hat man hier verändert. Im Kamin liegen noch Reste von altem, verkohltem Holz. Obwohl die Fenster nicht mit Pergament oder Holzläden verschlossen sind, riecht es merkwürdig muffig, ja, widerlich, ein Geruch, den sie nicht deuten kann. Faulig, abgestanden, nach Moder, Staub und verrottenden Kleidern. Sie geht zu einem der vergitterten Fenster, tut einen tiefen Atemzug. Draußen geht es klafterweit in die Tiefe, drunten sieht sie schroffe Felsen. Sie sucht nach dem Türchen für das heimliche Gemach, von wo aus sie und Gottfried sich damals abgeseilt haben. Es ist mit einer Eisenplatte und eisernen Klammern verschlossen, davor steht eine Brunzkachel. Die Erinnerung steigt in ihr auf an jene schreckliche Nacht, in der Cuniza starb. Ihre Brust wird eng. Langsam geht sie hinüber zur Bettstatt. In den Vorhängen hängt der Staub von zwei Jahrzehnten, früher einmal waren sie rot. Hemma greift mit beiden Händen in die Falten und zieht den schweren Stoff zur Seite.

Sie prallt zurück. Mit einem Aufschrei des Grauens sinkt sie auf die Knie, würgt und würgt und erbricht sich, bis nur noch Galle kommt.

Auf dem Bett liegt die skelettierte Leiche von Cuniza.

51
Roncaglia, Juni 1194

Die Reise des Kaisers hat vom Trifels über Chur und den Splügenpass, Chiavenna, Mailand, Pavia und Piacenza geführt. Jetzt wartet man in Roncaglia auf das Heer, das langsamer nachfolgt. Dank des Lösegelds für Löwenherz hat Heinrich zwanzigtausend Mann für den Kriegszug aufbringen können, eine Zahl, vor der seine Gegner zittern.

Konstanze hat wegen ihres Zustands nicht mit dem Kaiserhof Schritt halten können, sie und ihre Reisegesellschaft sind noch hinter das Heer zurückgefallen. Erst am Freitag vor Trinitatis erreicht sie Roncaglia. Sie gönnt sich weder Bad noch Mahlzeit, sondern lässt sofort Gottfried aus der Hofkanzlei rufen. Fröhlich betritt er ihr Zelt, grüßt und verneigt sich.

»Ist es dir wohl ergangen in der Reichenau?«

»O ja, Herrin. Seht, in den letzten Wochen habe ich etliches gezeichnet und geschrieben.« Er zieht Pergamentbögen aus einer ledernen Rolle und will sie auf dem Tisch ausbreiten. Da legt ihm Konstanze die Hand auf den Arm. »Warte.«

Fragend sieht er zu ihr auf.

Sie zögert. »Es ist … ich muss dir sagen … Hemma – sie ist verschwunden.«

Er fährt hoch. »Was?«

Sie sucht nach Worten. »Auf dem Trifels, als du mit dem Kaiser schon vorausgeritten bist, wollten wir auch abreiten. Hemma war noch im Burghof mit dabei. Dann sagte sie, sie habe etwas vergessen, und lief noch einmal ins Frauenzimmer zurück. Sie würde uns gleich wieder einholen, hat sie noch gerufen. Da haben wir uns auf den Weg gemacht. Als sie nach einer Stunde noch nicht da war, habe ich einen Reiter zurückgeschickt. Der kam gegen Abend wieder, ohne eine Spur von ihr gefunden zu haben.«

»Heilige Maria Muttergottes«, flüstert Gottfried. »Der Neideck.«

Konstanze senkt den Blick. »Das fürchte ich auch. Ich mache

mir solche Vorwürfe. Und solche Sorgen. Ich hätte besser auf sie aufpassen müssen. Aber ich konnte nicht länger als einen Tag auf sie warten, es ging nicht anders.«

»Ich muss sofort zurück!« Gottfried rollt die Bögen wieder zusammen.

»Was willst du ausrichten, allein?« Konstanze zieht ihn neben sich auf ein gepolstertes Bänkchen. »Lasst uns nüchtern überlegen. Wenn wir – verzeih mir – den schlimmsten Fall annehmen, nämlich dass er sie umgebracht hat, dann ist es sinnlos zurückzureiten. Dann kannst du nichts mehr ändern und begibst dich nur ohne Not in Gefahr. Wenn sie noch am Leben ist, brauchst du Hilfe, um sie zu befreien. Und ich glaube, dass sie noch am Leben ist. Der Neideck wird sie als Geisel benutzen, um dich zu bekommen. Denn dich, so habe ich es aus deinen Erzählungen verstanden, sieht er als den Mörder seiner Tochter an. Hemma war damals ja noch ein kleines Kind.«

Gottfried ist verzweifelt. »Aber was soll ich denn tun? O Gott, wenn sie nun tot ist! Das verzeihe ich mir nie.«

»Sie ist am Leben, da bin ich sicher. Sonst hätte man sie schließlich gleich umbringen können, und mein Reiter hätte eine Leiche gefunden. Er hat den ganzen Trifels durchsucht – nichts. Hör zu: Ich habe inzwischen einen Boten zu Albrecht von Neideck geschickt. Er hat ein Schreiben bei sich, in dem ich Hemma unter meinen Schutz nehme. Er soll so schnell wie möglich zurückkommen und berichten, was der Neidecker zu sagen hat. Ob Hemma bei ihm ist. Das kann aber noch ein Weilchen dauern.«

»So lange warten? Das halte ich nicht aus!« Er vergräbt das Gesicht in den Händen.

»Du kannst nicht so einfach gehen, Gottfried. Du bist Leibschreiber des Kaisers, er hat eigens dem Bamberger Bischof geschrieben, dass er dich in Italien haben will. Deshalb bist du hier. Ohne seine Erlaubnis kannst du gar nicht gehen.«

Gottfried schließt die Augen. »Ihr habt recht, Herrin.« Dann fällt ihm etwas ein: »Weiß es Christian schon?«

»Nein. Er ist mit Diepold von Schweinspeunt und der Vorhut längst nach Süden gezogen. Aber wir treffen ihn zu Pisa, wo sich das Heer mit ihnen vereinigen will. Bleib ruhig, Gottfried. Warte auf meinen Boten. Es ist noch nichts verloren.«

»Ich wünschte, ich könnte Euch glauben.«

Gottfried findet keine Ruhe, kann kaum schlafen. Tagsüber stürzt er sich in seine Arbeit, übernimmt fast die gesamte Korrespondenz des Kaisers, und wenn er dann noch Zeit hat, arbeitet er mit Konstanze am Sizilienbuch. Das Schreiben an der Bilderchronik wird ihm fast zur Sucht, noch tief in der Nacht skizziert und textet er, er kann nur schwer aufhören. Er weiß, dieses Buch wird das Meisterwerk seines Lebens werden. Er mischt Farben, zeichnet, radiert, spitzt Federn, schabt Fehler ab, liniert, schraffiert, malt Initialen, Figuren, Städte, es ist wie ein Rausch. Nur nicht an Hemma denken. Warten, bis der Bote kommt, warten, warten.

Endlich, am Dienstag nach Trinitatis, treffen die letzten Reste des Heeres ein. Ganz Italien hat inzwischen Angst vor Heinrichs Übermacht. Ein besorgter Valdini taucht in Roncaglia auf und erfährt von Gottfried, dass das kaiserliche Heer weiter auf der Via Emilia nach Süden marschieren will, über den Cisa-Pass in die Toskana. Dass der Kaiser selbst sich derweil nach Pisa begeben wird, um ein zweites Mal die pisanische Flotte zu Kriegszwecken anzuheuern. Und Gottfried hat auch in Erfahrung gebracht, dass Heinrich vor einigen Tagen eine Botschaft aus Neapel erreicht hat, dessen Belagerung ja beim letzten Mal durch diese schreckliche Seuche gescheitert ist. Diesmal bieten die Napolitaner unterwürfigst an, dem Kaiser freiwillig die Tore zu öffnen. Valdini schäumt. In einem Wutanfall tobt er sich aus über die Feigheit der Napolitaner, die auf diese Weise dem Herrn der Christenheit in den Rücken fallen. Gottfried lässt den Ausbruch ungerührt über sich ergehen, er hat ganz andere Sorgen. Ob der Papst jetzt noch Verbündete hat oder nicht, ist ihm ganz und gar einerlei. Nur Hemmas Schicksal ist ihm wichtig.

Am Vortag der Abreise nach Pisa geht es Konstanze nicht gut. Den ganzen Tag schon hat sie sich schwach gefühlt, obwohl Tommasina ihr zweimal einen Aufguss aus Baldrian, Weißdorn und Tausendgüldenkraut gemacht hat. »Es ist bestimmt die Hitze, fanciullina«, beschwichtigt sie.

Doch dann, gegen Abend, spürt Konstanze ein beunruhigendes Ziehen im Unterleib. Überhaupt kommt es ihr vor, als zöge ihr Bauch sie steinschwer nach unten, als läge schon ein großes Kind darin und nicht ein winziges Ding, das noch monatelang wachsen muss. Sie bekommt Angst. Bitte, Gott, bitte, nicht noch eine Fehlgeburt, denkt sie und lässt der Heiligen Muttergottes zehn große gelbe Wachskerzen und ein goldbesticktes Altartuch opfern.

Beim Mittagsmahl ist sie blass um die Nase und bringt kaum einen Bissen hinunter. Sie macht sich solche Sorgen. Als Heinrich danach in ihr Zimmer kommt, um noch ein paar Dinge zu besprechen, findet er sie bleich und müde auf ihrem Ruhebett.

»Was ist dir?«, fragt er. »Du siehst krank aus.«

Sie stützt sich auf die Ellbogen. »Es geht mir nicht recht gut, Heinrich. Die Hitze.«

Er runzelt die Stirn. »Die Hitze? Du, als Sizilianerin, leidest unter der Hitze in Oberitalien? Nicht einmal ich finde es besonders heiß!«

Sie hat ihm bisher immer noch nichts von der Schwangerschaft erzählt, wollte warten, bis die ersten kritischen Monate vorüber sind, um ihn nicht wieder zu enttäuschen. »Ich weiß auch nicht«, weicht sie aus. »Vielleicht habe ich mir nur den Magen verdorben.«

Er schüttelt den Kopf. »Seit Wochen höre ich immer wieder, du seist unpässlich. Das kann doch keine Magenverstimmung sein. Was soll das, Konstanze?«

»Heinrich, ich …« Im selben Augenblick spürt sie wieder dieses Ziehen im Unterleib; unwillkürlich fasst sie mit beiden Händen an ihren Bauch. Da wird ihm klar, was die Ursache von Konstanzes Unwohlsein ist. Seine Miene erhellt sich. »Du bist wieder schwanger?«

Sie nickt. »Ja, aber es ist noch die unsichere Zeit.«

»Gelobt sei der Herr!« Er setzt sich auf den Diwan, tippt mit einem Finger auf ihren Nabel. »Herrgott nochmal, warum hast du mir nichts gesagt?«

Sie nimmt seine Hand. »Weil ich dir und mir eine Enttäuschung ersparen wollte. Und weil du mich sonst nicht mitgenommen hättest nach Italien.«

Heinrich runzelt die Stirn. »Da hast du ganz recht, Weib. In deinem Zustand geht man nicht mit auf einen Kriegszug. Das ist verantwortungslos, bei Gott. Du siehst ja, was geschieht. Es geht dir schlecht.«

»Ich dachte, das gibt sich.«

»Ei, Unsinn. Jedenfalls wirst du nicht mehr weiter mitziehen, Konstanze, das erlaube ich nicht.«

»Aber ich …«

Seine Augen verengen sich, wie immer, wenn er wütend wird. »Du gefährdest deine Schwangerschaft! Wenn das Kind Schaden nimmt, bist du schuld!«

Konstanze nickt schuldbewusst, Tränen steigen ihr in die Augen. Sie sieht es ja ein. Es war ein Versuch.

»Du bleibst hier, bis es wieder bessergeht, und dann reist du sofort zurück über die Alpen, hörst du? Du wirst das Kind nicht gefährden.«

Sie schluckt die Tränen hinunter. »Du hast recht. Ich werde morgen nicht mitziehen. Aber nach Norden gehe ich auf gar keinen Fall. Wenn ich mich erholt habe, komme ich nach. Heinrich, ich möchte unser Kind in Sizilien zur Welt bringen.«

»Ach!«, ruft er. »Du glaubst, ich würde Sizilien so schnell erobern können?«

»Du musst dich eben beeilen«, lächelt sie.

»Papperlapapp.« Heinrich erhebt sich. »Du rührst dich keine Meile von hier fort, bis es dir und dem Kind wieder gutgeht. Dann, und erst dann, gestatte ich dir, nach Ancona zu gehen. Dort ist es sicher. Und von dort aus wärst du – vorausgesetzt, du und das Kind sind wohlauf – schnell mit dem Schiff in Sizilien, vor oder nach der Geburt. Ich gebe Konrad von Urslingen Nachricht, dass er für dich verantwortlich ist. Seine Frau ist erfahren, sie hat ihm fünf Kinder geboren. Sie wird dir beistehen.«

Konstanze fügt sich. »So soll es sein, Heinrich. Ich bleibe hier und schone mich. Das ist das Beste. Und sobald es mein Zustand erlaubt, gehe ich nach Ancona.«

»Schick mir einmal wöchentlich einen Boten.«

Sie nickt. Dann gibt sie Befehl, alles wieder auszupacken. »Wir bleiben, Tommá«, sagt sie. »Ich will alles tun, um dieses Kind zu behalten.«

»Aiutatidio!«, sagt Tommasina. »Gott helfe dir.«

52
Pisa, August/September 1194

An den schentlichen ruchloßen Mörder Gottfrieden von Streitbergk, Gott mög ihn straffen! Hier uf der Burgk Streitbergk lieget dein Schweßter im Gefängknus und wartt darauff, daß du kömmest umb sie zu erlößen. Ich will dein Straff, nit ihre. Kombst du alßo, erlanget sie die Freheitt, kombst du nit, laß ich sie ihre Tagk im Kercker beschließen. Die Heilig Schrifft saget: Aug umb Auge, Zahn umb Zahn. So soll es seyn. Meyn ist die Rache.

Albrecht von Neydeck

Gottfried schließt die Augen und wickelt die lange, rote Haarsträhne um seine Hand, die der Neidecker beigelegt hat. Soeben hat ihm ein Reiter die Botschaft aus Franken gebracht. Hemma in der Hand dieses Wahnsinnigen! Es schnürt ihm die Kehle zu, wenn er daran denkt, was sie wohl gerade durchmacht. Aber wenigstens weiß er jetzt, dass sie noch am Leben ist. Und er weiß, dass er zurückmuss.

Im Laufschritt eilt er zu Christian, der mit dem Haufen des Schweinspeuntners vor zwei Tagen eingetroffen ist. Der arme Junge macht sich bald noch mehr Sorgen als er selber. Als Gottfried das Zelt betritt, springt er auf und lässt den Schleifstein, mit dem er gerade seine Schwertklinge bearbeitet hat, zu Boden fallen. »Gibt's was Neues?«

Gottfried hält ihm wortlos das Schreiben des Neideckers hin.

Christian knurrt: »Du weißt doch, dass ich nicht lesen kann, Herrgott nochmal.«

»Entschuldige.« Gottfried liest die wenigen Sätze vor.

»Gott sei Dank!« Christian atmet tief durch und schickt ein kleines Stoßgebet zum Himmel. »Sie lebt!«

»Ich muss sofort zu ihr«, sagt Gottfried.

Christian legt ihm die Hand auf die Schulter. »Du gehst nicht allein. Ich bitte den Schweinspeuntner um meine Entlassung.«

Gottfried nickt. »Und ich den Kaiser.«

Kurze Zeit später steht Christian vor seinem Kriegsherrn. Diepold von Schweinspeunt ist ein vierschrötiger, untersetzter Mann um die dreißig, der nur so vor Kraft strotzt. Gerade hat er mit seinen Gefolgsleuten fast ganz Kampanien unterworfen, also den wichtigsten Teil von Festlandsizilien. »Was wollt Ihr?«, fragt er ungläubig und runzelt so stark die Stirn, dass die frische rote Narbe, die zwischen seinen Augenbrauen verläuft, sich hoch aufwirft. »Jetzt hinschmeißen, wo der kaiserliche Feldzug gerade beginnt? Seid Ihr irre?«

»Meine Anverlobte ist in tödlicher Gefahr«, entgegnet Christian und hebt beschwörend die Hände. »Ich muss Ihr zu Hilfe kommen.«

»Die Anverlobte, ja?« Diepold bläst die Backen auf. »Na dann, ach so, ja, wenn's weiter nichts ist ...« Er tut so, als wolle er gehen, dann dreht er sich um und tritt ganz nahe an Christian heran. »Ich sag dir was, mein Junge« Sein dicker Finger piekt gegen Christians Brust. »Die heilige Pflicht eines Ritters ist der Kriegsdienst für seinen König. Sonst gar nichts. Du hast mir Gefolgschaft geschworen, bevor wir ins Welschland abgeritten sind, erinnerst du dich? Und ich werde den Teufel tun und dich jetzt von deinem Wort entbinden, wo wir jeden Mann brauchen! Also schlag dir die blöden Flausen aus dem Kopf.« Er klopft mit den Fingerknöcheln auf seinen Schild, der am Tisch lehnt; er zeigt einen wilden Eber auf rotem Grund. »Das hier ist das Banner, unter dem du kämpfen wirst. Auf Freiersfüßen kannst du wandeln, wenn alles vorbei ist.«

Christian geht mit gesenktem Kopf aus dem Zelt, da brüllt ihm der Schweinspeuntner noch nach: »Und denk gar nicht erst dran, einfach abzuhauen. Wenn's sein muss, fang ich dich persönlich wieder ein. Weiber, pah!«

Zur selben Zeit spricht Gottfried schweren Herzens beim Kaiser vor. Er weiß, das jetzt der Zeitpunkt gekommen ist, seine Vergangenheit zu offenbaren. Wird Heinrich ihm übelnehmen, dass er nie die Wahrheit über seine Herkunft gesagt hat? Er hat keine Wahl. Es muss an den Tag. »Majestät«, sagt er, »Ich komme heute zu Euch mit einer großen Bitte.«

Heinrich ist guter Laune. »Nur frei heraus, mein Guter, was drückt dich?«

Gottfried atmet einmal tief durch. »Ich muss Euch ein Geständnis machen, Herr, denn es geht um Leben oder Tod. Ich habe nur eine Bitte: Hört mich an bis zum Schluss, ehe Ihr ein Urteil fällt.«

»Sie sei gewährt.« Heinrich nickt und hört stumm zu.

»Ich … mein wahrer Name ist Gottfried von Streitberg. Als ich zwölf Jahre alt war, hat Ritter Albrecht von Neideck die Burg meines Vaters im Handstreich erobert, ihn getötet und mich gezwungen, seine Tochter zu ehelichen. In der Hochzeitsnacht kam es zu einem Unglück: Das Mädchen fiel in den Dorn eines Kerzenhalters. Ich musste fliehen, zusammen mit meiner kleinen Schwester Hemma, die später eine der Dienerinnen Eurer Gattin wurde. Seit damals hält mich der Neideck für den Mörder seiner Tochter und versucht, meiner habhaft zu werden. Deshalb bin ich Gottfried der Schreiber geworden und habe stets meine wahre Herkunft verleugnet. Jetzt aber hat der Neideck meine Schwester in der Hand und will sie nur freilassen, wenn ich mich ihm stelle. Und das muss ich nun tun.«

Heinrich blinzelt ungläubig. »Du hast mir das die ganze Zeit über verheimlicht?«

Gottfried fällt auf die Knie. »Ich wagte nicht, Euch die Wahrheit zu sagen. Majestät, ich habe für meine Unschuld keine Zeugen. Ich hatte Angst, Ihr würdet mich als Mörder festnehmen lassen. Jetzt aber, wo es um das Leben meiner Schwester geht, bleibt mir keine Wahl. Ich schwöre Euch, dass ich unschuldig bin. Bitte glaubt mir. Und lasst mich ziehen.«

Der Kaiser ist zornig. »Wie soll ich dir glauben, wenn du mich von Anfang an belogen habt? Ich sollte dich bestrafen für deine Unaufrichtigkeit!«

Verzweifelt setzt Gottfried alles auf eine Karte. »Herr, verzeiht mir, wenn ich es erwähne, aber Ihr habt mir einmal gesagt, Ihr wäret mir zu Dank verpflichtet und ich solle Euch zu gegebener Zeit daran erinnern … Das war damals, zu Erfurt, wisst Ihr noch?«

»Das reicht!« Heinrich macht eine knappe Handbewegung. Seine Lippen sind schmal geworden. Was für eine Unverschämtheit von diesem kleinen Schreiberling, ihn an diese alte Verpflichtung zu erinnern. Er geht ein paar Schritte hin und her, denkt nach. Schließlich bleibt er stehen. »Nun gut, Gottfried, ich stehe bei dir im Wort. Ob ich dir glaube oder nicht, ist eine andere Frage, aber ich will dir helfen. Ich werde dir ein Schreiben an den Ritter von Neideck diktieren, in dem ich ihm befehle, deine Schwester am Leben zu lassen und gut zu behandeln. Außerdem versichere ich ihm, dass du dich nach Beendigung dieses Feldzugs einem ordentlichen Halsgerichtsverfahren stellen wirst. Derweil bleibst du mein Leibschreiber, denn als solcher bist du für mich unersetzlich. Die Angelegenheit wird also nach der Eroberung Siziliens geregelt. Also, greif dir die Feder. Heinrich, Kaiser des Heiligen Römischen Reiches etcetera etcetera, an Ritter Albrecht von Neideck …«

Gottfried beißt die Zähne zusammen und schreibt. Das hat er so nicht gewollt, aber er hofft, dass Hemmas Leben dadurch wenigstens sicher und erträglich wird. Er weiß nur zu gut, dass er sein größtes Geheimnis nicht offenbart hat: seinen Dienst als Spitzel für den Vatikan. Wenn das herauskommt, denkt er, bin ich ein toter Mann. Aber das bin ich vermutlich sowieso bald, denn bei einer Gerichtsverhandlung wird man mich verurteilen. So oder so, bald wird alles aus und vorbei sein.

Seine Hand zittert zum ersten Mal im Leben, während er des Kaisers Befehl niederschreibt.

So sind Gottfried und Christian gezwungen zu bleiben. Viel Zeit, um darüber nachzudenken, haben sie nicht, denn der Feldzug wird jetzt eröffnet. Die pisanische Flotte hat sich mit der genuesischen vereinigt und segelt ab nach Süden. Derweil marschiert die kaiserliche Armee auf dem Landweg nach Neapel, Diepold von Schweinspeunt mit seinen Männern immer voraus. Als der Kaiser in der Stadt am Golf ankommt, ist sie schon vom Flottenverband der Seestreitkräfte besetzt, es gab keine Gegenwehr.

Gottfried und Christian sehen sich kaum in diesen Tagen; Christian ist bei der Vorhut, und der Kaiser reist am Ende des riesigen Heeres. Erst am 16. September, dem Vorabend des Lambertitags, treffen sie sich wieder. Vor den Toren von Salerno.

»Der Kaiser sagt, er will ein Exempel statuieren«, erzählt Gottfried. »Die Stadt hat ihn beim letzten Sizilienzug schmählich hintergangen; man hat die Kaiserin dem Feind ausgeliefert. Nun will Heinrich Rache.«

»Aber die Stadt will kapitulieren«, erwidert Christian. Beide sitzen an einem der vielen Lagerfeuer vor den Mauern der Stadt.

Gottfried seufzt. »Das wird ihr nicht viel nützen. Heinrich ist unbeugsam in seinem Zorn. Er will Salerno dem Erdboden gleichmachen.«

»Für morgen früh haben wir Befehl zum Angriff.« Christian schüttelt den Kopf. »Das gefällt mir nicht. Ich kämpfe gern, aber doch nicht gegen Weiber, Alte und Kinder.«

»Wer fragt uns schon?« Gottfried nimmt einen Schluck Wein. »Aber denk daran, je schneller dieser Feldzug zu Ende ist, desto früher kommen wir nach Hause.«

Christian steht auf und schürt das Feuer hoch. »Dann muss ich wohl das Meinige dazu tun. Für Hemma.«

Am nächsten Tag lässt der Kaiser Salerno stürmen. Die Stadt geht in Flammen auf, die Mauern werden niedergerissen. Jeder, dem es gelingt, sein nacktes Leben zu retten, kann sich glücklich schätzen.

Rache, denkt Gottfried, als er mit Heinrichs Tross die brennende Stadt besichtigt, in der sich die Leichen zu Bergen türmen. Alle wollen immer nur Rache. Und es trifft immer die Unschuldigen.

Dann zieht das Heer weiter nach Süden.

53
Streitberg, Oktober 1194

Tag geht in Nacht über, Nacht in Tag, Tag in Nacht. Es wird hell, es wird dunkel, es wird hell. Die Zeit verschwimmt. Hemma weiß längst nicht mehr, wie viele Tage, Wochen und Monate sie schon mit der toten Cuniza in der Kammer lebt. Sie muss jeden Tag alle Willenskraft aufwenden, um nicht verrückt zu werden. Zu Anfang hat sie sich aufgebäumt, gewehrt mit jeder Faser ihres Körpers. Sie hat geschrien, gekreischt, getobt, gegen die Tür gehämmert bis zur Erschöpfung. Hat die Nahrung verweigert. Hat geweint, geflucht, gebetet. Hat geglaubt, sie müsse jeden Augenblick irre werden; die Knochenhand der skelettierten Leiche würde sie packen und mit sich reißen in den tiefsten Mahlstrom der Verzweiflung, wo nichts mehr von einem Menschen bleibt als nur die äußere Hülle. Sie hat sich in Anfällen von Raserei die Kleider zerfetzt, das Gesicht zerkratzt. Dann irgendwann war alles still. Die Kraft hat sie verlassen. Hoffnungslos, teilnahmslos und dumpf hat sie sich in die Ecke des Raumes gedrückt, die am weitesten von Cunizas Totenbett entfernt ist. Der Wahnsinn ist nicht gekommen, und sie weiß nicht, ob das ein Segen oder ein Fluch ist.

Doch eines Tages beginnt sie, wieder klar zu denken. Ihr Lebenswille ist größer als alle Verzweiflung. Sie summt Lieder vor sich hin und sagt Psalmen auf, um sich die Zeit zu verkürzen, holt sich all ihre Kräuterrezepte in Erinnerung. Sie denkt an Christian und Gottfried. Wo sie wohl sein mögen? Ob sie schon Nachricht vom Neidecker haben? Ob sie überhaupt kommen? Sie weiß nicht, ob sie sich das wünschen soll. Der Mann ist irrsinnig. Vielleicht würde er sein Versprechen, sie freizulassen, gar nicht halten, sondern sie ganz einfach alle drei umbringen. Sie verbringt Tage damit, die Schlafkammer genau zu untersuchen, eine Möglichkeit zur Flucht zu finden. Aber so leicht wie damals ist es diesmal nicht. Es gibt kein Entkommen. Nur Warten, ewiges Warten.

Der Neidecker hat sich die ganze Zeit über nicht blicken lassen. Nur gehört hat sie ihn, nachts. Sein Heulen und Jammern und

Stöhnen, wenn er, was sie nicht wissen kann, im Säuferdelirium durch die Räume des Bergfrids wankt. Jetzt weiß sie, dass auf der Streitburg kein Gespenst umgeht. Es ist Albrecht selber, der verzweifelt sein Schicksal beklagt, nicht seine tote Tochter.

Hemma beobachtet durch die vergitterten Fenster, wie draußen der Sommer kommt und wie es Herbst wird. Sie klammert sich an den Anblick, der sich ihr nach Norden hin bietet: Der Wald, unten ein paar Wiesen und Felder, die schnell fließende Wiesent. Und drüben, auf dem anderen Ufer in der Ferne die Burg Neideck. Das da draußen ist die Freiheit.

Eines Tages wird knarrend der Riegel zurückgeschoben. Hemma hebt den Kopf. Hinter dem Wächter, der ihr jeden Tag das Essen bringt, sieht sie die groteske Gestalt Albrechts von Neideck hereinhumpeln, mühsam schleppt er sich an einer Krücke vorwärts und zieht das lahme Bein nach. Sie springt auf, weicht bis in die hinterste Ecke des Raumes zurück.

»Komm her«, knurrt der Neidecker. Wenigstens ist er nüchtern. Er hält einen aufgerollten Brief in der Hand, von dem ein großes rotes Siegel baumelt. Rot – das kann nur bedeuten, dass das Schreiben vom Kaiser kommt. Der Adel benutzt gelbes Siegelwachs, die Kirche grünes. Hemma hält den Atem an. Langsam und zögernd geht sie auf ihren Kerkermeister zu.

»Du hast einflussreiche Freunde«, sagt der Neidecker.

»Was … was ist geschehen?«, krächzt sie. Sie ist das Reden nicht mehr gewohnt.

Er lächelt bösartig und entblößt dabei eine Reihe fauliger Zähne. »Der Kaiser sorgt dafür, dass dein Bruder nach Ende des Sizilienfeldzugs herkommt und sich einer Gerichtsverhandlung stellt.«

Hemma schlägt die Hand vor den Mund. Das kann nur in einem Schuldspruch enden.

»Dir hingegen«, fährt der Neidecker fort, »soll derweil kein Leids geschehen, das ist sein Wille. Also komm.«

»Soll das heißen, ich bin frei?« Hemma fängt an zu zittern.

»Das würde dir wohl gefallen, was?« Albrecht packt ihre Hand. »Ich werde dir nur ein wenig die Haft erleichtern, damit ich mir nicht den Zorn meines obersten Lehnsherrn zuziehe. Du darfst dir die Zeit mit Arbeit vertreiben. Los jetzt.«

Der Wächter bringt Hemma aus der Schreckenskammer in ein kleines absperrbares Gemach neben der Burgkapelle. Sie kann es kaum fassen. In dem Raum stehen ein einfaches Bett und ein Tischchen; es kommt ihr wie der größte Luxus vor, dass auf dem Bett sogar eine Decke und ein Kissen liegen. Und ein frisches Gewand, ein Kleid, wie es gewöhnlich die Bauersfrauen tragen, mit Kopftuch und Schürze.

Kaum hat sie ihre zerrissenen Sachen abgelegt und sich umgezogen, geht die Tür auf. Ein Mann kommt herein; Hemma erkennt den Fronhofsverwalter, Bertradas Vater. »Komm mit«, sagt er knapp und stößt sie vor sich her. »Du wirst von nun an jeden Tag im Fronhof arbeiten. Und versuch gar nicht erst zu fliehen, sonst prügle ich dich windelweich. Es wird dir kein zweites Mal gelingen, mich zu narren.«

Hemma senkt den Kopf. Natürlich muss Bertradas Vater sie hassen. Ihr wird bewusst, dass sie hier wohl nicht nur den Neidecker zum Feind hat, nach allem, was geschehen ist.

Von da an ist Hemma wenigstens wieder unter Menschen. Die Mägde und Knechte im Fronhof erschrecken zuerst über das völlig abgemagerte, todesbleiche Mädchen, das kaum Kraft für die Feldarbeit hat und zudem noch ständig vom Verwalter oder einem Waffenknecht bewacht wird. Es ist ihnen verboten, mit ihr zu reden, aber natürlich sind sie neugierig. Und als Hemma eines Tages ihr Kopftuch abnimmt, erkennt sie endlich jemand. Es ist die Gunda vom Höllerhof, die mit ihren Söhnen an diesem Tag zum Fronen einbestellt ist. Langsam arbeitet sie sich beim Umgraben in Hemmas Nähe, bis sie nebeneinanderkauern.

»Hemma?«, raunt die Höllerin.

Hemma nickt und späht zum Verwalter hinüber, ob sie nicht beobachtet werden. Sie hat Angst, denn sie kennt seine Schläge, wenn er wütend ist.

»Hätt nicht gedacht, dass ich dich noch mal wiedersehe.« Gunda hackt weiter vor sich hin.

»Der Neidecker hält mich gefangen«, flüstert Hemma.

»Kannst froh sein, dass du überhaupt noch lebst«, gibt die Höllerin zurück. »Andere waren nicht so glücklich.«

O Heiland, denkt Hemma. »Was ist geschehen?«

»Damals, als du verschwunden bist, hat der Neidecker im Dorf gewütet wie ein Wahnsinniger«, erzählt die Höllerin. »Gott straf ihn. So viele sind umgebracht worden. Andere sind in die Wälder geflüchtet und leben heut noch dort, wir versorgen sie heimlich mit, denn der Neideck hat ihre Höfe an sich gebracht. Streitberg ist ein verfluchter Ort.«

»Und alles meinetwegen.« Hemma sieht der Höllerin in die Augen. »Du musst mich hassen. Ihr alle müsst mich hassen.«

»Wir wissen, wer der wahre Schuldige ist. Der da droben.« Gunda ballt die Faust gegen die Burg, die sich hoch über ihnen erhebt. »Er hat uns gequält und drangsaliert, bevor du gekommen bist und danach, und er wird nie damit aufhören.«

»Lebt Vater Udalrich noch?«, will Hemma wissen.

Gunda grinst. »Der wird noch hundert Jahre alt, sagt er selber.«

»Was ist mit der Müllersfamilie?«

»Tot«, flüstert die Höllerin. »Letztes Jahr. Der Neideck wollte die Wiesmühle für sich selber, aber sie haben sich geweigert zu verkaufen. Sie waren ja freie Leute, keine Hörigen. Da hat der Herr ein Stück flussaufwärts eine neue, herrschaftliche Mühle gebaut und ihnen damit das Wasser abspenstig gemacht. Und eines Nachts, es muss kurz vor Michaeli gewesen sein, da steht die Wiesmühle lichterloh in Flammen. Die beiden Alten sind in ihren Betten verbrannt, die Leiche von der Bertrada haben wir auf der Treppe gefunden, sie hat wohl noch versucht hinauszuflüchten.«

Der Fronhofverwalter stapft auf die beiden Frauen zu. »Hier wird nicht geredet!«, brüllt er und hebt drohend seinen Knotenstock.

Später, kurz bevor die Sonne untergeht und Hemma wieder auf die Burg gebracht wird, schiebt sich die Höllerin noch einmal an sie heran. »Wann kommt dein Bruder und erlöst uns von diesem Ungeheuer?«

Hemma lässt die Schultern hängen. »Ich weiß es nicht, Gunda.

Vielleicht nach dem Feldzug des Kaisers gegen Sizilien. Und ob er uns alle erlösen kann, weiß ich nicht.«

»Der Kaiser sollte sich lieber um seine Untertanen daheim kümmern.« Gunda hackt wütend in die harte Erde. »Wo liegt das überhaupt, Sizilien? Wen kümmert ein fremdes Land, wenn daheim alles im Argen liegt?«

Ja, wen?, denkt Hemma. Dem Kaiser ist das Wohl und Wehe einer Handvoll Bauern in einem kleinen fränkischen Tal vermutlich gleichgültig, wenn er so ist, wie sie es von Konstanze gehört hat. Ihm geht es um Macht und Reichtum, nicht um Gerechtigkeit. Langsam richtet sie sich auf und schaut gegen die sinkende Sonne nach Westen. Von dort, denkt sie, müssten Gottfried und Christian kommen. Wer weiß wann, vielleicht schon bald. Und Hemma fragt sich verzweifelt, ob sie dabei nicht geradewegs in ihr Verderben laufen.

54
Ancona, Oktober 1194
Konstanze

Ich bin so unbeweglich wie eine Schildkröte. Meine Knie sind dick, die Füße geschwollen. Ich habe Sodbrennen und Rückenschmerzen, und nachts kann ich nicht schlafen, weil ich keine bequeme Ruhestellung mehr finde. Aber das Kind in mir wächst unaufhaltsam; ich trage den zukünftigen König Siziliens. Das erfüllt mich mit unbändigem Stolz und übergroßer Freude.

Ich sehne den Tag der Geburt herbei, und habe doch gleichzeitig Angst davor. Ich weiß, ich bin nicht mehr jung, und es ist mein erstes Kind. Wenn nur Hemma hier wäre, die immer für alles ein Kräutlein wusste! Ich sorge mich um sie, aber ich kann im Augenblick nichts für sie tun. Ich muss mich um das Kind kümmern, das ich trage.

Die Herzogin von Spoleto bemüht sich rührend um mich. Sie ist kaum älter als ich, hat aber sieben gesunde Kinder geboren, von denen fünf noch am Leben sind. Sie kennt jedes meiner Wehwehchen, lächelt über meine Klagen, versteht meine Ungeduld. Ich bin manchmal so reizbar, und dann wieder so weinerlich, dass ich mich recht schäme.

Hier in Ancona ist die Witterung inzwischen unangenehm. Der Seewind fegt durch die kalten Räume, alles ist salzig, klamm und feucht. Ich habe das Gefühl, die Luft hier ist ungesund, auch Tommasina pflichtet mir bei. Darum habe ich beschlossen, noch rechtzeitig vor der Geburt ein Stück landeinwärts zu ziehen, in die kleine Stadt Jesi. Dort gibt es einen neu errichteten Stadtpalast, der alle Annehmlichkeiten bietet, wo die Kälte und die Feuchtigkeit nicht mehr in alle Zimmer kriechen.

Noch am Tag vor meiner Abreise aus Ancona erhalte ich eine Nachricht von Gottfried, der mir mitteilt, dass er untröstlich ist, weil mein Gatte ihn nicht gehen lassen will. Ich kann nicht mehr tun, als ihn mit einem Brief zu beruhigen. Den Boten, der mir vor zwei Monaten berichtet hat, Hemma sei am Leben, habe ich ohnehin gleich zu ihm weitergeschickt. Ich denke oft an sie, und leide mit ihr. Nachdem mein Gatte dem Neideck eine Botschaft hat zukommen lassen, hoffe ich, dieser ist so vernünftig und tut ihr derweil nichts an.

In Jesi fühle ich mich gleich viel wohler als zu Ancona. Es ist viel wärmer und trockener hier, das wird mir die letzte Zeit der Schwangerschaft erleichtern. Doch dann trägt mir Tommasina den Klatsch der Menschen zu. Böse Zungen behaupten, ich sei gar nicht schwanger! Es heißt, ich sei ein altes, vertrocknetes Weib. Man glaubt, ich würde lediglich eine Schwangerschaft vorschützen und dann ein untergeschobenes Balg vorzeigen. Die Leute wollen sogar wissen, dass das Kind von einem Metzger ist. Das ist ungeheuerlich! Ich rege mich so auf, dass ich Kopfschmerzen bekomme und mir das Blut in den Adern rauscht. Die Herzogin von Spoleto sagt, sie mache sich Sorgen um mich, ich müsse mich um Himmels willen beruhigen oder das Kind nähme Schaden. Aber was kann ich gegen solches Gerede nur tun? Soll ich am Ende öffentlich auf dem Marktplatz niederkommen, um alle bösen Gerüchte zu zerstreuen?

Ich lege die Hände auf meinen Bauch. Dir, mein Kind, denke ich, dir darf nichts geschehen. Du bist das Wichtigste auf der Welt für mich.

55
Sizilien, Oktober/November 1194

Sizilien blutet an den Rändern. Die Flotten des Kaisers haben die Hafenstädte Apuliens und Kalabriens erobert. Festlandsizilien wird von Diepold von Schweinspeunt unterworfen; mit Christian stets in vorderster Linie. Längst sind Heinrichs Schiffe auch in Messina gelandet, sein Oberbefehlshaber Markward von Annweiler lässt die Stadt besetzen und die Truppen auf der Insel Stellung beziehen. Jetzt kommen auch die Männer des Schweinspeuntners nach.

Gottfried und Christian treffen in Messina wieder aufeinander; Gottfried lässt sich den Feldzug auf dem Festland genauestens schildern und hält alles für sein Buch fest, an dem er beständig weiterarbeitet. Es ist sein großes Ziel, der Kaiserin nach der Eroberung ihrer Heimat die fertige Chronik vorzulegen. Dann kann er guten Gewissens gehen.

»Willst du wirklich nach Streitberg«, fragt Christian zweifelnd, »wenn das hier vorbei ist? Man wird dich als Mörder verurteilen.«

Gottfried zögert nicht mit seiner Antwort. »Wenn ich Hemma damit retten kann. Das bin ich ihr schuldig. Sie kann für nichts etwas.«

»Das rechne ich dir hoch an, Gottfried.«

»Gott will, dass meine Schuld endlich beglichen wird. Ich kann nicht mein Leben lang davonlaufen.«

Christian klopft auf seinen Schwertgriff. »Ich habe in den vergangenen Wochen mit ein paar Männern gesprochen. Sie würden mit uns ziehen und helfen, die Herrschaft Streitberg zu erkämpfen, wenn es so weit ist.«

»Noch mehr Blutvergießen? Ich weiß nicht …« Gottfried schüttelt den Kopf.

»Du musst das nicht jetzt entscheiden«, sagt Christian. »Jetzt müssen wir erst diese verdammte Insel bezwingen.«

Inzwischen bereitet Heinrich den Angriff auf Palermo vor. Er ist wütend, denn Königin Sibilla hat sich zum Kampf entschlossen. Sie hat ein Schreiben nach Messina geschickt, in dem sie die Kapitulation verweigert, Gottfried liest es dem Kaiser vor. »Wie kann diese Hexe es wagen, mir Widerstand zu leisten?«, brüllt Heinrich. Er wird immer nervöser in diesen Tagen; außerdem leidet er, wie jedes Mal, wenn er so weit im Süden ist, an Durchfällen und Appetitlosigkeit.

»Würdet Ihr sie denn verschonen?«, fragt Gottfried zurück.

Diepold von Schweinspeunt betritt den Raum. »Majestät, wir haben Nachricht, dass der zukünftige König von Sizilien, Wilhelm, auf die Festung Caltabellotta gebracht wurde, zusammen mit der Krone und dem Kronschatz.«

»Das wird ihm nichts nützen«, zischt Heinrich.

Gottfried zuckt zusammen. Der kleine Wilhelm ist noch ein Kind, kaum vier Jahre alt. Dafür, dass er Tankreds Sohn ist, kann er nichts. Wenigstens befindet er sich jetzt auf der bestgesicherten Bergfestung der Insel.

Ein weiterer Bote trifft ein, es herrscht schon den ganzen Tag ein ständiges Kommen und Gehen. Der Mann berichtet, er käme geradewegs aus Ancona. Die Kaiserin sei nach Jesi umgezogen, es gehe ihr gut.

Heinrichs Laune bessert sich. Lachend schlägt er dem Schweinspeuntner auf die Schulter.

»Kommt, Herr Diepold, lassen wir den Kriegsrat zusammenrufen und die nächsten Schritte planen.«

Der von Schweinspeunt sagt: »Es freut mich, zu hören, dass die Kaiserin wohlauf ist.«

Heinrich grinst. »Ich kann es kaum erwarten, bis die normannische Stute wirft«, erwidert er.

»Ei fürwahr – einen prächtigen kleinen Stauferhengst!«, prustet der Schweinspeuntner.

Lachend verlassen die beiden das Zimmer. Gottfried bleibt mit einem Packen Papiere zurück. Es schmerzt ihn, wie der Kaiser über seine Frau spricht. Langsam geht er zurück in die Räume der Kanzlei, und wie zum Trotz holt er die Blätter der Sizilienchronik hervor. Er schlägt ein Ei auf, rührt ein wenig grünes Malachitpulver mit dem Eiklar an und taucht den Pinsel ein. Dann übermalt er das Gesicht des Kaisers, ursprünglich in schönem Inkarnat gehalten, mit einem leichten, grünlichen Schatten.

56
Palermo, November/Dezember 1194

Das Heer des Staufers hat die Conca d'Oro besetzt, es lagert rund um Palermo, Heinrich selbst hat in der Favara Quartier genommen. Der Hafen ist mit Schiffen der Genueser Flotte blockiert. Furchterregend dröhnen täglich die Trommeln, man will Königin Sibilla mürbe machen und zur Aufgabe zwingen. Es ist ja auch sinnlos. Ganz Sizilien ist inzwischen in Heinrichs Hand, Palermo wird sich am Ende nicht wehren können. Und dann, endlich, bringen zwei vornehme Bürger von Palermo dem Kaiser die erlösende Nachricht: Die Stadt wird die Tore öffnen. Sibilla kapituliert unter Berufung auf das Versprechen, das ihr Heinrich vor zwei Wochen schriftlich gegeben hat: Sie darf die Grafschaft Lecce und das Fürstentum Tarent als erbliche Lehen behalten, ihren Kindern und ihr selber geschieht kein Leids. Schon hat sie veranlasst, dass der kleine Wilhelm zusammen mit der Krone und dem Staatsschatz von Caltabellotta nach Palermo gebracht wird.

Es folgt ein Triumphzug durch Palermo, wie ihn die Stadt noch nicht gesehen hat. Alle Kirchenglocken läuten. Die Straßen und Gassen, auf denen der Kaiser reitet, sind mit Teppichen belegt, Blumengewinde zieren die Fassaden, der Duft von Räucherwerk erfüllt die Luft. Überall orientalische Prachtentfaltung, die selbst Heinrich den Atem raubt. Die Menschen begrüßen ihn mit Palmwedeln, wie weiland Jerusalem den Erlöser! Und dann, vor dem Dom, wirft sich die Menge wie ein Mann vor ihm auf den Boden, als sei er ein Gott! Heinrich ist überwältigt vom Überschwang seiner Gefühle, als er von seinem Pferd aus auf die gebeugten Nacken hinuntersieht. Er schließt die Augen. Keinem seiner mächtigen Vorgänger ist gelungen, was er erreicht hat. In diesem Augenblick fühlt er sich allmächtig.

Nur, dass hinter ihm niemand steht, der ihm zuflüstert: »Bedenke, dass du sterblich bist!«, denkt Gottfried. Die alten römischen Kaiser wussten noch um das Gefühl der Demut.

Am nächsten Tag ist im großen Saal des Palazzo Reale der Reichsadel vollständig versammelt, dazu die Vornehmen und Barone aus ganz Sizilien. Gottfried und Christian stehen ganz hinten an einem der hohen Fenster, auch sie wollen Zeugen des nun folgenden Zusammentreffens sein. Gottfried lässt den Blick über die prächtigen Wandmalereien schweifen, in denen sich orientalische mit byzantinischer und westlicher Kunst verbindet. Er freut sich an den herrlichen Farben und den wunderbar gezeichneten Einzelheiten und entdeckt immer neue Kleinigkeiten, die ihn fesseln und die er Christian erklärt.

Heinrich sitzt auf dem Thron wie ein Eroberer. Er ist mit seinem Schwert gegürtet und trägt eine leichte Prunkrüstung, die so glänzend poliert ist, dass sich auf der Brustwehr die Sonnenstrahlen brechen. Beim Hinsehen wird man schier geblendet. Der Schild mit den staufischen Löwen lehnt an der linken Seite des Throns. Umgeben ist der Kaiser von seinen getreuesten Kämpfern: dem Marschall Heinrich von Kalden, dem Truchsess Markward von Annweiler, dem Schenk Heinrich von Kaiserslautern, dann Kuno von Münzenberg, Robert von Düren, Konrad von Lützelhart, Dietrich von Hochstaden und natürlich Diepold von Schweinspeunt. Lauter harte Männer, Kämpfer mit finsteren, entschlossenen Gesichtern. Unter ihren harten Augen öffnet sich die zweiflügelige Tür an der Schmalseite des Saales.

Sibilla tritt in den Saal, und alles Gemurmel verstummt. Verhärmt sieht sie aus und bleich, ihr einst so stolzer Blick ist gebrochen und stumpf. Sie trägt ein byzantinisch geschnittenes Seidengewand, gelb wie die Sonne Siziliens. An der Hand führt sie ihren kleinen Sohn Wilhelm, er ist ein hübscher, dunkelhaariger Bursche mit großen schwarzen Augen und zarten Gliedern. Zum Glück kommt er äußerlich nicht nach seinem Vater. Man kann sehen, dass er Angst hat vor dem göttergleichen Sieger, der dort vorne auf seinem Thron wartet. Hinter den beiden gehen mit gesenkten Köpfen die drei älteren Töchter der normannischen Königsfamilie. Und, ganz in Schwarz, Padre Valdini. Er hat sich schon seit längerem in Palermo aufgehalten und soll nun als Zeuge der Machtübergabe für den Heiligen Stuhl dienen.

Sibilla und ihre Kinder schreiten langsam durch die Mitte des Saals, die Menge teilt sich vor ihnen. Vor Heinrich angekommen, fallen sie wortlos auf die Knie. Der Kaiser steht auf, nimmt Sibillas Hand und zieht die Königin hoch. Es ist eine verabredete Geste. Sibilla sagt etwas auf Volgare; Valdini übersetzt mit verkniffener Miene: »Majestät, Ihr seht vor Euch eine unglückliche Besiegte, die Euch ihr Reich mit all seinen Menschen, Städten und Ländereien zu Füßen legt. Möge Eure Herrschaft glücklich sein und Gott ein Wohlgefallen. Sizilien ist Euer.«

Wie in den Übergabeverhandlungen besprochen, erneuert der Kaiser nun sein Versprechen: »Meinen Dank, Frau Sibilla. Seid versichert, dass ich mich für Sicherheit und Wohlergehen von Euch und Euren Kindern verbürge. Ihr möget in der Zukunft als Gräfin von Lecce und Fürstin von Tarent frei von Sorgen leben. Ihr dürft gewiss sein, dass der Kaiser und König von Sizilien keinen Groll gegen Eure Familie mehr hegt.«

»Wohl dem Besiegten, der auf solch einen Sieger trifft!«, ruft Markward von Annweiler, und alle deutschen Ritter pflichten ihm lautstark bei.

Valdini schaut Heinrich hasserfüllt an. Er freut sich wahrlich nicht darauf, dem Papst die Nachricht von Sibillas Niederlage und dem Triumph des Staufers zu überbringen.

Nachdem Sibilla dem Kaiser noch die Hand geküsst hat, ist die formelle Machtübergabe vorüber. Heinrich geleitet die entthronte Königin und ihre Kinder lächelnd zur Tür, wo sie von zwei Wachen empfangen werden. Der Saal leert sich, auch Gottfried und Christian wenden sich zum Gehen. Beim Ausgang steht noch der Kaiser. Während sie langsam an ihm vorbeigehen, hören sie ihn zu seinem Truchsess Annweiler sagen: »Wartet's nur ab, Herr Markward. Ich bin noch nicht fertig mit diesen verdammten Normannen.«

Das verheißt nichts Gutes. Gottfried und Christian sehen sich an. Was plant der Kaiser?

Doch zunächst findet am Weihnachtstag des Jahres 1194, dem 25. Dezember, die feierliche Krönung des Kaisers zum König von Sizilien statt. Heinrich hat sich gegen den Dom in Monreale entschieden und die Kathedrale von Palermo für die Zeremonie ausgewählt. Während der Kaiser vor dem großen Altar in der Apsis steht, kommt es zu einer ergreifenden Szene: Zögernd und unsicher kommt der kleine Wilhelm durch das Mittelschiff nach vorne, die Krone Siziliens in der Hand. Er steigt die Chorstufen empor und legt Heinrich das kostbare Pendiliendiadem vor die Füße. Heinrich streicht dem unschuldigen Buben lächelnd übers Haar. Er ist am Ziel seiner Wünsche. Mit großer Geste nimmt er die Krone und setzt sie sich aufs Haupt.

Sizilien ist staufisch.

Jetzt fehlt ihm nur noch eines: ein Erbe.

57
Jesi, 25. Dezember 1194

Auf dem Marktplatz von Jesi steht ein Zelt. Es ist groß und quadratisch und bietet vielleicht für fünfzig Personen Platz. Drinnen liegen dicke Teppiche, die die Kälte von den Füßen abhalten sollen. Polster hat man hineingeschafft und bequeme Sessel, Scherenhocker, Schemel und Tischchen. Kohlebecken und Standkerzenleuchter sind aufgestellt worden, und, tatsächlich, Diener haben eine riesige Bettstatt hineingetragen, mit Bettzeug und Kissen und allem, was dazugehört. Die Bürger von Jesi wundern sich, was das alles zu bedeuten hat. Sie kommen auf dem großen Platz zusammen, diskutieren und stellen Mutmaßungen an.

Es war Konstanzes Einfall. »Wenn die Leute glauben, ich sei gar nicht schwanger, dann werde ich sie eines Besseren belehren«, hat sie eines Abends zur Herzogin von Spoleto gesagt, während sie gemeinsam Kinderkleidchen bestickten. Denn die Gerüchte über eine vorgetäuschte Schwangerschaft sind nicht zum Schweigen gekommen. Ganz im Gegenteil, es wird immer mehr geredet. Inzwischen ist es nicht mehr nur das Kind eines Metzgers, das sie ihrem Gatten angeblich unterschieben will. Die einen wollen wissen, es sei das Bankert eines Arztes, andere sprechen vom Balg eines Falkners. Konstanze habe schließlich in den letzten zehn Jahren keine Frucht empfangen, und könne in ihrem Alter ohnehin nicht mehr gebären.

Die Kaiserin fühlt sich zutiefst getroffen. Sie muss unbedingt dafür sorgen, dass nicht der Schatten eines Zweifels über der Geburt ihres Kindes liegt. Es geht um nicht mehr und nicht weniger als die Legitimität des kaiserlichen Nachwuchses. Aller Welt muss klar sein, dass sie den rechtmäßigen Erben geboren hat. »Herzogin«, sagt sie, »ich bitte Euch, veranlasst, dass auf dem großen Platz vor der Kirche ein Zelt aufgestellt und mit allen Annehmlichkeiten ausgestattet wird. In diesem Zelt will ich mein Kind auf die Welt bringen.«

»Aber Majestät, das ist ohne Beispiel«, entgegnet die Herzogin empört. »Habt Ihr denn kein Schamgefühl? Eine Kaiserin entblößt sich nicht vor anderen. Und außerdem ist es unvernünftig. Es ist Winter, Ihr würdet es kalt haben in einem Zelt. Das ist weder gut für Euch noch für das Kind!«

»Gut für das Kind ist, wenn jeder weiß, dass es aus meinem Schoß geboren wurde. Wir brauchen eben viele Kohlebecken.« Konstanze lässt sich nicht abbringen. Und so geschieht es also, dass die Bewohner von Jesi neugierig zuschauen, wie das Zelt aufgebaut und eingerichtet wird, und rätseln, was es damit auf sich hat.

Das Rätsel löst sich am 25. Dezember, dem Weihnachtstag. Während Heinrich im Dom von Palermo unter der Krone schreitet, setzen bei der Kaiserin die Wehen ein. Sie lässt sofort Herolde in der Stadt ausschwärmen. »Allen anständigen und ehrbaren Matronen von Jesi, ob von Adel oder nicht, ist es erlaubt, herbeizukommen und Frau Konstanze im Zelt gebären zu sehen, auf dass sie zukünftig bezeugen können, dass der kaiserliche Spross kein untergeschobenes Kind ist«, ertönt es überall in den Gassen.

Unter den Einwohnern von Jesi bricht helle Aufregung aus. Eine öffentliche Geburt, das ist ja unglaublich! Tatsächlich machen sich unzählige Frauen auf den Weg; eine solch unerhörte Gelegenheit bietet sich nicht zweimal im Leben. Die Männer stehen derweil auf dem Marktplatz herum, warten und debattieren. Ganz Jesi ist auf den Beinen.

Am frühen Nachmittag tritt die hochschwangere Kaiserin aus dem Tor des Stadtpalastes, gefolgt von ihren Frauen und Dienerinnen. Vorsichtig, um auf dem Kopfsteinpflaster nicht zu stürzen, setzt sie Fuß vor Fuß. Sie trägt nur ein einfaches, helles Leinengewand, auf dem Kopf hat sie ein Häubchen, aus dem zwei blonde Zöpfe bis auf die Schultern fallen. Die Menge bricht in Hochrufe aus, Konstanze winkt den Leuten zu. Dann plötzlich legt sie beide Hände auf den Bauch und krümmt sich. Tommasina und die Herzogin fassen sie von beiden Seiten am Ellbogen und halten sie.

Konstanze spürt, dass ihr etwas Warmes die Beine hinunterläuft, zu ihren Füßen bildet sich eine kleine Pfütze. »Das ist nur das Wasser, das abgeht«, flüstert die Herzogin von Spoleto ihr ins Ohr. »Jetzt dauert es nicht mehr lang.«

Sie führen Konstanze ins Zelt.

Dämmrig ist es hier drinnen, nur um das Bett brennen Kerzen und verbreiten ihr flackerndes gelbes Licht. Der Duft von Kräutern und Räucherwerk liegt in der Luft, glimmende Kohlebecken verströmen wohlige Wärme. Das Gemurmel der vielen Frauen, die sich im Inneren drängen, verstummt. Man lässt die Kaiserin durch bis in die Mitte des Raums, wo sie auf das große Ruhebett sinkt und die nächste Wehe abwartet.

Jetzt trifft auch die Hebamme ein, eine erfahrene ältere Frau mit ernster Miene. Sie weiß, welche Verantwortung auf ihr lastet. Aus ihrem Deckelkorb holt sie als Erstes eine Art lederner Schnur heraus, an der ein kleines Beutelchen hängt. »Ein Geburtsgürtel, Majestät«, erklärt sie der bleichen Konstanze. »Daran sind die Steine Karneol und Malachit eingewebt. Es erleichtert die Niederkunft.«

Konstanze zweifelt zwar – sie ist die ärztliche Kunst des Orients gewöhnt und keinen Aberglauben –, lässt sich aber dann den Gürtel umlegen. »Heilige Maria Muttergottes, steh mir bei«, sagt sie, als die nächste Wehe kommt. Einige Frauen im Zelt fallen auf die Knie und bekreuzigen sich, und dann beten sie gemeinsam den Rosenkranz. Tommasina kommt ans Lager und drückt Konstanze etwas Kleines, Rotes in die Hand. »Eine Koralle, piciridda«, sagt sie. »Das bringt Glück und hält Böses ab.«

Konstanze drückt ihr dankbar die Hand, auch wenn sie der Koralle nicht viel mehr Wirkung zutraut als den Halbedelsteinen. Die Wehen kommen jetzt in immer kürzeren Abständen und werden stärker.

»Herumlaufen hilft«, sagt die Hebamme. »Wenn Euer Majestät so gütig wären?«

Sie und Tommasina haken Konstanze unter, und dann gehen sie im Zelt auf und ab, mitten unter den Frauen von Jesi. Konstanze lässt einige von ihnen die Hände auf ihren Bauch legen, damit sie die Schwangerschaft spüren können. Die Frauen tun es fast ehrfürchtig und wünschen der Kaiserin dabei Glück und Segen. Sie spürt die sanften Berührungen und empfindet sie als tröstlich.

Diese Frauen wissen alle, was Gebären bedeutet. Auch ich werde es schaffen, denkt sich Konstanze. Die Herzogin lässt derweil vor dem Zelt einen riesigen Kessel mit Wasser übers Feuer hängen. Zwei Mägde bringen saubere Leintücher. Bald wird es so weit sein.

Die Dunkelheit bricht an. Konstanze hat im Vorhinein an alles gedacht. Bedienstete bringen Tabletts mit leichten Speisen und Krüge voll Wein, damit es den Zeuginnen der Geburt an nichts mangelt. Die Kaiserin selber trinkt nur schluckweise etwas Wasser. Dann ist die Zeit gekommen, sich niederzulegen.

Die erste Presswehe ist da! Konstanze schreit laut auf, sie schämt sich nicht vor den vielen Zeuginnen. Einige Frauen beginnen zu singen, ein uraltes Lied von Geburt und Fruchtbarkeit. Die Wehfrau summt mit, während sie Konstanzes Bauch abtastet. »Das Kind liegt gut«, sagt sie zufrieden. »Öffnet die Beine!«

Konstanze spreizt die Schenkel.

»Und jetzt müsst Ihr bei jeder Wehe pressen, und immer tief atmen«, befiehlt die Hebamme. Tommasina nimmt Konstanzes linke Hand, die Herzogin die Rechte.

Konstanze schreit ihren Schmerz hinaus. Es ist, als ob es sie innerlich zerreißt. So schlimm hat sie es sich nicht vorgestellt. Und die Wehen kommen immer schneller, immer intensiver. Sie bäumt sich auf. Der Schweiß steht ihr auf der Stirn. Wie lange kann sie das noch aushalten? Sie hat Angst, ohnmächtig zu werden. Sie schreit und presst und atmet und schreit und presst und atmet.

»Weiter so«, ruft die Wehfrau, »weiter! Einmal noch! Ich sehe das Köpfchen!«

Noch eine Wehe, ein letztes Pressen, ein letzter qualvoller Schrei – und dann ist es geschafft. Konstanzes Kopf fällt erschöpft zurück in die Kissen, sie ist am Ende ihrer Kräfte.

Schon halb im Dämmerzustand hört sie den kräftigen Schrei eines Neugeborenen. Die Amme drückt ihr ein in Stoff gewickeltes Bündel in die Arme. »Halleluja!«, ruft sie. »Es ist ein Sohn!«

Freudentränen strömen über Konstanzes Wangen. Eine Woge des Glücks und der Erleichterung schlägt über ihr zusammen. Ein Junge! »Dank sei dir, Maria!«, flüstert sie und drückt das Kind an sich. Der Kleine hat die Augen geschlossen und die winzigen

Händchen zu Fäusten geballt. Nasse Härchen kleben an seinem Kopf, das runde Gesichtchen ist faltig und bläulich rot. Aber für Konstanze ist es das schönste Kind der Welt. »Mein Schatz«, flüstert sie ihm ins Ohr, »mein kleiner Liebling. Du sollst Konstantin heißen. Ich gebe dir meinen Namen, denn du sollst nicht werden wie dein Vater. Du wirst ein Hauteville sein, und du wirst einmal über Sizilien herrschen als König Konstantin.«

Im Zelt ist Jubel ausgebrochen. Die Frauen tanzen und singen, und vom Marktplatz draußen hört man Hochrufe und Freudenschreie. Und während die Herzogin von Spoleto einen schnellen Reiter nach Palermo schickt und die Leute ausgelassen die Nacht durchfeiern, schläft die glückliche Mutter selig ein, ihr Kind an der Brust.

Drei Tage später zeigt sich Konstanze noch einmal der Menge auf dem Balkon des Palastes. Bis jetzt haben die Bürger von Jesi unaufhörlich gefeiert, die Kaiserin hat Wein ausschenken und drei Ochsen am Spieß braten lassen. Nun steht sie, zwar immer noch schwach und blass, aber überglücklich, hoch über den Menschen und hält ihren Sohn im Arm. Man jubelt ihr zu, winkt und ruft. Konstanze nestelt an ihrem Kleid. Die Leute werden still. Was tut sie da? Tatsächlich, die Kaiserin öffnet ihr Mieder und legt ihr Kind an die Brust, so dass es jeder sehen kann. Sie will auch noch die letzten Zweifel an der Legitimität ihres Sohnes zerstreuen. Wer genau hinhört, kann in der plötzlich eingetretenen Stille die Schmatzgeräusche des Säuglings hören. Seht, ihr alle, denkt Konstanze triumphierend, seht Mutter und Kind. Und sagt es aller Welt: Dies ist der Sohn Konstanzes und Heinrichs.

Nun, Heinrich, löse dein Versprechen ein und gib mir Sizilien.

58
Palermo, 28. Dezember 1194

Darum ist es unser Wille und Befehl, dass …« Heinrich bricht sein Diktat ab. Er und Gottfried sitzen in der großen Schreibstube des Palazzo Reale und fertigen Urkunden und Mandate aus. Jetzt hat es geklopft.

»Ich habe doch gesagt, ich will nicht gestört werden«, ruft der Kaiser missmutig. Trotzdem wird die Tür mit Schwung aufgestoßen. Heinrich von Kalden, der Kanzler, stürmt herein, gefolgt vom Herzog von Spoleto, dem Münzenberger, Graf Boppo von Wertheim und einem patschnassen Boten.

»Majestät«, ruft der Kanzler, »Majestät!« Er schiebt den Boten nach vorne. »Dieser schnelle Reiter bringt die besten Neuigkeiten, die Ihr Euch nur wünschen könnt! Sprich, Mann!«

Der Bote kniet nieder. »Ihre Hoheit, die Kaiserin Konstanze, ist am Weihnachtstag zu Jesi eines Sohnes genesen. Mutter und Kind sind wohlauf!«

»Jaaaa!« Der Kaiser ballt die Fäuste und stößt einen heiseren Schrei aus, während ihm alle Männer auf die Schultern klopfen. »Gott liebt mich!«, ruft er und breitet weit die Arme aus. »Der Herr ist mir gnädig! Wer soll jetzt noch gegen mich sein?«

Es ist der Augenblick seines vollkommenen Triumphes. Erst die Kaiserkrone, dann Sizilien, dann ein Erbe! Was auf der Welt gelingt ihm nicht? Ja, er ist vom Himmel gesegnet, ein Liebling der Götter! Jetzt noch Byzanz! Dann vielleicht Jerusalem? Ein Kreuzzug? Die Befreiung des Heiligen Grabes? Alles ist möglich!

Gottfried geht leise hinaus. Er hat ein Stoßgebet gen Himmel geschickt, um dem Allmächtigen zu danken. Mutter und Kind sind wohlauf, hat der Bote gesagt, und das ist das Wichtigste. Gottfried ist erleichtert und froh. Ihn zieht es jetzt in die Kanzlei. Beschwingt geht er an sein Pult, holt einen frischen Bogen Pergament und fängt an, die Geburt des Thronfolgers für das große Sizilienbuch in Worte zu fassen:

Aus Italien kam die Palmfrucht einer glorreichen Geburt, / ganz neugeboren und mit den Zeichen des glücklichen Vaters ausgestattet. / Es hatte die Zeitläufte des irdischen Lebens zum Seufzen gebracht, / dass die Palme ihre Früchte zurückgehalten hatte. / Je später er zum Ertrag kommt, desto beständiger trägt der Baum / schließlich Früchte wie die fruchtbare Olive. / Und als der Sieger die blanken Waffen bereits zur Seite gelegt hatte, / wurde dem Kaiser ein Knabe geboren …

Derweil sitzt Heinrich mit seinen Männern beisammen und feiert. Süßigkeiten sind aufgetragen worden, man hat das beste Fass Malvasier im Palastkeller angestochen. Die Stimmung könnte besser nicht sein, die meisten sind schon betrunken.

Nur Markward von Annweiler ist nüchtern geblieben. Er nimmt seinen Pokal und geht zu Heinrich hinüber. »So mächtig und so gesegnet war nie ein Kaiser vor Euch«, sagt er in seinem weichen Pfälzer Dialekt und trinkt ihm zu.

»Mit Gottes Hilfe, Herr Markward«, lacht Heinrich. »Mögen auch in Zukunft alle Dinge gelingen. Der Allmächtige hält seine Hand über uns.«

Markward setzt sich unaufgefordert neben den Kaiser. »Ich würde mich nicht blind auf den Allmächtigen verlassen, Majestät.«

»Wie meint Ihr das?«

»Nun, Ihr solltet angesichts der glücklichen Zeitläufte nicht unvorsichtig werden. Sizilien ist zwar für den Augenblick erobert, doch die hiesigen Barone sind berühmt und berüchtigt für ihren Wankelmut und ihre Kampfeslust. Ich halte es für gefährlich, dass noch ein männlicher Nachkomme Tankreds am Leben ist. Ein rein normannischer Kronerbe.«

Heinrich nickt. »Daran habe ich auch schon gedacht.«

»Und gerade jetzt, wo Euer Sohn geboren ist, müsst Ihr auch für ihn mitdenken und handeln. Natürlich, Ihr seid in der Lage, einen etwaigen Aufstand niederzuschlagen. Aber was geschieht, wenn Euch etwas zustoßen sollte? Eine Krankheit, ein feiger Mordangriff, wer weiß das schon? Wird dann Euer Sohn die Krone Siziliens verteidigen können?«

Heinrichs Blick bekommt etwas Lauerndes. »Was schlagt Ihr also vor, Herr Markward?«

Der von Annweiler nimmt bedächtig einen Schluck Wein. »Ich würde die Normannenbrut unschädlich machen. Dann habt Ihr ein für alle Mal Ruhe und Frieden.«

Der Kaiser lächelt. »Ei, mein braver Truchsess, Ihr sprecht mir aus der Seele. Für Euren guten Rat schenke ich Euch die Markgrafschaft Ancona und mache Euch zum Herzog von Ravenna, was haltet Ihr davon?«

»Das ist zu gütig, Majestät.«

»Und um das andere«, Heinrich erhebt sich, »werde ich mich kümmern.«

Am nächsten Morgen lässt der Kaiser Gottfried zu sich rufen. Gutgelaunt wirkt er, als er seinem Schreiber bedeutet, zur Feder zu greifen. »Ich will dir eine Bekanntmachung diktieren, die du anschließend in der Hofkanzlei vervielfältigen, in alle Landessprachen übersetzen und dann durch Herolde in ganz Palermo verlesen lassen sollst.«

Gottfried taucht den Gänsekiel ein, und Heinrich beginnt: »Wir, Heinrich, Kaiser und König etcetera etcetera, lassen alle Welt wissen: Ein ehrsamer Mönch hat Uns etliche Schriftstücke vorgelegt, die beweisen, dass die nunmehrige Gräfin von Lecce und ihre Nachkommenschaft zusammen mit einigen vom sizilianischen Adel sich gegen Uns verschworen haben und Unsern Tod planten. Die Schuldigen sind bereits verhaftet worden und werden ihrer gerechten Strafe nicht entgehen. Im Namen des Allmächtigen und so weiter.«

Gottfried schreibt entsetzt alles mit. »Du lieber Gott, Herr, das ist ungeheuerlich! Ihr wart wohl in großer Gefahr?«

Heinrich winkt ab. »Nun ja.«

»Diesen Mönch hat Euch der Himmel geschickt.«

Heinrich lächelt.

»Wohl wahr, mein Freund, wohl wahr. Jetzt geh und lass den Text kopieren.«

Gottfried rollt das Pergament zusammen und nimmt sein

Schreibzeug. »Soll ich die Schriftstücke auch gleich mit in die Kanzlei zur Aufbewahrung nehmen?«

Heinrich runzelt die Stirn. »Welche Schriftstücke?«

»Na, die dieser Mönch …«

Heinrich lächelt mitleidig. In diesem Augenblick fällt es Gottfried wie Schuppen von den Augen. Es gibt keine Verschwörung. Er sieht den Kaiser ungläubig an.

Heinrich schüttelt den Kopf und lacht auf. Wohlwollend legt er Gottfried die Hand auf die Schultern. »Jetzt bist du schon so lange mein Leibschreiber, Gottfried, und weißt immer noch nicht, wie die Welt regiert wird.«

»Aber … Ihr habt Euch für die Sicherheit von Frau Sibilla und ihrer Kinder verbürgt, habt Euer Wort gegeben!«, entfährt es Gottfried. Im selben Augenblick beißt er sich auch schon auf die Lippen.

Heinrich fährt hoch.

»Deine Meinung ist hier nicht gefragt, Schreiber. Hinaus, Unverschämter, und tu deine Arbeit.«

Gottfried beeilt sich, das Zimmer zu verlassen. Er ist zutiefst erschüttert. Wie kann ein Mensch so schlecht sein? Noch dazu ein Kaiser? Wie kann es sein, dass der von Gott erwählte Beschützer der Christenheit immer wieder gegen alle Gebote der Nächstenliebe verstößt? Und trotzdem vom Schicksal begünstigt wird? Wo hat der Allmächtige hingesehen, als Tusculum brannte? Und wo schaut er jetzt hin, wenn ein Weib und ihre Kinder zu Opfern blanker Machtgier werden?

Gottfried begibt sich wohl oder übel in die Hofkanzlei, um das eben aufgenommene Diktat ins Reine zu schreiben. Er veranlasst die Übersetzungen und Vervielfältigungen, und dann geht er in seine Kammer. Er fühlt sich erschlagen und müde. Er will nach Hause. Wenn er nur endlich Erlaubnis vom Kaiser bekäme!

Diese Nacht ist schwärzer als andere. Zumindest kommt es dem kleinen Jungen so vor, der allein in einem der Kellergewölbe des Palazzo Reale sitzt. Wo sind seine Schwestern und seine Mutter?

Warum hat man ihn hier eingesperrt? Er hat Hunger und Durst, und es ist kalt hier drunten. Am liebsten würde er weinen, aber das darf man nicht, wenn man unmündiger König von Sizilien war und jetzt Fürst von Tarent ist.

Es geht auf Mitternacht zu, als sich plötzlich der Schlüssel im Schloss dreht, Ketten rasseln. Der Henker hat soeben den Befehl des Kaisers erhalten.

Es sind drei Männer, die den Knaben nun von seinem Strohlager hochzerren, einer von ihnen trägt ihn in einen hallenartigen Raum, in dem ein Feuer brennt. Ganz hinten steht ein hochlehniger Stuhl, auf den er gesetzt wird. Seine Füße baumeln herunter. Er hat solche Angst, sein Hals wird ganz eng. Einer der Männer hält seine Arme fest, der andere seinen Kopf. Der dritte kommt mit schweren Schritten auf ihn zu. Er hat ein löffelförmiges Ding in der Hand. Er zielt auf sein linkes Auge. Dann auf das rechte. Zwei schnelle Bewegungen, dann ist es vorbei.

Gottfried hört die verzweifelten Schreie des Jungen bis hinauf in seine Kammer über der Schreibstube. Sie dringen ihm durch Mark und Bein. Krampfhaft hält er sich mit beiden Händen die Ohren zu, aber es nützt nichts. Er weiß, was Heinrich angeordnet hat. Ein Blinder kann niemals König werden.

Die Schreie werden schwächer, gehen in Weinen und Wimmern über. Erst im Morgengrauen gelingt es Gottfried einzuschlafen, in seinen Träumen sieht er vor sich ein schluchzendes Kind mit blutigen, leeren Augenhöhlen. In dieser Nacht hat ihn der Glaube an seinen Herrn endgültig verlassen.

59
Jesi und Foligno, Februar 1195
Konstanze

Ich bin die glücklichste Frau der Welt. Mein Sohn ist kräftig und gesund, zwar ein wenig zart und klein, aber das wird er schon noch aufholen. Wenn ich ihn ansehe, ist für mich alles vollkommen. Das kleine Gesichtchen – er hat strahlend dunkelblaue Augen –, die winzigen Fingerchen und Zehen, die rötlich blonden Locken. Die rundliche Nase, die Ohrläppchen, die rosenfarbene Zunge, die dicken Tränen, die kullern, wenn er weint. Ich habe schon zwölf Dankesmessen gestiftet und überlege noch, ein Frauenkloster zu gründen, entweder hier in Jesi oder vielleicht doch in Sizilien. Niemals kann ich dem lieben Gott vergelten, was er mir geschenkt hat. Mich bedrückt einzig, dass ich ihn nicht stillen kann; nach kaum zwei Wochen ist meine Milch versiegt. Stattdessen habe ich Gesualda, eine junge, gesunde Amme aus ehrbarem Bürgerhaus, ausgesucht, die sich liebevoll um den Kleinen kümmert. Man kann sehen, wie prächtig er gedeiht. Mir sind so viele Schlaflieder aus meiner Kindheit wieder eingefallen, die ich ihm alle vorsinge. Eines hat er am liebsten: *Figghiu mio, ti vogghiu beni / tu si' 'a lapuzza e io sugnu lu meli / figghiu mio, quantu ti stimu / quantu Maria a Gesù bamminu / figghiu mio, ti stimu assai / tu si' lu soli, li stiddi e li rrai / figghiu mio, figghiu d'amari / la naca ti cunzai p'arripusari.*

Wenn ich das Lied singe, macht er ganz große Augen und lauscht mit offenem Mund.

Heinrich hat mir ein großzügiges Geschenk zukommen lassen: einen schneeweißen Araberwallach aus sizilianischer Zucht, der den Passgang beherrscht. Und er hat geschrieben, ich solle so schnell wie möglich aufbrechen, um spätestens an Ostern in Sizilien zu sein. Der Dom von Palermo stünde für die Krönung bereit. Ich kann es gar nicht erwarten. Mir geht es gut, ich kann ohne Schwierigkeiten reiten. Und der kleine Konstantin ist stark und munter genug, eine Reise zu überstehen.

Also reiten wir los in Richtung Süden. Die Bürgerschaft von Jesi verabschiedet uns unter Jubelrufen. Diese Stadt wird mir immer in guter Erinnerung bleiben.

Jetzt sind wir in Foligno, der Residenz des Konrad von Urslingen, Herzog von Spoleto. Die Herzogin hat alles für uns richten lassen und heißt uns in ihrem Heim mit großer Herzlichkeit willkommen. Sie ist mir in den letzten Monaten zur Freundin geworden. Auch der Herzog hat sich eingefunden, er ist geradewegs aus Sizilien gekommen. Zu meinem Erschrecken hat er berichtet, dass Tankreds Witwe eine Verschwörung angezettelt hat, um wieder an die Macht zu kommen. Die falsche Schlange! Sie hat mich immer gehasst. Nun ist sie mit ihren Töchtern auf dem Weg nach Norden, soll irgendwo im Kloster ihr Leben beschließen. Der kleine Wilhelm, den ich als süßen Bengel in Erinnerung habe, wird auf Burg Hohenems gebracht. Konrad von Urslingen sagt zwar nichts, aber Tommasina, die jedes Gerücht aufschnappt, weiß zu berichten, dass der Kleine geblendet wurde. Ich kann den Gedanken kaum ertragen. Der Kaiser hat nichts von seiner Härte verloren. Mir schaudert bei dem Gedanken, ihn wiederzusehen.

Am Montag nach Invocavit brechen wir auf. Ich habe für Konstantin einen wunderhübschen kleinen Reisewagen bauen lassen, so gut gepolstert, dass der Kleine keinen Stein und keine Unebenheit des Wegs spüren wird. Die Amme hat auch darin Platz, so dass er nie alleine sein muss.

Ich steige auf meinen Araberschimmel und sehe zu, wie die Herzogin von Spoleto mit Konstantin auf dem Arm aus dem Palas kommt. Da plötzlich tritt der Herzog hinzu, spricht mit ihr. Sie schreckt zurück, drückt meinen Sohn an sich, schüttelt den Kopf. Was geht da vor? Ich treibe meinen Wallach an. »Was ist Euer Begehr, Herr Konrad?«

Er greift mir in die Zügel. »Majestät, der Kaiser hat angeordnet, dass Ihr nach Sizilien kommen sollt. Nicht Euer Sohn.«

Ich begreife erst gar nicht, was er sagt. Dann trifft es mich wie ein Schlag. Mich schwindelt. »Das kann nicht sein, Herr Konrad! Man darf doch eine Mutter und ihr Kind nicht trennen!«

Er hebt die Brauen, und ich sehe die Härte in seinem Blick. Er ist ein Mann des Kaisers. »Ich habe meine Befehle, Frau Konstanze. Dem Kaiser scheint es zu gefährlich, den Säugling einer so weiten Reise auszusetzen.«

Ich bekomme keine Luft mehr. »Das ist … das ist …«

Die Herzogin sieht ihren Mann mit vernichtendem Blick an. »Wie kannst du nur, Konrad«, sagt sie wütend. Der Herzog zuckt die Schultern. Ist es seine Schuld? Wohl nicht. Der Kaiser hat entschieden.

Ich nehme all meinen Mut zusammen. »Ich gehe nicht ohne mein Kind.«

Konrad von Urslingen macht Anstalten, mein Pferd zum Tor zu führen. Ich zerre an den Zügeln. Er sagt: »Seid so gut, Majestät, und macht mir keine Schwierigkeiten. Ich habe Befehl, Euch nach Sizilien zu schicken. Eure Anwesenheit ist nötig, um dort Frieden zu halten. Für Euren Sohn wird mein Weib sorgen, als sei es ihr eigenes Kind. Mein Wort darauf.«

Was soll ich denken? Ich bin ganz wirr. Warum? Warum tut Heinrich mir das an? Ich habe doch alles getan, habe ihm den Erben geschenkt, den er sich so gewünscht hat! Wieso straft er mich jetzt? Und dann wird mir mit einem Mal klar, was hinter dem kaiserlichen Befehl steckt. Heinrich will nicht, dass ich meinen Sohn aufziehe. Er befürchtet, dass ich ihn zum Normannen mache, zu einem Hauteville. Das will er um jeden Preis verhindern. Konstantin soll ein Deutscher werden, ein Staufer, er soll nicht der mütterlichen Seite zuneigen. Und je eher er mir meinen Sohn entzieht, desto besser für seine Zwecke. Ich hasse ihn.

Konrad von Urslingen hindert mich daran, vom Pferd zu steigen. Plötzlich ist ein ganzer Trupp bewaffneter Reiter um mich herum, einer von ihnen nimmt die Zügel meines Schimmels, der jetzt vor Aufregung zu steigen versucht. Ich kann mich nicht wehren. »Konstantin«, rufe ich verzweifelt. Die Herzogin von Spoleto bricht in Tränen aus. Ich herrsche die Bewaffneten an, mich in Ruhe zu lassen. Sie schließen einen Kreis um mich, die Schwerter gezückt, sie drängen mein Pferd in Richtung Tor. Ich strecke die Arme aus zu meinem Sohn. O Maria, Muttergottes, hilf. Lass es nicht zu. Ich will mein Kind.

Tommasina schreit: »Ich bleibe hier, fanciullina, ich passe auf den Kleinen auf, geh, geh, sorg dich nicht.«

»Mein Leben für Euren Sohn«, ruft die Herzogin, die gute Seele. »Ich schwöre es Euch!«

Da bin ich schon fast zum Tor hinaus. Die Männer des Kaisers zwingen mich dazu. Ich weine, bin verzweifelt. So schnell ist alles Glück dahin. Welches Weib kann aushalten, was mein Gatte mir antut? Ist er denn kein Mensch? Hat er keine Gefühle? Ich habe ihm ein Kind geschenkt! Warum bestraft er mich dafür?

Tag für Tag reite ich, bewacht von meinen Entführern. Ich habe keine Wahl. Stetig geht es gen Süden. Wenn ich erst in Palermo bin, kann ich vielleicht Heinrich zum Einlenken bewegen. Ich muss es versuchen. Aber vorher werde ich endlich mein Erbe antreten. Sizilien. Die Zeit ist gekommen.

60
Bari, Ostern 1195

Ich will mein Kind!« Mit zornesrotem Gesicht und geballten Fäusten steht Konstanze vor dem Kaiser, die Kleider noch staubig von der Reise.

Heinrich tut so, als habe er nichts gehört. »Ich freue mich, dich gesund und munter wiederzusehen, meine Liebe, nach so langer Zeit der Trennung.«

»Du hättest mir nicht entgegenzureisen brauchen«, gibt sie frostig zurück. »Ich wäre auch noch alleine bis Palermo gekommen.«

»Lass uns nicht streiten, Konstanze.« Heinrich bringt ein gezwungenes Lächeln zustande. »Ich dachte, du freust dich, gleich hier in Bari die guten Neuigkeiten zu hören.«

»Und die wären?« Konstanze glaubt nicht mehr an gute Nachrichten.

»Nun, ich werde nicht mit dir nach Sizilien zurückkehren. Ich werde ins Reich heimreiten, und dir übertrage ich bis zu meiner Rückkehr die Regentschaft auf der Insel.«

Sie fährt auf. »Regentschaft? Du wolltest mich im Dom von Palermo krönen lassen!«

»Wer sagt das?«

»Dein Handlanger, der Herzog von Spoleto. Ich wäre sonst nicht gekommen.« Ihre Stimme zittert vor Wut. »Du hast mir geschworen, ich bekomme Sizilien, sobald ich dir einen Erben schenke, weißt du noch? O doch, Heinrich, du weißt es! Und nun hast du dich ohne mich krönen lassen und verweigerst mir die Krone. Mir, die ich die wahre Erbin Siziliens bin! Du bist nichts als ein Lügner, ein wortbrüchiger, ehrloser Lump!«

Heinrich bleibt ganz ruhig, er fegt beiläufig ein Staubkorn von seinem Ärmel. »Ach, Konstanze, du ereiferst dich. Manchmal verspricht man Dinge, die man später nicht halten kann. Da gibt es eben Wichtigeres. Was glaubst du, warum ich jetzt nach Deutschland reite? Um dort die Königswahl für unseren Sohn vorzubereiten! Stell dir vor: Ich errichte damit ein Erbkönigtum!« Er redet sich selber in Begeisterung. »Ein Imperium will ich schaffen! Das Wiedererstehen des römischen Weltreichs unter den Staufern ist nahe, unter deinem Sohn, Konstanze! Da redest du von Sizilien!«

»Das sind doch Hirngespinste, Heinrich, damit wirst du mich nicht überzeugen! Mir geht es um mein Kind und um Sizilien. Nicht um blutleere Träume von Macht und Weltherrschaft.«

»Du hast überhaupt keine Ansprüche zu stellen, Herrgott!« Jetzt wird auch er wütend.

»Doch, das habe ich! Ohne mich hättest du Sizilien nie bekommen.«

»Ich habe Sizilien erobert. Jetzt ist es mein Reich!«

Sie stellt sich ganz nah vor ihn hin und zwingt ihn damit, zu ihr aufzusehen. »Ich bin Sizilien!«, schleudert sie ihm ins Gesicht.

»Und ohne mich wirst du es nicht halten können. Das weißt du, und nur deshalb hast du mich kommen lassen.«

»Sizilien ist jetzt Teil des Kaiserreichs«, entgegnet er bissig. »Und als solches kein selbständiges Land mehr. Es ist größeren und wichtigeren Plänen unterworfen.«

»Das werde ich niemals zulassen, Heinrich. Sizilien wird kein Geldsack für dich sein, in den du nach Belieben greifen kannst. Du wirst es nicht auspressen, um hochfahrende Stauferpläne zu verwirklichen, und dann fallen lassen, wenn es nichts mehr zu holen gibt. Nicht solange ich lebe! Ich will diese Krone, Heinrich, und die Eigenständigkeit Siziliens.«

Er lacht auf. »Dann zeig doch jetzt, Konstanze, was du kannst! Beweise mir, dass du über diesen Haufen von verschlagenen, selbstsüchtigen Baronen herrschen kannst – ohne mich! Vielleicht können wir ja dann über eine Krönung reden. Die Krönung unseres Sohnes.«

Sie weiß, dass sie nicht gewinnen kann. Zumindest jetzt nicht. Ein wilder Plan schießt ihr ins Hirn. Die Barone – vielleicht kann sie sie auf ihre Seite ziehen. Die Unabhängigkeit erkämpfen, unter dem Schutz des Papstes – und Richards von England …

Er liest ihre Gedanken. »Ich durchschaue dich, Konstanze, du warst nie eine gute Schauspielerin. Aber du wirst dich in Sizilien nicht gegen mich stellen, denn sonst siehst du deinen Sohn nie wieder, das schwöre ich dir. Ich nehme ihn auf dem Rückweg mit nach Norden!«

Sie schreit auf, fährt ihm mit allen zehn Fingern ins Gesicht. Ein Blutströpfchen erscheint auf seiner Wange. Er wischt es weg.

»Ich werde niemals, niemals nach Sizilien gehen und für dich regieren, Heinrich, wenn du meinen Sohn nach Deutschland bringst. Das schwöre ich dir. Ich lasse nicht zu, dass du mir mein Kind ganz nimmst.« Sie zieht ihr Essmesser, hält es sich selber an die Kehle. »Lieber bringe ich mich um. Und in diesem Fall, Heinrich, weißt du, was geschehen wird: Ganz Sizilien wird sich erheben!« Schwer atmend steht sie da, das Messer immer noch gezückt.

Heinrich weiß, dass sie recht hat. Man würde glauben, er hätte Konstanze umbringen lassen. Er traut ihr zu, dass sie tatsächlich

Ernst macht. Um Himmels willen nicht noch einen Aufstand, denkt er, ich brauche den Rücken frei für eine reibungslose Königswahl in Deutschland. »Meine Güte«, seufzt er und breitet die Arme aus. »Das Temperament der Weiber! Ich gebe mich geschlagen. Lass uns Frieden schließen. Du übernimmst die Regentschaft in Sizilien, und ich lasse unseren Sohn in Foligno. Wenn ich zurückkomme, bringe ich ihn mit nach Palermo – vorausgesetzt, du hast alles zu meiner Zufriedenheit gehandhabt. Und dann krönen wir euch beide gemeinsam. Wäre das ein Vorschlag zu deiner Zufriedenheit?«

»Ich will mein Kind gleich!«

»Nein!« Seine Stimme wird schneidend. »Das ist mein letztes Wort. Gib dich zufrieden, Konstanze. Meine Nachgiebigkeit hat Grenzen.«

Sie lässt das Messer sinken. Im Augenblick kann sie nicht mehr erreichen. Sie hat keine Ritter, keine Streitmacht, die für sie kämpft. »Du hast gewonnen, Heinrich.« Mühsam bewahrt sie Haltung, dreht sich um und geht hinaus. Er soll die Tränen der Wut und der Hilflosigkeit nicht sehen, die ihr in den Augen stehen.

Am nächsten Tag lässt Gottfried sich melden. Einen ganzen Packen beschriebener und bemalter Pergamentbögen hat er unter dem Arm, und sie begrüßt ihn mit aufrichtiger Herzlichkeit. Es gibt nicht viele Menschen am Hof, denen sie vertraut.

»Hier, Majestät«, sagt er und breitet die Bögen auf dem großen Tisch aus. »Seht, hier erhebt sich das wortbrüchige Salerno gegen Euch, und Eure Getreuen verteidigen Euch. Das Kastell wird mit Pfeilen beschossen, während Ihr aus dem Fenster zum Volk sprecht. Da betet Ihr zu Gott um Rettung. Dort der Verräter Gisualdo von Salerno, wie ihn seine Knechte hereintragen.«

»Oh, und hier sitze ich im Schiff, das mich nach Messina bringt. Und hier Tankred!« Sie schüttelt lächelnd den Kopf. »Aber, aber, mein Freund, du hast ihn hässlicher gezeichnet als er ist!«

Er fühlt sich geschmeichelt. »Nun, erstens habt Ihr ihn mir so ähnlich beschrieben, Herrin, und zweitens soll auch die innere Hässlichkeit des Thronräubers sichtbar werden.«

»Es gibt noch viel mehr, das ich erzählen muss, damit du es aufschreibst. Dann kannst du im Norden derweil ohne mich am Buch weiterarbeiten.«

»O nein«, widerspricht Gottfried mit trauriger Miene. »Ich gehe nicht mit dem Kaiser nach Norden. Euer Gatte hat mir befohlen, zu Palermo Eure Kanzlei zu leiten – und ihm regelmäßig Bericht zu erstatten.«

»Ach, ich begreife: Du sollst sein Spion sein, natürlich, er vertraut dir. Das bedeutet, du kannst dich immer noch nicht um deine Schwester kümmern«, meint die Kaiserin betrübt und legt Gottfried die Hand auf den Arm. »Es tut mir leid. Anscheinend gönnt mein Gatte niemandem auf der Welt die Erfüllung seiner Wünsche.«

Er versteht. »Ich habe schon gehört, dass Ihr Euch von Eurem Sohn trennen musstet.«

»Es ist schwer.« Sie schluckt die aufsteigenden Tränen hinunter. »Hoffentlich nicht für allzu lange. Ich vergehe schon jetzt vor Sehnsucht.«

»Sollen wir diese Trennung auch ins Buch aufnehmen?«

»Unbedingt. Und ich will, dass es genauso beschrieben wird, wie es war. Du musst zeichnen, wie mich die Waffenknechte davonführen und ich auf Befehl des Kaisers mein Kind hergeben muss.«

»In Palermo werde ich dafür genügend Zeit haben. Aber, Herrin, Ihr dürft Euren Gatten nicht zu sehr mit dem Buch verärgern. Es stehen schon zu viele Dinge darin, die wenig schmeichelhaft für ihn sind.«

»Du machst dir Sorgen?«

»Ihr kennt ihn doch. Er duldet keine Unbotmäßigkeiten. Und Ihr wisst nur zu gut, wie gnadenlos er sein kann.«

»Willst du nicht mehr weiterschreiben? Ich wäre dir nicht böse. Ich kann verstehen, dass du Angst hast.«

»Nein!« Gottfried wehrt entschieden ab. »Dieses Buch, Herrin, ist mein Ein und Alles, mein größtes Bestreben. Ich habe mein ganzes Können, meine ganze Seele hineingelegt. Und wenn ich mir damit den Zorn des Kaisers zuziehe – in diesem Buch steckt all meine Kunst. Mein ganzes Leben lang wollte ich ein solch großes Werk schreiben und zeichnen. So wie Ihr Sizilien seid, bin ich dieses Buch. Nein, ich höre nicht auf.«

Die Kaiserin lächelt. »So viel Leidenschaft, Gottfried? Dann müssen wir weitermachen. Und keine Angst, ich will alle Verantwortung auf mich nehmen, wenn die Chronik erst fertig ist. Dir wird kein Leids geschehen. Und ich verspreche dir, dass ich dich gehen lasse, sobald eine Möglichkeit besteht. Aber erst einmal musst du wohl mit nach Sizilien.«

»Ich muss Euch noch etwas sagen.« Gottfried weicht ihrem Blick aus. »Der Kaiser hat mich außerdem beauftragt, eine Aufstellung über den gesamten Staatsschatz zu machen. Er hat eigens alles in Palermo zusammentragen lassen.«

Konstanze runzelt die Stirn. Der unermesslich kostbare sizilianische Kronschatz! Die Reichtümer der Insel, die ihre Väter und das Volk erwirtschaftet haben! »Gottfried, was weißt du noch? Rede!«

»Ich fürchte, Majestät, der Kronschatz soll auf den Trifels gebracht werden. Heinrich will damit die Königswahl Eures Sohnes bezahlen – Handsalben für Staufergegner, Ihr versteht?«

Mit einer weit ausholenden Bewegung fegt sie die Obstschale zu Boden, die auf dem Tisch stand. Nüsse und Äpfel rollen über den Boden. »Er will das Land ausplündern! Mein Land! Das dulde ich nicht!« Sie ist so laut geworden, dass Tommasina zur Tür hereinschaut. Gottfried ist überrascht, solche Ausbrüche kennt er nicht von ihr. »Tommá«, sagt sie mit fester Stimme, »wir brechen in zwei Tagen auf. Mach alles fertig. Es geht nach Palermo. Und Gottfried«, sie wendet sich zu ihm um, »ich bin froh, dass du dabei bist. Es ist gut, einen Menschen zu haben, dem man vertrauen kann.«

61
Palermo, Mai 1195

Sie steht am Fenster und wartet. Es ist der Tag ihrer Ankunft in Palermo, das Volk hat sie auf dem Weg hierher überall mit Jubel und Freudentänzen begrüßt. Aber nur einer ist ihr jetzt wichtig. Sie weiß, er wird zu ihr kommen an diesem Abend. Er muss kommen. Im Hamam hat sie sich am ganzen Körper rasieren lassen, wie es orientalischer Brauch ist. Blumenranken aus Henna zieren ihre Hände. Duftöl im Haar, einen Hauch von Seide am Körper, was braucht es noch? Sie betastet ihren Leib, fest und flach ist er wieder geworden, dank der Steinsäckchen, die ihr Tommasina auf den Bauch gelegt hat. Nur ihre Brüste sind größer und weicher als früher, obwohl sie sie wochenlang aufgebunden hat. Ob ihm das gefällt? Ob wieder alles ist wie damals, als sie voneinander lassen mussten, so schnell und ohne Abschied? Vielleicht liebt er mich inzwischen gar nicht mehr, denkt sie und mag es doch nicht glauben. Die ersten Sterne werden sichtbar, die Sichel des Mondes spiegelt sich im Fluss, der den Palazzo Reale vom Kloster San Giovanni degli Eremiti trennt. Sie atmet tief ein, es riecht nach Meer und Rosen. »Tommá, sieh nach, ob er kommt«, bittet sie nun schon zum dritten Mal. Tommasina geht hinaus, kommt wieder, schüttelt den Kopf. »U piru cadi quann'é maturu«, sagt sie – die Birne fällt erst vom Baum, wenn sie reif ist. »Nur Geduld. Er kommt schon.«

»Du und deine Sprüche«, seufzt Konstanze. »Was weißt du schon von der Sehnsucht? Seit du bei mir bist, habe ich dich nie mit einem Mann gesehen.«

Tommasina macht ein verschmitztes Gesicht. »Beh, was glaubst du wohl, picciridda? Sieh mich an: Fimmina baffuta, sempri piacuta!«

Konstanze muss lachen. »Du hast doch fast gar keinen Schnurrbart!«

»Weil ich ihn inzwischen zupfe, Affenköpfchen. Bin schließlich schon lang zu alt für solche Geschichten.«

Laila bringt indes gezuckertes Zitronen-Sherbet, das Konstanze so liebt. Sie nippt an dem gläsernen Kelch, während sie von einem Fenster zum anderen geht, sich hinauslehnt und die kühle Nachtluft atmet. Und dann steht er plötzlich hinter ihr. Lautlos ist er hereingekommen, schlingt von hinten die Arme um sie und vergräbt sein Gesicht in ihrem Haar. Sie wendet sich um, und dann versinken beide in einem endlosen Kuss.

»Allah, wie habe ich es nur so lange ohne dich ausgehalten?«, flüstert er, während seine Hände an ihrem Körper hinabgleiten.

»Und ich habe dich so vermisst.« Sie schließt die Augen, genießt seine Zärtlichkeiten. Eine seiner schwarzen Locken kitzelt ihr Ohr.

»Jeden Tag habe ich in der Ayn-al-Shifa-Moschee gebetet, dass du zurückkommst.«

»Jetzt bin ich da, habibi, und ich gehe nicht wieder fort.« Sie löst die Spange, die ihr Gewand auf der Schulter gehalten hat, es gleitet sanft zu Boden. »Komm, mein Löwe, liebe mich, lass mich die Zeit vergessen, in der ich nicht bei dir war.«

Er stöhnt leise auf. Dann hebt er sie hoch und trägt sie zum Diwan.

Später liegen sie eng umschlungen auf den Laken. »Wir müssen vorsichtig sein, Liebster, auch wenn ich jetzt nicht mehr als Gefangene hier bin. Die Wände haben Ohren, und der Kaiser hat seine Spione. Es gibt kein Geheimnis, dass die Palasteunuchen nicht herausfinden.«

»Ich weiß.« Er streichelt ihre Hand. »Deshalb werde ich jetzt gehen. Um Mitternacht ist Wachwechsel, da fällt es nicht auf, wenn ich aus deinen Gemächern komme.«

»Ich habe Angst.« Ihre Stimme zittert, und sie schmiegt sich enger an ihn. »Wenn sie uns auf die Spur kommen, werden sie dich töten.«

»Ich werde schlau sein, mein Herz. Und als Kommandant der Wache habe ich unverdächtigen Zugang überallhin, auch zu den Räumen der Königin. Niemand wird Verdacht schöpfen, wenn ich zu dir komme.«

»Du bist wahnsinnig. Wir sind wahnsinnig.«

Er antwortet mit einem langen Kuss, von dem sie sich am Ende widerwillig losreißt. »Du musst gehen«, sagt sie. »Ich werde Laila zu dir schicken, wenn keine Gefahr droht.«

Er küsst sie noch einmal zum Abschied. »Ich warte darauf. Und bis dahin vermisse ich dich jede Stunde.«

Am nächsten Morgen macht ihr Konrad von Querfurt seine Aufwartung, begleitet von Bischof Walter von Troia, dem Herzog von Spoleto und Diepold von Schweinspeunt. Konrad ist noch jung, aber seine hervorragenden politischen Fähigkeiten haben ihn schnell zum Reichskanzler aufsteigen lassen. Tief verbeugt er sich vor der Kaiserin. »Ich danke Gott, Herrin, Euch wohlauf zu sehen, und bin gekommen, um Euch meiner aufrichtigen Treue zu versichern. Ihr wisst vielleicht, dass mich Euer Gatte zur Beratung Eurer Majestät hiergelassen hat. Ihr wisst sicherlich auch, dass der Kaiser Herrn Walter von Troia zum Kanzler und Herzog Konrad zum Vikar für Sizilien ernannt hat.«

Konstanze steckt den Schlag ein, ohne mit der Wimper zu zucken. Aber innerlich tobt es in ihr. Nein, das hat sie nicht gewusst. Heinrich hat ihr also nur formell die Regentschaft übertragen. Aufpasser hat er ihr dagelassen, die sie im Griff halten sollen. Sie ist nur ein Spielzeug seiner Macht, sie soll das Volk und die Barone ruhig halten, während Heinrichs Männer regieren. »Seid herzlich gegrüßt, Ihr Herren«, zwingt sie sich, mit ruhiger Stimme zu sagen. »Ich werde auf Euren guten Rat zurückgreifen, wann immer es nötig sein sollte. Und Ihr, Ritter Diepold, wozu hat mein Gatte Euch hiergelassen?«

Der Schweinspeuntner nimmt Haltung an. »Ich stehe mit meinen besten Männern zu Eurer Sicherheit jederzeit zur Verfügung. Meine Truppe lagert in der Stadt, Ihr braucht nur Nachricht zu geben, und wir werden Euch mit unseren Schwertern bis zum Letzten verteidigen. Das habe ich dem Kaiser geschworen.«

»Meinen Dank, Herr Ritter.« Konstanze nickt gnädig. »Aber zunächst einmal ist es mein Wunsch, dass Ihr Euch mit Euren Leuten aus der Stadt zurückzieht. Ich fühle mich sicher, schließlich habe ich die Palastgarde, die schon meinen Vater und Großvater geschützt hat. Ihr hingegen sollt außerhalb der Mauern bereitstehen.«

Der Schweinspeuntner hört das nicht gern, aber er macht gute Miene zum bösen Spiel. »Wie Ihr wünscht, Herrin.«

Dann wendet sich Konstanze an die anderen drei Männer. »Ich werde Euch rufen lassen, Ihr Herren, wenn es an der Zeit ist. Ich gedenke, einen Kronrat zu bilden, in dem auch die Barone Siziliens ihren Platz haben. Derweil danke ich Euch für Eure Aufwartung. Mit Gott.«

Die Kaiserin weiß: Das ist eine Brüskierung. Aber sie muss gleich zu Anfang klarstellen, dass sie über das Land herrscht und niemand sonst. Und dass sie keine ausschließlich staufische Herrschaft über die Insel anstrebt. Die Herren sehen sich unsicher an, aber sie wagen keinen Widerspruch. Es wird schwer werden, denkt Konstanze. Ein Spiel mit dem Feuer. Sie darf Heinrich nicht verprellen, aber sie muss auch ihre Ziele durchsetzen.

Und sie hat noch Wichtiges vor sich.

Am Nachmittag lässt sie Graf Richard von Acerra rufen und Jordanus von Gastrogiovanni. Beide haben sich im Krieg gegen sie und ihre Kronansprüche gestellt, waren auf Tankreds Seite. Heinrich hat sie vom Hof verbannt, aber Konstanze weiß, dass sie seit einer Woche in der Stadt sind.

Jetzt stehen sie vor ihr, wagen nicht, ihr in die Augen zu schauen.

Lange sagt sie nichts, sieht sie nur an, die Freunde ihrer Kinderzeit. Beide sind sie älter geworden. Richard von Acerra hat sie ja schon wiedergesehen, in Salerno. Er ist schmal und kantig, seine Züge haben sich verhärtet mit den Jahren, aber die leicht nach vorn gebeugte Haltung ist noch dieselbe wie früher. Er hinkt merklich auf dem rechten Bein, eine Jagdverletzung. Und Jordanus? Sie erinnert sich an ihren letzten Besuch in Castrogiovanni. Da war er ein junger, hübscher Kerl gewesen, immer mit einem Scherz auf den Lippen. Laute hat er gespielt und Flöte, nie hat sie schönere Hände gesehen als seine. Er ist vor der Zeit gealtert, denkt sie. Grau ist er geworden, die sorglose Fröhlichkeit ist aus seinen Augen gewichen. Vom Ohr zum Kinn zieht sich eine zackige Narbe. Ernst und forschend sieht er sie an, mit einer Mischung aus Neugier und Furcht.

»Ihr mögt Euch beide fragen, warum ich Euch herbestellt habe«, beginnt Konstanze. »Ihr mögt Euch fragen, ob ich an Rache und Vergeltung denke, ob ich Euch Eure Titel und Ländereien nehmen will. Ihr habt mich schmählich verraten.«

»Es ging um Sizilien, Majestät. Nicht um unsere eigene Sache.« Jordanus tritt vor, hebt bittend die Hände. Immer noch hat er diese Hände, denkt sie. Er redet weiter. »Wir wissen, dass wir Euer Vertrauen enttäuscht haben. Aber das Königreich Eurer Väter ist wichtiger als Kinderfreundschaften. Könnt Ihr das nicht verstehen?«

Sie lächelt traurig. »Doch, alter Freund. So habe ich es gelernt, so bin ich aufgewachsen. Aber das Königreich ist auch wichtiger als erwachsene Feindschaften.« Sie erhebt sich von ihrem Thron und geht auf die beiden zu. »Deshalb habe ich beschlossen, meinen Zorn und meine Trauer zu begraben und Euch die Hand zu reichen. Das Land braucht Versöhnung, nicht Zwist und Hader. Ihr habt mich gekränkt, jetzt könnt Ihr es wiedergutmachen. Ich biete Euch Frieden, Euch und allen Baronen, die sich gegen mich gestellt haben. Lasst uns gemeinsam den Reichtum Siziliens mehren und das Wohlergehen seiner Menschen befördern.«

Richard und Jordanus sehen sich an, atmen auf. Richard ergreift ihre Hand. »Ihr seid die wahre Tochter Rogers. Verzeiht mir, und zählt auf mich.«

»Und auf mich!« In Jordanus Augen blitzt wieder die alte Fröhlichkeit auf. Einen Augenblick sieht sie wieder die weichen Züge von früher.

»Denkt Ihr, die Barone werden mich unterstützen?«

»Mit Freuden, Königin, dafür verbürge ich mich«, sagt Richard.

Sie schüttelt den Kopf. »Noch bin ich nicht Königin, Richard. Aber mit Gottes und Euer aller Hilfe will ich es werden.«

Die Miene des Jordanus verfinstert sich wieder. »Was ist mit Eurem Gatten?«

Sie strafft den Rücken. »Mein Gatte und ich haben nicht die selben Ansichten, was Sizilien betrifft. Gerade deshalb brauche ich Eure Hilfe.«

Die beiden sehen sich an. Konstanze ist also auf ihrer Seite. »Wir haben gehört, Herrin, dass der Staatsschatz abgezogen werden soll …«, beginnt Jordanus zögernd.

»Ich weiß.« Konstanze nickt. »Ich kann mich dem auch nicht öffentlich verweigern. Der Kaiser wäre sonst in ein paar Monaten mit seiner Armee wieder hier. Aber ich werde es zu verhindern wissen, dass alle Reichtümer Siziliens in seine Hände fallen. Das verspreche ich Euch.«

Noch am selben Abend treffen sich Gottfried und Aziz mit Konstanze im kleinen Speisezimmer des Harim. Konstanze ist bleich und angespannt, ihre Nasenflügel beben, die Finger kneten unablässig ein seidenes Taschentuch.

»Herrin, was ist Euch?« Aziz spürt ihren inneren Aufruhr.

»Ich habe vorhin durch einen Boten erfahren, dass der Kaiser unseren Sohn hat taufen lassen.« Sie atmet tief durch. »Auf den Namen Friedrich!«

Aziz versteht sofort. »Nicht Konstantin also.«

Sie fährt sich müde über die Augen. »Er gönnt es mir nicht einmal, einen Namen für mein Kind auszusuchen. Friedrich – das sagt alles. Er will einen Staufer aus ihm machen. Aus meinem Sohn. Wie lange noch, Herr, muss ich diesen Menschen ertragen?«

Gottfried ist die Vertrautheit zwischen den beiden nicht entgangen. Er weiß nicht, was er davon halten soll. »Warum habt Ihr uns herbestellt, Herrin?«, fragt er.

»Weil ich euch beide brauche, Gottfried. Dich und Aziz hier, meinen Milchbruder, du kennst ihn noch nicht. Ihr sollt mir einen Dienst erweisen, der geheim ist und gefährlich. Ich weiß, dass ich viel von euch verlange, aber ihr seid die Einzigen am Hof, denen ich voll und ganz vertraue.«

Gottfried ist überrascht. »Ich dachte, es geht um das Buch.«

»Nein, mein Freund, es geht um den sizilianischen Kronschatz.«

»Allmächtiger!«

Aziz nickt. »Ich habe es vermutet. Was sollen wir tun?«

»Die Bestandsaufnahme für den Kaiser ist gemacht. Jetzt haben Walter von Troia und der Herzog von Spoleto Befehl, alles auf ein Schiff zu verladen und nach Norden zu bringen.«

»Ich weiß«, sagt Gottfried, »Ich habe das Inventar selber geschrieben. Es ist ja auch schon alles in versiegelte Kisten verpackt.«

»Aber wir können den Schatz nicht einfach so an uns bringen. Das würde der Kaiser sofort erfahren, und er würde wissen, dass ich verantwortlich bin – oder die Barone.«

»Das würde unweigerlich zu neuem Blutvergießen führen«, sagt Aziz.

»Du hast recht«, pflichtet Konstanze ihm bei.

Du?, denkt sich Gottfried.

»Deshalb brauche ich dich, Gottfried«, sagt die Kaiserin. »Dies ist der letzte Dienst, den du mir erweisen sollst. Danach, mein Freund, entlasse ich dich in deine Heimat. Ich will mir auch deinen Freund Christian vom Ritter von Schweinspeunt erbitten, das wird er mir nicht abschlagen. Dann könnt ihr endlich Hemma befreien und eure Sache durchfechten.«

Keiner sagt mehr ein Wort. Gottfried vergräbt das Gesicht in den Händen. Lange denkt er nach, dann endlich hebt er den Kopf. »Sagt mir, was ich tun soll.«

62
Palermo, die Gewölbe unter dem Palazzo Reale, Juni 1195

Es ist feucht und muffig hier drunten. Und dunkel. Nur der gelbliche Schein einiger Öllämpchen, die sie in Mauernischen und auf dem Boden aufgestellt haben, erhellt die Finsternis. Nie im Leben hätte Gottfried hierher gefunden, geschweige denn wieder zurück. Denn unter dem Palast befindet sich ein ganzes Labyrinth von Gängen und Räumen, in dem sich nur Eingeweihte zurechtfinden. Aziz gehört dazu, als Kommandant der Palastwache muss er jeden Winkel des Palazzo Reale kennen. Zusammen mit Gottfried hat er in den letzten drei Wochen auch alle Vorbereitungen getroffen: Er hat im übelsten Viertel von Palermo Schlüssel nachmachen lassen, die er als wachhabender Offizier ohne Schwierigkeiten für ein paar Stunden an sich hat bringen können. Er hat jeden Tag unauffällig ein paar leere Säcke ins Gewölbe hinuntergetragen und in einer Kammer versteckt, die neben der Schatzkammer liegt. Dazu Stroh, Lumpen und Bruchsteine. Genug Licht für ein paar Stunden, ein paar Krüge Wasser für den Durst. Gerade noch rechtzeitig ist er damit fertig geworden, denn Konstanze hat heute erfahren, dass am nächsten Morgen, am Tag Peter und Paul, der Kronschatz abtransportiert und aufs Schiff gebracht werden soll.

Nun muss alles ganz schnell gehen. Sie haben nur eine Nacht.

Gottfried hat es beim Anblick der Menge an fertig gepackten Kisten und Truhen die Sprache verschlagen. »Das schaffen wir nie!«

»Wir müssen.« Aziz nimmt sich die erste Kiste vor. Sie ist, wie alle anderen, mit dem königlichen Siegel verschlossen, groß, rot und rund.

»Hast du das Siegel?«

»Ja.« Gottfried hat es aus der Hofkanzlei gestohlen, morgen früh muss es wieder an seinem Platz sein. Als Leibschreiber der Kaiserin ist er der Einzige außer dem Kanzler, der Zugriff auf das Petschaft hat. »Und ich habe auch genügend Wachs.«

»Na dann los.« Aziz erbricht das Siegel und öffnet die Kiste. Sie ist voll mit Silbermünzen. »Halt auf!« Gottfried hält den Sack, und Aziz leert den Inhalt der Kiste hinein. Dann geht er hinüber in den Nebenraum, holt Steine und Lumpen, füllt die Kiste damit auf und schließt den Deckel. »Die Nächste!«

Verbissen und wortlos arbeiten die beiden. Einen Behälter nach dem anderen öffnen sie, schütten den Inhalt in Säcke und füllen stattdessen Steine und Stroh oder Lumpen ein. Der Schweiß läuft ihnen in Strömen herunter, es ist warm und stickig hier unten. Jeden gefüllten Sack schleppen sie in eine nahe Kammer, die Aziz ausgewählt hat, weil sie nie benutzt wird und nur schwer zu finden ist.

Fieberhaft arbeiten sie, Stunde um Stunde, bis zum Morgengrauen muss alles fertig sein. Damit sie wissen, wie spät es ist, hat Gottfried eine Sanduhr mitgebracht. Keuchend richtet er sich auf und dreht sie zum wiederholten Mal um. »Die Zeit reicht nicht, Aziz«, sagt er. »In einer Stunde geht die Sonne auf. Wir müssen anfangen, zu siegeln.«

Aziz sieht sich um. Sie haben etwas mehr als die Hälfte geschafft. Aber wenigstens die wichtigere Hälfte, nämlich die Kisten, in denen Münzen waren. Behälter mit anderem Inhalt, Silbergeschirr, Kronen, Edelsteinen und Schmuck, haben sie gleich wieder geschlossen. Aziz greift in die Truhe hinein, die er gerade geöffnet hat. Purpurnen Stoff zieht er heraus, darauf in üppiger Gold- und Silberstickerei Löwen, die ein Kamel reißen, eine herrliche Arbeit aus dem Tiraz. Ehrfürchtig streicht Aziz über den weichen Stoff: »Der Krönungsmantel Rogers II.«, flüstert er. »Den sollen sie nicht bekommen!«

»Sei nicht unvernünftig, Mann!«, zischt Gottfried, der es mit der Angst bekommt. »Wir müssen jetzt siegeln!«

Aziz steckt den Mantel wieder zurück in die Truhe, während Gottfried ein Tuch auf den steinernen Fliesen ausbreitet und eine dicke Kerze darauf stellt. Sie dürfen keine Wachsflecken hinterlassen. Er zündet die Kerze an der Flamme eines Öllämpchens an und holt einen großen Klumpen rotes Wachs aus einem Säckchen. Dann das silberne Petschaft mit Heinrichs Siegel, das ihn auf dem Thron sitzend zeigt, Zepter und Reichsapfel in der Hand. Gottfried erhitzt das Wachs über der Flamme, dreht über der ersten Kiste ein Stück davon ab, genau an der Stelle, wo das erbrochene Siegel sich befunden hat, nämlich über dem Spalt zwischen dem unteren Teil und dem Kistendeckel. Dann drückt er das Petschaft fest in das weiche Wachs. Fertig. Sie gehen von Kiste zu Kiste; Aziz übernimmt das Wachs, Gottfried das Siegeln. Der Schweiß rinnt ihnen in die Augen, Gottfrieds Blick fällt immer öfter auf die Sanduhr, die unerbittlich die verrinnende Zeit anzeigt. »Noch sieben Kisten«, presst Aziz zwischen den Zähnen hervor. Sechs, fünf, vier. Die Uhr ist abgelaufen. »Wir müssen weg«, keucht Gottfried. »Noch nicht!« Aziz gibt nicht auf. Wenn man auch nur eine unversiegelte Kiste findet, war alles umsonst. Noch drei Kisten, noch zwei. Die letzte! Gottfried bläst die Kerze aus. Sie stecken alles, was sie benutzt haben, in einen Sack, dazu die Öllämpchen, die sie bis auf eines gelöscht haben. Aziz blickt sich noch einmal um.

Und dann: entfernte Schritte, Stimmen. »Schnell«, wispert Aziz. »Mir nach! Lauf, was du kannst!« Dann hetzt er auch schon aus dem Gewölbe auf den Gang, den Sack über dem Rücken. Gottfried folgt ihm dichtauf. Gott sei Dank haben sie ihre Stiefel fest mit Lumpen umwickelt, so hört man ihre Schritte kaum. Eine Tür wird geöffnet, Männer poltern, man hört Ketten oder Waffen klirren. Aziz bleibt nichts anderes übrig, als das letzte Licht zu löschen. Die Wachleute dürfen den Widerschein nicht sehen. Er greift hinter sich nach Gottfrieds Hand. Die anderen kommen näher. Allah, betet Aziz stumm, hilf! Vorne gabelt sich der Gang, die Wächter kommen von links, Gottfried und Aziz müssen nach rechts. Es gibt keinen anderen Weg. Aziz sieht schon das Licht, schwankend kommt es ihnen von links entgegen. Einer der Wächter sagt etwas, die anderen brechen in grölendes Gelächter aus. So können sie die Schritte der Flüchtenden nicht hören. Im allerletzten Augenblick, bevor der Trupp der Wachleute um die Ecke biegt, verschwinden Gottfried und Aziz im rechten Gang. Sie lassen sich fallen, drücken sich atemlos nebeneinander in eine Mauernische. Die Wächter trampeln keine fünf Schritte von ihnen entfernt vorbei. Das Licht entfernt sich.

Aziz und Gottfried stoßen erleichtert die angehaltene Luft aus. Wenn es nicht stockfinster wäre, würde einer den anderen grinsen sehen. Es ist geschafft!

Sobald sie wieder bei Atem sind, stehlen sie sich davon. Aziz nimmt einen anderen Ausgang als die Wachmänner, niemand beobachtet die beiden nassgeschwitzten Gestalten, die aus einer Seitentür in den Innenhof treten und dann jeder in eine andere Richtung davongehen.

Während Gottfried schnell das Siegel wieder an seinen Platz bringt, bevor die Kanzlei zum Leben erwacht, geht Aziz zu Konstanze, die ihn schon in ihren Zimmern erwartet. Sie hat die ganze Nacht kein Auge zugetan. Jetzt fliegt sie in seine Arme. »Ist alles gutgegangen?«

Er nickt. »Wir haben die Hälfte des Kronschatzes in Sicherheit gebracht. Mehr konnten wir nicht schaffen. Sie hätten uns sonst erwischt.«

Sie atmet auf. Das ist mehr, als sie sich erhofft hat. In dem Raum, wo die Kisten jetzt lagern, wird sie so schnell niemand finden. So bald wie möglich wird sie alles von vertrauenswürdigen Männern an einen geheimen Ort bringen lassen. »Geh jetzt, habibi, du musst die Kleider wechseln und deinen Dienst antreten. Ich danke dir so sehr.«

Er lächelt. »Du musst mir nicht danken. Ich habe es für meine beiden großen Lieben getan: Dich und Sizilien.«

63
Schreiben der Kaiserin Konstanze an König Richard Löwenherz von England, 19. Juli 1195

Constance d'Hauteville, Kaiserin des Heyligen Römischen Reichs, Herrscherin über Sicilien, an ihren Bruder Cœur de Lion.

Gotts Lieb und Schutz für Euch und die Euren immerdar, mon roi, und meinen Grusz darzu. Ich hab Euch mein Wortt geben auff dem Trifelß, den Schatz zurück zu geben, den Ihr meinem Gatten für Euer Freyheitt bezahlet habt. Dieß Wort kann ich nunmehro endtlich einlößen, und so übersend ich Euch mit dißem Brieff die Summa Geldes, die der Kaiser Euch abgepreßt hat, umb mein Landt für mich zurück zu erobern. Damit sey meine Schuldt bey Euch beglichen.

Sicilien vergisset nicht, und Sicilien dankt.

Geschriben mit eygner Handt zu Palermo, den Mittwoch vor Praxedis ao 95
Constance

64
Streitberg, September 1195

Gottfried und Christian brechen am frühen Morgen von ihrer Herberge in Forchheim auf. Es geht erst ein Stück die Regnitz entlang auf Bamberg zu, dann hinein ins Wiesenttal in Richtung Osten; wenn alles gutgeht, werden sie noch vor Sonnenuntergang ihr Ziel erreicht haben. In der Nähe von Weilersbach legen sie eine Rast ein. Die Wiesent fließt hier träge, unter der Oberfläche wabern lange, sattgrüne Unterwasserpflanzen wie Frauenhaar. Forellen verstecken sich in dem sanften Gewoge, manchmal schwimmt eine heraus, schießt an die Oberfläche und schnappt nach einer Fliege.

Beide Männer hängen ihren Gedanken nach. Sie sind angespannt, das Ende ihrer Reise steht bevor, und niemand weiß, wie es ausgehen wird. Stumm verspeisen sie eine einfache Mahlzeit aus Rauchfleisch, Brot und Äpfeln, bevor sie sich wieder in den Sattel schwingen.

»Freust du dich aufs Heimkommen?«, fragt Gottfried und treibt seinen Braunen durch ein Bächlein, das in die Wiesent einmündet.

Christian trabt an seine Seite. »Freuen? Ja, wenn ich eine Ahnung hätte, was mich erwartet! Wenn ich wüsste, dass Hemma am Leben ist!« Er seufzt. »Eigentlich kehren Kreuzfahrer und Kriegsleute wie ich gerne heim. Sie haben die Welt gesehen, sich im Kampf bewiesen – solche Männer haben danach im Dorf was zu sagen, sind einflussreich, werden von allen bewundert und um Rat gefragt. Aber ich? Auf mich wartet höchstens Bertrada.«

»Und deine Familie!«

»Du hast recht, ich freue mich natürlich darauf, meine Eltern wiederzusehen. Und die Freunde – die, die noch am Leben sind, nach dem Gemetzel des Neideckers. Und ja – ich kann es nicht erwarten, Hemma zu sehen. Mit Gottes Hilfe.«

»Vielleicht gibt es wenigstens für euch beide einen glücklichen Ausgang«, meint Gottfried bitter. »Dass ich Weihnachten noch erlebe, ist eher unwahrscheinlich.«

»Lass die finsteren Gedanken«, erwidert Christian. »Eine Gerichtsverhandlung kann auch gut ausgehen.«

»Ja, wenn man Beweise für seine Unschuld hat …«

Nachdenklich reiten sie nebeneinanderher. Und dann, als sie an der Ehrenbürg vorbeikommen, auf der das Kapellchen der Heiligen Walburga steht, als sie danach durch die lichten Wälder reiten, die sich schon herbstlich färben und würzig nach Pilzen riechen, geht Gottfried doch das Herz auf. Er spürt Heimat.

Das Tal ist hier weit, gelbe Stoppelfelder wechseln sich ab mit Streuobstwiesen und Kirschgärten. Bis Ebermannstadt kommen sie zügig voran, halten nur kurz auf einen Krug Bier beim Ochsenwirt an. Es ist, als ob sie zögerten, den letzten Schritt zu tun. Jeder spürt die Beklemmung des anderen. Denn danach ist es keine Stunde mehr Wegs. Aber sie reiten entschlossen weiter. Und endlich, nachdem sie die kleine Burg Rothenbühl passiert haben, taucht in der Ferne auf einem Hügel die Streitburg auf. Ein paar Schritte weiter kommt auch die gegenüberliegende Neideck in Sicht, hoch über dem Tal. Auf dem Bergfried der Streitburg flattert die Fahne, also ist der Burgherr dort anwesend.

Christian zügelt sein Pferd. »Bist du dir immer noch sicher?«

Gottfried schluckt die aufsteigende Angst hinunter. »Ja. Ich reite geradewegs zur Burg und stelle mich. Und du bleibst zurück.«

»Ich würde auch mit dir gehen, das weißt du.«

»Einer von uns muss frei bleiben. Es hilft nichts, wenn du auch in die Hände des Neideckers fällst.« Gottfried treibt sein Pferd in den Galopp. »Mit Gottes Hilfe sehen wir uns bald wieder.«

»Beim Gerichtstag!«, ruft Christian ihm nach. Dann steigt er ab und setzt sich an den Waldrand, den Rücken an eine Buche gelehnt. Er zwingt sich zu warten, bis er es nicht mehr aushält. Dann reitet er los.

Schon von weitem sieht er die verkohlten Reste der Wiesmühle. Seine Eltern! Bertrada! Was ist mit ihnen? Voller Angst gibt er seinem Pferd die Sporen, galoppiert zum alten Backofen neben dem Wohnhaus, der einzig noch unversehrt dasteht. Hier lebt keiner mehr, das ist deutlich zu erkennen, er braucht gar nicht erst abzusteigen. Was ist hier geschehen? Schweren Herzens reitet er weiter ins Dorf, wo sich unter der Linde vorm Kirchlein sofort die Bauern um ihn scharen. Sie wollen den Fremden aus der Nähe sehen. Nicht alle Tage kommt ein schwerbewaffneter Reiter in diese Abgeschiedenheit.

Als Christian die Lederkappe absetzt, schreit jemand auf: »Jesusmariaundjosef!« Und dann umringen sie ihn alle, so dass er nur mit Mühe vom Pferd steigen kann. »Bist wieder da, Christian!«, ruft die Knauersbäuerin. Der Sohn des Farenbachers schreit: »Und ein feiner Herr, mit Schwert und Gaul!« Alle umarmen ihn oder klopfen ihm auf die Schulter. Und zu guter Letzt kommt sogar, vom Lärm angelockt, Vater Udalrich aus seinem Häuschen. Inzwischen braucht er einen Stock, und Haare hat er auch nicht mehr viele, aber seine Augen leuchten, als er Christian sieht. »Der Herr sei gepriesen«, ruft er mit hoher Greisenstimme. »Der verlorene Sohn ist zurückgekommen!«

»Was ist mit meinen Eltern?«, ist Christians erste Frage. »Ich hab die Mühle gesehen.«

»Verbrannt vom Neidecker, dem Teufel«, schreit Simon vom Schauertal. »Und deine Eltern gleich mit. Und die Bertrada!«

»Und Hemma?« Christian wagt kaum zu fragen. »Hat einer von euch sie gesehen?« Bitte sagt ja, fleht er innerlich.

Die Gunda vom Höllerhof drängt sich nach vorne. »Sie ist gefangen auf der Burg und muss für den Neidecker fronen, wir Frauen haben sie alle auf dem Feld gesehen. Sie ist mager, aber gesund und wartet auf dich und ihren Bruder.«

Sie lebt! Christian entfährt ein lauter Seufzer. Danke, Herr.

»Was willst du jetzt tun?«, fragt Udalrich, während einer der Dorfbuben das Pferd zur Tränke führt. »Wo ist Hemmas Bruder?«

Christian schaut hinauf zum Burgfels. Immer noch weht die Fahne auf dem Bergfried, still liegt die kleine Festung da, nichts ist von droben zu hören. »Gottfried hat sich dem Neideck gestellt, um Hemma auszulösen. Der Kaiser hat in der Mordsache von damals entschieden, dass ein Gerichtstag einberufen werden soll. Bis dahin bleibt Gottfried Gefangener des Neideckers.«

Alle Blicke wandern angstvoll hinauf zur Burg. Da stehen sie, die Dörfler, und hoffen. Dass Gottfried freigesprochen wird. Dass der Neidecker Streitberg hergeben muss. Dass sie dann ein besseres Leben haben. Oder einfach, dass Gottfried überhaupt so lange lebt, bis der Gerichtstag einberufen ist.

Vater Udalrich bekreuzigt sich.

Da kommt eine schmale, dunkel gekleidete Gestalt zögernd den Weg vom Fronhof herab. Unterwegs streift sie das Kopftuch ab, lange rote Haare flattern im Wind. Aus der Gruppe der Bauern löst sich Christian, läuft bergauf. Hemmas Schritte stocken, sie schaut, schüttelt ungläubig den Kopf, stößt einen kleinen Schrei aus. Er breitet im Gehen weit die Arme aus, und sie fliegt ihm mit gebauschten Röcken entgegen. Schluchzend fällt sie ihm um den Hals, lässt sich küssen und umarmen, lacht und weint gleichzeitig. »Dass du da bist«, schluchzt sie, »ach, Christian.« Und sie denkt: Halt mich fest. O Gott, halt mich fest. Für immer.

Trotz aller Erleichterung – vor lauter Sorge um Gottfried können Christian und Hemma ihr neu gewonnenes Glück nicht genießen. Während sie im Pfarrhäuschen eng umschlungen beieinandersitzen und sich voller Angst fragen, wie Gottfried den Gerichtstag überleben soll, findet in der Schlafkammer im Bergfried ein grausiges Wiedersehen statt. Gottfried steht stumm vor Entsetzen vor der Leiche seiner Ehefrau.

»Ja, schau nur, du Mörder, du widerliche Ausgeburt der Hölle, du feiger Totschläger! Sieh dein Werk!«, geifert Albrecht von Neideck. »Auf die Knie, Teufelsbrut, elende!« Zwei Waffenknechte stoßen Gottfried hart zu Boden.

»Aufgehoben hab ich sie«, zischt Albrecht, »Aufgehoben für dich. Bis ich dich habe. Geschworen hab ich, sie erst dann unter die Erde zu bringen, wenn ich dich mit dazulegen kann.« Er schleppt sich mit Hilfe seiner Krücke zum Bett. »Mein Töchterchen, mein

Augenstern. Jetzt endlich darfst du in dein Grab, bald, bald …« Ein röchelnder Schluchzer entringt sich seiner Kehle, mit der freien Hand streichelt er fahrig die vertrocknete Leiche. Dann fährt er wieder herum: »Aber du, du Meuchelschwein, du Weibermörder, du wirst nicht schöner sterben als sie, dafür werd ich sorgen.«

»Was ist mit meiner Schwester? Der Kaiser …«

Mit einem Schrei stürzt sich Albrecht von Neideck auf den Knienden; seine Finger krallen sich um Gottfrieds Kehle. »Ich sollte sie auch töten lassen, damit du weißt, wie das ist. Wie das ist, wenn jemand, denn du liebst, sich vor Schmerzen in den Tod hineinschreien muss. Stundenlang, tagelang, ohne Unterlass. Hm, soll ich sie holen lassen, deine Schwester, ja? Soll ich ihr den Dorn des Kerzenhalters in den Nacken rammen, so wie du es getan hast?«

»O Gott, es war ein Unfall, ich schwöre es!«

»Lüge!«, geifert der Neidecker, Speicheltröpfchen benetzen Gottfrieds Gesicht. »Nichts als Lüge! Du hast sie umgebracht. Mein Mädchen, mein Apfelbäckchen …« Er wimmert. Schluchzend lässt er seine Finger über den starren, harten Leib Cunizas gleiten, streichelt den Knochenschädel, an dem noch einzelne Haarsträhnen hängen, küsst die von schwärzlicher, faltiger Haut überzogene Hand.

Er ist irre, denkt Gottfried. Er wird sich nicht an die Abmachung halten. Sein Magen revoltiert beim Anblick der Toten und dieses jämmerlichen Häufleins Mensch, das über ihr kauert und ihre Leiche liebkost. »Wenn Ihr meine Schwester nicht freilasst, wird der Kaiser Euch bannen und Euch Streitberg und Neideck nehmen«, sagt er.

Der Neidecker sieht ihn an. »Deine Schwester ist bereits frei«, knurrt er und richtet sich an seiner Krücke auf. »Aber du, du darfst hierbleiben, bei ihr.« Er deutet auf die tote Cuniza. »Sie hat gern Gesellschaft, weißt du. Einsam sind die unerlösten Toten.« Er verlässt den Raum, zusammen mit den beiden Bewaffneten. »Ich schicke einen Boten nach Bamberg« sagt er beim Hinausgehen. »Der Bischof hat hier das Halsgericht inne. Vor ihm wirst du dich verantworten. Und er wird dich zum Tod verurteilen.«

Gottfried lehnt sich an die Außenmauer und rutscht langsam an dem rauen Stein zu Boden. Er schlägt die Hände vors Gesicht. Ja, denkt er, so wird es enden.

65
Streitberg, Freitag nach Allerseelen 1195

Am Ende des Schauertals, unterhalb der Burg auf einer grasbewachsenen Hochfläche, breitet eine mächtige Eiche weit ihre knorrigen Äste aus. Seit uralter Zeit ist hier der Gerichtsort, an dem über Leben und Tod entschieden wird. Ein Steinkreis aus kleinen und großen Findlingen begrenzt den Bezirk, in dem das Blutgericht stattfindet; innerhalb dieses Kreises gilt der Rechtsfrieden. Knöcheltief liegt hier das braune Laub, die Maleiche ist schon zur Hälfte kahl.

Unter dem Baum ist eine lange hölzerne Bank für Richter und Schöffen aufgebaut. Vier Waffenknechte haben dahinter Stellung bezogen. Finster sehen sie aus, mit ihren Langschwertern, den Kettenhemden und Lederhelmen. Im Kreis versammeln sich derweil die Neugierigen. Nicht nur die Streitberger Bauern sind gekommen, sondern auch viele Leute aus den Nachbarorten. Die Kunde vom Prozess hat sich in den letzten Wochen wie ein Lauffeuer verbreitet. Da haben sich manche von weither auf den Weg gemacht.

Jetzt verstummt die Menge, denn von der Burg her nähern sich Leute. Voran schreitet Bischof Otto von Bamberg, recht weltlich sieht er aus in seinem rehbraunen Mantel und der schwarzen Samtkappe. Aber es ist ja auch ein weltliches Gericht, das hier gehalten wird. Dem Bischof folgt in einem von vier Dienern geschleppten Tragstuhl Albrecht von Neideck. Den Bauern hat er sich seit seinem Sturz vom Pferd nicht mehr gezeigt, sie erschrecken über sein aufgedunsenes Gesicht und glauben erst jetzt, wo sie es mit eigenen Augen sehen, an seine Lahmheit. Nach dem Neidecker kommen die Schöffen, die der Bischof aus Bamberg mitgebracht hat, damit keiner parteiisch ist. Hinter ihnen schreitet der Scharfrichter, unheimlich und ganz in Rot, wie es Brauch ist. Er trägt das Richtschwert mit der langen Blutrinne vor sich her, als sei es das Kreuz Christi. Dann folgt das Burggesinde, und am Ende, bewacht von zwei Männern und in Ketten, Gottfried. Er ist bleich, die Angst steht ihm in den Augen. Als er durch die Menge geführt wird, rufen Christian und Hemma seinen Namen. Ein schwaches Lächeln huscht über sein Gesicht.

Bischof und Schöffen haben Platz genommen; Otto legt einen armlangen, dünnen Stab vor sich auf die Erde. Ob er diesen Stab über Gottfried brechen wird? Keiner kann es sagen.

»Man nehme dem Angeklagten die Ketten ab«, dröhnt Ottos tiefe Stimme über den Gerichtsbezirk. »Hier wird über einen freien Mann verhandelt.«

Einer der Wächter schließt die Hand- und Fußschellen auf. »Danke«, murmelt Gottfried. Prüfend sieht er dem Bischof ins Gesicht, er hat ihn lange nicht mehr gesehen. Dick ist er mit den Jahren geworden, im Nacken zeigen sich Fettröllchen. Aber seine Augen blicken wach und klug wie stets. Jetzt winkt er den Neidecker vor sich. »Ankläger, bringt Eure Sache vor.«

Albrecht von Neideck stemmt sich mühsam aus dem Tragstuhl hoch und stützt sich auf seine Krücke. »Eminenz, ich erhebe Klage gegen diesen Mann hier.« Er deutet auf Gottfried, der schräg hinter ihm steht. »Er hat meine Tochter geheiratet und sie in der Hochzeitsnacht mit dem Dorn eines Kerzenleuchters getötet. Danach ist er geflohen und hat damit seine Schuld eingestanden. All die Jahre habe ich ihn gesucht. Nun, da ich seiner habhaft bin, fordere ich als Strafe seinen Tod, wie es bei Mördern rechtes Herkommen ist.«

Der Bischof nickt. »Habt Ihr – außer seiner Flucht – Beweise für seine Schuld?«

Der Neidecker richtet sich hoch auf. »Er und meine Tochter waren in dieser Nacht alleine in der Schlafkammer, ich habe die beiden selber dort eingesperrt. Dafür gibt es Zeugen.« Er weist auf drei ältere Männer, die am Rand stehen und nun heftig nicken.

Einer der Schöffen geht zu ihnen hinüber, um sie nach ihren Namen und Stand zu befragen.

Otto richtet inzwischen seinen durchdringenden Blick auf Gottfried. Mit keiner Miene gibt er zu verstehen, dass er Gottfrieds Geheimnis kennt. Er wird hier in Gottes Namen Recht sprechen und niemanden bevorzugen. »Angeklagter, was habt Ihr zu den Behauptungen des Albrecht von Neideck vorzubringen?«

Gottfried schluckt. »Ich bin unschuldig, Eminenz. Es war ein Unfall. Ich war damals gerade einmal elf Jahre alt. Cuniza von Neideck und ich haben uns gestritten, ich stieß sie von mir weg. Dabei ist sie rücklings gestürzt und in den Dorn des großen Kerzenständers gefallen. Ich konnte ihr nicht mehr helfen. Und weil ich wusste, dass ihr Vater mich in seinem Zorn umbringen würde, bin ich geflohen, nicht, um meine Schuld einzugestehen.«

»Gibt es Zeugen, die für Euch sprechen können?«

Hemma tritt vor. »Euer richterliche Gnaden, ich bin Hemma, die Schwester des Angeklagten. Ich hatte mich damals in einer Truhe versteckt und kam heraus, als das Unglück geschah. Mein Bruder sagt die Wahrheit. Er ist unschuldig.«

Der Bischof schüttelt den Kopf. »Hemma von Streitberg, Euer Zeugnis kann ich nicht gelten lassen, denn ihr seid mit dem Angeklagten in enger Verwandtschaft verbunden.« Er schaut in die Runde. »Ist unter den Anwesenden noch jemand, der einen Unfall bezeugen kann?«

Gemurmel. Kopfschütteln. Gottfried schließt die Augen. Vorbei, denkt er.

»Ist unter den Anwesenden andererseits jemand, der einen absichtlich begangenen Mord bezeugen könnte?«

Niemand meldet sich. Der Neidecker schreit: »Ich!«

»Habt Ihr die Tat selber beobachtet?«

»Nein, aber …!«

»Dann schweigt.« Der Bischof schürzt die Lippen, schaut in die Runde. Dann kniet er nieder zu einem kurzen Gebet. Alle bekreuzigen sich; die umstehenden Männer nehmen ihre Kappen ab.

Otto steht auf und klopft sich das trockene Laub vom Mantel.

»Ich habe Zwiesprache mit dem gehalten, der unser aller Richter ist. Nun stelle ich also fest: Hier stehen zwei Behauptungen gegeneinander, für die es keine Beweise gibt und keine Zeugen, die ich gelten lassen darf. Darum kann ich in meinem Amt als Vorsteher des Halsgerichts kein Urteil fällen.«

Gottfried atmet auf. Hemma und Christian wollen sich gerade in die Arme fallen, als der Bischof weiterspricht: »Ich bestimme deshalb nach altem Herkommen zum Richter unseren allmächtigen Vater im Himmel, der nicht irren kann. Amen.«

Die Leute sind verwirrt. Was meint der Bischof? Gottfried durchfährt es eiskalt. Er ahnt, was kommen wird. Himmel!

»Ein Gottesurteil!«, ruft jemand.

»Ganz recht«, sagt Otto ruhig. »Ein Gottesurteil. Angeklagter, seid Ihr einverstanden, Euch dem Richtspruch des Herrn zu unterwerfen?«

Gottfried weiß, dass er nicht ablehnen kann. Täte er es, käme es einem Schuldeingeständnis gleich. »Ja«, sagt er.

Der Bischof wendet sich an Albrecht von Neideck: »Und Ihr?«

In den Augen des Neideckers blitzt etwas auf. »Eminenz«, sagt er in lauerndem Tonfall, »natürlich bin ich einverstanden. Jedoch, seht mich an: Ich bin nicht in der Lage, zu einem Zweikampf anzutreten.«

»In diesem Fall könnt Ihr freilich einen Stellvertreter benennen.«

Der Neideck sieht sich um. Dann deutet er auf einen seiner Waffenknechte: »Der da, Contz von Gaiganz.«

Der Mann grinst. Er ist nicht besonders groß, aber er wirkt kampfgestählt und kriegserfahren. Sein Gesicht ist von zwei zackigen Narben entstellt, von denen eine die Lippe spaltet. »Soll mir eine Ehre und ein Vergnügen sein, Herr.«

Gemurmel unter den umstehenden Bauern, Hemma und Christian fassen sich an den Händen. Gottfrieds Hoffnung sinkt. Er ist zwar jung und kräftig, aber dies wird der erste Schwertkampf seines Lebens sein. Er weiß ja nicht einmal, wie man die Waffe richtig hält.

Derweil haben die vier Waffenknechte des Gerichts ihre Plätze eingenommen. Sie rammen ihre Langschwerter in den weichen Boden und markieren so die vier Ecken des Kampfplatzes. Die Schwertgriffe werden nun mit einem Seil untereinander verbunden, so dass ein Quadrat entsteht, innerhalb dessen sich die beiden Gegner frei bewegen können. Alles richtet sich nach den uralten Regeln. Einer der Schöffen steht schon mit einem langen Stab wie ein Besenstiel bereit. Er hat die Aufgabe, dazwischenzugehen und als Schiedsrichter einzugreifen, falls einer mit unlauteren Mitteln kämpfen sollte. Gottfried erhält von einem der Gefolgsleute des Neideckers ein Schwert und einen runden Schild, er ist überrascht, wie schwer beides wiegt. Ihm wird sofort klar, dass er allein kräftemäßig nicht lange durchhalten kann. Vater Udalrich tritt feierlich in die Mitte des Gevierts, beide Kämpfer empfangen kniend von ihm den Segen. Gottfried ist es, als habe die Hand des Alten länger als nötig auf seinem Haupt geruht.

Und dann geht alles sehr schnell. Der Schiedsrichter senkt den Stab. Contz von Gaiganz schwingt lässig das Schwert in der Rechten und beginnt, seinen Gegner zu umkreisen. Gottfrieds Beine werden weich. Verzweifelt überlegt er, was er tun soll. Angreifen? Warten? Noch bevor er sich entschieden hat, rennt der andere mit Gebrüll gegen ihn an und schlägt zu. Im letzten Augenblick gelingt es Gottfried, den Schild hochzureißen, von der Wucht des Hiebes geht er in die Knie. Die Zuschauer schreien auf. Hemma birgt das Gesicht an Christians Schulter, sie kann nicht hinsehen.

Kaum steht Gottfried wieder fest, kommt der nächste Angriff. Diesmal kann er ausweichen, er versucht, das Schwert einzusetzen, aber da hat ihn sein Gegner schon umgangen und kommt von hinten. Gottfried wirbelt auf dem weichen Erdboden herum, wehrt im letzten Augenblick noch den nächsten Schlag ab, aber die Klinge des anderen zieht sich über seine Brust. Hemd und Wams klaffen auf, der Stoff färbt sich rot. Contz von Gaiganz reckt den Schild in die Luft. Mit einem Schrei der Verzweiflung stürzt sich Gottfried auf ihn, das Schwert vorgestreckt. Sein Gegner pariert locker mit dem Schild, sticht gleichzeitig mit der Klinge zu. Gottfried spürt einen brennenden Schmerz in der Seite, er taumelt weiter, bis er das Begrenzungsseil erreicht. Schwer atmend steht er da und sieht an sich hinunter. Der Stich ist nicht tief, blutet aber stark. Contz von Gaiganz hat jetzt Zeit. Er wartet, bis Gottfried sich gefasst hat. Wieder belauern sich beide, umkreisen sich. Das Schwert in Gottfrieds rechter Hand wiegt so schwer. Lange kann ich es nicht mehr hochhalten, denkt er. Dann ist es wohl vorbei. Mit dem Mut der Verzweiflung versucht er einen weiteren Angriff, dem sein Gegner mühelos ausweicht. Der Gaiganz schlägt Gottfried aus der Ausweichbewegung heraus von hinten das Schwert mit der flachen Klinge aufs Gesäß. Die Zuschauer buhen den Waffenknecht aus, weil er auch noch laut lacht. Ein Gottesurteil ist kein Raufhändel, es steht niemandem an, den Gegner lächerlich zu machen.

Es ist ein Kampf, wie er ungleicher nicht sein kann. Gottfrieds Kräfte schwinden, er atmet schwer. Wieder dringt der Gaiganz auf ihn ein, haut und sticht, Gottfried erwehrt sich mit Mühe, weicht zurück. Ein wuchtiger Schlag auf den Schild lässt ihn wanken, er fällt hin. Sein Gegner setzt nach, Gottfried kann sich gerade noch zur Seite rollen. Da, wo sein linker Oberschenkel eben noch war, steckt die Klinge des Gaiganzers mit der Spitze im Boden. Der reißt sie wieder heraus, schlägt auf den liegenden Gegner ein. Gottfried kann noch einmal mit dem Schwert abwehren, aber die Wucht des letzten Schlages reißt ihm den Schild aus der Hand. Er rappelt sich auf, stolpert weg vom Gegner. Der Boden ist inzwischen rutschig geworden, auch der Gaiganzer gleitet immer wieder aus. Jetzt bleckt er die Zähne. Er weiß, dass er gewonnen hat. Ohne Schild ist jeder Kampf verloren. Langsam geht er auf seinen Gegner zu. Mit beiden Händen hält Gottfried sein Schwert, und als der andere ausholt, greift er plötzlich an. Geduckt läuft er an, rutscht beinahe im Matsch aus, schwingt mit einem verzweifelten Schrei die Klinge irgendwie, irgendwohin – und trifft. Der Gaiganzer schreit auf, er hat eine Schnittwunde am Schenkel. Blut tropft in den Dreck. Mit wutverzerrtem Gesicht rennt er an. Gottfried weicht panisch zurück bis in die Mitte des Platzes, als ihn die Klingenspitze des anderen am Oberarm erwischt. Er taumelt, fällt auf die Knie, Schlamm spritzt auf. Der Blutverlust hat ihn stark geschwächt, sein ganzer Körper schmerzt. Er ringt nach Luft, stützt sich auf sein Schwert. Da kommt der Gaiganzer schon wieder, schlägt ihm die Waffe weg. Er landet auf allen vieren im Matsch. Jetzt ist es aus, denkt er. Ein paar Frauen schreien auf. Contz von Gaiganz wirft seinen Schild weg, er braucht ihn nicht mehr. Er muss nur noch vollstrecken. Das Schwert senkrecht in beiden Händen stellt er sich breitbeinig über Gottfried, bereit zum Zustoßen. Die Menge stöhnt auf. In diesem Augenblick tritt Gottfried seinem Gegner ein Bein weg, der Gaiganzer fällt hin. Gottfried kriecht von ihm fort. Der Gaiganz steht auf, in seinen Augen steht jetzt blanker Hass. Mit einem Wutschrei rennt er gegen Gottfried an. Da rutscht er auf einem Haufen nasser Blätter aus, kommt ins Taumeln, schlittert weiter, genau auf das Langschwert zu, dass die Ecke des Gevierts zur Burg hin markiert. Er rudert mit dem freien Arm, die andere Hand hält immer noch die Waffe. Er kommt zu Sturz, reißt beim Fallen das Langschwert mitsamt dem Seil um, schlägt hin. Gottfried hat sich inzwischen aufgerappelt, wankt zu der Stelle, wo sein Schwert liegt.

Er braucht es nicht mehr.

Contz von Gaiganz kommt auf Hände und Knie, versucht aufzustehen. Plötzlich ist überall Blut. Hellrot pumpt es aus einer klaffenden Wunde unter dem linken Ohr. Der Gaiganzer röchelt, seine Augen sind in fassungslosem Staunen weit aufgerissen. Er hat sich im Fallen an der messerscharfen Klinge des Langschwerts den Hals aufgeschlitzt.

Gottfried schwankt langsam zu ihm hin, das Schwert in der Hand. Er schaut auf seinen sterbenden Gegner, der zuckend auf dem Boden liegt, und kann es nicht glauben. Die Finger des Gaiganzers krallen sich in die feuchten Blätter, seine Füße scharren. Gottfried lässt seine Waffe fallen. Dann schließt er die Augen und sinkt auf die Knie. Er hört nicht den Jubel der Dorfbewohner. Es ist vorbei.

»Gelobt sei Gott in der Höhe! Der Allmächtige hat uns durch diesen Kampf und sein sinnfälliges Ende die Wahrheit offenbart! Dank und Preis dem Herrn immerdar. Amen.« Bischof Otto steht mit erhobenen Armen vor der blutüberströmten Leiche des Gaiganzers. Hemma und Christian haben Gottfried hochgeholfen und stützen ihn, er kann sich kaum auf den Beinen halten. Albrecht von Neideck sitzt mit versteinerter Miene in seinem Tragstuhl, sein rechtes Augenlid zuckt. An ihn wendet sich nun der Bischof: »Ritter Albrecht von Neideck, die von Euch vorgebrachte Sache ist entschieden. Herr Gottfried hier hat seine Unschuld im Kampf beweisen können. Er hat die Wahrheit gesprochen. Wollet also auch Ihr das himmlische Gericht anerkennen und für alle Zukunft mit ihm Frieden halten. Fürderhin entscheide ich als Lehnsherr über die Herrschaften Streitberg und Neideck, dass der Edelfreie Gottfried von Streitberg nunmehr in das Erbe seiner Väter eintritt, und belehne ihn mit Burg und Dorf Streitberg samt allen Rechten und Zugehörungen. Neideck, Ihr habt innerhalb von drei Tagen die Burg zu verlassen. Und nun fordere ich beide Gegner auf, Urfehde zu schwören, wie es Herkommen ist.« Der Bischof holt aus der Tasche seines Umhangs ein großes silbernes Kruzifix und streckt es Gottfried hin. Der hebt erschöpft die Hand und leistet den Schwur. Dann wendet sich Otto an den Neideck, doch der krallt seine Finger um die Seitenlehnen seines Stuhls und bleibt stumm. Atemlos wartet alles auf Neidecks Entscheidung. Wird der Alte sich dem Urteil beugen? Da sitzt er, an seinem Hals zeichnen sich die verkrampften Muskeln wie dicke Seilstränge ab. Er kämpft mit sich und seinem Hass.

»Fürchtet Gott, Mann, und achtet sein Urteil«, mahnt der Bischof. Da endlich hebt auch Albrecht von Neideck die Schwurhand und schwört aller Rache für die Zukunft ab.

»Hiermit erkläre ich den Gerichtstag für beendet.« Bischof Otto von Bamberg ist zufrieden. Er nickt den beiden Prozessgegnern noch einmal zu und wendet sich zum Gehen.

Gottfried sackt zusammen. Er ist ohnmächtig geworden.

66
Streitberg, Mai 1196

»Ich muss euch etwas sagen«, beginnt Gottfried zaghaft. Er sitzt mit Hemma und Christian vor dem Kaminfeuer, das Nachtessen ist gerade vorbei. Lang hat es gedauert, bis er sich von seinen Wunden erholt hat; der Stich hat sich entzündet, und er verdankt sein Leben wohl nur dem Wissen Hemmas um die richtigen Kräuter. Seit er wieder auf den Beinen ist, hat er die Dinge in seiner Herrschaft neu geordnet, hat sich um die Regelung der Abgaben, Pachten und Frondienste gekümmert und Bauernstellen vergeben. Er hat die Geflüchteten aus den Höhlen zurückholen lassen. Jetzt ist seine Arbeit getan, und es hält ihn nicht mehr daheim.

»Du wirkst so ernst, Brüderchen«, stellt Hemma fest. »Was plagt dich?«

Gottfried stochert mit einem gusseisernen Haken im Feuer. »Ich werde nach Sizilien gehen«, sagt er.

Christian nickt. »Damit habe ich schon gerechnet.«

»Ja, aber, warum nur, Gottfried?« Hemma schüttelt den Kopf. »Jetzt, wo alles erreicht ist, wovon wir immer geträumt haben! Schau, die Herrschaft ist gesichert, der Neideck hält Frieden. Deine Bauern schätzen dich. Es ist doch alles gut!«

»Ich habe noch etwas zu erledigen, Hemma, bevor ich mein Leben als Gottfried von Streitberg weiterleben kann. Ich war stets auch Gottfried der Schreiber – und bin es noch.«

Hemma sieht ihn an. »Du willst dein Buch zu Ende bringen!«

»Ich *muss* mein Buch zu Ende bringen. Das bin ich der Kaiserin schuldig und mir selbst.«

Die drei schweigen eine Zeitlang. Dann fragt Hemma: »Wann willst du aufbrechen?«

»Ich denke, im Sommer. Du hast es ja auch gehört: Der Kaiser hat den Kreuzzug gelobt …«

»Heinrich hat immer noch nicht genug«, wirft Christian ein. »Sizilien ist erobert, der Adel erhebt den kleinen Friedrich zum König und verwandelt unser Land so in ein staufisches Erbreich, der Papst ist zum Nachgeben gezwungen worden, und jetzt fehlt eben nur noch Jerusalem. Lust hätte ich ja schon …«

»Bist du still!«, fährt Hemma dazwischen. »Glaubst du, ich will wieder um euch alle beide Angst haben müssen? Es reicht schon, wenn Gottfried geht.«

»Sie hat recht, mein Freund.« Gottfried legt Christian die Hand auf die Schulter. »Außerdem brauche ich dich hier. Solange ich fort bin, sollte Streitberg einen Vogt haben. Einen, dem ich vertraue – dich. Es könnte ja immer noch sein, dass der Neidecker die Urfehde bricht, du kennst ihn doch.«

Christian atmet einmal tief durch. »Kann das nicht ein anderer machen? Der Sohn vom Farenbacher zum Beispiel?«

Hemma steht auf und geht zu ihm hinüber. Dann nimmt sie seine Hand und legt sie sachte auf ihren Bauch. »Aber das hier, das kann der Sohn vom Farenbacher nicht tun.«

Es dauert ein wenig, bevor Christian begreift. Dann springt er auf und umarmt Hemma heftig.

»Na, dann werde ich wohl gleich morgen früh Vater Udalrich holen lassen«, lächelt Gottfried. »Wird ohnehin Zeit. Und dass du hierbleibst, Christian, ist jetzt ja wohl entschieden. Der Kaiser kann auch ohne dich nach Jerusalem marschieren.« Er zwinkert Hemma zu, und sie lächelt zurück.

In dieser Nacht liegt Gottfried noch lange wach. Er denkt daran, was in den vergangenen Monaten alles geschehen ist, was er erreicht hat. Er fragt sich, warum er jetzt, da er am Ziel seiner Wünsche ist, trotzdem nicht glücklich sein kann. Und er gesteht sich ein, dass es nicht nur der Wunsch nach Vervollständigung des Buches ist, der ihn nach Sizilien zieht. Es ist auch die Sehnsucht, Konstanze wiederzusehen.

Viertes Buch

67
Palermo, März/April 1197

Man schreibt den Sonntag Palmarum. Das helle Sonnenlicht des südlichen Frühlings lässt den würfelförmigen Bau der Cuba schneeweiß aufleuchten. Wie ein Edelstein in seiner Fassung ist das Lustschlösschen umgeben von einem gemauerten Bassin, dessen glatte Wasserfläche glänzt wie ein Silberspiegel. Nur wenn einer der dicken Zierfische träge nach Beute schnappt, bilden sich konzentrische Ringe. Es ist still an diesem Spätnachmittag, die Gärtner sind schon mit ihrer Arbeit fertig, die Jagdhunde dösen in ihrem Zwinger. Konstanze hat sich einen gepolsterten Liegestuhl neben den sternförmigen Brunnen im offenen Erdgeschoss der Cuba bringen lassen. Da ruht sie ein wenig, ihre Hand spielt leicht mit dem Wasser. Die künstlichen Wasserfälle, die von den Innenwänden in steinerne Rinnen fallen, plätschern leise.

Eine Tür schlägt, schwere Männerschritte stören den Frieden. Konstanze öffnet die Augen. »Du?«

»Ja, ich!« Heinrich schleudert seine Reithandschuhe neben sie auf den Mosaikboden. »Was soll das, Konstanze? Du hast mich nicht öffentlich empfangen, als ich gestern in Palermo eingezogen bin! Niemand war auf den Straßen, ich musste mich wie irgendein gewöhnlicher Mensch völlig unbeachtet durch die Stadt stehlen! Eine Peinlichkeit! Im Palast war nichts gerichtet, keiner hat uns begrüßt! Willst du gleich zu Anfang unseres Wiedersehens Streit?«

Konstanze richtet sich halb auf. »Wo ist mein Sohn? Du hast versprochen, ihn mitzubringen, erinnerst du dich noch? Solange du dich nicht an dein Wort hältst wie ein Ehrenmann, werde ich dich auch nicht als einen solchen begrüßen.«

»Herrgott, Weib, es ging nicht. Ich war in Foligno; der Kleine war krank. Nichts Großes, nur ein wenig Fieber und Ohrenschmerzen. Aber so wollte ich ihn nicht mitnehmen.«

»Ich glaube dir nicht. Du willst ihn mir nur nicht lassen, wenn du ins Heilige Land weiterziehst.« Konstanze erhebt sich. »Ich habe getan, was du wolltest, Heinrich. Ich habe hier die Regierung für dich übernommen. Ich habe die Barone versöhnt, das Land befriedet …«

»Und du hast auch den Kronschatz auf den Trifels bringen lassen, nicht wahr?«

»Wie du es angeordnet hast.« Sie klatscht in die Hände, will sich ein Schultertuch holen lasssen, denn sie fröstelt. Sie ist nicht gut im Lügen.

»Warum ist dann nur die Hälfte davon angekommen?« Heinrich sieht sie finster an, während sie von Laila das Tuch entgegennimmt.

Sie blickt auf. »Das wusste ich nicht.«

»Und das soll ich dir glauben? Über die Hälfte aller Kisten und Truhen enthielt nur Steine. Aber alles war versiegelt, und die Siegel wurden unterwegs nicht erbrochen.«

»Dann muss jemand das Siegel gestohlen haben. Aber das hätte man mir gemeldet.«

»Gib dir keine Mühe, Konstanze.« Heinrich macht eine wegwerfende Geste. »Ich weiß, dass du irgendwie dahintersteckst. Aber ich sage dir eins: Solange du nicht preisgibst, wo sich die andere Hälfte des Staatsschatzes befindet, werde ich dich nicht krönen lassen.«

»Ich bin nicht im Besitz dieser anderen Hälfte«, sagt sie und denkt, dass wenigstens dies die Wahrheit ist.

»Nun gut. Lass uns das zu einem späteren Zeitpunkt klären.« Heinrich nimmt sich von den Datteln, die in einem Schälchen auf dem Brunnenrand stehen. »Hör zu. Ich will dich nicht lange belästigen. Ich will nur so lange in Sizilien bleiben, bis hier alles zu meiner Zufriedenheit geregelt ist. Darum arbeite mit mir zusammen, dann bist du mich bald los.«

»Was willst du also von mir?«

Er spuckt den Dattelkern auf den Boden. »Ich will, dass du am

Ostermontag gemeinsam mit mir die Fürsten Siziliens empfängst. Für diesen Tag habe ich einen Hoftag angesetzt.«

Sie lacht auf. »Du möchtest also, dass wir beide Einigkeit vortäuschen?«

»Vortäuschen? Mitnichten. Wir sind uns doch einig! Du hast deine Sache gut gemacht, Konstanze, meine Hochachtung. Und du sollst auch weiterhin regieren. Es ist doch nur gut für dich, wenn die Barone sehen, dass Kaiser und Reich hinter dir stehen.«

»Ich habe kein Bedürfnis nach solcher Unterstützung. Die Barone achten mich auch so.«

Heinrich ist kurz davor, die Geduld zu verlieren. Er tritt zu ihr hin und packt sie am Handgelenk. »Wenn du nicht freiwillig kommst, werde ich dich holen lassen«, zischt er. »Oder ich lasse dich zurück über die Alpen bringen und setze Herzog Konrad von Spoleto und Konrad von Querfurt als Regenten ein. Such es dir aus.«

Voll Abscheu sieht sie ihn an. »Ich weiß nicht, was du im Schilde führst, Heinrich, aber gut, ich werde zum Hoftag kommen. Bis dahin bleibe ich hier in der Cuba. Zu viel Einigkeit zwischen uns beiden wäre wohl übertrieben, nicht wahr?«

Der Kaiser dreht sich um und geht ohne Gruß.

Kurz vor Sonnenuntergang steht Gottfried am Tor des Lustschlösschens. Er ist mit Heinrich nach Süden gezogen; der Kaiser war froh, ihn nach dem entscheidenden Gerichtstag lebend wiederzusehen, und hat ihn sofort wieder zum Leibschreiber ernannt. Hier in Palermo führt ihn sein erster Weg zu Konstanze.

Die sarazenische Palastwache meldet ihn und lässt ihn dann ein. Kaum steht er im Eingang, läuft auch schon Tommasina mit Tränen in den Augen auf ihn zu und umarmt ihn heftig. »Ai, mi figghiu, ich habe gebetet«, ruft sie, sogar auf Deutsch, und zwickt ihm vor lauter Freude rote Flecke in beide Backen. Dann nimmt sie ihn bei der Hand und führt ihn die Treppe hinauf zu den Wohnräumen, wo Konstanze gerade das Abendessen einnimmt.

Die Kaiserin springt auf und umarmt ihn herzlich. Dann stürmt Aziz herein und küsst ihn sogar nach Sarazenenart auf die Wangen.

Er muss sich setzen und seine Geschichte erzählen, von Hemma und Christian, vom Blutgericht, von seinem glücklichen Sieg beim Zweikampf. Am Ende trinken sie alle drei auf Gottes wunderbare Fügung.

»Aber warum«, fragt Konstanze dann, »bist du zurückgekehrt? Schließlich bist du nun zu Hause Herr über Land und Leute.«

Gottfried lächelt. »Ich möchte mein Werk vollenden. Das Buch über Sizilien.«

»Unser Buch.« Konstanze lächelt. »Ich habe es gut verwahren lassen, hier in der Palastkanzlei. Bisher habe ich keinen anderen Buchschreiber angewiesen, es zu Ende zu bringen. Ich habe immer geahnt, dass du eines Tages wiederkommst.«

»Ihr kennt mich wohl, Herrin.«

»Den Treuesten von allen.« Sie zieht einen ihrer Ringe ab und drückt ihn Gottfried in die Hand. »Zeig diesen hier in der Schreiberei vor, und du bekommst Zugang, wohin immer du wünschst. Mancher hier kennt dich vielleicht nicht mehr, und ich werde erst in einer Woche in den Palazzo Reale kommen, zum Hoftag.«

Gottfried runzelt die Stirn. »Mich wundert, dass Ihr überhaupt zum Hoftag erscheint, Herrin.«

»Warum?« Konstanze sieht ihn überrascht an.

»Nun ja, weil doch der Kaiser dieses Edikt herausgegeben hat, in Messina, bevor er hierhergekommen ist. Ich glaubte, Ihr wäret damit wohl eher nicht einverstanden.«

»Welches Edikt?«

Gottfried sieht sie an. »Ihr wisst es nicht?«

Sie richtet sich vom Diwan auf. »Erzähl!«

»Der Kaiser hat es mir gleich nach der Landung in Messina in die Feder diktiert. Es befiehlt den Großen Siziliens, beim Hoftag an Ostern ihre Privilegien zur Revision vorzulegen.«

Ein Wutschrei. Sie springt auf. »Das darf nicht wahr sein! Herrgott, er zerstört alles, was ich aufgebaut habe.«

Aziz ist ganz grau im Gesicht geworden. »Das bedeutet, wenn Heinrich diese Privilegien nicht großzügig erneuert, verlieren die Barone sämtliche Rechte, die sie je von der Krone bekommen haben. Er stellt also alles in Frage, was sie besitzen: Titel, Rechte,

Ländereien. Sie sollen sich ihm auf Gedeih und Verderb ausliefern. Das wird sich der Adel nicht bieten lassen. Niemals.«

»Er stürzt Sizilien wieder in einen Krieg.« Konstanze springt auf. »Niemand vom Adel hat bei mir vorgesprochen. Sie glauben, ich stecke mit dem Kaiser unter einer Decke. Wenn sie vorhaben, Widerstand zu leisten, muss ich das verhindern.«

»Es ist zu spät dafür«, sagt Aziz.

Gottfried pflichtet ihm bei. »Wenn Ihr jetzt Fühlung mit dem Adel aufnehmt, wird der Kaiser das als Verrat werten.«

Sie bleibt stehen. »Ihr habt recht. Ich kann nur eines tun: Beim Hoftag erscheinen und versuchen, zu vermitteln. Die Barone werden die geforderten Schriftstücke nicht vorlegen. Mein Gott, nie wollte ich etwas anderes als Frieden in diesem Land. Und jetzt, da alles erreicht ist, da ich den Adel versöhnt und für mich gewonnen habe, macht dieser … dieser Staufer alles zunichte!« Sie spuckt das Wort Staufer aus wie eine bittere Mandel.

Aziz ist schon auf dem Weg zur Tür. »Ich werde sofort nach Palermo reiten und die Palastgarde in Bereitschaft setzen lassen.«

Auch Gottfried wendet sich zum Gehen. »Ich komme mit.«

»Gebt mir jeden Tag Nachricht«, sagt Konstanze zum Abschied. »Mir bleibt wohl derweil nichts als zu warten. Und zu hoffen, dass es inzwischen zu keinem Aufstand kommt.«

Nachdem die beiden fort sind, macht sie noch einen Spaziergang durch den mit Fackeln beleuchteten Garten. Sie kann jetzt noch nicht schlafen. Nachdenklich geht sie vorbei an Rosenbeeten und Wasserläufen, begleitet vom fernen Ruf eines Käuzchens. Sie grübelt. Erst jetzt wird ihr im vollen Umfang klar, was Heinrichs Edikt bedeutet. Es ist eine Kriegserklärung des Kaisers an die Barone. Ein Krieg, den er gar nicht verlieren kann, denn er hat ja schon einen guten Teil seines Kreuzzugsheeres dabei, hochgerüstet und kampfbereit. Der sizilianische Adel muss sich ihm wohl oder übel unterwerfen. Und wenn er das tut, wenn die Barone klein beigeben, dann hat sie, Konstanze, die längste Zeit regiert. Man wird sie als Verräterin an der sizilianischen Sache sehen und ihr niemals mehr vertrauen. Lehnen sich aber die Barone auf –

was Wahnsinn wäre –, dann wird Heinrich sie, Konstanze, dafür verantwortlich machen. Er wird ihr vorwerfen, sie habe versagt, habe Sizilien nicht streng genug gehalten, habe den Adel nicht fest genug im Griff, um eine Herrschaft nach staufischem Muster durchzusetzen. So oder so – Sizilien wird sie danach nicht mehr wollen, und Heinrich wird sie nicht mehr brauchen. Er hat ihr Reich und ihren Sohn. Sie wird die Verliererin sein.

Sie und ihr Land.

68
Palermo, Ostermontag 1197

Die Zusammenkunft mit dem sizilianischen Adel findet im Palazzo Reale statt. Vorher, so hat Heinrich es angeordnet, will er sich in der Sala di Ruggero im zweiten Stockwerk des Palastes mit Konstanze treffen, um dann gemeinsam mit ihr vor die Fürsten zu treten. Konstanze ist früh gekommen, aber sie wird von Kanzler Konrad von Querfurt auf Schritt und Tritt beobachtet. So ergibt sich keine Möglichkeit, mit den Baronen zu reden. Während die Kaiserin auf ihren Gatten wartet, betrachtet sie die bunt schimmernden Mosaike, mit denen ihr Vater den Raum vor fünfzig Jahren hat schmücken lassen: Ländliche Jagdszenen, Zentauren, Raubtiere und Phantasiegeschöpfe, dicke Hirsche, die sich misstrauisch beäugen, während sie von Jägern mit Pfeil und Bogen bedroht werden. Es ist ein herrliches Bestiarium in Blau, Grün und Gold. Dennoch stimmt der Anblick der heiteren Bilder Konstanze traurig – die unbeschwerten Zeiten sizilianischer Kunst sind vorbei, einer Kunst, die nordische, arabische und byzantinische Elemente in perfekter Harmonie verbunden hat. Bei seinem letzten Aufenthalt in Palermo hat Heinrich angeordnet, sechs Zimmer des Palastes mit einem Freskenzyklus auszustatten, der nichts mehr mit der Kultur der alten Meister zu tun hat. Er zeigt biblische Szenen, Episoden aus dem letzten Kreuzzug, und er verherrlicht in einem ganzen Raum Kaiser Barbarossa. Die Kunst muss jetzt dem Ruhm der Staufer dienen.

Im Innenhof des Palastes haben sich die Barone bereits versammelt. Anspannung liegt in der Luft. An der Südseite hat man auf einem Podest eine Art Doppelthron aufgestellt, davor einen langen Tisch. Noch ist der Thron unbesetzt. Die Fürsten reden leise untereinander, die Stimmung ist gereizt und voll unterdrückten Zorns. Konstanze spürt, wie ihre Knie zittern, als sie an der Seite des Kaisers langsam die Treppe hinunterschreitet und neben ihm ihren Platz einnimmt. Sie hat sich demonstrativ orientalisch gekleidet und trägt Ohrgehänge im byzantinischen Stil. Ihre Ärmel enden am Ellbogen und lassen die mit Hennaranken bemalten Hände und Unterarme frei. Es ist ihre einzige Möglichkeit, ihre Missbilligung, ihre Gegnerschaft zu Heinrich äußerlich sichtbar zu machen.

Kanzler Konrad von Querfurt klopft mit seinem langen Stab auf, und Ruhe kehrt ein. »Ihr Herren vom Adel«, spricht er, »Ihr wisst, wozu Euch Euer Kaiser und König einbestellt hat. Nun entsprecht seinem Wunsch und tut, was von Euch verlangt wird.« Ein junger Italiener übersetzt seine Sätze beflissen Wort für Wort ins Volgare.

Konstanze hält den Atem an. Ihre Finger krallen sich um den Fächer, den sie mitgebracht hat. Jetzt gilt es: Aufbäumen oder Ducken, Stolz oder Unterwerfung? Sie weiß nicht, was sie sich wünschen soll. Doch, sie weiß es in diesem Augenblick doch: Sie will keinen neuen Krieg. Im Innenhof ist es still, sie hört ihr eigenes Herz klopfen. Niemand bewegt sich. Ist das schon die Rebellion? Heinrichs Miene scheint wie gefroren, aber auf seinen Wangen bilden sich langsam rote Flecken.

Da endlich tritt der Erzbischof von Palermo nach vorne. Unter seinem schwarzen Mantel zieht er mehrere Schriftrollen hervor und legt sie wortlos vor dem Kaiser auf den Tisch. Eine kaum wahrnehmbare Verbeugung, dann zieht er sich zurück.

Konstanze schließt die Augen.

Es folgt der Erzbischof von Monreale. Dann der Erzbischof

von Syrakus. Der von Catania. Von Agrigent. Von Messina. Von Cefalu.

Die Kirche hat den Anfang gemacht, hat sich in den Staub geworfen vor dem Tyrannen. Aber was ist mit dem Adel? Konstanze versucht, in den Gesichtern zu lesen. Versteinert.

Und dann löst sich ein Mann aus der Menge. Schlank, hochgewachsen, dunkle Locken. Langsam hinkt er nach vorne, das Kinn trotzig vorgeschoben. Richard von Acerra. Jetzt hat er den Tisch erreicht, der quer vor dem Thron steht. Bitter ist sein Blick, mit dem er Heinrich ansieht. Er löst seine Augen nicht von denen des Kaisers, während er einen ledernen Behälter mit Schriftrollen von seinem Gürtel nestelt und auf den Tisch fallen lässt. Dann schaut er Konstanze an. Sie weiß genau, was er denkt. Das, was alle denken: Constance d'Hauteville, Tochter des großen Roger, du machst gemeinsame Sache mit dem Staufer und verrätst dein Reich. O Gott. Sie erträgt es nicht, Richard anzusehen, und senkt den Blick. Abrupt dreht er sich um und geht.

Nach Acerra kommen Pietro von Caltagirone, der junge Ermenegildo von Sciacca, Calogero von Ragusa. Guiscardo von Mazara. Gianfranco von Caltabellotta. Guglielmo von Erice. Germano von Avola, ein zittriger Greis, lässt sich von zwei Dienern tragen. Und dann tritt auch noch Jordanus vor. Sizilien geht in die Knie vor Heinrich.

Als Jordanus seine Urkunden hervorholt, wird Konstanze bewusst, dass ihr die Tränen über die Wangen laufen. Tränen des Zorns, der Trauer und der Demütigung. Ein Seitenblick zeigt ihr, dass Heinrich neben ihr beinahe platzt vor Genugtuung. Auf seinen Lippen liegt ein triumphierendes Lächeln. Lässig greift er nach einer der Urkunden und überfliegt den Text. In diesem Augenblick hasst sie ihn mehr als je zuvor. Sie klappt ihren Fächer zu und lässt ihn auf den Tisch fallen, mitten unter die Schriftrollen. Heinrich macht eine kurze Bewegung mit seiner linken Hand, als wolle er sie schlagen.

Da hält sie es nicht mehr aus. Sie steht auf. Die Menge teilt sich, als sie hocherhobenen Hauptes durch den Innenhof schreitet. Als sie an Richard von Acerra vorbeikommt, bleibt sie stehen. Er sieht die Tränen auf ihrem Gesicht und begreift. Langsam, ganz langsam sinkt er vor ihr auf die Knie, nimmt ihre Hand und küsst den Siegelring, den sie als Regentin Siziliens noch immer trägt. Und dann geschieht Unerhörtes: Alle Anwesenden, einer nach dem anderen, beugen das Knie. Stumm, ohne ein Wort, senken sie die Köpfe, bezeugen der Erbin des Reiches ihren Respekt.

Konstanze kämpft darum, Haltung zu bewahren. Sie dankt mit einem Nicken und setzt aufrechten Ganges ihren Weg fort, durch den Hof, die Treppe hinauf, bis sie den Blicken der Männer entschwindet.

Ein Wutschrei. Die Köpfe der Adeligen fahren herum. Heinrich ist aufgesprungen. Mit dem Unterarm fegt er ein paar Urkunden vom Tisch. Der Kanzler eilt zu ihm hin, fasst ihn beschwichtigend an der Schulter, flüstert ihm etwas ins Ohr. Es gelingt ihm, den Kaiser zu beruhigen. Heinrich knurrt etwas, setzt sich wieder und winkt ungeduldig mit der rechten Hand. »Weiter«, sagt er auf Deutsch, »macht weiter, ihr elendes sizilianisches Pack.«

Oben in ihrem Zimmer wartet Aziz auf sie.

»Gib dir nicht die Schuld«, sagt er und hält sie fest. »Du kannst nicht gegen ihn an.«

Sie macht sich von ihm los, ballt die Fäuste. »Ich ertrage das nicht.«

Er nimmt ihre Hände, öffnet sanft ihre verkrampften Finger. »Er hat alle Macht. Du musst dich genauso beugen wie die Barone.«

Sie legt den Kopf in den Nacken, sieht an der Decke das Fresko des Christos Pantokrator. »Gott! Ich wünschte, er wäre tot!«

Aziz umfasst von hinten ihre Schultern. »Gib acht, was du von deinem Gott erbittest, Costanza. Es könnte in Erfüllung gehen.«

Sie schreckt hoch, dreht sich um. »Was sagst du da?«

Er antwortet nicht.

Da packt sie ihn an seinem ledernen Wams. »Was weißt du, Aziz?«

69
Castrogiovanni, Ende April 1197

Regenschauer prasseln auf die fruchtbaren Hügel im Landesinneren. Tief beugen sich die grünen Halme des jungen Weizens unter den Windstößen, die in die Felder fahren, die Schafe brechen klagend in die Knie von der Schwere des Wassers in ihrer Wolle. Reißende Sturzbäche bahnen sich ihren Weg von den Höhen in die Täler. Die Menschen verbringen Tag und Nacht in ihren Hütten und schüren die Reisigfeuer hoch, Hirten und Unbehauste kauern in ihren Schutzhöhlen aus aufgestapelten Steinbrocken und wickeln sich frierend in klamme Decken. Keinen Hund würde man bei diesem Wetter vor die Tür jagen.

Und doch galoppieren vermummte Reiter aus allen Himmelsrichtungen auf die Festung Castrogiovanni zu. Aus Catania und Syracus, aus Selinunt und Agrigent, aus Trapani und Segesta, Palermo und Cefalu. Eilig treiben die Männer ihre erschöpften Pferde den steilen Berg hoch. Das Burgtor öffnet sich wie ein gieriger Wolfsrachen, um sie nacheinander einzulassen. Man schreibt den Sonntag Jubilate.

Erst gegen Abend, als endlich noch der greise Germano von Avola mit seiner Sänfte eingetroffen ist, kann die Versammlung beginnen. Jordanus, der Burgherr, hat sie im obersten Turmzimmer einberufen; aus jedem der Fenster hat man selbst bei schwärzestem Unwetter einen großartigen Blick über die Weiten Siziliens.

Um den schweren Tisch sitzen die wichtigsten Köpfe des einheimischen Adels. Sie alle sind gekommen, weil ein gemeinsamer Gegner sie eint: der Kaiser.

Jordanus übernimmt die Begrüßung. Seit dem Tod seines betagten Vaters vor einem halben Jahr ist er alleiniger Burgherr. Hell leuchtet seine Narbe im Kerzenschein. »Meinen Dank, Ihr Herren, dass Ihr gekommen seid. Mein Haus sei das Eure.«

»Wir hätten schon in Palermo miteinander reden können«, wirft Guiscardo von Mazara ungeduldig ein.

»Zu gefährlich«, entgegnet Richard von Acerra, der am Kopfende des langen Tisches sitzt. »Dort hat Heinrich zu viele Zuträger. Ein Treffen wäre aufgefallen.«

Jordanus' Miene ist entschlossen. »Ich habe meine Burg für diese Zusammenkunft zur Verfügung gestellt, weil sie im Herzen des Reiches liegt. Und weil der Staufer diesem Reich das Herz herausreißen wird, wenn wir uns nicht wehren.«

Die anderen nicken beifällig.

Bischof Roger von Catania, ein asketisch wirkender Kahlkopf in mittleren Jahren, schaltet sich ein. »Wahr gesprochen, Jordanus«, sagt er. »Ja, es ist höchste Zeit für diese Unterredung. Wir müssen heute Abend zu einer Entscheidung kommen.«

»Was wollt ihr entscheiden?«, fragt Ermenegildo von Sciacca höhnisch. »Es ist doch alles entschieden. Wir haben unsere Privilegien eingereicht und unser Wohl und Wehe damit dem Willen des Kaisers unterstellt. Er kann mit uns machen, was er will.«

Richard von Acerra hebt beschwichtigend die Hand. »In der Schnelle der Zeit war nichts anderes möglich, mein Freund. Aber glaubt Ihr wirklich, dass ich, oder Jordanus hier, oder ein alter Kämpfer wie Calogero von Ragusa vor dem Staufer im Staub kriechen wollen? Die Übergabe der Privilegien war ein Spiel auf Zeit. Wir mussten den Kaiser in Sicherheit wiegen.«

»Was wir hingegen heute beschließen, meine Freunde, das zählt.« Roger von Catania erhebt sich, er stellt sich in Positur, als hielte er eine Predigt. »Ich habe lange gehadert. Bin zurückgeschreckt vor dem Gedanken, mich gegen Heinrich aufzulehnen. Aber nun, da er all unsere althergebrachten Rechte in Frage gestellt hat, bin ich nicht mehr bereit, seine Tyrannei hinzunehmen. Ich frage Euch: Wer sind wir denn? Sind wir dahergelaufene Ziegenhirten, rechtlose Bauerntölpel, Gelichter ohne Ehre und Gesetz? Nein, wir sind die Barone Siziliens, stolz und stark! Und haben wir unsere Ländereien und all unseren Besitz nicht ehrenhaft erworben, steht uns das Unsrige nicht zu? Haben nicht die beiden Roger uns in all unseren Rechten und Pflichten bestätigt? Das waren unsere Könige – nicht dieser Deutsche, dem nichts an Sizilien liegt, außer sich an seinen Schätzen zu bereichern. Und nun will er sich über uns stellen, will uns dazu bringen, vor ihm zu Kreuze zu kriechen. Ich sage: Wehrt euch, Barone! Lasst uns Heinrich und sein Heer ins Meer treiben! Meine Ritter und Lehnsleute stehen bereit. Was ist mit Euch und den Euren?« Herausfordernd blickt er in die Runde.

Der alte Germano von Avola schüttelt bedächtig den Kopf. »Ich verstehe Euch, Bischof«, sagt er mit brüchiger Stimme. »Aber als der Älteste hier nehme ich mir das Vorrecht, Zweifel zu äußern. Was Ihr gerade gesagt habt, wiegt schwer. Es bedeutet Krieg. Ei, wäre ich noch jung und ungestüm, ich wäre bei Eurer Rede aufgesprungen und hätte die Faust gereckt. Aber meine Bedenken kommen aus der Erfahrung und Weisheit der Jahre. Ich will sie mit Euch teilen. Zum Ersten: Der Staufer hat einen großen Teil seines Kreuzzugsheers mitgebracht. Bis an die Zähne gerüstet und kampfbereit. Seine Ritter gleichen der Wut des Nordwinds, sie werden uns vernichten, wenn wir angreifen.«

Uberto und Raniero, die Brüder von Castelvetrano, stimmen ihm zu. »Wir sind nicht bereit, einen sinnlosen Kampf zu beginnen, der nicht zu gewinnen ist«, sagt Uberto.

Die Mienen der Verschwörer sind ernst, einige nicken. Dann fährt Germano fort.

»Zum Zweiten: Nach altem Recht und Gesetz ist Sizilien Lehen des Heiligen Stuhls. Wenn Rom duldet, dass Heinrich unser Reich regiert, können wir nicht gegen ihn handeln. Oder anders: Falls wir uns auflehnen, müssen wir vorher die Kurie als Verbündeten gewinnen. Der Papst muss Heinrichs Nachfolger investieren. Ohne diesen Rückhalt können wir den Kaiser nicht besiegen.«

»Ihr habt vollkommen recht, ehrwürdiger Germano.« Jordanus steht auf und geht zur Tür. »Genau aus diesem Grund haben wir jemanden hergebeten, der uns Auskunft über die Haltung des Heiligen Stuhls geben kann.« Er schiebt den Riegel zurück. »Padre Valdini, darf ich Euch hereinbitten?«

Die Männer am Tisch sind beeindruckt. Man kennt »il Grugno«, den Nasenlosen, als engen Vertrauten des Papstes. Wenn er hier ist, hat allein das schon große Bedeutung.

Valdini grüßt nach allen Seiten und setzt sich auf einen freien

Stuhl. »Edle Barone von Sizilien«, beginnt er, »ich überbringe Euch die Grüße des Heiligen Vaters und seinen Segen. Ich komme zu Euch, um die Meinung der Kurie zu vertreten in diesem Ringen um Macht und Herrschaft, das Euer Land bedrückt. So hört: Der Staufer ist über dieses Reich gekommen wie eine tödliche Seuche, die ohne Rücksicht niedermacht, wen immer sie befallen kann. Er nimmt sich, was er will, um am Ende Euch zu vernichten und das Eure an seine Gefolgsleute zu vergeben. Und dabei fragt er nicht denjenigen, der nach Gottes Willen und Ratschluss oberster Lehnsherr Siziliens ist: den Papst. Der Heilige Vater ist darob in Christo erzürnt. Wenn Ihr also tapfer Eure Rechte verteidigen wollt, so seid gewiss, dass Rom hinter Euch steht.«

Guglielmo von Erice lächelt bitter. »Das ist schön und gut, Padre, aber der Papst hat keine Truppen.«

»Er kann aber einen neuen Herrscher Siziliens offiziell belehnen. Und ihn damit vor Gott und der Welt legitimieren.« Valdini nimmt sich einen Becher Wein. »Unterschätzt den Wert der päpstlichen Hilfe nicht, mein Freund. Es ist die Anerkennung, ohne die ein neuer König nicht regieren kann.«

»Und wer soll dieser neue König sein?«, will Ermenegildo von Sciacca wissen.

»Langsam, mein Junge.« Germano von Avola legt Ermenegildo die Hand auf den Arm. »Trotz aller Unterstützung durch Rom müssten wir erst einmal einen Krieg gegen die kaiserlichen Truppen gewinnen. Und das ist unmöglich.«

Richard von Acerra strafft den Rücken. Bisher hat er sich zurückgehalten, aber nun ist die Zeit gekommen. »Germano von Avola hat völlig recht«, sagt er mit fester Stimme. »Wir können das staufische Heer nicht besiegen.«

Die Männer senken die Köpfe. Sie wissen, Acerra sagt die Wahrheit. Aber dann redet er weiter. »Es gibt nur einen Weg, unser Ziel zu erreichen …«

»Und der wäre?«, fragt Pietro von Caltagirone mutlos.

»Der Kaiser muss sterben.«

Plötzlich herrscht Totenstille im Raum. In den Gesichtern steht blankes Entsetzen. Nur Valdinis Miene ist unbewegt wie immer.

Dann springt Guiscardo von Mazara auf. »Mein Schwert habt Ihr, Acerra, und meine Hand dazu.«

»Bei allen Heiligen! Es ist die einzige Möglichkeit«, ruft Jordanus. »Ich bin dabei!«

»Und ich!«

»Und ich!«

»Ihr seid alle wahnsinnig«, sagt Raniero von Castelvetrano. »Das ist Selbstmord. Auch nach Heinrichs Tod werden seine Heerführer kämpfen.«

»Aber dann müssen sie ohne Anführer gegen einen vom Papst investierten neuen Herrscher ziehen.« Jordanus schlägt mit der Faust auf den Tisch. »Das werden sie nicht lange durchhalten.«

»Würde die Kurie einen Königsmord gutheißen?«, fragt Calogero von Ragusa in die Runde.

Alle Augen richten sich auf Valdini. Der schürzt die Lippen. »Natürlich würde der Heilige Vater ein plötzliches Ableben des Kaisers zutiefst bedauern. Noch dazu, wo der Staufer immer noch wegen der Gefangennahme des englischen Königs im Kirchenbann steht. Doch Gottes Wege sind unergründlich. Sein Wille geschehe.«

»Was ist aber dann mit dem Kreuzzug?«, fragt Germano von Avola misstrauisch.

Valdini schnalzt verächtlich mit der Zunge. »Der Kurie ist vor kurzem zu Ohren gekommen, dass der Kaiser niemals vorhatte, weiter ins Heilige Land zu ziehen. Er brauchte nur einen Vorwand, um seine Truppen ungestört nach Sizilien zu bringen. Er hat von vornherein mit Eurem Widerstand gerechnet, Ihr Herren. Sein Heer würde einen Aufstand mit Leichtigkeit niederschlagen, das habt Ihr richtig erkannt. Im Vertrauen: Der Stuhl Petri kann hierbei unmöglich tatenlos zusehen. Denn die dauerhafte Inbesitznahme Siziliens würde eine militärische Umklammerung des Kirchenstaats durch den Staufer bedeuten. Der Papst wäre angesichts einer solchen Bedrohung aller Macht beraubt.«

»Wie kommen wir also an Heinrich heran?« Guglielmo von Erice hat seine Entscheidung getroffen.

Bischof Roger meldet sich zu Wort. »Der Kaiser wird übernächste Woche im Wald zu Patti jagen. Er hat den ansässigen Adel eingeladen, darunter meinen Bruder Philipp. Er wäre bereit, es mit Gottes Hilfe zu versuchen.«

»Und wenn es gelingt, wer soll dann König werden?«, will Ermenegildo von Sciacca ein zweites Mal wissen. »Welcher von uns?«

»Halt!« Ein Mann fällt ein, der bisher stumm zugehört hat. Er trägt eine orientalische Kopfbedeckung und einen üppig bestickten Kaftan. Sein schwarzer Bart reicht ihm bis auf die Brust. Es ist Khalid al-Wazir aus Noto, Führer der sizilianischen Sarazenen. »Aus Euren Reden, edle Barone, triefen Mut und Tapferkeit wie Honig aus der Bienenwabe. Aber wie oft hat schon das Volk Siziliens die Pläne des Adels zunichtegemacht? Wir müssen weise sein und dürfen das Volk nicht vergessen. Und fast die Hälfte dieses Volkes besteht aus den Nachfahren der Emire, den Anhängern der Lehre des Propheten, den arabischen Bewohnern von Siquilliya. Diese Menschen vertrauen keinem neuen Herrscher. Sie wären allenfalls bereit, für das Königsgeschlecht zu kämpfen, das sie immer geachtet und das ihnen stets die gleichen Rechte zugestanden hat wie den Normannen, Griechen und einheimischen Sizilianern. Hauteville.«

Calogero von Ragusa fährt auf. »Das könntet Ihr von jedem neuen König erwarten, Khalid.«

Al-Wazir lächelt. »Das mag sein, mein Bruder. Dennoch: Ich überbringe hiermit den Ratschluss des sarazenischen Sizilien. Wir kämpfen nur unter dieser Bedingung.«

Richard von Acerra hebt die Hände. »Worüber streiten wir, Freunde? Es wird keinen neuen Herrscher geben. Warum auch? Wir haben schon eine rechtmäßige Königin: Konstanze.«

»Das Recht ist auf ihrer Seite. Und das Volk liebt sie«, ergänzt Jordanus. »Wir brauchen sie für den Frieden danach.«

»Sie allein kann Sizilien einen und zu neuer Blüte bringen«, ruft der Sarazene. »Wenn Allah uns gnädig ist.«

»Eine Frau allein auf dem Thron?« Ermenegildo von Sciacca hebt zweifelnd die Augenbrauen.

»Sie ist die Tochter des großen Roger«, entgegnet Jordanus. »Vergiss das nicht. In ihren Adern fließt das Blut der Könige.«

Die Brüder Castelvetrano sehen sich an. »Wenn die Sarazenen den Aufstand unterstützen, könnte sich der Westen Siziliens möglicherweise doch anschließen.«

Guiscardo von Mazara nickt. »Auch Mazara würde sich in diesem Fall nicht verweigern. Jetzt liegt es an Konstanze.«

»Weiß sie Bescheid?«, fragt Roger von Catania.

Richard von Acerra schüttelt den Kopf. »Noch nicht. Wir müssen ja erst beschließen, was wir wollen.«

»Nun denn«, sagt Calogero von Ragusa, »für die Königin würden auch ich und meine Lehnsleute die Schwerter erheben.«

»Wenn sie denn unser Vorhaben gutheißt und sich an die Spitze des Aufstands stellt«, gibt Germano von Avola zu bedenken. »Immerhin würde sie damit Verrat an ihrem Gatten üben.«

»Sie verabscheut ihn, das weiß doch jeder«, sagt Roger von Catania.

»Lasst uns nun entscheiden, Freunde«, ruft Jordanus. »Wer von Euch bereit ist, Sizilien vom Staufer zu befreien, der möge sich erheben.«

Schwere Stille senkt sich über den Raum. Niemand bewegt sich. Jordanus sieht einem nach dem anderen ins Gesicht.

Der Erste, der aufsteht, mühsam und mit steifen Gliedern, ist der alte Germano von Avola. »Für Hauteville«, sagt er mit fester Stimme.

»Altavilla!« Bis auf die Castelvetrano-Brüder, Guiscardo von Mazara und Ermenegildo von Sciacca springen die anderen auf wie ein Mann.

Reglos auf seinem Platz bleibt auch der Sarazene. »Das arabische Sizilien wird erst an Eurer Seite sein, wenn sicher ist, dass die Königin den Plan unterstützt.«

»Das Gleiche gilt für den Westen«, ergänzt Guiscardo von Mazara.

Jordanus nickt. »Wir werden Euch diese Sicherheit verschaffen. Das verspreche ich.«

70
Palermo, Favara, zwei Tage später

Erschöpft und schmutzig von seinem mächtigen Gewaltritt durch das stürmische Wetter nach Norden trifft Luca Valdini am übernächsten Abend in Palermo ein. Im Palazzo Reale erklärt man ihm, Konstanze hielte sich derzeit in der Zisa auf, und ohne zu rasten nimmt er sich ein frisches Pferd, um dorthin zu reiten. Es ist schon dunkel, als er ankommt. Ohne Verzug lässt er sich von der Palastwache bei der Kaiserin melden.

Konstanze ist ungehalten über den späten Besuch. Es ist einer ihrer wenigen ungestörten Abende zu zweit. Sie sitzt mit Aziz in einem der oberen Räume und spielt eine Partie Schach, es sieht nach Remis aus. »Lass Padre Valdini ein Nachtlager anweisen, Mahmud. Ich werde ihn dann morgen früh empfangen«, befiehlt sie dem Türsteher.

Mahmud geht und kommt wieder. »Der päpstliche Gesandte besteht darauf, Euch heute Abend noch zu sprechen, Herrin. Er sagt, die Sache dulde keinen Aufschub.«

Konstanze seufzt. Aziz erhebt sich lächelnd und küsst sie auf die Wange. »Lass nur, ya zahra«, sagt er. »Sonst hätte ich vielleicht noch gegen dich verloren. Wir sehen uns später.«

Konstanze geht also hinunter in den Saal, um mit Valdini zu reden. Der Gesandte wartet mit dem Rücken zu ihr an einem der großen Fenster zum Garten. Einen Augenblick lang beobachtet sie ihn, ohne dass er ihr Eintreten bemerkt hat. Sie hat Valdini nie gemocht. Er ist eitel und aalglatt, und sie weiß, dass er im Hintergrund viele Fäden spinnt. Ein undurchsichtiger Mensch, dem sie misstraut. Jetzt macht er einen ungewohnt gehetzten Eindruck, mit den Fingern trommelt er ungeduldig gegen das Zickzackfries des Fensters. Sein schwarzer Mantel ist durchnässt, die Stiefel voller Schlamm. Offenbar hat er einen längeren Ritt hinter sich.

»Welche Angelegenheit kann so dringend sein, Padre, dass sie Euch nächtens zu mir führt?«

Er dreht sich hastig um und macht eine tiefe Verbeugung. »Verzeiht, Majestät, dass ich Euch behellige, aber die Zeit ist knapp und es geht um viel.«

Sie mustert ihn kühl. »Dann wollen wir uns setzen. Ihr seht müde aus.« Leise klatscht sie in die Hände. Laila erscheint im Eingang. »Brot, Wein und Datteln für meinen Gast.«

Valdini legt den Umhang ab und nimmt der Königin gegenüber auf einem Sessel Platz. Von seinen Sohlen tropft Schmutz auf den geknüpften Teppich.

»Nun sprecht«, fordert Konstanze ihn auf.

Vorsichtig beginnt er. »Ich habe Eure Tränen gesehen, im Königspalast in Palermo, als die Barone ihre Privilegien eingereicht haben.«

Sie hebt die Brauen. »Seid Ihr gekommen, um mir das zu sagen?«

»Das und noch mehr, Herrin. Mich schickt heute nicht die Kurie, sondern ich habe Auftrag von den vornehmsten Männern des sizilianischen Adels, die sich vor zwei Tagen beraten haben.«

»Eine Versammlung der Barone?« Konstanze runzelt die Stirn. »Erzählt mir mehr!«

Valdini hält inne, bis Laila einen gefüllten Becher und einen Teller mit Brot und Früchten vor ihm abgestellt und den Saal wieder verlassen hat.

»Majestät, ich will nichts verheimlichen. Die Zeichen stehen auf Sturm. Der Kaiser hat mit seinem Handeln alle vor den Kopf gestoßen. Man will das nicht hinnehmen.« Er sieht sie mit lauerndem Blick an, wartet auf ihre Antwort.

»Ich habe es befürchtet«, erwidert sie. Worauf will er hinaus? »Der Kaiser war nicht gut beraten, die Barone derart zu brüskieren.«

»Sic est«, antwortet Valdini trocken und beißt hungrig in einen Weizenfladen, während Konstanze nachdenklich die Stickerei auf ihrem Sitzkissen betrachtet. »Was haben die Barone also vor?«, fragt sie.

Er sieht sie mit durchdringendem Blick an. »Die Barone, Majestät, bitten um Eure Gunst. Sie wollen sich die Hauteville'schen Farben an den Schild heften.«

Konstanze spürt, wie es kalt ihren Rücken hinaufkriecht. »Ihr sprecht in Rätseln, Valdini.«

»Nun denn.« Er atmet einmal durch. »Man wünscht sich, dass Ihr, und nur Ihr, als rechtmäßige Erbin der Krone, über Sizilien herrscht. Ohne Euren Gatten, ohne die Deutschen. Dafür sind die Barone zu kämpfen bereit.«

»Nein!« Sie fährt hoch. »Himmel, Padre, der Kaiser hat ein ganzes Heer unter Waffen stehen.«

»Die Barone sind entschlossen, alles zu wagen, Herrin. Mit Euch und für Euch.«

Die Kälte hat ihren ganzen Körper überflutet. »Woher weiß ich, dass Ihr die Wahrheit sprecht?«

Er zieht ein Stück versiegeltes Pergament aus der Innentasche seines Mantels, hält es ihr hin.

Sie bricht das Wachs. Und erkennt sofort Jordanus' Hand. Schließlich hat sie gemeinsam mit ihm das Schreiben gelernt, damals, bei Philippus, dem Griechen.

Der Text ist französisch, natürlich. Die schnell dahingeworfenen Sätze, offensichtlich in großer Eile geschrieben, bestätigen Valdinis Worte. »Ohne Euch, ma reine«, schreibt Jordanus, »wird Sizilien sterben. Ohne Euch wird es keinen Aufstand geben. Die Sarazenen kämpfen nur für Hauteville. Genauso wie ein Teil der Barone des Westens. Stellt Euch an die Spitze Eurer Ritter, und Euer Reich soll wieder ganz Euch gehören. Ich weiß, wie sehr Ihr Euer Land liebt. Jetzt gilt es: Beweist, dass Ihr die Tochter Eures Vaters seid.«

»Gott!« Sie schreit es hinaus. Knüllt das Schreiben zusammen, geht zum Fenster, sieht in die Nacht hinaus, dorthin, wo Palermo liegt. Sie würden ihr Leben für mich geben, denkt sie. Sie fühlt sich zerrissen wie noch nie. Das ist ihr Sizilien! Ihr Erbe. Das Vermächtnis ihrer Väter, für das sie lebt. Dies ist vielleicht die einzige, die letzte Möglichkeit, Sizilien aus dem eisernen Griff der Stauferherrschaft zu befreien. Und doch – es wäre Wahnsinn. Wie sehr sie es sich auch wünscht, so ist es doch aussichtslos! Sie schließt die

Augen, ringt mit sich. Himmel, wenn sie auch nur einen Augenblick lang daran glauben könnte, dass Heinrich im Kampf unterliegen würde! Aber sie kennt seine Ritter, kennt ihren unbändigen Kampfgeist, ihren Siegeswillen und ihre unbedingte Treue zum Kaiser. Und sie weiß, dass es zu viele sind. Die Barone würden mit ihren Anhängern ihr Ende in einem sinnlosen Blutvergießen finden. Sie weiß: Wenn sie jetzt ihr Gefühl entscheiden lässt und sich an die Spitze des Aufstands setzt, dann lädt sie nicht nur den Tod dieser Getreuen auf ihr Gewissen, sondern auch das furchtbare Strafgericht, das Sizilien nach der Niederlage treffen wird. Sie spürt, wie ihr die Brust eng wird, versucht ruhig zu atmen. Und dann trifft sie ihre Entscheidung. Sie kann nicht Totengräber sein ihres Landes!

»Valdini«, sagt sie und macht ein paar Schritte auf ihn zu. »Es ist aussichtslos. Der Kaiser wird niemals vor den Baronen weichen. Ihr kennt ihn nicht so wie ich. Er ist zu mächtig. Und wenn er den Aufstand niedergeschlagen hat, wird es keine Gnade geben.«

»Sein Heer ist nicht stärker als die Schar, die Sizilien aufbringen kann. Ein Sieg ist möglich.«

»Das stimmt nicht.« Sie packt ihn an der Schulter. »Hört mir zu. Ich weiß, dass vor einer Woche achtzehn Schiffe von Genua in See gestochen sind. Sie bringen das noch ausstehende Kontingent der rheinischen, sächsischen und schwäbischen Ritter. Mindestens fünfhundert Mann, kampferprobt und staufertreu. Es wäre Wahnsinn anzugreifen. Sagt das den Baronen. Sie müssen ihre Pläne fallenlassen.« Atemlos steht sie da, die Wangen gerötet. Jetzt erst wird ihr klar, dass sie Valdini angefasst hat, sie zieht ihre Hand zurück, als habe sie ein ekles Insekt berührt.

Der Gesandte sieht sie unverwandt an. »Und wenn der Kaiser … sagen wir, nicht an der Spitze seines Heeres stünde?«

Ihr stockt der Atem. »Was wollt Ihr damit andeuten, Valdini?«

Er windet sich. So viel hatte er eigentlich nicht vor preiszugeben. Er weiß, dass Konstanze ihren Gatten hasst, aber hasst sie ihn genug, um seinen Tod zu billigen? »Nun ja, Majestät«, nuschelt er und sucht nach einem Taschentuch. Ein dünnes Rinnsal Schleim löst sich aus seinem linken, schwarz gähnenden Nasenloch und bahnt sich langsam seinen Weg hinab zur Oberlippe. »Der Kaiser könnte ja auch fallen. Oder vielleicht …«

»Schweigt!«, unterbricht sie ihn. Ihre Stimme zittert vor Zorn. »Kein Wort mehr! Ich habe verstanden, Valdini. Und meine Antwort ist: Nein! Ich werde nicht zur Komplizin einer Mordverschwörung. Ja, ich bin meinem Ehegatten nicht in Liebe zugetan, das weiß inzwischen wohl alle Welt. Aber ich werde meine Hände nicht in Heinrichs Blut tauchen. Bei Gott, Padre, Ihr sprecht von Königsmord! Das ist ein unglaubliches Verbrechen, es verstößt gegen die himmlische Weltordnung, Ihr als Geistlicher solltet das am besten wissen. Ich bin selbst im Purpur geboren, und ich werde nicht meine Wiege beschmutzen. Es ist ungeheuerlich, dass Ihr Euch mit einem solchen Vorschlag zu mir wagt.«

»Aber Majestät …«

Sie geht zur Tür und öffnet sie weit. »Hinaus, Valdini. Und kommt nicht wieder.«

Valdini steht auf und greift nach seinem Mantel. Er ist bleich geworden. Langsam geht er durch die offene Tür. Konstanze nimmt mit eisiger Miene seine Verbeugung entgegen. »Werdet Ihr auch schweigen?«, fragt er.

Sie lässt sich Zeit für ihre Antwort, er sieht, wie sie mit sich ringt. Sie kann nicht mehr sagen, was richtig ist, ihr schwirrt der Kopf. Dann strafft sie den Rücken, hebt entschlossen das Kinn. »Geht. Ich habe Euch hier nie gesehen.«

»Du hast es gewusst«, schleudert sie Aziz entgegen, als sie wieder im Nebenzimmer ist.

Er schüttelt den Kopf. »Nur geahnt. Als Kommandant der Palastgarde erfährt man manches, aber nicht alles. Ein Unbekannter hat mir vor zwei Wochen die Frage gestellt, wie die Garde sich im Falle von Unruhen verhalten würde. Ich habe geantwortet, dass die Garde seit ihrer Gründung stets dem legitimen Herrscher Siziliens gedient hat.«

»Ihr Sarazenen konntet schon immer gut in Orakeln sprechen.«

Er zuckt die Schultern. »Ich musste vorsichtig sein. Es war nicht klar, in wessen Auftrag der Mann zu mir kam. Du weißt, wie meine

Antwort gemeint war. Die einzig rechtmäßige Königin Siziliens bist du.«

Sie ist immer noch wütend. »Und warum hast du mir nichts gesagt?«

Er geht zu ihr, nimmt sie in die Arme. »Ich wollte dich nicht beunruhigen, ohne wirklich zu wissen, was hinter allem steckt. Du warst ohnehin Heinrichs wegen so außer dir.«

Sie seufzt. »Ich kann dir sagen, was dahintersteckt. Die Barone planen den Aufstand. Sie wollen Heinrich ermorden. Und sie wollen, dass ich mich an ihre Spitze stelle. Valdini ist in ihrem Auftrag gekommen.«

»Und was hast du Valdini geantwortet?«

»Ich habe abgelehnt.« Ihr Lachen klingt bitter. »Was denn sonst? Selbst wenn ich den Wahnsinn mitmachen würde, wenn es ihnen gelänge, den Kaiser umzubringen – seine Heerführer würden den Kampf auch ohne ihn weiterführen. Markward von Annweiler, Heinrich von Kalden, Dietrich von Schweinspeunt – sie würden mit ihrer Übermacht an Kreuzrittern jedes sizilianische Heer wegfegen.«

»Und du würdest von den Siegern als Hochverräterin behandelt. Es wäre dein Tod. Und dein Sohn könnte danach niemals König von Sizilien werden.«

Sie nickt. »Selbst wenn dem nicht so wäre, Aziz. Ich könnte keinen Mord an Heinrich in Auftrag geben. Er ist immer noch mein Mann, der Vater meines Sohnes. So bin ich nicht.«

»Und dafür liebe ich dich, habibi.« Aziz streicht ihr übers Haar. »Glaubst du denn, die Barone werden deine Absage hinnehmen und von ihren Plänen lassen?«

»Nach allem, was Jordanus schreibt, muss es so sein.«

Er atmet auf und spürt dennoch schmerzhaft die Enttäuschung. »Sizilien wird sich fügen.«

»Ich hoffe es, Liebster. Mein Gott, ich hoffe es. Befehlen kann ich nichts.« Sie löst sich von ihm und legt Jordanus' zerknitterten Brief auf die rotwabernde Glut im Kohlebecken. Die Flammen lecken am Pergament, mit leisem Zischen verbrennen die verräterischen Zeilen zu Asche.

Aziz wendet sich ab. Er will nicht, dass Konstanze seine Angst spürt. Wie soll er sie schützen, wenn es doch zum Umsturz kommt? Allah, denkt er, gib, dass die Barone Vernunft annehmen. Und schütze Hauteville.

71
Palermo, tags darauf

Das Skriptorium ist noch leer. Es ist früh am Morgen, die meisten Schreiber und Notare sind mit dem Kaiserhof nach Messina gezogen. Schräg fällt das Licht durch die hohen Ostfenster, winzige Staubkörnchen tanzen über den Schreibpulten. Valdini betritt den Saal, langsam geht er durch den schmalen Mittelgang. Ganz hinten in der Ecke setzt er sich auf einen Hocker und wartet. Sein rechtes Auge zuckt.

Er hat seinen Auftrag nicht erfüllen können. Mit einem schriftlichen Bekenntnis Konstanzes zur Sache der Aufständischen hätte er nach Castrogiovanni zurückkehren sollen, um die Sarazenen und die Barone des Westens zu überzeugen. Versagt hat er, zum ersten Mal in seinem Leben. Dabei hat ihm Papst Coelestin persönlich befohlen, alles dafür zu tun, dass es zum Aufstand kommt. »Das Unternehmen darf nicht scheitern!« Das waren die Worte des Heiligen Vaters. »Der Kirchenstaat muss wieder frei werden von staufischer Bedrückung, koste es, was es wolle!« Valdini fährt sich müde mit der Hand übers Gesicht. Wie soll er nun seinem Herrn unter die Augen treten? Die ganze Nacht hat er keinen Schlaf gefunden, hat fieberhaft nach einem Ausweg gesucht. Erst in den Morgenstunden, als die Kälte vom Meer her in seine Kammer kroch, ist ihm ein Gedanke gekommen. Erst hat er ihn wieder verworfen, doch jetzt ist er entschlossen. Er wird den Baronen geben, was sie verlangen.

Gottfried betritt die Schreiberei. Er arbeitet gerne alleine, am frühen Morgen, wenn das Licht noch sanft und mild ist. Seit seiner Rückkehr nach Sizilien hat ihn ein Hochgefühl erfasst, das ihn auch jetzt leise vor sich hin pfeifen lässt. Jeden Tag hat er am Buch der Königin gearbeitet, hat fehlende Texte hinzugefügt, freigelassene Initialen gemalt, Figuren koloriert. Das Ende ist in Sicht. Zwei Wochen vielleicht noch, dann sind die Doppelblätter fertig zum Binden. Das will er selbst übernehmen, keine fremde Hand soll sein Werk berühren. Er wird die Seiten mit Kettenstichen zusammennähen und dann auf einen Lederbund heften. Den Bund wird er anschließend an den beiden hölzernen Buchdeckeln befestigen. Das Leder für den Einband hat er bereits ausgesucht: eine feste, rehbraune Rinderhaut, makellos, ohne Falten, Löcher oder Verfärbungen. Dazu feinziselierte Eckbeschläge, eine silberne Schließe. Vielleicht wird er noch mit dem heißen Sticheisen Verzierungen auf das Außenleder prägen.

Gutgelaunt geht Gottfried an seinen Platz, nimmt sich das oberste Blatt vom Stapel und glättet es sorgfältig mit beiden Händen. Da hört er eine nur allzu bekannte Stimme und zuckt zusammen.

»Pax vobiscum, Meister Gottfried.« Valdini erhebt sich. »Schön, dass Ihr wieder bei Hofe seid.«

»Nur vorübergehend, Padre.« Gottfried hat sich umgedreht. »Ich habe noch ein Buch zu vollenden, dann werde ich in meine Heimat zurückkehren.«

Der Nasenlose nickt. »Auf Eure kleine Burg im Norden, hm? In der Kanzlei hat man ja über nichts anderes mehr geredet als über Euer Abenteuer. Ein Schreiber, der auch kämpfen kann!«

Gottfried winkt ab. »Ich hatte Glück, weiter nichts.«

»Der Herr steht den Seinen bei«, sagt Valdini und mustert das Blatt, an dem Gottfried gerade arbeitet. »Fürwahr, eine herrliche Zeichnung«, meint er mit ehrlicher Bewunderung. »Frau Konstanze, wie sie den kleinen Friedrich an die Herzogin von Spoleto übergibt. Solch ein leuchtendes Grün, wie Ihr es hier benutzt, habe ich selten gesehen.«

Gottfried runzelt die Stirn. »Padre, Ihr habt sicherlich nicht hier auf mich gewartet, um die Qualität meiner Farben zu preisen. Was also ist Euer Begehr?«

Valdini schenkt ihm sein breitestes Lächeln. »Nun, mein Bester, der Heilige Vater und meine Wenigkeit bedauern es über die Maßen, dass Ihr bald die Hofkanzlei verlasst. Ihr habt der Kurie stets gute Dienste geleistet. Dafür sollt Ihr nach all den Jahren belohnt werden.« Er holt ein Beutelchen hervor und hält es hoch. »Edelsteine aus der Schatzkammer des Papstes. Genug, um sich ein angenehmes Leben zu machen.«

»Das ist sehr großzügig«, erwidert Gottfried und will nach dem Beutel greifen.

Da zieht Valdini seine Hand zurück. »Halt, halt, mein Lieber. Nicht so hastig. Vorher sollt Ihr dem Heiligen Vater noch einen letzten Dienst erweisen.«

Gottfried lacht auf. »Das hätte ich mir denken können.« Er winkt ab. »Lasst Eure Kleinodien stecken, Padre, ich brauche sie nicht. All die Jahre habe ich für Euch gegen mein Gewissen gehandelt. Ich habe gelogen und getäuscht, Verrat und Untreue geübt. Meinen Schwur wollte ich nicht brechen, obwohl kein Gott der Welt von einem Menschen verlangen würde, Unrecht zu tun. Jetzt ist es genug.«

Valdini beißt sich auf die Lippen. »Ich bitte Euch, Meister Gottfried. Es ist von höchster Wichtigkeit. Papst Coelestin braucht Euch.«

»Ihr versteht nicht, Valdini.« Gottfried atmet einmal tief durch. »Es ist mir ernst. Ich habe schon zu viel Sünde auf mich geladen im Namen des Papstes. Jetzt fange ich ein neues Leben an.«

»Bei allen Heiligen, Mann, macht jetzt keine Schwierigkeiten.« Valdini ist kurz davor, aus der Haut zu fahren.

»Nein!« Gottfried schüttelt entschlossen den Kopf. »Lasst mich in Frieden gehen, Padre.«

»Ich könnte Euch umbringen lassen!«

»Ihr werdet mich nicht mehr schrecken, Valdini. Sucht Euch einen anderen Handlanger.«

»Das sollt Ihr bereuen, bei Gott«, faucht der Nasenlose. Mit langen Schritten stürmt er aus dem Skriptorium.

Draußen bleibt er erst einmal stehen, um durchzuatmen und sich wieder zu fassen. Was soll er jetzt tun? So kann er dem Papst nicht unter die Augen treten.

Da öffnet sich am Ende des Ganges eine Tür. Ein junger Schreiber kommt Valdini entgegen, zwei Pergamentrollen unter dem Arm. Valdini kennt den Mann, es ist ein ehemaliger Notarius des Patriarchen von Aquileja, der seit kurzem für Kanzler Konrad von Querfurt arbeitet. Einer von der eitlen, ehrgeizigen Sorte. Das fügt sich. Der Padre tritt ihm in den Weg.

»Ah, Petrus von Eboli, es ist mir eine Freude, Euch zu treffen!«

Petrus wundert sich. »Ihr kennt mich, Herr?«

»Natürlich, mein Sohn. Die Diener der Kurie kennen jeden hoffnungsvollen Mann am Hof des Kaisers. Und Ihr seid ein solcher.«

»Ihr schmeichelt mir«, gibt sich Petrus bescheiden.

»Aber keineswegs«, erwidert Valdini. »Wisst Ihr, ich komme gerade aus dem Skriptorium, wo ich mich von Meister Gottfried verabschiedet habe. Er verlässt ja nun bald die Hofkanzlei.«

»So ist es«, nickt Petrus.

»Bis jetzt«, fährt der Padre fort, »habe ich mit Herrn Gottfried stets, wie soll ich sagen, sehr gut zusammengearbeitet. In Zukunft wird die Kurie jemanden an seiner Stelle brauchen, dem sie vertrauen kann. Vielleicht könntet Ihr dieser Mann sein …«

Petrus spitzt die Ohren. Soso, Valdini braucht also einen Zuträger in der Hofkanzlei. Lange braucht er gar nicht zu überlegen. Das könnte der Beginn eines steilen Aufstiegs sein! Er lächelt. »Euer Vertrauen ehrt mich, Padre. Wenn ich Euch und dem Heiligen Vater in Rom auf ähnliche Weise behilflich sein kann wie Meister Gottfried, dann wäre es mir eine Ehre.«

»Es soll Euer Schaden nicht sein, und der Dank des Heiligen Stuhls ist Euch gewiss.«

»Was kann ich also tun?«, fragt Petrus.

»Ihr habt doch Zugang zur Registratur, nicht wahr?«

Petrus nickt. »Was soll ich dort für Euch erledigen?«

Valdini legt vertraulich den Arm um Ebolis Schultern. »Kommt, mein Bester, ich will es Euch erklären …«

Zwei Stunden später hält Valdini ein Schriftstück in der Hand, das Eboli ihm aus der kaiserlichen Registratur beschafft hat. Es ist eine Schenkungsurkunde für das Kloster San Filippo di Fragalá, abgefasst in Lateinisch, Griechisch und Arabisch. Doch der Inhalt ist nicht von Bedeutung. Wichtig ist allein, was unter dem Text steht: die eigenhändige Unterschrift der Kaiserin. In großen, steilen Lettern hat sie ihren Namen hingeschrieben. Constance.

Mit der Urkunde im Wams eilt Valdini die breite Treppe zum Hof hinunter. Vor dem Marstall steht schon sein gesatteltes Pferd. Zwei Tage wird er brauchen bis Castrogiovanni, wo Jordanus auf seine Rückkehr wartet.

Wenn sein Plan gelingt, wird der Papst zufrieden mit ihm sein.

72
Im Forst von Patti, Anfang Mai 1197

Die Wälder von Patti gelten als das beste Jagdrevier von ganz Sizilien. Hier gibt es die fettesten Fasane und Rebhühner, Unmengen an Wildschweinen und die größten Hirsche. Alle Herrscher Siziliens haben hier schon gejagt; irgendwann hat Konstanzes Großvater an der Stelle eines Rundbaus der früheren Emire einen hübschen kleinen Sommerpalast errichten lassen, in dem es sich trefflich wohnen lässt. In diesem Landschlösschen hat sich Heinrich mit seinem Gefolge eingerichtet. Seit drei Tagen durchstreift der Kaiser nun schon die Wälder. Das schlechte Wetter der vergangenen Wochen ist herrlichstem Sonnenschein gewichen. Wo sich vorher schwarze Wolkentürme ballten, ziehen nur noch ein paar zarte Schönwetterschlieren über den Horizont, vom warmen Wind zerzupft. Die Bäume stehen in ihrem saftigsten Grün, überall schießen die Blumen aus den feuchtsatten Wiesen. Der wilde Fenchel blüht gelb an den Waldrändern, umsummt von Bienenschwärmen und dicken schwarzen Hummeln.

Die Stimmung in der Jagdgesellschaft ist gelöst und munter. Heinrich hat etliche adelige Herren aus dem Nordwesten des Landes dazugeladen, dazu einige seiner Lehnsleute aus der Heimat. Er will Bande knüpfen, und kaum etwas befördert Freundschaften so sehr wie die gemeinsame Jagd. Tagsüber geht es auf die Hirschhatz, am Abend wird gefeiert. Man schmiedet Pläne für die Zukunft, verspeist rohe Hirschleber, der Malvasier fließt in Strömen. Der Kaiser ist bestens gelaunt; er hat das Gefühl, Sizilien habe sich endlich mit der staufischen Herrschaft versöhnt. Alles scheint sich nach seinen Wünschen gefügt zu haben.

Der letzte Tag der Jagd ist gleichzeitig der erfolgreichste. Noch am frühen Vormittag erlegt Heinrich den größten Hirsch von allen – ein eleganter Schuss mit der leichten Armbrust mitten ins Blatt. Der Jubel ist groß, und man feiert das Jagdglück auf einer blütenübersäten Lichtung an einer sanft gluckernden Quelle. Aus einem nahen Dorf bringen die Frauen Brot, Käse und Oliven; unter ihnen ist ein ausgesprochen hübsches junges Ding mit prallen Brüsten und schwarzen Mandelaugen, die gefällt dem Kaiser gut. So gut, dass er seinem Hofmeister den Auftrag erteilt, die Kleine gekämmt und gewaschen am Abend ins Schlösschen zu bringen, sofern sie noch Jungfrau sei. In letzter Zeit hat Heinrich wieder öfters Gelüste, und die ganz frisch erblühten, unschuldigen Mädchen sind ihm immer noch die liebsten.

Tatsächlich findet er die Hübsche in seinem Bett, als er nach ausgiebigem Umtrunk nachts in seine Kammer zurückkehrt. Er nimmt sie, ohne viel Aufhebens zu machen, sie lässt ihn gewähren, schließlich ist er der Herr. Noch bevor er sie wieder fortschicken kann, schläft er ein, der viele Wein hat ihn müde gemacht.

Mitten in der Nacht wacht er auf. Er hat einen schalen Geschmack im Mund, sein Kopf schmerzt. Stockfinster ist es im Zimmer, die Kerzen sind heruntergebrannt. Nur durch die Schlitze der dicken Damastvorhänge fällt in dünnen, weißen Fäden das Mondlicht auf den arabischen Teppich. Heinrich spürt etwas Festes neben sich. Ach ja, das Mädchen, wie hieß sie noch gleich,

Maria, Marietta? Sie atmet schwer und liegt reglos unter den Laken.

Heinrich steht auf. Nackt geht er nach draußen auf den säulengestützten Balkon. Die kühle Nachtluft tut seinem Kopf gut, tief saugt er sie in seine Lungen. Ein fast voller, silberner Mond steht über dem dunklen Wald. Fledermäuse flattern, eine große Eule schwebt lautlos und majestätisch über die Wiesen, auf der Suche nach Beute. Irgendwo bellt ein Hund, ein anderer fällt ein. Heinrich tappt zum Ende der Terrasse und erleichtert sich in eine der großen Blumenamphoren aus Terrakotta. Er fröstelt, kurz vor Sonnenaufgang ist die Nacht am kühlsten. Nachdenklich stemmt Heinrich die Hände auf die Balustrade und sucht am Himmel die Venus. Aus irgendwelchen Gründen glaubt er, dass sie sein Glücksstern ist. Am Vormittag wird er das gastliche Patti verlassen, um nach Messina zu reisen. Das Heer steht bereit zur Überfahrt, letzte Dinge gilt es zu planen und anzuordnen. Jerusalem – das wäre der höchste Triumph, der Gipfel aller Erfolge. Heinrich malt sich aus, wie er als siegreicher Feldherr in der hunderttürmigen Stadt einzieht, soll er dabei einen Palmwedel in der Hand halten oder vielleicht …

Ein Schrei. Grell, markerschütternd zerreißt er die Dunkelheit.

Heinrich fährt herum.

Dann stürmt er zurück in seine Schlafkammer. Die Tür steht weit offen, von draußen dringt das rötliche Licht der Nachtfackeln in den Raum. Er tritt ans Bett, tastet nach dem Mädchen. Seine Hände greifen ins Nasse, rutschen von glitschiger, zuckender Haut. Jetzt kommt auch der Kammerdiener angerannt, er hat einen Kerzenleuchter dabei. Rasche Schritte nähern sich, Männerrufe. Der Diener hält den Leuchter hoch und prallt zurück. Heinrich starrt auf seine Hände. Blut.

Das Mädchen liegt leblos da, ihr Körper ist blutüberströmt. Aus einer tiefen Wunde am Hals pulsiert noch der warme, rote Strahl und netzt die weißen Laken.

»Wache! Verdammt! Wo ist die Wache!« Heinrich brüllt wie von Sinnen. Das galt ihm! Er hat einfach nur unverschämtes Glück gehabt. Wäre er nicht zufällig aufgestanden, dann hätte der

Mörder ihn erdolcht. So hat er in der Finsternis auf das Mädchen eingestochen.

Seine Männer laufen herbei, barfuß, nur in Hose oder Hemd, die blanken Schwerter in der Hand. »Herr, draußen liegt der Türwächter mit durchschnittener Kehle!«, meldet einer von ihnen atemlos.

»Fasst den Mörder!«, ruft Heinrich. »Er kann nicht weit sein! Bei Gott! Und bringt ihn mir lebend!«

Von seinen Händen tropft das Blut auf die Marmorfliesen.

Die Verfolger schwärmen in alle Richtungen aus, bereit, ihre Pferde zuschanden zu reiten. Keine drei Stunden später hat einer der Trupps den Flüchtigen eingeholt, auf dem Weg nach Montagnareale. Der Mann wehrt sich kaum, es ist ohnehin sinnlos. Sie binden ihn aufs Pferd und bringen ihn im Galopp zurück. Noch vor Mittag zerren sie den Mörder in den Innenhof des Schlösschens und werfen ihn in den Staub.

Der Kaiser tritt breitbeinig von ihn hin. »Wer bist du, Verräter?«, faucht er.

Der Mann schlottert. Vor lauter Zähneklappern kann man nicht verstehen, was er sagt.

»Den kenn ich«, ruft einer der Sizilianer. »Er gehört zu den Leuten von Herrn Philipp!«

Heinrich stößt einen Wutschrei aus. Er selber hat den Justitiar und Bruder des Bischofs von Catania zur Jagd eingeladen, noch gestern hat er ihm an der Tafel fröhlich zugetrunken. »Schafft ihn her!«, befiehlt er.

Nach einer Weile kommen die Wachen zurück. »Er ist nirgends zu finden«, meldet Heinrich von Kalden, der selber mitgesucht hat. Er bückt sich und setzt seinen Dolch an die Kehle des Gefangenen. »Wo ist dein Herr hin?«

»Ich … Vergebung, Herr, ich weiß es nicht.«

Die Spitze des Dolchs bohrt sich in die Haut. »Wer gehört noch zu den Verschwörern?«

Der Mann heult auf und windet sich. »Ich weiß nichts.«

Der Dolch sticht tiefer. Der Mann schreit. Noch tiefer. »Rede!«

»Ich … mein Herr hatte zu Palermo Besuch vom Bischof von Catania. Mehr …« Der Satz geht in einem Gurgeln unter. Heinrich von Kalden hat zu tief gestochen.

Er versetzt dem Sterbenden einen Tritt.

»Der Bischof von Catania, dieser elende Hundsfott!« Der Kaiser ist rot angelaufen. »Das wird er büßen!«

Heinrich von Kalden wischt seinen Dolch am Hemd des Toten ab. Dann wendet er sich an seinen kaiserlichen Herrn. »Wir sind hier nicht sicher«, knurrt er. »Wer weiß, ob noch mehr Verräter hier lauern und was sie jetzt vorhaben.«

»Messina«, sagt der Kaiser. »Dieser Mordversuch war als Beginn eines Aufstands geplant! Wir müssen zum Heer!«

»Jetzt gilt es, den Verschwörern zuvorzukommen«, erwidert Heinrich von Kalden. »Bei Gott, dieses sizilianische Pack soll lernen, was es heißt, den Kaiser selbst anzugreifen.«

Heinrich schlägt seinem Feldherrn auf die Schulter. »Wenn wir mit den Verrätern fertig sind, mein Freund, wird diese Insel friedlicher sein als ein Grab. Das schwöre ich.«

Kurze Zeit später galoppieren der Kaiser und seine Männer in Richtung Messina, als sei der Teufel hinter ihnen her. Jede Stunde zählt.

Sizilien befindet sich im Krieg.

73
Palermo, Palazzo Reale, Mitte Mai 1197

Lebe, Knabe, Zier Italiens, neues Zeitalter,
lebe, Glanz der Sonne, Sonne, die in Ewigkeit herrscht,
lebe, Abbild des Vaters, Ruhm der glücklichen Mutter,
du bist für Tage geboren, die von Fruchtbarkeit erfüllt sind.
Lebe, glücklicher Knabe, glücklicher Spross deiner Eltern,
süße Liebe der Himmlischen, lebe, edler Knabe.

Mitten am wolkenlosen Tag wird dir der Regenbogen
ausgespannt.
Lebe lange, solange die Sonne leuchtet und die Sterne glänzen,
lebe lange, Jupiters und der Himmlischen schönster Fürst,
lebe lange, erst Urahn geworden magst Du zu den Sternen
entschwinden.

Gottfried ist stolz und glücklich wie selten in seinem Leben. Soeben hat er die letzte Linie gezogen, den letzten Farbtupfer gesetzt, den letzten Satz geschrieben. Das Ende seines Buches ist ein jubelnder, überschwänglicher Hymnus auf Konstanzes Sohn. Seinen Namen hat er nicht genannt, aus gutem Grund. Die Kaiserin hat ihn gleich nach der Geburt nach sich benannt, Konstantin. Heinrich, so erzählt man sich, habe darüber vor Wut den Boten in den Hintern getreten, der ihm die Nachricht überbracht hatte. Er wollte den Namen nicht dulden, und auf seinem Weg nach Sizilien hat er den Jungen ohne Konstanzes Einwilligung auf den Namen seines Großvaters taufen lassen, Friedrich. Konstanze soll wissen, dass der Sohn nicht ihr gehört. Ein Staufer soll er werden ganz und gar. Armes Kind, denkt Gottfried, kaum geboren und schon der Mutter entrissen. Die letzte Zeichnung im Buch zeigt, wie die Kaiserin ihren Sohn voller Trauer hergeben muss und dann von zwei Rittern fortgebracht wird. Ihr zum Trost verherrlicht Gottfried den Knaben mit Versen, die an ein Gebet erinnern.

Er ordnet die Doppelseiten. Bevor er das Buch bindet, will er der Kaiserin sein Werk zeigen und ihr die Möglichkeit geben, noch Wünsche zu äußern. Vorsichtig steckt er die Blätter in eine große Ledermappe und begibt sich auf den Weg vom Skriptorium zu den Frauengemächern, die man hier Harim nennt.

Kaum hat er die Kanzlei verlassen, bemerkt er die ungewöhnliche Anspannung im Palast. Männer, die nicht zur Palastgarde gehören, stapfen schwerbewaffnet durch die Gänge, Diener stehen in den Ecken beisammen und tuscheln. Gottfried beeilt sich weiterzukommen. Irgendetwas stimmt hier nicht. Als er den ersten Vorraum zu Konstanzes Zimmerflucht betritt, trifft er auf Aziz, der sich dort mit zweien seiner Offiziere bespricht. Das Gesicht des

Sarazenen wirkt besorgt unter dem spitzen Lederhelm. Offenbar hat auch er bemerkt, dass etwas Merkwürdiges vor sich geht.

Die beiden Freunde begrüßen sich mit Handschlag. »Was tut sich hier?«, fragt Gottfried.

Aziz schüttelt den Kopf. »Ich weiß es nicht. Gerüchte ...«

In diesem Augenblick wird die Tür aufgerissen, ein junger Wächter eilt auf Aziz zu. Aufgeregt und atemlos lässt er einen Wortschwall auf Arabisch los. Aziz' Miene verfinstert sich; er fragt ein paarmal nach, der Mann antwortet. Dann gibt Aziz mit harter Stimme seine Kommandos, er bedeutet den beiden Offizieren mit einem hastigen Handzeichen, vor der Pforte zu den Frauengemächern Aufstellung zu nehmen. »Man hat versucht, den Kaiser umzubringen«, erklärt er Gottfried atemlos. »Eine Erhebung der Barone. Wir sind im Krieg.«

»Allmächtiger!« Gottfried lässt die Ledermappe sinken.

»Heinrich ist offenbar nur durch Zufall davongekommen. Gleich nach dem Anschlag hat er von Messina aus das Kreuzritterheer zusammengerufen. Sie belagern Catania – Bischof Roger ist wohl einer der Anführer des Aufstands. Sein Bruder hat den Mörder gedungen, der Mann ist tot, und Philipp ist inzwischen gefangen und geblendet.«

Wieder kommt der junge Sarazene herein, erstattet Bericht. Die Nachrichten überstürzen sich. Catania ist gefallen, ein normannisches Heer von dreitausend Mann vernichtend geschlagen. »Die Deutschen haben die Stadt niedergebrannt«, übersetzt Aziz mit finsterem Blick. »Heinrich hat Feuer an die Domkirche legen lassen, sie war voller Frauen und Kinder, die sich hineingeflüchtet hatten. Dieser Teufel schreckt vor nichts zurück! Aber anscheinend ist es etlichen Baronen gelungen, nach Castrogiovanni zu flüchten; der Kaiser setzt mit seinem Heer dorthin nach.«

Gottfried ist wie vor den Kopf geschlagen. »Was können wir tun?«

»Wir müssen jetzt die Kaiserin schützen.« Aziz ist schon auf dem Weg nach draußen, um die Wache zu alarmieren, da wird er zurückgedrängt. Vor ihm steht breitbeinig Markward von Annweiler. »Kommandant Aziz ibn Musa? Ihr seid Eurer Pflicht enthoben. Die sarazenische Garde hat sofort ihre Waffen abzugeben. Meine Männer sorgen ab jetzt für Sicherheit im Palast, sie stehen unter dem Befehl des Kaisers persönlich.«

Vier schwerbewaffnete Soldaten gehen auf die Tür zu den Räumen der Kaiserin zu. Die zwei Palastwachen machen Anstalten, ihre Krummsäbel zu ziehen. Unsicher sehen sie zu Aziz hinüber, doch der schüttelt den Kopf. Unnötiges Blutvergießen nützt jetzt niemandem. Die beiden treten zur Seite. Aziz muss hilflos zusehen, wie Annweilers Ritter vor dem Harim Posten beziehen.

»Was ist nun, Kommandant?« Markward von Annweiler streckt die Hand aus.

Langsam und mit zusammengebissenen Zähnen schnallt Aziz sein Wehrgehenk ab, zieht seinen Dolch aus dem Stiefelschaft und übergibt beides an den Deutschen. »Lasst mich die Neuigkeiten der Kaiserin melden«, sagt er.

»Niemand betritt die Gemächer der Kaiserin«, erwidert Annweiler. »Sie steht bis auf weiteres unter Arrest.«

»Das ist unglaublich«, protestiert Gottfried mutig.

Annweiler zuckt die Schultern. »Befehl des Kaisers.« Er sieht Gottfried an, als sei er ein ekles Insekt. »Verschwinde, du Wicht.«

Stumm und niedergeschlagen verlassen Aziz und Gottfried den Raum. Gottfried kann es immer noch nicht fassen. Eben wollte er voller Stolz sein Meisterwerk präsentieren, und jetzt ist das Buch plötzlich unwichtig angesichts der Gefahr, in der Konstanze schwebt.

»Aziz«, fragt er vorsichtig, »hat die Kaiserin …, ich meine, wusste sie …?«

»Sie hat versucht, den Aufstand zu verhindern. Die Barone wollten, dass sie sich an ihre Spitze stellt, das hat sie verweigert. Wir haben geglaubt, dass ohne sie der Kampf nicht eröffnet würde.« Aziz senkt den Kopf. »Das war ein Fehler.«

»Weiß außer dir noch jemand davon, dass sie eingeweiht war?«

Aziz nimmt den Helm ab und fährt sich durchs Haar. »Die Barone natürlich. Aber die werden Konstanze nicht ans Messer liefern. Das sind allesamt Ehrenmänner, sie waren bereit, für die

Kaiserin und für Sizilien zu sterben. Es gibt keinen einzigen Beweis für ihre Mitwisserschaft. Verdammt, hätte sie Heinrich alles verraten und damit das Leben der Barone opfern sollen? Wo sie doch geglaubt hat, dass es nach ihrer Verweigerung nicht zum Kampf kommen würde? Und wie um Himmels willen hätte sie vorhersehen oder gar verhindern können, dass man sie um ihre Unterstützung bittet?«

»Trotzdem«, erwidert Gottfried, »wenn Heinrich erfährt, dass sie etwas wusste, wird er sie nicht schonen.« Ihn schaudert vor seinen eigenen Worten.

Aziz zurrt seinen Helm fester. »Ich werde versuchen, in Erfahrung zu bringen, was der Kaiser plant.«

Gottfried nimmt einen tiefen Atemzug. »Lass uns beten, dass alles gutgeht.«

»Jeder zu seinem Gott«, murmelt Aziz und nimmt die Treppe nach unten.

Aufgewühlt und in höchster Sorge geht Gottfried in den angrenzenden Gebäudeflügel, wo seine Kammer liegt. Er will das fast fertige Buch wieder in seiner Truhe verschließen, so wie immer. Zumindest das kann er tun, wenn sich schon anderswo das Schicksal entscheidet. Draußen auf dem Gang trifft er auf Petrus von Eboli, der Griffel und Diptychon unter dem Arm hat. »Ah, Gottfried«, ruft Petrus gutgelaunt, »ich bin auf dem Weg zu Herrn Markward, er bedarf meiner Dienste. Und Ihr?«

Gottfried reißt sich zusammen, versucht ganz ruhig zu wirken. »Ich wollte gerade zur Kaiserin, aber man lässt mich nicht vor.«

Petrus grinst anzüglich. »Ich weiß schon Bescheid. Was wird jetzt wohl aus Eurer Gönnerin, Herr Collega?«

»Die Kaiserin ist über jeden Verdacht erhaben«, entfährt es ihm. Petrus' Selbstgefälligkeit ist unerträglich.

Der hebt die Augenbrauen. »Oh, wenn Ihr das sagt! Ich fürchte nur, der Kanzler ist da ganz anderer Meinung, und der Kaiser wohl ebenso.«

Gottfried beherrscht sich. »Wenn Ihr meint.« Er macht Anstalten weiterzugehen, doch Petrus hält ihn auf. »Und Ihr, habt Ihr gar keine Angst? Ihr geltet allenthalben als enger Vertrauter von Frau Konstanze. Wenn die Kaiserin stürzt, dann werdet auch Ihr fallen.«

Die Antwort bleibt Gottfried im Hals stecken. So weit hat er noch gar nicht gedacht. Aber Petrus hat recht. »Und was wird wohl nun aus Eurem großartigen Buch?«, fragt er weiter, mit lauerndem Blick.

Gottfried sieht die Schadenfreude in Petrus' Augen und den Hass, der darin aufblitzt. Und plötzlich ist ihm klar, dass er die ganzen Jahre über einem falschen Freund vertraut hat, einem Neider und Täuscher. Kalte Wut steigt in ihm auf. »Seit wir uns kennen, Petrus von Eboli, habt Ihr mich nur benutzt, um von meinen Erfahrungen zu lernen und aus meinem Können Nutzen zu ziehen. Das erkenne ich jetzt. Ihr wart nie mein Freund, Ihr empfindet nur Neid und Missgunst für mich, nicht wahr? Dabei zielt Euer Hass eigentlich nur auf Eure eigene Unzulänglichkeit. Aber ich will Euch etwas sagen, Petrus. All Eure Überlegungen haben einen Fehler: Ob Frau Konstanze stürzt oder ich falle – es wird für Euch nichts ändern. Weder ich noch die Kaiserin können dafür, dass Euer Ehrgeiz Euer Können übertrifft.«

Gottfried sieht, wie Petrus' anfängliches Grinsen einer wutverzerrten Grimasse weicht. Er wartet keine Antwort ab, sondern dreht sich einfach nur um und geht.

Währenddessen sitzt Konstanze wie betäubt auf ihrem Bett. Sie macht sich die bittersten Vorwürfe. Es ist alles ihre Schuld. Sie hätte Valdini nicht vertrauen dürfen. An Jordanus hätte sie schreiben müssen oder an Richard von Acerra. Ein Treffen vereinbaren. Zeit gewinnen. Sie dazu bringen, Frieden zu halten. Aber sie war sich so sicher, dass niemand ohne ihre Unterstützung den Kampf wagen würde. Und jetzt ist es zu spät. Catania ist gefallen, die Sache Siziliens ist verloren. Annweiler hat gemeldet, dass Heinrich mit seinem Heer auf Castrogiovanni marschiert, wohin sich die Anführer geflüchtet haben. Die Burg hat kaum Wasservorräte. Sie wird sich nicht lange halten können. Und dann?

74
Palermo, drei Wochen später

Sanft schimmert das Licht in der Palatina, als Heinrich den Innenraum betritt. Die vor einem halben Jahrhundert erbaute Privatkapelle König Rogers II. steht frei mitten im Hof des Palazzo Reale, zwei Stockwerke hoch. Im Dämmer des Morgens erglänzt die dreischiffige Kapelle in märchenhafter Pracht. Arabische, byzantinische und normannische Kunst vereinigen sich hier drinnen auf wundersame Weise zu einem ergreifenden, köstlich betörenden Ganzen. Eingelegte Marmorfußböden und antike Granitsäulen bilden den Rahmen für die goldglühenden Mosaiken, die sämtliche Wände bedecken, die Apsiden und die Kuppel. Von der hohen Decke des Mittelschiffs hängen unzählige Muqqarnas, hölzerne, mit bunten Figuren bemalte Stalaktiten, die herabzutropfen scheinen auf die kalten Steinfliesen tief drunten.

Heinrich ist, wie jedes Mal, wenn er sie betritt, geblendet von der Herrlichkeit der Palastkapelle. Der Farbenglanz der Mosaiken, die Szenen aus dem Leben der Apostel Petrus und Paulus in prallen Bildern erzählen, der ungeheure säulengetragene Ambo, stolzeste aller Kanzeln, strotzend von Malachit und Marmor; daneben der schlanke, von Löwen getragene Osterleuchter, ein fünf Meter hohes Bestiarium aus gehauenem Stein. So etwas hat niemand nördlich der Alpen je gesehen. Heinrich hat in dieser Kapelle entdeckt, dass die Schönheit der Kunst so großartig sein kann wie der Krieg. Sie ist anders, aber möglicherweise gleichwertig. Die Kunst ist so still wie der Krieg laut. Die Kunst schafft etwas Bleibendes, genau wie ein Sieg. Vielleicht kann ein Künstler der Welt sogar mehr geben als ein Herrscher, ein Feldherr? Sind Siege so bedeutend wie Meisterwerke? Wird man sich nach Jahrhunderten noch ihrer erinnern, sie würdigen und bewundern? Er geht die fünf Stufen zum Chor hinauf, dreht sich um und blickt durch die Kirche auf den riesigen Christus Pantokrator, den Weltenherrscher, der segnend die Hand erhebt, umgeben vom Kreis der geflügelten Engel. Klein kommt sich Heinrich vor in seinem Angesicht. Ein mächtiges Gefühl überwältigt ihn, er sinkt auf die Knie. Danken will er dem Allmächtigen, dafür, dass er dem Mörder entkommen ist, und dafür, dass er in kürzester Zeit diesen Krieg gewonnen hat. Dass er nach dem Fall der Festung Castrogiovanni die Anführer des Aufstands lebend in die Hand bekommen hat. Dass er sich nun als Sieger rächen kann an denen, die ihm die Stirn geboten haben. Ja, Gott ist mit ihm gewesen, auch diesmal.

Mitten in seiner Versunkenheit spürt er plötzlich eine Hand auf seiner Schulter. Er fährt hoch, es ist nur Markward von Annweiler, der ihn vorher vergeblich mit Namen gerufen hat. »Ihr stört mich in der Kontemplation, Truchsess«, sagt er. »Ich hatte doch befohlen, dass man mich hier drin alleine lässt.«

Annweiler verneigt sich, sein Gesicht ist ungewöhnlich blass. »Ich weiß, Majestät, verzeiht. Aber dies hier, so glaube ich, duldet keinen Aufschub.« Er greift in seinen Umhang, zieht ein beschriebenes Stück Pergament hervor und hält es Heinrich hin. »Lest selbst.«

Unwillig nimmt sich der Kaiser den Brief vor, überfliegt die wenigen Sätze. Er ist des Französischen kaum mächtig, aber er versteht den Inhalt nur zu gut. Seine Miene gefriert zu Eis. Am Ende schließt er die Augen, knüllt das Schreiben in der Faust zusammen. Ein paarmal atmet er tief ein und aus, um ruhig zu bleiben.

»Verhaftet die Kaiserin«, sagt er.

Gottfried hat die letzten beiden Wochen in Sorge verbracht. Die meiste Zeit hat er dafür aufgewendet, Aziz zu beruhigen. Er hat mit ihm Schach gespielt, sich von ihm die arabische Schrift beibringen lassen, mit ihm über Gott und die Welt geredet. Die Sorge um Konstanze schweißt sie zusammen. »Du könntest heimreisen«, sagt Aziz zu ihm. »Doch nicht jetzt«, entgegnet Gottfried. Wie kann er gehen, ohne der Kaiserin das Buch vorgelegt zu haben? Ohne zu wissen, was mit ihr geschieht? Aziz wird immer noch nicht in ihre Gemächer vorgelassen, und Gottfrieds Versuche, ihr zumindest etwas Schriftliches zukommen zu lassen, waren ebenfalls vergeblich. Sie muss sich furchtbar allein fühlen, denkt Gottfried. Und sie muss schreckliche Angst haben. Wenigstens haben sie Tommasina und Laila bei ihr gelassen, aber auch diese beiden dürfen nicht aus dem Harim. Sie bekommen Essen und Wein und alles, was die Königin braucht, an die Tür gebracht.

Um die Zeit totzuschlagen, malt Gottfried tagelang Vögel auf abgeschabte Pergamentblätter, kleine Fabelwesen, Hirsche, Löwen und Hunde. Dann Blüten und Ranken. Am Ende nur noch geometrische Muster. Schließlich hat er in der Palastbibliothek eine Abschrift des Theophilus-Traktats entdeckt, ein berühmtes Lehrbuch der Zeichenkunst. Alle drei Bände hat er sich an seinen Schreibplatz bringen lassen und studiert sie nun halbherzig. Mühsam versucht er, sich zu konzentrieren, murmelt das Gelesene leise vor sich hin: »Menge sodann zu dem Rubeum in mäßigem Quantum Schwarz bei, welche Farbe Exedra genannt wird. Damit mache die Züge um die Pupillen der Augen, die Mitte im Ohr und die feinen Linien zwischen Mund und Kinn. Hierauf mache mit einfachem Rubeum die Brauen und die feinen Züge zwischen den Augen und den Brauen, die Augen unten, in der vollen Ansicht des Gesichtes, die Nase über den Nasenlöchern …«

Die Tür zum Skriptorium öffnet sich, und zwei Wächter treten ein. Alle Köpfe fahren herum. »Ist hier einer mit Namen Gottfried?«, fragt einer laut in den Raum hinein.

Gottfried wird gleichzeitig heiß und kalt. Vorne deutet einer der Schreiber furchtsam und stumm mit dem Daumen auf ihn, die Wächter kommen auf ihn zu. Vor lauter Angst kann er den Theophilus kaum mehr zuklappen, so sehr zittern seine Hände. Er will den Band zur Seite legen, aber er fällt ihm mit lautem Krachen hinunter, mitsamt etlichen Blättern und dem Tintenfass. Langsam breitet sich zu seinen Füßen eine schwarze Lache aus.

»Ihr seid verhaftet«, sagt einer der Wächter und packt seinen Arm. »Kommt mit.«

Gottfried hört es wie durch eine Nebelwand. Mechanisch steigt er über die Tintenpfütze, setzt Fuß vor Fuß. Jetzt ist es so weit, denkt er. Und er hört Petrus von Ebolis höhnische Stimme: Wenn die Kaiserin stürzt, dann werdet auch Ihr fallen. Ja, er hat damit gerechnet, in Zukunft wohl keine Prachtbände mehr zu gestalten.

Er hat darauf gewartet, dass man ihn aus dem Dienst entlässt – das wäre nicht schlimm gewesen, er wollte ja ohnehin heimkehren. Aber warum um Gottes willen hat man ihn jetzt verhaftet?

»Was wirft man mir vor?«, fragt er die Waffenknechte.

Er bekommt keine Antwort. Einer der Männer öffnet die große Doppeltür zur Sala dei Venti, sie stoßen ihn so grob in den quadratischen Raum hinein, dass er über eine Teppichkante stolpert. Er rudert mit den Armen, stürzt, schlägt lang hin. Seine Schulter schmerzt, während er sich hochrappelt. Als er endlich zum Stehen kommt, blickt er geradewegs in die Augen des Kaisers. Hinter ihm haben sich mit drohenden Mienen Heinrich von Kalden und Markward von Annweiler aufgebaut.

»Gottfried von Streitberg.« Heinrich spuckt seinen Namen fast aus. »Seit du zurück in Sizilien bist, hast du der Kaiserin als Leibschreiber gedient. Stimmt das?«

»Ja, Majestät.« Gottfrieds Stimme bebt. »Das ist richtig.«

»Du bist auch sonst ihr Vertrauter.«

»Es war mir stets eine Ehre«, erwidert Gottfried.

»Ach! Eine Ehre!«, zischt Heinrich. »Seit wann, Schreiber, ist Verrat eine Ehre?«

»Ich weiß nicht, wovon Ihr redet, Majestät!« Gottfried packt die blanke Angst. Verrat?

Der Kaiser streckt ihm ein Stück Pergament hin. »Hast du das geschrieben?«

Er nimmt sich den Brief, er ist auf Französisch, das er seit seiner Lehrzeit leidlich beherrscht. Er liest. Ihm ist, als hätte ihn jemand mit der Faust in die Magengrube geschlagen. *An meinen Freund und Bruder Jordanus von Castrogiovanni …* Die Buchstaben verschwimmen vor seinen Augen … *ist Eure Sache auch die meine … wir kämpfen mit der Kraft Siziliens … nach dem Sieg meine Hand und die Krone …*

O Gott! Das kann nicht sein!

»Der Kaiser hat dich etwas gefragt, du Wurm!« Heinrich von Kalden macht einen drohenden Schritt nach vorn. »Hast du diesen Brief geschrieben?«

»Nein!«, schreit er. »Nein!« Und fällt auf die Knie.

»Du lügst!« Annweiler packt ihn im Genick. »Die Kaiserin hat keinen anderen Schreiber für sich arbeiten lassen als dich.«

»Ich sage die Wahrheit.« Gottfried schlottert.

»Aber das ist doch deine Schrift!«

Gottfried reißt sich zusammen. »Das ist die übliche Kanzleischrift, Herr Markward. So schreiben wir mit leichten Abwandlungen alle. Und dieser Text scheint mir in Eile verfasst, er ist flüchtig hingekritzelt. Das könnte jeder geschrieben haben.«

»Also auch Ihr?«

Gottfrieds Mund ist so trocken, dass er kaum reden kann. »Seht, Herr, die a's überall hier: Wenn Ihr sie mit denen vergleicht, die ich schreibe, sind sie deutlich anders. Genauso die e's, auch die b's und g's. Die Schrift ist insgesamt viel eckiger als meine, die Oberlängen kürzer.«

»Bei einem Brief solchen Inhalts würde ich als Schreiber meine Schrift verstellen«, knurrt Kalden. »Wem sonst als Euch soll die Kaiserin hierbei vertraut haben?«

»Wieso sollte sie sich überhaupt einen Schreiber dafür genommen haben? Sie kann besser schreiben als die meisten vom Adel. Fragt sie!«

»Sie sagt, sie kennt den Brief nicht«, sagt Heinrich. »Natürlich sagt sie das. Aber dich, Gottfried, frage ich jetzt: Ist das die Unterschrift der Kaiserin?«

Er besieht sich den Brief noch einmal genau. Constance. Die Art, wie die Buchstaben kursiv miteinander verbunden sind. Das t fast ohne Höhe. Das C mit einer Schleife am unteren Ende. »Es sieht so aus«, sagt er. »Aber ich glaube es nicht. Auch eine Unterschrift kann man fälschen, Majestät.« Fast flehentlich streckt er Heinrich die linke Hand entgegen. »Ich könnte jederzeit auch Eure Unterschrift nachmachen.«

»Hundsfott!«, brüllt Markward von Annweiler.

»Majestät«, sagt Gottfried und blickt dem Kaiser geradewegs in die Augen. »Ich habe Euch das Leben gerettet, damals in Magdeburg, erinnert Ihr Euch? Ich habe für Euch geschrieben Jahr um Jahr, und Ihr habt mir immer vertraut. Ich hege keinen Groll gegen Euch. Warum in aller Welt hätte ich Euch verraten sollen?«

»Vielleicht weil Euch die Kaiserin darum gebeten hat?«

Gottfried schüttelt den Kopf. »Herr, Ihr kennt Euer eigenes Weib besser als ich. Ihr mögt ihr zutrauen, sich im Kampf um Sizilien gegen Euch zu stellen. Ihr mögt ihr zutrauen, sich einem anderen Mann zu versprechen. Aber eines könnt Ihr der Kaiserin nicht absprechen: ihre Klugheit. Selbst wenn sie aufseiten der Aufständischen wäre – niemals wäre sie so töricht gewesen, sich darüber schriftlich zu äußern.«

Heinrichs Augen werden schmal. Gottfried redet verzweifelt weiter. »Der Brief muss eine Fälschung sein, Herr. Fragt doch Jordanus, er ist Euer Gefangener.«

»Das haben wir bereits«, sagt Heinrich von Kalden. »Er hat nichts zugegeben, nicht einmal unter der Folter. Aber du, Schreiberling – wie viele Schmerzen würdest du wohl aushalten, hm?«

Gottfried wird übel. Er schwankt.

Der Kaiser sieht ihn mit einem seltsamen Blick an. »Ich würde dir gerne glauben, um der alten Zeiten willen. Nun gut. Belassen wir es dabei, für's Erste.« Er wendet sich an die Wachen. »Bringt ihn in seine Kammer und sorgt dafür, dass er sie nicht verlässt. Ich brauche ihn noch.«

»Majestät«, wagt Gottfried noch zu fragen. »Geht es der Kaiserin gut?«

»Oh«, meint Heinrich, »so gut es einem geht, wenn er im Verlies unter der Torre Pisana um sein Leben bangt.« Er nähert sein Gesicht dem des Schreibers. »Vielleicht sagt uns die Kaiserin mehr, wenn sie erst gesehen hat, was mit ihren Mitverschwörern geschieht. Morgen.«

Gottfried wird abgeführt, er wehrt sich nicht. In seinem Kopf schwirrt es. Er weiß, dass sein Leben keinen Pfifferling mehr wert ist. Genauso wie das der Kaiserin. Und das der Verschwörer. Morgen, hat der Kaiser gesagt. Was ist morgen?

Als sich die Tür seiner Schlafstube hinter Gottfried schließt, schlägt er die Hände vors Gesicht und sinkt aufs Bett. Morgen. Herr im Himmel und alle Heiligen. Was hat Heinrich vor?

75
Palermo, Ende Juni 1197
Konstanze

Wie lange bin ich schon hier unten? Die Zeit geht verloren, wenn man kein Tageslicht hat. Das ist das Schlimmste, die Dunkelheit. Und die Stille. Die Angst hat eine Farbe: Schwarz.

Niemand sagt mir etwas. Man bringt mir Brot und Wasser, man leert mein Nachtgeschirr, aber keiner spricht mit mir. Ich weiß nicht, warum ich hier bin, ich kann es nur ahnen. Haben die Barone mich verraten? Das kann ich nicht glauben. Benutzt Heinrich den Aufstand, um mich loszuwerden? Vielleicht. Dann sind meine Tage gezählt. Ich wüsste nicht, wer mir helfen sollte.

Die meiste Zeit denke ich an Aziz. Ich hoffe bei Gott, dass er nichts Unüberlegtes tut. Einsam ist es ohne ihn, schrecklich kalt und einsam. Ich sehne mich nach seiner Nähe, nach den Gesprächen mit ihm. Manchmal gerate ich in einen seltsamen Dämmerzustand, dann kann ich seine Arme um mich spüren, sein Haar riechen. Umso trostloser ist dann alles, wenn mir bewusst wird, dass es nur ein trügerisches Hirngespinst war.

Ich bete, dass es bald vorbei ist. Irgendwann muss der Kaiser mich doch herausholen, mich befragen, beschuldigen, anklagen. Oder nicht? Er kann mich doch nicht einfach hier verrotten lassen! Gott, lass nicht zu, dass er mich hier drunten einsperrt, bis ich tot bin, oder verrückt. Wie lange dauert es, bis man wahnsinnig wird? Oder einfach in der Finsternis stirbt?

Ich höre das Rasseln eines Schlüsselbunds und richte mich auf. Das Schloss meiner Kerkertür knirscht, als sich der Schlüssel dreht. Sie kommen mich holen. Ein nie gekanntes Gefühl befällt mich, eine Mischung aus wilder Freude, die sich im selben Augenblick in panische Angst verwandelt. Wird jetzt mein Ende kommen?

Zwei Kerkerwächter helfen mir hoch, ich bin ganz wacklig auf den Beinen. Aber auf dem Weg durch die Gänge des unterirdischen Palasts wird mein Schritt sicherer. Man bringt mich in einen Raum, in dem schon etliche Frauen warten. Sie stecken mich in ein Kleid aus schwarzem Samt, hochgeschlossen bis zum Kinn, mit engen Ärmeln und ohne jeden Zierrat. Er will mich also nicht köpfen lassen. Dafür hätte man mir ein Gewand mit Ausschnitt angezogen. Die Frauen parfümieren mich, kämmen mein Haar, verbergen es unter einer Haube. Ich bin ein großer schwarzer Vogel.

Dann führt man mich hinaus in den Hof.

Das helle Tageslicht blendet mich, meine Augen schmerzen, als ob man mit langen, dünnen Nadeln hineinstäche. Ich muss blinzeln, damit mein Blick klarer wird. Und dann erkenne ich Heinrich, umringt von seiner deutschen Hofgesellschaft. Die Gespräche verstummen, alle starren mich an. Ohne ein Wort, mit versteinerter Miene, bietet mir der Kaiser seinen Arm. Ich lege meine Hand auf die seine und schreite an seiner Seite durch das Palasttor ins Freie, auf den großen Platz. Meine Füße versagen mir fast den Dienst, aber irgendwie gelingt es mir, aufrecht zu bleiben und gerade zu gehen. So ist es also, wenn man zum Sterben geführt wird. Hat er das Schwert für mich gewählt oder das Beil? Aber nein, der Ausschnitt passt ja nicht.

Der Platz liegt gespenstisch und menschenleer in der gleißenden Sonne. Nicht einmal die Bettler sind da, die doch sonst jeden Tag vor dem Tor sitzen. An den umliegenden Häusern sind Türen und Fenster verrammelt, offenbar will niemand das Schauspiel sehen, das sich gleich bieten wird. Vielleicht hat Heinrich tobende Zuschauer erwartet, einen wütenden Pöbel, jedenfalls marschieren bewaffnete Ritter wie Ameisenkolonnen um den Palast. Jetzt formieren sie sich, umrahmen mit aufgepflanzten Spießen einen großen, quadratischen Raum. Ich erkenne einen Richtblock. Pfosten. Ketten. Ein waberndes Feuer. Ist das alles für mich gedacht? Die Angst will aus mir herausschreien, ich öffne den Mund, aber meine Kehle ist wie zugeschnürt. Ich muss dringend Wasser lassen. Lieber Gott, lass mich ruhig werden. Es heißt doch, dass man kurz vor dem Sterben ganz ruhig wird. Ich will nicht als wimmerndes, sabberndes Bündel in den Tod gehen.

Der Kaiser führt mich zu einer Art Tribüne, auf der zwei hölzerne Lehnstühle stehen, dazwischen ein deutlicher Abstand. Ich verstehe nicht. Er bedeutet mir, auf dem rechten Sessel Platz zu nehmen, und lässt sich dann entspannt auf dem linken nieder. Hinter uns nehmen die Großen des Hofes Aufstellung, jeder nach seinem Rang. Ich will Heinrich fragen, will wissen, was er mit mir vorhat und warum, aber er schaut nur stumm geradeaus. Die Glocken von San Giovanni degli Eremiti läuten.

Und dann beginnt das Schreckliche.

Die Sonne brennt auf mich herunter. Ich sitze auf einem schwarzen Thron. Dem Höllenthron. Ich sehe zu, wie einer nach dem anderen stirbt. Langsam. Qualvoll. Es beginnt mit Bischof Roger von Catania. Die Axt blitzt in der Sonne. Sein Kopf rollt mir fast bis vor die Füße, Blutspritzer treffen den Saum meines Kleides. Auf ihn folgt sein Bruder, die Augenhöhlen vernarbt und ausgetrocknet wie das Herz meines Gatten. Ich werde Heinrich nicht den Gefallen tun zusammenzubrechen. Er lauert darauf, aber er wird mich nicht weinen sehen. Ich halte mich aufrecht auf meinem Stuhl, auch als der junge Ermenegildo von Sciacca nach seiner Mutter schreit, während sie ihm in schmalen Streifen die Haut von der Schulter bis zur Ferse abziehen. Auch als der greise Germano von Avola laut betet, während sie ihn mit Eisen brennen. Auch als sie die Därme meines sarazenischen Freundes Al-Wazir aus seinem Leib reißen. Ich wusste nicht, dass Därme blau sind. Auch als die Brüder von Castelvetrano gepfählt werden, als Calogero von Ragusa gezwungen wird, flüssiges Blei zu trinken, halte ich mich aufrecht. Ich atme ein, atme aus, ein und aus, zwinge mich dazu, die Luft so tief es geht in meine Lungen zu saugen. Schon als Kind habe ich Exekutionen gesehen, viele, Sizilien war immer unruhig. Aber da wurden die Schuldigen ehrenvoll mit dem Schwert vom Leben zum Tode gebracht, ein scharfer Hieb, dann war es vorbei. Niemals hat ein Mensch nach einem Sieg solches Strafgericht gehalten, höre ich jemanden hinter mir flüstern. Das ist kein Strafgericht, würde ich am liebsten antworten, das ist blinde, grausame, diabolische Rache. Aber ich bleibe stumm. Was hat der staufische Teufel sich wohl für mich ausgedacht?

Inzwischen ist der Platz voller Leichen. Es riecht nach Blut,

Pech, Exkrementen, nach Angst und Tod. Ich spüre immer wieder Heinrichs Blick auf mir, aber ich starre unentwegt geradeaus. Er könnte merken, dass nicht mehr viel fehlt, bevor ich anfange zu schreien.

Und dann bringen sie Richard von Acerra.

Er hält sich mühsam aufrecht, versucht, möglichst wenig zu hinken. Sein Körper ist gezeichnet von der Folter, der linke Arm hängt herab, man brauchte ihn gar nicht in Ketten zu legen. Vor der Tribüne dreht er sich um, unsere Blicke begegnen sich. Selbst jetzt bringt er noch die Kraft auf, die Lider zu senken und mir ganz unmerklich zuzunicken, als wolle er Lebwohl sagen und mir die Kraft wünschen, seinen Tod zu ertragen.

Dann bindet man ihn an ein Pferd. Jetzt endlich sehe ich zu Heinrich hinüber. Das ist unwürdig. So darf kein Edelmann sterben. Aber in den Augen meines Mannes steht ein beinahe lüsternes Funkeln. Er weidet sich nicht nur am körperlichen Schmerz seiner Feinde, er empfindet auch Freude dabei, sie noch im Tod zu demütigen. Die Ehre eines Herrschers bemisst sich an der Würde, die er seinem Feind lässt. Das hat mein Schwiegervater, der Rotbart, einmal zu mir gesagt. Sein Sohn hat diese Weisheit nicht von ihm übernommen. Ich drehe mich um, sehe selbst in den Augen der kaiserlichen Ritter den blanken Abscheu. Aber keiner wagt es aufzubegehren. Dann galoppiert das Todesross davon, hinein in die Gassen der Stadt.

Heinrich hebt die Hand. Frauen bringen Platten mit Mandeltortelli, schenken Wein und Sherbet aus. Die Zeit, bis Acerra als Leiche wiederkommt, muss schließlich genutzt werden. Man bietet mir einen Schluck Wasser an, ich lehne ab. Wie kann ich meinen Durst stillen, während Richards Körper durch den Staub geschleift, seine Haut von Steinen aufgerissen wird, sein Blut die Straßen von Palermo tränkt? Ich sehe ihn vor mir, als Kind, dürr, hochaufgeschossen und mit rabenschwarzen Locken. Oft war ich wütend auf ihn, weil er die Pfauen im Garten der Zisa mit Steinchen ärgerte. Einmal, so erinnere ich mich, steckte er Aziz eine Kröte in den Schuh. Von uns allen hatte er den meisten Unsinn im Kopf.

Als sie ihn wiederbringen und vom Pferd losbinden, ist sein zerschundener Körper nackt, nur noch von wenigen blutigroten Stofffetzen bedeckt. »Der lebt noch«, vermeldet der Henker. »Dann häng ihn auf«, knurrt Heinrich.

Ich sehe den Schwalben zu, wie sie im Flug den Himmel über Palermo zerschneiden. Das Wetter wird schön bleiben. Wie viele Mücken braucht eine Schwalbe, um satt zu werden? Warum baut sie ihr Nest aus verspeichelter Erde und nicht aus Zweigen wie die anderen Vögel? Ich versuche, mich an den alten sarazenischen Kinderreim über Vögel zu erinnern, den meine Amme mir immer vorgesagt hat, aber die arabischen Worte fallen mir nicht mehr ein. Richard hängt mit dem Kopf nach unten. Er röchelt, ringt nach Luft. Es geht und geht nicht zu Ende. Gott, lass ihn doch sterben. Die Zunge quillt ihm aus dem Mund. Die Gespräche auf der Tribüne sind längst verstummt, man langweilt sich. Da plötzlich schiebt sich Heinrichs Hofnarr zwischen den Rittern durch, Saxo, ein verwachsener, buckliger Mensch mit einem Kopf wie eine Zwiebel. Er kräht und kichert, hüpft im Zickzack über den Platz. Heinrich lacht, während die widerliche Kreatur absichtlich über die Leichen stolpert. Mit ein paar Sprüngen ist der Narr bei Richard. Er stupst ihn an, als wolle er ihn aufwecken. Und dann nimmt er seinen Narrenstab mit den Schellen und zwingt damit die Zunge des Sterbenden wieder in den weit aufgerissenen Mund zurück. Ein Zucken geht durch Richards Körper, dann, endlich, ist er tot.

Ich beiße mir in die Unterlippe, so fest es geht. Der Schmerz ist gut. Blut sammelt sich in meinem Mund, ich schlucke es hinunter, forsche nach dem Geschmack des Todes.

Und es ist noch nicht zu Ende. Heinrich, das Ungeheuer neben mir, hat noch nicht genug. Sie bringen Jordanus. Man hat ihm das blonde Haar geschoren, er kann kaum gehen. Auf dem Weg zur Richtstatt versagen ihm die Beine, die Wächter schleifen ihn über den Platz, setzen ihn auf ein hölzernes Gestell, zurren ihn mit Kopf und Rücken an einen Pfahl fest. Dann schürt der Henker das Feuer hoch. Er hält etwas in die Flammen, ich kann nicht erkennen, was es ist. Mit einem Grinsen hebt der Henker das Ding hoch über

Jordanus' Kopf. Himmel, jetzt erkenne ich, was es ist: eine Krone, eisern, rotglühend. Der Kaiser steht auf, tritt von der überdachten Tribüne in die sengende Sonne hinaus. »Du wolltest eine Krone?«, ruft er Jordanus zu. »Jetzt bekommst du sie!« Jordanus reißt in unsäglichem Entsetzen die Augen auf, dreht verzweifelt den Kopf hin und her. Entschlossen drückt ihm der Henker das eiserne Diadem auf den rasierten Schädel, es zischt. Dann nagelt er mit langsamen, gleichmäßigen Schlägen die glühende Krone auf Jordanus' Kopf. Die Schreie des Gepeinigten hallen über den Platz, er schreit wie ein Tier, als ihm die langen Eisenstifte ins Hirn dringen. Er hört nicht auf, auch als die Krone längst festgenagelt ist. Seine Schreie übertönen das Rauschen in meinen Ohren. Ich will die Augen schließen oder wenigstens wieder den Schwalben zuschauen, aber es geht nicht. Ich muss hinsehen, ich kann Jordanus doch nicht alleine lassen, wenn er stirbt. Die Schreie gehen in ein Heulen über, ein Wimmern, ein Gurgeln. Die Augäpfel verdrehen sich. Dann ist es vorbei. Alles ist vorbei.

Hände helfen mir hoch. Wie betäubt, willenlos und stumm lasse ich mich zurückführen in mein Gefängnis. Als die Tür zufällt, geben meine Knie unter mir nach. Ich rolle mich auf dem Boden zusammen wie ein kleines Kind, schlinge die Arme um meinen Körper, starre einfach nur ins Dunkel. Ich möchte weinen, aber es geht nicht. Da ist eine Leere in mir, vor der mich schaudert. Warum, so frage ich mich, bin ich noch am Leben?

76
Palermo, am selben Abend

Gottfried denkt und denkt. Seit Tagen durchforstet er sein Hirn, seit er das Schreiben der Kaiserin gelesen hat, in dem sie den Aufstand befiehlt und Jordanus die Krone und ihre Hand versprochen hat. Irgendetwas war an diesem Brief, irgendetwas Merkwürdiges. Warum nur kommt er nicht darauf? Die Schrift? Die Unterschrift? Das Pergament?

Die Schrift war fast identisch mit seiner. Eine Kanzleischrift eben, wie sie jeder Notarius lernt. Und Konstanzes Unterschrift sah nicht anders aus als sonst. Es war nicht ihre förmliche Signatur, die eher wie ein Monogramm aussieht – ein großes K mit gemalten Linien und Verzierungen –, sondern es war das leichthändige »Constance«, das sie unter ihre privaten Briefe setzt. Aber auch das kann man fälschen. Aziz hat gesagt, dass die Königin sich den Aufständischen nicht angeschlossen hat, und Gottfried ist davon überzeugt, dass es stimmt. Nie wäre die Kaiserin dieses Wagnis eingegangen, und nie hätte sie den Mord an ihrem Gatten geduldet. Herrgott, wenn er den Brief nur noch einmal in Händen halten könnte! Vielleicht wäre bei eingehender Untersuchung etwas zu finden, eine Kleinigkeit, irgendeine Auffälligkeit, die beweist, dass das Schreiben eine Fälschung ist. Dass es sich um ein Komplott gegen die Königin handelt. Verdammt, was war es, das ihm an dem Brief ungewöhnlich vorkam, was?

Er versucht sich die Eigenheiten aller Schreiber in Erinnerung zu rufen, die er kennt, den charakteristischen Strich der Feder, die Form, Neigung und Höhe der Schriftzeichen, die Abstände zwischen den Wörtern. Es hilft ihm nicht weiter. Schließlich stöbert er alle möglichen Schriftsachen hervor, die er in seiner Truhe verwahrt, vergleicht, studiert, streicht mit den Fingerspitzen über die Tierhaut. Bei manchen ist die Tinte schon ein wenig verblichen, bei anderen neu und glänzend, schwarz oder braun. Gottfried starrt auf die Buchstaben. Da fällt es ihm wie Schuppen von den Augen.

Heiliger Strohsack! Die Tinte! Es war die Tinte!

Er springt auf, rennt zum Fenster. Seine Stube liegt im obersten Stockwerk des Westflügels, hoch über dem Innenhof. »Aziz!«, brüllt er mit sich überschlagender Stimme durch das filigran durchbrochene Holzgitter. »Aziz! Aziz!«

Ein junger Wächter aus dem Schwäbischen reißt die Tür auf und stürmt herein. »Was geht hier vor? Bist du verrückt geworden, Mann? Sei still und gib Ruhe.«

»Um Christi willen, ich muss mit dem Kommandanten der Palastwache sprechen. Es geht um Leben und Tod!« Gottfried packt den Bewaffneten bittend am Ärmel. Der schüttelt den Kopf. »Mach keinen Ärger, Schreiber. Ich habe meine Befehle.«

»Es geht nicht um mich«, beharrt Gottfried, »es geht um die Kaiserin höchstselbst. Ich an deiner Stelle würde jetzt keinen Fehler machen. Du kannst dir großes Verdienst erwerben. Wenn alles gutgeht, ist dir Dank und Lohn von allerhöchster Stelle gewiss.«

Der junge Schwabe ist sichtlich verunsichert. Gottfried redet weiter. »Von mir aus rede ich mit dem Kommandanten durch die geschlossene Tür, aber hol ihn um Himmels willen her.«

Endlich brummt der Wächter: »Na gut, aber nur durch die Tür.«

Kurze Zeit später steht Aziz draußen. Gottfried ist so aufgeregt, dass ihm die Stimme zittert. »Du musst mir diesen unseligen Brief der Kaiserin an Jordanus beschaffen. Ich glaube, ich kann beweisen, dass er eine Fälschung ist.«

»Allah!« Aziz schüttelt den Kopf. »Das ist unmöglich. Der Kaiser bereitet einen öffentlichen Prozess gegen Konstanze vor. Wegen Hochverrats. Der Brief liegt bei den Gerichtsakten in der Geheimen Registratur. Da hinein kommt keiner, außer den Juristen und Notaren, die mit der Sache befasst sind.«

»Sag mir Namen!«

»Ich kenne sie nicht. Es sind fast ausschließlich Männer, die Heinrich aus dem Reich mitgebracht hat. Dazu Ioannis von Nikosia, dann Khamal ibn Hasan und Petrus von Eboli für die Übersetzungen ins Griechische, Arabische und ins Volgare. Damit ganz Sizilien verstehen kann, warum die Königin verurteilt wird«, fügt er bitter hinzu.

Gottfried schließt die Augen. Ausgerechnet Petrus von Eboli. Joannis kennt er kaum, und Khamal ist ein glühender Bewunderer des Staufers. Aber es hilft nichts. »Dann hol mir den Petrus von Eboli. Einen Versuch ist es wert. Und du, Aziz, schick jemanden nach Castrogiovanni. Er soll den Schreiber des Jordanus herbringen, aber lebend!«

»Glaubst du, Jordanus hat den Brief fälschen lassen?«

»Ich hoffe es. Ich weiß zwar nicht, welchen Grund er gehabt hätte …«

»Aber ich kann es mir denken.« Aziz' Wangen röten sich vor Aufregung. »Man hat mir berichtet, dass die Führer des sarazenischen Sizilien nur unter der Bedingung in den Kampf eingreifen wollten, dass Konstanze den Aufstand unterstützt. Vielleicht wollte er sie mit dem Brief überzeugen.«

Gottfried nickt. »Das wäre eine Erklärung. Aziz, ich brauche außer diesem Brief noch Schriftstücke, die in den letzten Wochen und Monaten in Castrogiovanni verfasst worden sind. Rechnungen, Listen, Kopien von Urkunden, ganz gleich was.«

»Was genau brauchst du?«

»Was du kriegen kannst. Und ich brauche sämtliche Tinte, die auf der Burg zu finden ist.«

»O Gott«, sagt Aziz, »ich hoffe, dafür reicht die Zeit. Der Prozess gegen Konstanze soll in vier Tagen stattfinden.«

»Es ist unsere einzige Möglichkeit.«

Aziz verschwendet keine Zeit mehr mit Reden. »Also gut. Ich bringe dir zuerst den Eboli.«

Keine Stunde später geht die Tür zu Gottfrieds Kammer auf, und Petrus von Eboli tritt ein. Aziz muss den Wächter überredet haben, oder aber bestochen. Ganz gleich, Hauptsache, er kann mit Eboli sprechen.

Petrus sieht sich im Zimmer um, mustert das Bett, den Schreibtisch, die große Truhe. »Ich muss schon sagen, Meister Gottfried, Ihr habt es hier recht angenehm. Bisher dachte ich immer, Verräter würden in finstere Löcher voller Ratten gesteckt.«

Gottfried beißt die Zähne zusammen. Nur nicht die Beherrschung verlieren. »Ich danke Euch, dass Ihr gekommen seid, Petrus.«

»Oh, keine Ursache. Euer Freund, dieser Sarazene, war ziemlich überzeugend. Außerdem«, lächelt er schmallippig, »bin ich schon ein wenig neugierig. Ich nehme nicht an, dass Ihr mich aus alter Freundschaft noch einmal zum Abschied sehen wolltet. Was verschafft mir also das Vergnügen?«

Gottfried sucht nach den rechten Worten. »Petrus, ich weiß, dass es bei unserem letzten Zusammentreffen Misshelligkeiten zwischen uns gegeben hat. Und ich bitte Euch um Verzeihung, wenn ich Euch gekränkt habe. Aber jetzt ist nicht die Zeit für Streitigkeiten. Es geht um das Leben der Königin.«

»Was habe ich damit zu tun?«

»Ihr könnt mir helfen, sie zu retten.«

»Ah!« Petrus hebt die Augenbrauen. »Und wieso sollte ich das tun? Die Königin hat mich nie geschätzt. Sie hat stets nur Euch gefördert.«

»Aber Ihr könnt deshalb doch nicht zulassen, dass sie für ein Verbrechen gerichtet wird, dass sie niemals begangen hat. Ich will ihre Unschuld beweisen, aber dafür brauche ich Euch. Ihr seid der Einzige, der an den Brief der Königin herankommt, den sie Jordanus geschickt hat. Ich muss ihn unbedingt noch einmal sehen. Ich bitte Euch, bringt ihn mir. Sonst wird Frau Konstanze hingerichtet, und diese Last könnt Ihr doch nicht auf Euer Gewissen laden. Petrus, Ihr seid doch Geistlicher!«

»Mein Gewissen geht Euch nichts an«, blafft Eboli. »Ihr verlangt von mir, ich soll den Brief stehlen? Seid Ihr irre? Wenn ich erwischt werde, bringt mich das um Kopf und Kragen.«

»Ihr könnt ihn später wieder zurückbringen. Niemand würde etwas merken.«

Eboli lacht. »Und warum sollte ich Euch den Gefallen tun? Was hätte ich davon?«

»Die Kaiserin würde Euch reich belohnen.«

»Mir liegt nichts an Geld.«

»Woran liegt Euch dann?«

Petrus scheint wirklich darüber nachzudenken, was ihm überhaupt wichtig ist. So wichtig, dass er sich dafür in eine nicht unbeträchtliche Gefahr begeben würde. Er verschränkt die Arme, legt die Stirn in Falten und schürzt die Lippen. Eine ganze Weile steht er so da und überlegt, dann lässt er seinen Blick langsam durch den Raum schweifen. Schließlich bleiben seine Augen auf der Truhe mit dem schweren Schloss ruhen. »An dem Buch«, sagt er. »An dem Buch liegt mir.«

»Welches Buch?« Gottfried will nicht verstehen.

»Das, an dem Ihr seit Jahren arbeitet. Die Chronik Siziliens. Das Buch der Königin.«

Gottfried prallt zurück. Petrus will ihm sein Werk nehmen! Sein großes Meisterstück, an dem sein Herz hängt und sein ganzer Stolz! »Nein!«, stößt er entsetzt hervor.

Petrus zuckt die Schultern. »Gut. Wenn Euch das Buch wichtiger ist als das Leben Eurer Gönnerin. Mir soll's recht sein.« Er wendet sich zum Gehen.

»Wartet!« Gottfried kämpft mit sich. »Was wollt Ihr denn mit dem Buch anfangen? Was habt Ihr davon, wenn es Euch gehört?«

Eboli antwortet nicht. Auf seinem Gesicht erscheint ein nur feines Lächeln.

Es ist der Neid, denkt Gottfried. Petrus von Eboli kann den Gedanken nicht ertragen, dass ich mit meinem Buch zu Ruhm und Ehren komme. Dass mir allgemeine Bewunderung zuteil wird. Dass ich womöglich Berühmtheit erlange. Gottfried spürt die Verzweiflung in sich hochsteigen. Was soll er tun? »Es ist mein Buch«, sagt er lahm.

Petrus zuckt die Schultern. »Ei freilich. Es ist Euer Buch. Und Eure Entscheidung. Dann soll die Königin sterben. Und Ihr vermutlich mit.« Erneut dreht er sich um und macht einen Schritt auf die Tür zu. Gottfried sieht, wie er die Hand hebt, um dem Wächter das vereinbarte Klopfsignal zu geben. Wenn Petrus durch diese Tür geht, ist alles verloren, denkt er. O Gott. Das darf nicht sein. Ein Stöhnen kommt aus seiner Kehle. »Bleibt!« Seine Stimme wird leise. »Ihr sollt es haben.« Langsam geht er zur Truhe, öffnet das Schloss und holt die bindefertigen Doppelseiten heraus. »Sobald ich den Brief bekomme.«

Am nächsten Morgen, gleich nach Sonnenaufgang, ist Petrus von Eboli wieder da. Triumphierend zieht er Konstanzes Brief aus seinem Ärmel und streckt ihn Gottfried entgegen. »Noch vor Mittag hole ich ihn wieder und bringe ihn zurück. Da müsst Ihr fertig sein.«

Mit zitternden Händen will Gottfried nach dem Schreiben greifen, aber Eboli zieht den Brief zurück. »Erst das Buch«, sagt er.

Gottfried ist zum Heulen. Sein großes Werk. Gestohlen. Vorbei. Es war ein schöner Traum. Er reicht Eboli den Packen Pergamente. »Petrus«, sagt er, »versprecht mir wenigstens, dass Ihr es nicht vernichtet.« Der Gedanke ist ihm unerträglich.

Petrus verstaut die Seiten in einer ledernen Tasche, die er mitgebracht hat. Er lächelt hintergründig. »Glaubt mir, mein Freund, das werde ich niemals tun. Sofern Ihr mir Euer Wort gebt, dieses Buch niemals einzufordern oder einen Anspruch als Verfasser darauf zu erheben.«

Gottfried schließt die Augen. Er hebt die Linke. »Das Buch gehört Euch«, presst er hervor. »Ich schwöre bei Gott.«

»Ah, mein Freund, nicht bei Gott.« Petrus spielt mit dem Brief. »Schwört bei der Ehre Eurer Königin.«

Er schließt die Augen. »Bei der Ehre der Königin, ich schwöre es.«

Eboli ist zufrieden. »Ich weiß, Ihr werdet Euer Wort halten.« Er klopft an die Tür und lässt sich vom Wächter öffnen. Bevor er geht, wendet er sich noch einmal um, sieht Gottfried mit merkwürdigem Blick an. »Ihr müsst die Königin sehr lieben«, sagt er zum Abschied.

Dann bleibt Gottfried alleine zurück, in der Hand den zusammengefalteten Brief an Jordanus. Ebolis letzter Satz hat ihn mit Wucht getroffen. Und endlich, in diesem Augenblick, kann er nicht mehr verleugnen, was er sich nie eingestehen wollte: Ja, er hat immer nur diese Frau geliebt. Eboli hat die Wahrheit erkannt. Nie war ihm eine andere wichtig, nie hat er eine andere auch nur angesehen. Nur sie. Von der ersten Begegnung an hat er sie angebetet und tut es noch. Ihr unbändiger Stolz. Ihre ernste Würde. Ihre sanfte Freundlichkeit. Er hat immer gewusst, dass ihm diese Liebe nicht zusteht, hat sie deshalb tief in sich vergraben. Er weiß auch, dass ihr Herz Aziz gehört, aber das stört ihn nicht. Er erwartet keine Gegenleistung für seine Gefühle. Ganz gleich, was sie tut, für ihn ist sie eine Heilige. Ja, er würde alles geben, um sie zu retten. Er hat gerade alles gegeben.

Jetzt muss sich nur noch erweisen, dass er mit seiner Vermutung recht hat. Fieberhaft faltet er den Brief auf. Es liegt nun an ihm. Viel Zeit ist nicht mehr.

77
Palermo, Mitte Juli 1197

Aziz hat es irgendwie geschafft. Er hat Himmel und Hölle in Bewegung gesetzt, um zum Kaiser vorzudringen. Erst schien es, als sei alles vergeblich, aber schließlich konnte er Walter von Pagliara, Bischof von Troia und einer der engsten Vertrauten des Kaisers, überzeugen. Dem wiederum gelang es, Heinrich dazu zu bringen, Gottfried anzuhören. Es steht einer Majestät nicht an, soll er zu ihm gesagt haben, die eigene Frau hinzurichten, ohne zuvor ihre Verteidigung zu hören.

Jetzt kniet Gottfried vor Heinrich. Ungnädig sieht der Kaiser auf ihn hinunter. »Es heißt, du könntest deine und der Kaiserin Unschuld beweisen«, knurrt er. »Dann fang an.«

Gottfried erhebt sich. »Herr, dazu brauche ich den Brief der Kaiserin an Jordanus. Und dazu irgendein Schreiben, das in der Hofkanzlei ausgestellt wurde.«

Heinrich runzelt die Stirn, dann gibt er einem seiner Diener ein Zeichen. »Ich warne dich, Notarius. Ich hatte eigentlich vor, dich aus Gnade für deine langjährigen Dienste köpfen zu lassen. Sollte sich herausstellen, dass du hier nur Zeit schinden willst, wird dein Tod nicht mehr so angenehm sein.«

Gottfried schluckt trocken. Er weiß, dass es um Leben und Tod geht. Während sie warten, betritt Walter von Pagliara den Raum und bespricht sich leise mit dem Kaiser. Endlich kommt der Diener zurück und übergibt Gottfried zwei Pergamente. Gottfried atmet tief durch. »Wenn Ihr die Güte hättet, Majestät, mit mir ans Licht zu kommen?«

Heinrich folgt ihm zu einem der hohen, spitzbogigen Doppelfenster. Auf dem breiten Sims faltet Gottfried Konstanzes Brief auf; daneben legt er die Kopie einer kaiserlichen Schenkungsurkunde an das Kloster Zwiefalten, das im Original vor vier Wochen nach Norden abgegangen ist. »Was wisst Ihr über Tinte, Majestät?«

Heinrich trommelt mit den Fingern auf das Sims. »Man schreibt mit ihr«, erwidert er ungeduldig.

»Ganz recht. Aber es gibt unterschiedliche Tinten, hergestellt aus verschiedenen Materialien. Je nachdem haben sie auch unterschiedliche Eigenschaften. Da ist zum Beispiel die ganz einfache Tinte aus Ruß, vermischt mit verdünntem Harz von Kirsch- oder Pflaumenbäumen. Dann gibt es die sogenannte Dornentinte. Dafür entfernt man die Rinde von Schwarzdornzweigen. Man kocht sie auf und trocknet sie dann wieder ein, gibt Wein und Zucker dazu, und schon kann man schreiben. Und dann ist da noch die Sorte, die wir Gallustinte nennen. Sie entsteht, indem man getrocknete und zerstampfte Galläpfel kocht, das schon erwähnte verdünnte Harz dazugibt und außerdem noch ein Pulver, das man aus einem blauen Kristallstein gewinnt, den die Griechen Kupferblüte nennen. Diese Tinte verwenden wir seit langen Jahren bei Hof, denn sie ist besonders haltbar und weder in Wein noch in Wasser noch in Essig löslich. So kann an einem Dokument nichts verändert oder gefälscht werden.«

»Worauf willst du hinaus?«

Gottfried deutet auf die beiden Schriftstücke. »Auf den ersten Blick sehen beide Tinten recht ähnlich aus, nicht wahr? Beide haben eine bräunlich schwarze Färbung, beide verlaufen kaum, beide haften so gut auf dem Pergament, dass man sie nicht verwischen kann, wenn man mit dem Finger darüberfährt. Dennoch ist die eine Tinte aus Galläpfeln und die andere aus Dornen hergestellt.«

»Woran kann man das sehen?«

»Ein Laie kann es gar nicht erkennen. Ein Schreiber mit Erfahrung jedoch …« Auf Gottfrieds Stirn haben sich dicke Schweißtropfen gebildet. »Majestät, auch mir ist, als Ihr mir den Brief der Kaiserin gezeigt habt, auf den ersten Blick nichts aufgefallen. Hinterher aber hatte ich das Gefühl, dass damit etwas nicht stimmt.

Und ich glaube, ich kann Euch das heute beweisen. Mit Hilfe der Tinte.«

Der Kaiser macht eine leichte Handbewegung. »Weiter.«

Gottfried fasst Mut. »Darf ich?« Er greift nach der Hand der verblüfften Majestät und reibt mit dem Zeigefinger sacht ein paarmal über die Schrift des Fürstenbriefs. »Schmeckt!«

Heinrich steckt den Finger in den Mund. »Nichts.«

»Das hatte ich erwartet«, nickt Gottfried zufrieden. »Und jetzt macht einmal das Gleiche mit dem Schreiben an Jordanus.«

»Süß!«, staunt der Kaiser.

»Das ist der Zucker. Er verleiht der Dornentinte besseren Glanz, während man ihn bei der Gallustinte nicht braucht. Der Brief an Jordanus, Herr, ist mit Dornentinte geschrieben.«

»Und warum soll diese Tatsache die Unschuld der Kaiserin beweisen?«

Gottfried breitet die Arme aus. »Weil am ganzen Hof keine andere Tinte zu finden ist als Gallustinte. Sie wird von den Lehrlingen der Kanzlei hergestellt, alle Schreiber holen sich die Menge, die sie brauchen, aus der Tintenkammer. Hätte die Kaiserin diesen Brief einem der Notarii bei Hof diktiert – und ich schwöre beim Himmel, ich war es nicht –, dann hätte dieser mit Gallustinte geschrieben. Eine andere steht ihm gar nicht zur Verfügung.«

Heinrichs Augen werden schmal. »Und wenn die Kaiserin sich andere Tinte besorgt hat?«

Gottfried wischt sich mit dem Ärmel den Schweiß von der Stirn. »Erstens: Warum hätte sie das tun sollen? Es ändert nichts am Inhalt des Briefes. Und zweitens: Seht noch einmal her!«

Gottfried nimmt sich eine Karaffe mit Wasser vom Tisch, taucht einen Finger hinein und lässt einen Tropfen auf die Schenkungsurkunde für Zwiefalten fallen. »Seht Ihr? Es geschieht – nichts. Die Tinte ist nicht wasserlöslich. Anders als hier.« Er schüttelt einen Tropfen auf Konstanzes Brief: Sofort beginnen die getroffenen Buchstaben zu verlaufen. Der Kaiser hebt fragend die Augenbrauen, und Gottfried erklärt: »Die Gallustinte, die wir bei Hof benutzen, hat von sich aus einen schönen dunkelbraunen Farbton, der einen guten Kontrast zum Pergament bietet und dadurch angenehm zu lesen ist. Eine gute Dornentinte wird aus Schwarzdorn hergestellt und ist genauso dunkel wie Gallustinte. Weder hier noch dort braucht man die Beimischung anderer Farbpigmente. Hat man jedoch keinen Schwarzdorn zur Hand und verwendet andere Rinden für die Tinte, kommt eine hellere Farbe heraus. Dann fügt man wegen der besseren Lesbarkeit irgendwelche schwarzen Farbpulver hinzu. Oder ein Quantum Ruß. Und Ruß löst sich in Wasser – wie hier.«

Der Kaiser schüttelt missgelaunt den Kopf. »Ich verstehe immer noch nicht, worauf du hinauswillst. Komm endlich zur Sache, Schreiber.«

Gottfrieds Hemd ist schon durchgeschwitzt. Er spürt, wie ihm ein Schweißtropfen den Rücken hinunterläuft. »Majestät, die Dornentinte auf dem Jordanusbrief ist nicht aus Schlehenrinde gemacht. Deshalb ist sie so schwach in der Farbe, dass man Ruß dazumischen muss. Wenn ich den gelösten Ruß fortwische, so wie jetzt« – Gottfried tupft mit dem Ärmel die Flüssigkeit weg, »dann bleibt nur ein gräulich gelber Farbton zurück, der von der verwendeten Rinde stammt.«

Heinrich beugt sich über das Pergament, während Gottfried hastig weiterspricht. Nur dem Kaiser keine Gelegenheit geben, seinen Vortrag vor dem Ende zu unterbrechen. »Selbst wenn sich die Kaiserin auf irgendeinem sizilianischen Bazar Tinte gekauft haben sollte, was nicht sehr wahrscheinlich ist – es wäre noch viel unwahrscheinlicher, dass sie dann zufällig genau dieselbe Tinte erworben hätte, wie sie der Schreiber des Jordanus herstellt.« Gottfried atmet tief durch. Jetzt gilt es. »Ich bitte Euch, Majestät, schickt den Diener noch einmal. Und lasst ihn diesmal ein Schriftstück holen, das aus der Schreibstube von Castrogiovanni stammt.«

Heinrich schnaubt kurz, aber er schickt den Lakaien. Als der Diener zurückkommt, hat er ein Gesuch des Jordanus vom März des vorigen Jahres dabei, in dem um die Erlaubnis gebeten wird, in den Kronwäldern von Agrigent Holz schlagen zu dürfen. Und dann stehen beide, Gottfried und der Kaiser, vor dem Fenster und sehen sich das Schriftstück an. Die Farbe, die übrigbleibt, nachdem der Ruß entfernt ist, ist genau die selbe. Gottfried schickt ein

Dankesgebet zum Himmel. Er hat mit seiner Vermutung recht gehabt. Erleichtert wendet er sich an Heinrich. »Ihr könnt eine ganze Armee ausschicken, Herr, um die Umgebung von Castrogiovanni zu erkunden: Nirgends wächst dort auch nur ein einziger Schwarzdornbusch. Der Schreiber des Jordanus verwendet eine andere Rinde. Und diese Rinde ergibt einen zu hellen Farbton, den er mit Ruß dunkler macht. So wie im vermeintlichen Brief Eurer Gattin an Jordanus. Und so wie hier im Gesuch des Jordanus um Holz aus den königlichen Wäldern.« Gottfried ist erschöpft. »Ich bin davon überzeugt, Majestät, dass der Brief der Kaiserin an Jordanus zu Castrogiovanni geschrieben worden ist, vom dortigen Notarius.«

Heinrich will es noch nicht einsehen. »Warum sollte Jordanus den Brief gefälscht haben?«

Gottfried spielt seine letzte Karte. »Es heißt, dass die Sarazenen nur für Hauteville bereit waren zu kämpfen. Und ohne ihre Unterstützung wäre der Krieg nicht zu gewinnen gewesen. Jordanus musste ihnen einen Beweis dafür liefern, dass die Kaiserin den Aufstand unterstützt.«

Walter von Pagliara, der bisher regungslos in einer Ecke stand und Gottfrieds Beweisführung verfolgt hat, tritt an den Kaiser heran und flüstert ihm etwas ins Ohr.

Ruckartig reißt sich Heinrich von ihm los. Langsam geht er in die Mitte des Raumes, setzt sich auf einen blausamtenen Diwan und vergräbt das Gesicht in den Händen. Gottfried zittern die Knie, ohne Erlaubnis lässt er sich auf einen Schemel sinken. Er ist völlig erschöpft. Mehr kann er nicht tun. Entweder er hat Heinrich überzeugen können, oder er stirbt, und Konstanze mit.

Und dann, nach schier endloser Zeit, hebt der Kaiser den Kopf. Zuerst sieht er Gottfried an, dann Walter von Pagliara. Seine Stimme klingt müde. »Lasst ihre Majestät, die Kaiserin, frei.«

Gottfried schämt sich der Tränen nicht, die ihm übers Gesicht laufen.

Konstanze wird leben.

Er wird leben.

78
Palermo, später am selben Tag

»Ich habe einen Fehler gemacht.«

Ist es wirklich der Kaiser, der diese Worte sagt? Sie sieht ihm an, wie schwer ihm dieser Satz fällt. Dergleichen ist ihm wohl noch nie in seinem Leben über die Lippen gekommen, denkt sie bitter.

»Was willst du nun von mir hören?«, fragt sie eisig. »Dass ich dir verzeihe? Das kann ich nicht.«

Er nickt. »Das habe ich auch nicht erwartet, Konstanze. Dennoch wollte ich mich bei dir entschuldigen. Ich bin in meinem Zorn über das rechte Maß hinausgeschossen.«

Sie lacht auf. »Das rechte Maß hast du doch nie gekannt. Frag die Toten von Tusculum. Sieh sie an, die zerfleischten Opfer deines Blutgerichts. Und denk an unseren Sohn, der auf deinen Befehl hin fern von seiner Mutter aufwächst. Nein, Heinrich, sag mir nicht, dass es dir leid tut. Es setzt dir höchstens zu, dass du eine falsche Entscheidung getroffen hast.«

»Du kennst mich gut«, erwidert er. »Und ich verstehe deine Bitterkeit.«

»Mein Leben lang werde ich nicht vergessen können, was du mich gezwungen hast mitanzusehen, Heinrich.« Sie geht zum Fenster, zieht den leichten Seidenvorhang weg und versenkt ihren Blick im Azur des Sommerhimmels. Sie weiß, dass sie die furchtbaren Bilder nie wieder los sein wird. »Warum bist du so?«

Er setzt sich auf einen Polsterhocker. »Ich weiß es nicht. Kannst du es mir sagen? Kannst du mir sagen, warum Menschen so sind, wie sie sind? Vielleicht hat Gott mich so gemacht.«

»Lass Gott aus dem Spiel.« Sie fährt herum.

»Du hast ja recht. Vielleicht sollte ich eher vom Teufel reden. Würde dir das besser gefallen?«

»Was soll das alles, Heinrich? Was erwartest du von mir? Versöhnung? Die kann ich dir nicht bieten. Vergebung? Ich bin nicht Gott.«

Er steht auf, geht ein paar Schritte auf sie zu. »Ich kann die Dinge nicht ungeschehen machen, Konstanze. Auch wenn ich es wollte. Selbst die Macht eines Kaisers der ganzen Christenheit kann die Zeit nicht zurückdrehen.« Er versucht ein schiefes Lächeln. »Aber ich wünsche mir, ich könnte manches wiedergutmachen. Ich bin müde, Konstanze. Ich habe das Kämpfen satt. Seit Jahren macht mir mein Körper zu schaffen, ich bin nicht gesund. Manchmal wünsche ich mir einfach nur Ruhe und Frieden. Auch wenn du es nicht glauben magst, aber ich bin nicht nur böse.«

»Bist du all der schrecklichen Dinge überdrüssig, die du selber zu verantworten hast?« Konstanzes Stimme wird leise. »Hast du Angst, dass dich das Böse langsam auffrisst?« Sie sieht ihm in die Augen. »Ich habe nach deinem Herzen gesucht, so lange. Aber ich habe nur etwas Hartes, Sprödes gefunden, wie eine vertrocknete Frucht. Da ist nichts weiter. Auch wenn du es dir wünschst, dieser Steinklumpen wird sich nie wieder zurückverwandeln in weiches, blutvolles Fleisch. Was einmal zerstört ist, lässt sich nicht mehr zum Leben erwecken. Genau wie das Gefühl der Zuneigung. Genau wie Vertrauen. Genau wie Achtung oder Freundschaft. Du hast längst alles vernichtet, Heinrich, was du hättest von mir haben können. Es ist nichts mehr übrig.«

Er legt den Kopf leicht schräg, als wolle er sich unter ihren Vorwürfen ducken. In diesem Augenblick erkennt er, dass es zu spät ist für Versöhnung. Er nimmt ihr Urteil wohl oder übel an, es hat ihn getroffen, aber dann gibt er sich einen Ruck. Er muss schließlich weiterdenken. »Und wenn die Frau Konstanze mit dem Mann Heinrich nichts mehr zu tun haben will – gilt das auch für die Königin und den König von Sizilien?«

Sie sieht ihn an. »Was willst du damit sagen?«

»Sizilien ist am Boden. Ich habe den Aufstand der Barone niedergeschlagen, die Anführer sind tot. Was bleibt, ist ein Land voller Hass. Ein Land, das unter meiner Herrschaft nicht mehr blühen will. Das früher oder später wieder aufbegehren wird. Aber du, Konstanze, du kannst versöhnen. Du bist die Erbin der Krone. Dich liebt das Volk. Tritt an meine Seite und regiere gemeinsam mit mir. Ganz gleich, wie sehr du mich hasst, tu es für dein Land.«

»Damit du es deinem Reich einverleiben und den Kirchenstaat in die Zange nehmen kannst?«

»Natürlich, was ist daran falsch? Aber ich würde dir die Verfügungsgewalt über sämtliche Einkünfte der Krone lassen. Der Reichtum Siziliens würde im Lande bleiben. Und in der Zeit meiner Abwesenheit hättest du die Regentschaft alleine.«

»Ich will meinen Sohn.«

Er verzieht das Gesicht zu einem schiefen Grinsen. »Er soll ums Verrecken kein Staufer werden, was? Kein Monstrum wie sein Vater. Also gut. Dein Wunsch soll dir erfüllt werden. Allerdings noch nicht gleich. Erst will ich einen Beweis deines guten Willens und deiner Mitarbeit. Ich will, dass du öffentlich ein Zeichen unserer Versöhnung setzt.«

Ihre Augen werden schmal. »Jetzt erkenne ich dich wieder. Ich wusste doch, dass deine Reue nicht ernst gemeint ist. Du hast nur Kreide gefressen, weil du mich brauchst.«

»Ja«, gibt er offen zu. »Ich brauche dich. Aber noch mehr braucht dich Sizilien, das weißt du.«

Sie geht zum Fenster. Über Palermo hängt noch Dunst, in der Nacht hat es geregnet. Die Ziegeldächer der Stadt neigen sich in den unterschiedlichsten Winkeln zueinander, wie die engen Gassen, in denen sich das Leben der Menschen abspielt. Dazwischen erheben sich wie kleine und große Hügel die goldglänzenden Kuppeln der Moscheen. Im Hafen liegen mit gerefften Segeln die Schiffe, silbern glitzern die Wellen im glasigen Sonnenlicht. O ja, Heinrich weiß genau, wie er bekommt, was er will. »An welches öffentliche Zeichen hast du gedacht?«, fragt sie.

»An eine gemeinsame Krönung im Dom von Palermo«, sagt er. »Das wolltest du doch immer.«

»Ich wollte keine gemeinsame Krönung, ich wollte meine Krönung.«

»Die bekommst du dann ja.«

»Wann?«

Er überlegt. »Am Sonntag vor Michaeli? Die Vorbereitungen dauern schließlich einige Wochen. In der Zwischenzeit muss ich noch nach Messina. Wie du dir vielleicht denken kannst, ist es mir in der derzeitigen Lage unmöglich, auf Kreuzfahrt zu gehen. Ich werde meine Ritter von dieser Entscheidung unterrichten und einen Teil von ihnen ins Heilige Land vorausschicken, der andere bleibt sicherheitshalber hier, bis der Frieden im Land trägt und unsere kleine Vereinbarung sich bewährt hat. Natürlich würdest du mich dorthin begleiten, damit unsere Versöhnung glaubhaft ist.«

»Natürlich.«

»Und wenn dann die Krönung vorüber ist, können wir darüber reden, den kleinen Friedrich nach Sizilien zu holen, sagen wir, im nächsten Jahr.«

»Du willst erst sicherstellen, dass ich mich wohlverhalte.«

Er lächelt. »Ist das zu viel verlangt?«

Sie ignoriert sein Lächeln. Hat sie eine Wahl? »Ich bin einverstanden«, sagt sie. Sie will nicht mehr kämpfen. Sie will die Krone. Und ihren Sohn.

Er nickt. »Gut, dann wäre das geklärt.« Ohne weitere Umschweife wendet er sich zum Gehen. »Vielleicht noch eins. Ich meine, dass wir unser eheliches Zusammenleben nicht mehr weiterführen sollten.«

»Das ist mir recht.«

»Ich dachte es mir. Ich rate dir allerdings, deiner kleinen Schwäche für die Palastwache in Zukunft taktvoll und vorsichtig nachzugehen, meine Liebe. Sollte ich offiziell davon erfahren, müsste ich scharfe Maßnahmen ergreifen.«

Sie zuckt zusammen. Er hat die ganze Zeit von Aziz gewusst! Und hat nichts unternommen! Aus Gleichgültigkeit oder Nachsicht?

Die Antwort gibt er gleich selbst. »Mir ist egal, was du tust, Konstanze. Ich gönne dir die kleine Spielerei, schließlich musstest du mich lange genug ertragen. Ah, ich sehe, jetzt bist du verblüfft! Nun, ich bin eben doch kein Unmensch.« Er geht zur Tür. »Ach, noch etwas«, sagt er, als er schon fast draußen ist, »weißt du eigentlich, dass du den Beweis deiner Unschuld Meister Gottfried verdankst? Wenn er nicht gewesen wäre, wäre dein Kopf morgen in den Sand gerollt. Nun, ich bin froh, dass es anders gekommen ist. Die Tragkraft meines Gewissens ist schließlich auch begrenzt …«

79
Palermo, keine Stunde später

»Ai, mi figghiu, mi fanciullino, du hast gerettet mein picciridda!« Tommasina drückt ihm fast die Luft ab, küsst ihn ein ums andere Mal schmatzend auf beide Backen. »Du sollst kommen in schönste Garten von paradiso!«

Gottfried weiß gar nicht, wie ihm geschieht. Tommasina zieht ihn ins Kaminzimmer, zwingt ihn mit sanfter Gewalt auf einen Diwan und füttert ihn mit süßem Dattelkonfekt. Auch Laila ist da, die Stille. Sie nimmt einfach nur seine Hand und führt sie an die Lippen. »Barak allahu fik«, flüstert sie. Gott segne dich.

Und dann betritt die Kaiserin den Raum. Er springt auf, steht verlegen vor ihr, den Blick auf den Boden gerichtet.

»Ich bin so tief in Eurer Schuld wie ein Mensch nur sein kann«, sagt sie. »Wie kann ich Euch jemals danken?«

Er wehrt ab. »Jeder andere hätte das Gleiche getan, Majestät. Und außerdem: Es ging schließlich auch um mein Leben.« Er lächelt schief. Blass und mager ist sie geworden, denkt er. Noch nie sind ihm diese Fältchen um ihre Augen aufgefallen, der bittere Zug um ihren Mund. Was hat dieser Mensch ihr angetan!

»Erzählt mir alles«, bittet sie. »Wie ist es Euch gelungen, den Kaiser zu überzeugen? Aziz hat mir schon verraten, dass es etwas mit der Tinte zu tun hatte.«

Aziz. Der Name versetzt Gottfried einen Stich. Wie sie ihn sagt. So sanft, so weich. Plötzlich beneidet er den Freund glühend. Es ist, als ob Petrus von Eboli mit seiner Bemerkung eine Mauer eingerissen hat. Was Gottfried nie wahrhaben wollte, was er hartnäckig vor sich selber verleugnet hat, hat sich nun mit Gewalt Bahn gebrochen. Ein einziger Satz, ausgesprochen von seinem schlimmsten Feind, hat genügt. Und nun spürt er sie, diese Liebe. Es brennt in ihm, dieses Begehren. Und er leidet, weil seine Gefühle nicht erwidert werden. Weil diese Liebe unerfüllbar bleiben wird.

Er nimmt sich zusammen, erzählt von seiner Beweisführung vor dem Kaiser. Sagt, wie froh er ist, dass alles gutgegangen ist. Und während er redet, fasst er einen Entschluss.

Die Kaiserin hört ihn lächelnd an. Was ist mit ihm, denkt sie. Er hat sich verändert. Er wirkt seltsam gezwungen. Nun, auch er hatte den Tod vor Augen, vielleicht hat ihm das seine Unbefangenheit genommen. In einer plötzlichen Aufwallung nimmt sie seine Hand. »Wir haben Schlimmes erlebt, mein Freund. Lasst uns Gott danken dafür, dass wir noch am Leben sind. Dass es weitergehen darf.«

Er hält seine Hand ganz still, spürt die Wärme ihrer Finger auf seiner Haut, genießt jeden Augenblick dieser Berührung. Dann lässt sie wieder los. Das ist es wohl, denkt er, loslassen. »Was wird jetzt mit Euch und Eurem Gatten?«, fragt er und beißt sich gleich danach auf die Unterlippe. Das geht den Schreiber der Kaiserin nichts an.

Verwundert sieht sie ihn an, antwortet aber trotzdem. »Mein erster Gedanke nach all dem war, den Schleier zu nehmen. Ich wollte nur noch Ruhe und Frieden. Doch dann hat der Kaiser mir ein Angebot gemacht, das ich nicht ablehnen konnte. Wir haben eine Übereinkunft getroffen: Nach außen hin wird es eine Versöhnung geben, ich werde gemeinsam mit dem Kaiser herrschen, zum Wohle Siziliens und um das Reich ruhig zu halten. Als Lohn für mein Wohlverhalten bekomme ich meinen Sohn.« Da ist es doch wieder, ihr altes, strahlendes Lächeln.

»Das ist wunderbar.« Er zögert, aber es muss ja gesagt sein. »Das Buch …«

Sie klatscht freudig in die Hände. »Habt Ihr es fertig? Wo ist es?«

»Ja«, sagt er mit leiser Stimme, »es ist fertig. Aber ich habe es nicht mehr. Es war der Preis für Euer Leben und meines, Majestät.«

»Ich begreife nicht.« Ungläubig schüttelt sie den Kopf.

»Petrus von Eboli hat es haben wollen dafür, dass er den Brief an Jordanus aus der Geheimen Registratur gestohlen hat.« Und dann erzählt er ihr die ganze Geschichte.

»Man bringe diesen Menschen sofort her«, schäumt sie. »Er

muss das Buch wieder hergeben. Tommá!« Sie will zur Tür eilen, aber Gottfried hält sie zurück. »Er hat mein Wort.«

»Aber nicht meines!« Sie ist wütend.

»Ich habe auf Eure Ehre geschworen.«

Da hält sie inne. Tommasina erscheint, sie winkt sie wieder hinaus. Langsam dreht sie sich zu ihm um. »Dann bindet Euer Wort auch mich«, sagt sie.

»Ja.« Er macht eine kleine, hilflose Geste. »Es war die einzige Möglichkeit. Außerdem: Ich kenne ihn. Er hat das Buch irgendwo versteckt. Wenn wir ihn in die Enge treiben, wird er es vernichten. Und das wäre das Schlimmste. Dann wäre alles umsonst gewesen.«

Sie überlegt. »Vielleicht kann ich es ihm abkaufen.«

Er schüttelt den Kopf. »Es geht ihm nicht um Geld. Es ist der Neid, der ihn antreibt, und der Ehrgeiz. Ich habe mit einigen Leuten aus der Hofkanzlei geredet. Er arbeitet wohl selber schon seit längerem an einer Eloge auf den Kaiser. Er will nicht, dass ihn ein anderer mit seinem Werk aussticht.«

Konstanze kämpft mit ihrer Enttäuschung.

»Vielleicht könnt Ihr in ein paar Jahren mit ihm reden. Wenn er sein Werk über den Kaiser öffentlich gemacht und seinen Ruhm genossen hat.«

Sie nickt. »Vielleicht.«

»Vergesst nicht, wir sind beide noch am Leben. Das zählt mehr als ein Buch.«

Ihr kommt ein Gedanke. »Wir könnten es noch einmal schreiben. Ich weiß, es wäre nie ganz dasselbe, aber …«

Er sieht sie nicht an. »Morgen geht ein Segler mit einer Ladung Seide ab nach Pisa. Ich werde auf diesem Schiff sein.« Es drückt ihm schier die Brust ab.

»Aber Gottfried, warum? Ich weiß ja, dass Ihr wieder in Eure Heimat zurückkehren wolltet, aber so schnell?« Sie versteht nicht. Natürlich. Wie sollte sie?

Am liebsten würde er losheulen, seine Gefühle für sie hinausschreien. »Ich kann nicht«, sagt er stattdessen nur. »Es geht nicht. Ich muss nach Hause.«

Sie sieht ihn mit seltsamem Blick an, sieht, wie er um Fassung ringt. Und plötzlich glimmt etwas wie Begreifen in ihren Augen auf. »Gottfried«, sagt sie nur.

Da ist er schon auf den Knien. Mit beiden Händen greift er in die Falten ihres Gewands, führt den Stoff an die Lippen, vergräbt sein Gesicht darin. »Gottfried, nicht«, sagt sie.

»Vergebt mir«, flüstert er.

Sie streicht ihm übers Haar. Aber das Streicheln fühlt sich nicht an wie das einer liebenden Frau, sondern wie das einer Mutter. Es quält ihn nur, bereitet ihm fast körperlichen Schmerz. Er erträgt es nicht mehr und springt auf. »Vergesst mich nicht.«

Dann ist er zur Tür hinaus.

»Leb wohl, Gottfried«, sagt sie leise. »Möge der Herr im Himmel dich beschützen.«

80
Rom, Ende Juli 1197

Rom ist eine merkwürdige Stadt. Von der einstigen Pracht sind nur Reste geblieben. Auf verödeten Plätzen liegen einsam inmitten efeuumwucherter Mauerreste die Kirchen. Pinien und Zypressen wachsen in vergessenen Gärten, unter ihnen breitet sich Gestrüpp aus, Disteln und Dornen. Die großartigen antiken Aquädukte ragen als nutzlose Ruinen aus der verödeten Campagna, in der Stadt trinkt man Tiberwasser. Das Vieh weidet auf den unbewohnten Hängen der sieben Hügel. Man kennt das alte Forum Romanum inzwischen nur noch als Campo Vaccino, Kuhwiese; das Kapitol ist der Monte Caprino, der Ziegenberg. Die überfüllten Wohnviertel drängen sich an den Tiberufern zusammen, in den sumpfigen Ruinenfeldern regiert das Wechselfieber. Und dennoch ist dieses Rom immer noch caput mundi, das Haupt der Welt. Denn es ist die Wohnstatt des Papstes.

Der bald nur noch ein lahmer Wolf sein wird, denkt Valdini,

während er sich durch die engen Gassen von Trastevere zwängt. Sobald nämlich der Kaiser Sizilien dauerhaft unterworfen hat und den Kirchenstaat in eiserner Klammer halten kann. Wütend setzt der Padre seine Ellbogen ein, um sich seinen Weg durch eine Pilgerschar zu bahnen.

Als Valdini vor der Basilika San Giovanni in Laterano ankommt, ist es schon später Nachmittag. Kurz betrachtet er die Fassade der wohl ältesten Kirche Roms, Mutter und Haupt aller Kirchen der Stadt und des Erdkreises wird sie genannt. Dann wendet er sich dem Eingang des Papstpalastes zu. Man kennt ihn hier, ohne größere Schwierigkeiten dringt er zum Camerlengo der Kurie vor, der ihn sofort empfängt. »Ich habe Anweisung, Euch gleich vorzulassen, Padre«, sagt der Geistliche zur Begrüßung. »Der Heilige Vater erwartet Euch mit Ungeduld. Er befindet sich gerade in seiner Privatkapelle. Wenn Ihr mir folgen wollt.«

Valdini geht hinter dem Camerlengo her durch die Gänge und Räume. Schließlich erreichen sie den Aufgang zur Kapelle, die Scala Santa. Der Legende nach stammt die Treppe ursprünglich aus dem Palast des Herodes zu Jerusalem; Jesus ist sie hinaufgestiegen, um sein Urteil zu hören. Wie jedes Mal, wenn Valdini die achtundzwanzig Stufen nimmt, empfindet er Ehrfurcht und Demut zugleich, er fühlt sich, als wandele er geradewegs in den Fußstapfen des Herrn. Dann steht er vor der Sancta Sanctarum, dem heiligsten Ort der Welt. Hier liegen nicht nur die Reliquien der ersten Märtyrer, so die Häupter der Apostel Petrus und Paulus, sondern die Kapelle bewahrt auch das kostbare Volto Santo, ein Tuch mit dem Bildnis Christi, das nicht von Menschenhand geschaffen ist.

Der Camerlengo klopft an und öffnet die Tür, dann zieht er sich zurück. Valdini tritt ein. Drinnen brennen nur wenige Wachskerzen, im Dämmerlicht schimmern die Mosaiken und Wandmalereien rötlich. Er muss sich erst an das Halbdunkel gewöhnen und geht langsam vorwärts. Ganz vorne, vor dem mittleren der drei Altäre, kniet der Papst in einem gedrechselten Betstuhl. Milde schaut das bärtige Antlitz Christi aus dem Volto Santo auf ihn herab.

Coelestin III. ist ein Greis von über neunzig Jahren. Sein Gesicht besteht nur aus Runzeln und Falten. Backen, Mundwinkel und Augenlider hängen schlaff herab. Er erinnert an einen uralten, zahnlosen Molosserhund. Valdini nähert sich ihm langsam von der Seite, er weiß, dass Coelestin schlecht sieht und hört, und will ihn nicht erschrecken. Schließlich wendet sich der Papst ihm zu und schaut ihn mit dem milchig getrübten Blick des Starkranken an. »Valdini«, sagt er mit brüchiger Stimme, »endlich.«

Der Padre sinkt tief in die Knie. »Segnet mich, Heiliger Vater.«

Coelestin legt ihm stumm die knotige Hand auf. Mühsam stemmt er sich mit Hilfe eines silberbeschlagenen Stockes vom Betstuhl hoch und schlurft zu einer niedrigen Bank an der Seitenwand. Der rote Samtstoff seines Mantels spannt sich über seinem runden Greisenbuckel. Mit leichtem Stöhnen lässt sich Coelestin auf das Polster sinken und winkt Valdini zu sich. »Kommt näher, damit Wir Euch besser sehen können. Und nun berichtet.«

Valdini hat sich seine Rede schon zurechtgelegt, er will es mit wenigen Sätzen möglichst schnell hinter sich bringen. »Wie Ihr befohlen habt, Heiligkeit, habe ich alles getan, um den Aufruhr in Sizilien zu befördern. Leider war es mir nicht möglich, die Kaiserin zu überzeugen, doch ich konnte den ehrgeizigen Jordanus überreden, einen Brief zu fälschen, der ihre Teilnahme an der Erhebung gegen den Kaiser zusagt. Dadurch kam es zum Kampf, ein Anschlag auf das Leben Heinrichs scheiterte jedoch. Am Ende hat der Staufer den Aufstand in Sizilien niederschlagen können. Die Anführer wurden auf schreckliche, unchristliche Weise hingerichtet. Die Kaiserin ist vom Vorwurf des Hochverrats freigesprochen worden und hat sich wieder mit ihrem Gatten versöhnt. Vergebt mir, Vater, aber ich muss Euch sagen, dass Sizilien fest in der Hand des Kaisers ist.« Mit diesen letzten Worten ist Valdini wieder auf die Knie gefallen, mit gesenktem Kopf erwartet er den Tadel des Papstes.

Coelestins Schädel wackelt, als säße er nicht fest auf seinem Hals. Er schließt die Augen und bewegt lautlos die Lippen. »Was ist mit dem Kreuzzug?«, fragt er schließlich grollend.

Valdini atmet einmal tief durch, bevor er die nächste schlechte

Nachricht vorbringt. »Heinrich hat offenbar nicht vor, in absehbarer Zeit das Grab Christi zu befreien. Einen Teil seiner Kreuzritter will er zwar Anfang September unter Führung Heinrichs von Kalden vorausschicken. Er selbst aber will mit dem Rest auf Sizilien bleiben, um seine Herrschaft dort endgültig und unwiderruflich zu festigen. Als ich zu Messina das Schiff nach Rom bestieg, kursierten Gerüchte, nach denen der Kaiser vorhat, das ganze Unternehmen nach Weihnachten öffentlich abzusagen.«

Tock, tock, tock. In rhythmischen Abständen stößt der Papst seinen Stock auf den Boden. Seine Lider sind immer noch geschlossen, Wangen und Lippen zittern vor Wut. »Der Antichrist«, stößt er hervor; Tröpfchen seines Speichels netzen Valdinis Gesicht. »Dieser Mensch ist der Antichrist, Gott verfluche ihn!«

Der Padre tupft sich mit dem Ärmel über die verstümmelte Nase. »Verzeiht mir, Heiligkeit, dass ich Euch nichts Besseres berichten kann.«

Coelestin macht eine ausladende Bewegung mit dem Arm und droht Valdini mit der geballten Faust, seine Schulter streift dabei die Ohrenklappe des Camauro, der sich verschiebt und nun schief auf seinem beinahe haarlosen Schädel sitzt. »Ihr hättet die Barone dazu bringen müssen zu warten, bis Heinrich und seine Ritter sich ins Heilige Land eingeschifft haben«, zischt er. »Warum wart Ihr so voreilig? Ihr habt ohne meine Erlaubnis gehandelt.«

»Vergebt mir, Heiligkeit.« Valdini ist sich seines Versagens wohl bewusst.

»Das ist Euer Ehrgeiz!« Wieder stößt der Papst seinen Stock heftig auf den Boden. »Hoffahrt, Valdini, ist eine Todsünde!«

Der alte Mann hat recht, denkt Valdini. Es war mein Ehrgeiz. Ich habe gesehen, dass die Barone bereit waren, und wollte unbedingt, dass sie losschlagen. Trotzdem verteidigt er sich zaghaft. »Vermutlich wäre der Kaiser ohnehin nicht auf Kreuzzug gegangen. Ich glaube, er hat nur einen Vorwand gebraucht, seine Ritter nach Sizilien zu bringen, um sich das Königreich endgültig zu unterwerfen.«

»Das ist ihm ja nun wohl gelungen«, faucht der Papst. »Und

nun kann er den Kirchenstaat in der Faust zerquetschen wie eine reife Frucht.«

Valdini schweigt schuldbewusst. Er wagt es nicht, Coelestin anzusehen.

»Wir müssen Uns aus dieser Umklammerung befreien«, murmelt der Papst. In seiner Kehle macht er leise, abgehackte Geräusche.

»Vielleicht wäre es eine Möglichkeit, im Norden anzusetzen«, schlägt Valdini behutsam vor. »In Deutschland gibt es immer noch eine ganze Reihe von Reichsfürsten, die lieber einen Welfen auf dem Thron sähen …«

»Papperlapapp!« Coelestin hält es vor lauter Zorn nicht mehr auf seiner Bank, ächzend erhebt er sich. »Ausgerechnet jetzt, wo sie seinen Sohn erst zum König gewählt haben? Heinrich hatte nie einen besseren Stand im Reich als jetzt.« Er tappt wütend an dem knienden Valdini vorbei auf seinen Betstuhl zu. »Ihr kehrt nach Sizilien zurück, Valdini. Jetzt geht, ich möchte beten.« Er hält ihm sein Pektorale hin.

Valdini steht auf, küsst das päpstliche Brustkreuz, verbeugt sich tief und wendet sich zum Gehen. Noch bevor er die Tür der Kapelle erreicht hat, hört er hinter sich wieder das erbitterte Aufklopfen von Coelestins Stock. Und die deutliche Stimme des Papstes: »Der Staufer ist ein Sendbote des Teufels, geschickt, um die Kirche und Uns zu schwächen. Wer, so frage ich, erlöst Uns und die ganze Christenheit endlich von diesem Ungeheuer?«

Valdinis Hand, die gerade nach dem Türknauf greifen wollte, stockt mitten in der Bewegung. Reglos und stumm steht der Padre da, eine ganze Weile.

Dann öffnet er die Tür und geht hinaus. Mit bedächtigen Schritten steigt er die Scala Sancta hinab.

Er weiß jetzt, was er zu tun hat.

81
Messina, September 1197
Konstanze

Er schläft jetzt. Ich sitze am Krankenlager und starre auf meine Hände. Es geht ihm schlecht, so schlecht, dass man das Schlimmste befürchten muss.

Am Freitag vor Laurentii haben sie ihn gebracht. Auf der Jagd im Wald bei Linaria hatte ihn am Vorabend plötzlich ein Schüttelfrost befallen, was Magister Berard von Ascoli, sein Leibarzt, damit erklärte, dass es dort kalte Quellen gibt, von denen er erhitzt getrunken habe. Außerdem sei es dort in der Nacht außergewöhnlich kühl gewesen. Also eine Erkältung. Ich glaube allerdings, es ist das Wechselfieber. Seit der Belagerung von Neapel ist Heinrich immer wieder von Fieberschüben heimgesucht worden, die ihm stark zusetzten. Er war ja nie von robuster Gesundheit, schon in seiner Kindheit dauernd kränklich, der ganze Hof weiß, wie sehr er unter diesem Mangel an körperlicher Stärke gelitten hat.

Jedenfalls hatte ihn die trockene Hitze gepackt, als sie ihn auf einer Sänfte in den Palast von Messina trugen. »In ein paar Tagen bin ich wieder gesund«, versicherte er Walter von Pagliara mit klappernden Zähnen und übertrug ihm die Aufgabe, derweil die kaiserlichen Geschäfte zu führen. Mir traut er ja nicht. Ich nahm an, er lege auch sonst keinen Wert auf mein Eingreifen, blieb in den Frauengemächern und wartete.

Drei Tage später ließen sich Marquard von Annweiler und Walter von Pagliara bei mir melden. »Der Kaiser wünscht Euere Anwesenheit am Krankenlager«, erklärte mir Annweiler frostig.

»Das nimmt mich wunder«, entgegnete ich freundlich. »In Stunden der Schwäche hat mein Gatte sich meiner Gegenwart bisher stets verweigert.« Das war die Wahrheit. Wenn es ihm schlechtging, hat er mich nie sehen wollen.

»Nun, dieses Mal ist es eben anders«, sagte Herr Markward. »Er möchte, dass Ihr ihn pflegt, wie es gute Sitte und Herkommen unter Ehegatten ist.«

Ah, daher wehte der Wind. Er wollte unser neues Einvernehmen demonstrieren. Natürlich. Es war üblich, dass ein Herrscher im Falle von Krankheit Besuche empfing, und man hätte sich gewundert, wenn des Kaisers jüngst versöhnte Frau nicht an seiner Seite gewesen wäre. Es hätte Ursache zu neuen Gerüchten gegeben.

Walter von Pagliara neigte sein teigiges Gesicht zu mir. »Majestät, ich weiß, dass Ihr mir misstraut, aber ich bin Euer Freund, glaubt mir. Heute Morgen ist eine päpstliche Abordnung in Messina eingetroffen, angeführt von Padre Valdini. Der Kaiser möchte auf gar keinen Fall vor Seiner Heiligkeit den Eindruck erwecken, dass immer noch Zwist zwischen Euch herrsche. Wenn Ihr Euch jetzt wohlverhaltet, könnte Euer Gatte gleich nach seiner Genesung einen Boten nach Foligno schicken …«

Foligno. Sofort begann mein Herz zu klopfen. Vielleicht durfte ich schon Weihnachten mit meinem kleinen Konstantin feiern. »Ich komme«, sagte ich.

Als ich ihn sah, erschrak ich. Das Haar klebte ihm am Schädel, die Augen glänzten glasig vom Fieber. Seine Lippen waren bläulich und aufgesprungen. Man hatte ihn mit Fellen und Decken zugedeckt, ich glaubte die Hitze zu spüren, die er abstrahlte. Der Raum war verdunkelt. Um das Krankenlager standen drei gusseiserne Räucherbecken, in denen es kokelte. Der schwere Geruch von Kräutern überdeckte die Ausdünstungen des Kranken und den Gestank von Kot und Urin.

Ich musste mich überwinden, um ans Bett zu treten. »Wie geht es dir, Heinrich?«, fragte ich.

Er richtete sich auf. »Ah, du bist endlich gekommen. Es ist an der Zeit, meine Liebe, dass du deinen Platz an meinem Krankenbett einnimmst, wie es sich für eine liebende Gattin gehört.« Er schluckte trocken. Dann stöhnte er auf und presste die Hände auf seinen Leib. Ich nahm auf einem Schemel neben dem Bett Platz und wartete, bis er sich wieder entspannte. »Keine Angst«, grinste er mühsam, »ich habe nicht vor, deine Geduld zu lange in Anspruch zu nehmen. Ein paar Tage noch, dann bin ich wieder gesund.«

»Mit Gottes Hilfe«, sagte ich. Er ließ sich wieder in die Kissen sinken, matt und erschöpft nach dieser kurzen Unterhaltung. Kurz darauf war er fest eingeschlafen.

Ich ging ins Nebenzimmer und ließ Magister Berard holen. »Es ist die Abweiche dazugekommen«, berichtete der Arzt mit sorgenvoller Miene.

»Was tut Ihr dagegen?«, wollte ich wissen.

Berard hob die Hände. »Nun, was die Medizin in diesem Falle lehrt. Zunächst einmal habe ich zwei Aderlässe durchgeführt. Außerdem ist das Mittel der Wahl ein Leibwickel aus Schneckenschleim und getrockneter Alraunwurzel, aufgelöst in Wein. Dazu löffelweise Pulver aus gestoßenen Perlen und Kreide, um im Inneren das Feuchte aufzusaugen. Und keinesfalls etwas zu trinken. Denn die Abweiche resultiert aus einem Überschuss an verdorbenem Schleim im Körper, der ausgeschieden werden will. Jede weitere Flüssigkeitszufuhr vergrößert nur die Schleimmenge und verschlimmert dadurch die Symptome.«

»Tut, was Ihr für richtig haltet«, sagte ich, aber ich zweifelte an der Wirksamkeit seiner Maßnahmen. Ich bin mit der arabischen Medizin aufgewachsen, bei Durchfall verabreichte man uns Kindern stets getrocknete, gehäckselte Feigen und ließ uns dazu einen bitteren Kräuteraufguss trinken. Was ein Aderlass hier bewirken sollte, war mir nicht erklärlich.

Und ich behielt recht. Am Montag nach Laurentii ging es Heinrich deutlich schlechter. Hatte er in den letzten Tagen noch viel Besuch empfangen – wobei ich immer anwesend sein musste, um unser gutes Einvernehmen zu zeigen –, so ließ Magister Berard inzwischen niemanden mehr zu ihm. Die Abweiche hatte ihn stark ausgezehrt, und immer noch konnte er nichts bei sich behalten. Sein Gesicht war bleich und eingefallen, die Augen lagen tief in den Höhlen. »Schick mir deinen sarazenischen Arzt«, bat er mich mit schwacher Stimme. »Berard ist ein Stümper.«

Also ließ ich auf schnellstem Wege Muhammad ben Salah aus Palermo kommen. Er ließ als Erstes die Fenster öffnen und befahl kopfschüttelnd, den Kranken von seinen schweren Decken zu befreien. Er verordnete gegen Magister Berards erbitterten Widerstand eine Trinkkur mit Tormentill- und Kalmusabsud und bekämpfte das immer wieder aufflackernde Fieber mit Ganzkörperwaschungen und Umschlägen aus Essig und Portulakblättern. Ich wundere mich, dass Heinrich sich überhaupt von ihm behandeln ließ – er hat einmal zu mir gesagt, er traue keinem Sarazenen. Aber wenn ein Mensch Angst hat zu sterben, lässt er wohl so manche Prinzipien fahren.

Anders als Berard von Ascoli machte ben Salah seinem Patienten gegenüber keinen Hehl daraus, dass die Lage ernst war. Ich sah das Flackern in Heinrichs Augen, die Angst, aber auch den Trotz. Er wird kämpfen, das weiß ich.

Und nun sitze ich allein bei ihm im Zimmer. Die Vorhänge bauschen sich, ein sanfter Herbstwind weht herein. Auf Anweisung Berards, der sich jeden Tag neue Kämpfe mit seinem arabischen Kollegen liefert, brennen noch zwei Kohlebecken, auf denen Kräuterzweige vor sich hin schmauchen und die Luft verräuchern. Jedes Mal, wenn Berard den Raum verlässt, stelle ich die Becken ans Fenster, damit der Rauch hinauszieht.

Ich weiß nicht, was ich fühlen soll. Wenn mein Mann stirbt, bin ich vielleicht alle Sorgen los. Ich kann Sizilien regieren, bis unser Sohn volljährig ist. Ich ertappe mich dabei, dass ich Heinrich den Tod wünsche. Er hat ihn wahrhaftig tausendfach verdient. Und doch – so, wie er da liegt, so bleich und unter Schmerzen stöhnend, kann ich ihn nicht hassen. Er ist einfach nur ein kranker Mensch. Und er ist der Vater meines Kindes. Aber er hat so viel Schreckliches getan, sagt der kleine böse Teufel in meinem Kopf, es ist recht und billig, wenn er stirbt. Und dann kommt Tommasina herein, bringt den bitteren Arzneitrank, den ben Salah für ihn gebraut hat. Die gute Tommá liest meine Gedanken. »Nimm ein Kissen, Costá«, sagt sie leise zu mir, »so schwach, wie er ist, wird es ganz schnell gehen.«

O Gott. Nein. Ich kann das nicht.

Tommasina geht, und ich sitze alleine da mit meinen sündigen Gedanken.

Ich wecke Heinrich aus seinem unruhigen Fieberschlaf, um ihm den Absud einzuflößen. Seine Lider flattern, als er aufwacht.

Manchmal weiß er nicht gleich, wo er ist, aber er begreift es dann schnell wieder.

»Du musst trinken«, sage ich und hebe seinen Kopf an.

Gehorsam nimmt er einen Schluck, hustet, krümmt sich.

Als ich aufstehen will, um den Becher abzustellen, greift er nach meiner Hand.

»Verlockt es dich nicht?«, fragt er und leckt sich über die trockenen, rissigen Lippen.

»Was soll mich verlocken?«

Er lacht leise in sich hinein. »Mir den Garaus zu machen. Eine bessere Gelegenheit findest du nie wieder.«

Er hat schon immer meine Gedanken lesen können; das hat mich stets rasend gemacht. Jetzt fühle ich mich ertappt. »Wie kannst du das denken?«, fahre ich ihn an.

Er winkt mit einer schwachen Handbewegung ab. »Lass gut sein, du musst dich nicht verteidigen. Aber du kannst dir die Mühe sparen. Mit mir geht's sowieso dahin.«

»Das darfst du nicht sagen.« Ich will mich aus seinem Griff befreien, aber er hält fest.

»Ich will nicht sterben«, flüstert er.

»Wer will das schon?« Ich mag kein Mitleid mit ihm haben.

Immer noch lässt er meine Hand nicht los. »Wenn man Kaiser ist, glaubt man irgendwann, alle Macht der Welt zu besitzen. Ja, das hab ich geglaubt. Aber dem Tod kann ich nicht befehlen. Der tut, was er will. Genau wie du.« Er kichert leise, dann schüttelt es ihn und er ringt nach Luft. »Du hast mir immer die Stirn geboten.«

Ich weiß nicht, was ich zu ihm sagen soll. Er schluckt, sein Adamsapfel hüpft auf und ab. »Ich habe dir viel angetan«, sagt er. »Ich kann verstehen, wenn du mich hasst.«

Ich lasse mich auf den Bettrand sinken, immer noch den Becher mit dem Absud in der Hand. »Ich soll dir die Genesungswünsche des Erzbischofs von Palermo überbringen«, sage ich. Ich will dieses Gespräch nicht weiterführen. »Willst du, dass ich ihn zu dir vorlasse?«

Er lässt sich nicht ablenken. »Ich will mit dir reden, nicht mit den Pfaffen. Freust du dich, wenn ich sterbe?«

Ich schüttle den Kopf. »Unser Sohn soll mit seinem Vater aufwachsen.«

»Aber trauern wirst du auch nicht um mich, was?« Wieder kichert er, hustet. Gestank breitet sich aus, er hat sich beschmutzt. Ich will nach den Bettmägden rufen, aber er bittet: »Lass.«

Eine Weile reden wir nicht mehr, dann sagt er plötzlich. »Ich habe Angst. Hattest du Angst, Konstanze, als du auf dem Stuhl in Palermo saßest und die anderen sterben sahst? Hattest du Angst um dein Leben?«

Ich atme einmal tief durch. Die Bilder sind wieder da. »Ja«, sage ich. »Aber irgendwann war es mir gleich. Der Tod kann auch eine Erlösung sein.«

»Nicht für mich.« Seine Hände zittern, schrecklich dünn zeichnet sich sein Körper unter dem weißen Laken ab. »Auf mich wartet die Hölle.«

Ich kann ihm nicht widersprechen. Der Papst hat seinen Bannstrahl gegen ihn geschleudert für sein Verbrechen an Richard Löwenherz.

»Du hast damals nicht auf meinen Rat gehört«, sage ich ohne Genugtuung.

»Machtstreben und Hass«, flüstert er, »waren mir damals wichtigere Ratgeber als du … Jetzt ist es zu spät.«

»Das weiß nur Gott«, versuche ich zu trösten. Himmel, ich tröste ihn! Was ist nur mit mir los? »Du bist noch jung, und du bist zäh«, höre ich mich sagen. »Du schaffst es, wenn du kämpfst. Und kämpfen konntest du immer.«

Er schweigt. Ist das eine Träne, die aus seinem Augenwinkel zur Schläfe und ins wirre Haar rinnt? Oder doch nur ein Schweißtropfen? Lange Zeit bleiben wir beide stumm, schon glaube ich, dass er eingeschlafen ist, da flüstert er: »Glaubst du … hätte es anders mit uns sein können? War alles … meine Schuld?«

»Ich weiß es nicht, Heinrich. Vielleicht war es uns einfach so bestimmt.«

»Wir sind so unterschiedlich«, spricht er stockend weiter. »Wir haben nie zueinander gepasst … Ich habe es versucht, weißt du.«

»Davon habe ich nicht viel bemerkt.« Vielleicht stimmt es ja, was er sagt?

Mühsam hebt er den Kopf. »Glaubst du, es war mein größter Wunsch, eine unglückliche Ehe zu führen?« Er winkt kraftlos ab. »Manchmal kann sogar ein Kaiser etwas wollen und bringt doch nichts zustande.« Sein Atem geht flach. »Ich habe viele Schlachten geschlagen, Konstanze, aber die im eigenen Haus habe ich verloren.«

»Es ging nicht um Sieg oder Niederlage. Das hast du nie begriffen.«

Er zieht die Beine an, ächzt, krallt die Finger in den Strohsack, bis der Krampf vorbei ist. »Ich fürchte … jetzt ist es ein bisschen … zu spät dafür«, presst er hervor.

Ich tupfe ihm den Schweiß von der Stirn. Was soll ich sagen? Plötzlich klammern sich seine Finger um meine Hand. »Wenn ich das hier überstehe … vielleicht könnte sich alles fügen … wir könnten … Frieden schließen … wir beide …«

Ich möchte meine Hand wegziehen, aber es geht nicht. Vielleicht? Ich weiß es nicht. Ich bleibe stumm.

82
Messina, eine Woche später

»Dem Kaiser geht es besser! Gott sei Lob und Dank!« Isidorus, der halbwüchsige griechische Lehrknabe des Muhammad ben Salah, rennt durch die Gänge und ruft die gute Nachricht jedem entgegen, den er trifft. »Dem Kaiser geht es besser! Dem Kaiser …«

Luca Valdini packt ihn am Arm, als er schon halb vorbei ist, und reißt ihn zurück. »Was sagst du da, Bursche?«

»Das Fieber ist zurückgegangen«, verkündet der Junge freudestrahlend. »Seine Majestät hat heute früh zum ersten Mal ein bisschen trockenes Brot und Brühe zu sich genommen und behalten!«

Valdini lässt ihn los und sieht ihm mit fest zusammengepressten Lippen nach, wie er hüpfend und springend die Treppe zum Innenhof hinunter nimmt und dabei fast seine Sandalen verliert. Es hat ihm vor Wut die Sprache verschlagen. Herrgott, seit seiner Ankunft in Messina hatte sich alles so schön entwickelt! Voller Entschlossenheit war er hierher gereist, bereit, den Wunsch des Papstes zu erfüllen. Dann hatte er von Heinrichs Krankheit erfahren. Der Gesundheitszustand des Kaisers hatte sich stetig verschlechtert, und aus eingeweihten Kreisen war zu vernehmen gewesen, dass man täglich mit seinem Ableben rechnete. Wie wunderbar hätten sich auf diese Weise die Dinge gefügt: Heinrich wäre ohne sein, Valdinis, Zutun in die Hölle gefahren. Der kleine Friedrich wäre als gewählter König des Reichs über die Alpen nach Norden gezogen, und die Parteigänger der Staufer hätten alle Hände voll zu tun gehabt, sein Königtum dort zu sichern. Konstanze wäre in Sizilien geblieben und hätte dort ungestört ihre eigene Politik gemacht. Damit wäre der Kirchenstaat mindestens bis zur Großjährigkeit Friedrichs vor der gefürchteten Umklammerung verschont geblieben. Man hätte Zeit genug gehabt, Vorkehrungen zu treffen. Und nun? Alles wieder beim Alten. Zornig stößt Valdini mit der Fußspitze ein ausgebrochenes Mosaiksteinchen gegen die Wand des blauen Saales, den er gerade durchquert. Manchmal ging es einfach mit dem Teufel zu. Nun würde er wohl doch einen Weg finden müssen, seine Mission zu Ende zu bringen.

Er lenkt seine Schritte zu den kaiserlichen Privatgemächern, um herauszufinden, ob der Junge die Wahrheit gesagt hat. Eine Menschentraube ist schon vor dem Eingang versammelt, und er reiht sich in die Schlange der Wartenden ein. Einmal schon war er kurz zum Kaiser vorgelassen worden, vor zehn Tagen, um die Genesungswünsche des Heiligen Vaters zu übermitteln. Da hatte er Heinrich auf den Tod krank vorgefunden, hingebungsvoll gepflegt von seiner liebenden Gattin. Eine reizende kleine Vorführung. Er war wieder gegangen in der festen Überzeugung, den Kaiser zum letzten Mal gesehen zu haben, und hatte dementsprechend an die

Kurie berichtet. Wieder ein Fehler, wenn sich herausstellen sollte, dass Heinrich tatsächlich genas. Die Pest über diesen sarazenischen Medicus!

Während Valdini noch überlegt, was nun zu tun sei, wird die große Doppeltür zum Krankengemach des Kaisers geöffnet. Man gestattet den Wartenden einen kurzen Blick hinein: Tatsächlich, Heinrich liegt halb aufrecht im Bett und winkt seinen Besuchern schwach, aber huldvoll zu. Neben ihm die Kaiserin, die ebenfalls grüßend nickt, hinter dem Bett mit aufgeblasenen Mienen die beiden Ärzte. Dann schließen sich die Türen wieder. Herr Walter von Pagliara erklärt, das müsse für heute genügen, Seine Majestät brauche noch Ruhe und Erholung.

Wie alle anderen wendet sich auch Valdini zum Gehen. Als er um die nächste Ecke biegt, rennt ihn jemand beinahe um. »Passt doch auf, Herrgott noch mal!«, knurrt er, da erkennt er den Rüpel. »Ach, Ihr seid es, Petrus von Eboli! Wohin so überstürzt des Wegs?«

Petrus bleibt stehen und atmet erst einmal durch. »Zum Kaiser. Ich hörte, dass es ihm bessergeht, und wollte versuchen, endlich zu ihm durchzukommen. Fünfmal schon haben sie mich abgewiesen.«

Valdini wundert sich nicht. Wenn der Kaiser auf den Tod liegt, ist ein kleiner Schreiberling wohl nicht unbedingt der Erste, der zu ihm vorgelassen wird. »Ihr wolltet in dieser Unzeit zu Seiner Majestät? Pflegt Ihr so dringende Geschäfte mit ihm?«

»O ja! Hier!« Eboli klopft auf ein rechteckiges Bündel, das er unter dem Arm trägt. »Ich habe ein Geschenk für ihn, ein ganz herrliches Geschenk. Ich war mir sicher, dass die Freude darüber zu seiner Genesung beitragen würde, deshalb wollte ich es ihm am Krankenbett überreichen. Aber man hat mich nur ausgelacht. Vielleicht lässt man mich ja jetzt zum Kaiser, wo es ihm bessergeht.«

»Was ist denn das für ein großartiges Geschenk, von dem Ihr sprecht?«

Eboli winkt Valdini in eine Fensternische. Behutsam wickelt er den Inhalt des Bündels aus seiner leinenen Verpackung. »Seht!«

»Ein Buch!«

»Und was für eins!« Eboli legt den ledergebundenen Folianten auf den Fenstersims und blättert ihn auf. Voll Stolz zeigt er ihm eine der letzten Seiten, eine, die er selber gezeichnet und geschrieben hat.

»Ei, sieh da!« Valdini ist ehrlich überrascht. »Der große Kaiser Heinrich VI., Reichsapfel und Szepter haltend und majestätisch thronend im Kreise der sieben Tugenden. Bemerkenswert. Ah, und darunter Fortuna mit dem Schicksalsrad, das den unglücklichen Tankred zermalmt. Wirklich sehr schön.«

Petrus ist glücklich über das Lob; er blättert weiter. »Und seht hier!«

Valdini ist kein großer Kunstkenner, aber er erkennt eine meisterhafte Arbeit, wenn er sie vor sich hat. »Heinrich in vollem Herrscherornat auf dem Löwenthron – lasst mich raten: Ihr spielt hier an auf den Thron Salomos, zu dem bekanntlich genau wie in dieser Zeichnung sechs Stufen hinaufführten, auf denen zu beiden Seiten Löwen standen. Der Kaiser also auf dem biblischen Thron der Weisheit; Heinrich als Nachfolger Salomos, der aller Christenheit als Sinnbild des gerechten Herrschers gilt. Das ist die Vergöttlichung Seiner Majestät schlechthin!« Er wendet sich aufrichtig begeistert an Eboli: »Dieses Buch hätte ihn vielleicht nicht gesund gemacht, aber es hätte ihm sicherlich die letzten Stunden versüßt.«

Er blättert noch einmal um und übersetzt laut den lateinischen Text auf der letzten Seite: »Ich, Magister Petrus von Eboli, der treue Diener des Kaisers, habe dieses Buch zu Ehren des Kaisers verfasst ... Durch eine Wohltat sorge für mich, mein Herr und mein Gott, der gepriesen sein wird in alle Ewigkeit.« Er lacht. »Nun verstehe ich, warum Ihr so dringend zum Kaiser wolltet, bevor er stirbt. Ihr habt natürlich mit einer großzügigen Belohnung gerechnet. Und die wolltet Ihr von ihm bekommen, bevor er womöglich stirbt.«

»Und ist es das Buch nicht wert?«, fragt Petrus ein wenig beleidigt.

»Aber doch«, entgegnet Valdini. »Zweifellos. Woran hattet Ihr denn gedacht?«

»Nun, vielleicht an ein paar kleinere Ländereien, oder eine einigermaßen einträgliche Pfründe, etwas in der Art«, überlegt Eboli. »Man muss ja schließlich ans Alter denken. Und an die Nachkommen.«

»Ach, habt Ihr etwa welche?« Valdini schürzt amüsiert die Lippen.

»Auch ein Geistlicher ist nicht gegen jede Versuchung gefeit«, gibt Petrus beleidigt zurück.

»Ihr wäret der Erste«, nickt der Padre verständnisvoll und verkneift sich das Grinsen. Nachdenklich zeichnet er mit dem Zeigefinger die Konturen des Kaisers auf der Zeichnung nach. »Nanu, was ist denn das?« An seiner Fingerspitze haftet ein feines weißes Pulver.

Eboli nimmt das Buch und klappt es zu. »Reste von Glasstaub. Wir verwenden ihn, um der Farbe die Feuchtigkeit zu entziehen. Wenn man die Blätter fein mit Glasstaub bepudert, können sie nicht miteinander verkleben. Mit der Zeit verflüchtigt er sich beim Blättern.«

»Ah, das wusste ich nicht.« Valdini legt die Stirn in Falten, überlegt, kratzt sich an der nicht mehr vorhandenen Nase. Ihm kommt ein Gedanke. Er erinnert sich vage an etwas, an uraltes Wissen, das er längst schon vergessen glaubte. »Sagt einmal«, fragt er plötzlich, »habt Ihr in der Kanzlei Auripigment?«

Eboli versteht den Gedankensprung nicht. »Äh, ja … natürlich. Es ist ein Pulver, aus dem man das leuchtendste Gelb überhaupt anrühren kann. Mit Malachitgrün, Mennige und Bleiweiß verträgt es sich nicht, aber man kann es gut mit Azurit zu einem warmen Dunkelgrün mischen.«

Das ist Valdini herzlich gleich. »Könnt Ihr mir davon, sagen wir, eine Handvoll beschaffen?«

»Warum nicht? Aber …«

»Keine Fragen. Hört, Meister Petrus, vielleicht kann ich Euch einen Gefallen tun. Schließlich haben wir eine kleine Abmachung miteinander, nicht wahr? Also, nachdem es dem Kaiser jetzt besser geht, könnte ich eine Audienz bei ihm beantragen. Und ich würde ihm dabei Euer Buch als Geschenk überreichen.«

»Äh, nun ja … es wäre mir eigentlich lieber …«

Valdini legt Eboli beruhigend die Hand auf den Arm. »Natürlich würde ich dafür sorgen, dass Ihr eine Belohnung nach Eurer Vorstellung erhaltet. Und ich verbürge mich dafür, dass auch Rom Euch angemessen bedenkt.«

Petrus zögert noch immer. »Ich wollte aber doch …«

»Ruhm und Ehre, ja, ich weiß. Auch das sollt Ihr bekommen. Entweder der Kaiser erwählt Euch zum Günstling, was ich nach Ansicht Eures wunderbaren Werkes vermuten möchte, oder aber Ihr sollt eine Stellung bei der Kurie erhalten, die Eurem Ehrgeiz entspricht. Mein Wort darauf.«

Petrus von Eboli ergibt sich Valdinis Werben. »Also gut. Heute Nachmittag bringe ich Euch das Auripigment.«

»Und das Buch.«

»Wieso das Buch?«

»Im Namen Seiner Heiligkeit! Weil ich es so will. Eboli, seid Euch klar darüber, dass ich Euch helfe und sonst niemand. Und«, er sieht sein Gegenüber mit lauerndem Blick an, »seid Euch auch klar darüber, dass ich weiß, wer dieses Buch geschrieben und gezeichnet hat.«

Eboli fährt hoch. »Die Seiten, die Ihr gesehen habt, sind von mir!«

»Aber der große Rest ist von unserem gemeinsamen Freund Gottfried, oder irre ich mich?«

Petrus senkt den Kopf. Er drückt Valdini die Chronik in die Hand. »Nehmt sie. Ich weiß zwar nicht, was Ihr vorhabt, aber ich schätze, ich habe keine Wahl.«

»Nein, die habt Ihr wohl nicht«, murmelt Valdini, während er zusieht, wie der Notarius in Richtung Kanzlei verschwindet. Gott sei Dank haben ihn seine Spione wie immer gut informiert. Fast zärtlich streicht er mit der Linken über den ledernen Einband. Dieses Buch wird ihm unschätzbare Dienste erweisen.

Noch am selben Abend sitzt er in seiner Kammer, vor sich auf dem Tisch ein Sammelsurium merkwürdiger Gegenstände und Apparaturen. Zunächst ist da auf einem niedrigen gusseisernen Ständer ein glimmendes Kohlebecken. Daneben ein Töpfchen mit feinem, gelbem Pulver – das Auripigment. Zwei flache, irdene Schalen. Ein seltsam anmutendes Gestell aus Holzstäbchen, das Valdini selber gebastelt hat. Ein Krug mit kaltem Brunnenwasser. Dann noch ein löffelähnlicher Spatel, etliche Tücher, ein paar dünne seidene Handschuhe. Zuletzt noch eine Hasenpfote.

Valdini vergewissert sich, dass die Tür versperrt ist. Noch einmal geht er in Gedanken alles durch. Was er gleich tun wird, ist gefährlich, er darf keinen Fehler machen. Aber er ist guten Mutes, dass es glücken wird, denn inzwischen erinnert er sich wieder glasklar an die über dreihundert Jahre alte Schrift des arabischen Alchimisten Djabir ibn Hayyan, die er in Rom vor vielen Jahren in ihrer lateinischen Fassung studiert hat. Geber, so sein Name in christianisierter Form, beschrieb darin die Herstellung verschiedener Gifte in seiner Laboratoriumsklause. Einer der Grundstoffe, die er benutzte, war – Auripigment.

Es geht los. Valdini legt Kohlestückchen nach, bläst in die Glut, bis sie rot wabert. Er rückt das Holzgestell genau mittig über das glühende Becken. So weit, so gut. Jetzt bindet er sich eines der bereitgelegten Tücher vors Gesicht, zupft es zurecht, bis es fest sitzt und nur die Augen frei lässt. Er darf das Gift auf keinen Fall einatmen. Nun die Handschuhe. Vorsichtig schüttet er das Auripigment in eine der irdenen Schalen, ein spitzkegeliges gelbes Häufchen entsteht. Und dann drückt er die Schale tief und fest in die Glut. Anschließend die zweite Schale mit der Wölbung nach oben auf das Gestell, ein Stück Stoff mit kaltem Wasser getränkt obenauf. Und nun: warten.

Es dauert nicht lang, bis Valdini fasziniert beobachten kann, wie sich das gelbe Auripigment langsam in Dampf auflöst, der weiß und dicht nach oben steigt. Der Dampf sammelt sich unter der gewölbten zweiten Schale. Und dann folgt das Wichtigste: Auf der Unterseite der gekühlten Schale entsteht langsam, aber stetig, ein weißer Belag, der immer dicker wird. Valdini möchte seinen Triumph am liebsten herausschreien. Es gelingt! Nach einiger Zeit ist das gelbe Pulver völlig verschwunden, stattdessen haftet an der oberen Schale die weiße Substanz. Es ist ein kleines Wunder: Ein fester Stoff hat sich zuerst in etwas wie gefärbte Luft aufgelöst, und aus dieser gefärbten Luft ist dann wieder etwas Festes entstanden. Man kann sagen, was man will, denkt Valdini zufrieden, die Araber waren uns in den Wissenschaften stets um Längen voraus. Er breitet ein Stück Pergament auf dem Tisch aus, nimmt behutsam die Schale und schabt mit dem Spatel die weiße Substanz ab. Feinstes Pulver rieselt auf die glatte Tierhaut. Valdini versucht, das Gesicht möglichst weit abzuwenden, denn er weiß: Dieses Pulver ist tödlich. Man nennt es Arsenik.

Viel ist es nicht, vielleicht eine halbe Nussschale voll. Einem Gesunden würde diese Menge kaum etwas anhaben können. Aber einem, der noch einen Tag vorher mit dem Tod gerungen hat? Valdini hofft, dass es reicht. Mehr Auripigment war nicht da. Mit einem kleinen Seufzer greift sich der Padre die Hasenpfote. Er schlägt Gottfrieds Buch auf und fegt mit dem grauen Fell die Reste des Glasstaubs von den Seiten. Dann taucht er die Spitze der Pfote in das Arsenikpulver und tupft damit über jedes einzelne Blatt, so lange, bis alles aufgebraucht ist. Zwischen Glasstaub und Gift ist kein sichtbarer Unterschied. Auch riecht das Arsenik nicht, und es schmeckt nach nichts. Heinrich wird keinen Verdacht schöpfen. Und er wird bei jedem Umblättern den aufgewirbelten, todbringenden Staub einatmen. Er wird ihn an den Händen haben und auf seinen Bettlaken. Valdini klappt das Buch ganz langsam und vorsichtig zu. Es muss einfach gelingen! Und das Schönste daran ist, dass keiner je an eine Vergiftung denken wird. Denn Arsenik verursacht Koliken und schwere Durchfälle, zieht also die gleichen Symptome nach sich wie der Bauchfluss. Die Ärzte werden an einen Rückfall glauben. Valdini zieht die Handschuhe aus und nimmt das Tuch vom Gesicht. Er lächelt. Es ist perfekt.

83
Messina, Ende September 1197
Konstanze

Ich betrete das Krankenzimmer heute früh zum ersten Mal mit einem Gefühl der Erleichterung, denn seit gestern geht es dem Kaiser besser. Erleichterung? Ja, ich bin froh, dass er nicht stirbt. In den letzten Tagen seiner Krankheit sind wir uns nähergekommen als in all den Jahren vorher. Wir haben keine Freundschaft geschlossen, aber doch Frieden. Wir lieben uns nicht, dafür ist es längst zu spät, aber wir hassen uns auch nicht mehr. Mehr war wohl nie möglich.

Den ganzen Vormittag über herrscht reges Kommen und Gehen. Eine Abordnung aus Byzanz wird vorgelassen, um sich von Heinrichs beginnender Genesung zu überzeugen, ein Neffe des französischen Königs, etliche Räte aus oberitalienischen Städten wie Mailand und Padua. Walter von Pagliara bringt dienstbeflissen einige dringende Urkunden zur Unterschrift. Und dann lässt sich auch noch Valdini als Gesandter des Heiligen Stuhls melden. Nun, ich fürchte, er wird enttäuscht sein. Heinrichs Tod hätte den greisen Papst wohl mehr gefreut als die Befreiung des Heiligen Grabes.

Der Padre kommt nicht allein. Er hat Petrus von Eboli dabei, diesen Dieb und Betrüger! Der Mann wagt sich in meine Nähe! Ich muss an Gottfried denken, den Guten, der inzwischen vielleicht schon in seiner Heimat ist. Manchmal ist man einfach blind. Viel zu spät habe ich erkannt, was er für mich empfindet. Und jetzt, da ich es weiß, erträgt er es nicht mehr, in meiner Nähe zu sein. Wie viel hat er für mich getan! Alles Glück der Welt wünsche ich ihm dafür.

Valdini ist inzwischen am Krankenbett des Kaisers angelangt. Was zieht er da unter seinem Umhang hervor? Ich trete ein wenig näher, um besser zu sehen – und dann begreife ich. Das Buch! Mein Buch! Gottfrieds Buch! Valdini macht es Heinrich zum Geschenk! Er steckt mit Eboli unter einer Decke. Und jetzt wollen die beiden gemeinsam den Dank des Kaisers erschleichen! Mein erster Gedanke ist, hinzugehen und diesem Lumpen die Chronik zu entreißen. Aber dann bezähme ich mich. Gottfrieds Wort soll nicht gebrochen sein, es hat ja auch mich eingeschlossen. Darum hat er mich gebeten, und ich achte seinen Willen.

Valdini drückt Heinrich das Buch in die Hand. »Dieses Geschenk, Majestät, wird, so denke ich, Eure Genesung beschleunigen«, sagt er scheinheilig. »Seht hinein, ich bitte Euch!«

Heinrich nimmt den Folianten etwas widerwillig. Seit dem Zusammenstoß vor etlichen Jahren, der Valdini die Nasenspitze gekostet hat, kann er den päpstlichen Gesandten nicht ausstehen. Er setzt sich etwas mühsam zurecht, dann schlägt er die erste Seite auf. Sein spitzes, blasses Gesicht hellt sich auf.

»Blättert weiter, Majestät«, drängt Valdini. »Es kommen noch viele wunderbare Bilder.«

Und Heinrich schlägt eine Seite nach der anderen um.

»Ist dies Euer Werk?«, fragt er Petrus von Eboli, den er von der Hofkanzlei her kennt.

»Ja, Majestät.«

Die Lüge geht ihm leicht von den Lippen. Diese Ratte! Dieser ehrgeizzerfressene Emporkömmling! Ich könnte ihn …

»Liber ad Honorem Augusti habe ich es genannt«, lächelt Eboli. »Das Buch zu Ehren des Kaisers.«

»Ihr müsst die letzten Bilder sehen«, drängt Valdini. Heinrich blättert bis ganz nach hinten und wirbelt dabei eine kleine Staubwolke auf. Er niest.

»Verzeihung, Majestät – das ist der Glasstaub, den wir beim Binden verwenden, damit die Seiten bei Feuchtigkeit nicht zusammenkleben. Ich habe ihn in der Eile wohl nicht gründlich genug entfernt.« Petrus will mit dem Ärmel über die aufgeschlagene Seite streichen, doch Heinrich winkt schwach ab. Er ist nun doch schon recht müde und angestrengt von den vielen Besuchen. Aber beim Betrachten der letzten Doppelblätter breitet sich ein zufriedenes Lächeln auf seinem Gesicht aus. »Das ist großartig«, murmelt er, »einfach großartig.« Er wendet sich an den Schreiber. »Wie, sagtet Ihr, war Euer Name?«

»Das ist Petrus von Eboli, Majestät«, wirft Valdini dienstfertig ein.

»Petrus von Eboli, Ihr seid ein Meister Eures Faches. Ihr habt die Ordnung der Welt und das Wesen des Kaisertums begriffen. Und es ist Euch gelungen, Euren Kaiser, die Herrschaft und das Reich in aller gebührenden Pracht und Glorie zu zeichnen. Valdini, dass ausgerechnet Ihr mir so etwas zum Geschenk macht, rechne ich Euch hoch an.«

Eboli und Valdini verneigen sich tief.

Ich drehe mich um und gehe hinaus. Ich ertrage diese beiden Betrüger nicht länger.

Als ich nach einiger Zeit wieder zurückkomme, sind sie fort. Heinrich schläft, das Buch vor sich auf den Knien. Langsam gehe ich hin. Da liegt es, in feines, rehbraunes Leder gebunden, silberne Beschläge an den Ecken. Eine aufwendig ziselierte Schnalle hält den Band geschlossen. Ich strecke meine Hand aus. Wie hatte ich mich auf diese Chronik gefreut! Wie stolz wäre Gottfried gewesen, mir sein Werk fertig überreichen zu können! Und nun ist es nicht mehr unser Buch. Es gehört dem Kaiser. Liber ad Honorem Augusti! Ich lasse die Hand sinken. Nein, ich will es mir nicht ansehen. Ich kann es einfach nicht.

Heinrich öffnet die Augen. »Ein wunderbares Geschenk, nicht wahr?«

Ich bringe kein Wort heraus, nicke nur.

»Ich habe Walter von Pagliara befohlen, diesem Petrus von Eboli zum Dank ein paar Güter zu überschreiben. Und ich mache ihn zu meinem Leibnotarius. Ein hervorragender Mann.«

Am liebsten würde ich davonlaufen.

Den ganzen Nachmittag über sitzt der Kaiser im Bett und liest in Gottfrieds Buch. Er hat sich weitere Besuche verbeten. Ich bleibe auf meiner Fensterbank und besticke lustlos ein Paar Handschuhe mit Blütenranken.

Als die Sonne langsam untergeht, bringt Muhammad ibn Salah Heinrichs Abendessen: trockene Weizenfladen, Feigenmus und Hühnerbrühe. Ich setze mich ans Bett und verabreiche dem Genesenden löffelweise die heiße Brühe, tauche das Brot stückchenweise in die süße Feigenpaste. Heinrich isst folgsam, kaut, schluckt. Es geht aufwärts.

Nach dem Essen lehnt er sich satt und zufrieden in die Kissen zurück und schließt die Augen.

Und dann, plötzlich, aus heiterem Himmel, bäumt sich sein Körper auf. Seine Finger krallen sich in die Laken. Er erbricht alles, was er zu sich genommen hat, in einem einzigen, bräunlichen Schwall.

Die Ärzte sind entsetzt. Heinrich windet sich mit Bauchkrämpfen, es schüttelt ihn, er spuckt grünliche Galle. Das Fieber ist wieder da.

»Ein Rückfall«, zischt Berard von Ascoli seinem sarazenischen Kollegen zu. »Ich wusste, dass Eure Therapie falsch ist.«

»Sie hat aber doch gewirkt«, verteidigt sich ibn Salah.

»Ja, bis eben«, höhnt Ascoli. »Und was wollt Ihr jetzt tun?«

Ibn Salah schweigt. Er ist ratlos.

»Ihr äußert Euch nicht? Keine Antwort? Nun gut, dann werde ich den Kaiser jetzt zur Ader lassen. Das hätte ich schon längst tun sollen.«

»Dann stirbt er.«

»An Euren Heidenarzneien stirbt er sowieso.«

Salah dreht sich auf dem Absatz um und verlässt mit großen Schritten das Zimmer.

Ich habe dem Streit zugehört und weiß nicht, was ich tun soll. Also lasse ich Berard von Ascoli gewähren.

Zwei Tage lang sitze ich an Heinrichs Bett, sehe zu, wie ihn die Fieberanfälle schütteln, wie der Bauchfluss ihn schwächer und schwächer werden lässt. In allen Kirchen von Messina werden stündlich Bittgottesdienste abgehalten, und es nützt doch nichts. Seit gestern hat er die blutige Abweiche, die Laken sind ständig mit Blut durchtränkt. Er wird das nicht überstehen. Die meiste Zeit erkennt er mich nicht, er phantasiert, stöhnt, wirft sich herum, will sich das nassgeschwitzte Hemd vom Körper reißen.

Dann irgendwann liegt er nur noch da, atmet so flach, dass ich manchmal die Hand auf seine Brust legen muss, um zu spüren, ob sie sich noch hebt und senkt. Walter von Pagliara hat dafür gesorgt, dass der Erzbischof von Messina ihm die Letzte Ölung verabreicht. Alle wichtigen Männer des Hofes sind dabei ums Bett versammelt und tun so, als ob einer, der vom Papst gebannt ist, ins Himmelreich eingehen könnte. Jeder Einzelne verabschiedet sich von seinem Kaiser; die einen stehen stumm, die anderen berühren kurz die Hand des Sterbenden. Markward von Annweiler, dieser Bär von einem Kerl, heult Rotz und Wasser wie ein kleines Kind. Und ich? Ich bin taub, wie gelähmt. In meinem Kopf arbeitet es. Was muss getan werden, wenn es so weit ist? Ich muss als Erstes Aziz mit einem Trupp Bewaffneter nach Foligno schicken, um meinen Sohn zu holen. Sonst wird er womöglich von Konrad von Urslingen über die Alpen nach Norden gebracht – wer weiß, welche Befehle der Herzog für den Fall der Fälle von Heinrich hat. Dann muss ich an Papst Coelestin schreiben und ihn bitten, die Vormundschaft für den Kleinen zu übernehmen. Ich werde ihm anbieten, für meinen Sohn der Reichskrone zu entsagen. Dafür soll er Friedrich als König von Sizilien anerkennen. Und er soll Heinrich wieder in den Schoß der Kirche aufnehmen. Nein, ich will nicht, dass der Vater meines Sohnes in Unehren bestattet wird. Und ich will nicht, dass er auf ewig in den Untiefen der Hölle leiden muss. Erst als eine Träne auf meine Hand tropft, merke ich, dass ich weine.

Nun sind nur noch Walter von Pagliara, Markward von Annweiler und der Erzbischof im Zimmer. Wir warten stumm, während langsam der Mond über die Dächer von Messina wandert. Dann, irgendwann, hebt sich die Dunkelheit, es schimmert hell über dem glatten Meer. Silbern steigt die Sonne aus dem schimmernden Wasser. Als das Morgenlicht die Bettstatt erreicht, bemerke ich es.

Heinrich hat aufgehört zu atmen.

Der Erzbischof bläst die Kerzen aus.

Ich trage alleine die Krone von Sizilien.
Für mich.
Und für meinen Sohn.
Gott helfe mir.

Nachwort

Die Königin

Konstanze von Hauteville ist die Kaiserin des Mittelalters, von der die meisten Urkunden erhalten sind. Dennoch gehört sie wie viele andere zu den »vergessenen« Frauen einer vergangenen Epoche. Zumindest in Deutschland – in Sizilien hingegen kennt jedes Kind die legendäre Costanza d'Altavilla als Nationalheldin des Mittelalters. Dass die Erinnerung an sie als eine der großartigsten Figuren der nationalen Geschichte in Sizilien noch lebendig ist, war bei meinen Recherchen auf der Insel überall spürbar.

Konstanze ist schon früh biographisch gewürdigt worden. Gut ein Jahrhundert nach ihrem Tod hat der geniale Florentiner Dichter Dante Alighieri sie mit Versen in seiner ›Göttlichen Komödie‹ bedacht. Hier trifft er die Kaiserin in der ersten Sphäre des Paradieses und stimmt ehrfurchtsvoll sein Hohelied auf sie an. Ganz anders als Dantes Verherrlichung liest sich jedoch ihre erste, kurze Lebensbeschreibung, die von keinem Geringeren als Giovanni Boccaccio stammt. Dieser entwirft ein wenig schmeichelhaftes Bild von der Normannin. Es setzt sich zusammen aus Legenden und Gerüchten, Behauptungen und tendenziösen Überzeichnungen. Schuld daran ist die anti-staufische Propaganda, die schon zu Konstanzes Lebzeiten einsetzte und vor Lügen und groben Geschichtsfälschungen nicht zurückschreckte.

Seitdem sind die wenigen späteren Biographen und Historiker der Wahrheit wohl etwas näher gekommen, und in den letzten Jahrzehnten haben Konstanze-Forscher wie z.B. Theo Kölzer, Theo Frommer oder Tobias Weller akribisch das herausgeschält, was man wahrscheinlich als historische Realität annehmen kann.

Konstanzes Lebensweg war geprägt von jähen Wendungen: plötzlicher Aufstieg, unverhoffte Möglichkeiten, eine sensationelle Eheverbindung, private Krisen, riskante Abenteuer, politische Verwicklungen. Schon verwunderlich, dachte ich mir bei der ersten Beschäftigung mit der Kaiserin, dass – zumindest im deutschsprachigen Raum – noch niemand ihr Leben schriftstellerisch gestaltet hat. Die Faszination dieser Frau, die wohl schon Dante gespürt hat, packte auch mich. Damit begann vor zwei Jahren ein neues Buchprojekt.

Im Vergleich zu anderen Kaiserinnen des Mittelalters sind wir relativ gut über Konstanze informiert. Die Quellenlage ist reichlich, lässt aber dennoch vieles offen. Fassen wir zusammen: Konstanze entstammte dem normannisch-sizilischen Königshaus der Hauteville, dessen Wurzeln im französischen Cotentin liegen. Sie war das jüngste Kind König Rogers II. aus seiner dritten Ehe mit Beatrix von Rethel, einer Grafentochter aus der Champagne. Konstanze war also eine waschechte Französin, wenn man so will. Sie kam erst nach dem Tod ihres Vaters zur Welt, im Jahr 1154, die Regierung hatte da schon ihr zwanzig Jahre älterer Halbbruder Wilhelm I. übernommen. Über ihre Kindheit und Jugend wissen wir nichts Konkretes. Sie wird eine königliche Erziehung genossen haben im Spannungsfeld der Kulturen, die in Sizilien miteinander verwoben waren. Sie wird Französisch als Muttersprache gesprochen haben, aber auch Latein, Griechisch, Arabisch und Volgare. Wohl hat sie die meiste Zeit ihrer Kindheit in Palermo verbracht, im Palazzo Reale, aber auch in den orientalisch anmutenden Sommerschlössern der Krone, die rings um die Stadt lagen. Und mit Sicherheit musste sie früh miterleben, dass Sizilien politisch ein unruhiges Pflaster war; die Intrigen und Aufstände der Barone sowie der gescheiterte Umsturzversuch von 1161 dürften ihr gezeigt haben, dass man als Mitglied der Familie Hauteville gefährlich lebte. Sie selber wird in den Quellen dieser Zeit nur einmal erwähnt, nämlich in Zusammenhang mit dem auch im Roman thematisierten Perche-Putsch von 1168. Tatsächlich kursierte damals das Gerücht, Perche wolle sie mit seinem Bruder verheiraten, um den Kronraub zu legitimieren. Spätestens da, im Alter von vierzehn Jahren, dürfte Konstanze klargeworden sein, welchen politischen Wert sie hatte.

Erst sechzehn Jahre später begegnen wir der inzwischen erwachsenen Königstochter wieder in den Quellen. Ihr »Wert« hatte sich mit den Jahren auch im internationalen Rahmen gesteigert. Inzwischen nämlich regierte Konstanzes gleichaltriger Neffe Wilhelm II., und er blieb kinderlos. Vermutlich war zumindest in Kreisen der Geheimdiplomatie bekannt, dass er von schwacher Gesundheit war und wohl nicht alt werden würde. Allerdings ist meine Interpretation – die Verletzung beim Erdbeben in Catania und eine spätere Diabetes – reine Fiktion. Jedenfalls war offensichtlich um das Jahr 1184 klar, dass Konstanze in absehbarer Zeit die einzig legitime Thronerbin sein könnte – nur so ist erklärlich, dass Kaiser Barbarossa die Initiative ergriff und dem verfeindeten Sizilien ein Angebot machte: Die Prinzessin Konstanze sollte sich mit seinem Sohn und dem zukünftigen Kaiser Heinrich VI. verehelichen. Ein diplomatischer Coup, der für das Papsttum eine Katastrophe bedeutete. Denn eine Eingliederung Siziliens ins Stauferreich hätte zu einer politischen und militärischen Umklammerung des Kirchenstaats geführt, die den Heiligen Stuhl dem Kaisertum gegenüber handlungsunfähig machen würde. Der Papst als Marionette der Staufer – dies musste mit allen Mitteln verhindert werden. Man bedenke: Canossa, also der Kniefall Kaiser Heinrichs IV. vor Papst Gregor VII., war gerade einmal hundert Jahre her. Eine geradezu unglaubliche politische Aktion, die keiner Seite einen entscheidenden Vorteil gebracht hatte. Seitdem schwelte der damals aufgebrochene Konflikt zwischen den beiden höchsten Gewalten der Christenheit unaufhörlich weiter und gestaltete sich zum Leitmotiv europäischer Machtpolitik. Und Sizilien war der Spielball, der in der zweiten Hälfte des 12. Jahrhunderts übers Feld getrieben wurde.

Nur so ist die brisante Eheverbindung zwischen Staufern und Hauteville überhaupt erklärlich. Dass Konstanze elf Jahre älter war als ihr kaum zwanzigjähriger Gatte, spielte dabei keine Rolle. Im Adel wurde schon immer aus politischen Gründen geheiratet, Alter, Aussehen, Disposition oder gar private Gefühle der Beteiligten waren dabei unerheblich. Dennoch: Eine Braut von dreißig Jahren galt nach den Begriffen der damaligen Zeit als alt. Und natürlich stellte man sich allenthalben die Frage, warum die Königstochter, eine der besten Partien Europas, nicht schon längst verheiratet war. Gerüchte kursierten, wonach sie hässlich, geschlechtskrank, sexuell abartig gewesen sein soll, das freundlichste davon besagte, sie sei längst Nonne gewesen und habe für ihre Heirat den Schleier abgelegt. Nichts davon ist beweisbar, das meiste, wie schon erwähnt, anti-staufische Propaganda.

Die Lebensumstände nördlich der Alpen, die Konstanze in den Jahren nach 1188 kennenlernte, müssen für die im zivilisatorisch hochstehenden Sizilien sozialisierte Königin ein Kulturschock gewesen sein. Dazu kam, dass sich zwischen den beiden Eheleuten keine Harmonie entwickelte.

Heinrich war schon im Alter von vier Jahren zum König gewählt worden. Er war, so ist es den Quellen zu entnehmen, klein, kränklich und schwächlich, aber dafür intellektuell überragend. Dennoch sprach er wohl nur Deutsch, Kenntnisse in Latein oder Volgare sind nicht belegbar. Man beschreibt ihn als hochfahrend und machtgierig, auch hart und grausam, auf jeden Fall war er ein hochpolitischer Kopf. Seine Gattin Konstanze war für ihn die Erbin Siziliens und die mögliche Mutter seiner Kinder, nicht aber Partnerin oder gar »consors regni«, Teilhaberin an der Regierung. Er hatte keinerlei persönliches Interesse an ihr. Auch wenn das Minnegedicht, das ich im Roman zitiere, tatsächlich aus seiner Feder stammt, dürfte er weder Romantiker noch Frauenliebhaber gewesen sein; man schätzt seine dichterischen Produkte eher als literarische Übung oder ritterlichen Zeitvertreib ein – mit anderen ritterlichen Fähigkeiten beim Turnier oder im echten Gefecht konnte der junge König nämlich nicht glänzen. Er war eher Stratege als Kämpfer.

In den ersten Jahren zog Konstanze mit ihrem Gatten von Pfalz zu Pfalz – im Mittelalter hat der deutsche Königshof noch keinen festen Wohnsitz. Die Tätigkeit der Königin beschränkte sich auf die für Herrschergemahlinnen typische Rolle als Fürsprecherin, und selbst dies ist selten genug belegt. Ihre vordringlichste Aufgabe war es, für Nachwuchs zu sorgen, und der kam sie zum allgemeinen Ärgernis nicht nach.

Immerhin erfüllte sie ihre politische Funktion. Im November 1189 starb ihr Neffe Wilhelm kinderlos, und sie konnte ihr Erbrecht auf die sizilianische Krone geltend machen, das die Barone Siziliens schon anlässlich ihrer Verlobung beschworen hatten. Doch die anfängliche Zuversicht war schnell verflogen, denn Graf Tankred von Lecce, ein illegitimer Sohn ihres ältesten Halbbruders, hatte sich mit Unterstützung des Papstes der Krone bemächtigt. Dies mussten Konstanze und Heinrich als flagrante Usurpation werten. Es bedeutete Krieg.

Der nun folgende Italienzug brachte Heinrich zunächst einmal die Kaiserkrönung in Rom, die er tatsächlich mit der Preisgabe Tusculums erkaufte. Auch die Geiselnahme Konstanzes in Salerno und die furchtbare Seuche im Heer vor Neapel sind historisch, der Kaiser selbst schwebte tatsächlich in Lebensgefahr. Eventuell zog er sich hier die Malaria zu, die seine ohnehin schwache Gesundheit in den folgenden Jahren noch weiter unterhöhlte.

Konstanzes Gefangenschaft in Sizilien dürfte keine harte gewesen sein. Warum jedoch Tankred seinen Faustpfand dem Papst überantwortete, konnte nie ganz geklärt werden. Auch der tatsächliche Hergang der »Befreiung« der Kaiserin bleibt im Dunkeln. Jedenfalls ist das Zusammentreffen mit dem Abt von Montecassino belegt; danach reiste Konstanze unbehelligt zurück nach Deutschland, wo sie nach einjähriger Trennung ihren Mann wieder traf.

Wie schon bei ihrem ersten Aufenthalt im Norden, so hören wir auch während dieses zweiten fast nichts von ihr. Natürlich hat sie von der Gefangennahme des englischen Königs Löwenherz erfahren, und ihr Zusammentreffen mit ihm ist in den Quellen eindeutig belegt. Richard und der Herzog von Österreich waren so tief verfeindet, da es zwischen ihnen tatsächlich im Heiligen Land zu einem Streit kam, der so oder ähnlich wie im Roman geschildert stattgefunden hat. Die Geiselnahme durch den Kaiser und die dadurch ermöglichte Erpressung eines Lösegelds zur Finanzierung eines zweiten Italienzugs stellte eine nach damaligen Maßstäben unglaubliche Verletzung christlicher Werte und Regeln dar. Dass Heinrich dafür sogar den Bannstrahl des Papstes in Kauf nahm, macht deutlich, wie ungemein wichtig ihm die Eroberung Siziliens war. Sizilien bedeutete für ihn den ersten Schritt zu einer staufischen Weltherrschaft.

Noch ein kurzes Wort zu Richard Löwenherz: Das Lied, das Konstanze bei ihrem Besuch von ihm hört, ist authentisch. Zur Frage nach Richards möglicher Homosexualität ist zu sagen, dass darüber in der Forschung immer wieder diskutiert wurde. Es finden sich in den Quellen zwei Begebenheiten, die darauf hinweisen. Demnach erschien im Jahr 1195 ein Mönch vor Richard, der ihn unter Hinweis auf Sodom ermahnte, auf »unerlaubte Akte« zu verzichten. Zum Zweiten wissen wir von einer öffentlichen Geißelung vor der Kathedrale von Messina, mit der Richard öffentlich für seine »widernatürlichen Sünden« Buße tat. Seiner missglückten Ehe mit Berengaria entstammen keine Nachkommen, allerdings hatte er mit Philipp von Cognac einen Bastard von einer unbekannten Frau. Letztlich bleibt Richards sexuelle Orientierung im Dunkeln.

Zurück zur Geschichte Siziliens. Der Tod Tankreds und seines ältesten Sohnes im Jahr 1194 und der Erhalt des englischen Lösegelds eröffneten schließlich günstige Voraussetzungen für einen staufischen Sieg. In Italien regte sich diesmal kein Widerstand; Salerno jedoch wurde aus Rache für Konstanzes Gefangennahme erstürmt und größtenteils zerstört. Im November 1194 zog Heinrich triumphal in Palermo ein, wo am Weihnachtstag die feierliche Krönung stattfand. Die »unio regni ad imperii« war damit perfekt: Der Staufer war gleichzeitig Römischer Kaiser, König des Reichs und König von Sizilien.

Konstanze hat den Kriegszug nicht mitgemacht. Hochschwanger trennte sie sich schon in der Lombardei von Kaiser und Heer und begab sich nach Jesi, wo sie am Stephanustag 1194 ihren ersten und einzigen Sohn zur Welt brachte: den nachmaligen Kaiser Friedrich II. Er sollte später Jesi als »unser Bethlehem« bezeichnen, »wo unsere göttliche Mutter uns zum Licht brachte«.

Die Geburt des ersehnten Thronfolgers muss für Konstanze eine große Erleichterung gewesen sein. Niemand, wohl auch sie selber nicht, hatte mehr mit einer Schwangerschaft gerechnet. Schließlich war sie inzwischen vierzig Jahre alt und hatte in den vergangenen neun Ehejahren nicht empfangen. Staufergegner streuten daher von Anfang an das Gerücht, Friedrich sei gar kein echter Kaisersohn, sondern ein untergeschobenes Balg. Diese üblen Nachreden fielen auf fruchtbaren Boden, so dass Konstanze sich später gezwungen sah, dem Papst unter Eid zu versichern, dass Friedrich wirklich ein legitimer Spross aus der kaiserlichen Verbindung war. Auch nach ihrem Tod noch wurden Berichte lanciert, wonach Heinrich wegen angeblicher Unfruchtbarkeit seiner Frau Ärzte konsultiert habe. Diese hätten mit Hilfe von Arzneien Konstanzes Bauch anschwellen lassen; bei einer fingierten Geburt habe man der Kaiserin schließlich ein fremdes Kind untergeschoben. Der Vater, so weiß der Chronist Albert von Stade noch im 13. Jahrhundert zu berichten, sei ein Müller, ein Arzt, ein Metzger oder ein Falkner gewesen. Und in einer sächsischen Chronik vom Ende des Jahrhunderts steht zu lesen, Konstanze sei schon als Braut »eine Vettel von 60 Jahren gewesen, die im Alter von 71 … den Sohn Friedrich … zu gebären vorgab«. Solcherlei Bösartigkeiten erzeugten natürlich pro-staufische Gegengerüchte, die Friedrichs Legitimität stützen sollten. Danach habe Konstanze geahnt, dass man ihr die Geburt nicht abnehmen würde, und ihr Kind deshalb öffentlich in einem Zelt auf der Piazza von Jesi geboren. Auch die Stillszene auf dem Balkon des Palazzos gehört in diese Kategorie politischer Propaganda. Vermutlich ist die Zeltgeburt also Legende – dennoch empfand ich diese Szene als so sinnfällig, dass ich sie in den Roman mit aufgenommen habe.

Was jedoch mitnichten in den Bereich der Kolportage gehört, ist die Übergabe des kleinen Friedrich an die Herzogin von Spoleto. Darauf, dass Konstanze dies nicht freiwillig mitgemacht hat, deutet die zeitgenössische Zeichnung auf der Titelseite des Romans hin, auf der die Kaiserin hoch zu Ross von Bewaffneten von ihrem Sohn weggeführt wird. Doch dazu später mehr.

Nach Konstanzes Eintreffen in Sizilien setzte Heinrich sie als Regentin ein. Er selber reiste über die Alpen zurück. Nach der Ausschaltung der Familie Tankreds durch die fingierte Behauptung einer anti-staufischen Erhebung, die in der Blendung des kleinen Fürstensohnes gipfelte, hielt der Kaiser Sizilien für gesichert. Konstanze führte derweil die Regierung. Eine offizielle Krönung zur Königin von Sizilien konnte nie belegt werden, ich habe dies dahingehend interpretiert, dass Heinrich ihr dies so lange wie möglich verweigert hat. Aus ihrer Regierungstätigkeit lässt sich schließen, dass sie dezidiert eigenständig geherrscht hat, ihre Kanzlei war von der ihres Mannes strikt geschieden und arbeitete nicht nach staufischem, sondern nach dem überlieferten normannischen Muster. Dies bestätigt nur, was die Forschung stets betont hat: Konstanze wollte im Gegensatz zu ihrem Gatten Sizilien nie zum Anhängsel des Reiches verkommen lassen, für sie war das Königreich eigenständig, und nur in ihrer Person lebte das sizilische Königtum weiter.

Doch kaum war Heinrich im Jahr 1197 zurückgekehrt, um von Sizilien aus weiter ins Heilige Land zu ziehen, verlor Konstanze ihre Eigenständigkeit. Der Kaiser errichtete sofort ein diktatorisches Regiment, das auf die Entmachtung des sizilischen Adels zielte. Es kam zur Verschwörung der Barone. Ein Attentatsversuch auf Heinrich scheiterte, staufische Kreuzfahrertruppen schlugen den Aufstand blutig nieder. Die Anführer wurden zum Tode verurteilt und auf barbarische Weise hingerichtet. Die Beschreibung des Gerichtstags, an dem Jordanus von Castrogiovanni als Anführer der Rebellen den Tod fand, entspricht den grausamen Tatsachen, bis hin zur Aufnagelung der glühenden Krone.

Diesem entsetzlichen Schauspiel musste Konstanze als Zeugin beiwohnen, und vor allem dieser Umstand führte zu Gerüchten über eine Beteiligung der Königin an dem Umsturzversuch. Eine Überlieferung berichtet davon, dass Konstanze die eigentliche

Drahtzieherin gewesen sei und versprochen habe, nach der Machtübernahme den Rädelsführer der Aufständischen zu heiraten. Faktisch gibt es keinerlei Beweise auch nur für eine Mitwisserschaft Konstanzes, denkbar ist sie auf jeden Fall.

Denn das Verhältnis zwischen den Eheleuten war inzwischen so zerrüttet, dass man ihr sogar den Mord an ihrem Gatten zutraute. Wenige Monate nach der Niederschlagung des Aufstands kehrte jedenfalls der Kaiser krank von einem Jagdausflug in den Palast von Messina zurück. Es scheint sich um eine rasch fortschreitende Infektion gehandelt zu haben, eine Durchfallerkrankung, vielleicht in Kombination mit der Malaria, die seit Neapel wohl immer wieder bei ihm aufflackerte. Nach einer zwischenzeitlichen kurzen Besserung starb Heinrich im Alter von einunddreißig Jahren am 28. September 1197. Konstanze saß an seinem Totenbett – und wurde sofort des Giftmords verdächtigt. Dass im Roman ein solcher Giftmord durch einen anderen verübt wird, ist einzig meiner Phantasie geschuldet.

Konstanze ließ ihren Gatten vorläufig in Messina bestatten; später erwirkte sie die Lösung des Verstorbenen aus dem Kirchenbann und sorgte für seine Beisetzung in einem kostbaren Porphyrsarg in der Kathedrale von Palermo.

Nach dem Tod des Kaisers musste alles schnell gehen: Konstanze schickte einen Eiltrupp los, um ihren Sohn nach Sizilien zu bringen; tatsächlich hatte auch Heinrichs Bruder und Statthalter auf dem deutschen Thron, Philipp von Schwaben, bereits die Verbringung des Kleinen nach Deutschland veranlasst. Seine Männer kamen knapp zu spät. So konnte die Königin den kleinen Friedrich (den sie tatsächlich hatte Konstantin nennen wollen) nach dreijähriger Trennung in die Arme schließen.

Damit war sie nach so vielen Wechselspielen des Lebens endlich am Ziel aller Wünsche. Sofort wies sie bis auf wenige Ausnahmen alle von Heinrich eingesetzten deutschen Regierungsbeamten und Berater aus ihrem Reich und errichtete eine rein sizilische Herrschaft. Und am 17. Mai 1198 endlich ließ sie ihren Sohn zum König von Sizilien krönen, unter Verzicht auf das staufische Erbe seines

Vaters und mit Einbeziehung des Papstes. Sizilien war wieder eigenständig, so wie sie es immer gewollt hatte.

Nur kurz war es Konstanze vergönnt, auf dem Gipfel ihrer Macht selbständig zu regieren und ihren Sohn aufwachsen zu sehen. Am 27. November 1198 starb sie überraschend im Alter von vierundvierzig Jahren. Sie wurde in einem prunkvollen Porphyrsarg neben ihrem Gatten bestattet. Vor den beiden ruht ihr gemeinsamer, großer Sohn, der Stauferkaiser Friedrich II., der zum »Staunen der Welt« heranwuchs, dahinter Konstanzes Vater, Roger II. Noch heute stehen die vier Katafalke in der Kathedrale von Palermo. Ich erinnere mich daran, dass es mir kleine Schauer über den Rücken jagte, als ich meine Hand an den roten Marmor von Konstanzes Grab legte. Sie war eine faszinierende Frau, deren Leben ein literarisches Denkmal wahrlich verdient hat.

Das Buch

Das »Buch der Königin« gibt es wirklich. Unter dem Titel »Liber ad honorem Augusti sive de rebus Siculis« – frei übersetzt »Buch zu Ehren des Kaisers oder über die Angelegenheiten Siziliens« – liegt es unter der Signatur Codex 120 II in der Burgerbibliothek Bern. Wegen seiner Kostbarkeit und Einzigartigkeit gehört es dort zum nicht ausleihbaren Bestand, ist aber im Buchhandel als Faksimileausgabe zu erwerben.

Der Prunkband wurde spätestens im Jahr 1197 fertiggestellt, es ist ein reich bebildertes Versepos, abgefasst auf Lateinisch. Das Werk ist in drei Bücher und 52 Particulae gegliedert, wobei sich die ersten beiden Bücher mit der Ereignisgeschichte um Konstanze, das Geschlecht Hauteville und die Eroberung Siziliens beschäftigen, das dritte ist ein Panegyrikus auf Heinrich VI. Die ganzseitigen, kolorierten Federzeichnungen sind von hohem künstlerischen Wert.

Dieses Buch ist nicht nur wegen der Meisterschaft seines Verfassers – oder seiner Verfasser – ein großartiges Kunstwerk, sondern es ist neben dem berühmten Teppich von Bayeux die einzige erhaltene mittelalterliche Bildfolge, die Ereignisse der Zeitgeschichte illustriert. Wegen der deutlichen Polemik gegen Tankred von Lecce ist es als geschichtliche Quelle zwar nicht als verlässlich zu bewerten, beleuchtet aber überaus wichtige zeitgeschichtliche Zusammenhänge und ist die Hauptquelle zur Lebensgeschichte Konstanzes. Darüber hinaus lässt sich aus diesem Werk das staufische Herrschaftsverständnis klar und deutlich herauslesen.

»Ego Magister Petrus de Ebulo hunc librum ad honorem Augusti composui« – so nennt sich am Ende der Handschrift der Verfasser selbst. Für seine Arbeit, das entnehmen wir einer viel späteren Urkunde Friedrichs II., erhielt er als Lohn eine Mühle in Eboli. Doch bei genauerem Hinsehen gibt das Werk hinsichtlich seiner Urheberschaft einige Rätsel auf. Das beginnt schon damit, dass etliche Blätter fehlen, was aber angesichts des Alters von 800 Jahren erklärlich ist. Im Laufe ihrer Geschichte wurde das Buch außerdem mehrfach umgebunden, so dass die Abfolge von Text und Bildern teils unstimmig war. Schon der Berner Kunsthistoriker Otto Homburger wies darauf hin, dass Farbgebung und Darstellungsstil im dritten Buch anders sind, als in den beiden ersten Büchern. Letztere sind in Erzähl- und Bildstruktur narrativ aufgebaut, während das gesamte dritte Buch ausschließlich der Verherrlichung Heinrichs VI. dient. Zwei völlig verschiedene Herangehensweisen und Ziele also. Selbst dem Laien sticht sofort ins Auge, dass es sich in beiden Komplexen um unterschiedliche Schriftbilder und Malstile handelt. Auch fällt auf, dass das erste Buch mit 36 Text- und Bildseiten das umfangreichste ist. Das zweite Buch enthält dagegen nur acht Seiten und endet abrupt mit der Geburt Friedrichs II. in Jesi; das Umschlagbild des Romans, auf dem Konstanze zu sehen ist, wie sie widerstrebend ihr Kind hergibt und davonreiten muss, ist die letzte zeichnerische Darstellung in diesem Komplex. Experten nehmen an, dass in diesem Teil etliche weitere Seiten verlorengegangen sind. Thematisch befassen sich die ersten beiden Bücher, wenn man es genau nimmt, fast ausschließlich mit der Geschichte Konstanzes und ihres Königreichs Sizilien. Völlig anders das kurze dritte Buch: Seine neun Text- und Bildseiten konzentrieren sich ausschließlich auf Heinrich VI. und das glorreiche staufische Kaisertum. Kaiserin Konstanze ist völlig von der Bildfläche verschwunden. Die Forschung geht inzwischen davon aus, dass das erste und zweite Buch als ein in sich geschlossenes Werk zu sehen sind, als dessen Mäzenin Konstanze angenommen wird. Denn es ist in erster Linie ihre Geschichte, die darin erzählt wird. An dieses Werk wurde ganz offenbar ein drittes Buch angefügt. Alle Experten sind sich einig, dass ein Schreiber die ersten beiden Bücher schrieb und ein anderer das dritte Buch. Dennoch, und das hat mich nachdenklich gemacht, hat bisher niemand an der »Gesamtverfasserschaft« des Petrus von Eboli gezweifelt. Ich schon. Und das hat mich zu meiner fiktiven Figur Gottfried geführt. Er ist meine ganz persönliche Erklärung für den völlig andersartigen letzten Teil des »Liber«, er ist der Verfasser der beiden ersten Bücher. Natürlich ist es reine Fiktion, dass Petrus jemandem das Buch abgepresst und für seine eigenen Zwecke ein paar Seiten angehängt haben könnte, und ich möchte ihm keinesfalls seinen Ruhm in der Nachwelt streitig machen. Aber das ist die Freiheit des Romanciers. Und diese Zweigeteiltheit des »Liber« ist ja wirklich merkwürdig …

Sämtliche Details zur Kunst der Buchproduktion – vom Vorbereiten des Pergaments über die Zusammensetzung der Farben bis hin zu den Techniken der Buchmalerei – sind zeitgenössischen Überlieferungen entnommen. Die Anfertigung kostbarer Manuskripte war damals eine hohe Kunst, die in den Klöstern gelehrt wurde. Bis zur Erfindung des Buchdrucks durch Johannes Gutenberg um 1450 waren Bücher ungemein wertvolle Unikate, deren Herstellung Jahre dauerte und die sich nur Adel und Kirche leisten konnten. Meist bleiben die Schreiber und Maler dieser Kostbarkeiten im Dunkel. Ihnen und einer Zeit, in der Bücher ein erlesener Schatz waren, den man mit Stolz hütete und pflegte, wollte ich in der Gestalt Gottfrieds ein Denkmal setzen.

Die Personen

Wie in allen meinen Romanen lag mir auch hier zuallererst daran, Geschichte seriös zu vermitteln und so nahe wie möglich an der historischen Wahrheit zu bleiben. Konstanzes Geschichte ist so erzählt, wie es sich den Quellen, eben hauptsächlich dem »Liber«, entnehmen ließ. Es war nicht leicht, aus den vielen hässlichen Gerüchten, den Legenden und der politischen Propaganda das herauszuschälen, was ich nach bestem Wissen und Gewissen als Konstanzes Leben aufzeigen konnte. Und ein abenteuerliches Leben war es wohl, wenn auch privat nach heutigen Maßstäben nicht glücklich. So habe ich ihr – angesichts ihrer schon von den Zeitgenossen als zerrüttet wahrgenommenen Ehe – im Roman wenigstens ein bisschen Liebesglück gegönnt. Aziz ist also, genau wie Gottfried der Schreiber, eine fiktive Gestalt. Das Gleiche gilt für den Meisterspion der Kurie, Luca Valdini. Ich gebe zu, es macht Spaß, einen richtigen Bösewicht mit ins Buch zu nehmen.

Wenn Sie, liebe Leserin, lieber Leser, die Liste der Personen ansehen, werden Sie allerdings feststellen, dass die überwiegende Anzahl der im Roman vorkommenden Figuren historisch ist, bis hin zu Personen, die nur kurz erwähnt sind, aber keine größere Rolle spielen. Das ist der guten Quellenlage zu danken, über die ich mich als Historikerin hier besonders gefreut habe. Was natürlich aus den Quellen nur andeutungsweise hervorgeht, sind Denken und Handlungsmotivation der damaligen Menschen. Hier bin ich, gerade was Konstanzes Charakter betrifft, meiner Intuition gefolgt und hoffe, mich damit nicht allzu weit von der »wahren« Konstanze entfernt zu haben.

Literatur

Wer mehr über die Romanfiguren und die Geschichte Siziliens wissen will, dem sei wie immer eine kleine Literaturauswahl empfohlen. Das Standardwerk zur normannischen Zeit in Sizilien ist nach wie vor Norwich, John Julius: Die Normannen in Sizilien

1130–1194. Wiesbaden 1973. Gut lesbar und wunderschön bebildert auch Rill, Bernd: Sizilien im Mittelalter. Stuttgart/Zürich 1995. Zu Heinrich VI. umfassend Czendes, Peter: Heinrich VI. Darmstadt 1993. Zur Lebensgeschichte Konstanzes existiert keine längere Monographie. Empfehlenswert der Aufsatz von Tobias Weller: Konstanze von Sizilien, in: Fößel, Amalie, Hg.: Die Kaiserinnen des Mittelalters. Regensburg 2011. Dazu noch Frommer, Hansjörg: Spindel, Kreuz und Krone. Herrscherinnen des Mittelalters. Wiesbaden 1996. Und last but not least das »Buch der Königin«: Petrus de Ebulo: Liber ad honorem Augusti sive de rebus Siculis. Eine Bilderchronik der Stauferzeit aus der Burgerbibliothek Bern. Sigmaringen 1994.

Das fränkische Ambiente

Eine Ruine blickt stumm über das Tal der Wiesent: die Neideck. Sie ist zum romantischen Wahrzeichen einer ganzen Landschaft geworden, der Fränkischen Schweiz. Ihr gegenüber liegt das Städtchen Streitberg. Die Reste der gleichnamigen Burg sind auf dem Dolomitfelsen kaum mehr auszumachen. Die Erbauung der Anlage geht auf die Zeit vor 1120 zurück, ihr Bestehen ist zunächst nur aus dem Namen eines Adelsgeschlechts zu erschließen, dessen erster Namensträger Walter de Stritberg war. Er ist 1121/22 erstmals urkundlich genannt. Die Burg war wohl ursprünglich freies Eigen des Geschlechts. Die von Streitberg standen vielleicht als Ministerialen in bischöflich Bambergischen Diensten, der Bischof war später wohl oberster Lehnsherr. Viele Jahre lang lebten die Streitberger auf ihrer Stammburg, bis ihr Geschlecht im Jahr 1690 fern von der Heimat, im Schloss Strössendorf bei Burgkunstadt, erlosch. Gottfried von Streitberg ist nicht historisch, seine fiktive Lebenszeit fällt in die Zeit nach der ersten Nennung Walters von Streitberg, er könnte also dessen Nachfahre gewesen sein. Auch Albrecht von Neideck hat es nie gegeben. Die Burg Neideck ist später eine der wichtigsten Festungen des berühmten Adelsgeschlechts der Schlüsselberger, deren letzter Vertreter Konrad im

14. Jahrhundert auf der Burg den Tod fand, angeblich wurde er während einer Belagerung von einer Pleide (einer Art Katapult) »derworffen«.

Zum Schluss will ich den Leserinnen und Lesern jene Verse aus der ›Göttlichen Komödie‹ nicht vorenthalten, mit denen im Paradies die Aura einer Frau aus längst vergangenen Zeiten aufsteigt. Hier sind Dantes Zeilen, in denen er seine Verehrung und seinen Respekt ausdrückte für eine beeindruckende, eigenwillige und bewundernswerte Frau: »la gran Costanza«:

E quest' altro splendor, che ti si mostra
Dalla mia destra parte, e che s'accende
Di tutto il lume della sfera nostra
...
Quest'e la luce della gran Costanza
Che del secondo vento di Soave
Generò il terzo, e l'ultima possanza.

Dieser andere leuchtende Glanz, der sich dir zeigt
Auf meiner rechten Seite, und der aufleuchtet
Mit dem ganzen Licht unserer Sphäre
...
Dies ist das Licht der großen Konstanze,
die vom zweiten Sturmwind aus Schwaben
den dritten und letzten Kaiser empfing.

Personenverzeichnis

Konstanze von Hauteville, Kaiserin und Königin von Sizilien*
Wilhelm I., ihr Bruder, König von Sizilien*
Wilhelm II., ihr Neffe, König von Sizilien*
Heinrich VI., Konstanzes Ehemann, Kaiser des Heiligen Römischen Reiches*
Friedrich I. Barbarossa, sein Vater, Kaiser des Heiligen Römischen Reiches*
Gottfried von Streitberg, Schreiber, Notarius und Buchmaler
Hemma, seine Schwester
Christian, Sohn des Wiesmüllers
Albrecht von Neideck, Gottfrieds ärgster Feind
Cuniza, seine Tochter, Gottfrieds Ehefrau
Vater Udalrich, Priester in Streitberg
Egilolf, Cellerar im Kloster Michelsberg, Gottfrieds und Hemmas Onkel
Otto von Andechs, Bischof von Bamberg*
Bischof Gottfried von Aquileja*
Petrus von Eboli, Schreiber, Notarius und Buchmaler*
Markward von Annweiler, kaiserlicher Feldherr und Truchsess*
Heinrich von Kalden, kaiserlicher Feldherr, Marschall und Reichskanzler*
Diepold von Schweinspeunt*
Konrad von Urslingen, Herzog von Spoleto*
die Herzogin von Spoleto, seine Frau*
Walter von Pagliara, Bischof von Troia und Kanzler*
Papst Coelestin III.*
Luca Valdini, Padre und Gesandter des Heiligen Stuhls
Aziz, Konstanzes Milchbruder, Kommandant der Palastwache

Tommasina
Laila } Konstanzes Dienerinnen
Tankred von Lecce, König von Sizilien*
Sibilla von Lecce, seine Frau*
Wilhelm, sein Sohn*
Jordanus von Castrogiovanni*
Richard von Acerra* } sizilianische Adelige
Bischof Roger von Catania*
Abt Roffried von Montecassino*
Stephan de Perche, Kanzler und Putschist*
Berard von Ascoli, Leibarzt Kaiser Heinrichs*
Elia de Gisualdo, salernitanischer Adeliger*
Richard Löwenherz, König von England*
König Philipp von Frankreich*
Leopold, Herzog von Österreich*
Konstantin/Friedrich, Sohn Konstanzes und Heinrichs, später bekannt als Kaiser Friedrich II.*

Alle mit * gekennzeichneten Personen sind historisch.

Glossar

Abweiche	Durchfallerkrankung
Aiutamicristo	ital. Gott helfe mir
Ambo	Kanzel
Aquamanile	Wasserbehälter zum Händewaschen bei Tisch oder bei liturgischen Handlungen, meist als Tier oder Fabelwesen gestaltet
Alkoven	eine Art Bettnische oder auch ein kleiner Nebenraum in einem Zimmer, in dem sich die Schlafgelegenheit befindet
Bihänder	langes Schwert, das beidhändig geführt wird
Blancomangiare	beliebter Brei aus Reismehl und Mandelmilch
Blutfluss	typhusähnliche Darmseuche
Brunzkachel	Nachttopf
Buhurt	Turnierart, bei der zwei Gruppen von Rittern gegeneinander antreten. In einer simulierten Schlachtsituation wird so der Kampf trainiert.
Busine	trompetenähnliches Instrument, von ihm leitet sich die Bezeichnung Posaune ab
Bolus	Erdpigment, das in unterschiedlichen Farben (weiß, gelb, rot, grau) vorkommt
Bruoche	mittelalterliche Herrenunterhose
Camauro	trad., kappenähnliche Kopfbedeckung der Päpste
Camerlengo der Kurie	hoher kirchlicher Beamter im Kardinalsrang

Codex	von lat. codex: Baumstamm oder Holzklotz, bezeichnet einen Block von Pergamentblättern, die von zwei Holzbrettchen umschlossen werden
Cosmatenfußboden	Fußboden aus Marmorornamenten in geometrischen Mustern
Diptychon	zweiteiliges Wachstäfelchen zum Zusammenklappen
Distychon	altes Versmaß
Dormitorium	Schlafsaal im Kloster
Familiaren	Kronräte, polit. Berater der Könige von Sizilien
Fanciulla/fanciullina	siz. für kleines Mädchen/Jungfrau
Fazenettlein	kleines Stofftaschentuch
Feh	Eichhörnchenfell
Filia mia, gaudeo	ich freue mich, meine Tochter
Fimmina baffuta, sempri piacuta	eine Frau mit Schnurrbart gefällt immer
Gebende	mittelalterliche Kopfbedeckung für Frauen: eine Kinnbinde, die vom Oberkopf aus straff über die Ohren und um das Kinn gewunden wird, sowie ein oft hoher oder am Rand gekräuselter Stirnring
Gonfaloniere	bürgermeisterähnliches Amt
Habibi	arab. Liebling
Hadern	Lumpen
Hamam	orientalische Badstube
Harim	Wohnbereich der Frauen im Palast
Hausen	Fisch aus der Familie der Störe. Die Schwimmblase des Hausen wurde als Ausgangsmaterial für Leim benutzt.
Initial	schmückender Anfangsbuchstabe
Investieren	hier: in ein Amt einsetzen
Kalotte	rundes Mützchen

Kotte	langärmeliges Schlupfkleid, ähnlich einer Tunika
Macis	Muskatblüte
Maiuskeln	Großbuchstaben
Minuskeln	Kleinbuchstaben
Ministerialen	urspr. ein im kaiserlichen Dienst stehender, unfreier Beamter. Im Hochmittelalter bildete sich aus dieser Schicht der Stand des Dienst- bzw. Ministerialenadels heraus.
Pantokrator	Christus in der Darstellung als Weltenherrscher
Papyri	Schriftrollen aus Papyrus
Pendilien	Schmuckkettchen oder Anhänger an Diademen, Kronen oder Fibeln
Picciridda	siz. kleines Mädchen
Pluviale	liturgisches Gewand, ähnlich einem Umhang
Poliment	Untergrund für die Vergoldung
Psalter	liturgisches Textbuch, das Psalmen in lateinischer Sprache enthält
Reisige	mittelalterliche Bezeichnung für Waffenknechte
Rodleute	einheimische Führer auf unbekannten Wegstrecken
Rotuli	Buchrollen
Rubrizieren	mit roter Farbe (kenn)zeichnen
Sala dei Venti	Saal der Winde im Königspalast von Palermo
Salve, pater, filia tua te salutat	Guten Tag, Vater, deine Tochter grüßt dich
Saufeder	Schweinespieß
Schabracke	rechteckige Satteldecke
Schaff	Fass, Zuber, Bottich
Schlagfluss	alte Bezeichnung für Schlaganfall
Sherbet	oriental. Limonadengetränk

Sic est	lat. ja, so ist es
Sikuler	So bezeichneten schon die alten Griechen die Bewohner Siziliens. Das Land selber wird im Mittelalter manchmal als Sikulien bezeichnet.
Skriptorium	Schreibstube
Stilus	fingerlanger Griffel mit Hornstiel und Metallspitze
Taralli	kringelähnliches Gebäck
Tiraz	königliche Seidenweberei in Palermo
Trippen	Unterschuhe aus Holz, die man bei nassem Wetter unter die Sohlen schnallte
Torre Pisana	der »Pisanische Turm« im Königspalast von Palermo
Urfehde	beeideter Verzicht auf Rache
Volgare	Frühform des Italienischen, die sich aus dem Lateinischen herausgebildet hat
Voscenza benadica	ungefähr: Euer Gnaden
Waid	Pflanze, die zum Färben von Stoff genutzt wird. Der Farbstoff oxidiert an der Luft zu Blau.
Zahra	arab. Blume

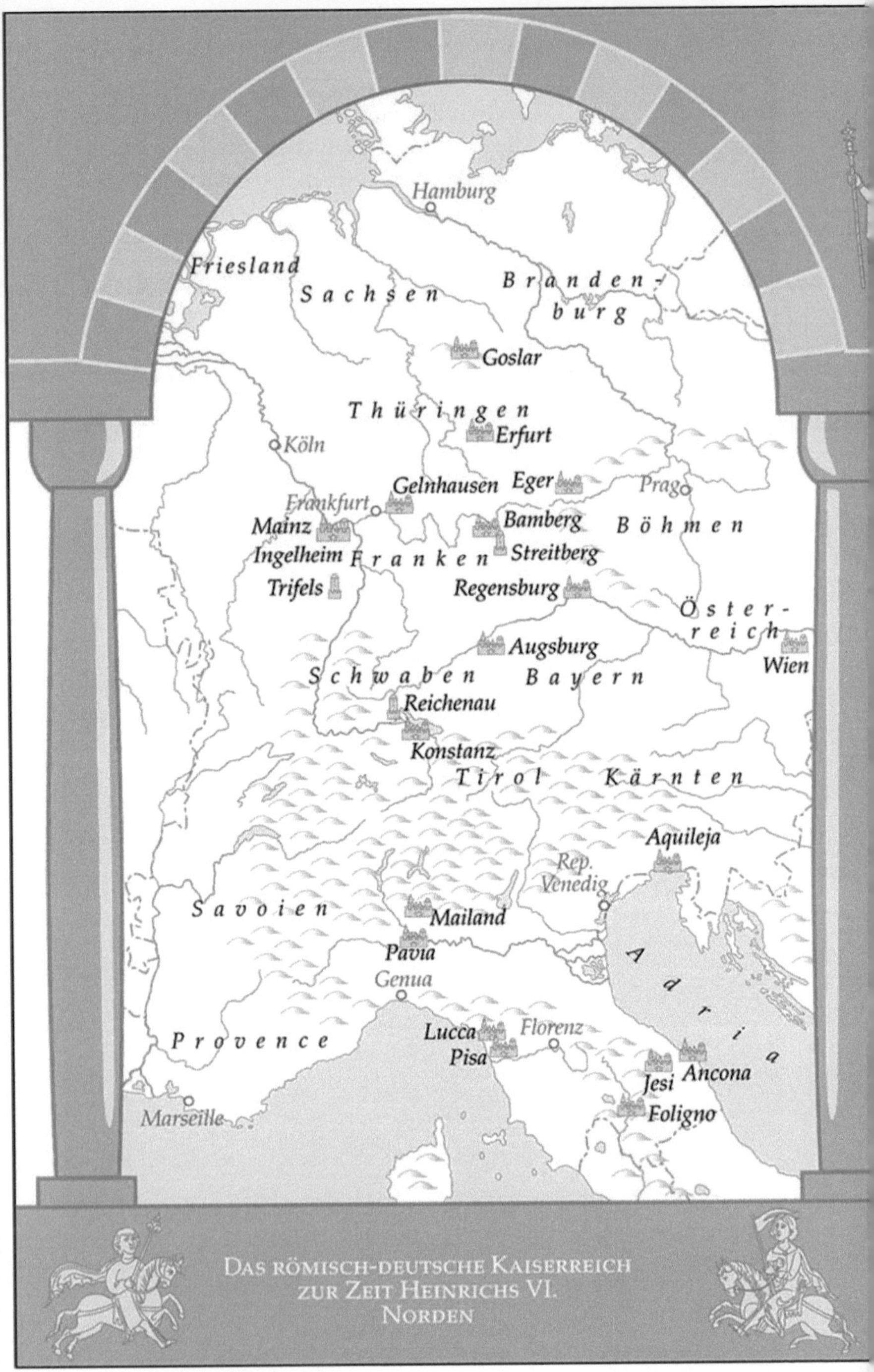

Das römisch-deutsche Kaiserreich zur Zeit Heinrichs VI.
Norden

Das römisch-deutsche Kaiserreich zur Zeit Heinrichs VI.
Süden